OB DIE WEIBER MENSCHEN SIND

W0171448

RECLAM
Bibliothek

BELLETRISTIK

1. Zwei weibliche Selbstbilder im Zeitalter der Aufklärung

SOPHIE VON LA ROCHE

Über meine Bücher

Pomona hat ihren Leserinnen immer zufällige Gedanken versprochen. Ich suchte gerad eine gute Wahl zu treffen, als ich die Nachricht erhielt, daß die artige Forscherin nach meiner Stube mit der Antwort im März gar nicht befriedigt sei und freimütig sage:

«daß sie besonders mein Bücherverzeichnis erwartet habe, weil dieses die einzige Absicht ihres Wunsches nach der Beschreibung meines Zimmers gewesen sei, indem sie dächte, daß, weil ich andre lehren wolle, müßte ich wohl selbst etwas gelernt haben, dazu hätte ich Bücher gebraucht, und diese möchte sie kennen: doch solle ich ihr auch den Nutzen erzählen, den ich aus der Einrichtung meines Zimmers zöge».

Das nahe Andringen dieser so fein nachspürenden Person brachte mich in einige Verlegenheit: aber ich will ihre freimütigen Fragen offenherzig beantworten, und es wäre zwei Monat früher geschehen, wenn sie es nicht selbst durch den Umweg gehindert hätte, welchen sie mit ihrem Wunsche nahm, da sie nur mein Zimmer kennen wollte. – Aber sie wird nun auch denken, daß die Umwege immer später zum Ziel führen.

Ich sitze würklich zwischen einer Menge Bücher. – Linker Hand auf dem Tisch mit den zwei Schiebladen, wo mein Näh- und Strickvorrat ist, liegen die Bücher, welche ich für mich lese, und die, welche mein edler Hausherr für sich hinbringt – Naturgeschichte und Reisebeschreibungen, die Berliner Bibliothek, die Werke des Abbé Raynal, Rousseau, Littleton – die Kirchengeschichte von Spittler: – Auf der rechten Hand sind zwei Gefache in einem Fenster, worin die Bücher zur Hälfte meinen jüngern Söhnen gehören, welche bei mir die Geschichte, die Geographie und Französisch lesen. Da ich aber vermute, die liebe Fragerin nach meiner Stube dachte, daß man den Geist der Menschen aus der Wahl ihrer Bücher kennen lerne, wie man ihre Sitten und Neigungen in der Wahl ihrer Freunde sieht, so will ich ihr einen Auszug der Geschichte meines

Kopfs geben, wornach sie mein Glück und meine Verdienste beurteilen kann, und sehen wird, daß sehr oft an dem End eines mißlungenen Wunsches neue und bessere Freuden entstehen, als die erste nicht gewesen wären.

Als Tochter eines Gelehrten, hörte ich von Jugend auf von dem Wert der Wissenschaften und von der Ehre sprechen, welche man durch sie erlangen könne. Dadurch wurde in mir die uns allen natürliche Begierde nach Vorzug in den edlen Ehrgeiz verwandelt, mich in Kenntnissen hervor zu tun: aber Umstände verhinderten die Erfüllung meines Wunsches, daß ich als Knabe erzogen werden möchte, um ordentlich gelehrt zu werden. Die Hauptsache meines Stolzes war also verloren; aber die Wißbegierde und der Geschmack an Kenntnissen blieben in meiner Seele, und vereinigten sich darin mit den Empfindungen der ersten Freuden meines Herzens, welche, wie der Engelländer David Hume sagt, auf unser ganzes Leben würken. Ich fande es auch an mir sehr wahr, und ich danke Gott, nicht nur für die Lebhaftigkeit des Gefühls, welches er in mich legte, sondern auch dafür, daß es sich im vierten Jahr meines Lebens bei den unschuldigen Gegenständen der Schönheit der Blüten, Bäume und Wiesen entfaltete, und jedes folgende Jahr meiner ersten Jugend durch einen Besuch bei unserer Milchbäurin bestärkte. Denn von dort an bis auf diese Stunde machte der Anblick einer ländlichen Gegend mich glücklich, und immer liebte ich Bauerleute und ihre Beschäftigungen. Auf diesem Grund entstunde nun sehr natürlich der Geschmack an sanften Gedichten, und Beschreibungen des Landlebens, aus welchem nachher mit den reiferen Jahren und Geist die Begierde aufkeimte, mich in der Naturgeschichte umzusehen. – Und hier, meine teure Fragerin! fand ich den unerschöpflichen, sich immer erneuernden Vorrat wahrer Freuden, und Glückes. Doch, sagte einst jemand, daß die zu große Liebe für Landleben und Landszenen das Herz zu sehr erweiche, und sprach bei aller Gelegenheit gegen Bücher und Bilder, welche diesen Hang ernährten und stärkten. Aber da unser Herz niemals sein Vergnügen dem Kopf eines andern aufopfert, so blieben Schönheiten der Natur mir immer wert, denn ich bin überzeugt, daß ich selbst die Englischen Gärten nur deswegen liebe, weil sie Landschaften ähnlich sind; und sollte ich je wieder jemand finden, der die Anmerkung wiederholte, daß die Liebe zum Landleben das Herz zu sehr erweiche, so sagte ich:

«und die große Liebe des Schönen in den Städten und zu den Künsten trocknet es aus, macht es zu einem leichten Sandgrund, in welchem nichts mehr tief, nichts mehr stark haftet, wo keine Empfindung mehr wurzelt, und kaum vorübergehende Vergnügen aufblühen können, bald hinwelken, und nur Sehnsucht nach neuen zurücklassen ...»

Freilich wenn man unter Liebe zu dem Landleben nur die Idee von Zephir, und Rosenlauben versteht, so hatte der ehrliche Mann recht: aber die wohltätige Schönheit und Nutzbarkeit der Erde kennen, und Naturgeschichte wissen, dieses gibt uns eine gefühlte Bewundrung und Liebe für die Allmacht und Güte Gottes; und man wünscht einfach, schön und still wohltätig zu sein, wie die Natur es ist. Die Leserinnen der Pomona vergeben mir den Wunsch, daß jede von ihnen mit diesem Gefühl durchdrungen sein möge, damit die lezte Stunden ihres Lebens auf die eine oder andre Art denen gleichen, mit welchen die Gräfin Emilia Schimmelmann ihre Tage schloß, indem sie die süße Freude an Blumen noch auf ihrem Sterbebette genosse, und mit Lächeln ihren umstehenden Freundinnen Hyacinthen austeilte: Meine Leserinnen kennen gewiß die schöne Seelen der Gräfin Katharina von Stolberg, und Gräfin Carolina Baudissin − erstere aus den zwei vortrefflichen Stükken, *Rosalia* und *Emma*, in dem teutschen Museum, und leztere aus den eben so verdienstvollen Briefen der Agnes und Idda. − Sie gleichen allen Blumengewinden, welche von der Hand der Tugend in Edens Gefilden gepflückt, und von dem feinsten Geist in harmonische Ordnung gebunden wurden. Diese zwei höchstliebenswürdige Damen waren unter denen, welchen Emilia Hyacinthen austeilte. Beide verdienten auch ganz die liebende Achtung eines Engels, der an der Pforte der Ewigkeit noch zärtlich und segnend nach ihnen blickte.

Die wahre Kenntnis der Erde und ihrer Gewächse zieht unsere Vernunft unausbleiblich zu dem Nachdenken über ihre Bewohner – Tiere und Menschen. – O was ein ewig-reicher Stoff zu Beobachtungen! – wie reich für mich! denn da ich die Hoffnung auf ganz gelehrten Ruhm verloren hatte, so sagte ich mir, nach dem artigen Gedanken der Madame de St. Lambert, welche das Lesen die Spaziergänge des Geistes nennt:

> «Ich konnte mir in dem Reich der Wissenschaften kein eigenes Land erobern, aber ich kann es ja machen, wie Reisende, und mich in jedem Gebiet umsehen, welches andre angebaut haben.» –

Und so las ich die Geschichte alter und neuer Zeiten unserer bekannten Welt, lernte ihre gute und schlechte Beherrscher kennen, freute mich über die vielfache wohltätige Erfindung des Geists der Wissenschaften und der Künste, über das mächtige Band der Handlung, welches alle Weltteile miteinander verknüpft, und den Überfluß eines Volks zum Bedürfnis des andern macht. – Ich suchte einen richtigen Begriff von allem zu haben, was Menschen wissen und tun können. Da fande ich nun einen stillen Genuß alles Guten und Schönen, so durch Gott und seine Geschöpfe in die Welt gelegt wurde. Dieses Vergnügen ist, was ich anfangs sagte, daß oft an dem Ende eines mißlungenen Wunsches etwas Besseres liege, als man dachte. – Denn meine Eigenliebe selbst, die mich nach Gelehrsamkeit lüstern gemacht hatte, sagte nun: da es nicht sicher sei, daß ich etwas Neues gefunden hätte, so würde mein ganzes Wissen am Ende allein in Auswendiglernen bestanden haben, wodurch ich bei den Männern der Papagei gewesen wäre, welcher ihre Gedanken wiederholte – und bei den Weibern der mit fremden Federn geschmückte Vogel. – Und vielleicht hätte mich doch ein Stolz auf mein Gedächtnis ergriffen; ich wäre dann andern guten Menschenkindern geringschätzig begegnet, und gewiß nicht so glücklich, als ich jezo bin. Denn ich genieße den Geist der Bücher, wie ich Weizenbrod genieße: Ich kann nicht pflügen, nicht säen, nicht Korn schneiden und nicht Mehl mahlen, würde auch, ohngeachtet ich allerlei Küchelgen backen kann, gewiß kein so leichtes, schmackhaftes Brod machen können, als mein Bäcker: aber ich kenne die Eigenschaften einer guten Ackererde; ich habe alle Feldarbeiten beobachtet, kenne den Bau

9

einer Mühle, und habe auch dem Bäcker zugesehen; ich weiß, was Tau und Regen ist, was sie, was die Sonne, zu dem Keimen und Wachsen des Korn beitragen, und so kann ich mit Einsicht und Empfindung die Vorsicht für alles Gute segnen, welches sie in ihre Geschöpfe legte; und so, meine liebe unbekannte Fragerin! habe ich es auch mit den Beschäftigungen des Geists gemacht, und so viel ich konnte, die Kenntnis von dem Wert und Nutzen alles dessen, was Männer wissen, in meine Seele gesammelt, und daneben so viel möglich alles gelernt, was ich nach Bestimmung der Natur und den vaterländischen Gesetzen als Frauenzimmer wissen sollte, – überzeugt, daß meinem Geschlecht das moralische Gebiet der schönen wohltätigen Empfindungen, und den Männern dies von starken Gedanken und großen Taten angewiesen seie. – Ich forderte aber von der Moral, daß sie mich gut, und von meinen Kenntnissen, daß sie mich glücklich machen sollten. Denn ach! wozu dient selbst die göttliche Religion, wenn sie nicht Güte in unsere Seele bringt? – und wozu alle Wissenschaft, wenn sie uns nicht den wahren Wert aller Dinge zeiget? – geschieht aber dieses, so sind wir gewiß glücklich, weil uns dann der falsche Schwätzer mit schönen Worten eben so wenig um unsere gute Gesinnungen betrügen kann, als der Krämer mit dem Glanz einer nichtswürdigen Ware um unser Geld.

Rechte und Verdienste der Männer zu kennen, halte ich nicht nur für Pflicht, sondern auch für Glück – nicht nur, weil wir sie alsdann als unsere gewaltige Oberherrn fürchten, oder als unsere gehorsame Diener ansehen, sondern wegen der Eigenschaften ihres Geists und ihrer nützlichen Geschäfte wahrhaft hochachten, und auch unsern Söhnen gleich von Jugend auf von dem Wert ihrer Bestimmung reden können. Hingegen sollten junge Männer auch gewöhnt werden, uns nicht nur in der Jugend wegen der Anmut unserer Reize für artige Puppen ihrer Tändeljahre, und als Weiber – für erworbenes Hausgeräte zu achten, sondern das Verdienst der Freundin in uns zu betrachten und zu verehren. Denn gewiß das ganze Glück der Menschheit, die Wonne des Lebens der besten unter ihnen, alles Süße der Verbindungen der Liebe sind allein in den Familien zu finden, welche dieser Anweisung getreu bleiben.

Mein Leben ist mit vorteilhaften Umständen begleitet gewesen. – Meine Mutter war eine Frau von den besten und edelsten Empfindungen; mein Vater ein vortrefflicher Arzt, und zugleich voll gelehrter Kenntnis jeder andern Wissenschaft; mein Oheim ein ruhmvoller Rechtsgelehrter; der große philosophische Theolog Bruker unser Freund. – Mußte ich da nicht den Wert der Arzneikunst, der Rechte und der wahren Gottesgelahrtheit verehren lernen? – In Wieland, meinem Verwandten, sah ich schöne Wissenschaft; durch meine Verbindung mit La Roche Staatskunst der Höfe, und in dem Haus des Erlauchten Grafen von Stadion den Genius der edlen großen Welt in der Nähe; – auf seinen Gütern in Oberschwaben das Verdienst des Kornbauren, und im Würtenbergischen dies von dem Weingärtner – und alsdann den erhabenen Zirkel der Fürsten. – Aber von allem diesem nicht nur das Angenehme und Staunende, sondern auch die Pflichten und Beschwerden. – Ich hörte die ehrwürdige Männer, welche ich zuerst nannte, oft mit einander sprechen, und fand, daß sie nicht allein alles wußten, was zu rühmlicher Erfüllung ihres Amts gehörte, sondern noch angenehme Sachen von allen Ständen und Menschen. Da dachte ich: – so kann ich ja auch eine gute Mutter und Hauswirtin sein, und vieles andre daneben wissen und lernen. – Ich merkte mir die Bücher und Sachen, von denen diese Männer in ihren Erholungsstunden gerne sprachen – und auf diese Art wurde mein Kopf bereichert, und mein Leben verschönert. – Langweile und Mißvergnügen sind zwei Sachen, die ich gar nicht kenne; im Gegenteil laufen mir Jahre und Tage zu schnell vorüber.

Dies ist die Geschichte meines Kopfs und der wahre Auszug meiner Bibliothek – Bücher von der reinen Lehre Christi, von der Naturlehre, Geschichte der alten und neuen Zeiten, gute Reisebeschreibungen, moralische Schriften, Gedichte, und auch Romane, wovon ich keines besonders nenne, denn Vater, Brüder und Freunde meiner Leserinnen können Ihnen die beste nennen. Versäumen Sie aber ja nicht, sich die Geographie oder Erdbeschreibung zu eigen zu machen, und zu üben. – Es wird dann einer wohldenkenden Mutter, oder einer liebevollen ältern Schwester so leicht zu einem Vergnügen, wenn ihre Kinder oder holde jüngere Geschwister von dem angenehmen Geschmack des Zuckers reden, und fragen, wo er herkommt, ein andermal den Glanz der Diamanten in dem Ring der Mutter anstaunen, oder eine Dukate wegen ihres Schimmers und Werts betrachten, welchen alle Erwachsene darauf legen – wenn man nun da spielend den lieben Geschöpfen das Land zeigt, wo der Zucker wächst, wo man das Gold und die Diamanten gräbt, und von den Arbeiten erzählt, welche die Menschen dabei haben – so kann besonders bei lebhaften Kindern, welche sich gleich die Arbeit damit vorstellen können, unendlich viel Gutes gesagt werden. Denn diese Kinder haben sehr viel Neugierde, welche man ihnen immer nützlich machen kann, wenn liebreiche Weisheit in ihre natürliche Neigungen eingeht, von denen gewiß ist, daß man ihnen eine gute Wendung geben, aber sie nie, nie ausrotten kann. Fragte ein Reicher mich nach dem nützlichen Gegenstand einer Preisschrift, für welche er vieles bestimmte, – o so bäte ich ihn aus Klopstocks *Messias* die Charaktere der Apostel zu der Aufgabe zu machen – wie die verschiedene Kennzeichen dieser Charaktere bei den Kindern zu entdecken – und bei der Erziehung zu benützen wären. Mein Herz sagt mir, daß die verkehrte Art des Biegens und Formens sehr viel zu der Verkehrtheit der jungen Leute beiträgt, und oft unschuldig elend macht.

Jezo noch etwas, wie ich die Einrichtung meines Zimmers benüzte. – Die Abgüsse der alten Köpfe machten mich, da ich die Bildhauerkunst liebe, meinen Winkelmann über die Geschichte dieser Kunst vorsuchen und nachlesen. – Da dachte ich mit erneuter Ehrfurcht und Freude an die Namen eines Phidias und Praxiteles, die vierhundert Jahr vor Christi Geburt lebten, und so große Meister in ihrer Kunst waren, daß ihre Arbeiten seit Jahrtausenden immer die vollkommenste Muster blieben. – Unter diesen Köpfen, welche den Geist der Alten zeigen, hängen meine Kupferstiche – eine Erfindung des Kunstfleißes der neueren Zeiten, indem es erst vor 340 Jahren versucht wurde, Bilder in Holz zu graben, und man nun seitdem zu der großen Schönheit in Kupferstichen kam, worüber ich in Hallens Werkstätte der Künste nachlas. – Es freute mich, daß der

Genius der Griechen seine Meisterstücke in Stein und Erz verfertigte, weil sie darin die Dauerhaftigkeit erhielten, durch welche wir nach so viel hundert Jahren das Vergnügen genießen, die Beweise zu sehen, was Menschen erdenken und ausarbeiten können. Die Erfindung der Gips-Abgüsse ist mir auch sehr schätzbar, denn ich bin ihr den Besitz meiner alten Köpfe schuldig, und die Kupferstecherkunst ist mir lieb, weil durch sie die herrlichsten Gemälde, Bilder, Gebäude und schöne Gegenden unserer Erde mehr ausgebreitet, und ihr angenehmer Anblick von mehr Menschen genossen werden kann. – Dies Glas, welches meine Kupferstiche schützt, ohne die mindeste Schönheit zu verbergen – die Scheiben, wodurch das Licht in meine Stube kommt, und ich, ohne Sturm und Regen zu fühlen, alles erblicken kann, was außer meinem Fenster ist – das Verdienst der Spiegelfabriken – die Vergoldung der Rahme, welche die Kunst des Goldschlägers, und die Eigenschaften des Goldes nach sich zog – die Schreiner-Arbeiten – die von dem Plüsch an meinen Stühlen – die Papier-Tapete – die Bilder von den Venetianischen Kirchen, wo ich an Baukunst, und was dazu gehört, denken kann – alles dies gab mir schöne Stunden der Zufriedenheit – vermehrte meine Kenntnisse – und meine Achtung für Menschenfleiß – welches zusammen eine wahre Quelle edlen Glückes sind.

SUSANNE VON BANDEMER

Zufällige Gedanken über die Bestimmung des Weibes und einige Vorschläge, dieselbe zu befördern

Nie würde ich es wagen, diese hingeworfenen und nicht genug ausgearbeiteten Gedanken meiner frühsten Jugend öffentlich bekanntzumachen, wenn nicht die vortreffliche Berlinische Monatsschrift im September 1786 eine Abschiedsrede des würdigen Generalmajors von Scholten geliefert hätte, die mir zur Aufmunterung gereichte und zugleich eine Schutzschrift für mein eignes Unternehmen sein soll. Die Stelle, auf die ich mich in dieser in aller Absicht schätzbaren Rede besonders beziehe, gereicht meinem Geschlechte so sehr zur Ehre, daß ich den eigentümlichen Ansprüchen der Eitelkeit auf mein weibliches Herz entsagen müßte, wenn ich nicht durch die Einrückung dieser Stelle den edlen Stolz meiner Gespielinnen rege zu machen suchte.

«Sie, meine Damen», schreibt der edle Verfasser, «in deren angenehmem Umgange ich manche frohe Stunde durchlebt, von deren edlem liebreichen Herzen ich so viele Proben gesehen habe, urteilen Sie selber, Sie kennen meine Ergebenheit für Sie, wie nahe es mir geht, daß ich Sie verlassen soll. Ich habe von Ihrem Geschlecht jederzeit eine vorteilhaftere Meinung als von dem meinigen gehabt, und alles abgerechnet, was man auf die Schwäche der menschlichen Natur schreiben muß, besitzt es auch einen stärkern Reiz zu löblichen Entschließungen, ein zärtlicheres Gefühl für alle Arten des Schönen, eine lebhaftere Empfindung bei fremdem Wohl oder Weh, einen raschern Schwung der Seele zu guten, erhabenen Handlungen. Welchen mächtigen Einfluß gewähren Ihnen diese herrlichen Eigenschaften auf die Denkungsart und den Geschmack des männlichen? Benutzen Sie ihn, um es von den Gefahren zurückzuziehen, denen es sich oft so unbedachtsam überläßt; Gefahren, die dem Gewissen, der Gesundheit und der Ehre gleich nachteilig sind. Würdigen Sie keinen, Ihre Hand zu berühren, dessen Hand noch von den niederträchtigen Liebkosungen einer feilen Buhldirne erhitzt ist. Seien Sie zu stolz, sich mit solchen verachtungswürdigen Geschöpfen in eine Klasse setzen zu lassen, und noch weniger mit ihnen nach dem Besitz eines Herzens zu ringen. Dulden Sie unter Ihren Verehrern keinen Wollüstling oder Weichling. Flößen Sie denen, die Sie umgeben, Liebe für den König und Anreizung zu edlen Taten ein; und steht es noch bei Ihnen, Gunstbezeugungen auszuteilen, so seien sie nur der Preis für den, dessen Verdienste auf Sie einen neuen Glanz werfen. So dachten vor Zeiten Ihre edlen deutschen Mütter, so dachten die berühmtesten Frauenzimmer in Griechenland und Rom, deren Namen die Geschichte zugleich mit den Namen ihrer Verehrer verewiget hat. Wir, ach, wir gleichen zwar weder den einen noch den andern. Von unsern deutschen Vorfahren haben wir wenig mehr als ihren Namen, von den Griechen nur ihre Schwatzhaftigkeit und Unbeständigkeit, und von den Römern alle Fehler ihrer Ausartung geerbt. So verwöhnt und weichlich eine Nation indessen auch sein mag, so bleiben doch immer noch einige Funken von Heldenmut und Patriotismus übrig; und durch wen könnten die stärker angefacht werden, als durch ein Paar schöne Augen und einen reizenden Mund? Besonders kann eine verheiratete Dame von schöner Seele und anständiger Freimütigkeit, weil sie nicht so zurückhaltend als ein lediges Frauenzimmer sein darf, zur Bildung des Charakters unsers Geschlechts ungemein viel beitragen; und wenn sie es tut, so belohne sie Preußens Schutzgott dafür und mache sie zur Mutter berühmter Helden.»

Nach diesem liebenswürdigen Eingange glaube ich Mut genug gesammelt zu haben, um mich mit meinen reizenden Freundinnen unterhalten zu können.

Wir wollen also, mit Ihrer Erlaubnis, meine lieben Gespielinnen, einige Augenblicke das wahre Nützliche gegen das blendende Nichts vertauschen, welches unsere schönsten Jahre gemeiniglich zu beschäftigen pflegt, und für ein denkendes Wesen ebenso klein als der gesunden Vernunft verächtlich sein muß. Wir wollen den Spiegel, den Gedanken künftiger Eroberungen, und unsere verführerischen Reize auf einige Zeit entfernen und einen Blick nach dem großen Stufenjahre der weiblichen Schönheit wagen, welches, wie bekannt, in einen Zeitpunkt fällt, den Olympia Wintergrün[1] ein klein wenig über neunundzwanzig angibt.

Mit welchem warmen Gefühle wünschte ich euch gegen den Überdruß, die Langeweile, den Ekel und die Reue, diese unzertrennlichen Gefährtinnen eines Alters, dem eine übel angewandte Jugend vorangegangen ist, zu schützen! Und ihr von dem andern Geschlechte, die ihr vielleicht eine kleine Empörung gegen die Herren der Schöpfung argwöhnet, fürchtet nichts! Der erste Grad der Klugheit ist die strengste Beobachtung unserer Pflichten und der heiligen Gesetze der Natur und Religion. Ich will keine herrischen, keine stolzen, keine übermütigen Schönen bilden; nein, ich will ihnen raten, gegen euch zärtlich, nachgebend und beständig zu sein, damit sie die liebenswürdigsten Weiber, die besten Mütter und die nützlichsten Weltbürgerinnen werden. Ich habe irgendwo gelesen, daß die Wissenschaften das Herz bilden, daß sie es gesittet, gefühlvoll, erhaben, großmütig, beständig, zärtlich und weise machen: sollten wir uns also nicht darnach drängen, aus dem Kastalischen Brunnen zu kosten, der uns mit einer Schönheit beglückseliget, die den verheerenden Runzeln widersteht, und der Hand des Alters trotzet, die einst jeden körperlichen Reiz verwischt? Welch eine Zufriedenheit muß der vernünftige Mann empfinden, der in seiner Gattin eine hochachtungswürdige Freundin und zärtliche Gefährtin besitzet, die durch Vernunft, Tugend, Schönheit, Ernst und Witz jede sonst leere Stunde des Lebens mit Entzücken ausfüllet! Wie viele Ehemänner und Liebhaber beklagen sich über die Laune ihrer Gebieterinnen, die oft die zärtlichsten Ergießungen des Herzens erstickt und des Mannes Gefühl mit Widerwillen und Langerweile in dem Augenblicke tötet, worin er ganz Liebe war.

Ach, diese fatale Langeweile ist die Pest der Liebe! Die verliebtesten Paare empfinden nur zu oft und leider nur zu bald ihre nahenden Einflüsse. Sobald die Sprache der Galanterie erschöpft, jede Modetändelei abgenutzt ist und die süßesten Küsse den Wert der Neuheit verloren haben, empfindet der Liebhaber die unwiderstehliche Gewalt die-

---

[1] In dem Lustspiel: Der Eheprokurat.

ser ewig gähnenden Göttin. Der reizende Mund seiner Angebeteten wiederholet umsonst alle die kleinen Süßigkeiten, die niedlichen Einfälle, welche man ehemals so himmlisch naiv, so bezaubernd witzig fand. Ach, sie sind es nicht mehr! Und weder diese noch die kleinen Hülfsmittel einer studierten Koketterie können die Ermüdung eines ewigen Einerlei verbannen, welche das liebende Paar zum Gähnen zwingt.

Und doch kann ich mich nicht entsinnen, gelesen zu haben, daß die weisesten und berühmtesten Griechen, vom Sokrates an bis auf seinen liebenswürdigen, gefährlichen und flatterhaften Schüler, den schönen Alcibiades, jemals in der Gesellschaft der Aspasia Langeweile empfunden hätten. Ebensowenig haben wir Ursache zu glauben, daß die berühmte Ninon de l'Enclos in ihren glänzenden Gesellschaften, die aus Frankreichs witzigsten Köpfen bestanden, von dieser einschläfernden Göttin heimgesucht worden ist. Sowenig ich die Moral dieser Damen meinem Geschlechte empfehlen kann, so dienen sie mir doch zu einem Beispiel, daß die Kunst zu gefallen mit einem gebildeten Geist und nützlichen Kenntnissen nicht allein vereiniget werden kann, sondern auch um so viel unwiderstehlicher ist.

Ich bin sehr weit entfernt, euch, meine liebenswürdigen Freundinnen, anzuraten, die Wissenschaften auf irgendeine Art zu studieren, die uns weder geziemt, noch uns notwendig ist oder vorteilhaft sein kann. Ohne gelehrt zu sein oder werden zu wollen, können wir die natürliche Anlage des Verstandes und Herzens auf eine vorteilhafte Art auszubilden suchen, jedes falsche Vorurteil überwinden, und indem wir der wahren Weisheit nachstreben, werden wir die große Kunst erlernen, selbst glücklich zu sein und andere glücklich zu machen. Da aber die vollkommene Weisheit in der genauesten Beobachtung unserer Pflichten besteht, so werden wir als Gattinnen und Mütter die unsrigen mit Vergnügen erfüllen und auf solche Weise dem Staate ebenso nützlich, als unsern glücklichen Familien verehrungswürdig sein.

Wie? – höre ich einige meiner lieben Leserinnen sagen, welch eine Forderung! *Wir* sollten dem Staat nützlich sein können, ohne den furchtbaren Degen oder die politische

Feder zu führen? Welch eine Torheit! Keineswegs, meine Teuersten! Entsinnen Sie sich, welchen großen Einfluß Ihre Grundsätze, Ihre Denkungsart und selbst Ihre Handlungen auf die ersten Jahre Ihrer Kinder haben müssen.[1]

Ich setze voraus, daß Sie nicht ganz den ersten Pflichten der Natur ungetreu geworden und wenigstens Ihre Kinder nicht als Verbannte in dem entferntesten Teile des Hauses unter der Aufsicht einer ungebildeten Wärterin erziehen lassen. Wenn aber eine ebenso gute als zärtliche Mutter, bei einem gebildeten Verstande und einer richtigen Urteilskraft, die ehrwürdige Beschäftigung über sich nimmt, den Geist und das Herz ihrer Kinder ebenso sorgfältig zu entwickeln, als die Sitten derselben zu bilden, so wird es ihr sehr leicht werden, unter Spiel und kleinem Geschwätze Eingang in diese noch unverdorbenen Herzen zu gewinnen. Ohne in den abstrakten Ton eines Lehrers zu verfallen, wird sie durch kleine Erzählungen unterrichten und die edelsten Züge aus den Charaktern der Weisen, Helden und Privatmänner aller Nationen herauszuheben wissen, um sie gelegentlich in ihre gemeinschaftlichen Unterhaltungen einstreuen zu können. Wenn sie so den Seelen ihrer Kinder den ersten glücklichen Schwung gegeben hat, wenn diese Kleinen, von einem fröhlichen Gefühl durchdrungen, die Liebe und Größe des Allgütigen und Allweisen verstehen lernen und vor seiner alles umfassenden Gegenwart staunen, aber nicht zittern: dann ist der glückliche Zeit-

---

[1] Ich kann nicht umhin, eine Anmerkung zu der meinigen zu machen, die der Hofrat Zimmermann von dem Herrn Iselin in dem dritten Teil seines Buches über die Einsamkeit anführt und die meine eigenen Gedanken auf die vorteilhafteste Art bestätigen.

«Wir halten es für unstreitig, wenn man die Geschichte aller Männer genau wüßte, die sich durch Rechtschaffenheit und durch Tugend ausgezeichnet haben, daß man unter zehen immer neune finden würde, welche diesen Vorteil ihren Müttern schuldig waren. Es ist doch nicht genug anerkannt, wie wichtig eine unschuldige und untadelhafte Jugend für das ganze Leben eines Menschen ist, wie fast alle, die diesen Vorteil genossen haben, ihn niemand schuldig gewesen sind als ihren Müttern und wie sehr überhaupt die Vollkommenheit und das Glück der Menschheit sich auf Weiberverstand und Weibertugend gründet.»

punkt erschienen, worin diese noch lallenden Geschöpfe mit der innigsten und wahresten Gottesverehrung auf das ganze Leben durchdrungen, die erste Grundlage des Christen und rechtschaffenen Mannes empfangen werden.

Der erste Unterricht in der Erdbeschreibung und der Geschichte der Erdbewohner wird in dem Munde einer zärtlichen Mutter neue Reize gewinnen. Indem sie ihre aufmerksamen Kleinen mit einem Staat und dessen Lage und vornehmsten Merkwürdigkeiten bekannt machet, wird sie eine vorteilhafte Gelegenheit haben, die Geschichte der vorzüglichsten Männer und Begebenheiten anzuführen und einen edlen Trieb in der Brust des horchenden Knaben anzufachen suchen, dermaleinst die großen Taten nachzuahmen, die jetzt von ihm angestaunt werden. Selbst unsere Töchter werden bei dieser Art des Unterrichts nichts verlieren. Ohne sie zu Heldinnen und Staatsweibern zu bilden, werden sie doch wahrscheinlicherweise Gattinnen und Mütter von Männern aus beiden Ständen, und dann werden ihre Begriffe von Ehre und Vaterlandsliebe ebenso edel und erhaben sein, als die Begriffe jener bewunderten Römerinnen, die von der späten Nachwelt noch immer mit Ehrfurcht genannt werden. Kein weibliches Gewinsel wird die Seele des Mannes zerreißen, der den Befehlen der Ehre folget und auf das blutige Schlachtfeld eilet, um dort für den König und das Vaterland mutig zu streiten. Die Tränen der Mutter werden den glühenden Jüngling nicht wankend machen, der zum erstenmal die Laufbahn der Ehre betritt. Angefeuert durch das edle Vorbild seiner Ahnherrn, wird die Mutter des jungen Helden ihn zärtlich an seine Pflichten erinnern und mit einem segnenden Kusse den Liebling ihres Herzens dem Dienste seines geliebten Vaterlandes opfern. So denket die Gattin und Mutter, die nicht unter ewigen Tändeleien und in einem unaufhörlichen Kreise von Ergötzlichkeiten und Schmeicheleien herumgaukelt. So dachte jene erhabene Mutter der Gracchen, die ihre Söhne, die sie selbst mit vieler Sorgfalt erzogen hatte, als ihre einzigen Kleinodien einer andern Dame zeigte und selbst bei dem Tode dieser Söhne nicht unglücklich heißen wollte, weil sie für den Staat gefallen und sie Mutter dieser Helden war. Noch könnte ich unendlich mehr Beispiele anführen, wieviel Einfluß die Denkungsart der Mütter auf die Herzen der Kinder und leider! nur zu oft auf die Herzen der Männer selbst hat. Die Geschichte bestätigt das, was ich hier sage, auf eine höchst traurige Art. Gegen ein gutes Beispiel finden wir hundert, wo Weiber durch die boshaftesten Künste ihre Allgewalt zum Verderben der Menschen angewandt haben. Vielleicht wütet diese Pest unter dem Namen einer feinen Galanterie noch itzt in vielen Familien. Ist es also nicht höchst notwendig, daß wir die Sklavenkette der Vorurteile verlassen und, indem wir unsere Seelen veredlen und unsere Kenntnisse erweitern, das Glück rechtschaffener Männer machen? Ich sage, *rechtschaffener* Männer, denn denjenigen, welcher sich ein süßes Geschäft daraus macht, durch kriechende Schmeichelei ein aufblühendes gutartiges Mädchen in eine Törin zu verwandeln, den treffe der Fluch, mit der größten Närrin auf ewig verbunden zu werden. Ich habe ein so schmeichelhaftes Vorurteil für mein eignes Geschlecht, daß ich mich beinahe erkühne zu behaupten, daß es lediglich von ihm abhängt, wie sich die Männer gegen uns betragen sollen. Würden wir mit einem edlen Stolze denjenigen von uns zu entfernen suchen, dessen Sitten durch irgendeine Zügellosigkeit verdächtig, oder wohl gar durch den modischen Triumph über eine unschuldige Mitschwester gebrandmarkt wären: so würden unsre Jünglinge gezwungen sein, ihres eigenen Vorteils wegen etwas weniger mit ihren Ausschweifungen zu glänzen, und vielleicht würden mit der Zeit die angenommenen Mienen der Sittlichkeit in den wahren Ausdruck der Rechtschaffenheit verwandelt, welche endlich durch die gezwungene Ausübung zur Tugend würde. Allein solange der Mörder der Unschuld, der ehelichen Eintracht und des guten Namens als der liebenswürdigste Mann von der Welt die vornehmste Zierde der Frauenzimmergesellschaften ist, wird unser Geschlecht zu einer Puppe herabgewürdigt, womit der gaukelnde Bösewicht oder Taugenichts so lange tändelt, bis die kältern Jahre der Vernunft Zutritt verstatten, und dann trifft das niedliche Spielzeug der Jugend Ekel und Verachtung.

Die Begierde zu lesen scheint jetzt so allgemein in der weiblichen Welt zu herrschen, daß man nichts als die herrlichsten Aufklärungen erwarten sollte: aber ein Blick auf die Lieblingsbücher derselben, und dahin ist jede schmeichelhafte Aussicht. Die Wut, Romane zu verschlingen, die die Leidenschaften empören, ohne das Herz zu bessern, die den Geschmack an ernsthafter und nützlicher Lektüre ersticken, ist ein so allgemeines Übel, daß ich es nur schweigend beseufzen kann. Vielleicht ist bald der Zeitpunkt da, wo auch diese Torheit nicht mehr die Seuche unseres Geschlechts sein wird; wo unser denkender Geist, der wenigstens durch ebenso feine Organe wirkt, als die gütige Natur der andern Hälfte des Menschengeschlechts erteilte, eingedenk seiner Würde, sich zu höhern Gegenständen hinaufschwingt, und, nicht ganz versunken in dieses Erdenleben, sich diejenigen Kenntnisse erwirbt, die ihn mit seiner ewigen Bestimmung näher bekannt machen. Dann werden uns die Wissenschaften die angenehmsten Gefährten des Lebens sein und auf jede unserer Pflichten einen glücklichen Einfluß haben. Wir werden bei Ernst und Scherz zu gefallen wissen und in jeder Lage des Lebens hochachtungswürdig sein. Unsere glücklichen Gatten werden die reizendste Gesellschaft in dem Zirkel ihrer liebenswürdigen Familie finden und ebensowenig Langeweile haben, als den Überdruß kennen.

Weit davon entfernt, mit euch, meine schönen Freundinnen, in einem belehrenden Tone zu sprechen, würde ich es nie gewagt haben, diese Zeilen an euch zu richten, wenn es nicht in eben der unschuldigen Meinung geschehen wäre, womit man einen artigen Kopfputz, eine Locke oder eine zierliche Garnitur zur Erhebung eurer persönlichen Reize anzuordnen wagt. Ich habe einen neuen Schmuck anzupreisen versucht und schmeichle mir, wegen meiner Sorge für die Verschönerung der Seele mit einer ebenso gütigen Nachsicht von euch beurteilt zu werden als diejenigen, die für die Verschönerung des Körpers Sorge tragen. Alles, was ich gesagt habe, ist nichts mehr als ein bloßer Fingerzeig, und sollte dieser mit dem Beifall meiner edlen Freundinnen beehrt werden, so würde ich ebenso stolz auf diesen kleinen Entwurf sein können, als Deutschland auf die Gesinnungen seiner Töchter.

2. Alltag in didaktischer Perspektive

JOACHIM HEINRICH CAMPE

Väterlicher Rat für meine Tochter

*Ein Gegenstück zum Theophron; der erwachsneren
weiblichen Jugend gewidmet*

Vorbericht

Folgende Blätter sind, wie schon die Überschrift sagt, der
Anfang eines kleinen Buchs, welches ich zunächst für meine eigene Tochter schrieb. Wenn ich, nach der Bekannt-
werdung dieser Probe, erfahren werde, daß mehrere Eltern
diesen Aufsatz für ein brauchbares Mittel halten, ihren
Töchtern Weisheit des Lebens zur glücklichen Erreichung
ihrer weiblichen Bestimmung einzuflößen, so will ich mit
der Mitteilung desselben in diesem Journale fortfahren.

Schon manches kleine Buch schrieb ich bisher für Kinder, welche nicht die meinigen waren; diesmal, meine einzige Tochter, schreibe ich zunächst für dich – für dich, auf
welche jetzt, da ich für mich nichts Beträchtliches mehr
hiernieden zu erwarten und zu wünschen habe, meine süßesten Hoffnungen und meine heißesten Segenswünsche
sich allmählich alle zusammenziehen.

Der Kindheit Stufen sind nunmehr von dir erstiegen. Sie
ist dahin, die gute goldene Zeit, in der das einige einfache
Verhältnis des Kindes zu seinen Eltern dein ganzes, leicht
zu übersehendes, leicht zu befolgendes kleines Pflichten-
system fast nur allein bestimmte! Sie sind dahin, die sorgen-
freien Wonnetage des unbefangenen Alters, die unter dem
schützenden Dache liebender Eltern, welche für dich wach-
ten und sorgten, sich so sanft, so froh verscherzen ließen!
Das Bächlein deines Lebens schwillt nunmehr, von vierzehn zurückgelegten Jahren erweitert, allmählich zum
Flusse an, der mit jedem Tage breiter wird, mit jedem Tage
schneller und tiefer – und, oh dürfte ich nicht besorgen,
auch mit jedem Tage trüber strömt! Des Bächleins einzige
Bestimmung war, in kleinen scherzhaften Krümmungen
zwischen Blumen hinzurieseln; diese Blumen zu tränken;
zu tändeln mit den kleinen Kieseln seines Betts, und dem

24

lustwandelnden Zuschauer zur angenehmen Augenweide zu dienen. Diese leichte Bestimmung hat nunmehr aufgehört; eine weit ernstere, eine weit mehr bedeutende ist an ihre Stelle getreten. Der Fluß soll forthin nicht mehr tändeln, er soll Mühlenräder treiben; soll lastbare Schiffe auf seinem Rücken tragen; soll den täglichen Abgang an Lebenskräften und nützlichen Fertigkeiten in dem großen wogenden Ozeane der Menschheit durch seinen täglichen Beitrag ersetzen helfen! Oh meine Tochter, fühle ihn ganz, diesen großen herzerhebenden Unterschied deiner nunmehrigen würdigern Bestimmung; und blicke stehend auf zu dem, von welchem alle guten Gaben kommen, daß er deinen redlichen Vorsatz zu einer ununterbrochenen treuen Erfüllung derselben segnen wolle!

Andere Bestimmung, andere Pflichten; andere Pflichten, andere Geistes- und Herzensbedürfnisse. Die Sittenlehre der Kindheit kann dir jetzt nicht mehr genügen. Der Gesichtskreis deines Lebens hat sich auf einmal stark erweitert; tausend neue Verhältnisse, Tausende neue Gegenstände des Wissens und des Empfindens, ebenso viele neue Pflichten – ach! Und ebenso viel neue Klippen für deine junge Tugend – ach! Und ebenso viel furchtbare Strudel, welche das Glück deines Lebens für immer zu verschlingen drohen, schließt dieser erweiterte, dir noch fremde Gesichtskreis ein. Komm, komm, mein teures Kind, und ergreife diese väterliche Hand, daß sie dich auf eine Anhöhe führe, von wo du dies neue Ganze überschauen, jede dir drohende Gefahr erkennen und die sicheren Pfade, auf denen du ihnen ausweichen kannst, bemerken wirst!

Siehe, dieses Buch ist jene Anhöhe; ich schrieb es unter lauten Herzensschlägen, und ich weiß, daß auch du es nicht ohne reges Gefühl und nicht ohne warmen innigen Herzensdank gegen die Vorsehung, die dich dadurch belehren läßt, lesen wirst. Ich schrieb meine besten Beobachtungen über die weibliche Bestimmung und meinen besten Rat über die Art und Weise darin nieder, wie diese Bestimmung erreicht werden kann und muß. Ich schrieb's, ungeachtet ich noch bei dir war und von Angesicht zu Angesichte mit dir reden konnte, damit es ein Denkmal meiner Liebe und Vatertreue auf die Tage bliebe, da ich, abgerufen von unserm Allvater, nicht mehr bei dir sein und nicht mehr von Angesicht zu Angesichte mit dir werde reden können. Dann vertrete dieses kleine Buch die Stelle deines Vaters, dessen Geist und Herz sich hier in jede Zeile ergoß: und du, mein gutes Kind, gehorche der Stimme des Buchs und ehre seinen Rat, wie du, könnte ich immer bei dir bleiben, meiner eigenen Stimme gehorchen, meinen eigenen Rat beständig ehren würdest!

Das erste und Nötigste, was ich dir, wenn du selbst es nicht schon längst bemerkt haben solltest, zu melden habe, ist: daß das Geschlecht, wozu du gehörst, nach unserer dermaligen Weltverfassung, in einem Zustande der Abhängigkeit und der Unterdrückung lebt und, solange jene Weltverfassung die nämliche bleibt, *notwendig leben muß*. Das ist freilich keine angenehme, aber eine höchst nötige Nachricht, die ich, wenn ich zu deinem großen Schaden dich nicht täuschen wollte, dir nicht verhehlen dürfte.

Aber laß dich dadurch nur nicht niederschlagen, mein Kind! Denn wisse, daß es nichtsdestoweniger, bei einiger Seelenstärke und Selbstverleugnung, ganz bei dir stehen wird, trotz jener, nun einmal unvermeidlichen Lage deines Geschlechts, dennoch einen so würdigen, ehrenvollen und glücklichen Wirkungskreis zu haben, als wir andern Herren der Schöpfung nur immer für uns abzustecken und uns zuzueignen vermögen. Vernimm nur erst, worin jene unterdrückende Abhängigkeit bestehe, und dann, durch welche Mittel du das Unangenehme und Schädliche derselben, wo nicht ganz entfernen, doch in hohem Grade vermindern und dir versüßen kannst.

Jede menschliche Gesellschaft, auch die kleinste, die aus Mann und Weib und Kindern besteht, ist ein Körper; und zu jedem Körper gehören Haupt und Glieder. Gott selbst hat gewollt, und die ganze Verfassung der menschlichen Gesellschaften auf Erden, so weit wir sie kennen, ist danach zugeschnitten, daß nicht das Weib, sondern der Mann das Haupt sein sollte. Dazu gab der Schöpfer in der Regel dem Manne die stärkere Muskelkraft, die strafferen Nerven, die unbiegsameren Fasern, das gröbere Knochengebäude; dazu den größeren Mut, den kühneren Unternehmungsgeist, die auszeichnende Festigkeit und Kälte und – in der Regel, meine ich – auch die unverkennbaren Anlagen zu einem größeren, weiter blickenden und mehr umfassenden Verstande. Dazu ward bei allen kultivierten Nationen die ganze Erziehungs- und Lebensart der beiden Geschlechter dergestalt eingerichtet, daß das Weib schwach, klein, zart, empfindlich, furchtsam, kleingeistig – der Mann hingegen stark, fest, kühn, ausdauernd, groß, hehr und kraftvoll an Leib und Seele würde. Die stille sitzende Lebensart, wozu ihr nun einmal verdammt seid von früher Jugend an, eure, jede freie und rasche Bewegung hindernde, unnatürliche Kleidung, welche die despotische Staatsklugheit der Männer nicht umsonst so zweckmäßig für euch ausgesonnen hat, eure Sitten, eure Beschäftigungen, eure ganze Art zu leben und zu sein, zwecken alle auf jenes, unsere eigene freiere Lebensart hingegen, unsere Spiele, Übungen und Geschäfte zwecken auf dieses ab. Es ist also der übereinstimmende Wille der Natur und der menschlichen Gesellschaft, daß der Mann des Weibes Beschützer und Oberhaupt, das Weib hingegen die sich ihm anschmiegende, sich an ihm haltende und stützende treue, dankbare und folgsame Gefährtin und Gehilfin seines Lebens sein sollte – er die Eiche, sie der Efeu, der einen Teil seiner Lebenskraft aus den Lebenskräften der Eiche saugt, der mit ihr in die Lüfte wächst, mit ihr den Stürmen trotzt, mit ihr steht und mit ihr fällt – ohne sie ein niedriges Gesträuch, das von jedem vorübergehenden Fuß zertreten würde.

Nur schade, daß die Grenzen dieses Rechts der Herrschaft, welche die eine Hälfte des menschlichen Geschlechts über die andere behauptet, bisher so unbestimmt und schwankend waren, daß jeder nach Beschaffenheit der Umstände und nach dem Maße seiner Kraft sie willkürlich ausdehnen oder zusammenziehen konnte! Schade, daß weder die Gesetzgebung, noch die fortschreitende öffentliche Aufklärung es bis jetzt über sich genommen haben, diese Grenzen nach Recht und Billigkeit und mit Rücksicht auf das Wohl des Ganzen genau zu bestimmen! Die Folge davon ist, daß man in den dermaligen Verhältnissen zwischen Mann und Weib alle Grade der Herrschaft und der Untertänigkeit, von dem höchsten Despotismus auf der einen und der niedrigsten Sklaverei auf der andern Seite an, bis zur völligen Gleichheit, ja bis zur umgekehrten Herrschaft des Weibes über den Mann erblicket. Bei dieser Unbestimmtheit hängt es denn größtenteils von dem, was wir Zufall nennen, am meisten aber von den persönlichen Eigenschaften und Gemütsarten auf beiden Seiten ab, was für ein Los die schwächere Hälfte treffen soll; und das Mädchen, welches heute ihre Hand einem geliebten und liebevollen Manne gibt, kann nur erst nach Verlauf einer gewissen Zeit mit einiger Zuverlässigkeit erfahren, ob es einen Freund oder einen Gebieter oder gar einen Tyrannen an ihm haben werde.

Du, mein Kind, befolge hier, wie in ähnlichen Fällen, die Klugheitsregel: eher das Schlimmere als das Bessere zu erwarten und dich auf jenes vorzubereiten. Halte es also immer, wo nicht für die natürliche Bestimmung, doch wenigstens für ein schwerlich ganz zu vermeidendes Los deines Geschlechts in einer, zwar durch äußerliche Zeichen der Hochachtung maskierten, aber nichtsdestoweniger sehr reellen, oft sehr drückenden Abhängigkeit zu leben. Siehe es immer, wo nicht für ausgemacht und unvermeidlich, doch für höchst wahrscheinlich an, daß die Art deiner künftigen weiblichen Existenz, je älter du werden wirst, immer mehr und mehr darauf abzwecken werde, nicht bloß deine körperlichen, sondern auch manche deiner geistigen Kräfte unbarmherzig zu lähmen, dir eine kleingeistige Denkungsart durch unaufhörliche Beschäftigungen mit Kleinigkeiten einzuflößen, dich zu entnerven, dich schwach, furchtsam, ängstlich und weiblich zu machen. Halte es immer, wo nicht für überwiegend wahrscheinlich, doch für sehr möglich, daß du einem Manne zuteil werden wirst, der – auch wenn er übrigens edel, brav und bieder ist – doch seine Rechte der Oberherrschaft über dich geltend zu machen, deinen Willen und besonders deine Phantasien kräftig einzuschränken, und bei jedem Versuche, ihm das kleine Staatsruder aus den Händen zu winden, dir das Übergewicht seiner männlichen Kraft stark zu empfinden zu geben wissen wird. Nimm es immer – wenigstens um mehr Sicherheit willen – zur Regel an, daß der Mann, selbst der bessere, wenn er wirklich Mann ist und nicht bloß den äußerlichen Umriß der Mannheit an sich trägt, ein mehr oder weniger, aber doch immer in einigem Grade stolzes, gebieterisches, herrschsüchtiges, oft auch aufbrausendes und in der Hitze der Leidenschaft bis zur Ungerechtigkeit hartes und fühlloses Geschöpf ist. Sei endlich, diesem allen zufolge, fest überzeugt, daß Geduld, Sanftmut, Nachgiebigkeit und Selbstverleugnung die allerunentbehrlichsten Tugenden deines Geschlechts sind, ohne welche ein weibliches Geschöpf, das seine natürliche Bestimmung erreichen, d. i. Gattin und Mutter werden will, unmöglich glücklich und zufrieden leben kann.

Aber wozu eröffne ich dir diese, eben nicht sehr reizende Aussicht in das größere menschliche Leben, dem du nunmehr mit starken Schritten entgegengehst! Ist etwa meine Absicht, dich dadurch kleinmütig und verzagt zu machen? Das wäre sehr zwecklos und widersinnig von mir gehandelt. Man braucht ja Mut zum menschlichen Leben, auch zum weiblichen Leben, zu diesem vielleicht noch mehr als zum männlichen; und ich möchte den deinigen lieber erheben, als ihn niederschlagen. Oder will ich dir etwa, ebenso unverständigerweise, eine Abneigung gegen den Ehestand einflößen; gegen einen Stand, wozu wir alle, wenn wir die völlige Reife des Alters erreicht haben und gesund an Seel und Leib sind, von der Natur selbst berufen und verpflichtet werden? Aber auch das sei ferne von mir! Wie könnte ich es wagen, den weisen und mütterlichen Absichten der Natur, welche keine Abweichung von ihren Gesetzen ungeahnt läßt, bei meinem einzigen Kinde entgegen zu arbeiten! – Also wozu?

Dazu, meine Tochter, um dich desto aufmerksamer auf die sicheren Mittel zu machen, durch welche du deinen künftigen Zustand verbessern und, wo nicht alles Unangenehme davon entfernen, es doch in hohem Grade mildern und verringern kannst. Vernimm nun diese Mittel, und traue es meiner Erfahrung, meiner Menschenkenntnis und meiner Liebe zu, daß ich die besten und wirksamsten unter allen für dich werde auserkoren haben. Ich erwähne aber hier nur erst derer, die du, um sie künftig zu besitzen und anwenden zu können, schon jetzt durch unaufhörliche Übungen dir zu eigen machen mußt. Die übrigen sollen, jedes an seinem Orte, weiter unten folgen.

Das erste dieser Mittel, dessen ich schon oben gedacht habe, heißt – *Geduld, Sanftmut, Biegsamkeit* und *Selbstverleugnung*; vier gleich liebenswürdige, und wenn sie aus Überlegung, nicht aus Schwäche, entspringen, gleich erhabene Tugenden, wovon die eine die andere in sich faßt, wovon die eine ohne die andere nicht gedacht werden kann, die ich also als ein einziges Mittel notwendig zusammen nehmen mußte. Geduld erträgt, was nicht zu ändern ist; Sanftmut entwaffnet den männlichen Starrsinn durch milde Freundlichkeit; Biegsamkeit weicht ihm aus durch vernünftiges Nachgeben; und Gewöhnung an Selbstverleugnung gibt zu dem allen die erforderliche Seelenkraft. Ohne diese vier Haupttugenden des Weibes, denen auch unsere Sprache überaus schicklich das weibliche Geschlecht beigelegt hat, kann ich mir eine glückliche und zufriedene Ehe nur in dem einzigen Falle denken, wenn durch einen Mißgriff der Natur oder vielmehr durch eine verkehrte Erziehung das Weib den Kopf und das Herz des Mannes, der Mann die Eigenheiten des Weibes bekommen hat. In jedem anderen Falle muß, wo diese Tugenden fehlen, ehelicher Unfriede, und mit ihm herznagender Kummer und häusliches Elend unvermeidlich sein.

Denn wähne nicht, mein Kind, daß in dem ungleichen Kampfe zwischen Männer- und Weiberkräften, Kopf gegen Kopf, Starrsinn gegen Starrsinn gesetzt, ein für die schwächere Hälfte vorteilhafter Friede sich ertrotzen lasse! So weit ich selbst mein eigenes Geschlecht, sogar die bessern Mitglieder desselben kenne, muß ich dich, allen meinen Erfahrungen zufolge, ganz des Gegenteils versichern. Die Eiche kann im Sturme brechen; aber beugen läßt sie sich von ihm nicht. So auch der Mann, der seiner Kraft sich bewußt ist, nicht vom Weibe. Jede Widersetzlichkeit spannt seinen Unmut stärker; jeder Versuch, ihn durch Trotz zu entmannen, wirft einen neuen oberen Harnisch um sein Herz; jede weibliche Bitterkeit in Mienen oder Worten pumpt neue Galle in seine Adern. Und wehe dem unglücklichen Paare, zwischen dem es bis dahin erst gekommen ist!

Ja wehe, wehe dem unglücklichen Gatten und der noch dreimal unglücklicheren Gattin, zwischen denen es überhaupt erst dahin gekommen ist, daß unter ihnen gestritten wird, wer von beiden dem andern nachgeben, wer von beiden seinen Willen dem Willen des andern unterwerfen soll! Es ist dahin mit ihrer ehelichen Liebe! Hin ach! Sogar mit ihrer Freundschaft, mit ihrem Wohlwollen, mit ihrer gegenseitigen Zutraulichkeit! Hin mit ihrem Hausfrieden, hin mit der glücklichen Erziehung ihrer Kinder, hin mit dem Wohlstande ihres Hauses, hin mit dem guten Fortgange ihrer Geschäfte, hin mit der Treue und Ergebenheit ihrer Bedienten – hin, hin, hin mit ihrer ganzen irdischen Glückseligkeit! Sie leben forthin nicht mehr, um ihres Lebens froh zu werden, sondern sie leben – um sich, einer dem andern, das Leben zu verbittern! Ihr Haus, anfangs vielleicht ein Himmel, ist ihnen von nun an zur Hölle worden, worin der eine des andern Peiniger bei eigenen Qualen wird. Noch einmal wehe und abermals wehe dem unglücklichen beklagenswürdigen Menschenpaare, mit dem es bis dahin erst gekommen ist!

Das Schlimmste hierbei ist, daß die widerwärtigen Eindrücke, die unter solchen Umständen auf das Herz des Mannes gemacht werden, wo nicht ganz unaustilgbar, doch von langer Dauer zu sein und bei der geringsten nachherigen Veranlassung wieder erneuert zu werden und immer tiefer einzudringen pflegen. Hier herrscht, in der Regel wenigstens, ein großer Unterschied zwischen männlichen und weiblichen Gemütsarten, der eine Folge der festeren Organisation und der daraus entstehenden stärkeren und dauerhafteren Gefühle auf Seiten des Mannes ist. Das Weib kann, wenn sie sonst nur gutartig ist, nicht bloß leicht vergeben, sondern auch leicht vergessen, und leicht von einer Empfindung zur andern, und zwar zu einer ganz entgegengesetzten übergehen. Beim Manne hingegen hält dieser Übergang viel schwerer, und es wird bei ihm – die sanguinischen Halbmänner ausgenommen – gemeiniglich erst eine lange Stufenfolge von abfallenden Zwischenempfindungen dazu erfordert, wenn die eine von zwei entgegengesetzten Empfindungen oder Leidenschaften die andere verdrängen und ganz an ihre Stelle treten soll. Er kann daher, wenn er sonst zur Großmut fähig ist, seinen Beleidigern zwar wohl vergeben; aber das Vergessen, das gänzliche Austilgen starker Eindrücke, steht nicht bei ihm.

Daß die guten Weiber alle dies doch wissen mögen! Daß sie doch alle sich danach richten und auf jede Weise vermeiden mögen, die Empfindungen ihrer Männer zu verstimmen und sie zum Unwillen zu reizen! Du, mein liebes Kind, laß dir diese Warnung nicht umsonst gesagt sein und wisse, daß der kleine vorübergehende Schmerz eines dir angetanen Unrechts und die kleine unangenehme Anstrengung, die es dich kosten wird, ein solches Unrecht ungeahndet und ungerügt zu lassen, unter allen Leiden, welche daraus für dich entstehen können, immer das leichteste und unbeträchtlichste sei. Sei also weise, mein Kind, und ziehe, da nun einmal gewählt werden *muß*, dem größeren Übel in jedem Falle das kleine vor. Leide, dulde, verschmerze, so wird dein Mißvergnügen jedesmal nur kurz und leicht zu ertragen sein.

Denn auch diese Nachricht bin ich dir und der Gerechtigkeit gegen mein Geschlecht schuldig, daß der Mann, und zwar je kraftvoller und männlicher er ist, eher gegen alles andere, als gegen anhaltende Sanftmut, gegen Stille und geduldige Ertragung seiner Launen, gegen Nachgiebigkeit und fortdauernde liebevolle Freundlichkeit auszuhalten vermag. So wie jeder Widerspruch und jedes Stemmen gegen seinen gebieterischen Willen ihn in Harnisch jagt: so entwaffnet ihn ein einziger freundlicher Blick, der um Schonung bittet und seiner Herrschaft huldigt. Er ist der Löwe, der nur gegen Starke Stärke zeigt und den Schwächeren mit sich spielen läßt.

Aber Sanftmut, Geduld, Nachgiebigkeit und Selbstverleugnung sind keine Tugenden, die man im Hui sich erwerben und die man anwenden kann, sobald man will, wenn man sie vorher nicht durch eine lange Reihe ununterbrochener Übungen sich für immer zu eigen gemacht hat. Insofern sie wirkliche Tugend und nicht Folge einer großen Seelenschwäche sind, gehören sie bei weitem zu den allerschwersten, aber auch zugleich zu den erhabensten und liebenswürdigsten Tugenden, deren die menschliche Natur nur immer fähig ist. Sie wollen daher auch mit Mühe und Anstrengung errungen und von früher Jugend an unablässig geübt sein. Also jetzt, jetzt, mein teures Kind, ist die Zeit, da du diesen großen Schatz für dein ganzes künftiges Leben dir erwerben oder auf den seligen Besitz desselben und mit ihm auf alle wahre und dauerhafte Glückseligkeit hiernieden für immer Verzicht tun mußt! Jetzt die Zeit, da du notwendig anfangen mußt, allen Launen, die keinem Menschen, am wenigsten einem Weibe geziemen, zu entsagen, und immer gleichmütig, ruhig, sanft und freundlich zu sein! Jetzt die Zeit, da du dir zum unverbrüchlichen Gesetz für dein ganzes künftiges Leben machen mußt, alle Empfindlichkeit aus deinem Herzen zu verbannen und dich zu gewöhnen, lieber Unrecht zu ertragen, als Unwillen mit Unwillen, Bitterkeit mit Bitterkeit törichterweise erwidern zu wollen.

Ich fühle – ach, nur zu stark, wie groß und schwer diese erste, strenge, aber notwendige Forderung sei, die ich dir vorlege. Ich weiß, daß die Erfüllung derselben dir viel viel Anstrengung kostet, anfangs oft mißlingen, oft, wenn du schon gesiegt zu haben glauben wirst, dennoch wieder verunglücken werde; aber ich weiß auch, und zu deiner Ermunterung kann ich dir versichern, daß der menschlichen Natur, bei redlicher und fortdauernder Anstrengung, kein Ziel der sittlichen Vollkommenheit, es sei auch noch so erhaben, unerreichbar ist; und wohl dir und mir, daß ich dir zugleich ein unträgliches Mittel angeben kann, wodurch du das, wovon hier jetzt die Rede war, sicher wirst erreichen können! Dieses Mittel ist zugleich das zweite von denen, die ich dir zur Verbesserung deines ganzen künftigen Zustandes und zur Erleichterung aller damit verbundenen Unannehmlichkeiten nicht genug empfehlen kann. Es heißt: Frömmigkeit und gewissenhafte strenge Rechtschaffenheit!

Frömmigkeit, *Gewissenhaftigkeit* und *Rechtschaffenheit* sind zwar für alle Menschen, wes Standes, Geschlechts und Alters sie auch immer sein mögen, die unumgänglich notwendige Bedingung zu einer wahren und dauerhaften Glückseligkeit: aber doch für keinen mehr, als für das Weib, welche in dem Zustande der Abhängigkeit und der Unterdrückung, worin sie gewöhnlich lebt, dieser felsenfesten Stütze der Schwachen und Leidenden in jeder Periode ihres Lebens mehr als jemand auf der Welt bedarf. Versetze dich, mein Kind, um hiervon fest überzeugt zu werden, mit deinen Gedanken einmal zum voraus in die ganze gewöhnliche Lage des Weibes, die, weil sie die gewöhnliche ist, wahrscheinlich auch die deinige werden wird; und frage dich dann selbst: was unter solchen Umständen aus dir werden würde, wenn nicht die Kraft der Religion und der Gewissenhaftigkeit dich unterstützte; wenn nicht der stärkende und tröstende Gedanke an Gott und Ewigkeit recht heimisch und recht lebendig in dir geworden wäre; und wenn du dich nicht gewöhnt hättest, mit unverwandten Blicken immer nur auf das zu sehen, was Pflicht und Unterwerfung unter dem unerforschlichen Rat des Höchsten von dir fordern. Ich will dir jene Lage, so wie sie, wo nicht in der Regel, doch oft zu sein pflegt, treulich beschreiben; und du selbst magst dann darüber urteilen.

Die Stimme des Selbstgefühls ruft dir zu: ich bin ein Mensch, wie der Mann; ich habe Ansprüche auf alle Rechte der Menschheit, wie er, und gleichwohl wird von dir verlangt, gleichwohl siehst du dich gezwungen, auf manches dieser Rechte Verzicht zu tun, dir manche harte Einschränkung derselben demütig gefallen zu lassen! Tausend an sich unschuldige und unschädliche Dinge sind dem Manne erlaubt, dir nicht! Tausend Äußerungen einer freien unabhängigen Selbständigkeit werden dem Manne vergönnt oder nachgesehn; dir nicht! Um seinen guten Namen, um die Ehre seines sittlichen Charakters unverletzt zu erhalten, darf jener in den meisten Fällen nur alles das vermeiden, was an sich und wirklich schlecht, lasterhaft und schändlich ist; du, mein Kind, mußt – willst du anders die zarte Blume deiner jungfräulichen oder weiblichen Ehre und mit ihr deine Wohlfahrt unversehrt erhalten – bei jedem Schritte, den du tust, bei jeder auch noch so kleinen und gleichgültig scheinenden Handlung, nicht bloß auf ihre innere Sittlichkeit, sondern auch auf das konventionsmäßige Gepräge derselben, auch auf das: *was wird man davon sagen?* sehen! Du fühlst vielleicht Kräfte des Geistes und einen Trieb zu gemeinnütziger Wirksamkeit in dir, die dich fähig und begierig machen, einen größern Kreis auszufüllen, an den öffentlichen Geschäften des Staates Anteil zu nehmen, dich durch große ruhmwürdige Handlungen auszuzeichnen: aber die Männer haben dir jede Gelegenheit dazu abgeschnitten; sie haben jeden Standort, auf dem sich etwas Großes und Rühmliches verrichten läßt, mit Personen ihres eigenen Geschlechts besetzt; und ein gebieterisches und demütigendes: *Zurück!* scheucht dich, sobald du es dennoch wagen wolltest, dich einem solchen Standorte zu nähern, fort, und verweist dich wieder in den kleinen Zirkel deiner unbemerkbaren häuslichen Wirksamkeit. Du fühlst und siehst aus der täglichen Erfahrung mit unbezweifelter Gewißheit ein, daß Abhärtung an Leib und Seele durch häufige und starke Körperbewegung, durch tägliche Gewöhnung an jede Witterung und durch eine ungehinderte freie Übung und Anstrengung aller deiner menschlichen Kräfte eine unumgänglich notwendige Bedingung zum Wohlbefinden an Leib und Seele sei: und die allmächtige Mode zwingt dich unbarmherzigerweise, in vielen Stücken gerade das Gegenteil zu tun; und der tyrannische Wohlstand schreckt dich mit seinem eisernen Zepter von tausend heilsamen Übungen des Leibes und der Seele ab und gebeut dir, zart, empfindlich, schwächlich und nervenkrank zu werden! Man nährt, wo du unter Jünglingen und Männern dich nur blicken läßt, überall deine weibliche Eitelkeit durch Schmeicheleien und scheinbare Ehrerbietigkeit; aber wärst du töricht genug, diese nichtssagenden Dinge für etwas Reelles zu nehmen und deine Ansprüche auf wirkliche Vorrechte vor den Männern oder nur auf gleiche oder ähnliche Rechte danach abzumessen: so würdest du dich jämmerlich betrogen finden! Selbst der Mann, welcher einst um deine Hand sich zu bewerben für gut finden wird – denn gleich einer Ware, die nicht ausgeboten werden darf, mußt du warten, bis sich jemand findet, dem du anstehen wirst – selbst dieser Mann wird alle Künste der Schmeichelei und der Liebkosungen anwenden, dir den Kopf zu verdrehen, um ihn nachher – dir wieder zurechtzusetzen! Er wird Reize und Vortrefflichkeiten an dir finden und bewundern, die du nicht hast; und im kurzen diejenigen, die du etwa wirklich haben magst, verkennen! Er wird dein demütiger Sklav sein, um dein Herr zu werden; er wird von deinem Winke abhängen, um dir bald danach das Joch der Unterwürfigkeit aufzulegen; er wird dich vergöttern, um dir nachher die Rechte der Menschheit zu schmälern – nicht, weil er ein falscher, arglistiger, böser Mann ist, o nein! Er meint es wirklich zur Zeit des Rausches seiner ersten Liebe zu dir im Ernste so, wie er sagt und wie er sich bezeigt: aber diese überspannten Gefühle sind ihrer Natur nach vorübergehend; müssen um so eher und um so mehr erschlaffen, je überspannter sie waren; der feurige Liebhaber muß, er mag wollen oder nicht, sich wieder abgekühlt fühlen; das Verhältnis, worin du als Gattin zu ihm stehst, zeigt dich ihm jetzt in einem ganz anderen Lichte, als dasjenige war, worin du ihm, dem Liebhaber, vorher erschienest. Was er damals in dir anbetete, das ist ihm jetzt gleichgültig, wo nicht gar zuwider. Was er in deinem Betragen damals nicht zu finden wünschte, das macht er dir jetzt zum Gesetz; und was ihm damals so sehr darin gefiel, das rechnet er dir jetzt wohl gar zum Fehler an – abermals nicht, weil er vorher falsch und arglistig war; sondern weil seine Gemütsbestimmung nicht mehr die nämliche ist, weil er jetzt aus dem vorübergehenden Charakter des Liebhabers wieder in den bleibenden Charakter des Mannes zurückgetreten ist, weil der Weltstrom der Geschäfte, der Zerstreuungen, der Sorgen und der Verdrüßlichkeiten ihn gewaltsam dahin reißt, ihn kalt, übellaunig, knurrig und mürrisch macht. Und nun wirf noch zuletzt einen einzigen aufmerksamen Blick in das Innere des ehelichen Lebens und bemerke die vielfältigen Sorgen, Mühseligkeiten und Leiden, die selbst von dem glücklichsten Hausstande niemals alle und niemals für immer entfernt zu bleiben pflegen. Da findest du, wenigstens häufig genug, Sorgen der Nahrung, Verdruß über ungetreue und undankbare Dienstboten, Familienzwiste, Kränklichkeiten, Krankheiten, Todesfälle, Beschwerlichkeiten der Schwangerschaft, Schmerzen und Gefahren der Entbindung, mancherlei Unannehmlichkeiten bei der Wartung kleiner Kinder, mancherlei Sorgen und Bekümmernisse bei der Erziehung der größeren, beträchtliche Unglücksfälle, welche den Gatten in seinem Wirkungskreise, und mit ihm auch die Gattin, wie jedes andere Glied der Familie treffen; kleinere Widerwärtigkeiten und Verdrießlichkeiten, die ihn mürrisch und zum Genuß häuslicher Familienfreuden unfähig machen. Siehe da, meine Tochter, einen nur flüchtig hingeworfenen Umriß von alle den Unannehmlichkeiten und Leiden, die auch deiner, wie jedes andern weiblichen

Geschöpfes, welches seine natürliche Bestimmung erfüllen, also Gattin und Mutter werden will, mehr oder weniger, aber zuverlässig in einigem Grade warten! Die Möglichkeit, daß eine junge Person deines Geschlechts sich auch in der großen Wahl, die über das Glück ihres ganzen Lebens entscheidet, in der Wahl ihres Gatten, betrügen, und ohne es zu ahnden, sich einem Nichtswürdigen in die Arme werfen könne, diese Möglichkeit habe ich in jenem traurigen Umrisse absichtlich unberührt gelassen, weil ich zu deinem Verstande, zu deinem Herzen und zu deinem Pflichtgefühle das volle Vertrauen habe, daß du bei diesem großen entscheidenden Schritte, wenn er einst auch von dir getan werden muß, den Willen deiner Eltern ehren oder, wenn diese nicht mehr bei dir sind, dem Rate treuer, einsichtsvoller und erfahrener Freunde folgen werdest.

Und nun, meine Tochter, woher würdest du den Mut nehmen, dich in eine solche Lage freiwillig zu begeben, und woher die Kraft, dich darin zu erhalten und sogar glücklich darin zu sein, wie du sollst; wenn nicht Religion und Gewissenhaftigkeit dich dazu stärkten; wenn nicht kindliches Aufsehen zu Gott und hoffnungsvolles Hinblicken in die Ewigkeit dir Mut, Kraft und Freudigkeit dazu verliehen? Suche also schon jetzt die Grundsätze der Religion, die dir einst so große Dienste leisten müssen, durch öfteres Nachdenken darüber und durch tägliche kindliche Unterhaltungen mit Gott, dem Allvater, dir recht geläufig zu machen. Präge sie dir tief in das Innerste deines Herzens ein, und laß sie von da aus einen entscheidenden Einfluß in deine Gesinnungen und in alle deine Handlungen haben. Gewöhne dich daneben, bei allen deinen Überlegungen und Beschlüssen beständig auf die leise Stimme des Gewissens zu achten und nichts zu wollen, nichts zu tun, als was von diesem gutgeheißen und gebilligt wird. Der Gedanke: *es ist Pflicht für mich!* sei dir stets entscheidend, was auch immer deine Neigungen und Wünsche dagegen einzuwenden haben mögen. Dann, mein gutes Kind, wirst du die Einschränkungen und die Unannehmlichkeiten deiner künftigen Lage nicht nur leicht ertragen, sondern auch dich so glücklich darin fühlen können, als ein Mensch hiernieden nur immer zu werden vermag. Davon werde ich weiter unten dich zu überzeugen suchen.

Nachricht über einige Punkte der Andreischen Erziehungsanstalt

4. Fertigkeiten und Künste, welche gelehrt werden

a) Musik, b) Zeichnen, c) Tanzen, d) Schönschreiben des Deutschen, Französischen und der Zahlen, e) Führung der Wirtschaft überhaupt und der einzelnen Teile, f) alle Arten der eigentlich weiblichen Handarbeiten, doch mit dem Unterschied, daß die nötigsten, leichtesten und nützlichsten zuerst – und die entbehrlicheren, künstlicheren, feineren nachher und nur dann gelehrt werden, wenn sie in jenen vollkommene Fertigkeiten besitzen, g) schnelle und akkurate Selbstbesorgung ihres völligen Anzugs, h) Erwerbung eigenen Vermögens und Vergrößerung desselben. – Für die Knaben noch i) Papparbeiten und k) Drechseln.

5. Physische Erziehung

Ist schon von mir sehr detailliert in meiner kleinen Schrift: «Bildung der Töchter in Schnepfental» beantwortet. Indessen hier ein paar Worte über die wesentlichsten dabei von mir ins Auge gefaßten Punkte.

a) Die Luft, in der wir leben, muß rein, frisch und trokken sein.

b) Die Kinder müssen sie nicht allein einatmen, sondern sich auch *täglich* (daher auch im Winter) mehrmals in der *freien* Luft *lebhaft bewegen*. Daher zuweilen bald kleine, bald größere Reisen.

c) Die Nahrung muß einfach, diätetisch, wohl zubereitet, nicht kostbar sein und im Genuß wenig Zeit rauben.

d) Körperliche Anstrengungen und Abhärtungen, ein etwas größeres Maß von zugeteilten Geschäften, als in der vorhandenen Zeit bequem abgetan werden können, beugen, außer den bekannten negativen Mitteln, vorzüglich unregelmäßigen Ausbrüchen des Geschlechtstriebes vor der Zeit vor.

e) Ein Dritteil und weniger Zeit ist dem Schlaf in kühlen, einfachen Betten, in einem hohen, hellen, luftigen Gemach, wo jedes Kind sein eigen Bett hat, bestimmt.

f) Die ganze Wohnung ist hell, luftig und rein.

g) Die Kleidung leicht, einfach, wenig kostbar, uniform, günstig allen natürlichen Verrichtungen des Körpers, die Gesundheit befördernd, reinlich und in 10 Minuten durchaus völlig anzulegen. ·

h) Kein Ungeziefer, keine Art von Unreinlichkeit wird geduldet.

i) Zu lebhafte Temperamente werden durch stärkere Anstrengungen und Geduldsübungen gemildert; zu schläfrige durch Scherze, Spiele und mannigfaltige Tätigkeitsübungen geweckt.

k) Durch fleißigeres Baden (wozu eine eigene Anstalt eingerichtet worden ist) wird, außer Beförderung der Reinlichkeit, die Körperkraft gestärkt.

l) Alle Geschäfte, Handlungen, Übungen müssen mit Geschicklichkeit, Leichtigkeit, Gewandtheit und Schnellkraft verrichtet werden.

m) Die Sinne werden durch fleißiges Erforschen, Beobachten und Prüfen von Natur- und Kunstgegenständen überhaupt geübt und geschärft – durch fleißigen Gebrauch des frischen Wassers und der freien Luft gestärkt; insbesondere noch das Gesicht und Augenmaß durchs Zeichnen und Schreiben; das Gehör durch Lesen und Musik – und die Sprachorgane durch Sing-, Gedächtnis- und Deklamationsübungen, auch durch Unterricht der Größeren, den Kleinern erteilt.

n) Als Hauptbeförderungsmittel der Schönheit wird Gesundheit des Körpers und Heiterkeit der Seele angesehen – keine Plumpheit im äußeren Betragen geduldet, aber sich sorgfältig gehütet, eine andere Anmut künstlich vorzuschreiben, als welche die Natur nach und nach mit zunehmender Ausbildung selbst lehrt – aus Furcht, eitle und heuchlerische Marionetten, ohne eigentümlichen Charakter zu bilden.

o) Der Körper überhaupt und seine Ausbildung wird für wichtig, aber doch nur insoweit, gehalten, als ein wohl ausgebildeter und gehörig erhaltener Körper, das wesentlichste Mittel *zur* glücklichen Geistesausbildung und beim weiblichen Geschlechte insbesondere die un-

erläßliche Bedingung *zur* glücklichen Erhaltung und
Fortpflanzung der Generation ist. Daher geschieht ihm
hier auch nur in Rücksicht dieser beiden wesentlichen
Zwecke sorgfältig sein Recht, um seine Verschönerung
oder Verunstaltung aber, nach den Vorschriften der
Eitelkeit oder Gebräuchen der Mode bekümmern wir
uns gar wenig und können es auch nicht; da alle unsere
übrige Zeit durch die Sorge für eine zweckmäßige
Geistesbildung, für Veredlung und Verschönerung des
Geistes schon weggenommen ist.

6. Moralische Erziehung

Hier dreht sich alles um den Hauptgrundsatz: Moralität
des Menschen ist nichts anderes als das Verhältnis der Tätigkeit seiner Vorstellungskraft zu den Graden seiner Ausbildung.

aa) Daher hier 3 Hauptabstufungen nach den verschiednen Graden der Tätigkeit und Ausbildung und auch
sehr verschiedene Forderungen, die man in Rücksicht
der Tätigkeit ihrer Vorstellungskraft und der daraus
resultierenden Übungen, Handlungen etc. fordert.

aaa) Die Wachsenden. Von denen bloß *völlige* Willigkeit
und Geneigtheit verlangt wird, ihren Kräften die
Richtung zu geben, die man ihnen anweist, wenn sie
zu einer höheren Stufe gelangen wollen.

bbb) Die Blühenden. Von denen nützliche, unermüdete
Tätigkeit gefordert wird, um sich zu erheben zu den

ccc) Reifenden, welche nicht nur die Anforderungen der
vorigen beiden Stufen mit zur anderen Natur gewor-
dener Fertigkeit befriedigen, sondern jetzt imstande
sind, sich ein eigenes Lebens- und Handlungssystem
zu bauen; deren Vernunft reif genug geworden ist,
selbst weise Gesetze zu entwerfen, und zugleich alle
Kräfte so zu beherrschen, daß letztere den erstern
strenge gehorchen. Also Fähigkeit zum Genuß völliger Freiheit, weil sie bloß zu vernünftiger Selbsttätigkeit angewendet werden wird. – Hierzu fähig zu machen, ist der Zweck meiner ganzen Erziehung.

bb) Daher die höchste Belohnung – Erhebung in die zweite Klasse. Denen, welche dahin gelangen, gestatten wir mit uns selbst gleiche Rechte und Vorzüge. Eine solche nimmt entscheidenden Anteil an den Direktionsgeschäften; bekommt ihr eigenes pädagogisches Departement; erhält ein eigenes Zimmer; bedarf keiner Erlaubnis, um auszugehen; macht Reisen mit, wobei wir über Nacht ausbleiben; erhält ansehnliche Jahresbesoldung. Das Eigentliche der Belohnung liegt aber in dem beständigen Bewußtsein, sich durch eigene Anstrengungen und Verdienste aus dem Verhältnis des gehorsamen Kindes, das bloß geliebt werden konnte, zur Würde der vernünftig *selbstdenkenden* und moralisch *selbsthandelnden* Freundin emporgehoben zu haben, die darum *geachtet* werden muß. Dieses Ziel den hiesigen Zöglingen zum höchsten ihrer Wünsche zu machen, ist eben so viel, als ihr ganzes Bestreben dahin richten lassen, der Erziehung recht bald entbehren zu können. Sobald sie die dritte Stufe erreicht haben, sind sie dazu nicht allein fähig, sondern verschaffen sich auch bei längerem Aufenthalt hier noch den Vorteil, von ihren erfahreneren Freunden auch bei ihren völlig freien Handlungen sorgfältig beobachtet und mit Rat unterstützt zu werden. Und so ist der Übergang aus der Schule in die wirkliche Welt so stufenweise, natürlich und völlig gebahnt, daß sich ein Zögling aus meiner Zucht, wenn er nämlich alle Grade hier durchgegangen ist, in jede seiner künftigen Lagen, in seine nächstkünftige, aber besonders deshalb leicht zu finden wissen wird, weil ich mir es zur besonderen Pflicht mache, Lagen, Verhältnisse, Bestimmungen etc., die jedem Zögling im künftigen Orte seines Aufenthaltes eigen sein werden, möglichst genau kennenzulernen und ihn, allen diesen eigenen Umständen gemäß, auch hier in der letzten Zeit dienliche Vorübungen machen zu lassen, um ihm die speziellen Vorschriften für seine nächstkünftige Lage zu veranschaulichen.

cc) Daher sorgfältig abgesonderte Forderungen für jede Klasse; für die unterste wenige, für die mittlere jene und neue, für die oberste jene, diese und ganz neu hinzukommende.

aaa) Forderungen für die unterste Klasse:
1) Folgsamkeit, Geduld und Heiterkeit (besonders in Rücksicht des kindischen Wesens). 2) Reinlichkeit. 3) Aufmerksamkeit. 4) Laute Sprache. 5) Schnelle Tätigkeit, Liebe zum Fleiß und Verlangen nach Unterricht. 6) Enthaltsamkeit und Mäßigkeit (besonders in Rücksicht auf Essen und Trinken). 7) Fertigkeiten im Stricken. 8) Anstand und Sittlichkeit im Äußern, besonders in Absicht auf Haltung des Körpers, Stellung, Manieren etc. 9) Die Anfangsgründe auf dem Klavier. 10) Die Anfangsgründe im Rechnen. 11) Die ersten Kenntnisse von den gemeinsten Natur- und Kunstgegenständen. 12) Die ersten Anfangsgründe der Schön- und Rechtschreibekunst. 13) Die ersten Kenntnisse der französischen Sprache. 14) Ein durch fleißige Übungen bereichertes Gedächtnis.

bbb) Forderungen für die zweite Klasse:
1) Beurteilungskraft und Verstand. 2) Deutliche Sprache und Fertigkeit im Lesen. 3) Denken und Handeln nach Ordnung. 4) Biegsamkeit gegen fremden Willen und zuvorkommende eigene Willigkeit. 5) Fertigkeit in der gewöhnlichen Hausnäherei, im Flachs- und Baumwollespinnen. 6) Führung eigener Tagebücher und auszeichnender Eifer in den Lektionen. 7) Gänzliche Entwöhnung von allem unnützen, gedankenleeren Geschwätz (diesem Hauptgebrechen des weiblichen Geschlechts). 8) Ein gesetzter, ungezwungener, leichter, wohlanständiger Gang. 9) Die ersten Anfangsgründe der Singekunst. 10) Besitz einer eigenen Kasse, Fertigkeit und Kunst sei erlaubt zu vermehren. 11) Die ersten Kenntnisse der Wirtschaft, einige Geschicklichkeit einzelnen Teilen derselben vorzustehen, besonders der Küche. 12) Fertigkeit im Schön- und Rechtschreiben. 13) Fertigkeit im Französisch Lesen, Sprechen und Übersetzen. 14) Übungen und Schärfung des Witzes. 15) Pünktliche Verwaltung bestimmter Ämter nach gegebenen Instruktionen.

ccc) Forderungen für die dritte Klasse.

1) Geschicklichkeit, ihren ganzen Anzug vollkommen nett und ordentlich selbst zu besorgen und ihre meisten Kleidungsstücke selbst zu verfertigen. 2) Außerordentliche Anwendung und Anstrengung ihrer Kräfte, z. B. aus eigenem Antriebe mehr zu leisten, als nach der Ordnung nötig wäre. 3) Angenehme Aussprache und Fertigkeit in jeder Art von schriftlichen Aufsätzen. 4) Erteilung des Unterrichts an Jüngere. 5) Gänzliches Enthalten von der Beschönigung oder Rechtfertigung eigener Fehler durch Entschuldigen. 6) Geschicklichkeit in den mehr verschönernden weiblichen Nadelkünsten, z. B. im Stikken. 7) Hinlängliche Einsicht in die Gesundheitslehre und Fertigkeit, nach diätetischen Grundsätzen zu leben. 8) Geschicklichkeit im Zeichnen. 9) Besitz wenigstens eines Handelszweiges, Geschicklichkeit, ihn selbst zu dirigieren und darüber gehörig Buch zu führen. 10) Kenntnisse der Landwirtschaft und (wenn ich das Lokale dazu besäße!) Geschicklichkeit, die weiblichen Zweige derselben zu kultivieren. 11) *Neue* Erfindungen und Versuche aller Art, besonders in der Hauswirtschaft, Naturkunde und Methodik. 12) Geschicklichkeit, in französischer Sprache sich schriftlich auszudrücken. 13) Übung des Scharfsinns.

dd) Daher eine Einrichtung, mittels welcher

1) Sogleich auf der Stelle jede Erfüllung oder Nichterfüllung dieser Forderungen sowohl in der geringfügigsten als wichtigsten Handlung der Zöglinge bemerkt werden kann,

2) auch meistenteils wirklich bemerkt wird, und zwar auf nur eine, allen Erziehern hier gemeinschaftliche und diesen wie den Zöglingen vollkommen verständliche und also gerechte Art, daß Parteilichkeit beinahe unmöglich wird; wobei zugleich die Zöglinge nicht etwa nur im allgemeinen, sondern ganz bestimmt gerade auf die spezielle Forderung hingewiesen werden, auf deren Erfüllung oder Nichterfüllung es ankommt – und nicht nur dadurch im Fall der Nichterfüllung die

Erinnerung erhalten, sie zu erfüllen, sondern auch die Freiheit haben, sie auf der Stelle zu erfüllen; so wie umgekehrt, im Falle der Erfüllung, die bei einem einzelnen zu bemerken ist, alle übrigen eine lebhafte Aufmunterung zur ähnlichen Pflichtleistung erhalten, indem der Wetteifer der Kräfte durch die Furcht erregt wird, dieser einzelne werde den Vorsprung gewinnen.

3) Die Zöglinge allezeit jeden Augenblick, so oft sie wollen, selbst aufs genaueste wissen können, ob sie ihre Forderungen alle oder nur welche und in welchem Verhältnis und Grade jede einzelne erfüllt haben, – und daher jeder einzelne wissen kann, nicht nur in welchem Verhältnis überhaupt seine Tätigkeit zu den verschiedenen Forderungen stehe, sondern auch in welchem Verhältnis er zu allen übrigen Zöglingen in dieser Rücksicht stehe, wobei er jeden Augenblick, wenn er will, dieses Verhältnis durch Anstrengung seiner Kräfte günstiger zu machen und zu seinem Vorteil zu ändern vermag.

4) Sehr viele Grade einer (zur noch besseren Erfüllung) immer mehr auffordernden oder (von fortgesetzter Nichterfüllung) immer stärker abschreckenden Erinnerung unaufhörlich zur rechten Tätigkeit reizen; doch so, daß beide ihr bestimmtes Maximum haben, welches, wenn es in jenem Fall erreicht ist, eine bestimmte Belohnung und in diesem eine bestimmte Strafe zur Folge hat.

a) Die Belohnung ist: Öffentliche Anerkennung und Zeugnis, daß in Erfüllung dieser bestimmten Forderung der Zögling eine solche Fertigkeit erlangt habe, daß er keiner Aufforderung mehr zu derselben bedürfe und nun eine Stufe näher zur nächsthöheren Klasse gerückt sei.

b) Die Strafe: Öffentliches Geständnis, daß dieser Zögling durch keine Art von Nachsicht und Erinnerung zu freiwilliger Erfüllung (zu *seiner* Ausbildung) notwendiger Forderungen zu bringen sei. – Da eine gezwungene aber in Sachen eigener Ausbildung nichts wert ist, dennoch aber ein Zögling hier nicht untätig sein darf, so ist man nun genötigt, ihn für andere tätig sein zu lassen. In dem Augenblick tritt er aus der Ordnung der Zöglinge, ist aller ihrer Vorzüge verlustig, wird nicht geachtet und erhält selbst seine Nahrung nur in dem Maße, als seine ihm angewiesene Tätigkeit für andere sich wirksam zeigt. Aber auch jeder Beweis von angewendeter und ihm hier gelungener Tätigkeit setzt ihn wieder in die Reihe der Zöglinge, und er wird nun als neueintretender angesehen. Alle diese Veränderungen können sich während einer Viertelstunde mit einem Zöglinge zutragen und endigen. – Er kann aber auch Stunden und Tage im Zustand dieser Strafe beharren, nachdem er mehr oder weniger Eifer und guten Willen besitzt.

5) Jeden Abend diese Grade, diese Verhältnisse, in Rücksicht eines beträchtlichen Teils dieser Forderungen, untersucht, verglichen, die Resultate und die Rangordnung der Zöglinge (welche sehr wichtig ist, weil sie für viele ihrer persönlichen Vorteile entscheidet) und ihre größere oder mindere Annäherung zu einer höheren Stufe festgesetzt.

6) Jede Woche gleichsam Generalabschluß im Durchschnitt über alle Forderungen gehalten, und danach die günstige oder ungünstige Lage eines jeden Zöglings für die ganze nächstkünftige Woche entschieden. Diejenigen, welche noch tätiger waren als in der nächstvorigen Woche, erhalten kleine Wirkungskreise (in denen sie Gelegenheit finden, das schon vorzuüben, was künftig ihr Hauptgeschäft sein wird), in denen sie regieren und anordnen. Diejenigen hingegen, welche in der Tätigkeit nachgelassen hatten, verlieren einen Teil ihrer Freiheit und werden den erstern als Untergeordnete zugegeben, welche alles tun und ausführen müssen, was jene anordnen.

ee)   Daher von Zeit zu Zeit feierliche Aufnahmen, teils der Neuankommenden in die unterste, teils dieser wieder in höhere Klassen, sobald alle dazu nötigen Forderungen (s. dd. 4. a.) gehörig erfüllt wurden.

ff)   Erwähnung verdienen hier vielleicht noch die Fragen, welche in den Tagebüchern täglich zu beantworten sind:

1. Was lernte ich heute außer den Lehrstunden durch eigenes Beobachten, was ich entweder vorher gar nicht oder nicht recht wußte?

2. Was lernte ich heute in den Lehrstunden, was ich vorher entweder gar noch nicht oder doch nicht recht wußte?

3. Was tat ich heute, wovon mir mein Herz sagt, daß es nicht recht sei, und das mehr noch jetzt reuet, wenn ich daran zurückdenke?

4. Was tat ich heute, worüber ich mich noch jetzt freue, wenn ich daran zurückdenke?

5. Was bemerkte ich heute an anderen Gutes, das ich nachzuahmen wünschte?
Anmerkung: Diese 5 ersten Fragen hat die 1. Klasse mündlich, die 2. und 3. Klasse schriftlich zu beantworten. Letztere bekommt noch folgende 4 hinzu:

6. Wem verdankte ich weise Lehren – und wie befolgte ich sie?

7. Wie dachte ich über mich selbst nach, um Mittel auszusinnen, heute noch mehr besser zu machen als gestern?

8. Was tat ich heute besser als gestern?

9. Was trug ich heute zu andrer Bestem bei?

gg)   Wird noch moralischer Unterricht erteilt:

1. Den Jüngeren zur Vorbereitung auf den Religionsunterricht, wobei hauptsächlich Zweck ist, alle abstrakten Begriffe an fruchtbaren Exempeln zu entwickeln und genau zu bestimmen. Dabei wird als Leitfaden gebraucht: a) Der Mädchenspiegel. b) Rochows Kinderfreund. c) Salzmanns moralisches Elementarbuch. d) Campens Seelenlehre.

2. Den Ältern neben dem Religionsunterricht, wobei hauptsächlich Zweck ist, sie ein Moralsystem in

besonderer Beziehung auf ihre künftige Bestimmung bilden zu lassen. Dabei wird als Leitfaden gebraucht: Campens Väterlicher Rat.

3. Den Reifern eine Philosophia in nuce, wobei Hauptzweck ist, einen befriedigenden Ausschluß über den Zusammenhang zwischen Gott, Welt und Menschen zu geben, und aus höhern, notwendigeren Prinzipien die Maximen zu einem System der Lebensweisheit abzuleiten.

Zum Leitfaden dient mein eigen System im Manuskript.

hh) Unsere ansehnliche Liedersammlung ist hauptsächlich aus dem Gesichtspunkt der Moralität gesammelt. Jede Klasse hat ihre eigenen. Sie werden häufig gesungen und tragen viel dazu bei, das moralische Gefühl zu wecken und meinen Kindern ihren heiteren Sinn zu erhalten.

7. Religionsunterricht

a) Die natürliche oder die Religion der gesunden Vernunft wird schon nach ihren wesentlichsten Begriffen in Verbindung der Moral gelehrt; wie aus dem vorhergehenden erhellt. Es bleibt also noch übrig

b) der Unterricht in der christlichen. Dieser wird nach 3 Graden erteilt:

aa) vorbereitend. Hier wird die Geschichte der jüdischen und christlichen Religion nach der allgemeinen Weltgeschichte für Kinder in Bildern vorgetragen.

bb) Durch Forschen in der Quelle selbst. Lesung des Neuen Testaments, mit hauptsächlichem Verweilen bei den Aussprüchen und moralischen Lehren Jesu, wovon das Praktische für die Bestimmung des Weibes entwickelt wird.

cc) Kurze Übersicht der wesentlichen Eigenheiten und Unterscheidungslehren des Christentums, hauptsächlich nach dem Schützischen Elementarwerk.

8. Ökonomische Bedingungen für die eintretenden Zöglinge

1. Ist die Anstalt nur für Töchter oder Pflegebefohlene reicher Eltern oder Vormünder bestimmt, welche nicht selbst die Erziehung derselben nach dem ganzen Umfange dieses wichtigen Geschäfts übernehmen können.

2. Die jährliche (viertel-, halb- oder ganzjährig) zu pränumerierende Pension für einen Zögling betrug sonst 40 (jetzt bei den so sehr gestiegenen Preisen der Bedürfnisse 44) Louisdor; wofür aller Unterricht, die ganze Erziehung, Beköstigung und eine Menge anderer kleiner Ausgaben, überhaupt alles bestritten wird, was in den folgenden Punkten nicht namentlich ausgenommen wird.

3. In Krankheitsfällen werden die dabei vorkommenden außerordentlichen Unkosten den Eltern besonders berechnet. – Alle Auslagen für die Kleidung vergüten die Eltern besonders. Diese betragen ungefähr des Jahres im Durchschnitt auf einen Zögling 6 Louisdor. – Jeder Zögling bringt sein Bette mit, nur ungern sorgt die Anstalt dafür, in welchem Fall für jährliche Bettmiete 1 Louisdor zu vergüten ist.

4. Beim Eintritt zahlt jeder Zögling 4 Louisdor. Zur Weihnachtsfreude für jeden bestimmen die Eltern jährlich 1 Dukaten oder ½ Carolin, und verwilligen ebensoviel gleich anfänglich zu einem Kassenfonds für denselben.

5. Verzeichnis der Sachen, welche ein Zögling in diese weibliche Erziehungsfamilie wenigstens mitzubringen hätte.
   A) An Betten.
      1 Matratze, 1 Unterbette, 1 Pfühl, 1 Kopfkissen, 1 Couverte, 1 wollene Friesdecke für den Winter unter die Couverte.
   B) An Bettwäsche.
      8 Bettücher oder Laken, 4 Kissenzüchen.
   C) An Tisch- und Waschwäsche.
      12 Servietten und 12 Handtücher.
   D) An Anzugswäsche.
      12 Hemden, 13 Paar Strümpfe, 24 Schnupftücher, 12

Halskrausen oder Hamlets[1], 6 bunte Uniformschürzen, 2 weiße baumwollne Sonntagsuniformen, 3 Alltagsuniformen, 6 Paar Taschen, 1 Schaltuch, 6 Nachtkamisöler, 6 Nachtmützen.

E) An rohen Materialien.

30 Ellen Leinewand zu Hemden für sich, die sie selbst machen lernen, 4 Ellen Nesseltuch oder Batist zu Krausen, 6 dito zu Schürzen, 4 Stränge weißes Garn, 1 Pf. Baumwolle und 1 Pf. Schafwolle zu Strümpfen, Flicklappen zur Ausbesserung ihrer Kleidung.

F) Sonstige Stücke zum Anzug.

1 schwarzes Kopfband, 2 blaue dito, 1 blaues Leibband, 6 Paar Handschuhe, 2 weiße Unterröcke, 2 Alltagsunterröcke und 1 wollner für den Winter, 2 Unterleibchen, 1 Sonntagsüberrock im Winter, 1 Alltagsüberrock für den Winter, 2 Paar ordinäre lederne Schuhe, 1 Paar feinere zum Tanzen und bessern Anzuge, 1 Paar Stiefel für schmutziges Wetter, 3 Kämme, einen weiten, einen engen und einen Frisierkamm, 1 schwarzer Filzhut für den Winter, für den Sommer 1 Strohhut und grüner Stockschirm.

G) An Arbeitsgeräten.

2 ordinäre Strickbeutel und 1 feinerer zur Gesellschaft, 1 Schere, 1 Fingerhut, 6 Stricknadeln.

H) An Tischgeräte.

1 silberner Löffel, 1 Paar Messer und Gabel.

I) Schreibmaterialien.

Federn, Papier, Siegellack, Bleistift, Petschaft, Papierschere und Schreibtafel.

6. Wer die ernstliche Absicht hat, eigene Kinder oder Pflegebefohlene hier erziehen zu lassen, sendet zeitig 10 Louisdor als Unterpfand des gewiß bestellten zuerst vakant werdenden Platzes. So eigennützig diese Veranstaltung auch scheinen möchte, so wenig ist sie es für den Vorsteher der Anstalt, sie ist bloß zum Vorteil der Eltern nötig geworden.

---

[1] Alles hier und in der Folge mit größerer Schrift Gedruckte ist in der Anstalt selbst käuflich zu haben.

a) Weil der höhere Zweck einer ernstlichen Ausbildung keine große Anzahl von Zöglingen zuläßt.

b) Weil daher immer bisher Überzählige vorhanden waren, – folglich keine Zöglinge mehr angenommen, sondern nur die zuerst aufgehenden Plätze wieder für Überzählige versprochen und mit später sich meldenden gar keine Unterhandlungen angefangen werden konnten. Wobei sich aber mehrmals der Fall ereignete, daß diejenigen, welche Plätze bestellt hatten, wegen deren weiterer Vergebung man nunmehr sich gebunden glaubte, wieder zurücktraten, und indessen nun auch die später sich Gemeldeten andere Maßregeln genommen hatten, denen doch viel daran gelegen gewesen wäre, ihre Kinder gerade hier zu wisssen.

Künftig verspreche ich daher keine Plätze mehr. Wer aber 10 Louisdor eingesendet hat, dem gehört die erste offen werdende Stelle; und es versteht sich von selbst, daß diese 10 Louisdor alsdann als das erste Abschlagsquartal der jährigen Pension betrachtet werden.

Man adressiert sie an

André,
Vorsteher einer Erziehungsfamilie
zu Gotha

Gotha im Julius 1794

GOTTFRIED WILHELM BECKER

aus: Der Ratgeber vor, bei und nach dem Beischlafe oder Faßliche Anweisung, den Beischlaf
so auszuüben, daß der Gesundheit kein Nachteil
zugefügt und die Vermehrung des Geschlechts
durch schöne, gesunde und starke Kinder befördert wird

Einleitung

Der *Beischlaf* ist gewiß eine der wichtigsten, ja vielleicht die
wichtigste Verrichtung, für welche die tierische Ökonomie
des Menschen bestimmt ist. Wer weiß nicht, wie alles auf
ihn ankommt, das Geschlecht des Herrn dieser Erde zu erhalten? Wer weiß nicht, daß er die süßesten Freuden in sich
faßt, für deren Genuß so mancher alles andere aufopfert,
was ihm das Schicksal oder die Vorsehung an Glücksgütern
gegeben hatte, daß durch seinen Genuß gleich sehr oft das
Glück oder Unglück der künftigen Generation, die ihm ihr
Dasein verdankt, und derer, die ihr das Dasein geben, bestimmt wird? Überlegt man, daß von den Umständen, unter welchen er stattfindet, Schande und Ehre, Gesundheit
oder ein Leben, das durch die dasselbe begleitende Kränk-
lichkeit jeden Augenblick zu erlöschen droht, Geistesgröße
selbst oder Beschränkung der Kräfte dieses, Frohsinn und
Düsterheit und wer weiß sonst noch alles abhängt: wahrlich, dann ist man es sich selbst schuldig, über einen Gegenstand genauer nachzudenken, der den meisten nichts als
eine Reihe von üppigen Bildern darstellt, an welchen sich
ihre verdorbene, irregeführte Phantasie so lange labt, bis
sie am Ende unfähig ward, der Aufmerksamkeit anderer,
ernsthaft zu behandelnder Gegenstände ein Opfer zu bringen. Der Verfasser dieser Blätter glaubt daher kein unnüt-
zes Geschäft übernommen zu haben, wenn er dem Leser jedes Standes den Weg vorzeichnet, den er bei seinem Nachdenken darüber betreten muß. So bescheiden er auch ist,
so glaubt er doch kein ganz unbedeutendes Verdienst um
seine Zeitgenossen sich erworben zu haben, wenn es ihm

glückte, sie mit dem allen genauer bekannt zu machen, was darauf hinausgeht, den Beischlaf, das Werk des tierischen Menschen, dadurch zu veredeln, daß er immer mit Bezug auf den großen Zweck, die bedeutenden Absichten gedacht wird, welche die Natur mit ihm zu erreichen sich vornahm. Er wird sich freuen, wenn seine Leser in dem Kenntnisse erlangen, was ihn *unschädlich* macht, was ihn lehrt, wie sie bei seinem Genusse sicherer ihren Zweck erreichen können, als es sonst der Fall ist. Denjenigen, die vielleicht in der Absicht seine Blätter in die Hand nahmen, ihre verdorbene Phantasie zu kitzeln, wird er keinen Dienst damit erzeigen, gewiß aber jedem, dem die Vernunft eine Leuchte in allen seinen Handlungen sein soll.

Erster Abschnitt
Der Ratgeber vor dem Beischlafe

Schon *vor* dem Beischlafe soll dein Rat nötig sein? Auch *vor* ihm die Diätetik ihre Gesetze vorschreiben?

Gewiß, wenn man auf die Wichtigkeit dessen achtet, bevor der Beischlaf überhaupt zu genießen ist, wenn man bei diesen Erinnerungen auf den einzelnen Moment des sich zu verschaffenden Genusses Rücksicht nimmt. In beiden Fällen wird so manches sich auffinden lassen, was für die Menschheit überhaupt und für den einzelnen gleich sehr wichtig ist.

1

Man suche nicht zu früh einen Genuß, *der erst mit der völligen Reife der Organisation unseres Körpers verbunden sein soll.* Es ist unglaublich, wie sehr die Natur in der Ausbildung des letzteren gehindert wird, wenn Triebe befriediget werden, die noch lange hätten schlummern sollen. Alles kündigt in ihren Geschöpfen es an, daß das ganze *erste Viertel* des Lebens dazu bestimmt sein soll, den Körper auszubilden, daß erst der *ganz* ausgebildete für die Erzeugung neu erwachen soll. So verschieden die Lebensdauer der einzelnen Tiergattungen ist, so sehr stimmen doch alle in diesem Punkte überein; und wenn der Mensch hier gleichsam vor der Zeit reif wird, so wird er es nur dem Scheine nach, er wird es nur auf Unkosten seiner Gesundheit, auf Unkosten der schwächlichen Nachkommen, die ihr, vielleicht elendes, physisches Dasein einer Stunde der Übereilung verdanken; und schnell rächt sich an ihm die Natur, die nie ihre Gesetze von einem Zerstörer ungestraft verachten und übertreten läßt.

2

Man sehe einen Mann oder besser Greis, der schon im fünfzehnten Jahre im Schoße unkeuscher Buhlerinnen das verschwendete, was der reine Gatte dem Ehebette aufspart. Er wird nun in den Jahren durch Familienverhältnisse zu einer Heirat genötigt, wo man in früheren Zeiten, in einem kraftvolleren Zeitalter, erst in dieser Hinsicht eine dunkele Ahnung von dem Geheimnisse des erstern bekam, und er, der entkräftete, erschöpfte, aus Knochen und Haut zusammengesetzte Mann, für jeden Genuß, der ihm im keuschen Ehebette blühen konnte, schon abgestumpft ist. Man sehe eine Gattin, die schon in den Jahren Mutter wird, wo ihre Reize sich erst vollenden, ihre Körperkräfte den höchsten Grad erreichen sollten. Ihr zarter Körper kann nun den Beschwerden der Schwangerschaft nicht die Stirn bieten; er kann den Verlust an Säften, die Anstrengung nicht vertragen, welche mit der Niederkunft vereint sind; und so welken die Rosen schon, die sie noch nicht oder kaum der Knospe entblühet sind. Das widrigste Gerippe steht da, wo noch die blühendste Schönheit entzücken könnte, wenn die Entwicklung und Befriedigung von Trieben nicht stattgefunden hätte, welche noch Jahre lang ungestört hätten schlummern sollen.[1]

[1] Sehr richtig bemerkt ein Schriftsteller darüber: «Man hat behaupten wollen, daß es gut wäre, wenn Mädchen frühe Mutter würden. Ihre Bauchmuskeln, Becken, Knochen und Geburtsteile, sagt man, sind noch weich, dehnen sich noch leicht aus, ihre Schwangerschaft und Niederkunft muß also minder beschwerlich sein, als bei Erwachsenen. Minderbeschwerlicher mag sie wohl sein, aber auch desto gefährlicher, denn die schnellsten und leichtesten Geburten sind gerade die gefährlichsten. Überdies ist die

Man glaubt, daß das erste *Erwachen* des Zeugungstriebes auch auf die *Befriedigung* desselben einen Anspruch gibt. Gewiß ist es, daß dieser Schluß richtig wäre, wenn wir ganz im Zustande der Natur lebten, wenn wir durchaus nicht hier auf die Einwirkung so mancher Dinge Rücksicht nehmen müßten, die gleich sehr zu seiner zu frühen *Entwickelung*, als zu seiner bedeutenden *Heftigkeit* beitragen können. Nahrung und Kleidung, Lektüre und üppige Bilder, selbst Beispiel und unbedachte Wortspiele, alles vereinigt sich, diesen Trieb früher zu wecken, als es der Fall sein würde, wenn statt des erhitzenden *Weines einer heißen Zone*

leichteste Geburt schmerzhaft genug, um ein Mädchen von 16–18 Jahren in Konvulsionen zu bringen, *und die Sterbelisten beweisen, daß ebensoviel Gebärende mit 16–18 Jahren, als mit 43–45 Jahren sterben.* Diejenigen, welche *an den Folgen eines zu frühen Gebärens* gestorben sind, kommen hier nicht in die Rechnung, und doch machen sie bei weitem den *größten* Teil aus. Wenn ferner diese jungen Mütter auch das seltene Glück haben, *ihr erstes* Kind auf die Welt zu bringen, so sind doch ihre *nachfolgenden* Schwangerschaften gewöhnlich eine Reihe von Mißfällen. Blutstürze und ihre Gesundheit ist selten ohne weißen Fluß. Ihre Geburtsteile werden bei der ersten Schwangerschaft so sehr ausgedehnt, geschwächt und erschlafft, daß sie sich nie wieder in der Folge zusammenziehen und eine Frucht durch neun Monate ernähren und austragen können. – Wie kann man von so einem Mädchen erwarten, daß sie ohne Nachteil ein Kind in ihrem Leibe durch neun Monate von diesen Säften ernähren und stillen soll? Wie kann man ein gesundes, starkes Kind von einer Mutter erwarten, die selbst noch Kind ist? Andere empfehlen auch wohl frühe Ehen als Vorbauungsmittel gegen Ausartung des Geschlechtstriebes! Ein Vorschlag, der ebenso ungereimt ist, als es ungereimt wäre, wenn man einen Selbstmörder umbringen wollte, damit er sich nicht selbst umbrächte.»

«Die Blütezeit eines Mädchens fällt in ihr 18 bis 20stes Jahr; in diesem Alter sind alle ihre Reize aufgeblüht, entfaltet, ihr Wuchs ist vollendet, ihr Busen in seiner Reife, ihre Geburtsteile haben sich entwickelt und verlieren nicht so leicht durch den Beischlaf und das Gebären ihre Muskelkraft; sie hat Stärke genug, den Umarmungen des Mannes mit einem Kinde zu lohnen, dem sie ganz Mutter werden kann.»

reines *Wasser*, statt fremder Gewürze die Früchte *unserer Gärten*, statt der *Lektüre schlüpfriger Romane* und *wollustatmender Gedichte Arbeitsamkeit* und *Fleiß* da wäre. Daher kommt es, daß das Erwachen dieses Triebes nicht auch den Zeitpunkt anzeigt, wo die Entwickelung des Ganzen seine Endschaft erreicht hat; daher kommt es, daß ihn nach seinem Erwachen *gleich* zu *befriedigen*, nichts als das *Übel*, das schon vorhanden ist, mit einem *neuen* noch *vermehren* heißt.

4

Sehr wahr sagt ein ziemlich vergessener Schriftsteller über diese Materie[1]: «Nicht die erste Erscheinung des männlichen Samens und Zeugungsvermögens, nicht der hervorkeimende Federbart eines Jünglings, *sondern die ganze vollkommene Ausbildung seines ganzen Körpers, die völlige Entwicklung seiner Seelenkräfte* waren der Maßstab, wonach die alten Gesetzgeber die zum Heiraten nötige Reife bestimmten. Lykurgus verbot den Jünglingen, sich vor dem 37sten Jahre zu verehelichen, um aus einem vollkommenen reifen Samen gesunde und kraftvolle Kinder zu erzielen, welches er für das größte Glück des gemeinen Wesens hielt. – Nichts war nach dem Zeugnis des Cäsars und des Tacitus bei unseren deutschen Voreltern verächtlicher, als wenn ein Jüngling schon im 20sten Jahre in dem Umgange mit dem weiblichen Geschlechte Fortschritte gemacht hatte. Bei ihnen wußte man von unreiner Liebe nichts, und an den ehelichen Früchten sah man deutliche Spuren der reifen kraftvollen Eltern. – Durch unsere heutige ausgeartete Lebensart erhält freilich der männliche Samen mehr Schärfe[2], aber nicht deshalb geschwindere Reife. Hierdurch werden zwar die Begattungstriebe voreiliger, als es ehedem bei den deutschen Jünglingen geschah, welche in ihrer Er-

---

[1] Mays (in Heidelberg, vor einigen Jahren). Medizinische Faktenpredigten II, S. 16, 17.
[2] Oder besser, er wird früher abgesondert und zeigt so auch früher seine Tätigkeit. An Schärfe ist hier nicht zu denken, und ich verstehe nicht, was sich Herr May darunter vorstellt.

ziehung weniger verzärtelt wurden; allein die volle Manneskraft des reifen Samens erscheinet selten vor dem dreißigsten Jahre, so wie die Seelenkräfte gemeiniglich auch erst in diesen Jahren zur vollkommenen Reife gedeihen.[1]»

5

Gesetzt auch, der angeführte Schriftsteller hätte den Termin etwas zu weit hinausgeschoben, den man für die Befriedigung des Zeugungstriebes als schicklich annehmen darf; gesetzt auch, daß man dem Manne schon das 20ste bis 24ste, dem Weibe das 18te bis 22ste Jahr als den frühesten schon sicher anweisen kann; so ergibt sich doch augenscheinlich daraus, daß die ungemein frühen Ausschweifungen, die sich beide Geschlechter jetzt so sehr gewöhnlich zuschulden kommen lassen, in jeder Hinsicht gleich sehr ihnen und ihren künftigen Sprößlingen schaden, so wie sich auch sicher annehmen läßt, daß *spätere* Liebe auch immer bei völlig entwickelter Mannbarkeit die *einzige* ist, von der sich für Gegenwart und Zukunft beseligende Folgen äußern können.

Mit Recht singt *Bürger* von einem solchen:

> Wem Wollust nie den Nacken bog
> Und der Gesundheit Mark entsog, –
> Dem steht ein stolzes Wort wohl an,
> Das Heldenwort: *Ich bin ein Mann.*

> Mit Recht wird man ihm sagen können:
> Wie, wenn der Lenz die Erd' umfäht,
> Und sie mit Blumen schwanger geht,

---

[1] Um fünf Jahre hat sich Herr Dr. May nun freilich verrechnet. In dieser Hinsicht hatte nur aber freilich die Regierung des Breisgaus vor einigen Jahren nicht übel gehandelt, gesetzlich die Heiraten vor dem 25sten Jahre zu verbieten. Überhaupt aber ist zu hoffen, daß frühreife Ehen jetzt viel seltener werden, da im größten Teile Europas das Conscriptionssystem und Landwehrsystem dies zur natürlichen Folge haben muß; möchte nur auch der frühreife *außereheliche* Beischlaf seltener werden, der bei unserer laxen Moral, durch die großen Armeen u. s. f. desto mehr begünstigt wird!

So segnet Gott durch ihn sein Weib,
Und Blumen trägt ihr voller Leib,

Die alle blüh'n, wie Sie und Er;
Sie blüh'n gesund und schön umher,
Und wachsen auf wie Zederwald,
Voll Vaterkraft und Wohlgestalt.

So glänzt der Lohn, den er genießt,
So das Geschlecht, das dem entsprießt,
Dem Wollust nie den Nacken bog
Und der Gesundheit Mark entsog.

6

Der Beischlaf ist eine so wichtige Verrichtung der tierischen Ökonomie, daß er durchaus nicht oft von einem und demselben Subjekt genossen werden darf, wenn er nicht auf der einen Seite die Gesundheit gefährden, die Wirkung auf der anderen selbst verhindern oder zweifelhaft werden soll, wegen der er für den vernünftigen Menschen allein den großen, ja den größten Wert hat.
Untersuchen wir diese Bemerkung genauer.
Unter den verschiedenen Säften, welche im menschlichen Körper enthalten sind, gibt es zwar keinen, der nicht für die Wohlfahrt, für die Gesundheit von Wichtigkeit wäre. Von der gemeinschaftlichen Quelle, aus der sie alle entspringen, dem *Blute*, bis zu dem auf das künstlichste daraus bereiteten *Samen* sind sie alle mehr oder weniger unentbehrlich, für die Gesundheit wichtig. Entzieht man sie dem Körper, so wird dieser letztere an der erstern mehr oder weniger Einschränkung, Beeinträchtigung erfahren, je nachdem nämlich die Beschaffenheit des *Saftes* ist, den er verliert, und je nachdem die *Art* ist, auf welche er ihn verliert. Ein Beispiel wird dieses deutlich machen. Man zapfe einem Menschen zehn bis zwanzig Unzen Blut ab, und er wird, nicht allzu stark, in Ohnmacht fallen; ist er stärker und also dazu mehr geeignet, einen solchen Verlust zu ertragen, doch wenigstens blaß werden, Mattigkeit empfinden und andere Zufälle entstehen sehen. Man nehme einem

anderen dieses Blut *allmählich* in derselben Quantität, und der Erfolg wird sich ebenfalls nur sehr allmählich, und zwar in um so geringerem Grade einstellen, und um so leichter wieder zu heben sein, je mehr die Natur Zeit hatte, sich wieder die Kräfte unter dem stattfindenden Verluste selbst einzusammeln. Man sehe einen anderen Menschen an, dem durch einen Durchfall eine große Menge des Schleimes entzogen wird, der die innere Fläche seiner Gedärme überzieht. Der Erfolg wird, wenn der Verlust von Bedeutung ist, vielleicht, vorzüglich bei einem schwächlichen, schon bedeutender, noch stärker als in dem vorhin angeführten Falle sein und möglich, daß einige Folgen von ihm lange, lange zurückbleiben. Mit dem Verluste anderer Säfte ist es ebenso.

7

Alles, worauf es hier ankommt, besteht nämlich in dem Umstande, ob die Flüssigkeit, die hier verlorengeht, *mit* oder *ohne* große Mühe, verhältnismäßig gebildet, in großer oder kleiner Menge für die Verrichtungen des Körpers benutzt wird? Je mehr das erstere von beiden ist, desto mehr findet auch der Verlust bedeutende Nachfolgen; der Verlust von *Blut* und *Milch* wird daher ungleich leichter ertragen, als der des *Schleimes*, der für die Verdauung bestimmt ist. Nun erfordert unter allen Säften des menschlichen Körpers keiner so viele Verrichtungen für ihre Bereitung, als die männliche Samenfeuchtigkeit.

«Kein Teil des männlichen Körpers», sagt der genannte Schriftsteller über diese Materie, «bedarf zu seiner vollkommenen Entwicklung und Veredlung so langer Zeit, so vieler Einwirkung der Lebens- und Nervenkraft, als die Geilen und der darin zubereitete reife und fruchtbare Samen. Sogar die Werkstätte der Vernunft des Herrn ist viel eher zu ihren Verrichtungen ausgebildet, als die Hoden des mannbaren Jünglings. – Allen Eingeweiden, allen Kräften des belebten Körpers hat gleichsam die Natur geboten, nur langsam und durch stufenweise Einwirkung der ganzen tierischen Haushaltung einen vortrefflichen Saft aus dem Blute herauszuziehen, der durch seine innere belebende Kraft, sein lebendes elektrisches Feuer die Nachwelt erzeugen sollte. Ein solcher Saft ist der reif gewordene männliche Samen, er enthält in sich wirkliche Menschenkeime, aus dem Ich unserer Selbstheit; er ist das vollkommenste Produkt, was unser Körper durch seine wunderbare Kraft erzeugen konnte; er ist das erste Wunder der schöpfenden Allmacht, das Nonplusultra des Tierreichs. Sorgfältig bereitet die Natur diesen schöpferischen flüchtigen Saft in zwei eiförmigen, aus unendlich kleinen verwickelten Gefäßen und Nervenzweigen, Eingeweiden, die sie im natürlichen Zustande, vermutlich aus weisen Absichten, in einem verdoppelten Behälter, im allgemeinen Hodensack, verschließt, der sich durch seine Muskelkraft zusammenziehen und den langsamen Fluß dieses gallertartigen Saftes befördern kann. Sorgfältig leitet die Mutter Natur diese Quelle der Nachkommenschaft durch zwei aufwärts steigende, durch den Bauchring, welchen die geschlängelten Samen-, Schlag- und Blutadern nebst den Samennerven durchbohren, gleitende besondere Kanäle nach dem hintern Teile des Urinblasenhalses, in zwei darmförmige Behälter, Samenbläschen genannt, wo derselbe bis zum vernünftigen, von der Natur vorgeschriebenen Fortpflanzungsgebrauch aufbewahrt und wahrscheinlich noch mehr veredelt wird.»

8

Wenn die Natur mit so vieler Mühe diese Feuchtigkeit absondert, so wird sie sie nicht nachlässig vergeuden lassen. Wenn sie ihn in *kleiner Menge* absondert, sollte demungeachtet der Mensch ihn *täglich* vergeuden dürfen? Gewiß würde dies ihren Absichten nicht entsprechen, und so etwas läßt sie nie ungestraft zu . Die Gesundheit derjenigen, die in dem Genusse der physischen Liebe ausschweifen und so diesen Saft täglich aufopfern, ist mehr oder weniger zerstört; oder *wird*, wenn nicht der Augenschein es für den gegenwärtigen Augenblick beweist, wenigstens früher oder später zerstört. Wohl mancher tummelt sich Tag für Tag in den bacchanalischen Ausschweifungen und in dem Tempel der Venus Vulgivaga herum, und sein aufgedunsener Körper scheint jedem solchen Erfolg zu spotten. Aber nur Geduld! Die *verspätete* Folge ist deshalb noch keine *geschenkte* Folge, und bald kann der trügerische Schein der Gesundheit bei der eintretenden *Wirklichkeit* des Krankenlagers schwinden, um bittere Reue und alle Qualen des erwachten bösen Bewußtseins im Busen wühlen zu lassen. Ja, selbst in den seltenen Fällen, wo die Anordnungen der Natur ganz ungestraft, wie es scheint, hintergangen werden, weil ein riesenhafter, jeder Verwüstung leichter Trotz bietender Körper, dessen Kräfte auf Unkosten der edlen Seele sich vervollkommneten, sie dagegen schützte: so beweist auch dieses nicht das, was vielleicht mancher daraus bewiesen zu sehen glaubt. Denn immer fragt sich, die Seltenheit eines solchen Falles gar nicht einmal in Erwähnung gebracht: was würde aus einem solchen stammhaften, jeder Verwüstung und Ausschweifung trotzenden Körper erst dann geworden sein, wenn er nicht den Einfluß dieser Ausschweifungen erfahren hätte; würde er nicht vielleicht auf ein Alter von weit über hundert Jahren, auf das, das eigentlich dem Menschen zukommt, wenn wir die möglichste Höhe desselben in Anschlag bringen, Anspruch haben machen können, wenn er in diesem Punkte müßig gewesen wäre, statt daß er so kaum das von sechzig, siebzig erreicht?

So, glaube ich, muß der Fall beurteilt werden, den der Verfasser der Gynäologie erzählt.

Ein Mann, der in seinem fünfzehnten Jahre zur Selbstbefleckung verleitet wurde, nachdem er in demselben auch zuerst den Beischlaf ausgeübt hatte, heiratete in seinem 24sten Jahre, zeugte einige Kinder und pflegte bis zum vierzigsten Jahre fast täglich der Wollust, ohne im mindesten an seiner Munterkeit, Stärke, Gesundheit einzubüßen, blinde Hämorrhoidalbeschwerden abgerechnet. Wie es *nach* dem vierzigsten Jahre geworden ist, erfahren wir nicht.

9

Das weibliche Geschlecht hat zwar in Hinsicht des Verlustes, der aus einer Flüssigkeit besteht, weniger, vielleicht gar nichts zu fürchten, inwiefern diese bei ihm in diesem Falle entweder gar nicht stattfindet oder, wenn auch nach der Behauptung mehrerer Ärzte, etwas Ähnliches gefunden wird, das sich bei dem Beischlafe ergießt, diese doch auf keine Art mit der des Mannes in bezug auf Wichtigkeit, mühsame Bereitung und Bestimmung gleichzusetzen ist.

Indessen tritt bei ihm und bei dem Manne gemeinschaftlich ein Umstand ein, der von nicht geringerer Bedeutung ist und daher dem letzteren doppelt, dem ersteren aber zwar allein, aber immerhin wichtig genug ist. Es ist folgender.

10

Die *Art*, wie der Körper beim Beischlafe sich verhält, ist für denselben bei beiden Geschlechtern nicht weniger bedeutend, als für den Mann der Verlust des Samens selbst. Die Werkzeuge der Begattung sind mit zahllosen Nerven versehen. Das feinste Gefühl ist in ihnen bemerkbar und wird hier zu entzückendem Wollustgefühl. Daher ist dies die erste Wirkung des Beischlafs in diesen Werkzeugen, wenn sie nicht schon abgestumpft sind; von diesen Werkzeugen geht es nun bald auf den ganzen übrigen Körper fort, den es wie ein elektrisches Feuer durchdringt. Indessen ein solches starkes Gefühl zu ertragen; dazu gehört auch ein starker Körper. So wie jedes andere Gefühl nun leicht in üble Folgen ausarten kann, wenn es zu heftig ist; so wie selbst Freude und dergleichen zu üblen Folgen Anlaß geben kann, weil der Körper nicht stark genug ist, sie zu tragen, so wird dieses noch leichter bei diesem der Fall werden können, das das stärkste unter allen ist. Daher sah man denn oft die furchtbarsten Konvulsionen erfolgen, wenn Wollust schon die Kräfte gelähmt hatte und doch immer wieder genossen wurde. Epilepsie strafte oft unmittelbar den Wollüstigen oder traf bald hernach das Weib, das so wenig der *Mäßigkeit* eingedenk war.

11

Das zärtliche Weib – wie sehr wird sie es noch ganz besonders Ursache haben, dieser stets Gehör zu geben, da ihre Beschaffenheit des ganzen Körpers sowohl, als besonders ihrer Zeugungsteile, sie für den unmäßigen Genuß des Beischlafs, die vorige Art abgerechnet, noch auf eine andere, aber nicht weniger bedeutende, gefährliche Art, als den Mann, bestraft.

Welch schwammiges, lockeres Gewebe macht ihre Zeugungsteile aus? Wie leicht werden hier Ansammlungen von Säften bewirkt, da die Gefäße in diesem lockeren Gewebe so leicht jeder Ausdehnung, jedem Andrange nachgeben, den das Blut macht, wenn ein Reiz auf diese Teile einwirkt?

Und wo ist ein Reiz, der bedeutender wirkt, heftiger wirkt, unmittelbarer und mittelbarer Weise gedacht, als das Reiben auf diese empfindlichen, so viel dem Blut leicht zugänglichen, schwammigen Flächen der Geburtsteile? Daher rührt denn die Neigung zu Blutstürzen, zu Blutflüssen, zu starker, entkräftender monatlicher Reinigung, über die so manches Weib zu klagen Ursache hat, über die sie nicht zu klagen Ursache haben würde, wenn sie nicht auf diese Art den Keim zu dem Ruin ihrer Gesundheit gelegt hätte.

12

Sehen wir uns nach einem anderen damit zusammenhängenden Gegenstande um, so werden auch hier sich unserem Blicke einige neue bedeutende Bemerkungen aufdrängen. Wie manche leidet an dem unseligen sogenannten *weißen Flusse*, der ihre Gesundheit oft um so sicherer vernichtet, die Blüten ihrer Schönheit um so früher verwelken macht, je unmerklicher sich die Schlange einnistet, die hier Verderben bringt. Ich weiß nicht, ob jede Leserin über die Natur dieses Übels gehörige deutliche Kenntnisse habe. Daher hier nur so viel, um diesem Mangel abzuhelfen.

Die ganze innere Fläche der Zeugungsorgane des Weibes ist mit einem milden, im Zustande der Gesundheit und bei gehöriger Reinlichkeit fast geruchlosen Schleime überzogen, der keinen anderen Zweck hat, als die zarten, so sehr empfindlichen Teile gegen jede Verletzung, jeden Druck, so sehr es nur immer möglich ist, zu sichern, der ihnen bei dem Beischlaf oder in der Niederkunft entstehen könnte. Die Menge dieses Schleimes, der zu diesem Behufe von den feinsten Ästen der Schlagadern abgesondert wird, die zu den genannten Werkzeugen gehen, um ihnen Nahrung zu spenden, ist an sich nicht sehr groß. Allein ein Reiz, der auf sie wirkt, bringt sie, außer anderen hierher nicht gehörigen Ursachen, dahin, diesen Schleim in größeren Mengen abzusondern, und wenn nun dieses der Fall oft ist, so wird alsdann diese Absonderung zur anderen Natur, wie man sagt, es geht dieselbe beständig fort; es entsteht ein Abfluß von diesem Schleim, der nun der ursprünglichen weißlichen Farbe wegen mit dem Beinamen des *weißen Flusses* bezeichnet wird. Indessen, wenn auch *geraume Zeit lang*, zu Folge dessen, was oben über den verschiedenen Nachteil gesagt worden ist, den der Verlust verschiedener Säfte nach sich zieht, dieses keinen bemerkbaren Nachteil für die ganze Ökonomie des Körpers sehen läßt, so ist es doch keineswegs von langer Dauer. Allmählich empfindet der ganze Körper den *anhaltenden* Verlust. Das Fleisch wird welk, die Farbe des Gesichts verliert ihre Frischheit, den Augen schwindet ihr Glanz und belebendes Feuer, ein blauer Kreis umzieht sie, die Muskeln verlieren die Kraft, der ganze Körper zeichnet sich durch Kraftlosigkeit aus, und der Schleim, der anfangs an sich so milde und gutartig ist, nimmt nun eine ganz andere Beschaffenheit an: er wird scharf, dünn, übelriechend, gleicht einer grünlich gelblichen Jauche. – Oft unmöglich ist es ganz, das Übel zu heilen, das doch zunächst nichts vielleicht als Folge einer *zu oft* genossenen Wonne war, die um so sparsamer genossen werden muß, je größer und bedeutender sie in Hinsicht aller ihrer Folgen ist.

13

Eine Reihe so wichtiger Bewegungsgründe wäre allein schon ausreichend, das erste Gesetz, das der Mensch bei *allen* Genüssen, die ihm Natur und Kunst bereitet, vor Augen stellte, das der Mäßigkeit für so wichtig anzuerkennen, als es sein sollte. Indessen, es gibt in bezug auf beide Geschlechter noch einige gewiß nicht weniger wichtigere. Beischlaf sollte, wie alles für den Vernünftigen, nicht sowohl deswegen Wert haben, *weil er Genuß verschafft*, sondern vielmehr aus dem Grunde, daß er für einen *Zweck* vom Schöpfer berechnet ist, den man unter allen auf diesem Erdenrunde für den wichtigsten annehmen kann, für die *Erhaltung des Geschlechts der Menschen* selbst. Soll er diesen Zweck erreichen, so ist der mäßige Genuß desselben auch die vorzüglichste Bedingung, um ihn zu erreichen, und zwar wird dieses in bezug auf das eine Geschlecht sowohl als das andere sein.

14

«Wunderbar», sagt ein Schriftsteller, «sind die Veränderungen, welche sich in dem Gemüte und dem Körper eines Jünglings äußern, sobald der männliche Samen sich seiner Reife und Fruchtbarkeit annähert und dessen geistiger Teil bei enthaltsamen Menschen ins Blut eingesauget wird. – Alle Tiere werden bei eintretender Brunstzeit, wo nämlich der Samen seine Reife erhält, mutiger, stärker, unternehmender. Sie fürchten keine Gefahr, sie kämpfen hitziger mit ihren Nebenbuhlern bis zum Ausbruch einer wirklichen Raserei. Bei dem reif werdenden Jüngling, wenn er keusch lebt, werden die Lebens- und Nervenkräfte tätiger, lebhafter. Die an dem Kinn hervorkeimende Wolle verwandelt sich in einen männlichen Bart. – Die Schamgegend wird mit Haaren bekleidet, die weibliche Sopranstimme des unreifen Jünglings sinket in einen rauhen tiefen Baß herab, die Augen funkeln feuriger, die Muskelkraft wird stärker, das elektrische Feuer wird in seinem ganzen Körper tätiger, das Herz pocht mutiger und schmelzt von Liebe. Die Seelenkräfte erhalten ein mehr männliches Wesen, die Einbildungskraft wird erfinderischer, feuriger, die Beurteilungskraft fester, der Wille tätiger, das Menschengefühl erhabener, gegen das weibliche Geschlecht anziehender, sanfter, liebkosender; es gehen überhaupt in diesem kritischen Zeitpunkte Veränderungen vor, die sich besser fühlen als beschreiben lassen und die man mit völliger Gewißheit dem unerklärbaren geheimen Reiz des männlichen Samens allein zuschreiben kann und muß, weil jene unseligen Schlachtopfer, die die italienische Gewinnsucht für das Theater als Sänger bestimmt, mit dem Verlust ihrer Sameneingeweide auch alle Körperkraft und Seelenmunterkeit auf immer verlieren.»

«Auch der Kapaun», sagt Herr von Haller, «verliert sein Krähen, seine Stärke, seinen feuerroten Kamm, er legt die männliche Wachsamkeit des Haushahns ab und artet in eine weibliche Weichlichkeit aus. Verschneidet man den Hirsch vor dem Herauskeimen der Geweihe, so kommen nach dem Zeugnisse der Naturforscher niemals einige zum Vorschein. Der Stier, ein ungemein wildes Tier, verwandelt sich durch Kastration in einen geduldigen und völlig zahmen Ochsen.»

15

Von solcher Wirksamkeit ist der Samen des Mannes!

Indessen soll er es sein, so muß er auch ein für allemal die nötige Zeit haben, sich in den dazu bestimmten Organen des Mannes *so lange zu läutern und zu reinigen, bis alle die Bestandteile ihm entnommen sind, die nicht zu seinem Wesen gehören*. Um zu dieser Eigenschaft zu gelangen, darf er nun nicht zu oft ausgeleert werden. Wenn dieses schon der Gesundheit überhaupt beträchtlichen Eintrag tut, wenn die übermäßige Ausleerung dieses Saftes Schwäche der Verdauungskraft, des Nervensystems und Verfall des ganzen Körpers nach sich zieht, so wird dieses auch hier nicht weniger von Bedeutung sein. Der Same des Mannes, der durch gehörigen Aufenthalt in den schon einmal genannten Samenbläschen alle ihm beiwohnende, das Leben eines neuen Geschöpfs begründende Kraft erlangt hat, zeichnet sich bekanntermaßen, ausgeleert, durch einen ihm eigenen, spezifischen Geruch, durch eine zähere Konsistenz aus. Verschiedene Beobachtungen machen es sehr wahrscheinlich, daß *dieser balsamische, flüchtige, stark mit Riechstoff geschwängerte Stoff es ist, der zur Befruchtung das meiste beiträgt*; und kann er wohl in der Samenfeuchtigkeit angetroffen werden, wenn er sich nicht in hinlänglicher Menge sammeln kann, wenn er immer wieder ausgeleert wird?

Um in einer fruchtbaren Ehe zu leben, ist es daher unter übrigens gleichen Umständen eine Hauptsache, nicht sowohl *oft*, als vielmehr *selten*, nicht sowohl *täglich*, als vielmehr *wöchentlich* oder *monatlich* den Beischlaf auszuüben.

Bei dem *Weibe* findet nun zwar wohl dieser Grund nicht statt, aber es ist ein anderer, der *ihm* nicht weniger wichtig sein muß. *Öfters* genossener Beischlaf macht oft, daß die erfolgte Schwangerschaft ein plötzliches, nur nicht erwünschtes Ende dadurch nimmt, daß die Frucht vor der Zeit abgeht, weil sie nicht den Erschütterungen, dem Blutzufluß widerstehen kann, welche mit diesem Genusse unausbleiblich fest verbunden sind. Je früher noch die Schwangerschaft ist, desto eher kann sie auch dadurch vernichtet werden.

«Aus guten und vernünftigen Absichten hat die Natur allen schwangeren Tierweibchen einen Abscheu, einen Ekel oder wenigstens eine Gleichgültigkeit gegen die liebkosende Lüsternheit des männlichen Geschlechts eingeprägt, damit der in der Gebärmutter ausgebrütet werdende Tierkeim ungehindert durch einen mäßigen Zutrieb der Nahrungssäfte aufwachsen möge. Die tägliche Erfahrung überzeugt uns von dieser hellen Wahrheit. Die belegte Kätzin murret, kratzt und beißet, wenn der hitzige Kater sich ihr nähern will; die brütende Henne sträubet ihr federnes Gewand wie ein Igel und verjaget mit einem besonderen Geschrei den Haushahn. – Nur der vernünftige Mensch, der Ehegatte will das Werk seines Fortpflanzungsvermögens, die zarte Ehefrucht seiner Lüsternheit, seiner Geilheit aufopfern.»

Auch die Belegung der Stute, der Kuh wird durch nichts wahrscheinlicher gemacht, als wenn sie den Hengst, den Stier nicht mehr zulassen will. Das Weib des menschlichen Geschlechts macht davon, das ist wahr, eine merkwürdige Ausnahme; die meisten haben in der Schwangerschaft einen größeren Trieb zum Beischlafe, als außer derselben; allein es scheint dieser nichts als Folge des größer werdenden Zuflusses der Säfte zu sein, der nun stattfindet und so physischer Weise den Trieb nach diesem Genusse begründet.

Vorzüglich gefährlich ist in dieser Hinsicht der Beischlaf, der in die Zeit fällt, wo außer der Schwangerschaft die monatliche Reinigung stattfand. Der angeführte Schriftsteller sagt dasselbe. «Jeder Beischlaf in der Schwangerschaft», meint er, «ist zwar gegen die Natur, weil einesteils der männliche Samen zwecklos verschwendet wird, andernteils durch den heftigen Umtrieb des mütterlichen Geblüts beim Beischlaf die feinen Wurzeln der Nachgeburt, woher das Kind seine Nahrung und Leben erhält, losgerissen werden; kein Beischlaf ist aber in der Schwangerschaft bei sehr blutreichen und reizbaren Müttern gefährlicher, als jener in den ersten vier Monaten, besonders in jenem Zeitpunkte, wo vorher die monatliche Reinigung erschienen ist. Gemeiniglich wird in diesen Tagen die Gebärmutter vollblütiger und reizbarer, und es kann durch eine einzige feurige Umarmung ein gefährlicher Blutsturz und unzeitige Geburt erfolgen. Wie viele Kinder, wie viele Bürger gehen jährlich bloß durch die übertriebene Lüsternheit der Ehemänner für das Vaterland verloren? Wie sehr würde das so merkbar geminderte Menschenalter an Jahreszahl und die ehelichen Mütter an Körperkraft zunehmen, wenn der Ehemann während der Schwangerschaft seiner Gattin zur Erholung seiner eigenen Kräfte und Vervollkommnung des männlichen Samens enthaltsam sei, und anstatt seiner Lüsternheit zu frönen, das Übermaß seiner Körper- und Geisteskräfte auf die Geschäfte seines Berufes, auf die Verbesserung seines Glücksstandes verwenden wollte. Bei der essenischen Sekte unter den Juden unterstand sich kein Ehemann, mit seinem gesegneten Weibe Umgang zu pflegen. Diejenigen, sagt der heilige Hieronimus, welche angeben, daß sie sich für das Beste des gemeinen Wesens und des menschlichen Geschlechts verehelichen und Kinder zeugen, sollten doch wenigstens den unvernünftigen Tieren nachleben, und wenn ihre Weiber hohen Leibes sind, nicht die Frucht in ihnen wieder zerstören, sondern sich gegen solche mehr als Liebhaber, denn als Ehegatten betragen. Alle Völker von Nigritien verabscheuen den Umgang mit schwangern Frauen. In dem Königreiche Benin, auf der

Sklavenküste, bei den Völkern zwischen der Sierra Leona und dem Flusse Sestro, ist die Berührung einer schwangern Frau ein Gräuel. Jene Ehegatten, deren Weiber schon mehrmals Blutflüsse und unzeitige Geburten erlitten haben, müssen sich bei einer künftigen Schwangerschaft sorgfältig des Beischlafs enthalten, wenn sie nicht Mörder ihrer Weiber und Kinder und zugleich Räuber des Staates werden wollen. Ich kenne mehrere Fälle, wo nur durch die strenge Enthaltsamkeit des Mannes die eheliche Frucht zur vollkommenen Reife gediehen ist.»

18

Wenn es gewiß ist, daß nur in dem *mäßigen* Genusse das Geheimnis des *langen* und immer wieder als neu erscheinenden Genusses liegt, so entspringt auch hier wieder für beide Geschlechter ein neuer Bewegungsgrad, jener goldenen Regel Gehör zu geben, und wenn es gewiß ist, daß sich die Liebe des Gatten zu seinem Weibe in den früheren Jahren, doch wenigstens einem sehr großen Teile nach, auf die *Reize* gründet, die diese hat, wenn es gewiß ist, daß sie insofern seine Liebe nur dann in gleichem Feuer zu erhalten hoffen kann, als sie alles aufbietet, ihn vor Überdruß und Ekel oder wenigstens Gleichgültigkeit dagegen zu bewahren, so ergibt sich daraus auch wieder, daß sie es ein für allemal sein muß, die auf die Beobachtung dieser Regel zu dringen hat, die allein imstande ist, sie im vollen Umfange geltend zu machen.

19

Jetzt wird man einsehen, wie sehr wahr jener Schriftsteller zu den Weibern seines Vaterlandes und des ganzen gesitteten Erdbodens spricht.

«Eine Frau», sagt er, «die bis ans Ende ihres Lebens von ihrem Manne geehrt sein will, behalte sich allemal die ausschließliche Herrschaft über die Vergnügungen der Liebe vor. – Mit ihren Gunstbezeugungen sei sie geizig, wenn man einen großen Wert darauf legt, und vorzüglich, wenn man sie gering zu schätzen scheint. Denn dasjenige, was bei uns durch sanften Widerstand Reiz gewinnt, durch völlige Preisgebung erniedrigen und herabsetzen, heißt: die Glückseligkeit in der Quelle zerstören.

20

Gewiß ist es, daß manche Gattin durch ihr verkehrtes, üppiges, entgegenkommendes Betragen ungemein viel dazu beitrug, Kaltsinnigkeit des Mannes zu erregen und das Glück der Ehe zu zerstören, das unter allen Freuden in diesem Stande wohl die erste ist. Der bekannte *Krug*, in seiner Schrift über die Ehe, rügt dieses mit sehr richtigen Bemerkungen.

«Viele Frauen», sagt er, «nehmen, sobald sie Frauen geworden sind, ein durchaus verschiedenes Betragen gegen ihre Männer an. Als *Geliebte* machten sie stets, wenigstens verstellte Rückzüge und nötigten dadurch den Liebhaber, immer von neuem anzugreifen und vorzurücken, damit er auf diese Art jede Gunstbezeugung mit einer gewissen Mühe erränge und dadurch vor Überdruß und langer Weile in der Liebe bewahret würde. Zugleich schmückten sie sich für ihn, so gut sie nur konnten, und hüteten sich sehr, von ihm nicht unangekleidet überrascht zu werden, damit ihre natürlichen Reize dem Liebhaber stets in und unter neuen und verschönerten Gestalten erscheinen und eben dadurch seinen Geschmack und seine Neigung von neuem beleben möchten. Als *Frauen* glauben sie alle diese kleinen Kriegslisten nicht nötig zu haben, weil sie nun einmal das Ihrige besitzen. Weit entfernt, gegen den Gatten in ihren Gunstbezeugungen die geringste Zurückhaltung oder Weigerung zu beweisen, bringen sie ihm dieselben dar und suchen selbst den Genuß, statt ihn suchen zu lassen; und weil der Gatte einmal zum unverhüllten Anschauen gelangt ist, so stellen sie sich ihm stets im leichten Nachtgewande vor und geben sich kaum die Mühe, sich ordentlich anzukleiden, außer, wenn sie ausgehen wollen oder Gesellschaften erwarten, wo sie sich nicht um ihres Mannes willen putzen, sondern um andere Männer zu reizen oder andere Weiber zu überglänzen.»

Gewiß ist es aber auch, daß an diesem Mangel an Enthaltsamkeit, an dieser Begierde des Weibes die meisten Männer selbst schuld sind durch *ihre Unmäßigkeit in den ersten Wochen der Verheiratung*. Hierzu wirken so manche Dinge.

Der so sehnlich erwartete Genuß der Reize des geliebten Gegenstandes ist nun endlich dem Manne zum Teil geworden. Neuheit und der Umstand, daß ihn nun nichts mehr verhindert, reißt ihn gleich sehr hin.

Mancher will sich seinem jungen Weibe stärker zeigen, als er wirklich ist.

Aber man vergesse nicht, daß das Weib, seltnere Ausnahmen, die dann meistenteils schon moralische Verderbnis anzeigen, abgerechnet, fast immer erst durch den *Mann* entflammt wird; daß ihm dieser erst etwas zur *Begierde* macht, was sie sich vorher und anfangs fast nur gefallen ließ, daß mithin jeder Ehemann, dem sein Glück, seine häusliche Ruhe, seine Gesundheit lieb ist, im Anfange des Ehestandes vornehmlich mäßig sein muß; und entflammt er zu sehr die Begierden seines Weibes, so kann er sie nachher am wenigsten stillen, denn er muß am meisten aufopfern (vergl. No. 15) und dadurch sich für die nun notwendig werdende Befriedigung untauglich machen.

Was davon gilt, gilt auch von Vernachlässigung, aller Verspottung der weiblichen *Schamhaftigkeit und Delikatesse*. Man danke dem Himmel und seinem jungen Weibe, wenn es diese auch als solche geltend machen will. Es ist das einzige Mittel, sich unsere Hochachtung zu erhalten. Vernichten wir sie durch unseren Spott, Befehle und die Macht, die uns zu Gebote steht, so fällt auch jede Folge, die daraus entsteht, auf unser Haupt zurück. Gestörter Ehefriede, Mangel an Reiz, Ausschweifung des Weibes u. s. f. ist davon gar zu leicht entsprungen, wenn sie jene Schutzwehr ihrer Tugend freiwillig, aber vom Manne verleitet, verrichtet hatte.

21

Ich setze zu dem allen noch folgendes hinzu:

Dem Weibe, dem nur daran liegt, unter die Haube gebracht zu sein, wird es freilich keine große Aufmerksamkeit zu verdienen scheinen, ob sie durch den Wert, den sie auf ihre Gunstbezeugungen legt, durch die Mittel, die ihre Reize immer neu machen können, die Liebe ihres Mannes *erhalten* oder auf die entgegengesetzte Art *einbüßen* könne; allein der Gattin, die so gern für jeden Tag Liebe um Liebe, Herz um Herz tauschen möchte, die den Wert des Mannes kennt, den ihr das Schicksal und eigene Wahl beschieden, die nichts für zu kostbar hält, keine Mühe scheut, seine Liebe in gleichem Feuer zu erhalten, dieser kann eine solche Bemerkung nicht anders als wichtig sein. Für wen kann sie zunächst durch Kunst ihre Reize mehren wollen? Gewiß für ihn, der ihr Rang in der bürgerlichen Gesellschaft schaffte, der für sie wacht und sorgt, der ihr *alles* sein muß, alles wenigstens *sein sollte*. Nun wohl, so sei ihre Toilette auf ihn berechnet, so schnüre sie sich zunächst für ihn; und da der Genuß ihrer Reize es einem großen Teile nach war, den er beabsichtigte, als er ihr Hand und Herz anbot, so sorge sie auf alle mögliche Art dafür, diesen Genuß ihm so süß zu machen, als es geschehen kann; sie sorge dafür, daß alles entfernt bleibe, was ihn mindern, ihn dagegen abstumpfen, ihm wohl selbst Ekel verursachen kann. Man sehe nur manches junge holde Weib, wie sie es recht gut weiß, daß Reinlichkeit und Niedlichkeit ihres nächtlichen Anzuges das sinnliche Vergnügen gleich verschönert und den fein fühlenden Gatten an sie fesselt. Eine solche ist sorgfältiger bei ihrem Entkleiden am späten Abend, als die kokette Dame bei der Morgentoilette.

22

Möchte jedes Weib die morgenländische Sitte nachahmen, die in dieser Hinsicht herrscht. Die schöne Türkin, die durch Reize den Mann für die folgende Nacht fesseln will, geht in ein laues Bad und entfernt jeden Geruch, den die auf der Haut vertrocknete Ausdünstung haben könnte, wäscht sich mit wohlriechendem Wasser die lockigen Haare, sprengt es auf die schwellende Ottomane, die für den Genuß ehelicher Liebe bestimmt ist. Das feinste, reinste Linne, der weichste Mousselin schmiegt sich an die blendenden Glieder. Ihr Zimmer wird mit süßen Weihrauchdüften gefüllt und mit einem Worte nichts gespart, die

Sinnlichkeit zu fesseln. Weit entfernt, so etwas zu tadeln, billigen wir es vielmehr, da es ebensosehr den Genuß mehrt, als dem Ziele näher führt, für dessen Erreichung es bestimmt ist.

23

Der schon mehrmals genannte May gibt einen Unterricht über diesen Punkt, der der Hauptsache nach mit dem Vorgetragenen gar sehr übereinkommt:

«Ein schlaues Weib», sagt er, «welches einen Mann für sich ganz allein haben will, wird alle Kunstgriffe des Abendputztisches zu Hilfe rufen, um ihre körperlichen Reize zu verschönern. Sie wird den Mund, besonders wenn sie ungesunde Zähne hat, sorgfältig mit Rosenessig und Wasser auswaschen, die gelbe Schale einer Zitrone, ein Gewürznelkchen oder etwas Zimt kauen, um den ekelhaften Geruch zu verbessern; sie wird mit reinem Brunnenwasser und etwas Lavendelessig die Geburtsteile, samt den umliegenden Gegenden, sorgfältig reinigen und keine Spur der gehabten Leibesöffnung im Weißzeuge zurücklassen. Sie wird, wenn sie die schmutzige Gewohnheit des Tabakschnupfens hat, die Nasenhöhle vor Schlafengehen sorgfältig säubern; sie wird mäßig zu Nacht speisen und, so es in ihrem Vermögen steht, sorgfältig verhüten, daß nicht etwa bei den ehelichen Liebkosungen durch Magen- oder Darmblähungen die Geruchsnerven des Mannes in unangenehme Verlegenheit gesetzt werden.»

24

Der Beischlaf nach der Niederkunft ist, wenigstens in den ersten drei Monaten, und zwar vorzüglich dann für nachteilig von den mehresten Ärzten angesehen worden, wenn eine Wöchnerin ihr Kind selbst säugt. Fast bei den meisten Völkern des Altertums und selbst bei mehreren noch sehr unkultivierten neueren findet man diesen auf physische Gründe sich stützenden Glauben in das System ihrer religiösen und politischen Begriffe aufgenommen. Nach den israelitischen Gesetzen war eine Wöchnerin vierzig Tage bei der Geburt eines Knaben und achtzig Tage bei der eines Mädchens unrein. «Sie soll nichts Heiliges anrühren, noch in das Heiligtum eingehen, bis die Tage der Reinigung vollendet sind.» So lautet das mosaische Gesetz. Bei den so aufgeklärten Griechen war eine Kindbetterin und ein toter Körper, in Hinsicht der Unreinheit, gleich. Die alten Perser verboten ihren Wöchnerinnen, mit einem andern Umgang zu haben. Das fließende Wasser, den Mond, die Sonne, die Gestirne anzusehen, war ihnen ein für allemal untersagt. Selbst ein irdenes oder hölzernes Geschirr zu berühren, war ihnen verboten.

25

Der üble Geruch, der mit dem Abgange der Wochenbettreinigung verbunden ist, und selbst in unserem kälteren Klima nicht ganz unbemerkt bleibt, der in jenen wärmenden Zonen noch viel unerträglicher sein mag, die Unreinlichkeit selbst, die hier nur mit der größten Mühe eingeschränkt werden kann, war ohne Zweifel die nächste Ursache für diese Meinung. Bei uns fällt jedes Irrige in dieser Hinsicht weg. Man ist überzeugt, daß von *Religions wegen* hier keine Einschränkung stattfindet, aber das ist desto gewisser, daß die *Gesundheit* des Weibes jene Enthaltsamkeit desto nachdrücklicher fordert, welche dort durch *Religionseinschränkungen* verwirkt wurde. Die zu frühen Beiwohnungen des Mannes machen, daß der Zufluß der Säfte nach den Zeugungsteilen ungleich stärker wird; allein dieser Zufluß kann nicht stattfinden, ohne daß derjenige um eben so viel gemindert wird, der nach den Brüsten der säugenden Gattin stattfinden soll. Daher kann durch einen einzigen Beischlaf das Zuströmen der Milch unterdrückt werden. Ein andernmal kann *dieses* vielleicht unterbleiben. Dagegen aber bildet sich ein Blutfluß oder Blutsturz aus der Gebärmutter. «Manche schlimmen Zufälle», sagt *Struve*, «besonders Blutergießungen, Aborte, selbst die Grundlage zu den auszehrenden Krankheiten erfolgen, wenn Frauen zu zeitig nach der Entbindung des ehelichen Umgangs mit ihren Männern pflegen. Entweder es erfolgt eine Schwangerschaft oder doch wird der Körper gewaltsam angegriffen,

woher Schwäche und Erschlaffung der Gebärmutter, An-
häufung des Blutes in diesen Teilen, Gebärmuttervorfälle,
der beschwerliche weiße Fluß und überhaupt eine allgemeine Schwäche und Zerrüttung der Gesundheit des Weibes, endlich Unfähigkeit zu empfangen. So wird durch
Unenthaltsamkeit das Glück der Ehe gestört.»

Gesetzt, es erfolgt durch den frühen Beischlaf neue
Schwangerschaft, so wird die stärkste Körperkonstitution
dazu erfordert werden, den Beschwerden Trotz zu bieten,
die damit verbunden sind, den Verlust an Säften zu erdulden, die bei der erfolgenden Niederkunft noch mehr oder
weniger verlorengehen. Nichts schwächt den Körper des
Weibes mehr, als das häufige Wochenbett. Freilich gibt es
Gattinnen genug, die jedes Jahr dem Manne eine Frucht der
Liebe schenken und, im ganzen genommen, eine dauerhafte
und blühende Gesundheit genießen: allein, wo sind sie?
Nicht in den Palästen unserer vornehmen, tändelnden Damen, sondern in der Hütte des Landmanns, dessen Gattin
bei steter Arbeit, gesunder Lust, Frohsinn, Scherz und Heiterkeit die Kräfte schneller wiedererlangt, als unsere Weiber im Gewühle der Stadt es kaum ahnen können. Bei diesen ist gerade das Gegenteil, und so manche sieht sich
durch nichts einem frühen Tode überliefert, als durch häufige Niederkunft, die sie so oft erdulden mußte und die ihr
Auszehrung, Gicht, Blutflüsse aus der Gebärmutter und
andere unheilbare, zwar vielleicht langsam, aber fast unvermeidlich tötende Übel zuzogen. Struve hat daher sehr
recht, wenn er in einer seiner Schriften sagt:
    «Das erste Vierteljahr nach der Entbindung muß wenig-
stens in dieser Hinsicht die Frau sich so verhalten, als ob sie
keinen Mann hätte: ist sie vollends schwächlich und kränk-
lich, so muß sie dieses Verhalten noch strenger beobachten.
Es darf wohl nicht erinnert werden, daß auch dann noch
eine gewisse Mäßigkeit in dem ehelichen Umgange erfordert wird.»

Man hat den Beischlaf nach dem Wochenbette auch deswegen für schädlich ausgeschrien, weil die Milch der säugenden Mutter verdorben würde und durch den Samen des Mannes einen gleich widrigen Geruch und Geschmack annähme. Aus dieser Ursache verbieten einige Ärzte auch den Beischlaf während der ganzen Zeit des Stillens. Insofern dieses Verbot stattfinden kann, ohne daß ein heftiger Trieb nach dem Genusse selbst stattfindet, so ist dieses für die Gesundheit gewiß nicht anders als sehr vorteilhaft; alsdann verdient allerdings nicht, dieser Rat vernachlässigt zu werden, nur möchte wohl der Grund falsch sein, auf den er sich stützt; nur möchte dies Verbot überhaupt nicht zulässig sein, wenn ein für allemal ein sehr heftiger Trieb zu diesem Genusse stattfindet, dessen Nichtbefriedigung im Körper am Ende mehr Beunruhigung machte, als die Befriedigung. Das letztere muß ohne Zweifel um so mehr berücksichtigt werden, je gewisser es ist, daß der Beischlaf nach Verlauf der oben angegebenen Zeit, *mäßig genossen*, nach den Beobachtungen sehr vieler Ärzte weder der Säugenden, noch dem Säuglinge schädlich war.

AMALIA HOLST

aus: Über die Bestimmung des Weibes
zur höhern Geistesbildung

Vorrede

Wenn ich dem Publikum dies kleine Werk übergebe, so ist
es nicht, um die schon so sehr mit Büchern überladene Le-
sewelt noch mehr zu belasten. Nein, es schien mir ein Bedürfnis der Zeit, daß diese wichtige Materie, über welche
fast Männer allein bereits so viel geschrieben haben, auch
einmal von der andern, von der weiblichen, Partei zur
Sprache käme.

Männer, wenn sie unser Geschlecht beurteilen, sind immer parteiisch für das ihrige, und lassen dem unsrigen selten die gehörige Gerechtigkeit widerfahren, oder, wollen
sie großmütig sein, so gehen sie wohl gar zu weit, nur ein
Weib also kann die individuelle Lage des Weibes in allen
ihren Zweigen und Abstufungen gehörig beurteilen.

Aber wird hier nicht derselbe Vorwurf der Parteilichkeit
für ihr Geschlecht sie treffen?

Allerdings, wenn Vorliebe sie nach der einen Seite mehr
als nach der andern hinzieht. Wenn sie nicht hoch genug
auf der Stufe der Kultur steht, um in einer so wichtigen
Sache der Menschheit, ganz von aller Geschlechtsliebe zu
abstrahieren, und wenn sie es nicht vermag, sich in der Reihe der Wesen bloß als wirkendes Mitglied zum Ganzen zu
betrachten.

So viel es mir möglich war, ließ ich den Männern volle
Gerechtigkeit widerfahren; aber mein Geist empörte sich
auch gegen die Ungerechtigkeiten mehrerer Männer.
Möchte ich sie überzeugen, möchte ich vorzüglich mein
Geschlecht von der Wichtigkeit und dem Umfange ihres
Berufs als Mensch und als Weib überzeugt haben, dann wären meine Bemühungen hinlänglich belohnt. Meinerseits
mein Scherflein zur Verbesserung der Menschheit beigetragen zu haben, ist das Ziel meines innigsten Strebens.

Was übrigens die Art der Darstellung betrifft, so fühle
ich die Unvollkommenheit davon mehr, als irgendein

Kunstrichter es mir zu sagen vermag. Wenn man aber erwägt, daß diese Arbeit bloß das Geschäft meiner Muße ist, und daß diese Muße bei meinem Lokal sehr sparsam zugeteilt worden ist, so wird man mir einige Nachsicht bewilligen. Ich fühle selbst die Unvollkommenheit meiner Arbeit, habe lange das Ideal nicht erreicht, welches mir vorschwebte. Nützlich zu sein, war mein höchster Zweck; und dies wird mir gelingen, wenn man unparteiisch genug ist, mich nach meiner Lage zu beurteilen.

Meinen Leserinnen empfehle ich besonders die Werke des verewigten von Hippel. Was er ÜBER DIE BÜRGERLICHE VERBESSERUNG DER WEIBER und ÜBER DIE EHE geschrieben hat, verdient unsere ernstvollste Beherzigung. Ich bin erstaunt, daß seine Werke so wenig gelesen sind, daß der Nachlaß seiner Schriften, welche bestimmt waren, in der zweiten Auflage seines Werks ÜBER DIE BÜRGERLICHE VERBESSERUNG DER WEIBER aufgenommen zu werden, besonders haben abgedruckt werden müssen, weil noch so viel davon vorrätig waren, daß keine zweite Auflage veranstaltet werden konnte.

Lesen Sie, meine Freundinnen, diesen Schriftsteller mit dem innigen Streben nach einer immer größern Ausbildung, und er wird Ihnen einen reichen Gewinn bringen.

Über die Bildung des Weibes im ehelosen Stande

Wir haben bisher nur von der höhern Bildung derjenigen Weiber gesprochen, welche den Zweck ihres Daseins als Gattin, Mutter und Hausfrau erfüllen. Wir haben gesehen, daß die höchste Bildung diesen dreifachen Beruf des Weibes würdigt, veredelt und erhöht. Laßt uns nun noch den Blick auf diejenigen aus unserer Mitte werfen, welche durch ihre Lage abgehalten wurden, diese ihnen von der Natur angewiesene Bestimmung zu erfüllen.

In unseren luxuriösen Zeiten, wo eine gewisse unmoralische Freidenkerei zum Modeton gehört, sinkt die Heiligkeit der Ehe immer mehr, und sie ist nur zu oft das Werk des niedrigsten Eigennutzes.

Einerseits werden die Kosten, einen Hausstand zu unterhalten, immer größer, die Mittel zum Erwerb bei der Menge derer, die ihm nacheilen, immer schwieriger, so daß viele Männer dem süßen Triebe, mit einem liebevollen Weibe das Band der ehelichen Treue zu knüpfen, nicht zu folgen wagen, und dem Gefühl für stille häusliche Freuden nicht folgen können.

Auf der anderen Seite werden aber auch viele Männer durch herrschende Sinnlichkeit, welche außer der Ehe jetzt so leicht ihre Befriedigung findet, und durch ihr abgestumpftes Gefühl für die teuern Bande der Natur und Gesellschaft abgehalten, diesen Bund der ehelichen Treue und Liebe zu schließen.

Die Weiber können und dürfen sich den Männern nicht zur Gattin antragen, sie müssen warten, bis man um sie wirbt. So will es die Sitte und der weibliche Zartsinn. Es kann also nicht fehlen, daß viele Weiber unverehelicht bleiben.

Das erste Motiv in der Wahl einer Gattin ist jetzt, nach der herrschenden Sitte, daß Geld ... und es scheint, daß alle Nationen, welche durch eine unzweckmäßige Verfeinerung ihrer Lebensweise und der falschen Kultur ihres Geistes zum übertriebenen Luxus und dann zur Sittenverderbnis herabsanken, durch dieselben Beweggründe geleitet wurden. – Im Terenz frägt der geizige Alte seinen verliebten Sohn, welcher mit Entzücken von den Reizen und Vollkommenheiten seiner Geliebten spricht, immer: und – was kriegt sie mit? Er hört die hochtrabende Lobeserhebung, welche sein Sohn dem Mädchen seines Herzens macht, nicht, und schlägt seinen Enthusiasmus immer mit dem kalten: und was kriegt sie mit? nieder. Wir scheinen aber noch um einen Grad weiter als die Römer zu Terenz' Zeiten in dieser Art von Aufklärung gekommen zu sein. Was dort der vorsorgliche Alte tat, bedarf jetzt bei vielen von unsern jungen Leuten keiner solchen Erinnerung. Die Mitgabe ist bei ihnen immer der erste Beweggrund bei der Wahl der Gattin.

Ein Mädchen oder eine Witwe sei noch so verkrüppelt an Geist und Körper, ist sie die Besitzerin großer Reichtümer, die Erbin eines ansehnlichen Vermögens, so hat sie die Wahl unter sehr vielen sich hinzu drängenden Männern. Selbst wenn ihr Ruf der Flecken sehr viele hat, so wird diese Kleinigkeit übersehen. Man strebt ja nur nach ihrem Gelde; und da man dies ohne ihre Person nicht erhalten kann, so nimmt man sie zur Gattin, und täuscht so die Natur, die bürgerliche Gesellschaft, das Weib und sich selbst, aus niederm Eigennutz und aus Mangel an Selbstschätzung.

Oft kann der Denker sich des mitleidigen Lächelns nicht erwehren, wenn er die Spekulationen der heiratslustigen Männer anhört, wie sie streben, durch wenig delikate Mittel zum Besitz des Geldes und der Frau zu kommen. Sie fühlen es nicht, daß sie sich dadurch herabwürdigen, indem sie den Reichtum zu ihrem Abgott machen, und zugleich ihre Ungeschicklichkeit gestehen, sich selbst ein hinlängliches Vermögen zu erwerben, um nach ihrer freien Wahl eine liebenswürdige Gattin zu beglücken und sie zu ernähren. Selbst die Männer, die schon ein hinlängliches Vermögen besitzen, streben durch eine Heirat dasselbe noch zu vermehren, weil sich alles nach einem sinnlichen Genuß des Lebens ohne Mühe sehnt.

Nach dem Reichtum folgt, als Beweggrund bei der Wahl einer Gattin, die Schönheit der Weiber. Daß diese einen lebhaften Eindruck auf das Herz und die Sinne der Männer macht, ist nicht tadelnswert und liegt ganz in der Natur des Menschen.

Wer kann dem Liebreiz widerstehen, welchen die Natur über ein schönes Weib ausgegossen hat? Ist die Schönheit mit Bildung des Geistes und mit den liebenswürdigen humanen Tugenden begleitet, – dann sehen wir in einem schönen Weibe das Meisterstück irdischer Schöpfung. Glücklich ist der Mann, der mit ihr den Bund der ehelichen Treue schließt!

Wenn aber die Schönheit allein dasteht, wenn die Besitzerin derselben sich durch diesen Vorzug der Mühe überhoben glaubt, nach sittlicher und geistiger Ausbildung zu streben, weil sie ihre Allgewalt über die Herzen der Männer kennt; wenn sie durch ihren Besitz stolz, eitel und buhlerisch wird, und dennoch sie allein der Beweggrund zur Wahl des durch seine Sinnlichkeit getäuschten Mannes ward; dann darf er freilich sich nicht beklagen, wenn er diesen kurzen Sinnentaumel mit der langen Qual eines mißratenen und unglücklichen Ehestandes büßen muß. Denn das

Weib, welches nichts als schön ist, kann ihren Einfluß über das Herz des Mannes nicht lange behaupten. Gewohnheit stumpft alles ab. Im Gegenteil haben wir die Erfahrung, daß, wenn es einem Weib gelang, das Herz eines Mannes durch den innern Reiz einer schönen Seele zu fesseln, sie dasselbe auf immer behauptete, und noch immer mehr gewann, selbst wenn sie von allen äußeren Reizen entblößt war. Die innere Schönheit des Geistes und des Herzens ist eine nie versiegende Quelle, sie ergießt sich in jede Handlung mit neuem Reiz und Anmut. Ihre Mannigfaltigkeit bietet dem Geist stets neuen Stoff zur Betrachtung dar, und ihr wohltätiger Einfluß zieht das Herz mit unauflöslichen Banden an.

Auch dem Weibe mit wenigen körperlichen Reizen gelingt es oft, die Sinnlichkeit des Mannes zu überraschen, und sich einen Gatten zu erobern. Die Männer, welche das weibliche Geschlecht so gern der Eitelkeit beschuldigen, kranken oft nicht minder an diesem Gebrechen. Es ist ihnen schmeichelhaft, zu glauben, daß ein Frauenzimmer sich so heftig in sie verliebt habe, daß sie die weibliche Delikatesse darüber vergißt, und die ersten Schritte aus Liebe zu ihnen tut. Und die Kokette weiß die Netze so sinnreich zu verstecken, womit sie die Sinnlichkeit und die Eitelkeit der Männer bestrickt, daß sie ihr, von diesen beiden Leidenschaften zugleich bestürmt, nicht entgehen können.

Geld, Schönheit und buhlerische Künste sind also die hauptsächlichen Mittel, wodurch im allgemeinen die Weiber, vom gewöhnlichen Schlage, den Besitz eines Gatten erlangen. Die arme Tugend schleicht hinterher. Ein liebenswürdiges Mädchen, welches keine glänzende Schönheit und kein Geld besitzt, das zu lebhaft ihre Würde, als Weib, fühlt, um sich zu buhlerischen Künsten zu erniedrigen, kann nur von dem Mann geschätzt werden, der im Stande ist, ihren stillen Wert zu würdigen und zu fühlen. Und einen solchen Mann trifft sie nicht immer auf ihrem Weg durchs Leben an. Und trifft sie ihn auch zuweilen, so machen Lage und Umstände oft eine eheliche Verbindung unmöglich. Sie bleibt also unverehelicht. – In einem andern Falle kann auch der Tod, oder die Untreue des ersten Geliebten, das Herz eines edlen Weibes so tief verwunden, daß sie sich zu keiner zweiten ähnlichen Verbindung entschließen kann.

Wenn also mancherlei Ursachen da sind, die das Weib von ihrer Bestimmung als Gattin und Mutter abhalten; wenn verheerende Kriege und Krankheiten, die den Männern mehr tödlich sind als den Weibern, so viele aus unserer Mitte in den Stand veralteter Jungfrauen versetzen: was wird alsdann die Schutzwehr der Weiber gegen das Ridikül sein, welches man so gerne über diesen Stand verbreitet? Was wird sie fähig machen, auch in dieser Lage wohltätig auf die Menschheit zu wirken? Nichts als die Wissenschaften in der höchsten vollendeten Bildung des Menschen.

Hat das Weib ihre Bildung aus dem einzig wahren Gesichtspunkt zur vollendeten schönen Humanität erreicht, so ist sie für kein Verhältnis des Lebens verloren, dann schmiegt sie sich jedem Wirkungskreise an. Kann sie der Welt auf eine Weise nicht nützlich werden, so geschieht es auf eine andere. Zufrieden, wenn sie am Abend ihres Lebens dem, der ihr ihre Rolle gab, auch dann noch für ihren Anteil danken, und mit dem stillen Bewußtsein seines und der Edlen Beifall von dieser Bühne abtreten kann, und jenseits ihren Lohn erwartet. Sie ist es sich innigst bewußt, sie habe den Zoll der Menschheit in Vermehrung des sittlich Schönen und Guten angetragen, in dem Wirkungskreise, worin sie versetzt ward.

Nach der jetzigen Lage der Dinge, wo die Männer alle einträglichen Ämter und Gewerbe für sich genommen haben, bleiben dem unverehelichten Weibe nur wenige Nahrungszweige übrig.

Diese sind die Erziehung der Jugend; der männlichen nur bis zu einem gewissen Alter, der weiblichen bis zu ihrer Vollendung. Dann als Haushälterinnen oder Gesellschafterinnen sich fortzuhelfen, und endlich sich durch Handarbeit, besonders im Fache der Moden und des Luxus, zu nähren.

Eine jede wird von diesen Nahrungszweigen denjenigen wählen, wozu ihre Bildung, ihre Talente und ihre Neigung sie bestimmen.

Laßt uns als den nützlichsten und ehrenvollsten, besonders den zahlreichen Stand der Erzieherinnen betrachten.

– Man hat es noch nicht genug erwogen, wieviel das Weib in diesem Wirkungskreise zum Heil oder Unheil der Welt beitragen könne. Alles, was ich im Abschnitte der gebildeten Mutter gesagt habe, gilt auch hier, und zwar in einem noch größeren Umfange. Wenn das Weib als Mutter, als Bildnerin ihrer Kinder, der höchsten Bildung bedarf, so ist es gewiß, daß die Erzieherin, welche die Motive der mütterlichen Zärtlichkeit nicht hat, noch in einem höhern Grade gebildet sein, noch mehr vom innigen, tiefen Gefühl der Pflicht durchdrungen sein muß, als die vom Naturgefühl beseelte Mutter.

Sie muß es recht mit Überzeugung einsehen, daß die Stelle, welche sie als Erzieherin wählte, die ehrenvollste und wichtigste in der gesamten Menschheit sei.

Jede Kenntnis, die dazu erforderlich ist, wird ihr wichtig werden, sie wird unablässig streben, sie sich zu erwerben. Ihre eigne, immerwährende moralische Bildung wird das heiligste Geschäft ihres Lebens sein. Denn sie ist nicht allein Lehrerin, sie ist auch Vorbild der ihr anvertrauten Jugend. Lehre ohne Beispiel wirkt nichts, gar nichts, dies weiß, dies fühlt sie. Und diese ernste Absicht ihres wichtigen Berufs, dies immerwährende Streben nach eigner vollendeter Bildung, beschäftigt sie auf eine so edle Art, daß sie alle jene Lächerlichkeiten vermeidet, welche man oft mit Recht den veralteten Jungfrauen vorwirft.

Wenn je ein Weib den höchsten Grad der Bildung bedarf, so ist es in dieser Lage. Sie, die mit dem schönen Bande der Gatten- und Mutterpflicht, nicht mit der Menschheit vereint ist, muß ganz Weltbürgerin sein. Dies kann sie nur durch Kenntnisse werden. Sie betrachtet die gesamte Menschheit als ihre Familie. Sie weiß, ihr Urteil als wirkendes Mitglied dieser großen Kette ward mitberechnet. Ihr wohlwollendes Herz, ihr heller Verstand sagen es ihr, ein jedes Glied müsse zur allgemeinen Summe das seinige beitragen, und sie strebt mit rastlosem Eifer, diese große Schuld der Menschheit darzulegen.

Dann tröstet dies große Gefühl der erfüllten Pflicht sie für die Entbehrung des höheren Grades der Glückseligkeit, welche ihr als Gattin und Mutter nicht ward.

Die ihr anvertrauten Kinder werden die ihrigen. Verdanken sie ihr nicht die physische, so doch die moralische Existenz. Sie hat in ihrem Wirkungskreise so viel Gelegenheit, verjährte Vorurteile der Ahnen und des Reichtums zu bestreiten, richtigere Begriffe unterzuschieben, und so noch auf entfernte Generationen zu wirken. Vorurteile und richtige Begriffe gleichen einer Lawine, der kleine unmerkliche Urstoff rollt in eine unabsehbare Ferne fort, und nimmt in seinem Wege die homogenen Teile auf, bis sie zu einer furchtbaren oder wohltätigen Masse anschwellen, wo ihr Einfluß nicht mehr zu berechnen ist. Von dieser großen Ansicht ihres Berufs durchdrungen, sucht sie die Herzen ihrer Zöglinge zu gewinnen, und der fruchtbaren Ideen recht viele auszustreuen. Und je mehr sie das Aufkeimen dieser Ideen bemerkt, je mehr diese ihre moralischen Kinder gedeihen, um so mehr gewinnt sie dieselben lieb, um so größer wird ihr Eifer zu ihrer Bildung.

Diese humanen Empfindungen mindern die Härte gegen ihre Zöglinge, die den veralterten Mädchen, welche nie das süße Muttergefühl gekannt haben, oft vorgeworfen wird. Die Ansicht, welche ihr der hohe Grad ihrer eignen Bildung von ihrem Beruf gibt, läßt sie ihre Pflicht und das Verhältnis, worin sie zur Menschheit steht, aus dem erhabensten Gesichtspunkt betrachten.

Ein solches Weib kann der Kenntnisse, die man als ebensoviel Berührungspunkte betrachten kann, durch welche sie mit der Menschheit zusammentrifft, nicht zu viel haben, um alle die Klippen zu vermeiden, die in ihrem Wege mehr als auf dem Wege der verehelichten Weiber sich finden. Und wenn sie dann an der Hand der Wissenschaften und des eignen Nachdenkens sich Schätze der Weisheit gesammelt hat, wird man es ihr alsdann zu einem Verbrechen der beleidigten Majestät der Männer anrechnen wollen, wenn sie die Früchte ihres Nachdenkens der Welt noch zum späten Segen hinterläßt? Wenn sie nach ihrem Hinscheiden noch Nutzen stiften wird? Und wird diese Beschäftigung nicht edler sein, als wenn in einem Alter, wo die Ansprüche auf die Eroberung der Männer sich nicht mehr ziemen, sie dennoch fortfährt, diese zu dem ersten Geschäft ihres Daseins zu machen, und daher einen Anzug wählt, der ihr Alter verbergen soll, aber nichts bewirkt, als sie lächerlich zu machen, und ihr jene Verachtung zuzuziehen, welche mit Recht oder mit Unrecht auf diesem Stand ruht?

Oder wenn sie als Ausspäherin der Handlungen ihrer jüngeren Mitschwestern auftritt, mit Argusaugen ihre Schritte belauscht, und voll Schmähsucht sie zum Argen deutet, weil sie es ihnen nicht verzeihen kann, daß sie Freuden genießen, die ihr versagt wurden. Oder wenn sie die Maske der Frömmigkeit noch obendrein anlegt, um die Welt desto besser zu täuschen, und schlauer die Arglist und den Neid zu verbergen, der sie quält.

Der Mensch, in einem Verhältnis erzogen, welches an so viele Berührungspunkte des so mannigfaltig sich kreuzenden Interesses der verfeinerten Menschheit grenzt, sehnt sich nach Beschäftigung. Steht er auf einem niedrigen Grade der Kultur, so wird seine Beschäftigung niedrig und zwecklos, steht sie hoch, so wird seine Tätigkeit zweckmäßig und edel sein.

Wer auf das Streben und die Handlungen der Menschen, in den verschiedenen Graden ihrer Kultur, achtet, der wird nach der Wahl ihrer Vergnügungen und ihrer Lieblingsbeschäftigungen gleich die Stufe bestimmen können, welche sie in der Reihe gebildeter Wesen einnehmen.

Nur in der Nichtbildung oder Verbildung der Weiber können wir die unlautere Quelle ihrer mehrsten Gebrechen finden. Schmähsucht, Klatschereien, Neid über unbedeutende Vorzüge, unmäßige Putzliebe, Koketterien, Hang nach rauschenden Ergötzlichkeiten, Zank und Spielsucht fließen alle aus einer leeren oder verbildeten Seele.

Ich kann es aber nicht genug wiederholen, das Studium der Wissenschaften muß immer mit der höchsten Bildung zur Humanität gleichen Schritt halten, sonst erniedrigen wir die Wissenschaft, und machen ein Paradekleid daraus, welches wir anlegen, um andere damit zu verdunkeln, und dann steht das schlechte Kleid der edlen Einfalt gewiß weit besser.

Aber auch unter diesen unverehelichten Weibern wird der Grad der Kultur nach ihren physischen und intellektuellen Kräften verschieden sein. Die Natur beobachtet ja in allen ihren Formen die größte Mannigfaltigkeit. Die große

Kette geht vom Niedrigsten bis zum Höchsten hinauf. Wenn aber nur die Bildung des Weibes aus dem richtigen Gesichtspunkte begonnen, und mit der beständigen Tendenz zum moralisch Schönen und Guten verfolgt wird, so nehme das Weib einen niedrigen oder hohen intellektuellen Standpunkt ein, und sie wird gewiß die Mängel vermeiden, welche unserm Geschlecht noch so oft vorgeworfen, besonders den unverehelichten Weibern zur Last gelegt werden.

Sollte je das weibliche Geschlecht zu der Ansicht gelangen, daß es die Ausbildung seiner Anlagen und Kräfte als Geschäft und Pflicht betriebe, so würde die gesamte Menschheit einen großen, nicht zu berechnenden, Vorteil daraus ziehen. Die Weiber können nach der Lage der Dinge keinen andern ersprießlichen Zweck zu ihrer höheren Ausbildung haben, als diesen. Dieser oder die Begierde zu glänzen, kann nur der richtige oder falsche Beweggrund ihrer Bildung sein. Und möchte ich doch meine Freundinnen so recht innig überzeugen können, daß sie sich und die Wissenschaften erniedrigen, wenn sie dieselben zu diesem frivolen Zweck verbrauchen?

BETTY GLEIM

aus: Über die Bildung der Frauen und die
Behauptung ihrer Würde in den wichtigsten
Verhältnissen ihres Lebens

Die Braut. Die Gattin. Die Hausfrau

So schön das Wesen der *Weiblichkeit,* in einem reinen und
verständigen Sinn genommen, ist, wenn man nämlich darunter nur das Eigentümliche, welches diesem Geschlecht
angehört, und was es unterscheidet von dem andern, versteht, also eine gewisse Weichheit, Zartheit, Züchtigkeit,
Anmut, Holdseligkeit; so elend und traurig es ist, wenn
man es mit verworrenen und verwirrenden Begriffen bloß
in Mattigkeit, Schlaffheit, Weichlichkeit, Charakterlosigkeit setzen möchte, wie wirklich unser Zeitalter dazu stark
sich hinneigt, oder wenn man das Weib bloß zu einer Puppe, einem Spielzeug, einem Automat, das in allen Stücken
sich nach dem Manne richten, ihm unbedingt folgen und
huldigen müsse, herab erniedrigen will.

Nein, das Weib habe auch *Haltung* so gut wie der Mann;
auch *seine Persönlichkeit* sei unbeschadet aller Lieblichkeit
und Liebenswürdigkeit, die allerdings ihm nicht fehlen
darf, *scharf gezeichnet.* Es wisse stets, was es wolle, es wolle
nur das Gute.

Den stärksten Pfeiler seiner Haltung habe es in seiner
Sittlichkeit und *Religiosität;* und darin den Mut und die
Kraft, sich auch auflehnen zu können, wo man das Un-
ziemliche oder gar das Unrechte verlangen könnte, wo
man es wagt, sich zu viel herauszunehmen.

Es erwecke Achtung durch *Reinheit,* der jede Unzüchtig-
keit ein Greuel ist. Strenge sei es selbst in betreff des Anstandes, aber seine Keuschheit sei *Unschuld,* unentweihte
Natur, nicht Tugend. *Unschuld* ziehe um es herum einen
Kreis, den die Unlautern nicht zu überschreiten wagen;
Unschuld umgebe es mit einem Duft von Edelsinn und
Würde, der wie von selbst Gemeinheit und Unwürdigkeit
verscheucht; dem die Frechheit sich nicht zu nahen wagt;
vor dem der verwegenste Mut erstummt, ja dessen bloße

Gegenwart auf andere bessernd, veredelnd, heiligend einwirkt.

Unnatürlich und traurig ist es, wenn es anders ist, und jeder bessern Gesinnung unerträglich *die* Weiber, die, wenn auch nicht selbst entwürdigt, doch in dieser Hinsicht *Freigeister* sind und etwa Lobredner der Grundsätze Fiormonens oder Zoe'ns oder der Lucinde.

Das reine Weib hört selbst nie zweideutige Reden mit Ruhe und bloß sich leidend verhaltend an. Sein ganzes Betragen ist so, daß es dem nicht völlig entarteten Manne unmöglich wird, etwa von der Art über seine Lippen zu bringen; geriete es aber einmal zufällig unter so Zügellose, die jede Rücksicht überwänden, um ihrer Zunge freien Lauf zu lassen, so würde es sich entweder entfernen oder seine innigste Verachtung unverhohlen an den Tag legen.

Daß ein solches Weib sehr dezent in seinen Gesprächen ist, versteht sich wohl von selbst. Ob verheiratet oder nicht, das kann hierin nichts ändern, und wenn es zehnmal hört und sieht, daß so oft verheiratete Frauen, die es vorher nicht waren, als solche in ihren Reden *gemein* werden und die gehörige Feinheit verletzen, z. B. in Gegenwart junger Leute, wo eine doppelte, ja zehnfache Vorsicht beobachtet werden sollte, die Geschichte einer Niederkunft, oder so etwas, erzählen, so sucht sie, so viel wie möglich, dies zu verhindern oder nimmt wenigstens keinen Teil daran.

Das reine Gefühl des edlen weiblichen Wesens verhindert es, nicht auf *Eroberungen* auszugehen. Nur *ein Herz* möchte es rühren und fesseln, *einem Guten* gefallen, aber nicht durch Scheinsucht, sondern durch Würdigkeit. Dieser Wunsch ist rein und natürlich, dennoch vergreift sich *die* leicht in den Mitteln, die es darauf *anlegt,* ihn zu befriedigen. Kein rein- und feinfühlender Mann kann ein Mädchen lieben, das sich aufdringt, das ihm entgegengeht, das ihm zuvorkommt, ja, wenn irgend etwas selbst eine entstehende Neigung zu hemmen, zu töten vermag, so ist es gerade dies. So wenig, wie es übrigens lauter und natürlich gehandelt sein würde, ein liebendes Gefühl gegen einen edlen Mann durch ein kostbares, kaltes, vornehmtuendes Wesen zu vermummen, ebensowenig wird eine zartempfindende Jungfrau ihre Wahl und Liebe zur Schau tragen, so auch den ganz Unempfänglichen und Unteilnehmenden darin einweihend. Diese Liebe wird sich bei ihr, wie lebendig sie auch davon ergriffen sei, dennoch nicht anders aussprechen, als in warmer Achtung und inniger Herzlichkeit. Ihr Zartgefühl, ihr leiser und richtiger Takt wird ihr in allem schon sagen, wie sie sich zu benehmen habe; gewiß weiß sie, daß ein bescheidenes, sittsames, stilles Wesen dem bessern Mann an dem Weibe mehr gefällt als ein allzu freies und dreistes Betragen, und daß er selbst Blödigkeit und Zurückgezogenheit lieber noch hat als jenes unweibliche sich Hervortun im Umgange mit Männern.

Weder innere noch äußere Schminke, welcher Art sie auch sei, gibt *wahre* Liebenswürdigkeit. Den Gediegenen zieht nur *Gediegenheit* an, den Echten *Echtheit*. Glaubt ja nicht, daß ihr durch ein prunkvolles Scheinleben, das ihr um euch her verbreitet, gefallt; dadurch, daß ihr einen gewaltigen Putz und Aufwand treibt oder daß man euch an jedem öffentlichen Ort, bei jeder rauschenden Lustbarkeit finden kann, oder daß man euch beständig in der Gesellschaft und dem Gefolge solcher blendenden oder leichtsinnigen Personen trifft, die ganze Scharen von albernen Gekken, untertänigen Damenknechten und unbeschäftigten Laffen umgaukeln und die gleichsam von den Schmeicheleien anderer und von ihren eigenen Torheiten zu leben scheinen. Alles dies kann euern guten, unbescholtenen Ruf wohl untergraben, aber wahrlich nicht gründen und bauen, und ihr dürft um euch herblicken, um Beispiele die Menge aus eurer eigenen Erfahrung, welche dies beweisen, zu finden; zu finden, daß manche Mädchen und Weiber, die einst wie Sterne erster Größe glänzten, in der Tat nur vorübergehenden Meteoren zu vergleichen sind, die eine Zeitlang jedermann anstaunt, die bald aber verschwinden und derer niemand mehr gedenkt oder derer man mit Geringschätzung und Verachtung gedenkt. Häuslichkeit, Bescheidenheit, Demut, Stille des Gemüts, anhaltendes Streben nach Herzensreinheit und Seelenadel, nach der inneren Würde, die in jedem Sturme besteht, ruhige Größe oder kindliche Anmut und jene Holdseligkeit, die von sich nicht weiß und selber nicht inne wird, wie herrlich sie ist, das und nichts anders ist es, was einem achtungswerten Mann Achtung abgewinnt, das ist's, was er sucht und was er, leider, bei so wenigen findet. Wie könnte ihn auch das fesseln, was bloß glänzet und gleißt, aber keinen Gehalt hat? Wie könnte ihn, dem edle Simplizität, am meisten zusagt, eine Putznärrin ergötzen, die ihr halbes Leben vor dem Spiegel zubringt und gern den Mann vom Morgen bis zum Abend sorgen und quälen und die Kinder vielleicht darben läßt, wenn sie nur jede neue Mode mitmachen kann? Was sollte ihm ein Weib, das nur in Zerstreuungen glücklich ist, das schnell jeden ernsthaften Gedanken verbannt, wie jede pflichtmäßige Tätigkeit, das das Leben nur nach Lustpartien abmißt? Was sollte ihm eine Buhlerin, deren Dasein nichts bezweckt, als ein Triumphaufzug zu sein, bei welchem sie einen Haufen Toren lächerlich macht, um sich zu verherrlichen? Nein, solch Unwesen der Weiber ekelt ihn an, und er möchte nie ein weibliches Wesen mit sich verbinden, wenn alle dieser Art wären.

Darum, ihr deutschen Mädchen, laßt fern von euch bleiben ein solches Leben des Wahns, des Scheins und des Schattens! Wollet nichts zeigen, als was ihr wahrhaftig habt, und verachtet das Verächtliche. Wollet nicht gefallen, aber strebet, des Lobes, des Beifalls würdig zu sein, auch wenn er euch nie gezollt werden wollte. Vor allen Dingen trachtet darnach, vor euch selbst immer bestehen zu können.

Je besser ihr seid, je edler wird auch *der* Mann sein müssen, dem Hand und Herz zu reichen ihr euch geneigt fühlen sollt. Nicht die schimmernden Eigenschaften der Schönheit, des Witzes, des Standes, des Ranges, des Reichtums, des Einflusses werden dann eure Wahl bestimmen, sondern die bleibenden Vorzüge des *Geistes* und des *Gemüts*. Biederherzigkeit, Redlichkeit, strenge Gewissenhaftigkeit, ein zart und rein erhaltenes sittliches Gefühl, Religiosität, Herzensgüte (nicht Herzensschwäche), vereint und durchdrungen mit Kraft, mit Ernst, mit Festigkeit, mit entschlossener Männlichkeit, ein gesundes Urteil, ein heller Verstand und gründliche Bildung des Verstandes, vollkommene Beherrschung des Hauptgeschäfts und Betriebsamkeit und anhaltende Tätigkeit darin; Sinn für häusliches Glück und eine liebende Seele, das ungefähr werden die Hauptzüge sein in dem Bilde des Mannes, dem ihr euch und euren Lebensweg anvertrauen mögt, zu dem eure Achtung, eure Liebe sich hingezogen fühlt.

Habt ihr dann in Lauterkeit und Stille des Herzens und Wandels solch ein männliches Wesen gefunden, dem ihr euch auf ewig angehörig fühlt und das auch nur euch angehören will, so tretet freudig-ernst ein in den Vorhof, der die neue Lebensbahn abscheidet von der alten, in den – *Brautstand*. Wie ihr euch hier schon benehmet, in welches Verhältnis ihr euch hier gegen euren Geliebten stellt, davon hängt sicherlich sehr viel ab: euer künftiges Glück oder Unglück.

Die Brautzeit ist sicher für das Mädchen die Wonnezeit des Lebens. Alles trägt die Farbe der Liebe, die Farbe des Jubels und der Freude, alles ist mit Blüten bekränzt, mit Rosen umhüllt. In einem magischen Dufte, den die freundliche Sonne vergoldet, liegt das ganze Leben da und ladet ein zu der süßesten Schwärmerei, zu dem seligsten Hochgenuß der Freundschaft und Liebe, und warum hier nicht fröhlich edel genießen und mit langen Zügen schlürfen aus dem Becher der Hoffnung und Freude?

Auch bietet jeder, eintretend in dies schöne Gefühl, willig und traulich sich dar, mit verherrlichen zu helfen diese paradiesische Zeit, und mitzuwirken, daß diese köstlichen Rosenmonde recht rosig, recht wunder- und zaubervoll werden und *diese* Gegenwart wenigstens schadlos halte für jede Zukunft, welcher Art sie auch sei. Die *Braut* hat nur zu sorgen, daß diese Zeit, so geweiht und gefeiert, auch recht *schuldlos* und recht *unsträflich* vorüberfließe.

Es ist wirklich sehr schade, daß die lastende, irdische Sorge, wie sie keinem Alter und keiner Epoche des Lebens fehlt, auch diesen seligen Stunden nicht fremd sein darf, aber es sollte einmal so sein, daß der Mensch mit vorahnender Seele, auch im süßesten Gefühle seines Daseins, und in der beglückendsten Trunkenheit des Sinnes, einzeln mit nüchterner Besonnenheit vor sich hinausschaue in das weite Meer der Zukunft und bei Zeiten frage und sich umsehe nach Steuer und Segel, einst mutig und kundig es zu beschiffen.

Das Tier mit hinabgesenktem Haupte ist bestimmt, nur

an der Gegenwart sich zu ergötzen, der Mensch soll in der Gegenwart entweder durch die Vergangenheit weise werden oder in ihr der Zukunft leben, der Zukunft vorauseilen, wiewohl mit Mäßigung und Ruhe.

Wie Brautleute sich auf ihr künftiges Leben einrichten, wie sie es sich ansehen, wie sie hineintreten, wie sie sich darauf vorbereiten, davon hängt meistens die Wohlfahrt und Zufriedenheit ihres künftigen ehelichen Lebens ab. Darum fehle es diesen Tagen der Heiterkeit und der Lust nicht an Momenten des ruhigen Nachdenkens, der weisen Überlegung. Die tiefste Freude hat ja auch ihre Stille, ihren Ernst.

Ein genauer Lebensplan und ein reifliches Überdenken für die Zukunft ist also unerläßlich, wenn die Sorge nicht dem Menschen auf dem Fuße nachgehen, ihm jeden Genuß verbittern, ihn am Ende erdrücken und verzehren soll.

Von der Braut pflegt gewöhnlich die innere Einrichtung des Hauses abzuhängen. Schön sind reiche und bequeme Umgebungen, schön und angenehm ein elegantes, ja ein prächtiges Ameublement. Aber, ist weder die Braut noch der Bräutigam reich, so wird es nicht selten zu einer unerträglichen Last, zu einem geheimen Kummer, der allen Frohsinn des Lebens trübt.

Darum geschehe hierin durchaus nichts, was die Kräfte *übersteigt.* Die nicht Wohlhabenden beschränken sich auf das Notwendige und Unentbehrliche. Alles dies sei *einfach* nach Stoff und Form, aber in seiner Einfachheit *geschmackvoll* und schön.

In demselben Verhältnisse stehe der Zuschnitt der Haushaltung. Alles Schimmernde, Prächtige, Üppige sei daraus verbannt. Die verständige Hausfrau wird die glückliche Mitte zu halten verstehen zwischen weiser Sparsamkeit und kleinlicher Kargheit. Sie wird besonders manches zu erhalten, manches dauerhafter zu machen wissen durch Reinlichkeit, Ordnung und genaue Aufsicht auf alles.

Nicht selten verwandelt sich der im Brautstande willige, lenksame, untertänige Liebhaber im Ehestande in einen unbeugsamen, herrischen Despoten. Auch daran ist sehr oft die Braut schuld, dadurch, daß sie als Braut zu viel sich *an-*

maßt, und die freie Entscheidung, die man hier oft ihr einräumt, zu selbstsüchtig, ohne alle Rücksicht auf ihren Freund, *mißbraucht;* gleichsam als hätte dieser kein Wort in allen Anordnungen, welche die Zukunft betreffen, mitzureden. Je bereitwilliger sie hier schon die Hälfte der Vorrechte, die man ihr aus Liebe oder Höflichkeit einräumt, zurückgibt, je mehr wird auch künftighin ein gutes Verhältnis zwischen ihr und ihrem Manne stattfinden. Je weniger sie jetzt allein zu herrschen begehrt, sondern klug und uneigennützig schon jetzt die Herrschaft teilt, je weniger wird sie nachher bloß eine dienende und untergeordnete Rolle spielen. Also um des Himmels willen nicht zu viele Anmaßungen, nicht zu viel Herrschsucht!

Der Umgang zwischen Brautleuten hat sehr oft etwas *Läppisches,* nicht bloß durch die allzu häufigen, jedermanns Augen preisgegebenen Liebkosungen, etwas, was dem Feinfühlenden schon nie begegnen sollte, sondern auch durch die schale Unterhaltung. Nichts sollte schwerer sein zu glauben und doch ist wohl nichts gewisser, als daß sich sehr oft der Bräutigam bei der Braut *langweilt.* Schlimm ist es freilich, wenn es ihm unmöglich ist, mit ihr nur ein vernünftiges Wort zu sprechen, schlimm, daß noch immer so viele Männer zu glauben scheinen, mit einem Gänschen von Frau lebe sich's am besten. Aber bei einem nur irgend verständigen oder gebildeten Mädchen kann das doch nicht der Fall sein. Daher liege es ihr früh an, ihren künftigen Gatten durch eine angenehme, mit Geist und Einsicht gewürzte Unterhaltung an sich zu fesseln, und merkt sie, daß die Gesprächsquelle versiegen will, so wisse sie ihn auf andere Art zu vergnügen, durch Gesang, durch Musik, durch ein schönes Gedicht, das sie ihm hersagt oder vorsingt, durch ein gutes Buch, vorzüglich ein solches, das neuen Stoff zum Gespräch hergibt und dergleichen. Wahrlich, die *Frau* würde nicht so oft ganze Abende, ja ganze Tage allein sitzen, wenn die *Braut* schon angefangen hätte, auf solche Weise, durch die sanftesten Bande, durch Rosenketten, von denen der Mann nur zu gern sich umschlungen sieht, ihren Geliebten mit sich zu verbinden und ihm den Aufenthalt bei sich und in ihrer Nähe zu dem Liebsten auf der ganzen Welt zu machen.

Wir verlassen nun die Betrachtung des Brautstandes und beschäftigen uns mit der des *Ehestandes.*

Es ist entsetzlich, daß die Ehe so oft das Grab der Liebe ist, daß man so häufig *die* Menschen, die vorher keine Stunde voneinander sein konnten, nach den ersten, schnell verrauschten Flitterwochen kalt, gähnend, mißmutig, nebeneinander herumgehen oder einander so viel wie möglich geflissentlich vermeiden sieht.

In der Regel ist es die Schuld der Gattin. Entweder ist sie dem Manne *langweilig* geworden, oder sie macht sich ihm *verhaßt.*

Die meisten Männer, und dies ist eine ihrer großen Schwachheiten, können keinen *Widerspruch*, wie gerecht er auch sei, vertragen, am wenigsten in Augenblicken eines *gereizten* und *heftigen* Zustandes und am wenigsten von der Frau. Sie werden daher, wenn diese ihn dennoch wagt, auffahrend, leidenschaftlich, grob, und es kommt zu Auftritten, die dem trauten, innigen Verhältnis unter Eheleuten und jener zarten Schonung und Feinheit des Umangs, die seine lieblichste Blüte ist, unmöglich vorteilhaft sein können. Es geht dann dieser wie dem Schmetterling, dem man von seinen leicht verletzlichen Schwingen den duftigen, lockern Flügelstaub abstreift. Das eigentlich Schöne, das, weswegen wir den Schmetterling bewundern, ist davon, ist zerstört, zerstört für immer, und keine Kunst kann den Ruin wiedergutmachen.

Solche Auftritte, bei denen der Mann sich vergißt, bei denen er aus den Schranken heraustritt, die er billig nie überschreiten sollte, bei denen er die seiner Frau schuldige Achtung aus den Augen setzt und sich von einer Seite zeigt, bei der er verächtlich oder hassenswürdig erscheint, soll die *Frau* zu *verhindern* suchen, und es steht dies wirklich *meistens* in *ihrer* Gewalt. Zeigt *sie* sich immer *liebend* und *sanft*, übt sie die *Mäßigung* und *Selbstbeherrschung*, dem Manne nur gerade nicht in dem Moment, wo er es am wenigsten vertragen kann, in dem Moment der *Heftigkeit*, des *Zorns* zu widersprechen; so entwaffnet sie ihn dadurch gänzlich und entwaffnet ihn auf die *edelste* Art: durch Ruhe, durch Besiegung ihrer eigenen Aufwallungen, durch Großmut. Es kann nicht fehlen, er muß sein Unrecht erkennen und seine teure, edle, sich aus Liebe zu ihm verleugnende Gattin inniger lieben.[1]

Nicht, als ob die Frau ihrem Gatten nie eine Einrede machen, nicht als ob sie so ein schwankend und kraftlos Rohr sein solle, das nur des Mannes Willen und Ansicht hin und her treibe. Nichts weniger, der Himmel bewahre die Weiber vor einer solchen Charakterschwäche, vor einer solchen völligen Nullität. Nein, sie soll als ein selbständiges Wesen die Dinge ansehen, soll mit eigenem Verstande denken, soll nach *ihren* Gründen urteilen und entscheiden. Aber sie soll nur so viel Besonnenheit und Mäßigung besitzen, dem nun einmal durch Leidenschaft Verblendeten, durch Heftigkeit Harthörigen, in diesem Zustand der Verblendung und Harthörigkeit, ja oft der gänzlichen Blindheit und Taubheit, nicht zum Sehen und Hören *zwingen* zu wollen. Sie soll sich's bestimmt sagen, daß das *unvernünftig* sein würde.

Daher soll sie denn *warten* lernen. Diese wichtige und schwere Kunst, die jeder Mensch zu lernen hat, in der das Schicksal selbst jedes Erdenwesen unterrichtet, muß besonders das *Weib* sich anzueignen, ja in ihr Meister zu werden suchen. Sie entgeht dadurch tausend und tausend Leiden. Sie vermeidet die drückendsten Unannehmlichkeiten. Ihr eheliches Verhältnis erhält sie dadurch unendlich viel reiner, ungetrübter, harmonischer.

Nicht, wenn der Mann von Unwillen überströmt, von Zorn braust, ist es Zeit, ihm zu widersprechen, ihn eines andern zu belehren, ja wohl gar das letzte Wort haben zu wollen, jetzt ist es nur Zeit zu *schweigen* und ohne kalten Grimm, aber ruhig eine *ruhige Stunde abzuwarten*. Ist diese gekommen, haben sich die dunklen Wetterwolken verzogen, und ist nun der Himmel wieder heiter und klar, so ist der *rechte* Zeitpunkt da, wo die Frau nicht bitter, vielmehr sanft und unbefangen dem Manne die Sache vorstellt, wie sie sie ansieht. Je milder, je freundlicher, je kindlicher sie dies vermag, je besser. Nur verlange sie nicht, daß der Mann, wenn sie ihn auch wirklich überzeugt hat, sein Un-

---

[1] Gewiß ist des Engländers Swift Wort von großer Bedeutung: Sich erzürnen, heißt: fremde Fehler an sich selbst bestrafen.

recht *bekenne,* dazu versteht sich der Stolz des Mannes sehr schwer, und brächte sie es auch dahin, was hätte sie damit gewonnen? Einen elenden Triumph, den sie vielleicht mit dem heimlichen Unmut und der stillen Abneigung ihres Mannes büßt. Wenn die Frau wirklich kein eingebildeter Haberecht ist und sein will, so wird ihr nur *daran* liegen, daß ihr Mann still und für sich, und bloß um *seiner Veredlung* willen, sein Unrecht erkenne, nicht aber, daß er es bekenne und ihr eingestehe.

Vermöchten dies alle Frauen über sich, wie viele unglückliche Ehen würden weniger sein, wie manche schreckliche Gewitter in der Ehe, in denen nicht selten alle Herzlichkeit, alles redliche Vertrauen erschlagen wird, würden vorüberziehen, wie würden sich die Menschen hierdurch einander moralisch bilden und, sich gegenseitig veredelnd, einander immer lieber und unentbehrlicher werden.

Ebensowenig als widersprecherisch sei die Frau *launisch* und *eigensinnig.* Es ist gewiß nichts, was die Liebe so erkältet, was so geringschätzig und verächtlich macht und was die häusliche Glückseligkeit so trübt, als das unselige *Launen,* als der damit eng verbundene und von diesem mürrischen Wesen meist seine Nahrung ziehende *Eigensinn.* Ein reelles Aufbrausen der Heftigkeit ist wahrlich im Vergleich mit dieser, von Wind und Wetter abhangenden, von ihr bestimmt werdenden, dumpfen, mißtönenden Stimmung und dem zu ihr gehörigen langen Gedenken, lange Nachtragen, beständigen Aufwärmen des Vorgefallenen noch golden. Denn dies ist über alle Maßen kindisch, kleinlich und niedrig, ebenso unverständig als erbärmlich und von mancher versteckten bösen Tücke des Herzens zeugend. Frauen, *dieser* Fehler ist besonders häufig bei euch, seid auf eurer Hut!

Weise und *sittliche* Klugheit der Frau ist für den Mann von großem Wert. Sie kann dadurch viel Unangenehmes aus dem Wege räumen, mit mancher kleinen Beschwerde verschonen, ihm Dinge, die seine Ruhe trüben würden und die er nicht zu wissen braucht, verbergen usw., nur sehe sie sich wohl vor, daß sie nicht *unwahr* und *ränkevoll* dadurch werde, daß sie nicht verbotene Wege gehe, daß sie nicht Umschweife statt der Geradheit erwähle und List statt der Redlichkeit.

Es ist vielleicht nichts, was die Menschen stärker aneinander bindet als die *Religion,* und gewiß findet da das schönste eheliche Verhältnis statt, wo zwei liebende Gatten lebendig und ganz durchdrungen werden von dem *religiösen Element.* Hier bekommt das Leben und alle Ereignisse des Lebens eine andere Bedeutung, einen tiefern Sinn, jede Freude wird liebender empfangen und dankender genossen, jedes Leiden wird ergebener und würdevoller erduldet. Eins bessert an dem anderen aus Liebe, eins trägt das andere mit Schonung und Nachsicht, eins hebt das andere von Stufe zu Stufe höher empor und freut sich über des anderen Vervollkommnung und Verherrlichung, wie über die eigne.

Aber wie, wenn die Frau nur *allein* das religiöse Bedürfnis fühlt, wenn der Mann ungläubig und Zweifler ist, wenn er einen frommen Sinn vielleicht nicht an seiner Frau ertragen kann, wenn es ihn gegen sie erkältet? Wie dann? – Die Antwort ist leicht, wenn wir nur beherzigen wollen, daß alle menschliche Liebe in keine unheilige Vergötterung ausarten, daß sie nicht Ziel sein soll, sondern nur Brücke, die ihn zum Ziele trägt. Alle Liebe soll zwar beginnen mit dem Verlieren und Versenken der ganzen Seele in einen edeln Menschen, aber jeder, der doch nicht bloß Fleisch und Blut, sondern das wahrhafte Ideal liebt, wird bald inne werden, daß dieses in seiner reinen Urschöne, in seiner makellosen Vortrefflichkeit, auf Erden nicht zu finden ist. Oft hienieden getäuscht, strebt nun das sehnende Herz himmelan, bis die himmlische Liebe wie eine milde, allbelebende Sonne ihm aufgeht, von der es nie wieder sich losmachen kann. Hier gekräftigt, hier gehalten, mit der Himmelsflamme durchglüht, wendet sich nun diese Wärme, diese Liebe von dorther, wo sie freilich ihren bleibenden Mittelpunkt hat, wieder zurück, stärkend, heiligend, verklärend die Liebe zu den Menschen, denen sie jetzt noch unendlich viel treuer, viel inniger, viel selbstloser sich hingibt, geläutert von jedem Eigennutz, jedem Stolz, jeder Trägheit. Gottesliebe kann nicht anders als Menschenliebe erzeugen, beleben, reinigen.

Das Göttliche ist *über* dem Menschlichen, das Himmlische *über* dem Irdischen, und darum ist es eine so große Verirrung, wenn manche Frauen dem angebornen heißen

Zuge zur Religion *deshalb* widerstehen, weil sie fühlen, daß sie diesen Weg *allein*, ohne ihren Mann gehen müssen, daß er dahin ihnen nicht folgen wird. Wie, ist denn das Göttliche nicht mehr als das Menschliche? Und hat nicht höhern Anspruch das Unendliche als das Endliche? Wie, soll die höchste Vollendung, die reinste und erhabenste Seligkeit eines unsterblichen Geistes aufgegeben werden, um eines ungläubigen Menschen willen? Das ist ein arger, unheilbringender Wahn. Frauen, die solches im Ernst mit Ja beantworten können, ist ganz besonders das Wort des Verehrungs- und Liebenswürdigsten gesagt: «Wer Vater oder Mutter, Bruder oder Schwester, Mann oder Weib mehr liebt als mich, der ist mein nicht wert.»

Die von religiösem Sinn und Bedürfnis erfüllte Frau soll also dem Zuge ihres Herzens ohne Rückhalt und Einwendung folgen, aber sie soll nicht darauf ausgehen, ihren Mann zu *bekehren*. Der Stolz des Mannes wird sich gegen ein solches Bestreben aufbäumen, und sie wird ihn weiter entfernen von dem Ziele, zu dem sie ihn möchte gelangen sehn, ja sie wird *Abneigung* gegen das Beste und Höchste, wo nicht in ihm gründen, doch in ihm begründen und ihn darin verhärten. Überhaupt ist *alles Bekehrenwollen* schon darum *in sich töricht*, weil man doch nimmer den anderen so kann sehen machen, wie wir sehen. Würde nur diese einzige Idee recht gefaßt, würde nur begriffen, daß alle Sinnesänderung nicht vom Objektiven, sondern vom Subjektiven, allermeist von der schweren Selbsterkenntnis ausgehen müsse, würde erkannt, daß die Religion am wenigsten eine Sache des Begriffs, des Raisonnements, sondern vornehmlich eine Sache des Lebens, der Erfahrung, des Gemüts ist, man würde alle Proselytenmacherei, wie gut man es auch damit meine, dennoch auf ewig abschwören.

Von Natur gehorcht der Mensch nur dem Natürlichen, nicht dem Geistigen, und er kann das Reich Gottes nicht schauen, es sei denn, daß er erst wiedergeboren werde. Nur Gott kann den Menschen zu sich ziehn, nur Gott das unbegreifliche Wunder vollbringen, den Menschen zu verwandeln aus einem Kinde der Finsternis in einen Seher seines geheimnisvollen Lichts. Darum ist alle wahrhaftige Bekehrung ein ernstes *Ergriffensein* von dem Leben des Lebens, ein Nichtwiderstehen können dem mächtigen Zuge der Wahrheit, ein Verwandelt- und Erhobensein aus dem Staube der Erde in die reinen Sphären der Geisterwelt. – Wer so anders geworden, so bekehrt und umgekehrt ist, der weiß, daß es eine eitle und selbstvermessene Torheit heißt, die Erkenntnis des Höchsten auf dem Wege der bloßen *Überredung* an den Menschen bringen zu wollen; er weiß, daß mit *Worten* die innere Anschauung, Erfahrung und der alleinige Standpunkt, auf dem das Göttliche geschaut wird, *nicht* sich gehen läßt, und daß ein solches vorwitziges Eilen, dem anderen die eigene Überzeugung anzuhängen, wohl Widerwillen, nicht aber Geschmack und Freude daran hervorzubringen vermag. Er weiß, daß der Weg der Heiligung ein *langsamer* Weg ist, und ein Weg der *Freiheit*, der aus eigenem Bedürfnis der Seele gesucht und gefunden werden muß, der sich aber keinem Menschen *aufzwingen* läßt und den keiner *widerstrebend* gehen soll. Der wahrhaft Fromme kann und darf nichts tun, als sich in seiner Ansicht festhalten, in seiner Überzeugung unwandelbar treu behaupten, sein Heiligstes nie feige verleugnen und übrigens *still sein* und harren und das Heil seiner Lieben in Gottes Vaterhände befehlen, glaubend, daß Gott und nur Gott wissen könne, wann Zeit und Stunde da sei, ein Menschenherz zu ihm zu führen.

Kurz, die Religion ist kein *Geschwätz*, sie besteht nicht in Worten und wirbt nicht durch Worte. Aber sie ist ebensowenig ein *Gehetz*. Mißtraue den religiösen Maulbrauchern, mißtraue denen, die mit der Religion eine Parforce-Jagd treiben, die sich gern das Ansehen geben möchten, als wollten sie durch ihren gewaltigen Zungenlärm den Himmel stürmen, sie wissen am wenigsten um der Religion Höhen und Tiefen. Die nur wissen darum, die *Tersteegens* vielsagendes Wort erfassen und empfinden: Am *Schweigen* werden *sie* erkannt, die *Gott im Herzen* tragen!

Die Männer verlangen mehr die Beweise, die Frauen mehr die *Äußerungen* der Liebe. Es gibt indes Männer, die diese Äußerungen nicht so häufig bezeigen, als die Frauen es wünschen, die dies besonders nicht in anderer Gegenwart mögen. Die Frauen sollen dies Zartgefühl der Männer schonen, und sie sich darin nicht übertreffen lassen. Die

Innigkeit eines Freundschafts- und Liebesverhältnisses braucht sich nicht vor der Menge zu enthüllen. Sie verliert dadurch ihr feines, duftiges Wesen. Übrigens soll die Frau nicht glauben und nicht verlangen, daß sie ihren Mann ganz ausfülle. Es wäre dies nur bei einem Pinsel möglich, nicht bei einem kräftigen geist- und gemütvollen Mann. Wie könnte ein solcher z. B. leben, ohne der Kunst, der Wissenschaft zu huldigen und ohne dem Höchsten die höchste Liebe zu weihen?

Im *Äußern* sei die Frau, nicht weniger als im Inneren, *hold,* soweit dies von ihr abhängt. Sie habe nichts Husarenmäßiges an sich, nichts Frechfreies, nichts Vorlautes und Dreistes. Ihre Kleidung sei nicht nur ehrbar, anständig, züchtig, sondern auch immer durchaus reinlich, schmuck und ordentlich. Es ist eine häßliche Weise, den ganzen Morgen im Nachtkleide herumzuschlendern, so, daß man sich, wenn ein Fremder kommt, muß verkriechen, muß verleugnen lassen. Die Frau sei immer so gekleidet, daß sie sich jedem Auge zeigen kann, auch sei sie geschmackvoll angezogen, wiewohl einfach, denn im Hause geputzt zu sein, ist ebenso lächerlich, als das Vernachlässigen des Anzugs ekelhaft ist. Der Spiegel werde nur beim Ankleiden zu Rate gezogen, nachher nicht wieder. Es ist nichts so abgeschmackt als das, was man nicht bloß im Hause, sondern auch oft in Gesellschaft sieht: ein beständiges Hineilen oder sich Hinschleichen zum Spiegel, so wie das unaufhörliche Ordnen, Zurechtziehen, Verbessern des Hals- und Kopfputzes. Nur eine sehr kindische Eitelkeit vermag so beständig mit sich beschäftigt zu sein und noch dazu mit dem unbedeutendsten, eigentlich gar nicht zu uns gehörigen Teil seiner selbst, der bloß übergeworfenen Hülle der Hülle.

Nicht minder ist es die Aufgabe der Frau, alle *Umgebungen* des Mannes so *angenehm* und *einladend* zu machen, als es nur irgend in ihren Kräften steht. Die *reiche* Frau lasse es selbst an *eleganten* Verzierungen des Hauses, an einem gewählten, schönen und bequemen Ameublement nicht fehlen, woran sie auch wohl für sich selbst, wenn sie nicht ganz ohne Kunstsinn ist, Vergnügen finden wird. Die nicht reiche Frau kann auch, ohne größere Kosten, als die Geschmacklosigkeit verursacht, alles um sich her wenigstens *geschmackvoll* einrichten, und das, was an Pracht und Reichtum fehlt, hauptsächlich durch *Ordnung* und *Reinlichkeit* ersetzen. Auch sogar in einer ärmlichen Wohnung kann es einem wohl werden, wenn man sieht, daß ein Geist darin waltet, der die Verwirrung haßt, der jedem Dinge gern seinen rechten Platz anweist, der auch um sich her Nettigkeit, Sauberkeit, Freundlichkeit verbreitet. Wie manche Frau scheucht dadurch, daß sie es hieran fehlen läßt, ihren Mann von sich, von seinem Hause weg, ja wird oft mittelbar die Ursache seiner Versäumnisse und Ausschweifungen, weil er nur mit Ekel, Unbehagen und Widerwillen sich in seiner Wohnung aufhält, weil jedes Umherschauen ihm Ärger und heimlichen Umwillen verursacht, weil er immer gewahr werden muß, daß alles drunter und drüber geht, daß so vieles in Schmutz und Unordnung verkommt.

Überhaupt wird der vernünftige und rechtliche Mann nur glücklich mit seiner Gattin sein können, wenn sie *alle ihre Pflichten* gewissenhaft erfüllt, wozu denn ganz besonders auch gehört, daß sie eine verständige, achtsame und fleißige *Hausfrau* sei. Eine Frau, die das *nicht* ist, die einen so wichtigen Teil ihres Berufs versäumt oder lässig betreibt, kann keine Achtung von ihrem Gatten begehren, und er kann sie ihr, wenn er richtig denkt und fühlt, nicht zollen. Wo aber keine *Achtung* ist, da kann auch keine wahre *Liebe* sein, wenigstens muß sie da bald erkalten.

Selbst eine *sehr reiche* Frau darf das Hauswesen nicht ganz sich selbst oder ihren Hausgenossen überlassen. Sie muß wenigstens noch immer die *Oberaufsicht* führen. Sie muß von den Ausgaben in der Wirtschaft und der Einnahme genau unterrichtet sein und beides in einem zweckmäßigen Verhältnis zu erhalten wissen. Sie muß alle Hauptanordnungen selbst treffen. Sie muß es an manchen größeren und kleineren häuslichen Untersuchungen nicht fehlen lassen und muß wenigstens, wenn sie auch selbst nicht viel mit Hand anlegt, was sie natürlich nicht nötig hat, obgleich sie auch dies gelernt haben soll, doch die Augen allenthalben haben und das, was geschieht, *beurteilen* können. Tut sie das nicht, so darf man sich nicht wundern, wenn sie einmal ihren Wohlstand zusammenschrumpfen und zuletzt gar mit Schrecken ein Ende nehmen sieht.

Wie ein Monarch allermeist durch die Wahl seiner Minister und Räte seine Weisheit oder Unweisheit an den Tag legen kann, so eine Hausfrau durch die Wahl ihrer *Untergebnen*, ihrer *Dienstboten*. Sie wird dabei vorzüglich darauf sehen, daß sie dazu keine diebische, keine unehrbare und liederliche, keine unordentliche und unreinliche, keine allzu unbeholfene und ungewandte und keine freche und naseweise Leute nimmt. Hätte eine Person alle diese Fehler nicht, wäre aber vielleicht noch jung, unerfahren und ungeschickt, so soll die Geschicklichkeit, Kenntnis und Erfahrenheit der Hausfrau von der Art sein, daß sie diese auf ihre Untergebenen zu übertragen vermag, daß sie gern und willig es übernimmt, ein solches Wesen anzuführen, zuzulehren, ihm zu zeigen, was es nicht zu machen weiß usw., wodurch sie sich oft eine treuere und brauchbarere Dienerin bilden kann, als dies der Fall sein würde, wenn eine solche ihr in dieser Hinsicht nichts zu verdanken hätte. Das kann sie aber nur, wenn sie eine tüchtige, flinke, rührige und vollkommen kundige Hausfrau ist, die nicht nur weiß, wie alles gemacht wird, sondern die auch alles *selbst* machen kann; die also im Stande ist, ihren Mägden *vorzutun,* was sie noch nicht verstehn. Wie sehr ihr es hier zustatten kommt, wenn sie jedes Ding recht und an dem rechten Ort anzugreifen weiß, leuchtet von selbst ein, und daher sollte jedes junge Mädchen angeleitet werden, alle Arbeiten, auch die gröbern und mühseligern, zu verrichten, wäre es auch nur, um, wie gesagt, teils diese Arbeiten anderen anweisen, teils sie richtig beurteilen zu können.

Niemals gehe eine Hausfrau mit ihrem Gesinde in eine Art von *Vertraulichkeit* ein; um des Himmels willen gebe sie ihnen keine *Geheimnisse* zu bewahren. Nicht etwa, weil der Rang und Stand dies verbietet, das wäre ein kläglicher Grund, denn der hat in dieser Hinsicht nichts zu verbieten; sondern weil die, diesen Leuten und allen den Menschen, unter denen sie aufgewachsen sind, gewöhnliche Roheit, in der Regel eine *Gemeinheit der Gesinnung* in ihnen erzeugt, die sich nicht mit der feinen Gewissenhaftigkeit verträgt, welche mit einem anvertrauten Geheimnis umgeht wie mit einem unschätzbaren Kleinod, und die auch den *Edelsinn* besitzt, der selbst *nach* der Aufhebung eines freundschaftlichen Verhältnisses sich noch *gebunden* glaubt, nicht schändlich auszuschwatzen und zu verraten, was im guten Glauben an seine Rechtlichkeit *unbedingt* bei ihm, zu ewigen Stillschweigen, niedergelegt ist. Aber eben diese zu jedem Freundschaftsbündnis so unentbehrliche Verschwiegenheit fehlt meistens diesen Menschen, und wenn sie auch nicht geradezu alles, was sie wissen, ausplaudern, so treibt sie doch oft die Eitelkeit, manches, was ihre Herrschaft ihnen mitgeteilt, sich merken zu lassen; damit man sehe, wie gut das Verhältnis zwischen ihnen und dieser sei. Kommt nun aber gar eine Uneinigkeit, eine Spannung, ein offenbarer Bruch dazwischen, so glauben sie sich durch nichts mehr gehalten; und wer sich ihnen einmal in die Hände geliefert hat, dem suchen sie nun mit ihrer Zunge zu vergelten, soviel es möglich ist.

Sowenig als die Hausfrau ihren Mägden ihr Vertrauen schenken soll, ebensowenig soll sie mit ihnen *scherzen*, in einem leichtsinnigen Ton mit ihnen reden oder sich auf irgendeine Art mit ihnen gemein machen. Ruhiger Ernst mit Milde und Gütigkeit gepaart, eine sanfte, freundliche, immer sich gleichbleibende Behandlung, Schonung und Nachsicht, Menschlichkeit in allen Forderungen und Ansprüchen ist sicher die beste Art des Umgangs mit seinen Untergebenen.

Auch der *Tadel* sei menschlich, sei ruhig und sanft. Nichts ist widerlicher, als eine Hausfrau jeden Augenblick mit ihrem Gesinde zanken oder wohl gar schelten zu hören. Sie entwürdigt sich dadurch. Sie setzt sich aus, daß man gegen sie gleiche Repressalien gebraucht. Sie schadet ihrem guten Namen, entfernt gute Dienstboten von sich und hat täglich Verdruß. Auf ihren Mann muß dies überdem äußerst widrig wirken. Wie viele Männer meiden nicht darum so oft ihr Haus, weil ihnen das ewige Zanken, Schelten, Toben ihrer Frauen unerträglich ist, weil sie dabei so viele häßliche Leidenschaften in diesen sich regen und aussprechen fühlen, weil sie erkennen, wie sehr so etwas aller weiblichen Delikatesse, aller weiblichen Grazie zuwider sei.

So wie es jetzt und bis dahin mit der Moralität der meisten Dienstboten steht, ist es jeder guten Hausfrau unerläßliche Pflicht, alle Sachen von Wert, besonders auch die wichtigsten Eßwaren, zu verschließen und täglich das Notwendige selbst herauszugeben, damit sie nicht ihre Leute zur Untreue verleite, die, wenn sich ihnen die Gelegenheit und Versuchung darbietet, selten zu widerstehen vermögen, und damit sie auch nicht die bedeutendsten Beeinträchtigungen veranlasse, die sie vor den Ihrigen nicht würde verantworten können und die gleichwohl unvermeidlich sind, da, wo dem Gesinde alle Vorräte offen stehn. Aber *schön* wäre es doch, wenn gute Herrschaften nach und nach auch ihre Dienstboten *veredeln*, wenn sie sie durch das Band der *Achtung, Liebe und Dankbarkeit* so an sich fesseln könnten, daß sie sich als Glieder der Familie betrachteten und sie dann auch wieder so angesehen und so behandelt würden. Am besten und leichtesten wird sich dies überhaupt da machen, wo ein *frommer Sinn* in einem Hause wohnt und in den Herzen der Dienenden, mit der Liebe zu ihrer Herrschaft, die echte *Gottesfurcht* sich einigt, wie denn überhaupt eine dauernde Scheu vor dem Bösen und die wahrhaftige, in allen Lagen beharrliche Rechtschaffenheit nur in einem Herzen sich erzeugt, das Ehrerbietung hat vor einem allsehenden Richter all' unsers Lassens und Tuns.

Nichts sieht gewöhnlich der Mann lieber, als wenn seine Frau recht *häuslich* ist und die Besorgung ihres Hauswesens nicht als eine Last, sondern mit Lust betreibt, wenn sie früh aufsteht und besonders am Morgen recht tätig ist. Der Morgen sollte gänzlich und ausschließlich häuslichen Arbeiten und Anordnungen gewidmet sein, und die Frau es sich zum Gesetz machen, des Morgens keine bloß zeitvertreibende Beschäftigungen vorzunehmen, z. B. nicht zu *stricken*, welches nicht viel mehr als ein bloßes Müßiggehen ist und des Abends bei der Lektüre geschehen kann, und nicht zu *lesen*, es sei denn, was ja auch die alten, tüchtigen Hausfrauen schon taten, ein Morgensegen, der auf den ganzen Tag mit guten Gedanken und guten Entschlüssen erfüllt, und also wirklich im eigentlichen Sinn ihn weiht, ihn segnet. Dies wird höchstens eine halbe Stunde hinnehmen. Alles andere Lesen sollte sich die tüchtige Hausmutter nicht erlauben, sondern dies auf den Abend versparen.

Ferner sollte sie den Morgen auch nie ohne die dringendste Veranlassung, nie ohne eigentliche Notwendigkeit *ausgehen, das viele Ausgehen,* besonders des Morgens, ist *ein Ruin für manche Haushaltung.* Es nimmt viel Zeit weg, zerstreut und macht unlustig zu einer geregelten Tätigkeit.

Durch eine genaue *Einteilung der Zeit* erspart und gewinnt man erstaunlich viel *Zeit.* Dies sollte daher keine Hausfrau verabsäumen. Der ganze Tag bis zum Abend sei den weiblichen Berufsgeschäften gewidmet. Der Vormittag werde angewandt zum Nachsehen in dem Keller, der Speisekammer und Küche und zum Besorgen der Küche, worunter sowohl die Zubereitung der Speisen als das Kochen selbst, das schon jedes Mädchen aus dem Grunde lernen sollte, verstanden ist. Die übrige Zeit werde zum Ausbessern der Wäsche, zum Nähen neuer Wäsche und, wo möglich, weil dadurch viel erspart wird, zum Verfertigen der Kleider, des Putzes usw. verwandt.

Hat die Frau *Kinder, so gehe sie nicht viel in Gesellschaft.* Es ist nichts erfreulicher, als wenn des Abends beide glückliche Eltern ihre Kleinen um sich her versammeln, mit ihnen den Schulunterricht wiederholen, sie zum Lernen anreizen, mit ihnen lernen, sie in manchen Fertigkeiten sich üben lassen oder mit ihnen ins Freie gehen, sie hier auf das Leben der Natur, auf ihr mannigfaltiges Wirken, auf alle ihre Schönheiten aufmerksam machen oder an ihren Spielen Anteil nehmen, jedoch ohne die Freiheit derselben zu stören.

Hat die Frau *keine Kinder,* so suche sie auf andere Art ihren Mann bei sich zu fesseln, aber nicht durch *Zwang,* nicht durch Bitten oder Vorwürfe, wenn sie sieht, daß er lieber ausgehen will. Aller Zwang erkältet die Liebe, aller Zwang bewirkt, besonders in der Ehe, das Gegenteil von dem, was er bewirken soll, vermöge des dem Menschen natürlich inwohnenden Widerspruchsgeistes geschieht eben das, was der andere verhindern wollte. *Kein Zwang* also, *Freiheit* ist der Liebe Grund und Stütze.

Die Gründe, die den Mann bestimmen sollen, nicht zu häufig sein Haus zu verlassen, sondern am öftersten und liebsten sein Heil im Hause zu suchen, müssen durchaus *innere, unsichtbare* sein. Die anziehende Huld und Lieblichkeit seiner Frau, ihr gefälliges, wohltuendes Wesen und ihre anmutige Unterhaltungsgabe – Dinge dieser Art müssen es sein, die ihn mit magischer Gewalt an sein Haus binden und es für ihn in ein Paradies verwandeln, dem er, wenn er einmal sich davon entfernen muß, so bald und schnell er nur vermag, wieder zueilt.

Aber welcher Frau ist es möglich, ihren Mann so an sich zu fesseln, fragt vielleicht manche. Ihr sei geantwortet, einzig und allein der *gebildeten* Frau. Und hier zeigt sich's denn wieder recht deutlich, wie die *Bildung* zu allen Dingen nütz sei und wie dem Gebildeten alles zu Gold werde, alles vor ihm sich veredelnd gestalte. Nur ihm spiegelt sich ab das Leben in tausendfachen und tausendfarbigen Bildern, nur zu ihm redet die Natur mit tausend Sprachen und Tönen, nur er hat Beziehungen und Berührungen mit den mannigfaltigen Erscheinungen des Lebens, die das roh hinstarrende Auge nicht entdeckt und nicht ahnet. Er nur weiß den süßen, wollüstigen Duft und den erquickenden Lebenssaft aus allen Blumen zu trinken, er nur ihn in stärkenden Lebensbalsam zu verwandeln. Nicht fünf Sinne, nein hundert Sinne sind ihm geworden für die Betrachtung der Natur und des Lebens, und darum erschließen sie *ihm* auch ihre geheime Bedeutung. Er versteht das vielen Unzugängliche, und wie *er* allein das innige Verständnis hat, das zu einem hochherzigen Genuß des Lebens in seiner Gesamtheit gehört, so weiß auch nur er *andern* das Verständnis zu eröffnen, *andern* die Genußfähigkeit zu schärfen.

So die *gebildete Frau*. Unter ihrem Einfluß gewinnt alles an Anmut und Schöne. Vor dem Zauberschlage ihres Geistes entflieht Eintönigkeit, Langweiligkeit, leeres Geschwätz. Was sie spricht, was sie tut, was sie betreibt, hat Sinn und Würze, hat Kraft und Adel. Vor ihr verstummt die Lästerzunge, vor ihr das schale, nichtswürdige Hin- und Herreden über Nichts.[1]

[1] Die Wichtigkeit und Notwendigkeit der Bildung der Frauen (auch der intellektuellen und ästhetischen) habe ich in meiner Schrift: Erziehung und Unterricht des weiblichen Geschlechts. Leipzig, bei G.J. Göschen 1810, von Seite 58 bis 83 ausführlich erörtert und gezeigt, wie nicht nur das Weib als Mensch An-

Auch ihren Mann weiß so die gebildete Frau unendlich zu ergötzen, zu beleben, seine Ideen zu erfrischen. Bald ist es ein durchdachtes Gespräch; bald die Mitteilung einer wohlverstandenen und klar aufgefaßten Lektüre; bald ein zweckmäßig gewähltes Buch; bald ein schönes Gedicht, das ihn erfreut und ihm die Stunden zu Minuten macht. Dann ist es einmal wieder ein erhebendes Lied, das seine Geliebte harmonisch und mit seelenvollem Ausdruck ihm vorträgt, oder es ist ein fröhliches Allegro, ein sanft klagendes Adagio, das in zauberischen Tönen seine Empfindungen bewegt, ihn in süße Träume wiegt und einhüllt in wonniges Wohl und Weh. Oft ist es auch der reine Genuß der schönen Natur, zu dem die liebende Gattin ihren Gatten ins Freie ruft, hier mit ihm an einem heitern Frühlings- oder Sommerabend schwelgend in all den wunderbaren Gestalten, welche die Natur schafft, die sie verwandelt, die sie mit tötender und belebender Hand aus dem Dasein und wieder ins Dasein ruft.

Die zartfühlende Frau hat dabei den *leisesten Sinn für die kleinen Wünsche des Mannes*. Kaum ihm selbst zum Bewußtsein gekommen, hat sie schon sie erraten und weiß jetzt, sie ihm auf *seine* Weise, so *wie er's gern hat,* zu befriedigen. Und wie ist sie selbst so glücklich dadurch, wenn sie ihrem Freund so eine frohe Stunde gemacht, wenn er ihr nun mit einem innigen Blick zärtlicher Liebe dafür lohnt! Oh, wie ist ihr dann so wohl und wie lebendig fühlt sie's in solchen Minuten, daß Geben seliger sei als Nehmen!

Auch *Familienfeste* verherrlichen oft das Glück des Hau-

spruch auf eine ernste Geistesbildung habe, sondern wie es auch als Weib achtenswürdiger zu der Erfüllung seiner Pflichten als Gattin, Hausfrau und Mutter fähiger und tüchtiger werde und wie sehr es dadurch, unverheiratet, an Würdigkeit, an Selbstständigkeit, an Unabhängigkeit, an Glückseligkeit und an Brauchbarkeit für die Welt gewinne. Ich bin überzeugt, dort alle Einwendungen, die gegen die Bildung der Frauen nur irgend gemacht werden können, widerlegt zu haben; bin überzeugt, daß sich mit Grund nichts weiter dagegen vorbringen läßt. Das dort Gesagte will ich hier nicht wiederholen; bitte aber alle diejenigen, die jenes nicht gelesen oder wieder vergessen haben, es dort noch einmal nachzulesen.

ses, und hier enthüllt wieder die liebende Gattin und Mutter den Scharfsinn und die Erfindungsgabe, die nur die *Liebe* lehrt, die nur die *Liebe* pflegt. Geburtstage, der Hochzeitstag, das heilige Christfest werden immer festlich und jubelnd begangen. Und dann teilen wenige, aber recht erlesene, recht vertraute *Freunde* und *Freundinnen,* an denen es weder Mann noch Frau fehlt, die allgemeine Freude und erhöhen sie durch ihre herzliche Teilnahme.

Die Freunde des Mannes seien auch die der Frau, die Freundinnen der Frau mehr oder weniger die des Mannes. Aber der *Mann* sei der Frau die erste und liebste Person, die es gibt, die *Frau* ihm das nächste und teuerste Wesen. Sehr schlimm ist es, wenn der Mann außer dem Hause einer *Freundin* nachgeht, wenn die Frau einen *Hausfreund* hat. Nein, die Liebe der Ehegatten sei *keusch,* sei *treu.*

Ein solches Verhältnis zwischen einer *verheirateten Frau* und einem sogenannten *Hausfreund,* der oft ursprünglich der Freund des Mannes ist, entspinnt sich nur dann, wenn die Frau ihren Mann nicht liebt oder wenn die Liebe beider im Lauwerden, im Erkalten begriffen ist und nun der Mann häufig außer dem Hause lebt, seinen Vergnügungen nachgehend. Ein geselliges Bedürfnis zieht dann gewöhnlich zuerst eine Frau zu einem andern Manne hin, allein dieses und das Verlangen nach Wohlwollen und Teilnahme lodert nicht selten auf in die helleste und zerstörendste Flamme der Leidenschaft.

Gegen ein solches Mißgeschick sei doch jede Frau auf ihrer Hut. Ein *Liebesverhältnis* dieser Art ist, selbst wenn es sich in den Schranken des Anstandes und der Ehrbarkeit vollkommen erhält, dennoch höchst *unerlaubt;* es kann und muß, wenn auch nicht ihrer *Tugend,* welches das Allerschrecklichste wäre, wenigstens ihrer *Ruhe* leicht gefährlich und nachteilig werden und sie untüchtig machen zur treuen Erfüllung ihres Berufes. Darum lasse sie doch nie eine solche Neigung aufkommen, sondern ersticke sie im Werden und tue, wenn sie ihrer selbst nicht sicher, nicht mächtig ist, im voraus einen entscheidenden Schritt, der dem drohenden Übel vorbaue.

Eine *zu große Vertraulichkeit* in dem Umgange mit Personen des andern Geschlechts ist überhaupt, wie sie der *fei-*

nern Sitte zuwider ist, auch bedenklich für die *feinere Sitt-lichkeit.* Aus diesem Grunde ist das *Du* und *Du* zwischen Männern und Frauen, die nicht sehr nahe Verwandte sind, verwerflich, weil es eben einen Grad des Naheseins be-zeichnet, der nicht zu weit ausgedehnt, sondern nur für die Nächsten aufbewahrt bleiben soll. Eine freundliche, hei-tere Ehrerbietung, eine stille, gesetzte Würde, ein zartes Gefühl für das Anständige kann, der Herzlichkeit unbe-schadet, jedes Entarten in dieser Hinsicht abwehren.

Übrigens ist gewiß der Umgang zwischen *Männern* und *Frauen* für beide Geschlechter außerordentlich *bildend.* Frauen, die nur mit Frauen, wenig mit Männern umgehen, sind meistens unbeholfen, kostbar und vornehmtuend oder langweilig und in der Unterhaltung einsilbig, leer und flach oder breit-geschwätzig über die unbedeutendsten Dinge, klatschsüchtig und verleumderisch. Mit den Männern, die wenig mit Frauen umgegangen sind, ist es nicht besser. Sie sind trocken, steif, blöde, verlegen, wissen nichts von jener zuvorkommenden Artigkeit, jener feinen Aufmerksam-keit, jener echten Galanterie, deren schönes Maß wir noch immer in dem edeln Geist der Ritterlichkeit (Chevalerie) früherer Zeiten bewundern. Entweder sind sie elefanten-artig, schwerfällig und plump oder affenartig geckenhaft, albern und läppisch, oft auch geradezu ungesittet, dreist und roh. Ihre Unterhaltung ist wie sie selbst, schal, ermü-dend, voll von Wiederholungen und meist nur um ihr klei-nes Ich und ihr kleinliches Geschäftsleben sich drehend.

Wenn wir irgend etwas an den *Franzosen,* besonders den *älteren* Franzosen, loben können, so ist es die außerordent-liche *Feinheit* ihres Benehmens in der *Gesellschaft,* beson-ders aber gegen die *Frauen,* welche so echt war, daß sie nicht selten das Gepräge des Welttons verlor und mehr als der natürliche Ausdruck eines rein sittlichen, zart mensch-lichen Gefühls erschien. Bei den Gebildetsten äußerte sie sich unter andern darin, daß sie sich vorzugsweise der von den weniger Gesitteten *vernachlässigten* Personen annah-men, daß sie z. B. mit den *alten* Damen hauptsächlich spra-chen, auf einem Ball das *älteste* oder *häßlichste* oder *unvor-teilhaftest gekleidete* Frauenzimmer am ersten zum Tanze aufforderten, sich um den Fremden oder den *Armen,* den

Ranglosen, am meisten bekümmerten, kurz gutmütig darauf Rücksicht nahmen, daß niemandem in der Gesellschaft von einer schmerzlichen oder doch unangenehmen Empfindung sein Aufenthalt in ihr verbittert würde, die ihm zu ersparen in ihren Kräften stand. Aber wie gesagt, dieser menschenfreundliche Zartsinn, diese feinere und höhere Sittigkeit wird nur erworben im Umgange mit *zartsinnigen Frauen.*

Auch für *Mädchen* und *Jünglinge* ist die Teilnahme an *gemischten* Gesellschaften sehr *zuträglich.* Sie verlieren dadurch die ihnen sonst leicht eigene, engherzige Schüchternheit, Einseitigkeit oder Roheit, Bequemlichkeit und Ungefälligkeit. Jene werden leichter entwöhnt von der elenden, nichtigen Unterhaltung der Eitelkeit über Putz und Moden, über Bälle, Redouten und Maskeraden, über Konzerte und Assembleen, oder gar von dem noch schlimmeren Hange zur Verleumdung, zum Verlästern und Afterreden. Diese verlieren dadurch früher das wüste, wilde Wesen, den lauten, frechen Ton des Aufschneidens, Großtuns. Und selbst für die künftige Wahl einer Lebensgefährtin ist ein solcher Umgang vorteilhaft. Nicht nur, daß hier die Moralität der jungen Männer gesichert bleibt, daß sie vor der Verachtung des weiblichen Geschlechts bewahrt werden, die denen eigen zu sein pflegt, welche die Weiber nur aus dem schlechtesten Umgange kennen – sie machen hier auch die Bekanntschaft mehrerer achtungswürdiger Mädchen, sie sind im Stande zu vergleichen und innezuwerden, was ihnen zusagt, was sie bedürfen, was ihnen bei ihrer künftigen Gattin das Unentbehrlichste ist. Ihre Wahl kann hier ein freies und freudiges Erkennen und Entscheiden sein, das also, was jede Heirat bestimmen soll, und wenn je, können sie hier zu dem unmittelbaren Gefühle gelangen, das zu ihnen mächtig spricht: die ist's! und: Mein!

Wer in Handelsstädten gelebt hat, wird wissen, welch ein rohes, wüstes Leben dort von *Handlungsdienern* und *Handlungsburschen* geführt wird, und auch wissen, woher dies rührt. Daher unverkennbar, daß diese Menschen von dem Umgange mit *gesitteten* und *gebildeten Familien* größtenteils *ausgeschlossen* und dadurch notwendig auf den Umgang mit ihresgleichen beschränkt sind. Die Idee eigener

Vervollkommnung, der Sorge für ihren Geist, kommt durch nichts an sie. Ihre müßigen Stunden füllen sie aus, entweder mit der Lektüre der elendesten, schädlichsten, jedem gesunden Geschmack ekelhaftesten Romane, oder sie treiben sich mit ihren Freunden in Kaffeehäusern, Weinhäusern oder an noch anderen, durchaus schändlichen Orten umher, wo sie sich oft für ihr ganzes Leben Leib und Seele unheilbar vergiften, und das alles aus dem einzigen Grunde, weil sie von den *bessern* Gesellschaften gänzlich ausgeschlossen sind, keine edleren Bedürfnisse, keine reineren Gefühle in ihnen angeregt werden, weil überhaupt nichts ihnen nahekommt, das sie erfüllen könnte mit Scham, mit Ehre, mit dem Bestreben, als ein tugendhafter und rechtlicher Mensch vor ordentlichen und ehrbaren Leuten zu erscheinen. So gehen in den schändlichsten Lüsten und Genüssen, in den niedrigsten und schmutzigsten Ausgelassenheiten Tausende von Jünglingen und Männern zugrunde, die gerettet, die der Tugend erhalten, die einer edlen Ausbildung ihrer mannigfaltigen Anlagen entgegengeführt werden könnten, wenn man ihnen in dem Schoße der Familien ein Asyl bereitete, in das sie nur zu gern Glück und Ruhe der Seele niederlegen würden.

Doch wir werfen noch einen Blick auf das eheliche Leben. Alles, was bisher genannt worden ist, soll nur demselben eine *Würze* sein, eine *verschönernde Zierde.* Seine Hauptnahrung aber muß es ziehen aus der *Liebe,* dem eigentlichen Element, aus dem es entstehen, zu dem es immer wieder hinstreben soll. Wo die Liebe echter, ungefälschter Art ist, da können hundert und hundert Außendinge als ganz unwesentlich entbehrt werden. Wahrhafte Liebe ist immer sich selbst genug, findet in sich ihre Welt, schöpft aus sich den reichsten Vorrat der Freude und hat ausschließlich die *rechte Weise* zu beglücken. In göttlicher Freiheit treibt sie ihr Wesen und lebt ihr einfach seliges Dasein. Ihr sind überall keine Regeln gegeben.

3. Politik und Recht
im französisch-englisch-deutschen Kontrast

OLYMPE DE GOUGES

Erklärung der Rechte der Frau und Bürgerin

Von der Nationalversammlung am Ende dieser
oder bei der nächsten Legislaturperiode
zu verabschieden

Präambel

Wir, Mütter, Töchter, Schwestern, Vertreterinnen der Nation, verlangen, in die Nationalversammlung aufgenommen zu werden. In Anbetracht dessen, daß Unwissenheit, Vergeßlichkeit oder Mißachtung der Rechte der Frauen die alleinigen Ursachen öffentlichen Elends und der Korruptheit der Regierungen sind, haben wir uns entschlossen, in einer feierlichen Erklärung die natürlichen, unveräußerlichen und heiligen Rechte der Frau darzulegen, auf daß diese Erklärung, allen Mitgliedern der bürgerlichen Gesellschaft vor Augen, sie unablässig an ihre Rechte und Pflichten erinnert; auf daß die Machtausübung von Frauen ebenso wie jene von Männern jederzeit am Zweck der politischen Einrichtungen gemessen und somit auch mehr geachtet werden kann; auf daß die Beschwerden von Bürgerinnen, nunmehr gestützt auf einfache und unangreifbare Grundsätze, sich immer zur Erhaltung der Verfassung, der guten Sitten und zum Wohl aller auswirken mögen.

Das an Schönheit wie Mut im Ertragen der Mutterschaft überlegene Geschlecht anerkennt und erklärt somit, in Gegenwart und mit dem Beistand des Allmächtigen, die folgenden Rechte der Frau und Bürgerin:

Artikel I

Die Frau ist frei geboren und bleibt dem Manne gleich in allen Rechten. Die sozialen Unterschiede können nur im allgemeinen Nutzen begründet sein.

Artikel II

Ziel und Zweck jedes politischen Zusammenschlusses ist der Schutz der natürlichen und unveräußerlichen Rechte sowohl der Frau als auch des Mannes. Diese Rechte sind:

Freiheit, Sicherheit, das Recht auf Eigentum und besonders das Recht auf Widerstand gegen Unterdrückung.

Artikel III

Die Legitimität jeder Herrschaft ruht wesentlich in der Nation, die nichts anderes darstellt als eine Vereinigung von Frauen und Männern. Keine Körperschaft und keine einzelne Person kann Macht ausüben, die nicht ausdrücklich daraus hervorgeht.

Artikel IV

Freiheit und Gerechtigkeit bestehen darin, den anderen zurückzugeben, was ihnen gehört. So wird die Frau an der Ausübung ihrer natürlichen Rechte nur durch die fortdauernde Tyrannei, die der Mann ihr entgegensetzt, gehindert. Diese Schranken müssen durch Gesetze der Natur und Vernunft revidiert werden.

Artikel V

Die Gesetze der Natur und Vernunft wehren alle Handlungen von der Gesellschaft ab, die ihr schaden könnten. Alles, was durch diese weisen und göttlichen Gesetze nicht verboten ist, darf nicht behindert werden, und niemand darf gezwungen werden, etwas zu tun, was diese Gesetze nicht ausdrücklich vorschreiben.

Artikel VI

Recht und Gesetz sollten Ausdruck des Gemeinwillens sein. Alle Bürgerinnen und Bürger sollen persönlich oder durch ihre Vertreter an ihrer Gestaltung mitwirken. Es muß für alle das gleiche sein. Alle Bürgerinnen und Bürger, die gleich sind vor den Augen des Gesetzes, müssen gleichermaßen nach ihren Fähigkeiten, ohne andere Unterschiede als die ihrer Tugenden und Talente, zu allen Würden, Ämtern und Stellungen im öffentlichen Leben zugelassen werden.

Artikel VII

Für Frauen gibt es keine Sonderrechte; sie werden verklagt, in Haft genommen und gehalten wo immer es das Gesetz vorsieht. Frauen unterstehen wie Männer den gleichen Strafgesetzen.

Artikel VIII

Das Gesetz soll nur Strafen verhängen, die unumgänglich und offensichtlich notwendig sind, und niemand darf bestraft werden, es sei denn kraft eines rechtsgültigen Gesetzes, das bereits vor dem Delikt in Kraft war und das legal auf Frauen angewandt wird.

Artikel IX

Die gesetzliche Strenge muß gegenüber jeder Frau walten, die für schuldig befunden wurde.

Artikel X

Wegen seiner Meinung, auch wenn sie grundsätzlicher Art ist, darf niemand verfolgt werden. Die Frau hat das Recht, das Schafott zu besteigen. Sie muß gleichermaßen das Recht haben, die Tribüne zu besteigen, vorausgesetzt, daß ihre Handlungen und Äußerungen die vom Gesetz gewahrte öffentliche Ordnung nicht stören.

Artikel XI

Die freie Gedanken- und Meinungsäußerung ist eines der kostbarsten Rechte der Frau, denn diese Freiheit garantiert die Vaterschaft der Väter an ihren Kindern. Jede Bürgerin kann folglich in aller Freiheit sagen: «Ich bin die Mutter eines Kindes, das du gezeugt hast», ohne daß ein barbarisches Vorurteil sie zwingt, die Wahrheit zu verschleiern. Dadurch soll ihr nicht die Verantwortung für den Mißbrauch dieser Freiheit in den Fällen, die das Gesetz bestimmt, abgenommen werden.

Artikel XII

Die Garantie der Rechte der Frau und Bürgerin soll dem allgemeinen Nutzen dienen. Diese Garantie soll zum Vorteil aller und nicht zum persönlichen Vorteil derjenigen, denen sie anvertraut ist, sein.

Artikel XIII

Für den Unterhalt der Polizei und für die Verwaltungskosten werden von der Frau wie vom Manne gleiche Beiträge gefordert. Hat die Frau teil an allen Pflichten und Lasten, dann muß sie ebenso teilhaben an der Verteilung der Posten und Arbeiten, in niederen und hohen Ämtern und im Gewerbe.

Artikel XIV

Die Bürgerinnen und Bürger haben das Recht, selbst oder durch ihre Repräsentanten über die jeweilige Notwendigkeit der öffentlichen Beiträge zu befinden. Die Bürgerinnen können dem Prinzip, Steuern in gleicher Höhe aus ihrem Vermögen zu zahlen, nur dann beipflichten, wenn sie an der öffentlichen Verwaltung teilhaben und die Steuern, ihre Verwendung, ihre Einziehung und Zeitdauer mit festsetzen.

Artikel XV

Die weibliche Bevölkerung, die gleich der männlichen Beiträge leistet, hat das Recht, von jeder öffentlichen Instanz einen Rechenschaftsbericht zu verlangen.

Artikel XVI

Eine Gesellschaft, in der die Garantie der Rechte nicht gesichert und die Trennung der Gewalten nicht festgelegt ist, hat keine Verfassung. Es besteht keine Verfassung, wenn die Mehrheit der Individuen, die das Volk darstellen, an ihrem Zustandekommen nicht mitgewirkt hat.

Artikel XVII

Das Eigentum gehört beiden Geschlechtern oder einzeln. Jede Person hat darauf ein unverletzliches und heiliges Anrecht. Niemandem darf es als eigentliches Erbteil vorenthalten werden, es sei denn, eine öffentliche Notwendigkeit, die rechtsmäßig ausgewiesen wurde, mache es erforderlich, natürlich unter der Voraussetzung einer gerechten und vorher festgesetzten Entschädigung.

Frauen, wacht auf! Die Stimme der Vernunft läßt sich auf der ganzen Welt vernehmen! Erkennt eure Rechte! Das gewaltige Reich der Natur ist nicht mehr umstellt von Vorurteilen, Fanatismus, Aberglauben und Lügen. Die Fackel der Wahrheit hat alle Wolken der Dummheit und Gewalttätigkeit vertrieben. Der versklavte Mann hat seine Kräfte verdoppelt. Er hat eurer Kräfte bedurft, um seine Ketten zu zerbrechen. In Freiheit versetzt, ist er nun selbst ungerecht geworden gegen seine Gefährtin. O Frauen! Frauen, wann hört ihr auf, blind zu sein? Welches sind die Vorteile, die ihr aus der Revolution gezogen habt? Ihr werdet noch mehr verachtet, noch schärfer verhöhnt. In den Jahrhunderten der Korruption habt ihr nur über die Schwächen der Männer geherrscht. Euer Reich ist zerstört! Was bleibt euch denn? Die Überzeugung von der Ungerechtigkeit des Mannes, die Forderung nach eurem Erbe, die ihr aus den weisen Gesetzen der Natur ableitet. Was habt ihr zu befürchten bei einem so hoffnungsvollen Unternehmen? Den Verweis des Herrn bei der Hochzeit von Kanaan? Habt ihr Angst, daß unsere französischen Gesetzgeber – Verfechter jener Moral, die sich lange Zeit in allen Zweigen der Politik eingenistet hatte, heute aber darin keinen Platz mehr hat – euch ebenfalls sagen könnten: «Frauen, was gibt es Gemeinsames zwischen euch und uns?» – «Alles!» würdet ihr darauf antworten. Wenn sie beharrlich fortfahren, durch diese Unvernunft, aus einem Gefühl der Schwäche heraus, mit ihren eigenen Prinzipien in Widerstreit zu geraten, dann stellt tapfer die Macht der Vernunft den eitlen Überlegenheitsansprüchen entgegen. Vereinigt euch unter dem Banner der Philosophie, entfaltet alle eure charakterlichen Kräfte, und ihr werdet bald diese stolzen, nicht untertänigen Verehrer zu euren Füßen haben, jetzt jedoch stolz darüber, mit euch die Schätze des Allmächtigen zu teilen. Was auch immer die Hürden sein werden, die man euch entgegenstellt, es liegt in eurer Macht, sie zu überwinden. Ihr müßt es nur wollen.

Kommen wir nun zu dem schrecklichen Bild des Zustandes, in dem euch die Gesellschaft gehalten hat. Und da im

Augenblick von einem öffentlichen Bildungswesen die Rede ist, wollen wir sehen, ob unsere weisen Gesetzgeber in vernünftiger Weise an die Bildung der Frauen denken werden.

Die Frauen haben mehr Schaden angerichtet als Gutes getan. Auferlegte Zwänge und Heimlichkeiten waren ihnen eigen. Was ihnen durch Gewalt entrissen worden ist, haben sie durch Hinterlistigkeit zurückgewonnen. Sie haben alle Möglichkeiten ihres Charmes ausgeschöpft, und der ehrenhafteste Mann konnte ihnen nicht widerstehen. Das Gift, die Waffe, alles stand ihnen zu Diensten. Das Verbrechen wie die Tugend waren in ihrer Gewalt. Jahrhundertelang stand besonders die französische Regierung in der Abhängigkeit von Frauen, die nachts Politik betrieben. Das Kabinett war vor ihren Indiskretionen nicht sicher. Ebensowenig die Botschaft, die Heerführung, das Ministerium, die Präsidentschaft, das Bischofs[1]- und Kardinalamt. Ja alles, was die Dummheit der Männer ausmacht, ob im säkularen oder im religiösen Bereich, alles war der Habgier und der Ambition dieses Geschlechts unterworfen, ein Geschlecht, das früher verachtenswert war, doch geehrt wurde, und das seit der Revolution ehrenwert ist, doch verachtet wird.

Wie viele Bemerkungen wollte ich doch zu dieser Art von Antithese machen! Mir reicht nur zu wenigem die Zeit, doch dieses wenige wird die Aufmerksamkeit der Nachwelt bis in die weiteste Ferne auf sich ziehen. Unter dem Ancien régime war alles lasterhaft, alles schuldig. Doch konnte man denn nicht eine Verbesserung der Dinge im Kern des Lasters selbst erkennen? Eine Frau brauchte nur schön oder lieblich zu sein. Besaß sie diese beiden Vorteile, dann sah sie hundert Reichtümer zu ihren Füßen liegen. Wenn sie davon nicht profitierte, dann hatte sie einen eigenartigen Charakter oder eine seltene philosophische Haltung, die sie Schätze verachten hieß. Sie wurde dann nur noch für verrückt gehalten. Die Schamloseste verschaffte sich ihr Ansehen mit Gold. Der Frauenhandel war eine Art Unternehmen, das in die oberste Schicht Eingang fand; doch wird er fortan keinen Kredit mehr genießen.

[1] M. de Bernis, in der Art von Madame de Pompadour.

Wenn dem nicht so wäre, dann hätte die Revolution für uns ihren Sinn verloren, und wir würden unter neuen Vorzeichen weiterhin der Verderbtheit ausgeliefert sein. Doch müssen wir nicht zugeben, daß in einer Gesellschaft, wo der Mann die Frau gleich einem Sklaven von der afrikanischen Küste kauft, ihr jeder andere Weg, Wohlstand zu erwerben, verwehrt ist? Natürlich ist der Unterschied groß. Die Frau als Sklavin befiehlt dem Herrn. Doch wenn der Herr sie ohne Abfindung freiläßt, in einem Alter, wo die «Sklavin» alle ihre Reize verloren hat, was wird dann aus dieser Unglücklichen? Ein Gegenstand der Verachtung. Selbst die Türen karitativer Fürsorge sind ihr verschlossen. Sie ist arm und alt, wird man sagen. Warum hat sie nicht vorgesorgt? Ich kann noch traurigere Beispiele anführen. Ein unerfahrenes Mädchen wird von einem Mann, den sie liebt, verführt, verläßt ihre Eltern, um ihm zu folgen. Der Skrupellose verläßt sie nach einigen Jahren. Seine Treulosigkeit wird um so unmenschlicher, je mehr Jahre sie bei ihm verbracht hat. Hat sie Kinder, verläßt er sie trotzdem. Ist er reich, sieht er sich nicht genötigt, sein Vermögen mit seinen edlen Opfern zu teilen. Hat er durch ein Versprechen seine Verpflichtungen besiegelt, dann wird er sein Wort brechen und sich auf die Gesetze verlassen. Ist er verheiratet, dann verliert jedes eingegangene Versprechen an Rechtskraft. Welche Gesetze müssen gemacht werden, um das Laster an seiner Wurzel zu packen? Solche, die der Aufteilung des Vermögens zwischen Männern und Frauen und ihrer öffentlichen Handhabung dienen. Es ist leicht zu erkennen, daß sich für diejenige, die einer reichen Familie entstammt, eine gleiche Aufteilung des Vermögens vorteilhaft auswirken wird. Doch welches Los trifft die verdienst- und tugendreiche Tochter einer armen Familie? Armut und Schmach. Denn hat sie sich nicht in der Musik und Malerei ausgezeichnet, dann wird ihr jede öffentliche Betätigung verweigert, auch wenn sie dazu alle nötigen Fähigkeiten besitzt. Ich will hier nur einen kurzen Überblick über die Lage der Dinge geben. In der neuen Auflage meiner gesamten politischen Schriften, die ich, mit Anmerkungen versehen, dem Publikum in wenigen Tagen darzubieten hoffe, werde ich die Situation eingehender beschreiben.

Kommen wir auf die Problematik der Sitten zurück. Die Ehe ist das Grab des Vertrauens und der Liebe. Eine verheiratete Frau kann ungestraft ihrem Gatten Kinder gebären, die von einem andern Mann gezeugt wurden, und ihnen dadurch ein Vermögen sichern, das ihnen nicht zusteht. Die unverheiratete Frau ist rechtlich in einer schwachen Position: die alten und unmenschlichen Gesetze verweigern ihr für ihre Kinder den Anspruch auf den Namen und das Gut ihres leiblichen Vaters, und man hat in dieser Sache keine neuen Gesetze erlassen. Wenn geglaubt wird, daß mein Versuch, meinem Geschlecht eine ehrenhafte und gerechte Lebensgrundlage zu geben, zur Zeit noch nicht die Zustimmung der Allgemeinheit finde, oder ich damit ein Ding der Unmöglichkeit versuche, dann lasse ich den Männern der kommenden Generation die Ehre, diese Sache zu behandeln. Doch mittlerweile kann man sie durch die staatliche Erziehung, die Erneuerung der Sitten und durch Regelung des ehelichen Verhältnisses vorbereiten.

Entwurf eines Gesellschaftsvertrages zwischen Mann und Frau

Wir, N. und N., gehen auf Grund eigener Entscheidung auf Lebenszeit und für die Dauer unserer gegenseitigen Zuneigung zu folgenden Bedingungen eine Bindung ein: Wir beabsichtigen und wollen unser Vermögen zusammenlegen und gemeinschaftlich verwalten, wobei wir uns das Recht vorbehalten, es zugunsten unserer gemeinsamen und der Kinder zu teilen, die aus einem anderweitig eingegangenen Verhältnis hervorgehen könnten. Wir erkennen gegenseitig an, daß unser Eigentum direkt unseren Kindern, aus welcher Verbindung sie auch stammen mögen, gehört, und daß alle unterschiedslos das Recht haben, den Namen der Väter und Mütter, die sich zu ihrer Elternschaft bekannt haben, zu tragen, und wir wollen das Gesetz unterschreiben, das die Verleugnung des eigenen Blutes bestraft. Wir verpflichten uns ebenfalls, im Falle einer Trennung unser Vermögen zu teilen und davon den Anteil unserer Kinder, wie er gesetzlich festgelegt ist, abzusetzen. Im Falle einer dauerhaften Verbindung würde der Ehepartner nach seinem Tode die Hälfte seines Eigentums zugunsten seiner

Kinder abtreten. Wenn einer der beiden ohne Kinder stirbt, würde der Überlebende von Rechts wegen erben, außer der Verstorbene hätte über die Hälfte seines gemeinschaftlichen Vermögens zugunsten eines anderen, den er dafür vorgesehen hat, verfügt.

Das ist so ungefähr die Form des Ehevertrags, den ich zur Ratifizierung unterbreite. Ich sehe im Geiste vor mir die Heuchler, die Prüden, den Klerus und die ganze teuflische Gefolgschaft, wie sie beim Lesen dieser ungewöhnlichen Schrift die Stimmen gegen mich erheben. Doch welches moralische Mittel wird sie den Weisen in die Hand geben, um zur Vervollkommnung einer glücklichen Regierung zu gelangen! Ich werde dafür mit einigen Worten einen konkreten Beweis geben. Der reiche kinderlose Epikureer findet nichts dabei, wenn er zu seinem armen Nachbarn geht und dessen Familie vermehrt. Wenn es einmal ein Gesetz gibt, das es der Frau des armen Mannes erlaubt, den Reichen zur Anerkennung seiner Kinder zu zwingen, dann werden sich die gesellschaftlichen Bande enger schließen, und die Sitten werden sich verbessern. Dieses Gesetz wird vielleicht das öffentliche Eigentum der Gemeinde bewahren und der Zerrüttung Einhalt gebieten, die so viele Opfer in die Hände der Schande, der Erniedrigung und Verwahrlosung menschlicher Prinzipien treibt, in der seit langem die Natur schmachtet. Wollten doch die Gegner dieser gesunden Philosophie mit ihrem Geschrei von wegen primitiver Sitten aufhören und und ihre Zitate an der Quelle überprüfen[1].

Ich würde auch gerne ein Gesetz sehen, das die Witwen und ledigen Frauen begünstigt, die durch falsche Versprechen eines Mannes, mit dem sie sich liiert haben, hintergangen wurden. Ich möchte, daß dieses Gesetz einen Treulosen dazu zwingt, seine Versprechen einzulösen, oder eine seinem Vermögen entsprechende Entschädigung zu entrichten. Ich möchte, daß dieses Gesetz auch gegen Frauen streng vorgeht, zumindest gegen diejenigen, die sich erfrechen, ein Gesetz für sich in Anspruch zu nehmen, das sie durch eigene Verfehlungen, falls diese nachgewiesen wer-

[1] Abraham hatte höchst-legitime Kinder von Agar, der Dienerin seiner Frau.

den können, verletzt haben. Gleichzeitig möchte ich, wie ich es 1788 in meiner Schrift «Vom ursprünglichen glücklichen Zustand des Menschen» dargelegt habe, daß den Straßenmädchen für sie bestimmte Viertel zugewiesen werden. Denn nicht die Straßenmädchen, sondern die Frauen der respektablen Gesellschaft tragen am meisten zu der Verwahrlosung der Sitten bei. Wenn die letzteren einen sittlichen Auftrieb erhalten, führt dies auch zu einer Veränderung der ersteren. Diese Verkettung von brüderlichem Miteinander wird anfänglich Verwirrung stiften, doch in der Folge wird es schließlich ein vollkommenes Ganzes bilden.

Ich biete ein untrügliches Mittel an, die Würde der Frauen zu heben, nämlich, sie mit den Männern zusammen an allen Erwerbszweigen teilhaben zu lassen. Wenn der Mann darauf beharrt, daß dieses Mittel unpraktikabel sei, dann soll er sein Vermögen mit der Frau teilen, nicht nach eigenem Belieben, sondern nach der Weisheit der Gesetze. Da werden die Vorurteile fallen, die Sitten werden reiner, und die Natur wird alle ihre Rechte zurückgewinnen. Verlangt dazu noch die Heirat der Priester, den König, neu gefestigt auf seinem Thron, und die französische Regierung ist dem Verderben entronnen.

Es wäre hier nun nötig, daß ich noch etwas zu den Unruhen sage, die, wie es heißt, der Erlaß zugunsten der Farbigen auf unseren Inseln ausgelöst hat. Dort erzittert die Natur vor Grauen; dort hat Vernunft und Menschlichkeit die verhärteten Seelen noch nicht berührt; dort vor allem erregen Spaltung und Unfrieden die Bewohner. Wer die Anstifter dieser explosiven Unruhen sind, ist nicht schwer zu erraten: davon gibt es welche selbst mitten in der Nationalversammlung: sie zünden in Europa das Feuer an, das Amerika verzehren soll. Die Kolonialherren maßen sich an, als Despoten über Menschen zu regieren, deren Väter und Brüder sie sind. Indem sie die Rechte der Natur mißachten, verfolgen sie ihre Geschöpfe bis in die kleinste Schattierung ihres Blutes. Diese unmenschlichen Herren sagen: unser Blut fließt zwar in ihren Adern, aber wir werden es vergießen, wenn es sein muß, um unsere Habgier, unsere blinden Ambitionen zu befriedigen. Gerade in diesen Landstrichen, die doch der Natur am nächsten stehen, verleugnet der Vater seinen Sohn. Dem Ruf des Blutes gegenüber taub, erstickt er all seine schönen Regungen. Was ist vom Widerstand gegen ihn zu erhoffen? Begegnet man dem Widerstand mit Gewalt, wird er noch schrecklicher, duldet man die Sklaverei noch weiter, wird alles Unheil auf Amerika zukommen. Eine göttliche Hand scheint überall das angestammte Gut der Menschen, nämlich die *Freiheit*, zu verbreiten: Das Gesetz allein ist berechtigt, diese Freiheit einzuschränken, wenn sie zu Schrankenlosigkeit ausartet; doch sie muß gleich für alle sein, sie – die Idee der Freiheit – vor allem muß die Nationalversammlung in ihren Erlaß, der das Ergebnis von Bedachtsamkeit und Gerechtigkeit ist, einbeziehen. Möge sie sich in gleicher Weise des Zustandes in Frankreich annehmen und ebenso aufmerksam die neuen Mißbräuche verfolgen, wie sie es bei den alten getan hat, denn sie werden mit jedem Tag schrecklicher! Meiner Meinung nach müssen die ausführende und die gesetzgebende Gewalt wieder zusammengebracht werden, denn mir scheint, daß die eine alles, die andere ohne sie nichts ist. Sonst könnte uns vielleicht das französische Weltreich leider verlorengehen. Ich möchte diese beiden Gewalten mit Mann und Frau vergleichen, die vereint, aber gleich an Kraft und Tugend sein müssen, um eine gute Ehe zu führen.[1]

Es scheint sich doch zu bestätigen, daß niemand seinem Schicksal entrinnen kann; das habe ich heute erfahren.

Ich hatte mir fest vorgenommen, in diesem Text nicht die geringste Bemerkung zu machen, die Anlaß zum Lachen geben könnte, aber es sollte anders kommen. Hier der Vorfall.

Sparsam sein ist nicht verboten, besonders nicht in dieser Zeit der Misere. Ich wohne auf dem Lande. Heute morgen um 8 Uhr machte ich mich von Auteuil auf, hin zur Straße, die von Paris nach Versailles führt, wo man oft diese wohlbekannten zweirädrigen Gespanne antrifft, welche Fußgänger gegen geringe Bezahlung mitnehmen. Wahrscheinlich stand schon früh ein böser Stern über mir. Ich gehe bis zur

[1] Ninon fragt M. de Merville während des Abendessens in der Zauberszene, wer denn die Maitresse von Ludwig XVI. sei? «Die Nation», erhält sie zur Antwort, «diese Maitresse wird die Regierung korrumpieren, wenn sie zu großen Einfluß gewinnt.»

122

Sperre, wo ich nicht einmal die traurige Hofkutsche vorfinde. Ich ruhe mich auf den Stufen dieses protzigen Gebäudes voller Beamter aus. Als es 9 Uhr schlägt, mache ich mich wieder auf den Weg. Ein Wagen hält an, ich nehme Platz, und komme 15 Minuten später um Viertel nach 9 auf dem Pont Royal an. Dort nehme ich die Kutsche und gehe schnell zum Drucker in der Rue Christine, denn ich kann dort nur früh am Morgen hingehen. Mit dem Korrigieren meiner Druckvorlagen gibt es immer etwas zu tun, wenn die Seiten nicht zu eng geschrieben und zu voll sind. Ich bleibe ungefähr 20 Minuten; des Gehens, Schreibens und Druckens müde, gönne ich mir ein Bad im Quartier du Temple, wo ich auch zu essen gedenke. Ich komme um Viertel vor 11 nach der Uhr im Bad an. Ich schuldete also dem Kutscher 1½ Stunden; biete ihm aber, um jeden Streit zu vermeiden, 48 sols an. Er will mehr, wie gewöhnlich, und schlägt Lärm. Ich weigere mich, ihm mehr zu geben als ihm zusteht, denn ein gerechter Mensch ist lieber großzügig, als daß er sich hereinlegen läßt. Ich drohe ihm mit dem Gesetz. Er sagt, er schere sich nicht darum, ich hätte ihm 2 Stunden zu bezahlen. Wir kommen zu einem Zivilbeamten, dessen Namen ich lieber nicht nennen möchte, obwohl sein Vorgehen gegen mich eine öffentliche Klage verdienen würde. Er wußte sicherlich nicht, daß die Frau, die von ihm Gerechtigkeit erwartete, die Autorin ist, die zu so vielen wohltätigen und gerechten Handlungen aufrief. Ohne meine Seite anzuhören, verurteilt er mich mitleidslos dazu, dem Kutscher zu zahlen, was dieser verlangte. Des Gesetzes kundiger als er, sage ich ihm: Mein Herr, ich weigere mich, und weise Sie darauf hin, daß Sie nicht im Sinne Ihres Amtes walten. Da gerät dieser Mann, oder besser gesagt, dieser Wütende, außer sich, droht mir mit der Gewalt, wenn ich nicht auf der Stelle zahle, ansonsten ich den ganzen Tag in seinem Büro zu verbringen hätte. Ich bitte ihn, mich zum Bezirksgericht oder zum Bürgermeisteramt zu führen, wo ich mich über seine autoritäre Handlung zu beklagen gedenke. Der erhabene Magistrat in seinem staubigen Amtsgewand, das so ekelig wie seine Rede war, sagt mir lächelnd: Diese Affäre wird wohl vor die Nationalversammlung gehen? Das könnte schon sein, erwiderte ich ihm, und ging weg, halb wütend, halb lachend über das Urteil dieser modernen dummen Gans, indem ich mir dachte: Das ist also die Sorte von Mann, die über ein aufgeklärtes Volk Recht sprechen soll! Überall ist es gleich. Ähnliche Vorfälle passieren den guten und schlechten Patrioten gleichermaßen. Die Klage über das Chaos in den Bezirksgerichten und Tribunalen ist groß. Recht wird nicht gesprochen. Das Gesetz wird verkannt. Und aus der Polizei wird, Gott weiß was. Es gibt keine Kutscher mehr, denen man Sachgegenstände anvertrauen kann. Sie wechseln die Nummern nach ihrem Belieben aus, und mehrere Personen, inklusive meine eigene, haben beträchtliche Verluste in ihren Wagen hinnehmen müssen. Unter dem Ancien Régime, was es auch immer an Diebstählen aufzuweisen hatte, fand man die Spur dieser Verluste, indem man die Kutscher einzeln zitierte und jede Wagennummer gründlich durchsuchte. Ja, man fühlte sich sicher. Was tun diese Zivilbeamten, Kommissare, Inspektoren des Neuen Regimes? Sie machen nichts als Dummheiten und nehmen sich Privilegien heraus. Die Nationalversammlung muß sich dringend mit diesem Sektor der sozialen Ordnung befassen.

P. S.   Diese Schrift ist schon seit einigen Tagen fertig, nur beim Drucker hat sie sich verzögert. Als M. Talleyrand, dessen Namen die Nachwelt immer ehren wird, seine Arbeit über den Charakter der öffentlichen Ausbildung vortrug, befand sich dieser Text schon im Druck. Welches Glück, wenn meine Ideen mit den Ansichten dieses Redners übereinstimmen! Ich kann indessen nicht umhin, den Druck anzuhalten, um meine Freude hinauszujubeln, die mein Herz bewegte, als ich die Nachricht vernahm, daß der König die Konstitution akzeptiert und daß die Nationalversammlung – die ich im Augenblick umarmen könnte, den Abbé Maury inbegriffen, und La Fayette ist ein Gott – einstimmig eine allgemeine Amnestie verkündet habe. Göttliche Vorsehung, mache, daß diese allgemeine Freude sich nicht als falsche Illusion herausstellt! Schicke uns alle Flüchtigen lebend zurück, daß ich ihnen, mit einem lieben-den Volk, entgegeneilen kann! Und an diesem feierlichen Tag werden wir Deiner Macht alle Ehre erweisen.

MARY WOLLSTONECRAFT
Rettung der Rechte des Weibes

Einleitung

Nie konnte ich die Geschichte vergangner Zeiten mit Aufmerksamkeit überschauen, noch die jetzt lebende Welt mit scharfem, beobachtendem Blick betrachten, ohne in der Seele von den traurigsten Gefühlen des Kummers und Unwillens niedergeschlagen zu werden. Ja, seufzen mußte ich dann jedesmal, wann ich mir das Geständnis abgezwungen sah, daß entweder die Natur selbst einen großen Unterschied zwischen Menschen und Menschen gemacht habe oder daß die Ausbildung derselben sehr von Ungerechtigkeit und Parteilichkeit geleitet worden sei. Ich hatte mir ein eignes Geschäfte daraus gemacht, eine Menge von Schriften über Erziehung nachzulesen und das wirkliche Verfahren der Eltern und die Behandlung in den Schulen anhaltend zu beobachten; aber, was war das Resultat davon? – Die feste Überzeugung, daß eine *vernachlässigte Erziehung* meiner Mitgeschöpfe die Hauptquelle des Elends sei, das ich so sehr beklage; und daß vorzüglich das *Weib* durch die vereinte Wirkung verschiedener Ursachen, die am Ende alle aus einem zu voreiligen Schlusse entspringen, schwach und unglücklich werden müsse.

In der Tat, es bedarf nur eines aufmerksamen Blicks auf das Betragen und die Sitten der Weiber, um sich auf das Vollkommenste zu überzeugen, daß ihre Seelen nicht in einem gesunden Zustande sind. Man kann sie mit Blumen vergleichen, die man in einem zu fetten Boden treibt, weil bei ihnen gerade so wie bei diesen *Kraft* und *Nutzbarkeit* der *Schönheit* aufgeopfert wird: die prangenden Blätter welken, haben sie ein üppiges Auge wenige Stunden ergötzt, verachtet auf dem Stengel dahin, lang vor der Zeit, in der sie zur Reife hätten kommen sollen. – *Eine* Ursache jenes *unfruchtbaren Blühens* der Frauenzimmer schreibe ich auf Rechnung eines falschen Erziehungssystems, das man aus verschiednen Schriften, die über diesen Gegenstand erschienen sind, zusammengestellt hat. Ihre Verfasser dachten sich in dem Begriffe unsers Geschlechts mehr *weibliche* als *menschliche* Geschöpfe; und daher war es ihnen weit mehr darum zu tun, *reizende Gebieterinnen* als *vernünftige Gattinnen* aus denselben zu machen. Wirklich hat durch diese gleißende Huldigung der weibliche Verstand sich so weit betören lassen, daß jetzt die gebildeten Weiber unsers Jahrhunderts, mit Ausnahme einiger wenigen, fast bloß darauf ausgehen, *Liebe* einzuflößen, da sie doch einen edlern Stolz in sich nähren und durch Vorzüge des Geistes und des Herzens *Achtung* gebieten sollten.

In einem Werke über weibliche Rechte und Sitten dürfen daher die Schriften, die recht eigentlich zu der Bildung dieses Geschlechts abgefaßt worden sind, nicht übergangen werden. Am wenigsten darf dies geschehen, wenn man, wie ich, geradezu annimmt, daß die Seele der Weiber durch falsche Verfeinerung geschwächt ist; wenn man, wie ich, ausdrücklich behauptet, daß selbst *die* Bücher, die Männer von Genie zu ihrer Belehrung schrieben, am Ende doch sie zu demselben Ziele geleitet haben, wohin frivolere Produkte führen mußten, und daß man sie in diesen Büchern, auf gut mahometanisch, nur als *Weiblichkeiten* betrachtet hat und nicht als einen Teil der Menschengattung, deren heiliger Charakter vervollkommnungsfähige Vernunft ist, die allein den Menschen über die tierische Schöpfung erhebt und seiner schwachen Hand einen Szepter übergibt, mit dem er die Natur beherrscht.

Doch, ich besinne mich, daß ich selbst Weib bin; und daher mag ich nicht gern meine Leser auf den Gedanken bringen, als ob ich willens sei, mich in eine heftige Fehde über die streitige Frage einzulassen: ob das weibliche Geschlecht mit dem männlichen durchaus gleichzusetzen oder dieses jenem überlegen sei? Gleichwohl liegt dieser Gegenstand mit auf dem Wege, den ich betreten habe; und ich darf ihn nicht ganz übergehen, wenn ich den Hauptzweck meines ganzen Räsonnements gegen Mißverständnisse sichern will. Deswegen sei es mir erlaubt, hier noch einen Augenblick zu verweilen und mit wenigen Worten meine Meinung zu sagen.

In der Haushaltung der physischen Welt bemerkt man leicht, daß insgemein das weibliche Geschlecht dem männlichen nachzustehen pflegt. Das Männchen verfolgt, das Weibchen ergibt sich – das ist Gesetz der Natur: und dies Gesetz scheint sich auch auf das weibliche Geschlecht unter den Menschen zu erstrecken. Diese *physische Überlegenheit* kann nicht abgeleugnet werden, und fürwahr – sie ist ein edles Vorrecht! Und nicht einmal zufrieden mit diesem natürlichen Vorzuge, geben die Männer vielmehr sich alle Mühe, uns noch immer tiefer herabzusetzen. Ihre Absicht dabei ist, aus uns Geschöpfe zu machen, die auf einige Augenblicke ihren Sinnen schmeicheln: und die Weiber, trunken von der Anbetung, die die Männer, überwältigt von ihrer eignen Sinnlichkeit, ihnen leisten, versäumen dagegen auch sie durch ein dauerhaftes Band an sich zu fesseln und *eigentliche Freundinnen* dieser stolzen Wesen zu werden, die ihren Umgang als einen Zeitvertreib betrachten.

Ich sehe leicht voraus, was man dagegen sagen wird: – von allen Seiten höre ich gegen *männliche Weiber* schreien. Aber ich möchte wohl fragen, wo denn *die* zu finden sind? Beabsichtigen die Männer durch diesen Ausdruck nichts als einen gerechten Tadel der leidenschaftlichen Hitze, mit der wohl manche von ihnen die Jagd oder das Spiel betreiben mögen; – so stimme ich von ganzem Herzen ein. Wollen sie aber damit der Nachahmung *männlicher Tugenden* Einhalt tun oder, genauer zu reden, dem Erwerbe solcher Talente und Vorzüge entgegenwirken, deren Übung den menschlichen Charakter veredelt und deren Besitz auch die Weiber auf der Leiter lebendiger Wesen bis zu der Stufe erhebt, wo man sie unter dem gemeinschaftlichen Namen *der Menschengattung* mit begreift; – so muß meines Bedenkens jedermann, wer sie mit philosophischem Auge betrachtet, mit mir wünschen, daß sie *in diesem Sinne* von Tag zu Tage immer männlicher werden mögen.

Nach dieser Erörterung zerfällt meine Abhandlung von selbst in zwei Teile. Zuerst werde ich die Weiber aus dem erhabenen Gesichtspunkte betrachten, aus dem sie als *menschliche Geschöpfe* überhaupt erscheinen, die ebensogut als die Männer auf diese Erde gesetzt wurden, um ihre Kräfte und Fähigkeiten zu entwickeln; zweitens werde ich sodann noch besonders ihre *eigentümliche Bestimmung* angeben.

Einen Fehler, in welchen viele, sonst achtungswerte Schriftsteller verfallen sind, werde ich sehr zu vermeiden suchen. Der Unterricht nämlich, den man bisher den Weibern in die Hände gab, war (wenn man die einzelnen guten Lehren, die in *Sandford und Merton* hier und da eingestreut, und nur beiläufig vorkommen, ausnimmt) doch eigentlich nur auf *Ladies*, auf Weiber von sehr hohem Stande anwendbar. Dagegen gedenke ich mein Geschlecht in einem nachdrücklichern Ton anzureden und damit mein besondres Augenmerk auf die Weiber aus den *mittlern Ständen* zu richten, weil es mir vorkommt, daß diese sich noch in dem natürlichsten Zustande befinden. Vielleicht sind es allemal die Großen, durch die zuerst der Same falscher Verfeinerung, eitler Ehrsucht und Unsittlichkeit ausgestreut wird. Schwache, künstliche Wesen, die sich vor der Zeit und gegen die Natur, über die gemeinen Bedürfnisse und Leidenschaften ihrer Gattung erhaben fühlen – was können die wohl anders, als die Grundpfeiler der Tugend selbst untergraben und Verderbnis durch die ganze Masse der Gesellschaft verbreiten! – Bei dem allen haben sie als ein Teil des Menschengeschlechts den stärksten Anspruch auf unser Mitleiden, das wir ihnen in desto höherm Grade schenken müssen, je mehr die ganze Erziehung der Reichen darauf hinarbeitet, ihre Zöglinge frivol und hülflos zu machen, und je weniger ihr Geist, bei seiner Entwicklung, durch die Übung solcher Pflichten gestärkt wird, die dem menschlichen Charakter seine Würde geben. – Sie leben ja bloß, um sich die Zeit zu vertreiben; und so kommt es denn, nach einem Gesetze, das in der Natur unabänderlich und unfehlbar wirkt, bald genug dahin, daß sie auch andern weiter nichts als leeren Zeitvertreib gewähren.

Doch, da ich entschlossen bin, auf die verschiednen Stände der Gesellschaft, und auf den moralischen Charakter der Weiber in einem jeden derselben ganz besonders Rücksicht zu nehmen, so kann ich es, für jetzt, bei diesem Wink bewenden lassen. Ich wollte hier auf diesen Punkt nur hindeuten, weil es mir gerade das wesentlichste Erfordernis einer Einleitung zu sein scheint, daß sie eine kurze Übersicht von dem Inhalte des Werkes gebe, in welches sie einleiten soll.

Die Personen meines Geschlechts werden mir, wie ich hoffe, verzeihen, wenn ich, statt ihren *zauberischen* Reizen zu schmeicheln, sie lieber wie *vernünftige* Geschöpfe behandle, und wenn ich mir sie nicht in einem Zustande ewiger Kindheit denke, in dem sie nie das Gängelband von sich werfen dürften. Mein heißer Wunsch ist, sie über wahre Würde, über wahres Glück der Menschheit zu belehren. Zu diesem Ende werde ich mich bemühen, die Weiber zu dem ernstlichen Bestreben aufzumuntern, sich immer mehr *Stärke der Seele und des Körpers* zu erwerben; ich werde sie zu überzeugen suchen, daß die honigsüßen Redensarten, wie: Regsamkeit des Herzens, Delikatesse der Empfindung, Verfeinerung des Geschmacks, fast gleichbedeutende Ausdrücke für Schwäche sind; ich werde alles aufbieten, um es ihnen recht anschaulich zu machen, daß Wesen, die nur Gegenstände des Mitleids und jener schmelzenden Art von Liebe sind, die man gemeiniglich die Schwester des Mitleids nennt, notwendig bald Gegenstände der Verachtung werden müssen.

Man erwarte daher nicht von mir jene süße, zärtliche Sprache, zu der sich die Männer so gern herablassen, wenn sie unsere sklavische Abhängigkeit von sich in etwas mildern wollen. Nein, ich sehe mit Verachtung herab auf jene schwächliche Eleganz der Seele, auf jene ausgesuchte Empfindsamkeit und auf jene sanfte Geschmeidigkeit im Betragen, die man insgemein als wahre Eigentümlichkeiten «der schwächern Werkzeuge» anzugeben pflegt. Dagegen werde ich mir alle Mühe geben, darzutun, daß Eleganz jederzeit der Tugend nachstehen muß; daß eine rühmliche Ehrliebe immer ihr vorzüglichstes Augenmerk darauf zu richten hat, sich einen Charakter als menschliches Geschöpf, ohne Rücksicht auf Geschlechtsverschiedenheit, eigen zu machen; und daß jeder untergeordnete Zweck allemal erst an diesem echten Probiersteine zu prüfen ist.

Dies ist ungefähr der rohe Entwurf meines Plans. Sollte es mir nun gelingen, meine Überzeugungen mit der andringenden Wärme vorzutragen, von der ich mich jedesmal belebt fühle, sooft dergleichen Gedanken meiner Seele vorschweben; so wird das, was Erfahrung und Nachdenken mir in die Feder sagten, von manchem meiner Leser gewiß mit empfunden werden. Beseelt von der Wichtigkeit des Gegenstandes werde ich es nicht der Mühe wert achten, meine Redensarten auszusuchen oder meinen Stil zu glätten: – meine Absicht ist, Nutzen zu stiften, und zu diesem Ende muß Geradheit mich vor allen Künsteleien sichern. Da es mir mehr darum zu tun ist, durch Stärke der Gründe zu überreden, als durch Reize des Ausdrucks zu blenden; so darf ich meine Zeit nicht damit verderben, jede Periode mühsam abzurunden, oder erkünstelte Gefühle zu heucheln, die aus dem Kopfe kommen und nie zum Herzen dringen. – Nur die Sache soll mir wichtig sein, nicht Worte: Und vielleicht wird mein ernstliches Bemühen, mein ganzes Geschlecht zu einem achtungswürdigern Teile der menschlichen Gesellschaft umzubilden, mich auch vor der Gefahr vorüberführen, in jene blumenreiche Sprache zu verfallen, die sich aus Abhandlungen in Romane und aus Romanen in vertraute Briefe und selbst in den Gesellschaftston eingeschlichen hat.

Es mag sein, daß solche nichtssagende Artigkeiten – die das schöne Bild der wahren Empfindsamkeit oft bis zur Karikatur entstellen – sanft und leise von den Lippen gleiten; immer wird durch sie doch der Geschmack verfälscht und eine Art von kränklicher Delikatesse hervorgebracht, die sich mit einfacher, ungeschminkter Wahrheit nicht verträgt. Und nun strömt eine Flut erheuchelter Gefühle und überspannter Empfindungen herzu, erstickt im weiblichen Herzen jede natürlichere Regung und benimmt ihm allen Geschmack an den häuslichen Freuden, die uns doch die Übung jener schwereren Pflichten erleichtern müssen, welche ein vernünftiges und unsterbliches Wesen für einen höhern Wirkungskreis erziehen.

Man kann nicht leugnen, daß man seit kurzem mehr als sonst auf weibliche Erziehung geachtet hat. Indessen fahren doch selbst die Schriftsteller, die sich ein eignes Geschäfte daraus machen, die Frauenzimmer, sei es durch Satire oder durch eigentliche Belehrung, zu bessern, noch immer fort, sie als ein frivoles Geschlecht anzusehen und als ein solches entweder zu verlachen oder zu bedauern. Es ist unverkennbar, daß die Weiber immer noch viele ihrer frühern Lebensjahre mit dem Erwerbe einiger dürftigen Kenntnisse und Geschicklichkeiten, die meistens doch nur Stümperei bleiben, verderben müssen. Mittlerweile opfern sie immer noch die Stärke ihres Körpers und Geistes unsittlichen Begriffen von Schönheit und dem Bestreben auf, durch eine Heirat – das einzige Mittel, durch das ein Frauenzimmer in der Welt emporkommen kann – ihr Glück zu machen. Weil aber dieses unruhige Streben am Ende doch bloß tierische Geschöpfe aus ihnen macht; so handeln sie nun auch, wann sie endlich einmal heiraten, genau so, wie man von solchen Kindern erwarten kann. Sie putzen sich; sie malen sich und machen Gottes Werk zum Gespött. – Wahrhaftig, solche schwache Wesen taugen nur in ein Serail! Wie wären *die* wohl im Stande, einem Hauswesen vorzustehen oder sich auch nur der armen Geschöpfchen anzunehmen, die sie zur Welt bringen?

So dürfte sich denn aus dem gegenwärtigen Benehmen der Frauenzimmer im ganzen genommen, aus ihrem leidenschaftlichen Hange zum Vergnügen, der an die Stelle der Ehrliebe und jener edlern Bestrebungen, die die Seele erweitern und erheben, getreten ist, ziemlich richtig folgern lassen, daß die Anweisung, die man ihnen bisher erteilte, eigentlich es war, die, in Verbindung mit der Staatsverfassung, sie zu einem Zwecke leitete, der weiter nichts aus ihnen als unbedeutende Gegenstände bloß sinnlicher Wünsche – bestimmt, nur Toren fortzupflanzen! – machen mußte. Es dürfte sich beweisen lassen, daß das Bemühen, die Weiber auf einem andern Wege, als durch die Ausbildung ihres Verstandes, zu vervollkommnen, sie aus dem Kreise ihrer Pflichten herausreißen und mit dem Augenblicke, in dem die hinfällige Blüte der Schönheit welkt, in lächerliche und unbrauchbare Geschöpfe verwandeln muß. Und wenn sich jenes folgern und dies beweisen läßt, so werden, hoffe ich, *vernünftige* Männer es mir gewiß verzeihen, daß ich in Weibern den Wunsch hervorzubringen suche, immer männlicher und achtungswürdiger zu werden.

In der Tat, es bedarf keines tiefen Nachdenkens, um zu finden, daß das Wort *männlich* weiter nichts als ein Popanz ist. Man hat wenig Ursache zu fürchten, daß die Weiber am Ende wohl *zu viel* Mut und Seelenstärke gewinnen könnten. Sie stehen in Hinsicht auf körperliche Kraft den Männern zu augenscheinlich nach, als daß sie von diesen nicht immer noch in den mannichfaltigen Lebensverhältnissen abhängig bleiben müßten. Wodurch aber würde man wohl berechtigt, sie noch tiefer durch Vorurteile herabzusetzen, welche die Tugend als das Eigentum *eines* Geschlechts betrachten und einfache Wahrheiten mit sinnlichen Träumereien verwirren?

Fürwahr, man kann nicht leugnen, daß die Weiber durch falsche Begriffe von weiblicher Vortrefflichkeit ganz sichtbar herabgesunken sind. Ich fürchte daher ganz und gar nicht, etwas Paradoxes zu sagen, wenn ich behaupte, daß es eben jene erkünstelte Schwäche ist, die einen Hang zum *Tyrannisieren* in ihnen erzeugen und sie auf *List* und *Schlauheit*, die immer Feindinnen der Stärke sind, hinführen muß. So geht es denn wohl sehr natürlich zu, wenn sie auf den Gedanken kommen, mit jenem elenden, kindischen Wesen ein Spiel zu treiben, das selbst da, wo es Wünsche erregt, doch alle Achtung notwendig zerstören muß. Man nähre nun nicht weiter jene Vorurteile unter ihnen, so werden sie von selbst in ihre, zwar untergeordnete, aber immer achtungswerte Stelle, für welche sie in dieser Welt bestimmt sind, eintreten.

Kaum scheint mir jetzt noch die Erklärung nötig, daß das, was ich eben gesagt habe, vom weiblichen Geschlechte nur *im allgemeinen* gelten soll. Unleugbar ist es, daß manche einzelne Glieder in demselben den männlichen Geschöpfen, denen sie gegenüberstehen, an Einsichten weit überlegen sind. So wie bei einer Waage, wo nach langem Schwanken am Ende doch immer nur die Schale die andre überwiegt, die wirklich gewichtiger als die andre ist, so beherrscht auch manche Frau ihren Mann, ohne ihn dadurch zu erniedrigen: denn im Grunde herrscht der Klügere doch allenthalben.

CHRISTIAN GOTTHILF SALZMANN

Vorrede zu Mary Wollstonecraft:
Rettung der Rechte des Weibes

Mit Vergnügen sieht der Menschenfreund den immer wachsenden Eifer seiner Zeitgenossen, alles, was um sie ist, besser und vollkommner zu machen. Man bemüht sich, den Boden, die Pflanzen, die Viehzucht zu veredeln, verbessert die Straßen, arbeitet an weisen Gesetzbüchern, vervollkommnet jede Wissenschaft und Kunst. Lauter wichtige Beiträge zur Beförderung des Wohls der Menschheit.

Und doch wird mit alledem die wahre Zufriedenheit und Gemütsruhe der Menschen nur wenig gegründet, solange das Weib nicht mehr vervollkommnet, sein Körper und seine Seelenkräfte besser ausgebildet werden; sein Sinn für Wahrheit mehr geschärft, seine Gesinnung mehr veredelt und es früh zur Übernehmung der wichtigen Rolle vorbereitet wird, welche es auf dem Schauplatz dieses Lebens spielen soll.

Das Weib ist ja in die Gesellschaft so innigst genau verwebt, hat auf dieselbe einen so starken wirksamen Einfluß, daß das Wohl und Wehe derselben durch seinen Charakter *beinahe* ganz bestimmt wird.

Wo bildet sich unser Körper? Im Schoße des Weibes. Sind seine Säfte gesund, hat es seine volle Kraft, ist der Raum, wo sich unser Keim entwickelt, nicht durch die Schnürbrust verengert; ist das Herz, das über uns schlägt, rein, froh, frei von wilder Leidenschaft; dann, hatten wir anders einen gesunden, kraftvollen Vater, treten wir auf die Erde mit Gefühl von Wohlsein und Kraft, den herrlichsten Anlagen zur nützlichen Wirksamkeit, und bringen Empfänglichkeit für jede Freude mit, die der Schöpfer uns bereitete, ehe wir ihn noch kannten. Hingegen bringen wir den Zunder zum Schmerz, den Samen zur Krankheit, Unmut, Eigensinn mit, wenn das Weib, in dessen Schoße wir unser Dasein empfingen, ungesund und lasterhaft war.

Welches ist unsere erste Nahrung? Die Milch des – Weibes (möchte ich doch sagen dürfen der Mutter!). Wer besorgt unsere erste Verpflegung? Wer macht zuerst unsere

Denkkraft rege? Wer flößt uns die ersten Ideen ein? Das Weib. Sind seine Säfte unverdorben: so saugen wir mit seiner Milch Gesundheit und Kraft ein; Gift hingegen wird unsere Nahrung, wenn die Person ungesund ist, an deren Busen wir saugen. Bringen wir unsere ersten Lebenstage unter den Augen eines verständigen Weibes zu: so wächst unsere Vollkommenheit mit jedem Tage; die Kraft der Glieder nimmt zu, bald bewegen wir uns von einem Orte zum andern, treten auf unsere Füße, wagen unsere ersten Schritte ohne Gängelband, lernen beobachten, bekommen Wohlwollen gegen unsere Mitgeschöpfe, fühlen Freude, der Mund bildet sich zum Lächeln, und das ganze Gesicht bekommt jene himmlische Anmut, die an jedem jungen gesunden Kinde, das pädagogisch behandelt wird, unverkennbar ist. Hingegen werden wir krank, schwächlich, vielleicht gebrechlich oder ein Raub des Todes, werden dumm, roh, eigensinnig, boshaft, die Gesichtszüge werden verzerrt, wenn wir das Unglück haben, von einem unvernünftigen Weibe unsere erste Erziehung zu bekommen. Treten die Jahre ein, in welchen wir anfangen, Liebe zu fühlen: so wird wieder unsere ganze Handlungsart durch das Mädchen bestimmt, auf welches unsere Neigung gefallen ist. Was keine Ermahnung, keine Drohung, keine Versprechung, keine Predigt vermag, das bewirkt oft die Geliebte durch einen Blick oder einen Händedruck. Fällt nun unsere Neigung auf ein Mädchen, dessen Verstand und Herz ausgebildet ist: so wird, durch den Umgang mit ihm, bei uns jeder Keim zum Guten genährt und gepflegt und jede rauhe Seite abgeschliffen; haben wir hingegen das Unglück, eine Törin, eine Lasterhafte zu lieben: so sind wir in der größten Gefahr, zu Torheiten und Ausschweifung verleitet zu werden, die uns auf unser ganzes Leben unglücklich machen können.

Mit wem verbinden wir uns endlich am genauesten? Mit einem Weibe. Mit ihm leben wir in der engsten Vertraulichkeit, seinem Schoße vertrauen wir den Keim unserer Nachkommenschaft an, ihm überlassen wir die Verwaltung des Geldes, welches unser Fleiß erwarb, die Aufsicht über unser Gesinde, die erste Verpflegung und Ausbildung unserer Kinder. Wohl dem Manne, der mit einem Weibe sich verbindet, auf welches er sich, in jeder Rücksicht, verlassen kann; der mit der Überzeugung an sein Tagewerk geht, daß während seiner Tätigkeit sein Vermögen weislich verwaltet, sein Haus gut regieret wird, seine Kinder vernünftig verpfleget und erzogen werden, der nun, nach vollendetem Tagewerk, in seines Weibes Zimmer tritt, allenthalben Spuren von Ordnung, Fleiße, Bestreben, ihm zu gefallen, entdeckt; gesunde, freundliche, gut erzogene Kinder an seine Brust drücken kann, in den Armen seines Weibes nicht bloß sinnlichen, sondern auch geistigen Genuß findet, mit ihm sich über Haushaltung, Kinderzucht, ausgesonnene Pläne, Angelegenheiten der Menschheit, sich unterhalten kann; der im Kummer von ihm Trost, in Verlegenheit guten Rat finden kann! Wie glückselig ist er zu preisen! Was vermag er zu wirken! Welche unnennbare Freuden genießt er! Und wie unbeschreiblich elend lebt ein anderer, den sein Schicksal mit einem Weibe verband, bei welchem des Körpers, des Verstands oder Herzens oder, welches gar oft der Fall ist, aller dreien Ausbildung vernachlässigt wurde! Gleich den Töchtern des Danaus gießt er den Lohn seiner Arbeit in ein durchlöchertes Gefäß. Legt er sein Werkzeug, es sei Feder oder Spaten, nieder und tritt in das Zimmer seiner Gattin: so werden die durch Arbeit erschlafften Nerven noch mehr herabgespannt durch den Gram und Verdruß, den ihm der Anblick vieler unangenehmen Gegenstände verursacht. Gewöhnlich bemerkt er nicht die geringste Anstalt zu seiner Aufheiterung, allenthalben hingegen Unordnung und Spuren der Unwissenheit, Nachlässigkeit, Eigensinns und Bosheit der Person, deren vorzüglichste Bestimmung ist, seine Gehilfin, Freundin und Ratgeberin zu sein; ungezogne, sieche oder gar gebrechliche Kinder umgeben ihn; der Blick von den Augen, die ihm Erquickung einflößen sollten, ist zurückscheuchend, kein aufheiternder Scherz ist da zu vernehmen, kein Gespräch kann geführt werden, das dem Geiste Nahrung gäbe; der unglückliche Mann muß entweder schweigen und seinen Verdruß an seinem Innersten nagen lassen oder setzt sich durch seine Erinnerungen der Gefahr aus, eine Furie zu wecken, die mit den giftigsten Reden ihn peinigt.

135

Setzt einen solchen unglücklichen Mann in das Paradies! Sein Leben wird doch äußerst freudenlos sein. Verbindet aber einen Mann, der selbst vernünftig, geschickt und rechtschaffen ist, mit einem wohl ausgebildeten Weibe und er wird sich aus einer dürren Sandwüste ein Paradies erschaffen.

Und gleichwohl trifft man doch äußerst wenig Anstalten an, das Weib zu veredeln.

Mistreß Wollstonecraft machte mir daher mit ihrem Buche, in welchem sie die Rechte ihres Geschlechts zu retten sucht, ein sehr angenehmes Geschenk, und ebenso angenehm war es mir, daß sich einer meiner Freunde entschloß, es in unsere Sprache zu übersetzen und es so auch unserem Vaterlande nützlich zu machen. Man wird in demselben durchaus Beweise von dem helldenkenden Verstande und dem edeln Herzen der Verfasserin finden.

Freilich kann ich ihr nicht in allen ihren Behauptungen beistimmen. Bei verschiedenen Äußerungen bin ich so frei gewesen, ihr zu widersprechen, bei andern habe ich aber dem Urteile der Leser nicht vorgreifen wollen.

Wenn sie z. E. auf die Abschaffung der Erbfolge in der Regierung dringt: so ist es mir nicht möglich, ihr Urteil zu unterschreiben. Wahr ist es, daß durch die erbliche Regierung viel Elend in die Welt gebracht wird; nach meiner Überzeugung würde aber durch Abschaffung derselben noch viel größeres Unheil entstehen.

Hier sind meine Gründe, die ich um so freiwilliger vortrage, je mehr ich sehe, daß meine Zeitgenossen geneigt werden, es als Axiom anzunehmen: daß erbliche Regierung abgeschaffet werden müsse, wenn die Menschheit zu einem höhern Grade der Vollkommenheit geleitet werden solle.

Solange die Menschen noch nicht so veredelt sind, daß sie willig das Gute deswegen tun, weil es gut ist, Abgaben entrichten, Dienste leisten, sich Einschränkungen gefallen lassen, bloß deswegen, weil dies zum allgemeinen Besten nötig ist: *so lange* müssen sie durch Autoritäten regieret werden und ihre Gesetze von Personen erhalten, die, ihrer Meinung nach, zu den Wesen einer höhern Art gehören. Dies sind nun die Fürsten, die eine lange Reihe von Ahnen zählen können, immer in einer gewissen Entfernung vom

Volke leben, immer mit einem gewissen Glanze umgeben sind. Nimmt man diese Autorität weg: so hat es eben die traurigen Folgen, die dann entstehen wenn man den Grund umreißet, auf welchem gewisse Leute ihr ganzes Moralsystem bauten – es entsteht völlige Zügellosigkeit und Ungebundenheit, die jeder Menschenfreund verabscheuen muß. Jeder glaubt ebenso klug zu sein, als sein Vorgesetzter, den er vor kurzem noch als Privatmann gekannt hatte.

Diese Meinung habe ich nicht etwa seit gestern oder ehegestern gefaßt, sondern sie ist bereits vor mehreren Jahren im dritten Teile der Carlsbergs, bei Erzählung der Geschichte «Marnewitz», vorgetragen. Die schauderhaften Auftritte, die nach der Zeit, nach Abschaffung der königlichen Autorität in Frankreich, erfolgt sind, haben mich in dieser Meinung noch mehr bestärkt. Gesetzt aber, daß ein Reich Kraft genug hatte, zehn bis zwölf greuelvolle Jahre zu überleben, und dann durch Entkräftung gezwungen wurde, einer festen republikanischen Regierungsform sich zu unterwerfen: wird es dann glücklicher sein? Es ist mir unmöglich, mich davon zu überzeugen.

In einer Monarchie regiert *ein* Kopf das Ganze. Unterdessen, daß die Repräsentanten des Volkes deliberieren, sich zanken und streiten, ob eine gewisse gute Entscheidung getroffen werden soll, steht sie auf den Wink des Monarchen schon da. Ein weiser Monarch bringt zuverlässig in zehn Jahren mehr Gutes zustande, als eine ebenso weise Republik in einem Jahrhundert. Ich berufe mich ganz dreist *auf die Erfahrung*.

Freilich kann ein unweiser Monarch auch mehr Unheil stiften, als eine Republik, deren Repräsentanten ebenso unweise sind; bei allen seinen Fehlern hat er aber doch diese gute Eigenschaft an sich, daß – er sterblich ist. Die Gesellschaft der Volksrepräsentanten ist aber unsterblich. Wird einer zu Grabe getragen, so sitzt in der folgenden Woche an seiner Stelle ein anderer, der bald auch den Charakter annimmt, der in seiner Gesellschaft der Herrschende ist.

Ist es aber nicht besser, wird man einwenden, wenn die Wahl, als wenn die Geburt das Recht zur Regierung gibt? Ich sage nein. Wer sind denn die Wählenden? Gemeiniglich

Leute, die wahres Verdienst nicht beurteilen können, die dem ihre Stimme geben, welcher am besten die Kunst versteht, Kabalen zu spielen und auf seine Art zu bestehen.

Möchten doch alle diejenigen, die itzo, aus guten Absichten, das Ansehen der Fürsten so sehr herabzusetzen suchen, erwägen, daß der Grund von allem menschlichen Elende nicht sowohl in der Regierungsform, als vielmehr im menschlichen Unverstande zu suchen sei, und daß es schlechterdings kein anderes Mittel gäbe, *wahre* Freiheit und *wahre* Glückseligkeit in die Welt zu bringen, als – *wahre* Aufklärung.

Von den Fürsten wieder auf Mann und Weib zu kommen: so hat das Verhältnis zwischen Fürsten und Untertanen, mit der Verbindung zwischen Mann und Weib, allerdings große Ähnlichkeit. Ein vernünftiger Mann ist stolz darauf, daß er eine vernünftige Frau hat, und ein weiser Fürst sucht seinen Stolz nicht sowohl in der Menge, als vielmehr in der Kultur seiner Untertanen! Ein einfältiger Mann sucht seine Frau in der Dummheit und Unwissenheit zu erhalten; so macht es auch ein einfältiger Fürst mit seinem Volke. Ein kluger Mann macht keine Verordnung in seinem Hause, ohne auf die Stimme des *vernünftigen* Weibes zu hören; und ein kluger Fürst gibt kein Gesetz, ohne erst *mit Klugheit* die Stimme der *Aufgeklärten* seiner Untertanen zu hören. Ein Mann, der eine kluge Frau hat, wirkt mehr und genießt mehr und erwirbt mehr, als ein anderer, der das Unglück hat, mit einer Närrin verbunden zu sein; so auch mit den Fürsten. Ein Fürst, der ein *wirklich* aufgeklärtes Volk regiert, hat ungleich mehr Macht, Freude und Einnahme, als ein anderer, der an der Spitze einer Horde von Dummköpfen steht. Das sicherste Mittel, wodurch ein Weib sich mehr Freiheit verschafft, ist Ausbildung seiner Kräfte; und – das Mittel, wodurch der Untertan sich *wahre* Freiheit erwerben kann, ist das nämliche. Ein kluges Weib ehret den Mann und verbirgt seine Schwachheiten, und ein kluges Volk sucht das Ansehen seines Fürsten zu erhalten und seine Fehler zu verbergen.

Schließlich wünsche ich, daß das Lesen dieser Schrift bei vielen Weibern und Mädchen, im Gefühl ihrer Würde wirken und sie zu dem Entschlusse bringen möge, die ehrenvolle Stufe zu behaupten, zu welcher sie der Schöpfer bestimmt hat, Freundinnen, Ratgeberinnen, Freudengeberinnen dem Manne, kluge Wirtinnen ihrem Hause, Erzieherinnen und Muster ihren Kindern zu sein.

Unter den sichtbaren Gütern, welche außer uns sind, kenne ich für Männer schlechterdings kein größeres, als ein gesundes, munteres, rechtschaffenes, verständiges Weib, und ich unterschreibe mit vollkommner Überzeugung den Ausspruch der Bibel: *Sie ist viel edler, denn die köstlichsten Perlen.*

Schnepfenthal, den 20. April 1793

THEODOR GOTTLIEB VON HIPPEL

aus: Über die bürgerliche Verbesserung
der Weiber

V. *Verbesserungsvorschläge*

Soll es denn aber immer mit dem andern Geschlechte so
bleiben, wie es war und ist? Sollen ihm die Menschenrechte, die man ihm so schnöde entrissen hat, sollen ihm
die Bürgerrechte, die ihm so ungebührlich vorenthalten
werden – auf ewig verloren sein? Soll es *im* Staat und *für*
den Staat nie einen absoluten Wert erhalten, und immerdar
beim Relativen bleiben? Soll es nie an der Staatsgründung
und Erhaltung einen unmittelbaren Anteil behaupten? Soll
es nie *für* sich und *durch* sich denken und handeln? Ohne
End und Ziel nur als Scheidemünze gelten? Werden wir
uns bei diesen Fragen mit einer wohlweisen Römischen
Rechtsfiktion oder einem wohlhergebrachten Verjährungs-
und Besitzrechte aushelfen können, um sie ab- und zur unangenehmen Ruhe zu verweisen? Werden wir selbst unser
männliches Gewissen mit Bedenklichkeiten über die möglichen Folgen, mit Mißbräuchen und was dergleichen
Popanze mehr sind, wodurch man Kinder schreckt, beruhi-
gen und diese Angelegenheit der Menschheit auf die lange,
ja lange Bank schieben können? Dann ist freilich der schöne
Morgen der Erlösung noch nicht nahe. [...]

Man sagt, es sei schwer zu hoffen, daß das menschliche
Geschlecht, welches von der Natur sich so weit und breit
zu entfernen die Ungezogenheit gehabt, das durch keine
Religionsempfindung sich leiten, durch keine Staatstäu-
schungen sich blenden lasse, sich zu Gesetzen bequemen
werde; und so liege denn die Furcht nicht so sehr aus dem
Wege, als man es gemeiniglich denke. – Lieber! wie kannst
du fordern, daß das Menschengeschlecht sich ewig am
Gängelbande wohl befinden werde? [...]

Alles, außer sterben, muß der Mensch *lernen* – Zu allem,
es sei gut oder böse, kann er sich gewöhnen. Ein scheues
Pferd führt man zu dem Gegenstande zurück, den es fürch-
tete; und wie? Hier, wo das höchste Ziel seiner Würde auf

dem Spiele steht, sollte der Mensch auf seinen Nachdruck Verzicht tun? – Mitnichten! Wir können und werden dahin kommen, daß wir die Göttlichkeit der Gesetze in ihrem Heiligtum, in unserer Seele, verehren und unser Herz durch jene Überzeugungen des Geistes gewinnen. Noch würde sich freilich der Gesetzgeber gröblich verrechnen, wenn er seine Gesetze auf festes Zutrauen zur Vernunft und zur Weisheit seiner Bürger kalkulierte; allein wird die Menschheit nie die Kinderschuhe ausziehen? Ist dies – nun, so bleibe alles Altflickerei, und der Mensch schäme sich, daß er *Mensch* heißt. Ist die Menschheit indes im Stande, zu jenem Grade der Vollständigkeit zu gedeihen, den sie sich vorstellen kann, jene Tugend zu üben, die ihr im Ideal Freude macht – so entferne man den Nebel der Täuschung, wodurch man Menschen betrog, die über kurz oder lang zum Gebrauche der Vernunft kommen und sich betrogen finden müssen. Männer, würdet ihr die Furcht nicht barbarisch und unmenschlich finden, wenn man euch Alles und Jedes von Freiheit bloß darum entzöge, weil ihr es mißbrauchen könntet? Wie wollet ihr denn jene Furcht nennen, die euch abhält, dem andern Geschlechte seine Ehre wiederzugeben? Die Zeiten sind nicht mehr, um das andere Geschlecht überreden zu können, daß eine Vormundschaft wie bisher für dasselbe zuträglich sei, daß sie seinen Zustand behaglicher und sorgloser mache, als eine Emanzipation, wodurch es sich mit Verantwortungen, Sorgen, Unruhen und tausend Unbequemlichkeiten des bürgerlichen Lebens belasten würde, die es jetzt kaum dem Namen nach zu kennen das Glück habe. Wahrlich ein abgenutzter Kunstgriff des unmenschlichen Despoten, wodurch er seinen feigen Sklaven das Gewicht der Ketten erleichtern will! Als ob die Freiheit mit allen ihren Ungemächlichkeiten nicht der gemächlichsten Sklaverei vorzuziehen wäre! *Glauben Sie nicht, daß das Wirtembergische Land Ihrentwegen geschaffen ist,* schrieb Friedrich II. an den jetzt regierenden Herzog von Wirtemberg; *sondern überzeugen Sie sich, daß die Vorsehung Sie hat geboren werden lassen, um ihr Volk glücklich zu machen.* Und Männer! Ihr wollt glauben, eine halbe Welt wäre zu eurem *bon plaisir,* zu eurem eigentlichen Willen, das ist verdolmetscht: zu eurem Eigenwillen, da? Tiere wirken; Menschen handeln – Warum soll das Weib nicht *Ich* aussprechen können? Wahrlich ein sanftes Wort, denen, welche die neidlose *Natur* verstehen – Wer die *Kunst* versteht, ist neidisch und verrät den Meister nicht. Ist es nicht der größte Menschenvorzug, sich selbst zu kennen? Unser Wert ist unsere Sache; unsere Würde ist die Sache Gottes und gerechter Menschen. Hat Gott bei dem anderen Geschlecht etwas versehen? Oder sind es die Männer, die sich an diesem Geschlechte wider den Willen des Schöpfers versündigen! Warum sollen die Weiber keine Person sein? Warum nicht wissen: das ist mir gut, und das ist gut, oder das ist vorteilhaft, und das ist recht? Vieles, und fast das meiste, was mit Vergnügen anhebt, leistet bei weitem nicht, was wahrhaft vorteilhaft ist. Aus echtem Vorteile tugendhaft sein, heißt sonst mit andern Worten: es in Reinheit sein.

Frankreich schreckt eben jetzt mit der Freiheit diejenigen Mächte, welche die zu weit gegangenen Beschlüsse der Nationalversammlung einzuschränken drohen. Gott! zu Ende des achtzehnten Jahrhunderts – wo kein Gespenst, und wär es eins von nicht ganz kleinem Range, ein Poltergeist, mehr Wirkung tut – kann man mit *Freiheit* schrecken –! Dahin wär es gekommen? Ach! auch selbst dem, der an der Kette erzogen ist, blitzt der Name *Freiheit* auf, dieser göttliche Funke, durch den wir sind, was wir sind, und der uns so wenig schrankenlos macht, daß er uns vielmehr fester als alles an das Allerheiligste der Gesetze bindet. Das weibliche Geschlecht kam um die Menschenrechte ohne seine Schuld, bloß durch den Schwung, den die menschlichen Angelegenheiten bei den Fortschritten zu ihrer Kultur nahmen; Bürgerrechte, die es leider sehr zeitig und schon bei Entstehung kleinerer Familienstaaten verlor, hat es nie, weder durch Unterhandlungen noch mit Gewalt, zu erringen gesucht und erwartet sie noch heute mit aller Selbstverleugnung von unserer Gerechtigkeit und Großmut. Und wir wollen es vergeblich warten lassen? Und das Gesuch, welches die Natur für die Weiber einreicht, zu einer Zeit, da Menschenrechte laut und auf den Dächern gepredigt werden, mit einem aufrichtigen und deutlichen *Nein* abweisen?

142

Die neue Französische Konstitution verdient eine Wiederholung meiner Vorwürfe, weil sie für gut fand, einer ganzen Hälfte der Nation nicht zu gedenken, ob sie gleich einem kleineren Teile derselben, der überall, wo er sich befindet, auf das Duldungsrecht beschränkt ist, die Rechte aktiver Bürger zugestand. Alle Menschen haben gleiche Rechte. Alle Franzosen, Männer und Weiber, sollten frei und Bürger sein. Jene Vorschläge zur *dégradation civique*, wodurch die Männer vermittelst einer feierlichen besonderen Formel der Ehre eines französischen Bürgers für unwürdig proklamiert werden sollten, falls sie durch Verbrechen diese Strafe verdienten, sind nicht auf das andere Geschlecht ausgedehnt. Über dieses sollte bloß der Fluch ausgesprochen werden: Euer Vaterland hat euch einer infamen Handlung überführt befunden.

Mirabeau, der zur gegenwärtigen Generation von Menschen sein Zutrauen verloren haben mochte, setzt, wie alle großen Täter, sein Zutrauen auf Erziehung, und weist in seinem Posthumus «*Travail sur l'education publique*», die sein Arzt und Freund *Cabanis* herausgab, das Frauenzimmer zur Häuslichkeit und zu stillen, sanften Tugenden an (ist denn nicht jede Tugend sanft und still?), worauf das Glück der Familien, und am Ende das Glück des Staates so sehr beruhe. Ohne mich in den Streit einzulassen, der über den Grafen und Nichtgrafen *Mirabeau* von Freunden und Feinden übertrieben worden, sei es mir erlaubt, der Behauptung zu widersprechen, daß jemand in seinem Privatleben ein elender Mensch, dagegen doch der tugendhafteste Bürger und der höchste Grad desselben, ein geschickter Offiziant, sein könne. Ein Mensch, der gegen alles gleichgültig zu sein vermag, was gut oder böse, gerecht oder ungerecht ist, ein nicht rechtschaffener Mensch, kann kein rechtschaffener Bürger sein. *Horaz* sagt: nur *Jupiter* gehe über den Weisen; der Weise sei reich, frei, gerecht, ein König aller Könige. Da das andere Geschlecht vom Menschen auf den Bürger zu schließen gewohnt ist und jene Rollenspieler, die nichts aus Grundsätzen, alles aber nach Zeit und Umständen sind, sehr richtig berechnet; ist es ein Wunder, daß diese Glücks- und Unglücksritter das andere Geschlecht zu entfernen suchen?

Wir irren, wenn wir uns überreden, daß Weiber für die Ehrensache der Menschheit, für den Kampf der Freiheit mit der Alleingewalt, keine Sinne besitzen. Sie haben nicht bloß durch ihren lauten Beifall bezeugt, daß sie den Wert der Freiheit zu schätzen wissen, und daß das Gefühl für dieselbe noch lichterloh aufflammen kann; selbsttätig haben sie mitgewirkt, die Fesseln zu brechen, die man der Nation anlegte, und wahrscheinlich lag es nicht an ihnen, daß sie bei diesem Schauspiele nur Rollen vom zweiten Range spielten.

Die berühmte Verfasserin der Geschichte der Königin *Elisabeth*, Mad. *Keraglio*, verteidigt seit der Revolution in ihrem *Journal d' Etat et du Citoyen* die Rechte der Menschheit mit Freimut, Wahrheit und Stärke. Weiber fühlten jene Zurücksetzung, jenes tiefe Stillschweigen bei einem so schönen Anlaß, jene Verstoßung, wenn es Staatsdienst gilt. Eins unter ihnen wagte es, ihren Unwillen laut werden zu lassen. In einem an die Nationalversammlung abgelassenen Briefe bemerkt es, daß kein Wort in der Konstitution von den Weibern vorkomme, obgleich die Mütter Bürgerinnen des Staates sein müßten. Es schmeichelt sich mit dem Befehle, kraft dessen den Müttern erlaubt sein werde, in Gegenwart der Bürgerbeamten diesen feierlichen Eid abzulegen. Diese ehrwürdige Zeremonie würde es wünschenswert gemacht haben, Mutter zu sein. Die Geschichte sagt nicht, was von den Repräsentanten der Nation auf diese Adresse einer edlen Französin beschlossen worden ist. Betrübt feiere ich heute ihr Andenken, heute, den 18. März 1792, da ich in öffentlichen Blättern lese, daß die Franzosen, ungerührt durch diesen Wink, es dahin kommen lassen, daß das andere Geschlecht dringender um diese Rechte angehalten. Schöner würde es gewesen sein, wenn man dem Geschlechte mit der Bürgerehre zuvorgekommen wäre und bei dieser ernsthaften Sache kein Ärgernis des Lachens gegeben hätte. Wehe dem Menschen, durch welchen dergleichen Ärgernis kommt! Würden wohl alle jene Laternenszenen sich ereignet haben, wenn Weiber Aktivvotantinnen in Frankreich gewesen wären? Durch geheimen Einfluß wird in jedem Staate, besonders in freien, alles verdorben. Doch ist es die Frage, ob die Pariser Damen schon die Selbstüberwindung gehabt haben, so weit zur Natur zurückzukehren, daß sie die gute Sache menschlich und bürgerlich beherzigen können – Wahrlich! Zu deutschen Weibern ist größeres Vertrauen zufassen – wem Gott Kraft gab, gab er dem nicht auch das Recht, sie anzuwenden? Sollen denn die Weiber ihr Pfund im Schweißtuche vergraben, ohne es auf Wucher anzulegen, der dem Staate tausendfältige Früchte bringen würde?

Auf Vernunft und auf ihr Meisterstück, die Gesellschaft, kommt es an, ob jener Kraftsanwendung freier Lauf zu lassen oder ob sie einzuschränken sei; nie aber kann der Staat sich herausnehmen, sie ganz unterdrücken zu wollen. Und wie? Er wollte ein Räuber der Freiheit sein, welche zu befördern die Hauptabsicht seiner Existenz ist?

Wenn Stände nur durch ihresgleichen repräsentiert werden können, wenn sogar unsere Vorfahren durch Ebenbürtige sich die Gesetze zumessen und Recht sprechen ließen: Wie kann man Weiber vom Staatsdienste ausschließen, insoweit er sich mit der Gesetzgebung oder Gesetzausübung beschäftiget? Will man etwa den Weibern die Weihe zu diesen Mysterien abschlagen, um sie nicht unsere Schwäche da sehen zu lassen, wo wir den höchsten Grad unserer Stärke hieroglyphisch vorgeben? [...]

Ich setze wenig oder nichts von Menschenübeln auf Rechnung der Fürsten; gewiß das meiste gehört auf das Konto der Minister, die nicht schwach, nicht stark, nicht kalt, nicht warm, sondern unentschlossen und lau sind, sich von jedem Winde hin und her treiben lassen, jeden um seine Meinung befragen und, wenn sie deren unzählige gesammelt haben, nicht wissen, wozu sie sich entschließen sollen. Wer selbst keine Meinung hat, wie kann der aus so vielen die beste finden? Hierzu kommt, daß Gemächlichkeit und ewiger Hang zum Vergnügen sie noch stumpfer machen. Sie kommen nicht aus den Bêten heraus, die sie abzuspielen haben! Noch ärger sind die, welche nicht über ihren theoretischen Leisten gehen, immer Schuster bleiben, die sie sind, und in armseliger Pedanterie Trost suchen und finden, wenn ihnen nichts einschlägt. Was können wir dafür, daß der Staat, den wir zu regieren haben, sich nicht nach unserem *Orbis pictus* und einem *Compendio* schmiegen will, das uns zum Pharos demütigst empfohlen worden? Allerdings! Und welche Greuel, wenn die Minister gar Genies zu sein sich einbilden und zu Dero Haupt ein so unumstößliches Zutrauen gefaßt haben, daß das große Wort: *Er hat es gesagt*, ihren Commis hinreichend scheint, die einleuchtendsten Vorstellungen abzuweisen und zu entkräften! Das *Recht des Vernünftigern* ist ihnen, nach ihrer zwar etwas freien, indes wie sie glauben nicht unverständlichen Übersetzung, das *Recht des Stärkeren*; und freilich – wer darf es wagen, der Gewalt, solange sie am Ruder ist, den Verstand abzusprechen? Jene gewaltigen Genies berechnen alles an den Fingern – *Newton* könnte von ihnen rechnen lernen; und freilich, wenn die Data zu ihren Berechnungen richtig wären – wer würde ihnen gleichkommen? Zur Kalkulatur geboren, sind sie im göttlichen Zorn Minister und Staats-Administratoren geworden. [...]

Wenn die Staats-Offizianten auf die Pflicht angenommen würden, nichts zu verderben und sich leidend zu verhalten – wieviel weiter wäre die Welt! Sind das die hohen Collegia und hohen Stühle, von denen man das schöne Geschlecht ausschließt? Man sollte sie aufnehmen, wie in freien Reichsstädten politische Kannengießer und Aufwiegler zu Ratsgliedern, damit sie schweigen. Vielleicht hätte man dies Stratagem auch wirklich schon segensreich in Anwendung gebracht, wenn man zu der Verschwiegenheit des schönen Geschlechtes mehr Zutrauen fassen könnte. *Johnson* sagt: Man kann so sehr ein Mann nach der Welt sein, daß man nichts mehr in der Welt ist. Sollte man nicht weit eher so sehr ein Staats-Offiziant sein können, daß man bei weitem zu der Ehre, ein Staatsbürger zu sein, unfähig ist? Wahrlich, um sich wieder zu orientieren, sollte man die Weiber zum Staatsdienste vocieren – wozu sie unstreitig einen göttlichen Ruf haben, an dem es den meisten Taugenichten von hohen Staatsbeamten ermangelt.

Ist es zu leugnen, daß man in jedem Gesetz-Codex von den Grundsätzen der natürlichen Gleichheit ausgehen, und mit dem Paradiese anfangen kann und muß, wenn nur der Sündenfall nicht vergessen wird? Jene Grundsätze der Gleichheit werden und müssen sogar bei ihrer Anwendung auf den Staat das Resultat politischer Ungleichheit unter den Bürgern herausbringen. Bei jener natürlichen Gleichheit gewinnt das andere Geschlecht allerdings; allein auch die politische Ungleichheit kann nie ein ganzes Geschlecht unwürdig proklamieren, in welchem es in der Regel mehr Mündige, als in dem unsrigen gibt, und wozu vielleicht kein anderer Grund vorhanden ist, als daß die Gesetzgebung bloß aus Männern besteht. Soll ich bemerken, daß ich hier nicht bloß vom Gebrauche des Mundes und der Zunge, sondern der Seele und des Herzens rede? Sobald Stärke, Obermacht und Verjährung nicht Gesetze abnötigen – und wehe der Staatsgrundlegung, die solche Ecksteine in Anwendung bringt! Sobald jede regelmäßige Gesellschaft sogar eben dazu entsteht, um jene natürlichen Hervorstechungen ins Gleichgewicht zu bringen, so hat das andere Geschlecht ein Recht, vom Staate zu fordern, daß er ihm Gerechtigkeit erweise, daß er über die Schwächlichkeit des Körpers, welche zum größten Teil durch Vorurteil entstanden ist, die Stärke der Seelen der Weiber nicht vergesse. Macht denn nicht die Seele den Hauptbestandteil der Menschen? Die natürliche Gleichheit erfordert eine politische Ungleichheit, weil die Erhöhung des natürlichen Wertes des Menschen nur durch eine gegenseitige politische Verbindung derselben untereinander möglich ist, und hervorragende Menschen durch Gesetze, sowie Genies durch Regeln, in Ordnung gehalten werden müssen. Kann aber dieser an sich nicht unrichtige Grundsatz auf ein ganzes Geschlecht gedeutet werden? Ist es gerecht, billig, ratsam und nur menschlich, daß unser ganzes Geschlecht zu einer Standeserhöhung gebracht und als der Mittelpunkt angesehen wird, um dessenwillen das andere Geschlecht existiert? Es gibt nur zweierlei Tatsachen, von denen wir Begriffe haben: Natur und Freiheit; und sowohl zur Physik als zur Moral haben Weiber unverkennbare Anlagen. Will man Natur und Freiheit sinnlich abilden, so müssen beide in Gestalt eines Weibes dargestellt werden. Und was ist ihnen denn im Wege? Das positive Gesetz? Kein Gesetzbuch, und würde es mit Engelszungen reden, kann *Formula concordiae* und eine Augsburgische Konfession werden. Gesetze erziehen Menschen, und müssen sich, wenn Menschen mündig werden, von Menschen erziehen lassen. Angenommen, Weiber wären körperlich schwach – angenommen! und was wäre da die Pflicht der Gesetze? In den Schwachen mächtig zu sein! Nicht die Starken bedürfen des Arztes, sondern die Schwachen.

Weiß ich denn nicht, daß manche Frau bei manchem Manne auch jetzt sich wohl befindet? Was indes bloß auf persönlicher Gesinnung beruhe, muß seiner Natur nach wandelbar sein; und es ist auch bei den tolerantesten Gesinnungen im Staate notwendig, daß keine intolerante Stelle im Gesetzbuch bleibe. Wer steht für den Nachfolger im Reiche? Weiber wissen ihre Männer zu überzeugen, als hätten Weiber keinen Willen. Doch eben wenn sie auf ihren Willen in bester Form rechtens Verzicht zu tun scheinen, werden sie Alleinherrscherinnen, ohne den starken Glauben ihrer Männer zu schwächen, als ob diese ganz allein regierten – Sie regieren nicht mit Gewalt *(vi)*, sondern heimlich und bittweise *(clam et precario)*.

Der Liebhaber glaubt in dem Dienst einer Göttin zu sein, welche Apotheosen so sehr in ihrer Gewalt habe, wie Fakultäten Doktorhüte. Der glückliche Geliebte dünkt sich wenigstens halb Gott, weil er so glücklich ist, einer solchen Gottheit zu dienen – Erwacht er über ein kleines aus diesem Traume; seht! so verwandelt sich die Raupe nicht in einen Schmetterling, sondern in einen Zuchtmeister, und die entgötterte Frau wird seine Sklavin: der Bräutigam wird nicht Ehemann, sondern Ehevogt. So hörten Monarchen auf, Götter und *Divi* zu sein, und hatten die Güte, zu den Menschen herabzusteigen; doch würdigten sie, um über anderen Menschen zu sein, diese anderen eine Stufe unter die Menschen hinab. Halbe Wahrheit ist gefährlicher, als eine ganze Lüge; diese ist leichter zu kennen, als jene, welche sich in Schein zu verkleiden pflegt, um doppelt zu betrügen. Männer, laßt doch Menschen sein, die Gott zu Menschen schuf! *Laßt uns Menschen machen*, hieß es, *ein Bild, das uns gleich sei; und er schuf sie ein Männlein und ein Fräulein.* Sie sind Bein von unserm Bein, und Fleisch von unserm Fleisch, und warum nicht Bürger wie wir? Warum nicht, da ihnen weder Sinn noch Kraft zu Bürgertugenden gebricht, und es bloß darauf ankommt, daß sie zu Bürgerinnen erzogen werden! Jetzt freilich, wie sie da sind, zum Spielzeug für Männer gemodelt; jetzt, wenn sie auf einmal aus dem Gynäceum auf den großen Schauplatz des gemeinen Wesens, einen für ihren Körper und ihre Seele so fremden Boden, treten und männliche Rollen spielen sollten: jetzt würden sie kaum erträglich debütieren. Wer fordert dies aber von ihrem Kopfe und von ihren Händen? Sie sollen eben den Weg gehen, den wir gingen, eben die Wüsten betreten, die uns auf der Bahn nach Kanaan beschwerlich wurden; nur durch Erziehung, Unterricht und Erfahrung sollen sie das Ziel erreichen, dessen sie so würdig sind. Das Licht braucht beinahe acht Minuten, um von der Sonne zu uns zu kommen, und wir sehen die Veränderungen, die in der Sonne vorgehen, jedesmal acht Minuten nachher. [...]

Die Scheidewand höre auf! Man erziehe Bürger für den Staat, ohne Rücksicht auf den Geschlechtsunterschied, und überlasse das, was Weiber als Mütter, als Hausfrauen, wissen müssen, dem besondern Unterricht; und alles wird zur Ordnung der Natur zurückkehren. Noch lange ist Erziehung nicht das, was sie sein könnte und sollte. Nur sehr spät fiel man auf das, womit man hätte anfangen sollen, den Zweck der Erziehung zu bestimmen, das Ziel aufzusuchen und seinen Lauf darnach zu richten. Statt daß wir sonst, wie irrende Schafe, ohne Plan und Regel in das Weite liefen, sei es unsere erste Sorge, heimzukehren zu der Natur und nichts außer uns selbst zu suchen! Was hülf' es dem Menschen, wenn er die ganze Welt gewönne und an sich selbst Schaden litte! Ohne jenen Zweck der Erziehung zerreißt das Band, welches alle einzelnen Teile zusammenhält – und in Kindern liegt das Reich Gottes. [...]

Wie ist es aber möglich, daß Weiber diesem Berufe genügen können, wenn jene Anlagen und Fähigkeiten so wenig entwickelt werden! Man vernachlässiget sie nicht bloß, man unterdrückt sie absichtlich. Das Kind ist geschlechtslos, warum sind wir der weiseren Natur zuvorgeeilt? Warum haben wir früher die Geschlechter abzusondern angefangen, als die Natur uns dazu einen Wink gab? Das Kind ist gesellig, nicht weil es durch einen besondern Trieb dazu gereizt wird, sondern aus Bedürfnis und um tätig zu sein. Nicht das moralische Gefühl, welches den Menschen an seines gleichen kettet, um sich ihnen mitzuteilen, um durch den Umgang mit andern das Eckige seines Charakters abzuschleifen und um sich durch andere zu vervollständigen – nicht dieses Gefühl macht das Kind gesellig. Was kennt es mehr als sein Bedürfnis? Es will genährt und vergnügt sein, darum ist es gesellig, es ist gesellig zum Zeitvertreib. – Wo es diese Absicht erreicht, befindet es sich wohl; Geschlechtsunterschiede stehen, so wie moralische und geistige Eigenschaften, mit seiner Gesellschaft in gar keiner Beziehung.

Erst um das zwölfte Jahr fangen unter dem europäischen Himmel die Geschlechtskeime an, bei dem weiblichen Teile sich zu entwickeln und nie gewohnte Unruhe, eine vorher unbemerkte Ahndung und sanfte Sehnsucht zu erwecken. So lange sollte unter Kindern alles bis auf die Kleidung gleich bleiben, weil die Natur es so will. Erziehung, Unterricht, Zeitvertreib können für beide Geschlechter einerlei sein, weil in diesem Zeitraume die Bildung sich mit dem Menschen beschäftigen und für die Entwickelung jener Anlagen sorgen soll, ohne alle Rücksicht auf anderweitige Bestimmungen, als auf die erste ehrwürdigste: einen Menschen nach der urkundlichen Deutung der Natur darzustellen.

Auf diesen einzigen Endzweck müssen es alle pädagogischen Bemühungen anlegen, und indem sie den jungen Kindern Hebammendienste leisten, den Spielraum für die ersten Versuche der erwachenden Kräfte erweitern, und nur nach und nach mit großer Vorsicht es wagen, den üppigen Auswuchs zurückzuhalten und dergestalt mittelbar den Trieben der Natur die eigentliche Richtung zu geben. Der Unterricht bedarf in diesem Zeitraum ebensowenig besonderer Rücksichten auf Geschlechtsunterschied als auf künftige bürgerliche Verhältnisse. Hat das Kind von diesem allen selbst nur Ahndungen, geschweige denn Begriffe? Und bleibt nicht aller Unterricht in dieser Rücksicht für dasselbe toter Buchstabe, bis nach dem Laufe der Natur Empfänglichkeit für diese Lehre sich entwickelt? Aller Unterricht muß sich in diesem Zeitraum auf das einschränken, was der *Mensch* glauben, wissen und tun soll. [...]

Ich kehre mit dem Vorschlage zurück, daß so lange, bis das Kind zum Mädchen oder zum Knaben heranreift, beide unter den Händen und der Aufsicht des weiblichen Geschlechtes bleiben sollten. Der Staat und das weibliche Geschlecht würden dabei gewinnen. Alle Kinderschulen sollten Weiber zu Aufseherinnen und Lehrerinnen haben, weil die Natur das weibliche Geschlecht dazu mit ausgezeichneter Fähigkeit hinreichend ausgestattet hat. Reinlichkeit, ein zur Erhaltung der Kinder so nötiges und wichtiges Erfordernis, Sanftmut, Geduld, Ausdauer bei anscheinend kleinlichen Beschäftigungen, Mitteilung, Redefertigkeit und andere zur Kindererziehung unentbehrliche Eigenschaften, scheinen dem weiblichen Geschlechte von Natur eigen, bei dem männlichen dagegen bloß Kunstfertigkeiten zu sein. Wie sich Natur zur Kunst verhält, so würde sich auch eine Kindererziehung durch Weiber gegen die jetzige verhalten. Schon gegenwärtig ist ihr Anteil groß. Was würden wir ohne ihren Beistand vermögen? O, was für eine Schule für Mütter mittleren Standes, wenn eine Hauskapelle weinender und heulender Kleinen ihre Geduld prüft, und die Kinderfragen heranwachsender neugieriger, verschämter Mädchen und dreister Buben sie in Verlegenheit setzen! Ich begreife nicht, wie manches treffliche Weib so heterogene Angelegenheiten zu bestreiten vermag. Dort windet sie dem kleinen Feldmarschall *Jakob* Gabel, Messer und Schere aus der Hand, hier reißt sie dem vielfräßigen Domherrn *Peter* schädliche Dinge aus dem Munde, bald verscheucht sie von der kleinen schlafenden *Jette* die Fliegen, und wie schwer ist der Wildfang *Karl* zu befriedigen, der von einem Zeitvertreibe zum andern abspringt! Wie viele Vigilien und wie viele Tageslasten sind ihr Teil und Erbe bei den ihr obliegenden Familiensorgen! Ist nun gleich die Dame höheren Standes, die nach Landes-Sitte und Brauch das strenge Recht für sich hat, ihre Kleinen wie Findelkinder zu behandeln, bei weitem so beschäftiget nicht; ist sie es indes nicht immer weit mehr, als ihr geschäftiger Müßiggänger von Gemahl, der, mit großen Kleinigkeiten und vornehmen Gebrechen beladen, außer der Spinnstube seines hohen Kollegiums, noch so viel anderes anzuspinnen hat, was freilich fast immer darauf hinausläuft, schlichte Dinge zu verwickeln, und den leichtesten Sachen einen Anstrich von Bedeutung zu geben! Des großen Staatsspinners! [...]

Lasset die Weiber erst sich selbst stark fühlen, und sie werden an Leib und Seele starke Kinder leiblich gebären und geistlich wiedergebären – sie zur Welt bringen und erziehen. Warum soll denn die Haut mit der Sonne in Feindschaft leben? Fehlgeschlagene Hoffnungen, Unterdrückungen, Kollisionen sind der Geschmeidigkeit des Charakters, den Grazien der Sitten ungünstiger, als jenes unbiegsame Äußere. Vom Gefühl einer edlen Freiheit hangen Mut, Freimütigkeit und jene umfassende Heiterkeit ab, die auch durch die finsterste Stirn bricht und auf der rauhesten Oberfläche durchschimmert. [...]

Die Weiber zu *Sparta* kannten weder Weichlichkeit noch Furchtsamkeit. *Ich habe ihn für das Vaterland geboren,* war die heroische Antwort jener Spartanerin, als man ihr die Nachricht brachte, ihr einziger Sohn sei in der Schlacht gefallen.

Entwickelt sich der Unterschied der Geschlechter im Knaben und Mädchen, so muß der Bürger auf den Menschen gepfropft, der Stand des Bürgers an den der Natur geknüpft, und die Vorbereitung zu mannigfaltigen untergeordneten Bestimmungen eröffnet werden; und nun ist es Zeit zu einem sichtbaren Merkzeichen der Absonderung der Geschlechter.

Diese Geschlechts-Einkleidung wird alle besorglichen Folgen, welche die Natur-Uniform etwa bei den Schwachen, die doch immer unter uns sind, erregen möchte, unausbleiblich vertilgen, Knaben und Mädchen, die als Kinder vertraut waren, in Fremde (wenngleich nicht in Wildfremde – und weshalb auch das?) umschaffen, und alles bis auf die Rückerinnerung ihrer ehemaligen Bekanntschaft vertilgen. Würde nicht diese Gechlechts-Einkleidung auf einmal den einzigen Unterschied, den die Natur beabsichtiget hat, zwischen beiden Geschlechtern festsetzen, ohne dadurch einen bürgerlichen Unterschied herauszubringen oder zu erzwingen, und ohne dadurch Sitten und Wohlstand im mindesten in Gefahr zu setzen? Dies wäre der Glockenschlag, welcher Erziehung und Unterricht der Geschlechter- und Bürgerbestimmung näherbringen würde. War nicht schon bei den Römern eine ähnliche Einrichtung in Hinsicht auf das männliche Geschlecht? Und sagt nicht die Geschichte, daß der Jüngling Vaterlandsliebe und alle große Eigenschaften eines Römers mit der *toga virili* (mit dem Mannskleide) anlegte? Es ist eine Schande, eine Stunde länger zu leben, als man hätte leben sollen; allein, es bleibt eine ebenso große Schande, eine Stunde früher zu leben anzufangen, als man dazu fähig ist, und so wie das Ende das Werk krönt, und der letzte Tag der Richter aller seiner Vorgänger ist, so sollte man gewisse Tage aussondern, und sie zu Denkmälern machen. Jener Tag der Geschlechtsabsonderung, der bürgerlichen Einsegnung, würde zu diesen festlichen Tagen gehören. Ganz müßte das Erziehungsgeschäft in dieser neuen Epoche noch nicht den Händen der Weiber entzogen, noch weniger ein Unterschied in Erziehung und Unterricht zwischen beiden Geschlechtern veranstaltet werden, bis auf die Verpflichtungen, zu denen jedes von der Natur besonders berufen ward, welche, insofern sie für diesen Zeitraum gehören, bei jedem Geschlechte durch Personen des seinigen gelehrt werden müßten; wogegen alles übrige ohne Rücksicht auf diesen Unterschied, so wie die Umstände es forderten oder erlaubten, von Personen beiderlei Geschlechts gelehrt werden könnte. Da Mann und Weib eigentlich nur *ein* Mensch sind, so kann auch selbst nach jener Geschlechtsabsonderung keine völlige Scheidung eintreten: Was Gott zusammenfügt, soll der Mensch nicht scheiden. In der Epoche, welche bei Mädchen etwa bis zum 16. und bei Knaben bis zum 18. Jahre dauern könnte, müßten beide Geschlechter zu den bürgerlichen Bestimmungen vorbereitet und in allem, was darauf Beziehung hat, ohne daß man auf den Geschlechtsunterschied Rücksicht nähme, unterrichtet werden. Daß hierbei die völlige Entwickelung des Menschen nicht aufzugeben oder nur beiseite zu setzen ist, versteht sich von selbst. Würden bei dieser soliden Einrichtung nicht mit dem mannbaren Alter beide Teile ohne Unterschied unbedenklich dahingestellt werden können, wo sie dem Staate nützlich zu sein Anlage zeigten? Entwöhnt dem größten aller Übel, der Langenweile, die mehr als der Tod zu fürchten ist, müßten jetzt der Jüngling und das Mädchen Geschäfte angewiesen bekommen, wozu sie mit Neigung und Geschicklichkeit versehen sind. Ehre, Rechte und Be-

lohnungen werden alsdann nicht ein Geschlechts-Präroga-
tiv, sondern Folgen des persönlichen Verdienstes. Weiber,
die bisher ein Etwas ohne Namen und Rechte waren, würden auf diese Weise Personen und Staatsbürger werden.
Plato wollte die Verteilung des Privatvermögens den Gesetzen in die Hände spielen. So viel Gerechtigkeit auch in dieser Idee zu liegen scheint, zu so vielen Ungerechtigkeiten
würde sie verleiten. Das Vermögen der Weiber indes, wenn
sie gleich ganz allein darüber zu verfügen glauben, *scheint*
bloß ihrer Gewalt unterworfen zu sein, denn eigentlich
sind Männer die Eigentümer desselben, die mit diesem
Kreuz, das sie wohlbedächtig in Händen behalten, sich zu
segnen nicht ermangeln. Wie viele Kassen-Defraudationen
hier vorfallen, liegt am Tage. Bloß der Entschluß der Weiber, sich dem Staate nicht entziehen zu wollen, setzt sie in
das Eigentum ihres Vermögens, und sie werden nur sich
selbst nötig haben, um zu denken und zu handeln. «Er beleidigte nicht mich, sondern den, für den er mich ansah»,
sagte König *Archelaus*, als man ihn auf der Straße mit Wasser begossen hatte; und so wird das andere Geschlecht sich
oft erklären müssen und sich gern erklären, ehe jene
Grundsätze, es ehren zu wollen, weil ihm Ehre gebührt,
zur Gewohnheit geworden sind.

Die Physiokraten halten in ihrem System die produzie-
rende Klasse der Staatsbürger für die nützlichste, und da für
den Staat der Nutzen das einzige ist, was die Rangordnung
der Bürger bestimmt; da dieser Nutzen die Bürger klassifi-
ziert: Wie wollen wir denn eine ganze Hälfte des menschlichen Geschlechtes, welche an der Hervorbringung und
Fortpflanzung desselben den wesentlichsten Anteil hat,
von der Bürgerehre ausschließen? Und da wir sie schon
ohne Urteil und Recht willkürlich aus angestammter
Machtvollkommenheit ausgeschlossen haben, ihnen die
Wiedereinsetzung in den Paradiesstand verweigern? Werden sie nicht, gehörig dazu vorbereitet, mit Ehren raten,
helfen, fördern in allen Staatsnöten? Bis jener hingewor-
fene Umriß einer neuen Ordnung der Dinge in seinem ganzen Umfange in der bürgerlichen Gesellschaft eingeführt
werden kann, öffnet, Männer! der jetzigen weiblichen
Jugend je eher je lieber unsere Edukations- und Lehr-

anstalten, und erlaubt ihr, an der Erziehung und dem Unterrichte, so wie er hier gelehrt und gelernt wird, teilzunehmen, ohne euch von der Furcht vor nachteiligen Folgen abwendig machen zu lassen. Prüft jene hämischen Alltagszweifel: es wird Anstoß, Aufsehen, Ärgernis geben, es wird nachteilige Folgen haben; prüft, und ihr selbst werdet sie unentscheidend finden. […]

Die Sittlichkeit würde Gefahr laufen!

Wie denn das? Werden nicht schon jetzt Mädchen und Jünglinge von einem und demselben Geistlichen, zu einer und derselben Zeit, auf eine und dieselbe Art in der Religion unterrichtet? Die Anstalt ist schon da, sie darf nur ausgedehnt werden. Und was kann uns behindern, *die*, denen wir in der Kirche gleiche Rechte mit uns einräumen, in die Bürgergemeinschaft aufzunehmen? Werden Mädchen und Knaben durch gemeinschaftlichen Unterricht zu *Christen* vorbereitet, warum sollen wir sie nicht gemeinschaftlich zu *Bürgern* erziehen? Sollte denen, welchen die erforderliche Anlage zu Himmelsbürgern zugestanden wird, der Beruf zur Staatsbürgerschaft abgesprochen werden? Warum leiden in dieser Gemeinschule die Sitten nicht, obgleich der Religionsunterricht in Jahren erteilt wird, wo der Geschlechtstrieb äußerst reizbar ist? Sind die Schüler und Schülerinnen dort nicht ebenso wie hier unter Aufsicht? Wird ein kluger Lehrer und Erzieher den Veranlassungen zur Erweckung des Geschlechtstriebes nicht überall geschickt auszuweichen wissen und jede Belehrung über die künftige Bestimmung seiner Zöglinge so einzulenken verstehen, daß die Folgen nicht schädlich, sondern segensreich ausfallen?

Wird das andere Geschlecht unseren Erwartungen entsprechen? Wird es unsere Bemühung lohnen?

Wir wollen also ernten und uns der Mühe überheben zu pflanzen? Auf welche Art werden wir uns von der Tragbarkeit des Bodens versichern, wenn wir ihn nicht anbauen? Hat denn nicht bis itzt jeder Boden dieser Art den auf ihn verwendeten Fleiß gelohnt? Und dürfen wir hier einen andern Erfolg befürchten, wenn wir es unserer Trägheit nur abgewinnen können, einen ernstlichen Versuch anzustellen? In alles, was die Natur hervorbrachte, legte sie Keime, die nur einer Veranlassung bedürfen, um entwickelt zu werden. Würden nicht die Weiber jedem bürgerlichen Stande, zu welchem man ihnen Zutritt vergönnte, Ehre machen? Und welches bürgerliche Geschäft könnte, solange sie durch ihre besondere Geschlechtsbestimmung nicht daran behindert würden, unter ihren wohlwollenden Händen sich schlechter befinden? Müßte das Ganze wegen des Wetteifers, der zwischen beiden Geschlechtern entstehen würde, nicht unendlich gewinnen? [...]

Wir haben auch prosaische Beispiele, um außer Zweifel zu setzen, daß ungeachtet das weibliche Geschlecht (wenngleich nicht durch ein förmliches Gesetz, so doch durch ein stillschweigendes Übereinkommen, welches oft noch grausamer und drückender ist) von der Stoa, der Akademie und dem Prytaneum entfernt gehalten wurde; ungeachtet man den Weibern die Schulen des Unterrichtes und der Weisheit verschloß, sie dennoch Gelehrte und Weise unter sich aufweisen können, die ihre Namen durch Taten und Schriften unsterblich gemacht haben. Es würde nicht schwerfallen, in vielen Fächern des weitläuftigen Gebiets menschlichen Wissens und menschlicher Kunst weibliche Namen aufzufinden, die sich einen Anspruch auf Achtung und Ruhm erwarben. [...] Nennet die Kirchengeschichte nicht eine Menge von Weibern, die mit Heldenmut ihren Glauben bekannten und sich weder durch Martern noch Verheißungen in ihrem Bekenntnisse wankend machen ließen? Die bei dem Verzicht auf alle Hoheit, auf Ehre und Überfluß, unter Verachtung, Hohn, Mangel und Verfolgung ihrer Überzeugung mit unerschütterlicher Standhaftigkeit anhingen? Der Stifter der christlichen Religion bewundert so oft das gläubige Zutrauen des andern Geschlechtes zu seiner Lehre, und hat dasselbe so wenig von der Teilnahme an den Vorzügen der vernünftigen lauteren Milch seines Unterrichtes ausgeschlossen, daß er es vielmehr mit auf die Erhebung desselben und auf Befreiung von den Ketten, die es trug, angelegt zu haben scheint. Und in der Tat, wenn diese Religion in ihrer reizenden kindlichen Gestalt erscheinen will, zeigt sie sich nicht in Kindern und ihren Pflegerinnen, den Weibern? Weibliche Herzen sind, wenn ich so reden darf, mit den Lehren dieser Religion gleichsam amalgamiert; denn in Wahrheit, die höchste Stufe der Menschheit ist nicht spekulierende Vernunft, nicht Philosophie allein, sondern ein gewisses Etwas, das, wenn es Regierungskunst heißt, eine Kunst ist, der die Natur selbst sich unbedenklich unterwirft. Ein kühler Trunk kann Lebensgeister zu der Wohnung, die sie schon verlassen hatten, zurückrufen, kann aber auch ein Gift für den erhitzten Wanderer werden: Das Schwert, das uns beschützt, wird leicht unser Mordgewehr. Die gebildete Freiheit, die sich so sehr von der unregelmäßigen und von dem höchsten Grade derselben, der Zügellosigkeit, unterscheidet, könnte *christliche Freiheit* heißen. Und ihre Schule? – ist die Schule der Weiber. – Wenn Männer mit Verzichtleistung auf ihre Stärke, die so leicht in Leidenschaft ausartet, eigentliche Christen werden, und Selbstrache, Blutvergießen, alle Machtsprüche und Machtbeweise aufopfern sollen, so wähnen sie, daß sie bei diesen christlichen Tugenden ihr Geschlecht einbüßen. Es ist schwer, Gutes zu wollen und zu tun, wenn das so leicht auszuführende Böse noch obendrein Ehre bringt. Ich mag diesem Gegenstande wohlbedächtig nicht näher treten.

Überall, wo Genieflug und Kunstfleiß der Menschen hinreicht, treffen wir Weibernamen an, die um den Preis ringen. Es sind nicht Weiber, die auf einem ganz entgegengesetzten Wege ihre Eitelkeit zu befriedigen suchten, weil sie auf dem geschlechtsüblichen nicht fortkamen, sondern solche, die, von ihrem Geiste getrieben, jene Kräfte anlegten, welche die Natur ihrem Geschlechte so reichlich und täglich gespendet hat. Welch eine ehrenvolle Stelle nimmt *Anna Comnena* unter den Byzantinischen Geschichtschreibern ein! Die *große Tochter Heinrichs des Achten*, die England nicht durch das Parlament regierte, sondern deren Wink für dieses Staatsgesetz war, vor der es die Knie beugte, die, wenn sie gleich nicht den stolzen *Philipp*, so doch seine unüberwindliche Flotte überwand, hat eine ihr würdige Geschichtschreiberin an *der Keraglio* gefunden. In den Jahrhunderten der Unwissenheit, wo tiefe Mitternacht die Völker Europens von einem Ende bis zum andern bedeckte, wo alle Sehnen des Geistes völlig abgespannt waren, versuchte es die Nonne *Roswitha*, das heilige Feuer der Gelehrsamkeit wieder anzuzünden. *Die Dacier* und *die Reiske* taten sich durch Sprachkenntnisse hervor, und wie viele machten sich nicht in England, Frankreich und Deutschland durch Schriftstellertalente berühmt? Wem sind die Namen einer *Macaulay*, einer *Genlis*, einer *Sevigné*, einer *La Roche* unbekannt?

Weiber entdeckten nichts, erfanden nichts. Es gab unter ihnen keinen Newton – keinen ...

Und warum? War es nicht ein Ungefähr, das von Anbeginn unter Menschen Erfindungen zustande brachte? Schien nicht die Natur bei allen menschlichen Erfindungen sich den Hauptteil zu reservieren? Legte *sie* nicht dies beste Brot vor das Fenster? Wurden jene Entdeckungen und Erfindungen nicht den Erfindern und Entdeckern in die Hand gespielt? Lag es an Weibern oder an der ihnen verweigerten Gelegenheit, wenn sie hier zurückblieben? Man räume ihnen Kanzeln und Lehrstühle ein, und es wird sich zeigen, ob sie (der schuldigen Achtung für *Paulus* unbeschadet, welcher nicht will, daß die Weiber in der Gemeinde sich sollen hören lassen) nicht eben so gut unsere Überzeugung zu gewinnen wissen. Ohne allen Zweifel werden sie sich einen noch leichteren Zugang zu unserm Herzen bahnen. Schon sind uns hier die Quäker mit ihrem Beispiele vorgegangen. [...] So wie es bei Körpern eine Ansteckung gibt, so auch bei Gemütern und Seelen, und wenn es allgemein nicht unrichtig ist, daß schon in den *Augen* Tod und Leben liegt, und daß gewisse Leute vermittelst derselben beides, töten und lebendig machen, können: so ist dies besonders der Vorzug der Weiber. Die ganze Zauberei scheint sich aus den Augen herzuschreiben. Auge und Atem sind die Seelenvokale der Liebe und des Hasses; und wer versteht die Augensprache besser als die Weiber? Sie können vermittelst derselben lange Reden im Zusammenhange halten; und wer ist, der von dieser Beredsamkeit nicht ein Zeugnis abzulegen im Stande wäre? Sind es aber bloß die Augen, die bei den Weibern reden? Das ganze Leben der Weiber besteht mehr im Reden als im Handeln: ihre Reden sind gemeiniglich Handlungen; und wenn wir einen Mann verachten, dessen Leben eher ein Lexikon als eine Geschichte vorstellt, so ist dies nicht der Fall bei dem schönen Geschlechte, das gewaltiglich spricht. Das Leben eines Weibes würde ein Konversations-Gemälde sein – wie bewunderswert ist es, selbst in anscheinend unwichtigen, oder sogenannten Nebenfällen! Was Weiber *sagen*, fließt oft weit mehr aus ihrem Herzen, als das, was Männer *tun*, und so haben ihre Reden für den denkenden und empfindenden Menschen auch oft mehr Interesse, als viele Handlungen der Männer. [...] Weiber sind geborene *Protestantinnen* und haben die Religion der Freiheit, die Anweisung, Gott im Geist und in der Wahrheit anzubeten. Bei dem systematischen Gerüste der Religionslehren finden sie kein Interesse, und schwerlich werden sie je durch Doktorhüte in der Gottesgelahrtheit gereizt werden. Sie legen es nicht darauf an, Gottes Existenz zu erweisen, vielmehr sind sie dem Neumonde von Philosophie anverwandt und zugetan, der den unerweislichen Gott für ein Postulatum der Vernunft erklärt, weil er zu unserer Glückseligkeit notwendig ist. [...] Weiber haben Gott *im Herzen*, und da sie wohl wissen, daß wegen der zweckvollen Einrichtungen der Natur die Grundursache als verständig gedacht werden muß: so kümmert es sie nicht, wieviel oder wie wenig die spekulative Vernunft zu diesem Glauben beitrage. Der moralische Beweisgrund (er verdiene den Ehrennamen *Beweis* oder nicht) wirkt in ihnen einen lebendigen Glauben. Wie viele haben Gottes Existenz tapfer demonstriert und durch ihr Leben diese Demonstration noch tapferer widerlegt! Seinen Willen tun, bleibt der beste Beweis, daß er sei. Das größte Problem ist, den Menschen den *Willen* beizulegen, an *Einsicht* fehlt es ihnen weniger. [...] Wie man aus dem Umgange den Menschen kennt, so bestimmen seine Lieblingsgegenstände seinen Verstand und seinen Willen. Jene Verschiedenheiten des Ausdrucks, jenes Zurückhalten, ist bei Weibern nicht wie bei uns Heuchelei; um alles würden sie gewisse Dinge nicht sagen, einer gewissen sittlichen Reinheit der Sprache nicht ungetreu werden, und in plumpe Zweideutigkeiten und Zoten fallen, wenn auch diese Sittsamkeit und Enthaltung weniger Reize hätte. Die Keuschheit des Körpers ist mit der Keuschheit der Seele und der Sprache in genauer Verbindung. Weiber kennen so wenig die Regeln als die Grenzen der Sprache, überschreiten die ersteren und erweitern die letzteren. Wie manche glückliche Bereicherung hat die Sprache ihnen mittelbar und unmittelbar zu danken! Das Mittelmäßige kann im Geschlechte gar nicht aufkommen; was sich unterscheidet, ist vorzüglich. Sie reden zwar noch, wenn sie schweigen; keiner ihrer Blicke ist sprachlos; ihre unartikulierten Ausdrücke der Leidenschaften, wodurch Menschen tief in das Herz der Menschen dringen, sind unüberwindlich: allein, wer ist beredter als sie, wenn sie wirklich sprechen! Jene sprachlose Beredsamkeit kann weiter niemand als sie auf Worte bringen und übersetzen. Männer sagen oft nichts, wenn sie zu viel sagen, so wie man nichts beweist, wenn man zu viel bewiesen hat. In den Worten der Weiber, auch wenn sie überfließen, liegt Absicht, Gewicht und Nachdruck. Auge und Sprache sind ein Herz und eine Seele, und Weiber haben nicht nur in ihrem Blick, in ihrem Auge und auf ihrer Zunge Hölle und Himmel, Leben und Tod, Wohl und Wehe, sondern selbst ihr Hören ist von der äußersten Bedeutung. Sie hören anders als wir, und wer kann den Einfluß leugnen, den das Gehör auf unsere Rede behauptet? [...]

Die Weiber sind viel zu sehr Kenner des menschlichen Herzens, als daß sie nicht wissen sollten, auch die verborgensten Falten desselben auszuspähen, Leidenschaften zu erregen oder dem Ausbruche derselben zuvorzukommen. Wer weiß mehr als sie, ihre Wut zu besänftigen, je nachdem es ihre Absichten erfordern, und gewiß würde es ihnen auf dieser Bahn besser glücken als den berühmtesten Demagogen. *Rom* würde vielleicht bald nach seiner Entstehung wieder in sein voriges Nichts zurückgefallen sein, wenn die neuen Römerinnen sich nicht ihrer Räuber angenommen und die entrüsteten Sabiner beruhigt hätten. Was wär aus *Coriolans* Vaterstadt geworden, wenn die Mutter den Sohn nicht besänftigte? Ohne den römischen Stolz und die edle Aufforderung eines Weibes *(Margarethe Herlobig)* wäre der Schweizerbund vielleicht nie zustande gekommen. Die Überredungsgabe eines Weibes übertrifft alles, was Kunst je geleistet hat. Und ihre Lehrmethode? In Wahrheit, Weiber sind äußerst lehrreich, sie sind so große Lehrerinnen als Erzieherinnen. Wer Weiber bloß auf Gefühle und Empfindungen reduziert, kennt weder Gefühle noch Empfindungen noch die Weiber. [...]

Das Herz, unbelehrt von der Vernunft, kann wenig oder nichts ausrichten, es muß geistig gerichtet sein. Wenn der Philosoph, der Wortführer der Vernunft, nicht wäre, was würde der Dichter, der sich nach dem Haufen richten und selbst zu Volksunarten sich herablassen muß, Gutes stiften? Der Dichter muß seine Weihe im Tempel der Vernunft erhalten und die süßesten Gefühle an Grundsätze knüpfen, wenn er unsterblich sein will. Weiber verstehen jene Chemie, die man die höhere nennen könnte, Grundsätze in Gefühle aufzulösen und das, was der theoretische Hexenmeister der Philosophie in schweren Worten ausdrückt, zur Leichtigkeit einer Gewohnheit zu bringen. Weiber haben Sitten, Männer Manieren: diese werden durch Erziehung erworben, durch Nachahmung erlernt, durch Umgang mitgeteilt, jene hangen von Herz und Vernunft ab. [...]

Sprachen sieht man nicht ohne Grund als den Schlüssel zu dem Magazin aller Kenntnisse und alles Wissens an, und eine jede Sprache, die wir erlernen, ist ein Schatz des Wissens, den wir fanden. Sprachen zu lehren, wird ein besonderes Talent erfordert, welches seltener das Teil und Erbe der Männer, als der Weiber ist. Unsere zeitherige Schulmethode, Sprachen zu lehren, ist gewiß nicht von Weibern erfunden, denn kaum würden diese mit der Grammatik den Anfang gemacht haben. Seht da den Lehrer, der es sich Lastträgermühe kosten läßt, Kindern begreiflich zu machen, warum der Römer die Wörter in seiner Sprache so und nicht anders aufeinander folgen ließ! Seht da den Schüler, der etwas begreifen soll, das schlechterdings unbegreiflich ist, solange er nicht weiß, wie die Römer ihre Sprache redeten oder schrieben. Bleibt die Kunst, eine Sprache sprechen zu lehren, nicht vorzüglich den Weibern eigen? Und sollte ihnen nicht der Sprachunterricht ausschließlich überlassen werden? Gedächtnis, Einbildungskraft und ein gewisser Geist für das Detail scheinen, wenigstens so lange sie wie jetzt sind, vorzüglich ihr Eigentum zu sein. Gibt es viele Beispiele, daß man bei einem Sprachmeister die französische Sprache mit Fertigkeit sprechen lernte? Wer nicht ihretwegen eine Reise nach Frankreich tat, lernte sie von Mutter oder Gouvernantin. Kaum hat der Mann angefangen, Materialien zu begreifen und anzufassen, so will er schon zusammensetzen, generalisieren, Kapitalien machen; allmählich zu sammeln, dauert ihm zu lange.

Wer kann den Weibern ein gewisses Kunstgefühl absprechen? Und scheint nicht weniger der Mangel an Anlagen, als ihre zeitherige Lage, schuld zu sein, daß sie so wenig Vorzügliches in den schönen Künsten und Wissenschaften leisteten? An dem reizenden Schauspiele ringender, wenngleich oft auch unterliegender Kräfte ist uns zuweilen mehr, als an der Entscheidung und an prahlenden Siegen gelegen; und schlummert nicht zuweilen auch selbst der große *Homer*? Werden nicht selbst sehr wache Augen vom Schlaf überwunden? Schläft nicht zuweilen *Brutus*? Schöne Künste und schöne Wissenschaften erfordern einen weiten Spielraum, leiden keinen drückenden Zwang und gedeihen nur da, wo der Geist, sich keiner Fesseln bewußt, das Gebiet der Einbildungskraft, jenes Reich der Unsichtbarkeit, durchkreuzen kann. Auch bei der größten Empfänglichkeit für schöne Formen und Gefühle, auch bei der glücklichsten Organisation, wird, solange der jetzige Druck dauert, nichts Großes, nichts Vollendetes das Teil der Weiber sein; ebensowenig wie der Griechen, die bei den nämlichen Anlagen, bei dem nämlichen milden Himmel, nie etwas den unerreichbaren Meisterstücken ihrer Vorfahren Ähnliches hervorbringen werden, solange ihr Nacken noch in das eiserne Joch der Türken eingezwängt bleibt. Wie wär es möglich, daß das weibliche Geschlecht, solang es im Käfig eingeschlossen ist, und ein schnödes Vorurteil seine Flügel lähmt, sich in die höheren Regionen aufschwingen sollte? Die Seele pflegt schwach zu sein, wenn der Leib es ist, und Sklaverei erlaubt ihren Gefesselten keinen Flug eine Spanne hoch über der Erde. [...]

O, ihr Kleingläubigen! Als ob der Pegasus bloß für Männer wäre! Dies so überaus gute Tier, das sich so viel gefallen läßt, sollte keinen Quersattel vertragen? Sollte dieses Vorurteil nicht zu übertrieben sein? Allerdings. Wie herrlich sind jene weiblichen Explosionen, die Lieder der Liebe der *Sappho*, die selbst auch in Deutschland mehr als neun

Schwestern hatte, von denen eine der vorzüglichsten *(Karschin)*, nachdem ihr der Dichter *Friedrich II.* vier Gulden verehrt, und *Friedrich Wilhelm II.*, der kein Poet ist, ein Haus hatte bauen lassen, unlängst zu ihrer älteren Schwester heimging. Darf ich mehr als *Elisen* nennen, um *ihrem Kopf* und *ihrem Herzen* den Rang beizulegen, der beiden gebührt und der durch eine exemplarische Bescheidenheit noch mehr gewinnt? *Angelika Kaufmann*, die Schöpferin schöner Formen, und mehr ihresgleichen waren und sind Malerinnen. Der Vorwurf, den man der *Angelika* macht, daß sie männliche Gesichter zu weibisch male, ist nicht ohne Grund; vielleicht nimmt sie hierdurch an unserem Geschlecht eine heimliche Rache. [...] Gewiß hätten wir manche weibliche *Ossiane*, wenn wir es wollten; und was wäre unsere *Karschin* geworden, wenn man ihr nicht die Flügel der Morgenröte durch den Unterricht in der Mythologie beschnitten hätte! Die Originalität gedeiht nur im Schoße der Freiheit; und kann wohl die Natur durch Weiber vernehmbar sein, ehe Männer aufhören, die Weiber (diese Gefäße zu Ehren) zu bevormünden, und ehe Geist, Herz und Zunge dem anderen Geschlechte gelöset werden? Wozu dies alles führen soll? Männer, wo nicht aus Pflicht, so doch aus Kunstneugierde zu reizen, daß sie den Schoßkindern der Natur die Geistesfreiheit nicht länger vorenthalten, ihre Kräfte nicht weiter unterdrücken und ihre Vernunft durch unzeitige Blödigkeit nicht vor wie nach zurückhalten. Die Dichter, die Helden, die Weisen der Vorzeit sahen keine andere Sonne, erblickten keine andere Natur, als wir: Jene göttlichen Natureingebungen, welche die Uralten hatten, können wir noch neutestamentlich aus Hand und Mund der Weiber mit Danksagung empfahen.

«*Musik?*» So unbestritten die weiblichen Talente für die Musik sind, so wird ihnen doch der Vorwurf gemacht, daß sie noch keine Obermeisterin in der Komposition aufweisen können. Es fehlt ihnen ohne Zweifel auch hier an Mut, um zu dieser Obermeisterschaft zu gelangen; schon befriedigt, wenn sie Kompositionen der Großmeister unseres Geschlechtes mit Empfindung ausdrücken, begnügen sie sich mit dem zweiten Range. [...]

Bei dem gegenwärtigen Druck, worin die Weiber sich befinden, legen sie es bloß darauf an, alles, was sie verstehen, faßlich und begreiflich zu machen, und das, was wir schwer ausdrückten, zu erleichtern und in Umlauf zu bringen. Sie ebenen die Wege, verstehen den Strahl der schwersten Ideen zu reflektieren und zu vervielfachen, das Abstrakteste verständlich und deutlich darzustellen, und dem Verachteten aufzuhelfen, so daß sie allen Wissenschaften einen unleugbaren Vorteil gebracht haben könnten, wenn man sie zum Meister- und Bürgerrecht ohne männliche Geburtsbriefe zugelassen hätte. [...]

In der Tat, es wären der moralischen Karikaturen weit weniger, wenn wir uns entschließen könnten, dem weiblichen Geschlechte einen größeren Anteil an dem Unterricht und der Erziehung einzuräumen. Und wie? Haben Weiber bloß den Grazien, ihren Freundinnen, geopfert? Oder sind sie wirklich auch zum Allerheiligsten der Wissenschaften eingedrungen? In der Tat, sie wußten sich auch hier Eingänge zu eröffnen, Ehrenstellen zu erringen und sie mit Würde zu behaupten, ungeachtet aller Hindernisse, welche Vorurteile, Herkommen und niedere Mißgunst ihren Talenten und ihrem Eifer in den Weg legten. Es wird nicht viele Wissenschaften geben, die unter ihren Eingeweihten nicht einige Namen von Weibern zählen, welche sich mit ihnen beschäftigten, und zwar nicht bloß solche, die von der Oberfläche schöpften und zum Zeitvertreibe; nein solche, die ins Innere derselben mit Eifer und Anstrengung eindrangen, die von dieser Ambrosia der Wissenschaften nicht bloß kosteten, sondern mit dieser Seelenspeise sich sättigten bis zum Wohlgefallen. Freilich können Weiber jener *inneren Freiheit des Geistes* genießen, nach welcher sie ihren *Kopf* eigenbeliebig anzuwenden imstande sind. Wir haben ihn indes dem andern Geschlechte abgesprochen, und statuieren nur sein Herz, auf das wir Rechnung machen, als ob eins ohne das andere etwas gälte! Und wenn Weiber sich auch über unser Kriminalurteil wegsetzen wollten und könnten, ist ihre selbstgewählte ruhige Geistestätigkeit vermögend, reifere und schmackhaftere Früchte zu bringen, da wir die Barbarei haben, uns an ihren Blüten zu vergreifen? Was die Geistesfreiheit, die keine Geschäftsstörung verdirbt, bei den Weibern ausrichten könnte, wird durch den Schwall von Kunstwörtern und Kunstregeln erstickt, womit man von Männerseite sich wohlbedächtige Mühe gibt, die Weiber zu verwirren und verzagt zu machen, so daß sie ohne Not ermatten und sich aufgeben – Jammer und Schade! Doch gab es einige, die den Faden nicht abrissen, die mit Standhaftigkeit sich entschlossen, zu beharren bis ans Ende; und unter diesen, welche die letzten Gelübde ablegten, fanden sich sogar solche, die sich zu Vorstehern und Lehrern im Tempel der Musen weihen ließen. In dem bekannten Institut von Bologna lehret *Laura Bassi* die Physik, und hält ihre Vorlesungen in lateinischer Sprache; und wie lange ist es, daß *Signora Agnes von Mayland* hier die Mathematik mit Beifall lehrte? Eben hier bilden *Lilli* und seine geschickte *Gattin* die Muskeln und Blutgefäße des Körpers, der Natur mit so viel täuschender Wahrheit nach. Italien, dieses Land, das wechselsweise so viel Licht und Finsternis über die Völker der Erde verbreitete, trägt kein Bedenken, Frauenzimmern Lehrstühle zu öffnen. Unlängst ward in Deutschland ein weiblicher Doktor kreiert *(der Doktor Schlözerin)*; und würden wir wohl so zuverlässige und beträchtliche Neuigkeiten vom Firmament erhalten, wenn der unsterbliche *Herschel* von seiner ihm ähnlichen *Schwester* nicht so unermüdet in seinen Beobachtungen und Arbeiten unterstützt würde? Ärzte werden ebenso krank wie Nichtärzte, und die größten Philosophen sind nicht nur oft unweise, sondern verlieren sich auch zuweilen so in Spekulationen, daß sie nicht aus noch ein wissen. Weiber sind sehr für innere Wahrheit; und wenn sie gleich jenes berühmte Ministerphlegma nicht besitzen, so wissen sie doch mit Kälte zu unterscheiden, was bloß trockne und was brauchbare Kenntnis ist. Wenn Salz und Laune fehlen, sind ihnen die reichstbesetzten Tische ein Greuel, und auf die Schauessen der Philosophen nehmen sie keine Einladung an. [...]

Darf bei diesen Umständen das schöne Geschlecht Bedenken tragen, mitunter gelehrt zu sein? Ist es aber imstande, Wissenschaften sich eigen zu machen, sie leicht und mit sichtbarem Nutzen anderen beizubringen; wie könnt es ihm denn wohl an den Talenten gebrechen, seine erworbenen Kenntnisse auf andere Weise dem Staate zum Besten in Anwendung zu bringen, sobald der Staat geruhete, den Bann allergnädigst aufzuheben, mit welchem ein barbarisches Vorurteil es seit Jahrtausenden belegt hat! Hätten jene Ritter, die unter ihren Gelübden die Verpflichtung hatten, Damen zu schützen, ihre Grenzen weiter gesteckt, wie unendlich würdiger wäre ihr Beruf gewesen! Schade, daß diese trefflichen Männer, welche, mit Ausschluß der *irren* unter den *irrenden*, die edelsten und klügsten ihres Zeitalters waren, nicht, anstatt Weiber zu schützen, sie über diesen Schutz erhoben! Ist der Schleichhandel zu verkennen, der, aller jener Verbote ungeachtet, vom andern Geschlecht getrieben wird? Oder ist nicht vielmehr der große Einfluß sichtbar, den das weibliche Geschlecht zu allen Zeiten auf alle bürgerliche und Staatsangelegenheiten behauptet hat? Wenn es auf große Pläne ankam, die ausgeführt oder rückgängig gemacht werden sollten, waren es Weiber, welche die Hauptrolle übernahmen. Bei Weisen und Toren, Regenten und Priestern, Staatsmännern und Mönchen waren sie wirklich geheime Räte, sie gehörten jederzeit zum geheimen Ausschuß des Staatsrates, dessen Dekrete das Plenum bloß mit Curialien versah – und dem es Sekretariendienste erwies. Und wem ist hier ein *dirigierendes Weib*, wär es selbst eine Maitresse, nicht lieber als Leithämmel von Kammerdienern, Hofzwergen, Heiducken usw., die ohnehin nur Substituten ihrer Weiber oder ihrer Liebchen sind? Nicht bloß mit dem klingenden Spiel und den fliegenden Fahnen ihres Witzes, nicht bloß durch den vermittelst der Ideen-Assoziation verstärkten Vortrag wissen Weiber sich Eingang zu verschaffen; ihr zur Beurteilung geschmeidiger Verstand vermag alles. Wie manchem Tyrannen von Minister, der mit den Tränen des Volkes sein Spiel trieb, und mit Glück und Unglück der Menschen Handel trieb, der alles drüber und drunter warf, wußten sie auf eine bessere Bahn zu lenken! Weiber halten den Faden, an dem die Kabinette geleitet werden: sie mischen die Karten, mit denen die Exzellenzen spielen; und so wie neue Hindernisse neue unberechnete Kräfte erzeugen, so gelangen sie oft vermittelst ihrer Schwachheit zum höheren Grade der Stärke. Ein sanfter gemäßigter Charakter ist dem andern Geschlecht eigen. Die Natur verlieh ihm dazu große unverkennbare Anlagen, und nur bei wenig mehr philosophischem Nachdenken und Ausweichung der Verführung würde das schöne Geschlecht uns eine gewisse edle unempfindliche Gleichgültigkeit gegen so manches lehren, was uns jetzt so leicht außer uns setzt; und diese Gleichgültigkeit ist ohne allen Zweifel die Krone des diesseitigen Lebens. Hat die Natur nicht oft den *Correggio* an der Schönheit und Sittsamkeit übertroffen, womit er seine Frauenzimmer ausstattete? Woher nehmen Maler ihre Engelsgesichter? Und was ist der Sanftmut unmöglich – ob sie gleich sich zuweilen, auch rückwärts zum Ziele zu kommen, verbunden sieht? Welche scharfe Umrisse, welches lebendige Colorit geben die Weiber ihren Vorstellungen und den Charakteren, die sie darin verflechten! Gleich ihr erster Blick trifft das Ungewöhnliche bei jeder Sache, und da dies Ähnlichkeit mit dem Wunderbaren hat, an welchem die meisten Menschen so gern hangenbleiben, ist es Wunder, wenn sie oft selbst auf das tägliche Brot ein solches Licht fallen lassen, daß es feierlich wird? Ist es Wunder, wenn sie das ländliche Mahl zur Würde eines hohen Festes erheben? Höhere Deutlichkeit und stärkendes Licht mit mehr Vergrößerung zu vereinigen, ist das Ziel, das sie mit so wenig Mühe und Aufwand erreichen, ob es gleich zu überschwenglich wirkt. Das andere Geschlecht nimmt in der Regel *für*, das unsrige *wider* sich ein. Jenes ist gut, bis das Gegenteil bewiesen ist, von uns heißt es: wir sind böse, bis man unser Gutes außer Zweifel gesetzt hat. [...]

Ob den Weibern wirklich die Bescheidenheit bei ihren Handlungen eigen ist? Die Erfahrung überhebt mich der Antwort. Ob Weiber wirklich gehandelt haben? O, der beleidigenden Frage! Ohne eine *Isabelle* wäre Amerika vielleicht noch nicht entdeckt worden, vielleicht nicht durch Kolumbus, oder doch erst spät, und auf einem entgegengesetzten Wege. *Ferdinand* hatte nicht Mut und Entschlossenheit, einem so kühnen Unternehmen seinen Namen zu leihen, und seinen Schatz zu öffnen. Würde *Cicero* ohne die *Fulvia* die Verschwörung des *Catilina* entdeckt und den Namen eines *Erhalters des Römischen Staates* gewonnen haben? *Karl V.* verdankte es bloß dem Einfluß eines Weibes, daß seine Donquichotterien einen besseren Ausgang hatten, als sie verdienten. Und warum eine größere Aufzählung solcher Begebenheiten, an denen Weiber nicht bloß Anteil nahmen, sondern die durch sie entstanden, durch sie geleitet und ausgeführt wurden, wo sie nicht bloß untergeordnete Dienste leisteten, sondern der Geist waren, der über den Wassern schwebte, die Seele, die den Gang der Begebenheiten ordnete und lenkte!

Frankreich ist seit zweihundert Jahren durch Weiber regiert worden; ob gut oder schlecht, ist ein Umstand, auf den es hier nicht ankommt. Daß es schlecht regiert ward, ist nicht die Schuld der Weiber überhaupt, sondern jener Weiber, die listig, verwegen und ehrsüchtig genug waren, die Zügel des Staates den schwachen Händen zu entwinden, denen das blinde Glück sie anvertrauet hatte, oder die in anderen Rücksichten aufgestellt wurden, und die dann, neben dem schwereren Geschäfte, die Langeweile von einem müßigen Monarchen zu verscheuchen, auf den Einfall kamen, das ungleich leichtere Geschäft der Staatsverwaltung zu übernehmen. [...]

Wüßten wir, was in Kabinetten durch Weiber geschehen ist: wir würden über die interessantesten aller Spiele, die Täuschung der Imagination, erstaunen, wodurch Weiber zu ihrem Zwecke kamen; wir würden die Kunst bewundern, mit welcher ein Weib oft den Faden einer Begebenheit anspann, den sie durch alle Schleichwege der Intrige glücklich bis zum Ziel hinausführte. Eigentlich scheinen sie jener Künste, worauf die Politik heutzutage stolz tut, sich bloß darum zu bedienen, daß die Männer mit gleicher Münze bezahlen können; im Grunde sind sie von Natur aus weniger als wir mit jenen Schlangenwindungen der Zweideutigkeit, mit jener politischen Falschheit ausgerüstet, die nach den Regeln der jetzigen Kunst im Finstern schleicht; und es ist von ihrem Verstande und von ihrem Herzen zu erwarten, daß sie die Politik säubern, und ihr zum Besten der Menschheit mehr Natur und Wahrheit beiordnen werden. Mit dem Talent, die heimlichsten Gedanken eines andern auszuspähen, und sie in den verborgensten Winkeln zu ertappen, werden sie den schlauesten Diplomatiker überlisten, ohne daß es Sr. Exzellenz gelingt, ihnen ihr Geheimnis zu entwenden; und obgleich der Wille der Prinzipal-Exzellenz, wie ein Taglöhner, oft dem liederlichsten Weibe verkauft wird: so wird doch auch der Feinste von den Feinen vergebens sie verleiten, ihren Fuß an einen Stein zu stoßen. Nicht bloß die verliebte Schäferin, sondern auch der Hofmann verbirgt sich im Gesträuch; allein beide lassen sich *zuvor* sehen. Die Kunst vermehrt oft die Schmerzen des Kranken, und es gibt eine verkünstelte Kunst, die ins Abderitische fällt, wodurch unser Geschlecht in der Diplomatik Glück machen will. Wir verfehlen nicht, dem Erzengel *Michael* und dem *Drachen* eine Kerze zu widmen. Warum doch so viele Künste! Werden Weiber aber bei diesem Geschäfte den ihnen eigenen Edelmut aufgeben? Jene aus Menschenliebe abstammende Bereitwilligkeit zur Selbstverleugnung? Werden sie je bei der ihnen eigenen Kunst, Menschen zu vernehmen und zu erforschen, aufhören, großmütig zu sein und sich selbst zu besiegen? Nimmermehr! Schwache Männer pflegen gern boshaften Menschen ihr Zutrauen zu schenken, schwache Weiber dagegen sich edlen Menschen zu überlassen: Weiber hassen Verräterei und den Verräter; wir nur, wenn's köstlich ist, den Verräter: Wir sehen es gern, wenn dergleichen Leute viel bringen, und geben uns nur Mühe, daß sie wenig oder nichts mitnehmen – Weiber, weit hinweg über jene politischen Tiraden, über jene politischen Metaphern und jenen politischen *Salto mortale*, wählen die Natur zu ihrer Lehrerin, und richten mehr aus, als Exzellenzen durch abgenutzte, verratene und verkaufte Kniffe, die den beschriebnen Namen *Künste* bei weitem noch nicht einmal verdienen! Können Weiber nicht zeigen und verbergen, was sie wollen? Haben sie nicht eine Offenheit, durch die sie mehr, als durch Zurückhaltung, ausrichten? Eine unvergleichliche Biegsamkeit der Gedanken, eine Helle im Ausdruck, eine Geschmeidigkeit im Urteil? Ihr Mienenspiel, ihr Glück und ihr Verdienst, mit geringen Hülfsmitteln die größten Wirkungen zu bewerkstelligen – ihre Kunst, jedem einen Spiegel vorzuhalten, worin *er* sieht, was *sie* wollen; ihre gelenkige Zunge, wodurch sie ihren Ideen eine Macht beilegen, die alles überwindet: dies sind Eigenschaften, wodurch sie alles ausrichten. Man nimmt nur die Wirkung an sich wahr, und sieht sich vergebens nach den Ursachen um, welche die Weiber sehr künstlich zu verstecken wissen. Schon im gemeinen Leben verwickeln sie mit ihrem Witze alle Charaktere der Gesellschaft auf eine so angenehme Art, daß man diese ihre Leichtigkeit bewundern muß. Indem sie der Ausdruck zu verlassen scheint, indem sie ihn aufgeben, finden sie eine überschwengliche Sprache: Sie belauschen kleine Ideen, die der, den sie gewinnen wollen, fallen läßt; – sie wissen auf ein Haar seine Leibgerichte, seine Neigungen, seine Stärke, seine Schwäche; und besitzen die große Gabe, von Glück und Unglück Gebrauch zu machen – wie bewunderungswürdig! Unser Geschlecht verstehet es selten, aus dem Glück, und fast nie, aus dem Unglück Vorteil zu ziehen und glücklich durch Unglück zu sein.

Der *Mangel der Verschwiegenheit*, den man dem andern Geschlechte so oft zur Last legt, ist nur eine Unart des *weiblichen Pöbels*; und der *männliche* Pöbel macht in dieser Hinsicht so wenig eine Ausnahme, daß er fast schwatzhafter zu sein scheinet. Weil die Weiber viel reden, hat man sie der Unverschwiegenheit beschuldiget; allein unser Geschlecht verdient diesen Vorwurf unendlich mehr; wenn es voll süßen Weins oder verliebt ist, fast immer, und auch oft dann, wenn es sich weder durch Liebe noch durch Wein erhitzt hat. Nichts kann manchen zurückhalten, sogar seine selbsteigene Schande zu entdecken. Kein Soldat kann so begeistert von seinen Siegen erzählen, wie ein Zierling *(Élégant)* von den seinigen. Hat man nicht *Mirabeau*, dem goldenen Munde neuester Zeit, den Vorwurf gemacht, daß er nichts verschweigen könne? Jene Weigerung guter Menschen, alles hören zu wollen, nur keine Geheimnisse, beweist, daß wenige Menschen zu solchen Depositis sich Treue genug zutrauen. Viele unseres Geschlechtes haben so viel selbsteigene Geheimnisse zu bewahren, daß sie sich mit fremden Depositis nicht füglich befassen können; viele sind niedrig genug, Depositen-Gebühren auf eine unverschämte Weise zu verlangen. Wer sich selbst nicht treu ist, und seine eigenen Untaten unter die Leute zu bringen für unbedenklich hält, glaubt sich, wo nicht rechtfertigen, so doch entschuldigen zu können, wenn er seinen Herrn oder seinen Freund verrät! Männer sind so fein sich zu überreden, daß sie zum Heil und Frommen eines besseren Menschen das Beichtsiegel brechen können, das auf die Geständnisse eines minder guten schon gedrückt war. Mancher Richter macht sich kein Gewissen, unter Versicherung des Nichtgebrauchs, Bekenntnisse herauszulocken. «Hat denn», fragt er, «der Staat nicht mehr Recht auf mich, als meine Verbindlichkeit?»

Du irrest, Verräter! Der Tugend stehet das größere Recht zu. Die Pflichten gegen das Vaterland heben bei weitem nicht alle anderen Pflichten auf, und ein Bürger muß nie aufhören, ein Mensch zu bleiben. Im Kriege selbst darf man den Vorzug nicht aufgeben, ein Freund seines Freundes zu sein! Auch haben die Männer ein verräterisches Schweigen, ein Achselziehen im Gebrauch, die Weise, ein halbes Wort zu sagen, den ersten Buchstaben anzugeben. Diese Judas-Verräterei durch einen Kuß, dieses plauderhafte Stillschweigen, läßt das andere Geschlecht sich gar nicht zuschulden kommen. Man rede nicht von der Unverschwiegenheit der Weiber!

Noch weniger aber sollte den Weibern untersagt sein, an der *inneren Staatsverwaltung* und *Staatshaushaltung* teilzunehmen, da ihnen gegenwärtig schon im ganzen die Verwaltung ihres eigenen Hauswesens anvertrauet ist, und sie bei diesem, ihnen zugefallenen Pflichtteile, selbst nach dem Zeugnisse der Männer, sich rühmlichst verhalten. Gewiß hätten wir alsdann weniger Tyrannen, die auf festem Grund und Boden Schiffbrüchige mit Lust arbeiten sehen, oder die des Spaßes wegen solchen, die mit den Fluten ringen, unter Pauken- und Trompeten-Schall vermittelst einer heilsamen Verordnung Strohhalme zuwerfen; weniger Blutigel, die hier jeden Bissen finanzmäßig zuschneiden, und dort den Schweiß und das Blut der Untertanen ohne Maß und Ziel verschwenden; die sich Mühe geben, dem gemeinen Manne das Huhn aus dem Topf herauszurechnen, welches Heinrich IV. ihm alle Sonntage in den Topf hineinzurechnen königliche Sorge trug; die ihre Administration, wie elende Feldherren ihre Einnahmen, mit Plünderungen anfangen, und, um sich aus dem Gerede über die neue Plackerei zu bringen, Redouten und Bälle, Diners und Soupers geben. […]

Wer dem weiblichen Geschlechte die Fähigkeit abspricht, das Ganze zu übersehen, Anordnungen für Königreiche zu treffen, sie im Großen auszuführen, weit aussehende Pläne zu umfassen, und kurz, ihre Begriffe bis zum Allgemeinen zu erheben, der verrät wenig Weltkenntnis, und schließt von den Geschäften des Detail – denn größtenteils werden bloß diese den Weibern jetzt anvertrauet – auf ihre Fähigkeit. Und wie? Soll es denn bei diesen Geschäften nicht auch subalterne Köpfe geben, da Arbeiten dieser Art bei unsern jetzigen Einrichtungen überall existieren? Wo es Feste oder Erhöhungen gewisser Tage des gemeinen Lebens gibt, da müssen auch Werktätige sein. Nur alle sieben Tage ist ein Sonntag. Weihungen gewisser Lebensmomente zu einem vorzüglichen Lebensgenuß setzen auch gewöhnliche Tage voraus. Und sind wir denn lauter Sonntagskinder? Bewunderungswürdig ist das Talent zu rechnen selbst bei gemeinen Weibern, ob sie gleich sich über unsere Rechnungsmethode wegsetzen, und oft ihre eigene Arithmetik auch alsdann noch beibehalten, wenn sie nach der gewöhnlichen Schulmethode zu den Geheimnissen der Zahlen zugelassen worden sind. Ihre Kanzelei ist mir, bei aller ihrer Unregelmäßigkeit, schätzbar, wenngleich Keuschheits-Prokuratoren noch nicht einig sind, ob und inwieweit das Schreiben dem weiblichen Geschlechte nützlich oder schädlich sei. Gibt es nicht Männer genug, die ihre Töchter nicht anders zu bewachen wissen, als daß sie ihnen Tinte und Federn untersagen? [...]

Und du, *heilige Justiz!* Unübersteiglich dem, der dich, wie der Pilger die Alpen, ohne Alpenschuhe, Stab und Führer ersteigen will! Mystische Aristokratie, die du dich oft zwischen Fürst und Volk stellst – angeblich um Mittler- oder Mäkler-Dienste zwischen beiden zu üben, eigentlich aber um beide zu beherrschen – darf ich es wagen, dich um Audienz zu bitten? [...]

Sollte sich einst die bürgerliche Verbesserung der Weiber bis auf die Rechtspflege erstrecken, und das Recht aufhören, ein Monopol einer besondern besoldeten Männer-Klasse zu sein; nur alsdann wird man anfangen einzusehen, daß Rechtspflege nicht heißt, im Orakelton unverständliche Formeln hersagen, die nur wirksam sind, weil neben der Waagschale auch das Schwert liegt, sondern daß sie sich bemühen muß, die Parteien über Recht und Unrecht zu belehren und zu überzeugen, wenn sie einen Teil der Ehre verdienen will, die sie sich jetzt so grenzenlos und machtvollkommen beilegt. Man sagt: *Necker* sei tugendhaft, um damit prahlen zu können; *La Fayette* sei es, um es zu sein und nicht zu scheinen. Würde dies nicht der Fall mit Richtern aus der weiblichen und männlichen Klasse sein? Schon fängt der Gedanke an, sich je länger je mehr zu regen, daß nur Gleiche zwischen Gleichen entscheiden können, wenn Recht nicht ein toter Buchstabe bleiben, sondern ein lebendiger werden soll. Würde es indes nicht schreiendes Unrecht sein, bis dahin und ehe jener glühende Funke in der Asche zum Feuer auschlägt, den Weibern die Richter- und Schöppenstühle zu verschließen? Man behauptet in England: unbesoldete, dem Beklagten gleiche, von ihm anerkannte, nur auf eine kurze Zeit zum Wohl der Mitmenschen und nicht schnöden Gewinnstes oder eitler Ehre halben berufene, einstimmige Richter oder Geschworene (*Juries*) wären eine Schutzwehr der bürgerlichen Freiheit, und eine unüberwindliche Festung, wenngleich die Künstelei der politischen Maschine bisweilen zu gesucht sein sollte, wenngleich in ihrem Räderwerke zu viel oder zu wenig Zusammensetzung stattfände, wenngleich in der Verteilung der Gewalt, in der Repräsentation des Volkes, und in der Abteilung der Stände Organisations-, Schwachheits- und Bosheitsfehler wären – jene Justiz-Verwaltung allein würde schon, was schwächlich ist, beim Leben erhalten, und nichts erschöpfen lassen, was zum Vorteile und zum Glanze der Nation einen Beitrag liefern kann. In der Tat, auch im monarchischen Staate könnte durch eine ähnliche Justizverwaltung alles einen andern Schwung bekommen, und so manches belebt werden, was jetzt gelähmt ist. Monarch und Volk würden gewinnen. Wie aber, wenn sogar das andere Geschlecht an dieser Rechtspflege Anteil nähme, wenn nicht bloß durch gute Männer (*arbitros*), sondern auch durch gute Weiber, Zank und Streit beigelegt oder entschieden würde? Müßte da die Justizverwaltung nicht noch vollkommener werden? Menschen, die bloß gesetzlich sind, haben keine Haltung; es sind im eigentlichen Sinne bloß unnütze Knechte, die zwar tun, was ihnen geboten ist, allein damit nichts Gutes stiften. Die Gesetze und die Leidenschaften sind oft so verwandt, daß der, welcher der Vernunft und dem Gewissen (der praktischen Vernunft) nicht folgt, bei aller positiven Gesetzlichkeit nicht selten ein verdorbener Mensch ist. Wer kann hierauf genauere Rücksicht nehmen als das andere Geschlecht? Wer es mehr empfinden als Weiber, daß der Zwang, durch den andere ebenso frei werden, die Probe der wahren Freiheit sei? Trockne und ungekünstelte Wahrheit gilt in der Geschichte und überall mehr als eine noch so glänzend scheinende Falschheit. Jener medizinische Pfuscher, der einen König von einem Quartanfieber befreite, welchem alle kunstverständige Ärzte, ihrer hohen und tiefen Gelehrsamkeit ungeachtet, nicht gewachsen waren, antwortete, als er *par ordre du Roi* den Doktorhut erhalten sollte, und der Form halben examiniert ward, auf die Frage: «Was ist das Fieber?» *Eine Krankheit, die Sie, meine Herren, sehr geschickt zu definieren und nicht zu kurieren verstehen, und die ich nicht definieren, wohl aber kurieren kann.* Die evidente Vernunft ist eine Mitgift, welche die Natur allen Menschen in gleichem Maße bewilligt hat. Der allergemeinste Grundsatz des Naturrechtes, mit dessen Ausübung Zwang unwidersprechlich verbunden werden kann, ist das Gesetz: Verhindere, daß die Vollkommenheit aller Menschen nicht gemindert werde; und liegt in dem höchsten Material-Gesetze der Sittlichkeit: Vervollkommne alle Menschen.

Ist Vollkommenheit nicht die höchste Stufe der Ausbildung aller Kräfte zu einem Ganzen? Ich will es hier mit keiner Schule verderben, denn meine Absicht ist nicht, nach väterlicher Weise der Richter- und Philosophenstühle, durch Zank und Streit die edle Zeit des Handelns zu versäumen. Darf ich indes, um die Justiz zu überzeugen, daß sie mit sich selbst uneins ist, noch beiläufig bemerken, daß die Vollkommenheit aller Menschen mir der Zweck der sittlichen Gesetze zu sein scheint? Und was will man mehr als diese höchste Ausbildung? Sollten indes Gesetze nicht auf alle Menschen ausgedehnt werden? Kann man ein vernünftiges Wesen bloß als Mittel zu höheren Zwecken ansehen? Jener allgemeine materielle Grundsatz ist und bleibt ein Kennzeichen der Form aller Sittlichkeit, gemäß der allgemein geltenden Gesetzmäßigkeit und ihrem obersten Grundsatze: Die Vorschriften, nach denen du handelst, müssen so beschaffen sein, daß sie allgemeine Gesetze werden können. Verschlag ich zu weit, oder kann unsere neue Philosophie nicht ein Tribunalsausspruch meiner Vorschläge werden? Eine gute Gesetzgebung ist sicher das Meisterstück des menschlichen Geistes; und wer aus Kenntnis unserer Natur weiß, daß die Sitten der Nationen ihre Bildung größtenteils der Wirkung der Gesetze zuschreiben müssen, wird es mir nicht verdenken, daß ich unsere Juristen etwas weiter zurückführe, als diese Herren vom gewöhnlichen Schlage zu gehen gewohnt sind. Schon da, wo die Weiber jetzt das Richteramt führen, in gewissen *causis privilegiatis*, zeigen sie sich als Meisterinnen in ihrer Art, und beschämen ihre Männer, die gemeiniglich alles verderben, sobald sie es sich herausnehmen, Stellvertreter ihrer Weiber sein zu wollen.

Man sagt: *Weiber wären hart;* allein läßt sich die Justiz in Gefühle auflösen? *Sie wären zu peinlich bei ihrer Nachforschung;* allein kann man es zu sehr sein, wenn es Schuld und Unschuld der Menschen gilt? Es fehlt den Weibern selbst nicht an Gedächtnis, um eine Legion Gesetze zu behalten, noch an Geduld, die ewigen Klagen und Schutzreden der Parteien anzuhören, und in einem feinen guten Herzen zu bewahren; nicht an Beredsamkeit, um den Sturm der Parteien zu besänftigen und die Flut der Rede in ihr Ufer zurückzuweisen. Wie geschickt würden sie zu Versuchen der Sühne sein! Überraschung ist der natürliche Ersatz für alle unangenehme Verwirrung, ohne die sie nicht zu erhalten war; allein ist dies der Fall bei unsern richterlichen Sentenzen? Sind sie nicht gemeiniglich ein neues verwickeltes Knäuel? Wechselt nicht Verwirrung, bis endlich die dritte Instanz, gemeiniglich durch einen Machtspruch (sosehr auch dies Wort bei den Herren Juristen gehaßt und verfolgt wird) aller Fehd' ein Ende macht?

Bis jetzt hatten die Weiber kein anderes ernsthaftes Geschäft als Liebesangelegenheiten. Freilich, wenn sie auf einmal, wie vom Himmel gefallen, ohne Vorbereitung, ohne ihnen bewilligte bürgerliche Rechte, und ohne daß man ihnen auf politische Köpfe und Füße hilft, sich in Staatssachen werfen – ist es Wunder, wenn sie, nach einem Französischen *Viso reperto*, zwar die *hysterischen Zufälle* verlieren, indes in noch *ärgere* fallen? Ernsthafte Sachen sind ihnen zu *schön* und zu *erhaben*, als daß sie nicht alles dieser köstlichen Perle halben veräußern sollten. Zarte Fasern, die man pflegen und warten soll, muß der Gärtner nicht zerreißen; bei einer scheinbaren Ermattung, oder bei einem zu starken Auswuchs, kann er nicht, ohne ein Mietling zu sein, jene sich hervordrängenden Zweige abschneiden, die so leicht zu besseren Zwecken zu leiten gewesen wären. Er läßt sie in die Höhe schießen oder zur beschützenden Krone gedeihen. Man mäßige bei dem andern Geschlechte die zu starke Neuheit, man bringe Weiber mit *mehr* ernsthaften Sachen, und zwar *allmählich*, in Verbindung: und hysterische und andere angeblich ärgere Übel, Leibes und der Seele, Gutes und Ehre, sind gehoben. Die Pfeifer und Geiger wurden auf der Stelle verabschiedet, als *Jairi Töchterlein* von den Toten erweckt werden sollte. Selbst die Bevölkerung müßte hierbei zunehmen; «Es verlohne zu leben», würden die Weiber denken. Und wie ging es in aller Welt zu, daß man bis jetzt den Vorteil der Menschheit so sehr verkannte? Daß man die Weiber als abgeschiedene Seelen in einem Psychodocheum hielt, und sie nie zum wirklichen, sondern bloß zu einer Art von Leben berechtigte? Zu einer Art von Ritterleben von trauriger Gestalt! Viele Züge würden mehr gehoben, andere sanfter gemischt werden; man würde uns nicht so oft statt eines Nachtstückes die Nacht mit schwarzen Farben verkaufen; nicht so oft aus bloßer Angst und Furcht ein Held sein; nicht so viele Rechtsglücksgreifer und Marionettenspieler in den Gerichten finden, nicht so viele flache, mit groben Farben überladene Richter und Anwälte und wie die Herren weiter heißen, wenn Weiber an der Rechtsverwaltung Teil hätten. Sind unsere praktischen Rechtsgelehrten nicht gemeiniglich Feinde des *Warum?* Ist das Verdienst des größten Teils von ihnen nicht, Urteile in Umlauf zu bringen, die man ein *Spielzeug des Gewissens* nennen könnte? Urteile, die oft das gerade Gegenteil von jener inneren Gerechtigkeit sind, bei der jeder, wenn er auch gleich durch alle drei Instanzen verloren hätte, sicher sein kann, daß er nach Gefühl und Einsicht der gesitteten unparteiischen Welt gewinnen und das Feld behalten werde! Sind die meisten Dikasteria nicht Säulenreihen, die nichts Wichtiges zu tragen haben, und wo man unbedeutende Gegenstände mit Verzierungen überladen hat? Der *sichere* Ehrgeiz ist weit unausstehlicher als der, welcher sich vor List und Nachstellung *fürchten* muß. Die Römer waren, als Staat genommen, keine sonderlichen Finanziers; und oft hat mich der sündliche Gedanke angewandelt, ob nicht mit darum Juristen und Finanziers einander so spinnenfeind wären, bis auf den heutigen Tag. Würden Weiber an der *Finanz-* und *Rechtsverwaltung* Anteil nehmen – ich wette, dieser Haß zwischen *Herodes* und *Pilatus* müßte aufhören, und beide Teile mehr zu Gesinnungen der Menschheit kommen, da jetzt die Herren Finanziers oft ins Recht pfuschen, und die Justiz es so wenig bedenklich findet, eine Art von Finanz-Operation zu werden – daß die Juristen oft genug die Furierschützen des Finanz-Departements sind.

Themis! weibliche Gottheit, öffne deine Heiligtümer deinem Geschlechte, und du wirst Wunder sehen, ohne daß du dich bemühen darfst, sie zu tun!

Während daß wir unsere Hände nach allem ausstrecken, nicht zufrieden über die Seelen der Weiber *à la Padischah* zu gebieten, sondern auch an ihren Körpern zu Helden zu werden, zwingen wir das andere Geschlecht, auch auf die *Heilkunde* Verzicht zu tun, zu der es einen unwiderstehlichen Hang behauptet. Und warum ist die Heilkunde in ihrem weitesten Umfange nicht eine freie Kunst der Männer und Weiber? Fühlen die Weiber nicht so lebhaft, daß die Natur sie ganz eigentlich zu diesem Geschäfte berufen hat? Treiben sie nicht, trotz allen Anordnungen, aller Aufsicht und allen Strafen, dieses ihnen so strenge verbotene Handwerk? [...] Die Anlage des andern Geschlechtes zur Arzneikunst und Chirurgie beweiset unwiderlegbar seine vorzügliche Beobachtungsgabe. Nicht leicht entgehet seiner Aufmerksamkeit auch nur die kleinste vorübergehendste Veränderung der Farbe, der Mienen, des Auges. Jede, auch die unbeträchtlichste, krampfhafte Bewegung der Muskeln weiß sein Blick zu erreichen. Sein Takt ist zarter und feiner, und auch da noch fühlt es Pulsschläge, wo der Arzt, wegen seines gröberen Gefühls, nichts mehr bemerkt. Der leiseste Hauch entgeht den Weibern nicht; sie vernehmen noch das Wort, das auf der Lippe zitterte und starb, und oft verstehen sie die Gedanken. Am praktischen Urteil, von ihren gesammelten Beobachtungen Gebrauch zu machen, fehlt es ihnen sicher nicht. Schon jetzt bei dem kargen Vorrat von Kenntnissen, und ohne allen Beistand der Kunst, übernehmen sie Kuren, die dem erfahrensten Arzte, wo nicht lauten, so doch stillschweigenden Beifall abzwingen. Wieviel weiter würden sie sein, wenn ihnen der Zugang nachgelassen wäre, den ihnen ein neidischer Zunftgeist bis jetzt vorenthielt! Würden ihnen das Heiligtum des *Epidaurischen Gottes* und die unermeßlichen Schätze der Natur aufgetan und sie in die Geheimnisse der Kunst als Priesterinnen eingeweiht; wieviel wäre für das menschliche Geschlecht gewonnen! Da hingegen jetzt die große Angelegenheit, die Gesundheit des Menschen, sich immer in sehr mißlicher Lage befindet, indem viele von unseren Ärzten sich nicht begnügen, Diener der Natur zu sein, sondern sich zu gestrengen Herren derselben aufwerfen. Wo wir doch überall Herren sein wollen! Die Arzeneikunst aller, der Natur nahekommenden Menschen ist so einfach und so stark, daß sie mit wenigen Mitteln alle Krankheiten heilt, so wie Brot die tägliche Schüssel auf allen Eßtischen ist. Die Natur ist so gutmütig, daß sie uns durch Krankheiten gesund machen will. Unpäßlichkeit ist ein Glockenschlag, wodurch wir zum Bußtage aufgefordert werden. Die Natur macht uns aufmerksam auf uns selbst und will uns damit locken, daß wir glauben sollen, sie sei unsere liebe gute, unsere rechte Mutter. Und ist sie das nicht? Der Schmerz? Ach, dagegen ließe sich noch viel sagen. In der Tat, die Natur scheint mit dem Schmerz ihr Spiel zu treiben. Es gibt Fälle, wo der Schmerz mit der Gefahr in keinem Verhältnis steht. Zahnschmerzvorfälle, in welchen das Leiden weit größer ist als die Gefahr, und so auch umgekehrt. Vielleicht wollte die Natur uns lehren, uns aus dem Schmerze überhaupt nichts zu machen und ihn nie auf einen ernsten Fuß zu nehmen. Mache was du willst, sagte ein Stoiker zum Schmerz (ob er sich gleich nicht entbrechen konnte, mit den Zähnen zu knirschen), ich werde doch nicht sagen, daß du ein Übel bist! Und man sage was man will, es liegt in unserm Reden mehr als ein Linderungsmittel. Wenn wir dem Schmerze freundlich zureden, scheint er Mitleiden mit uns zu haben; und wenn wir ihm trotzen, scheint er sich zu fürchten. Wer den Schmerz in Schimpf oder Ernst übersieht, und sein unverwandtes Seelenauge mit strenger Aufmerksamkeit auf einen andern Gegenstand heftet, spielt dem Schmerz einen Streich, daß er nicht weiß, wie er daran ist. In allen diesen Rücksichten ist vom andern Geschlechte mehr, unendlich mehr, als vom unsrigen zu erwarten. Ein gewisses Segensprechen, ein gewisses Hohnsprechen, ist ihm eigen. Man seh' es leiden, man seh' es mitleiden, und Beileid bezeigen, man hör' es Trost und Mut zureden.

Wieviel eine vernünftige Lebensordnung zur Erhaltung der Gesundheit beiträgt, und welch ein bedeutendes Hauptstück hier Speise und Trank ausmachen; wie vieles dabei auf wahre Zubereitung ankommt; das sind Umstände, von denen jeder überzeugt ist; und doch wird dieser wichtigste und eigentlichste Teil der Arzneikunst ganz dem weiblichen Geschlecht überlassen, ohne ihm die geringste Kenntnis von dem zu lehren, was es zubereitet, noch wie es dasselbe zubereiten muß, wenn die tierische Maschine unterhalten und nicht zerstöret werden soll. Vielleicht würde es durch Vermittelung der Weiber dahin kommen, daß Speise und Trank zu unserer Medizin würden, daß wir Medizin nicht mehr *einnehmen* dürften. Wird nicht die Hälfte ihrer Wirkung durch den Ekel eingebüßt, den das Einnehmen veranlaßt? Kurz und gut, das zahllose Heer von Prozessen und Krankheiten würde vermindert werden, wenn Weiber Richter und Ärzte wären. Ist es nicht leichter, manchen Krankheiten *auszuweichen*, als sie zu *heilen*? Ist es nicht heilsamer für den Staat, wenn weniger seiner Bürger von Krankheiten heimgesucht werden, als wenn ihnen durch die Kunst der Ärzte die Gesundheit wiedergegeben wird? Ist das auch wirklich Gesundheit, was diese Herren den Kranken dafür verkaufen? Wahrlich, ebensowenig, wie das Gerechtigkeit ist, was wir in unsern Gerichtshöfen sehr teuer bezahlen.

Väter des Staates, errichtet, statt klinischer Institute,

Schulen für die Weiber, wo das, was zum Unterhalt und zur Nahrung des Menschen dienen soll, näher geprüft und untersucht wird; wo sie gelehrt werden, Speise und Trank auf eine unschädliche und schmackhafte Weise zu bereiten, und das Leben und die Gesundheit der Staatsbürger zu sichern. Aber auch selbst in moralischer Rücksicht wäre es den Sitten, und dem Staate, dem die Sitten seiner Bürger vorzüglich zu Herzen gehen müssen, vorteilhaft, wenn den Weibern gestattet würde, Arzeneikunde zu üben.

Weibliche Ärzte müßten sich weit eher das Zutrauen bei den Kranken ihres Geschlechtes erwerben. Diese würden ihre Gebrechen leichter und mit weniger Zwang entdecken, und jene, aus Erfahrung mit der Natur und Beschaffenheit des weiblichen Körpers, mit seiner periodischen Ausleerung bekannt, sicherer dem Übel nachspüren, raten und helfen können. Dann würden weibliche Krankheiten nicht mehr die Schande der Ärzte sein, und vielmehr eine Vollkommenheit in der Kunst erreichet werden, insofern Vollkommenheit zu erreichen ist.

Schamhaftigkeit, diese Tugend, die das andere Geschlecht so herrlich kleidet, mit der, wenn sie verlorenginge, alle Grazien und Reize ihre Kraft verlieren würden; sie, die durch nichts ersetzt wird – ist sie nicht oft die Ursache, daß Mädchen Gebrechen so lange verheimlichen, bis dieselben nicht mehr zu heben sind? Oder daß sie lieber mit Gefahr ihres Lebens auf die Hülfe der Kunst Verzicht tun? Wie manche hat eine Entzündung ins Grab gebracht, die, wenn sie weniger schamhaft gewesen wäre, im Augenblick hätte gerettet werden können! Wie viele büßen nicht durch schwere Geburten ihr Leben ein, die es erhalten und dem Staate noch viele Bürger geschenkt haben würden, wenn Geburtshülfe eine weibliche Kunst wäre, wenn man den Hebammen nicht bloß das Mechanische dieser Kunst überließe, das Wissenschaftliche derselben aber sehr weislich den Männern vorbehalten hätte! Ist es bei diesen Umständen ein Wunder, daß in *London* und *Dublin* von Frauen, die sich durch Hebammen entbinden lassen, eine unter 70, und von denen, die sich unter der Aufsicht männlicher Geburtshelfer bedienen, nur eine unter 140 im Wochenbette stirbt? In der Tat, es bleibt unsittlich, daß ein Eheweib ihren Körper vor irgendeinem Manne, den ihrigen ausgenommen, entblößt! Verscheucht dergleichen Überwindung von Schamhaftigkeit nicht alles, was man Ehrbarkeit nennen kann? Wie viele Villazerfsche Fälle mögen, ohne daß sie verzeichnet sind, sich ereignet haben, wo ein Arzt im verliebten Taumel nicht wußte, was er tat. Wo er, um ein Weib zu verführen, oder ein Mädchen zu gewinnen, die Kur verlängert, sie anders lenkt, und oft bloß in dieser Rücksicht einen langsamen oder schleunigen Tod, ohne daß er es dazu anlegte, befördert! Und wenn man weiß, was Eifersucht vermag, wer zittert nicht bei diesem Gedanken und bei der Einrichtung, nach welcher man dem Arzte so viel anvertrauet, ohne selbst nur den leidigen Trost zu haben, durch drei Instanzen seinen Prozeß zu verlieren! [...]

Auch die *weibliche Kleidung* sollte durch *Weiber* angemessen und gefertigt werden. Die Manipulation eines männlichen Schneiders und Schusters ist unschicklich. Wär' es dem Staate ernst, die große und edle Hälfte seiner Bürger nützlich zu beschäftigen; fühlte er die große Verpflichtung, diejenigen, welche die Natur gleichmachte, auch nach Gleich und Recht zu behandeln, ihnen ihre Rechte und mit diesen persönliche Freiheit und Unabhängigkeit, bürgerliches Verdienst und bürgerliche Ehre wiederzugeben; öffnete er den Weibern Kabinette, Dikasterien, Hörsäle, Comptoire und Werkstätten; ließ' er dem vermeintlich stärkeren Manne das Monopol des Schwertes, wenn der Staat sich nun einmal nicht ohne Menschenschlächter behelfen kann oder will; und machte er übrigens unter beiden Geschlechtern keinen Unterschied, so wie die Natur es wollte, und wie die bürgerliche Gesellschaft es auch wollen sollte, wenn sie sich nicht etwa ihrer natürlichen Herkunft schämt: so würden Staatswohl und Staatsglückseligkeit sich überall mehren, die Menschen wachsen wie die Weiden an den Wasserbächen, und die Menschheit ihrer großen Bestimmung mit schnellen Schritten zueilen. [...]

Wie aber! Es erheben sich Einwendungen an allen *fünf* Fingern der vorigen Kapitel. Immerhin! Und wären sie auch nichts weiter als wiederholte Wiederholungen, an denen denn doch meine Wenigkeit nicht schuld ist, sondern (niemand übrigens zu Leide gesagt) meine gebetenen Gäste von Opponenten. Jene *Chroniques scandaleuses* wider das schöne Geschlecht, von Misogynen und vielbeweibten Männern, von Kastraten und körperlichen Kraftgenies (die, in der Voraussetzung, das sinnliche Bedürfnis sei das größte Band unter beiden Geschlechtern, des Dafürhaltens sind, die starken Männer wären auch die besten), von Toren und Weisen, von Heiligen und Liederlichen, von Sultanen und Keuschheitswächtern geschrieben und erzählt – werden sie vermögend sein, uns umzuschaffen oder der Natur Gewalt zu tun? *Das Weib sei nur des Mannes wegen?* Wohl, so wie der Mann des Weibes halben. Hast du nie ein Weib gesehen, Freund, das bei liebenswürdiger Einfachheit eine erhabene Größe verrät? Bei voller Publizität und Offenheit eine enthaltsame strenge Zurückhaltung? Bei edler Zutraulichkeit forschende Prüfung? Es legt es nie auf Herzen an, und doch gewinnt es alle Herzen. Das edle Absichtslose, das die Poesie behauptet, ist seine Weise; und wieviel richtet es damit aus! Sein Blick, der durch die Kirchenschlösser der Herzen dringt und alles *Für* und *Wider* entdeckt; seine Kraft, die alles niederdrückt und hebt, was es will, gleich frei von Freude wie von Leid, von Furcht und Hoffnung unbefangen, für den heutigen Tag lebend ohne Sorgen für den andern Morgen – wie schnell und wie umfassend wirksam, zur Selbstherrscherin aller Herzen geboren, erhebt dies Weib zu seinen Freunden, die es durch die Hoheit seiner Würde zu seinen Untergebenen machte! *Koketterie* – sagst du –? Nun, so ist Kosmopolitismus Stoizismus – und die erhabenste Menschentugend im Leben und im Tode Koketterie! Von Natur sollte das Weib nicht den *Cajus, Titius* und *Sempronius* lieben, sondern das Geschlecht; durch die Ehe wird es eines Mannes Weib: an jene Umfassung gewohnt, geht auch seine Denkart ins Allgemeine, ins Ganze, ins Große. Macht ein großer Mann jene Rolle des großen Weibes; sage unverhohlen: Fehlt ihr nicht oft Geist und Leben? Du zürnest, Freund? Was denkest du Arges in deinem Herzen?

«Alle Übel in der bürgerlichen Gesellschaft sind Werke der Weiber!»

Der Weiber, die doch in den politischen Gesellschaften nur Nullen sind, und ohne eine vorstehende männliche Zahl keine Bedeutung haben? Und warum ihr Werk? Weil sie Männer dazu verleiteten? Die Kurandinnen die wohlweisen Kuratoren? Wegen des Einflusses, den man den Weibern nicht versagen konnte, den auch Sklavinnen über ihre gestrengen Herren behaupteten. So sehet denn da die Rache, welche die Natur sich nicht versagen kann, wenn man ihre Majestät beleidigt! Entzieht den Weibern keinen jener Anteile, wozu sie unleugbare Rechte haben, und ihr werdet jenen Schleichhandel von selbst heben, den jetzt die Weiber zum Nachteil ihrer Männer und des Staates treiben. Die Vernunft ist göttliches Ebenbild, und wo ihr sie findet, da ist es Pflicht, ihre Superiorität anzuerkennen. Wo sie erscheint, ist Wert, Würde und Selbstbeständigkeit. Sie regiert im kleinsten der Untertanen den Größten, den Herrn der Welt – und in dem Staate, wo sie unterdrückt wird, hören die Weisen die Stimme, welche sie auf ebene Bahn leitet: *Stehet auf und lasset uns von hinnen gehen!* Oder wie? Ist etwa der Wert des anderen Geschlechtes nicht auf Vernunft, sondern auf Sinnlichkeit gegründet? Ei, Lieber! Können wir uns, solange wir Kleider der Sterblichkeit tragen, über die Sinnlichkeit hinaussetzen? Nur ein Pedant kann die *Sinne* die deutschen Klassen nennen; kommen wir nicht durch sie und durch die Empfindung der Vernunft zuvor? Gründen die Sinne nicht die Vernunft? Sind sie nicht – die höchsten Revisoren derselben? Erheben sie die Vernunft nicht zu ihrer eigentlichen Würde? Ist die Vernunft nicht *generis foeminini*? Und der *Geschmack*? Ist er nicht mit so schönen sittlichen Ideen ausgestattet, daß es eine Lust ist? Muß die Vernunft sich nicht vielmehr von Amts wegen versinnlichen, um über das Herz zu siegen, das ein trotziges und verzagtes Ding ist, wer kann es ergründen? Würden wir nicht aufhören, Menschen zu sein, und übernatürlich werden, wenn wir auf das Wesen der Menschen Verzicht täten? Ist übernatürlich nicht auch unnatürlich? Das feinste Raffinement ist immer ein Verwandter der Simplizität. Das Los dieses Lebens ist eine Menschenrolle; ist sie so subaltern, wie sie scheint, und verdient *der* Beförderung, der im Geringeren ungetreu ist?

Erst durch die Ehe wird das Weib in eben dem Grade durch den Mann vollendet, wie der Mann durch das Weib. Mann und Weib machen einen ganzen Menschen aus. Die relativen Eigenschaften, die zwischen beiden aufeinander angelegt sind, setzen diese Behauptung außer Zweifel. Darf ich es noch einmal wiederholen, daß der Vorzug der physischen Größe und Stärke des Mannes in Hinsicht des Weibes sich auf keine moralische Überlegenheit unseres Geschlechtes bezieht? Kein Geschlecht hat den mindesten Wert ohne das andere; zusammen genommen machen sie die Menschheit aus. Wir spielen aus einer Kasse, und die Natur hat Mann und Weib so zusammengefügt, daß kein Mensch sie scheiden kann. Ineinander verwebt, ist eins um des andern willen. Eifersucht auf Ansehen ist der Hebel, wodurch nur schwache Menschen gereizt und in Atem versetzt werden können. Was kann sich ohne Weiber gruppieren? Gehe mit einem dir völlig gleichgültigen Weibe um, nur Langerweile halben, ehe du es merkst, wird deine Seele in die ihrige eingreifen; ihr werdet nicht voneinander lassen, ohne daß Lust oder Liebe hierbei den mindesten Einfluß hat. Dieser Einklang ist Geschlechtstrieb, oder inniges geheimes Gefühl, Bestätigung der göttlichen Worte: Es ist nicht gut, daß der Mensch allein sei. Ohne *Eva* ist *Adam* ein Tier, und *Eva* ohne *Adam* eine Klosterjungfer. Wer bemerkte nicht, daß fast alle Männergesellschaften mit dem Paradiese anfangen und mit dem jüngsten Gerichte enden! Man erstaunt über die Sprünge, welche Männergespräche nehmen. Weiber knüpfen sie zusammen und bringen alles in das Verhältnis, wenngleich gesellschaftliche Unterhaltungen mit Recht die Art der englischen Gärten behalten, die genau gebahnte Wege vermeiden. Wäre größere körperliche Stärke mit einer größeren Seelenkraft verbunden, so würde diese Schrift sehr klein geworden sein, und es hätte nicht verlohnt, an eine bürgerliche Verbesserung der Weiber zu denken. [...]

Freilich – (ein erwünschter Anfang von einem Opponenten!)

Freilich wallfahrtete die Königin von Arabien, um bei dem Professor Salomo einen philosophischen Kursus zu hören; und wir können nach der Liebe hoffen, daß er sie nicht ohne augenscheinlichen Segen seiner Schule entlassen haben wird. Die Schule der Weisheit doch wohl? Sonst müßt ich dies *Freilich* mit Zinsen zurückgeben. Wo der liebe Gott eine Kirche hat, da bauet sich der leidige Feind eine Kapelle. Jede Akademie der Weisheit hat ein Gymnasium der Torheit in der Nähe; in der größten Schönheit liegt der Stoff zur größten Häßlichkeit. Je glücklicher die Vernunft den blauen Dunst zu verbreiten sucht, der unser Auge verfälscht; je heftiger wird die Begierde, sie durch Besuche aus jenen Gegenden zu widerlegen, wo abgeschiedene Seelen hausen. Beweiset die königliche Wanderschaft (des *Freilich* ungeachtet) nicht klärlich, wie begierig die schöne Welt – wohl zu merken nach Weisheit ist – ? Im Ernst, was wissen wir denn? Sind Weiber gleich zuweilen des Dafürhaltens, einer Philosophie nicht zu bedürfen, nach welcher wir uns rühmlichst den Kopf zerbrechen, um grundgelehrt sagen zu können: wir wüßten nichts; können ihnen dagegen wohl Energie der Seele und tiefgeschärfte Bemerkungen abgesprochen werden? Und so wäre denn auch dieses Spiel für die Weiber gewonnen. Kinder reicher Leute sind gemeiniglich so baufällig, wie die Hütten der Armen, und langer Nichtgebrauch kann Kräfte schwächen; – allein auch heben?

Wer kann behaupten, *daß das Eigentümliche des Geschlechtes nichts Bestimmendes für die bürgerliche Gesellschaft habe?* Das Weib hat Selbstliebe und damit korrespondierende Selbstbeständigkeit. Ist bürgerliche Gesellschaft denn etwas anderes, als eine vergrößerte häusliche? Oder sind etwa auch in der häuslichen Gesellschaft die Weiber nicht an Ort und Stelle? Wo sind Privatgesellschaften, die in die Länge ohne Weiber sich halten könnten? Ihren Hauptreiz verdanken sie den Weibern, deren munterer leichter Ton alles ins Geschick bringt, und die schwersten Gegenstände schmackhaft, anmutig, gefällig und geläufig zu machen versteht. Sie finden zu den Gedanken des Mannes die schicklichsten Ausdrücke, und oft hab ich zu bemerken Gelegenheit gehabt, daß, umgekehrt, Männer die Gedanken des anderen Geschlechtes durch wohlgewählte Worte zu beleben suchen. Bei jeder Regel haben sie zehn Fälle bei der Hand, die jene bestärken oder widerlegen; ihre vom richtigsten Geschmack gebildete Einbildungskraft bringt in die abstraktesten Dinge eine lebendige Seele! Wir wollen viel wissen, die Weiber viel verstehen; wir wollen viel gedacht haben, die Weiber viel sagen und in Umlauf bringen. Sie protegieren gemeiniglich nicht Gelehrte, sondern die Gelehrsamkeit; weniger eitel in dieser Hinsicht als wir, legen sie es darauf an, weniger gelehrt als weise zu sein; sie ehren den Witz, und bedienen sich seiner als der ihnen von Natur beigelegten Waffe, sich in Achtung zu setzen und darin zu erhalten. Durch Witz beleben sie ihre gesellschaftlichen Zirkel, und halten jede Ungezogenheit ab; ihre gefällige Laune tangiert alles mit Wohlgefallen. Dem Pedanten schleifen sie den Rost ab, damit er erträglich werde; und wenn *Newton* ihren Finger nimmt, um seine Pfeife nachzustopfen, so wissen sie diese unverzeihliche Zerstreuung zu seinem Vorteile zu wenden; wenn er etwas über die Offenbarung Johannis schreibt, so tut es durch den Schutz, den sie ihm angedeihen lassen, ihm an dem Orte, wo er lebt keinen Schaden. Ein großer Gewinn! Nichts wird so wenig vergeben als persönliches Verdienst, und nichts wird so gern von Damen in Schutz genommen, als eben dieses. Empfindlichkeit ist innig mit Genie verbunden: in unserem Glücke liegt auch immer der Keim unseres Unglückes; und wieviel haben Damen zu tun, um hier alles zum Besten zu kehren, zu ebenen und ins Gleichgewicht zu bringen! [...]

«Eine Hauptbestimmung des Weibes ist Kindererziehung. Um desto sicherer zu glänzen, versäumt es diese Pflicht, die Mietlingen überlassen werden muß; und wenn etwa eine Mutter noch mit geteiltem Kopf und Herzen die Erziehung ihrer Tochter übernähme – ist es Wunder, daß sie, durch Gesellschaft verdorben, anfänglich mit ihr paradiert, und nicht lange nach diesen Tagen eifersüchtig auf sie wird?»

Lieber! Ist die Erziehung bloß Pflicht der Mütter, oder liegt sie nicht auch den Vätern ob? Gehören die Kinder nicht beiden? Und wenn der Vater, dieser Verpflichtung ungeachtet, nicht aufhört, gesellig zu sein, warum soll es denn die Mutter? Wozu werden Kinder erzogen? Nicht zur Gesellschaft im Großen und Kleinen? Und diese kennenzulernen, soll die Mutter Verzicht tun? Sie soll erziehen, ohne die Erziehungskunst zu kennen? Einer der ungerechtesten Vorwürfe ist es, die *große Weichlichkeit unseres Jahrhunderts auf die Rechnung der Weiber, und des Tons, den sie in Gesellschaften angeben, zu setzen.* Sind wir wohl so weichlich wie die kultivierten Völker, die ihre Weiber einsperren? Selbst zu gymnastischen Übungen gibt das andere Geschlecht unsern Jünglingen Gelegenheit, die indes kaum noch Kraft zum Tanze haben, der ohne die Weiber völlig aufhören würde! Die Weichlichkeit fing von jeher bei unserem Geschlechte an, und gewiß haben wir es den Weibern zum größten Teil zu verdanken, daß sie nicht noch größere Verwüstungen macht. Jene Eitelkeit, die jetzt den Weibern anklebt, wird von selbst aufhören, wenn wir ihnen den Zutritt zu Dingen verstatten, wo sie sich von einer vorteilhafteren Seite zeigen können. Bis jetzt schränkte sich ihre ganze Bestimmung auf die Kunst ein, uns zu gefallen, und ein Mädchen hat seinen Lauf vollendet, wenn es das Glück hat, einen Jüngling anzuwerben, der seiner würdig ist. Gebet den Weibern und Mädchen andere Beschäftigungen, und sie werden jene Kleinigkeiten, jene Puppen aufgeben, und die äußerlichen Vorzüge weit unbeträchtlicher finden, als ein großer Teil unserer Narzissen, die im Spiegel der Mädchen bloß ihr geziertes Selbst erblicken. Befriedigen wir überhaupt durch das, was wir dem anderen Geschlechte zugestehen, nicht weit mehr unsere Eitelkeit, als die Forderung der Natur, als die Wünsche eines denkenden Weibes? Es ist nicht zu leugnen, daß jetzt auch eine tugendhafte, ihrem Manne getreue Frau eine gewisse Koketterie für keinen Fehler hält und Männern von Verdiensten so liebreich und zuvorkommend begegnet, daß diese nicht umhinkönnen, ihr eine vorzügliche Dankbarkeit zu erweisen. Doch sollen hierdurch Begierden nicht geweckt oder gereizt werden; nie denkt jene liebe Frau sie zu befriedigen, und der Mann, der darauf Rechnung machen wollte, wäre ein Neuling, oder ein Prahler oder – Wenn der liebe Gott einen Menschen strafen will, so fängt er an, ihn inkonsequent reden oder handeln zu lassen. [...]

Der Einwand meines Gegners, *daß Weiber zuviel Zeit auf ihren Leib verwenden,* spielt den Krieg in sein eignes Land. Sind wir es nicht, die ihnen die Seele bestreiten, die sie auf den Körper einschränken? Ist denn etwa der Körper uns bloß Ballast, mit dem die arme Seele sich beschwert hat, um auf der Fahrt dieses Lebens fortzukommen? Oder ist er nicht vielmehr ein ehrwürdiger Teil des Menschen? Wer die Seele den Genius des Menschen nannte, hatte der so ganz unrecht? Man gradiere die Weiber im Staate, so wie man dem Golde eine höhere Farbe gibt, und sie werden über den Leib die Seele nicht versäumen. Ist es Ernst, lieber Einwender, oder ist deine Behauptung, *daß die Weiber eine unüberwindliche Neigung zur Pracht besitzen, wodurch sie ihre Männer zur Verschwendung und zu betrügerischen Konkursen verleiten*, Scherz? – Ernst also! Lieber! Wer brachte sie auf die Bahn zur Pracht? Nicht der Stand des Mannes? Müssen sie nicht diesem oft die glücklichsten Neigungen ihres Herzens aufopfern? Ist ihre natürliche Stimmung nicht für Einsamkeit und Landleben? – *Landleben?* – Allerdings! Nicht aber für jenes, das keine Wohnung der Weltentfernung, sondern eine Gelegenheitsmacherin zu neuen Üppigkeiten und zu einer ganz neuen Art der Übertreibung ist. An der Hand des Weibes scheint die Natur sich mit uns vertraulicher einzulassen und recht Gelegenheiten aufzusuchen, ihre Milch und ihren Honig, den ganzen Reichtum ihrer Wollüste, uns schmecken und sehen zu lassen. Die edlen Ergüsse der Zärtlichkeit, wenn sie reizend ausgewechselt werden sollen, suchen das Land, und entfernen sich von Hof und Stadt, wo sie Fremdlinge sind. Sie leiden keine Zeugen, und weit weniger Laurer und Faher. Wie oft muß sich das Land mißbrauchen lassen, die verstimmten Sinne des Hofmanns, nicht zur Tugend und zu sanften Sitten, sondern zu neuen Ausgelassenheiten aufzuheitern! Man sucht reinere Luft, um sich zu einer neuen Art Ausschweifung aufzufrischen. Weiber suchen das Land, und warten nicht darauf, dahin verwiesen oder ausgestoßen zu werden – Freund! Sie sollten die Gräfin **b* kennen! Sie darbt, wenn man an der Hand der Natur darben kann, um für ihren Schlemmer von Gemahl eine ungeheure Schuldenlast zu bezahlen, die nicht bloß Sünden der Jugend sind, sondern die er in einem Staatsposten, der seinen Mann nährt, noch immer vergrößert. Weiber schaffen sich Welten, die sie besäen und bepflanzen, durch eine wohltätige Einbildungskraft, die ohne Mühe reich macht: in der wirklichen Welt – wie unbedeutend ist da ihre Rolle! Sie zogen Nieten aus jenem Glückstopfe; wir die Gewinner. [...]

Die Unbeständigkeit soll ein so charakteristischer Zug des weiblichen Verstandes sein, daß Weiber bei keinem Gegenstande der Untersuchung und des ernsten Nachdenkens mit gleicher Anstrengung lange zu verweilen imstande wären.

Der größte Teil des anderen Geschlechtes, der Mittelstand, hat nur eine einzige Art von Beschäftigung, kommt nie aus dem Takt, und weiß nur vom Hörensagen, was Langeweile ist. Diese entsteht aus einer Art von Luxus der Beschäftigungen, und gehört in der Regel zu den Eigenschaften der Männer, obgleich auch Damen höherer Region an diesem Übel teilnehmen, und an demselben schwach und krank danieder liegen, wenn das Vergnügen länger dauert, als sie es auszuhalten gewohnt sind. Die Frau Gräfin hatte Langeweile in der Komödie, weil heute noch Redoute ist; allein auch auf der Redoute wird ihr die Zeit lang werden, weil sie keine Partie findet; und auch wenn sie diese gefunden hat, würde die Zeit von ihrem Blei kein Gran verlieren, da ihr Cicisbeo bei dem fürstlichen Souper Langeweile hat, und sie mit ihrem Verehrer nicht *minnespielen* kann. Bei *einem einzigen* Spiel findet die schöne Welt zu wenig Beschäftigung. Konnte doch *Julius Cäsar* lesen, schreiben, und sieben Kabinettssekretären sieben besondere Briefe diktieren! Und lebt die schöne Welt wirklich? Nein doch! Sie spielt das Leben. Unbeständig überhaupt find' ich das andere Geschlecht nicht mehr nicht weniger, als das unsrige; vielmehr ist ihm eine gewisse Weltüberwindung eigen. Es versteht sich darauf, ins Dunkle zu werfen, und glänzt eben darum desto besser. Stilles Verdienst ist sein Eigentum; und sind dies *Anzeigen* des Unbestandes? Zeitiger und fester nimmt es seine Partie als wir. Zwanzig exemplarische alte Jungfern gehen auf einen Hagestolzen gleicher Art. [...]

Und gibt es denn in unserm Geschlechte viele, bei denen jene Ausdauer ist? Die ein, dem ersten neuen und frappanten Eindruck gleiches, Feuer bei scientifischen Gegenständen behaupten, die dem Spiele schnell aufeinander folgender angenehmer Empfindungen widerstehen, und einem Gegenstande treu bleiben bis in den Tod? Hat nicht fast jeder, außer seinem Haupt-, noch einen Nebenberuf, den er Erholung nennt, und an dem er weit mehr hängt, als an seiner Hauptsache? [...] *Leibniz* war so wenig *Professor Philosophiae*, als *Wieland Professor Poëseos*; und was gibt es denn für große Gegenstände des menschlichen Wissens, für die nicht jemand aus dem anderen Geschlechte eine Neigung gezeigt hätte? Die Geduld, das Ausdauern der Weiber ist zum Bewundern; und legen sie nicht täglich davon ein Zeugnis ab, indem sie die Formen nicht zerbrechen, in welche Gewalt und List sie goß? Indem sie Kinder erziehen und ins Geleise bringen, die ihre Väter oft durch blinde Liebe und ebensooft durch blinde Strenge verderben? [...]

Wenn den gelehrten Arbeiten der Weiber eine gewisse Furchtsamkeit anklebt, ist es Wunder, da sie sich in die gelehrte Republik bloß hineinstehlen müssen? Von Natur sind sie dreister als wir; das Gefühl des Unvermögens, den Vorzügen anderer gemäß zu reden und zu handeln, das allem eine gewisse Ängstlichkeit gibt, ist ihre Sache nicht. Die Gabe ihrer leichten ungezwungenen Unterhaltung wird ihren Vortrag nie mit üblen Angewohnheiten und Einschiebseln verunstalten, die sich nicht viel besser ausnehmen, als wenn verlegene mit der Welt noch unbekannte Jünglinge von ihren Händen und Füßen geärgert werden – oder wenn Fliegen in ein reizendes Gericht fallen. [...]

Warum sollten Weiber denn wohl als Schriftstellerinnen furchtsam und verlegen tun und sein, da die aufgehaltene Sprache sich durchbrechender Empfindungen eine Gewalt und Stärke besitzt, gegen die schwerlich sonst etwas zu wirken vermag, als unser kritischer Übermut, der die Weiber durchaus nicht aufkommen lassen will? Weiber wissen Wahrnehmungen zu Beobachtungen zu erhöhen; und da Männer Sätze zu Grundsätzen zu erheben wissen (die, wohl zu merken! der Philosoph sogar dem Mathematiker vorschreibt) und mit ihnen Tausend schlagen: so schlügen Weiber mit ihrem Witze gewiß Zehntausend, wenn Männer ihn nicht durch eine Art von Gründlichkeit (die genaugenommen wenig oder nichts bedeutet) zu lähmen und in Verlegenheit zu setzen suchten. Weiber besitzen die Geschicklichkeit, alle Seelenkräfte auf Witz zurückzubringen. Gelingt ihnen nicht Umfassung der Sache auf eine bewunderungswürdige Weise? Wissen sie nicht das ewige Einerlei, wozu sie verurteilt sind, unübertrefflich schön zu modifizieren? Und *Aufmerksamkeit in hohem Grade*, oder *Scharfsinn* zu zeigen? [...]

Man rücke das Ziel ihres geschäftigen Lebens über die Küche und Stricknadel hinaus; man führe sie nur an: und sie werden uns sehr bald an Scharf- und Tiefsinn übertreffen, ohne sich Kraft ihres gesunden Menschenverstandes zu versteigen. Ach! wer kann sich entbrechen, wenn vom Vorzuge unseres Geschlechtes die Rede ist, mit *Daniel* auszurufen: Seht, das sind eure Götzen! *Weiber können nicht allein sein.* Nicht allein? Lieber! Wenn die Einsamkeit gemalt werden soll, muß ein Weib sitzen, oder sie ist nicht getroffen. [...]

Weiber wären nicht selbstständig und allein fähig? Eine Einwendung, die, so leimgestärkt sie auch scheint, sich nicht halten kann. Wenn wir zwischen Furcht und Hoffnung schwanken, nehmen sie gleich Partie, und sind entschlossen an Leib und Seele. Ihre Entbindungen machen sie so dreist. Bei minder wichtigen Dingen halten sie es nicht wert, es noch auf Entschlüsse auszusetzen: Es gehe, wie es gehe. In politischen Angelegenheiten schlagen sie, wenn wir kannengießern, sich zu keiner Partei, und wählen das beste Teil. Was wir leisten, macht unsern Lehrern Ehre; was sie leisten, ihnen selbst. Sie mischen die Karten, und teilen sie so aus, daß Spieler und Zuschauer zufrieden sind, wenn dagegen eine Menge staatskluger Köpfe beisammen sitzen und noch immer in gerechter Befürchtung, nicht Kopfs genug zu besitzen, auf Verstärkung ihrer Beisitzer denken. Vor lauter Räderwerk wird nichts zustande gebracht, vor lauter Reden kommt es zu keiner Tat, vor lauter Stimmenzählung zu keinem Schlusse. Wer von uns hat sich über das Stimmen der Instrumente nicht geärgert, ehe es zur Sinfonie kommt? Hohe Deutlichkeit und stärkeres Licht mit mehr Vergrößerung zu vereinigen – das ist das Ziel der Ausrüstung, um Augenreisen in die Ferne zu tun. Wie oft zerschlagen unverständige Kinder und bärtige Collegia einen stattlichen Spiegel, um eine Fliege zu töten!

Und noch öfter wird das Kind mit dem Bade ausgegossen. Des Bocksbeutels und der verkünstelten Kunst halben kommen Dekrete zum Vorschein, mit denen am wenigsten in allen Fällen, und höchstens nur provisorisch, auszulangen ist; Dekrete, die höchstens Palliative sind, um sich eine angenehme Ruhe für die nächste Nacht zu machen. [...]

Maitressen von guter Abkunft haben bei weitem das Böse nicht gestiftet, was die Maitressen niederer Abkunft, eine Pompadour, eine Du barry, sich zuschulden kommen ließen. Allerdings! Und also nehme man nicht Maitressen, sondern Weiber.

Nein, also lasse man die Weiber in ihrer Dunkelheit! Getroffen, wenn sie Maitressen werden sollen. Wenn sie aber ihren göttlichen Ruf, Weiber zu sein, befolgen, so hebe man sie nicht durch Flittergold, sondern durch Echtheit. Sind die Türkischen Bassen und Veziere, die Beys in Ägypten darum menschlicher, weil sie in ihren früheren Jahren das Elend des Volkes aus erster Hand kennenlernten?

Welche Widerlegungen!
Sind etwa die Einwendungen besser?
Es läßt sich alles verteidigen –
und wider alles einwenden.
Ich wollte um vieles, um alles in der Welt kein Weib sein;
ich auch nicht –
und doch –
und eben darum.
Wer hat nun Recht?
Wer die Wahrheit sagte.
Und wer sagte die Wahrheit? nicht wahr: wer Recht hatte?
Wer die Sache der Unterdrückten führte, und wer der Menschheit sich annahm.
Der Menschheit?
Sind etwa Weiber nicht Menschen?
Der Unterdrückten?
Sind wir nicht ihre Tyrannen?
Heil den irrenden Rittern!
Heil und fröhliche Gestalt, wenn ihr Ritt auf Menschenwohl ausgeht –
und wenn sie keine Dulcineen haben,

als die Reinheit der Absicht, die Dulcinee unserer Philosophen –

Dies Buch wäre nicht eines Weibes halben geschrieben?

Nicht eines Weibes, sondern der Weiber halben – Keines weiß, daß ich es geschrieben habe, keines wird es, so Gott will, wissen.

Und warum denn nicht jener schmale Weg, der das Zuviel und Zuwenig vermeidet und durch beides sich durchschlängelt?

Weil wenige sind, die darauf wandeln.

Besser als viele!

Nicht immer, wenn von bürgerlicher Tugend und Untugend die Rede ist.

Der Mittelstand zwischen Skeptizismus und Leichtgläubigkeit –

ist ein unseliges Mittelding. So oder nicht so, ist mein Wahlspruch. Nicht aber: so oder anders, oder halb so. Ja Ja, ist bei mir ein halbes Nein; und Nein Nein ein halbes Ja. Ja, Nein, was drüber und drunter ist, ist vom Übel.

Und die Gesetze! Wird dies Buch es mit ihnen ausmachen?

Mein kleinster Kummer! Mögen es die Gesetze mit den Gesetzen ausmachen! Mögen die Toten die Toten begraben! Freilich tun die Gesetze zuweilen so, als ob es Kräfte in der Menschheit gäbe, die außerhalb der Menschheit lägen.

Was will das sagen?

Es gibt Gesetze, welche die einzelne Kraft des Menschen unterdrücken, damit die Summe aller Kräfte desto stärker sei; und doch ist natürlich die Gesamtkraft desto größer, je größer die Summe der Kräfte einzelner Menschen ist. Unsere Herren Staatsrechenmeister verrechnen sich gewaltig, da sie die Zahl der Weiber auswerfen.

Wenn sie indes auf den Zweck der bürgerlichen Gesellschaft sehen.

O! Dann verrechnen sich die Oberrechnungs-Kameralisten noch mehr. Gibt es einen andern Zweck, als die individuelle Freiheit zu schützen, und die Eingriffe eines jeden in die Freiheit eines andern zu behindern?

Das sollte auch auf Geschlechter Anwendung finden?

Sind die etwa nicht moralische Personen?

Und die Billigkeit?

Ist ganz auf meiner Seite. Was im Lande gilt, ist recht; was in der Welt gilt, ist billig. Was nach der Meinung der meisten Menschen recht ist, ist billig.

Und billig ist der, der so handelt, daß es die meisten Menschen für recht halten. Ein billiger Autor ist der, der so schreibt daß –

Wahr –!

Wenn wir zählen wollten –

würd ich gewinnen, falls nur *die* stimmten, die man nicht fragen darf: «Verstehest du auch, was du sagest –? Weißt du auch, was du tust –?»

Immerhin Verbesserung; warum bürgerliche?

Weil man sich an Zweige, und wohl gar Blätter, nicht halten muß, wenn der Stamm anzugreifen ist.

Und der Ausdruck dieses Buches!

Nachdem die Materie, in der man arbeitet, nachdem die Bruchstücke und Späne, welche fallen –

Mögen doch meine Leser und Leserinnen, denen der obige längliche Streit und Widerstreit beschwerlich gefallen ist, an dieser runden Manier sich erholen und Luft schöpfen, oder mögen sie es nicht, wie es ihnen beliebt.

Vierter Abschnitt
Von den Rechten und Pflichten der Eheleute, in Beziehung auf ihre Personen

§ 173. Die Rechte und Pflichten der Eheleute nehmen sogleich nach vollzogener Trauung ihren Anfang.

§ 174. Eheleute sind schuldig, sich in allen Vorfallenheiten nach ihren Kräften wechselseitigen Beistand zu leisten.

§ 175. Sie müssen vereint miteinander leben und dürfen ihre Verbindung eigenmächtig nicht aufheben.

§ 176. Auch wegen Widerwärtigkeiten dürfen sie einander nicht verlassen.

§ 177. Öffentliche Geschäfte, dringende Privatangelegenheiten und Gesundheitsreisen entschuldigen die Abwesenheit.

§ 178. Eheleute dürfen einander die eheliche Pflicht anhaltend nicht versagen.

§ 179. Wenn deren Leistung der Gesundheit des einen oder des andern Ehegatten nachteilig sein würde, kann sie nicht gefordert werden.

§ 180. Auch säugende Ehefrauen verweigern die Beiwohnung mit Recht.

§ 181. Zur ehelichen Treue sind beide Ehegatten wechselseitig verpflichtet.

§ 182. Die Verletzung derselben von seiten des einen Ehegatten berechtigt den andern nicht zu gleichen Vergehungen.

§ 183. Auch Handlungen, welche den Verdacht einer solchen Verletzung erregen könnten, müssen vermieden werden.

§ 184. Der Mann ist das Haupt der ehelichen Gesellschaft; und sein Entschluß gibt in gemeinschaftlichen Angelegenheiten den Ausschlag.

§ 185. Er ist verbunden, seiner Frau standesmäßigen Unterhalt zu gewähren.

§ 186. Mit dem notdürftigen Unterhalte muß sie sich begnügen, wenn ihr der Mann den standesmäßigen nicht verschaffen kann.

§ 187. Zum Unterhalte der Frau gehören auch die sie betreffenden Kur- und Prozeßkosten. (§. 229. 230.)

§ 188. Der Mann ist schuldig und befugt, die Person, die Ehre und das Vermögen seiner Frau in und außer Gerichten zu verteidigen.

§ 189. In der Regel kann daher die Frau, ohne Zuziehung und Einwilligung des Mannes, mit andern keine Prozesse führen.

§ 190. Auch gegen angestellte Injurienklagen ist der Mann die Frau auf seine Kosten zu verteidigen schuldig.

§ 191. Bei Kriminaluntersuchungen gegen die Frau bleibt der unschuldige Mann von Tragung der Kosten aus eigenen Mitteln insofern frei, als das von der Frau begangene Verbrechen ihn auf Ehescheidung anzutragen berechtigt.

§ 192. Die Frau überkommt durch eine Ehe zur rechten Hand den Namen des Mannes.

§ 193. Sie nimmt teil an den Rechten seines Standes, soweit dieselben nicht allein an seine Person gebunden sind.

§ 194. Sie ist schuldig, dem Hauswesen des Mannes nach dessen Stande und Range vorzustehn.

§ 195. Wider den Willen des Mannes darf sie für sich selbst kein besonderes Gewerbe treiben.

§ 196. Ohne des Mannes Einwilligung kann die Frau keine Verbindungen eingehen, wodurch die Rechte auf ihre Person gekränkt werden.

§ 197. Der Mann kann aber auch, ohne die Einwilligung der Frau, keine Verbindungen treffen, wodurch ihre Person einem Dritten verhaftet wird.

§ 198. In allen Fällen, wo die Frau in stehender Ehe zu etwas, wozu sie die Gesetze nicht verpflichten, dem Manne oder zu dessen Vorteile verbindlich gemacht werden soll, muß der Vertrag oder die Verhandlung gerichtlich vollzogen werden.

§ 199. Aus bloßen außergerichtlichen Verträgen zwischen dem Manne und der Frau können daher für die letztere zwar Befugnisse, aber keine Verbindlichkeiten entstehen.

§ 200. Auch bei gerichtlichen Verhandlungen der Frau mit dem Manne ist die Zuziehung eines entweder selbst gewählten oder von dem Richter ernannten Beistands für erstere erforderlich.

§ 201. Doch muß der Richter zugleich selbst von Amts wegen darauf sehen, daß die Frau bei solchen Verhandlungen nicht übereilt oder hintergangen werde.

§ 202. Wenn der Mann sich entfernt hat, ohne wegen Besorgung seiner Angelegenheiten Verfügungen zu treffen, und sein Aufenthalt unbekannt ist, so ist die Frau berechtigt, alles zu tun, was zu einer ordentlichen und gewöhnlichen Vermögensverwaltung erforderlich ist.

§ 203. Ein Gleiches findet wegen solcher Geschäfte, wo Gefahr im Verzuge ist, auch alsdann statt, wenn der Aufenthalt des Mannes zwar bekannt, aber so entfernt ist, daß seine Willensmeinung darüber nicht eingeholt werden kann.

§ 204. Wie weit in Abwesenheit des Mannes die Frau zum Betriebe gerichtlicher Angelegenheiten für ihn, auf den Grund einer rechtlich zu vermutenden Vollmacht, zugelassen werde, bestimmt die Gerichtsordnung.

Fünfter Abschnitt

Von den Rechten und Pflichten der Eheleute, in Beziehung auf ihr Vermögen

§ 205. Durch die Vollziehung der Ehe geht das Vermögen der Frau in die Verwaltung des Mannes über; insofern diese Verwaltung der Frau durch Gesetze oder Verträge nicht ausdrücklich vorbehalten wurden.

§ 206. Zum gesetzlich vorbehaltenen Vermögen gehört, was nach seiner Beschaffenheit zum Gebrauche der Frau gewidmet ist.

§ 207. Ferner die bei Schließung der Ehe von dem Manne versprochene Morgengabe.

§ 208. Was außerdem vorbehaltenes Vermögen sein soll, muß durch Verträge dazu ausdrücklich bestimmt werden.

§ 209. Je nachdem dergleichen Vertrag vor oder nach der Hochzeit errichtet wird, muß dabei die §. 82. sqq. oder §. 198. sqq. bestimmte Form beobachtet werden.

§ 210. Was weder durch solche Verträge, noch vermöge des Gesetzes (§. 206. 207.) der Frau vorbehalten ist, hat die Eigenschaft des Eingebrachten.

§ 211. Was die Frau in stehender Ehe erwirbt, erwirbt sie, der Regel nach, dem Manne. (§. 219. 220.)

§ 212. Was sie aber während der Ehe, durch Erbschaft, Geschenke oder Glücksfälle überkommt, wird dem Eingebrachten beigerechnet.

§ 213. Auch die darunter begriffenen Mobilien und Kostbarkeiten sind nur dann als vorbehalten anzusehen, wenn sie die §. 206. angeführte Beschaffenheit haben.

§ 214. Hat der Erblasser oder Geschenkgeber über die Eigenschaft, welche der Anfall haben soll, etwas bestimmt: so dient diese Bestimmung zur Richtschnur.

§ 215. Auch die Eheleute können obige gesetzliche Bestimmung (§. 210. – 212.) durch ausdrückliche Verträge unter sich abändern.

§ 216. Sollen aber Grundstücke oder Kapitalien, welche nach gesetzlicher Bestimmung zum Eingebrachten gehören, durch solche Verträge die Eigenschaft des Vorbehaltenen, auch in Beziehung auf einen Dritten, erlangen: so müssen sie auf den Namen der Frau geschrieben werden.

§ 217. Was die Frau von den Einkünften des vorbehaltenen Vermögens erspart, wächst diesem Vermögen zu.

§ 218. Es muß aber dergleichen Ersparnis, zur Zeit der Absonderung des Vermögens beider Eheleute, auf den Namen der Frau geschrieben sein; oder es muß sonst klar erhellen, daß sie den Besitz der ersparten Sachen oder Gelder noch nicht aufgegeben habe.

§ 219. Grundstücke und Kapitalien, die von den Einkünften eines besondern Gewerbes der Frau angeschafft und zur Zeit der Vermögensabsonderung auf ihren Namen geschrieben sind, gehören ebenfalls zum Vermögen der Frau.

§ 220. Sie haben aber, wenn das Gewerbe nicht bloß mit dem vorbehaltenen Vermögen der Frau getrieben oder sonst ein anderes ausdrücklich verabredet worden, nur die Eigenschaft des Eingebrachten.

§ 221. In Ansehung des vorbehaltenen Vermögens gebühret der Frau die Verwaltung, der Nießbrauch und die freie Disposition, wenn sie sich nicht des einen oder des andern ausdrücklich begeben hat.

§ 222. Es sind aber, der Regel nach, die von der Frau über das vorbehaltene Vermögen getroffenen Verfügungen auch ohne die Einwilligung des Mannes gültig.

§ 223. Doch soll über Juwelen, Gold, Silber und andere bloß zur Pracht bestimmte Sachen, ohne Unterschied, ob sie zum vorbehaltenen Vermögen gehören oder nicht, niemand mit einer Frau, ohne Vorbewußt des Mannes, in Pfand- oder Veräußerungsverträge sich einlassen.

§ 224. Macht die Frau, in Ansehung des gesetzlich vorbehaltenen Vermögens, sich eines unwirtschaftlichen Betragens verdächtig: so ist der Mann befugt, Maßregeln zu dessen Verhütung zu treffen.

§ 225. In Ansehung des durch Vertrag vorbehaltenen Vermögens aber kann der Mann die Frau in ihrer Disposition nur alsdann einschränken, wenn sie sich einer wirklichen Verschwendung schuldig macht.

§ 226. Solchenfalls muß ihr, gleich andern Verschwendern, ein Kurator gerichtlich bestellt werden.

§ 227. In der Regel muß der Mann die Kuratel, und mit derselben, in Ansehung des vorbehaltenen Vermögens, alle Pflichten eines fremden Kurators übernehmen.

§ 228. Die Lasten und Kosten wegen des gesetzlich vorbehaltenen Vermögens muß der Mann in allen Fällen tragen, wenn die Frau keine vorbehaltene Kapitalien oder Einkünfte besitzt.

§ 229. Dagegen müssen die Lasten und Kosten des durch Vertrag vorbehaltenen Vermögens von der Frau aus diesem Vermögen bestritten werden.

§ 230. Prozesse, welche das durch Vertrag vorbehaltene Vermögen betreffen, kann die Frau auch ohne Zuziehung des Mannes gültig betreiben.

§ 231. In Ansehung des eingebrachten Vermögens der Frau hat der Mann alle Rechte und Pflichten eines Nießbrauchers. (T. 1. Tit. 21. Abschn. 1.)

§ 232. Grundstücke und Gerechtigkeiten, welche zum Eingebrachten gehören, kann der Mann, ohne die ausdrückliche Einwilligung der Frau, weder veräußern, noch verpfänden, noch sonst etwas dabei vornehmen, wodurch denselben eine bleibende dingliche Last aufgelegt würde.

§ 233. Kapitalien, welche auf den Namen der Frau oder ihrer Erblasser oder Geschenkgeber geschrieben sind, kann der Mann ohne Bewilligung der Frau nicht einziehen, verpfänden, veräußern oder sonst abhanden bringen.

§ 234. In die Veräußerung und Verpfändung eingebrachter Güter und Kapitalien, desgleichen in die Einziehung der letztern, ist die Frau nur insofern zu willigen verbunden, als notwendige die Substanz betreffende Ausgaben, welche aus dem Nießbrauche nicht getragen werden dürfen, dergleichen Verfügung erfordern.

§ 235. Ferner alsdann, wenn der Mann die Einziehung eines Kapitals wegen besorgter Unsicherheit nötig findet.

§ 236. Desgleichen wenn das Kapital von dem Schuldner selbst aufgekündigt wird.

§ 237. Oder wenn der Mann ein Kapital auf eine andere Art höher zu nutzen Gelegenheit findet.

§ 238. Doch ist in den zuletzt benannten drei Fällen der Mann ein solches Kapital anderweit auf den Namen der Frau, entweder bei sich selbst oder bei einem Dritten, gegen hinlängliche Sicherheit zu belegen verbunden.

§ 239. Wenn die Frau ihre Einwilligung in Fällen, wo sie

dieselbe zu erteilen schuldig ist, verweigert: so kann diese Einwilligung von dem obervormundschaftlichen Gerichte, nach vorhergegangener Untersuchung der Umstände, ergänzt werden.

§ 240. Grundstücke und Gerechtigkeiten, welche während der Ehe aus dem Eingebrachten der Frau angeschafft, oder Kapitalien, welche von diesem Vermögen ausgetan worden, werden nur insofern ein Eigentum der Frau, als sie auf ihren Namen geschrieben sind.

§ 241. Außer diesem Falle ist sie, wegen der solchergestalt verwendeten Summen, nur als Gläubigerin des Mannes anzusehen.

§ 242. Doch genießt sie auch deshalb das in den Gesetzen dem Eingebrachten überhaupt vor andern Schulden des Mannes beigelegte Vorrecht.

§ 243. Sind Kapitalien, welche zum Eingebrachten gehören, ohne die Einwilligung der Frau eingezogen worden: so muß sie sich deshalb zuvörderst an den Mann halten.

§ 244. Kann sie aber von diesem nicht befriedigt werden: so ist sie von dem vorigen Schuldner, welcher ohne ihre Einwilligung gezahlt hat, Entschädigung zu fordern wohl befugt.

§ 245. Gerichtliche Angelegenheiten, welche die Substanz des Eingebrachten betreffen, kann der Mann nur mit Zuziehung der Frau betreiben.

§ 246. Doch hat er in den gehörigen Orts näher bestimmten Fällen die rechtliche Vermutung, von der Frau bevollmächtigt zu sein, für sich. (T. 1. Tit. 13. Abschn. 1.)

§ 247. Über die eingebrachten Mobilien hat der Mann die freie Verfügung.

§ 248. Über die vorbehaltenen Mobilien ist er nur mit Bewilligung der Frau zu verfügen berechtigt.

§ 249. Einseitige Verfügungen des Mannes über solche Mobilien, welche zu den gesetzlich vorbehaltenen gehören (§ 206.), sind nichtig.

§ 250. Dagegen hat, in Ansehung der nur durch Vertrag vorbehaltenen, und von dem Manne einseitig veräußerten Mobilien, die Frau nur insoweit ein Rückforderungsrecht, als dasselbe jedem Eigentümer gegen einen dritten Besitzer zusteht. (T. 1. Tit. 15.)

§ 251. Was einmal zum eingebrachten oder vorbehaltenen Vermögen ausgesetzt worden, behält diese Eigenschaft, solange nicht ein anderes durch ausdrückliche Verträge bestimmt wird.

§ 252. Solche Verträge können jedoch einem Dritten in seinen auf dergleichen Vermögen bereits erworbenen Rechten nicht schädlich sein.

§ 253. Auch kann die Natur des gesetzlich vorbehaltenen Vermögens, durch dergleichen Verträge, zum Nachteile eines Dritten nicht geändert werden.

§ 254. Wenn der Mann Grundstücke besitzt: so kann die Frau, auch ohne besondere Einwilligung desselben, die wegen ihres Eingebrachten ihr zukommenden Rechte in dem Hypothekenbuche vermerken lassen.

§ 255. Außer diesem Falle kann die Frau besondere Sicherheitsbestellung, wegen ihres Eingebrachten, von dem Manne nur alsdann fordern, wenn sich Umstände ereignen, welche die wahrscheinliche Besorgnis eines bevorstehenden Verlustes begründen.

§ 256. Solange der Mann seiner Frau und den mit ihr erzeugten Kindern den nach Verhältnis ihres Standes notwendigen Unterhalt gewährt, ist die Frau ihm die Verwaltung und den Nießbrauch des Eingebrachten zu entziehen nicht berechtigt.

§ 257. Die, auch einseitigen, Gläubiger eines Mannes sind daher befugt, sich an diesen Nießbrauch zu halten.

§ 258. Wenn aber der Mann diese Verbindlichkeit (§. 256.) nicht mehr zu erfüllen vermögend ist: so kann die Frau ihr Eingebrachtes zurückfordern und allenfalls auf Eröffnung des Konkurses über das Vermögen des Mannes antragen.

§ 259. In welcher Ordnung die Frau aus der Masse befriedigt werden müsse, wird in der Konkursordnung bestimmt.

§ 260. Zum Beweise der geschehenen Einbringung ist, gegen die Gläubiger des Mannes, die Quittung desselben allein nicht hinreichend.

§ 261. Die Verwaltung und Nutzung des aus dem Konkurse geretteten Eingebrachten fällt an die Frau zurück.

§ 262. Doch muß aus den Einkünften desselben der nötige Unterhalt des Mannes, nebst der Verpflegung und Erziehung der mit ihm erzeugten Kinder, soweit diese Einkünfte dazu erforderlich und hinreichend sind, besorgt werden.

§ 263. Die Verwaltung der Frau ist in diesem Falle eben den Einschränkungen von seiten des Mannes unterworfen, welche sonst bei der Verwaltung des Mannes von seiten der Frau stattfinden. (§. 232. sqq.)

§ 264. Wenn der Mann wieder zu bessern Vermögensumständen gelangt: so kann er fordern, daß ihm die Verwaltung und der Nießbrauch des Eingebrachten zurückgegeben werden.

§ 265. Doch hat die Frau ein Recht zum Widerspruche, wenn der erste Vermögensverfall des Mannes durch seine nachlässige oder verschwenderische Wirtschaft entstanden ist.

§ 266. Soweit dem Konkurs verfallenen Ehemanne durch Gesetze oder Verträge ein Erbrecht auf das Eingebrachte, dessen Entziehung nicht von dem Willen der Frau abhängt, versichert ist, kann die Frau die Herausgabe desselben nur gegen bestellte hinlängliche Sicherheit fordern.

§ 267. Kann sie diese nicht leisten: so muß sie sich damit begnügen, daß ein zu ihrer Befriedigung hinreichendes Kapital bis zur Trennung der Ehe in der Masse zurückbleibe; und sie bis zu diesem Erfolge nur die Zinsen davon erhalte.

§ 268. Hat die Frau, vor oder bei Schließung der Ehe, durch einen an sich rechtsbeständigen Vertrag sich die Befugnis vorbehalten, auch über diesen Teil ihres Vermögens, bei einem über den Mann ausbrechenden Konkurse, nach Gutbefinden zu verfügen: so ist sie denselben weder in der Masse zurückzulassen, noch Sicherheit dafür zu bestellen verpflichtet.

§ 269. Die Rechte, welche der Frau, zur Sicherheit ihres Eingebrachten, in dem Vermögen des Mannes zukommen, gebühren ihr auch wegen der von dem Manne versprochenen, aber noch nicht ausgezahlten Morgengabe.

§ 270. Auch wegen des vorbehaltenen und nicht mehr in Natur vorhandenen Vermögens, dessen Besitz und Verwaltung der Mann in stehender Ehe übernommen hat, gebühret der Frau, zu ihrer Sicherheit, ein in der Konkursordnung näher bestimmtes Vorrecht vor andern Gläubigern.

§ 271. Hat sie aber dem Manne zinsbare Darlehne aus ihrem vorbehaltenen Vermögen gemacht: so wird ihr Rang unter den übrigen Gläubigern lediglich nach der Beschaffenheit der sich ausdrücklich vorbedungenen Sicherheit beurteilt.

§ 272. Eine Entsagung der Frau auf ihr gesetzmäßiges Vorrechte in dem Vermögen des Mannes ist nicht anders, als wenn sie gerichtlich erklärt wird, gültig.

§ 273. Begibt sich eine Frau ihres gesetzlichen Vorrechts zugunsten eines Gläubigers ihres Mannes: so muß, das Eingebrachte mag im Hypothekenbuche vermerkt sein oder nicht, die bei Bürgschaften vorgeschriebene Verwarnung hinzukommen. (T. 1. Tit. 14. §. 229. 230.)

§ 274. Dagegen verliert die Frau ihr Vorrecht und steht allen andern Gläubigern des Mannes nach, wenn sie in dessen Abwesenheit sein Vermögen übel verwaltet und dadurch zu seinem Verfalle Anlaß gegeben hat.

§ 275. Ingleichen, wenn der Mann durch sie zu einer verschwenderischen Lebensart verleitet worden.

§ 276. Eltern, Verwandte und Freunde, welche den Eheleuten etwas aus ihrem eigenen Vermögen zuwenden, sind berechtigt, Bedingungen festzusetzen, unter welchen die Eheleute dasselbe besitzen und genießen sollen.

§ 277. Verordnen sie, daß dergleichen Zuwendung zum Besten der aus dieser Ehe erzeugten Kinder aufbewahrt werden solle: so heißt dieses ein Erbschatz.

§ 278. Verwandte und Fremde können alles, was sie den Eheleuten zuwenden, zum Erbschatze bestellen.

§ 279. Eltern haben gleiche Befugnis; jedoch mit Ausschluß der Mobilarausstattung und mit Vorbehalt des Rechts der Kinder wegen ihres Pflichtteiles.

§ 280. Ein Erbschatz kann nur in einer gewissen bestimmten Summe bestellt werden.

§ 281. Die Bestellung selbst muß allemal schriftlich geschehen.

§ 282. Will der Besteller des Erbschatzes demselben eine besondere Sicherheit auf Grundstücke oder ausstehende Kapitalien verschaffen: so muß deren Regulierung gerichtlich erfolgen.

§ 283. Wird die zum Erbschatze bestellte Summe auf ein Grundstück angewiesen: so muß der Richter dafür sorgen, daß sie in das Hypothekenbuch eingetragen und die Eigenschaft des Erbschatzes dabei vermerkt werde.

§ 284. Wird ein Kapital zum Erbschatze bestellt: so muß diese Bestimmung auf dem Instrumente, und wenn dasselbe eingetragen ist, auch im Hypothekenbuche bemerkt und dem Schuldner davon Nachricht erteilt werden.

§ 285. Wo die über den Erbschatz ausgestellten Instrumente verwahrt werden sollen, hängt von dem Willen des Bestellers ab.

§ 286. Hat dieser sich nicht erklärt: so gebührt die Verwahrung der Instrumente demjenigen, welchem der Nießbrauch des Erbschatzes zukommt.

§ 287. Solange die Ehe, für welche der Erbschatz ausgesetzt worden, besteht, gebührt die Verwaltung und der Nießbrauch dem Manne; insofern nicht der Besteller ein anderes ausdrücklich verordnet hat.

§ 288. Nach getrennter Ehe fällt der Nießbrauch dem überlebenden oder unschuldigen Ehegatten zu. (§. 541. sqq.)

§ 289. Auch das Eigentum fällt demselben anheim, wenn aus der Ehe, für welche der Erbschatz bestimmt war, keine Kinder vorhanden sind.

§ 290. Sind aber Kinder vorhanden: so erlangen diese das Eigentum nach den im folgenden Titel enthaltenen Bestimmungen.

§ 291. Der zum Nießbrauche berechtigte Ehegatte hat, wegen der Verwaltung des Erbschatzes, nur eben die Rechte, welche einem Ehemanne in Ansehung der eingebrachten Kapitalien seiner Frau beigelegt sind.

§ 292. Nur unter denjenigen Umständen, unter welchen ein solches Kapital von dem Ehemanne, auch ohne den Willen der Frau, eingezogen werden kann, ist der Nießbraucher des Erbschatzes zu dessen Einziehung berechtigt.

§ 293. War aber der Erbschatz nach §. 282. sqq. gerichtlich versichert: so muß auch die Einziehung gerichtlich geschehen und die dafür anderweit zu bestellende Sicherheit gerichtlich reguliert werden.

§ 294. Solange der Besteller noch am Leben ist, kann derselbe, mit Zuziehung der Eheleute, die Eigenschaft des Erbschatzes wieder aufheben und demselben die Eigenschaft des eingebrachten oder vorbehaltenen Vermögens beilegen.

§ 295. Ein gänzlicher Widerruf des Erbschatzes aber kann nur von den Gläubigern des Bestellers und nur unter eben den Umständen erfolgen, unter welchen eine Schenkung schuldenhalber widerrufen werden kann. (T. 1. Tit. 11. §.1129. sqq.)

§ 296. Ist die zum Erbschatze ausgesetzte Summe dem Ehemanne ohne besondere Sicherheit anvertrauet worden: so kann er zur Bestellung einer solchen Sicherheit nur in dem Falle, wo er dergleichen für das Eingebrachte zu leisten verpflichtet ist, angehalten werden.

§ 297. Doch gilt, wegen Eintragung eines solchen Erbschatzes auf die Grundstücke des Ehemannes, eben das, was wegen der Eintragung des Eingebrachten verordnet ist. (§.254. 255.)

§ 298. Nach dem Tode des Bestellers kann die Substanz des Erbschatzes, auch mit Einwilligung beider Eheleute, nicht veräußert, verpfändet oder sonst geschmälert werden.

§ 299. Doch können die Eheleute, wenn sie untereinander einig sind, die Hälfte des Erbschatzes zur Ausstattung der Kinder verwenden.

§ 300. Wenn aus der Ehe, für welche der Erbschatz bestellt worden, keine Kinder vorhanden, auch nach dem Laufe der Natur, wegen hohen Alters beider Eheleute, keine mehr zu erwarten sind: so kann der Erbschatz mit ihrer gemeinschaftlichen Bewilligung aufgehoben werden.

§ 301. In allen Fällen, wo nach dem Abgange des Bestellers eine Veränderung mit dem Erbschatze vorgenommen werden soll, muß der Richter die alsdann vorhandenen großjährigen Kinder oder einen den Minderjährigen zu bestellenden Kurator zuziehen.

§ 302. Ist die Substanz des Erbschatzes keinem der beiden Eheleute in die Hände gegeben, sondern bei einem Dritten auf ein Grundstück oder Kapital angewiesen worden: so kann derselbe, bei einem über das Vermögen eines oder beider Eheleute entstehenden Konkurse, nicht zur Masse gezogen werden.

§ 303. Hat aber der Gemeinschuldner den Erbschatz zu Händen gehabt: so gebührt demselben, wenn nicht eine bessere Sicherheit ausdrücklich bestellt ist, eben das Vorrecht, welches die Gesetze dem Eingebrachten beilegen.

§ 304. Reicht die Masse zur Bezahlung des Eingebrachten und des Erbschatzes zugleich nicht hin: so wird der Überrest unter beide, nach Verhältnis ihres Betrages, verteilt.

§ 305. Sogleich als über das Vermögen des Verwalters und Nießbrauchs eines Erbschatzes Konkurs entsteht und der Richter von dem Dasein einer solchen Stiftung Nachricht erhält, muß er von Amts wegen dafür sorgen, daß dem Erbschatze ein Kurator bestellt werde.

§ 306. Dieser Kurator überkommt sodann die Verwaltung des Erbschatzes.

§ 307. Die Einkünfte aber müssen nach der Verordnung des Bestellers und in deren Ermangelung nach den Vorschriften der Gesetze, zur Tragung der Lasten des Ehestandes, besonders zum Unterhalte und zur Erziehung der Kinder, verwendet werden.

§ 308. Bleibt sodann von den Einkünften noch etwas übrig: so gehört es den Gläubigern des in Konkurs verfallenen Nießbrauchers.

§ 309. Auch an die Substanz können diese Gläubiger sich halten, sobald dieselbe in der Folge dem Gemeinschuldner als freies Eigentum anheimfällt.

§ 310. Geschenke unter Eheleuten sind, wie unter Fremden, gültig.

§ 311. Auch der Widerruf ist nur unter solchen Umständen zulässig, unter welchen auch ein fremder Geschenkgeber dazu berechtigt sein würde.

§ 312. Doch können Schenkungen eines in Konkurs verfallenen Ehegatten, die auf einer bloßen Freigebigkeit beruhen, ohne Unterschied der Zeit, wann sie gemacht worden, von den Gläubigern desselben widerrufen werden.

Anh. §. 74. Der Ausdruck *ohne Unterschied der Zeit* bezieht sich nur auf den §. 1129. bis 1132. Tit. 11. T. 1. des Landrechts, aber nicht auf den §. 1133. eben daselbst, und es können daher die Gläubiger auch die unter Eheleuten gemachten Geschenke nicht widerrufen, wofern sie früher als drei Jahre vor eröffnetem Konkurse rechtsgültig erfolgt sind.

§ 313. Erhellet aber, daß die Schenkung zu einer Zeit geschehen, wo der schenkende Ehegatte noch nicht über sein Vermögen verschuldet war: so findet der Widerruf nur insofern statt, als die geschenkte Sache noch in dem Vermögen des beschenkten Ehegatten vorhanden ist; oder dieser im Besitze eines durch die Schenkung erlangten Vorteils sich noch wirklich befindet.

§ 314. Was der Mann der Frau zum standesmäßigen Unterhalte an Kleidern oder andern Sachen gegeben hat, wird ein freies Eigentum derselben.

§ 315. Dergleichen Zuwendungen können auch von den Gläubigern des Mannes, unter dem Vorwande einer Schenkung, nicht widerrufen werden.

§ 316. Bei demjenigen hingegen, was die Frau an Juwelen, Gold, Silber oder sonst zur Pracht von dem Manne erhalten hat, gilt bei einer erfolgenden Absonderung des Vermögens die Vermutung, daß ihr solches nur geliehen worden.

§ 317. Kann die Schenkung erwiesen werden: so gilt auch von solchen Effekten alles das, was von Schenkungen unter Eheleuten überhaupt verordnet ist.

§ 318. Das vorbehaltene Vermögen kann die Frau, auch ohne Bewilligung des Mannes, mit Schulden belasten.

§ 319. Doch muß der, welcher einer Ehefrau auf ihr vorbehaltenes Vermögen Kredit gibt, wenn er seine Befriedigung während der Ehe fordern will, dasselbe durch Eintragung in das Hypothekenbuch oder durch Übergabe des Obligationsinstruments oder der beweglichen Sache sich besonders versichern lassen.

§ 320. In Ansehung des eingebrachten Vermögens sind alle von der Frau, während der Ehe, ohne Bewilligung des Mannes, gemachten Schulden nichtig.

§ 321. Hat jedoch die Frau zu gewöhnlichen Haushaltungsgeschäften oder Notdurften, Waren oder Sachen auf Borg genommen: so muß der Mann dergleichen Schuld als die seinige anerkennen.

§ 322. Hat eine Frau dergleichen Schulden gemacht, ob ihr gleich von dem Manne das nötige Geld zur Besorgung der Wirtschaft eingehändigt worden: so ist der Mann berechtigt, aus ihrem vorbehaltenen und in dessen Ermangelung aus der Substanz des eingebrachten Vermögens Ersatz zu fordern.

§ 323. Kann oder will er dieses nicht: so steht ihm frei, zur Verhütung künftiger Schulden dieser Art richterliche Hülfe durch öffentliche Bekanntmachung nachzusuchen.

§ 324. Hat die Frau Sachen oder Gelder erborgt und zum gemeinschaftlichen Besten beider Eheleute nützlich verwendet: so wird dadurch die Schuld verbindlich. (§. 322. 323.)

§ 325. Hat eine Frau, welcher von dem Manne ein Teil seines Gewerbes übertragen worden, während seiner Abwesenheit zum Betriebe desselben Schulden gemacht: so sind dieselben gültig; wenngleich weder die Verwendung geschehn, noch der gehoffte Nutzen daraus erfolgt ist.

§ 326. Hat der Mann sich entfernt, ohne wegen des Unterhalts seiner Familie oder des Betriebes seines Gewerbes hinreichende Verfügungen zu treffen: so muß er diejenigen Schulden, welche die Frau zu solchem Behufe hat aufnehmen müssen, als die seinigen anerkennen.

§ 327. Ein Gleiches findet statt, wenn der Mann durch eine anhaltende Krankheit völlig außer Stand gesetzt wird, wegen Unterhaltung der Hauswirtschaft oder zum Betriebe seines Gewerbes, die nötigen Verfügungen zu treffen.

§ 328. In vorstehend benannten Fällen (§. 321.–327.) ist der Gläubiger, wegen der von der Frau gemachten Schuld, sich an den Mann zu halten, wohl befugt.

§ 329. Auch wegen einer solchen Schuld der Frau, in welche der Mann nur eingewilliget hat, wird seine Person und Vermögen dem Gläubiger verhaftet.

§ 330. Ausgenommen ist der Fall, wenn der Mann, bei Erteilung seines Konsenses, sich gegen die Selbsthaftung ausdrücklich verwahrt hat.

§ 331. Alsdann aber muß der Mann, vermöge seiner Einwilligung, geschehen lassen, daß der Gläubiger seine Befriedigung gegen die Frau, allenfalls auch durch persönlichen Arrest derselben, nachsuche.

§ 332. Hat der Gläubiger, wegen der von der Frau gemachten Schuld, sich ein Unterpfandsrecht in dem Vermögen der Frau bestellen lassen: so ist ihm, der von dem Manne erteilten Einwilligung ungeachtet, doch nur das Vermögen der Frau verhaftet.

§ 333. In allen Fällen, wo der Mann bloß wegen seiner erteilten Einwilligung, eine Schuld der Frau bezahlen muß, findet die Verordnung des §. 322. Anwendung.

§ 334. Ist eine Schuld der Frau, wegen ermangelnder Einwilligung des Mannes, ganz ungültig: so kann der Gläubiger nur dasjenige zurückfordern, was von den gegebenen Sachen oder Geldern erweislich noch vorhanden oder nützlich verwendet ist. (T. 1. Tit. 13. Abschn. 3.)

§ 335. Die Schulden einer Frau, die für sich ein eignes

Gewerbe treibt, welches seiner Beschaffenheit nach Kredit und Verlag erfordert, bedürfen in keinem Falle einer Genehmigung des Mannes.

§ 336. Vielmehr können die Gläubiger einer solchen Ehefrau die Exekution in ihr bereitestes Vermögen sowie gegen ihre Person nachsuchen.

§ 337. Auch der Mann ist ihnen verhaftet, wenn die Frau die Einkünfte eines solchen besondern Gewerbes sich nicht ausdrücklich vorbehalten hat.

§ 338. Hat die Frau vor der Heirat Schulden gehabt: so sind die Gläubiger, sich deshalb an ihrer Person und Vermögen ohne Einschränkung zu halten, wohl befugt.

§ 339. Wird durch solche Schulden, welche die Frau dem Manne verschwiegen hatte, deren Eingebrachtes vermindert: so kann er den Ersatz dieses Abgangs aus dem vorbehaltenen Vermögen fordern.

§ 340. Ein Gleiches findet statt, wenn die Frau dem Manne wissentlich fremde Sachen als ihre eigenen eingebracht hat und dieselben demnächst, während der Ehe, wieder herausgegeben werden müssen.

§ 341. Alles, was die Gesetze bei den Bürgschaften einer Frauensperson überhaupt erfordern, muß auch bei den Verbürgungen einer Ehefrau beobachtet werden. (T. 1. Tit. 14. §. 221. sqq.)

§ 342. Soll für die zum Besten eines Fremden geleistete Bürgschaft auch das Eingebrachte der Ehefrau haften: so ist dazu die Einwilligung des Mannes notwendig.

§ 343. In allen Fällen, wo die Frau, während der Ehe, Bürgschaft für den Mann leisten, seine Schulden übernehmen oder zum Besten seiner Gläubiger sich ihrer Vorrechte begeben will, muß die Handlung nicht nur gerichtlich, sondern auch mit Zuziehung eines ihr bestellten rechtskundigen Beistandes erfolgen.

Anh. §. 75. An Orten, wo keine rechtsverständige Assistenten zu haben sind, können auch andere vernünftige, erfahrne und in den Geschäften des bürgerlichen Lebens nicht ungeübte Männer als Beistände der Ehefrauen in solchen Fällen zugelassen werden.

§ 344. Auch muß ihr in allen dergleichen Fällen die vorgeschriebene Verwarnung geschehen, wenn sie gleich bei einer unverheirateten Frauensperson nicht erforderlich wäre.

Elfter Abschnitt
Von den rechtlichen Folgen des unehelichen Beischlafes

§ 1027. Wer eine Person außer der Ehe schwängert, muß die Geschwächte entschädigen und das Kind versorgen.

Anh. §. 83. 1) Der Betrag der für ein uneheliches Kind zu bezahlenden Verpflegungs- und Erziehungskosten, welchen das Landrecht Teil 1. Tit. 2. §. 626. 627. der richterlichen Bestimmung, nach Unterschied der Fälle, überlassen hat, wird, wenn der Vater ein gemeiner Soldat ist, auf 16 Gr., wenn er ein Unteroffizier ist, auf 20 Gr., bei Offizieren aber, nach Unterschied des Ranges, auf 2 Rtlr. bis 4 Rtlr. monatlich festgesetzt.

2) Für Tauf-, Entbindungs- und Wochenkosten soll einem Unteroffizier und gemeinen Soldaten nicht mehr als 1 Rtlr. 8 Gr. bis 2 Rtlr. abgefordert werden.

3) Wegen der Alimente des Kindes soll von dem Traktement eines Unteroffiziers oder gemeinen Soldaten kein Abzug stattfinden. Wenn also ein solcher Schwängerer außer seinem Solde weiter kein Vermögen oder Erwerb hat, so muß inzwischen die Mutter für die Ernährung des Kindes sorgen und bis zu verbesserten Vermögensumständen des unehelichen Vaters sich gedulden.

4) In Ansehung derjenigen Militärpersonen, welche solchergestalt von ihrem Solde keinen Abzug leiden dürfen, kann auch die §. 1032. – 1035. verordnete vorläufige Niederlegung der Tauf-, Entbindungs- und Wochenkosten nicht stattfinden.

5) So wie es sich nach den Vorschriften des Landrechts schon von selbst versteht, daß eine Frauensperson, welche mit einem Offizier, Unteroffizier oder gemeinen Soldaten in unerlaubten Umgang sich einläßt und demselben auch unter dem Versprechen der Ehe den Beischlaf gestattet, auf die Entschädigung, welche das Gesetz einer unter dem Versprechen der Ehe verführten und geschwängerten Person bestimmt hat, niemals Anspruch

machen könne, sondern diese Art der Entschädigung nur in dem einzigen Falle stattfinde, wenn der Schwängerer den erforderlichen Konsens zur Heirat schon erhalten hatte und hiernächst gleichwohl die Ehe mit der Geschwängerten wirklich zu vollziehen sich weigert; so soll auch die in dem §. 1072. verordnete mindere Abfindung der Geschwängerten gänzlich wegfallen, wenn der Schwängerer nur zu den Unteroffizieren oder gemeinen Soldaten gehört. In Ansehung der Oberoffiziere aber, welche eine unschuldige Person durch allerlei Künste, durch Vorspiegelungen des schon nachgesuchten und in kurzem zu erwartenden Konsenses usw. zum Beischlaf verleitet haben, soll es bei den Vorschriften des Landrechts §. 1077. 1078. und 1079. sein Bewenden haben.

§ 1028. In der Regel kann jede Geschwächte von dem Schwängerer Niederkunfts- und Taufkosten, ingleichen sechswöchentliche, ihrem Stande gemäße Verpflegung fordern.

§ 1029. Auch andere während der Schwangerschaft oder nach der Niederkunft aufgelaufene unvermeidlich gewesene Kosten ist der Schwängerer zu übernehmen verbunden.

§ 1030. Wenn die Geschwächte während der Wochen stirbt: so muß der Schwängerer die Begräbniskosten tragen: insofern dieselben aus ihrem Nachlasse nicht bestritten werden können.
Anh. §. 84. Stirbt das uneheliche Kind zu einer Zeit, da ihm der Schwängerer Unterhalt zu geben verbunden gewesen ist, so muß derselbe die Begräbniskosten tragen und die ausgelegten der Mutter erstatten.

§ 1031. Die §. 1028. beschriebene Kosten und Verpflegungsgelder kann die Geschwächte noch vor der Niederkunft einklagen.

§ 1032. Ist die Schwangerschaft ausgemittelt und der Beischlaf überhaupt eingestanden oder einigermaßen bescheinigt: so muß der Richter die Summe dieser Kosten durch ein vorläufiges Dekret festsetzen.

§ 1033. Doch steht dem Beklagten frei, diesen festgesetzten Betrag, bis zur erfolgenden Entbindung, gerichtlich niederzulegen.

§ 1034. Erfolgt innerhalb der gesetzmäßigen Zeit (§.1089.)

keine Entbindung: so kann er die niedergelegte Summe zurückfordern.

§ 1035. Auch findet die Zurückforderung insofern statt, als wegen erfolgten Absterbens der Mutter oder des Kindes die Verpflegungs- oder Taufkosten nicht gebraucht worden sind.

§ 1036. Der Einwand, daß die Geschwächte auch andern den Beischlaf gestattet habe, befreiet den Beklagten nicht von dieser ersten Art der Entschädigung.

§ 1037. Frauenspersonen, die sich in öffentlichen Hurenhäusern aufhalten, können selbst auf diese geringere Entschädigung keinen Anspruch machen.

§ 1038. Ein Gleiches gilt von solchen, die sich Mannspersonen gegen Bezahlung zur Wollust überlassen.

§ 1039. Ferner von Ehefrauen, die bei ihren Männern leben, wenn sie auch während der Ehe sich mit andern fleischlich vermischt hätten.

§ 1040. Frauenspersonen, welche die Mannspersonen zum Beischlafe verleitet haben, können diese geringere Art der Entschädigung nur alsdann fordern, wenn sie die Kosten der Niederkunft, der Taufe und der Wochen ganz oder zum Teil aus eignen Mitteln zu bestreiten nicht vermögend sind.

§ 1041. Mit dieser ersten Art der Entschädigung müssen diejenigen für ihre Person sich begnügen, die vorhin schon außer der Ehe geschwängert worden.

§ 1042. Ferner die Ehefrauen, welche zwar noch in der Ehe, aber von ihren Männern getrennt leben.

§ 1043. Desgleichen diejenigen, welche sich vormals in Hurenhäusern aufgehalten haben oder wegen eines unzüchtigen Lebenswandels berüchtigt sind.

§ 1044. Wer aber eine unbescholtene ledige Weibsperson außer der Ehe schwängert, der ist ihr deshalb möglichst vollständige Genugtuung zu leisten verbunden.

§ 1045. Witwen werden, in ähnlichen Fällen, den Jungfrauen gleich geachtet.

§ 1046. Auch geschiedene Frauen haben gleiche Rechte, wenn sie nicht begangenen Ehebruchs halber geschieden worden.

§ 1047. Hat der Verführer die Geschwächte unter dem Versprechen der Ehe geschwängert und stehen keine Ehehindernisse entgegen: so muß derselbe von dem Richter, allenfalls mit Zuziehung eines Geistlichen, ernstlich aufgefordert und angemahnet werden, die Ehe mit der Geschwächten wirklich zu vollziehen.

§ 1048. Weigert er sich dessen beharrlich, so soll zwar kein Zwang zur Vollziehung der Ehe durch priesterliche Kopulation stattfinden.

§ 1049. Dagegen sollen aber in dem abzufassenden Erkenntnisse der Geschwächten der Name, Stand und Rang des Schwängerers sowie überhaupt alle Rechte einer geschiedenen, für den unschuldigen Teil erklärten Ehefrau desselben beigelegt werden.

§ 1050. Dieser Rechte soll sie sich im bürgerlichen Leben und bei allen Verhandlungen desselben wirklich zu erfreuen haben.

§ 1051. Auch sind ihr, zur ihrer Abfindung, die gesetzlichen Ehescheidungsstrafen aus dem Vermögen oder den Einkünften des Schwängerers zuzuerkennen.

§ 1052. Ob diese Strafen nach §. 785. auf den vierten oder nach §. 786. nur auf den sechsten Teil zu bestimmen, bleibt nach Bewandtnis der Umstände eines jeden Falles, der mehrern oder mindern von dem Verführer gebrauchten Arglist, der Größe seines Vermögens und des Standes der Geschwächten, richterlichem Ermessen vorbehalten.

§ 1053. Wenn der Ehe des Schwängerers mit der Geschwächten gesetzliche Hindernisse, außer der Ungleichheit des Standes (§. 1066.), entgegenstehen, so muß der Richter gleich bei Aufnehmung der Klage prüfen: ob diese Hindernisse gehoben werden können.

§ 1054. Sind die Hindernisse so beschaffen, daß eine Hebung derselben nach gesetzlichen Vorschriften erfolgen kann: so muß dem Schwängerer eine verhältnismäßige Zeit bestimmt werden, binnen welcher derselbe das Hindernis aus dem Wege räumen und sodann die Ehe wirklich vollziehen solle.

§ 1055. Kann oder will er dieses nicht bewürken: so kann zwar auf Vollziehung der Ehe nicht geklagt werden.

§ 1056. Dagegen muß aber der Schwängerer der Geschwächten die Ehescheidungsstrafen, nach Bestimmung §. 1052., zu ihrer Abfindung entrichten.

§ 1057. Auch wird der Geschwächten in dem Urteil die Befugnis beigelegt, bis zu ihrer wirklichen Verheiratung den Namen des Schwängerers zu führen.

§ 1058. Vermöge eben dieses Urteils hat sie sich in der bürgerlichen Gesellschaft aller Befugnisse einer rechtmäßigen, obwohl geschiedenen Ehefrau zu erfreuen.

§ 1059. Bei dem Genusse dieser Rechte soll sie gegen jeden, der ihr den begangenen Fehler auf irgendeine Art vorrücken wollte, von dem Richter nachdrücklich geschützt werden.

§ 1060. Ergibt sich schon bei Aufnehmung der Klage, daß das Hindernis nicht gehoben werden könne oder wolle (§. 1054.), so bedarf es zwar keiner Bestimmung einer Frist zur Vollziehung der Ehe;

§ 1061. Dagegen finden alle Vorschriften §. 1056. – 1059. auch in diesem Falle Anwendung.

§ 1062. Auf Führung des Namens des Schwängerers soll nicht erkannt werden, wenn das Ehehindernis in zu naher Verwandtschaft besteht.

§ 1063. Auch alsdann nicht, wenn der Schwängerer schon verheiratet ist.

§ 1064. Überhaupt kann die Geschwächte, wenn sie nicht selbst adligen Standes ist, sich des adligen Namens und Wappens des Schwängerers in keinem Falle (§. 1049. 1057.) bedienen.

§ 1065. In allen Fällen, wo der Geschwächten der Name des Schwängerers nicht beigelegt werden kann, muß sie von demselben dafür noch besonders, außer der eigentlichen Abfindung, entschädigt werden.

§ 1066. Besteht das Ehehindernis bloß in der Ungleichheit des Standes (§. 30. – 33.), so muß der Schwängerer binnen einer zu bestimmenden Frist erklären: ob er die landesherrliche Erlaubnis zu einer Ehe zur linken Hand mit der Geschwächten nachsuchen könne und wolle.

§ 1067. Sucht und erhält er diese Erlaubnis wirklich, so ist ferner nach den Vorschriften des Neunten Abschnitts zu verfahren.

§ 1068. Kann oder will er die Erlaubnis nicht suchen oder wird ihm dieselbe versagt: so finden die Vorschriften §. 1056. 1058. 1059. und 1065. Anwendung.

§ 1069. Nach eben diesen Vorschriften ist zu verfahren, wenn die Geschwächte vom Anfange an erklärt, den Schwängerer zur linken Hand nicht heiraten zu wollen; oder wenngleich bei Aufnehmung der Klage sich mit Gewißheit ergibt, daß der Schwängerer die Erlaubnis nicht suchen könne oder dieselbe nicht suchen zu wollen selbst entschlossen sei.

§ 1070. In beiden Fällen (§. 1068. 1069.) soll jedoch nur auf die Ehescheidungsstrafen nach §. 786. erkannt werden.

§ 1071. Alle obigen Vorschriften (§. 1053. – 1070.) gelten nur in dem Falle, wenn der Geschwächten das Ehehindernis unbekannt gewesen.

§ 1072. Hat sie aber dasselbe gewußt und ist ihr insonderheit bekannt gewesen, daß der Schwängerer unter Eltern, Vormündern oder andern Personen stehe, ohne deren Konsens er keine gültige Ehe schließen kann, so muß sie mit einer bloßen Abfindung sich begnügen.

§ 1073. Ein Gleiches findet statt, wenn die Schwängerung nicht unter dem Versprechen der Ehe geschehen ist und der Schwängerer die Geschwächte nicht heiraten will.

§ 1074. Ferner, wenn kein lebendiges Kind aus dem Beischlafe zur Welt geboren worden.

§ 1075. Ist die Frucht in der Geburt oder binnen vierundzwanzig Stunden nach derselben verstorben: so kann die Geschwächte ebenfalls nur Abfindung fordern.

§ 1076. Was rechtens sei, wenn die Geschwächte selbst den Schwängerer zum Beischlafe verleitet hat, ist §. 1040. verordnet.

§ 1077. Die Ausstattung muß in allen Fällen, wo darauf erkannt wird, nach dem Stande der Geschwächten und dem Vermögen des Schwängerers bestimmt werden.

§ 1078. Insonderheit ist bei dieser Bestimmung darauf zu sehen, daß die Geschwächte Hoffnung erhalte, eine ihrem Stande gemäße Heirat zu finden.

§ 1079. Ist nur die beharrliche Weigerung des Schwängerers, die Geschwächte zu heiraten, der Grund, warum Ausstattung gegeben werden muß: so ist sie höher zu bestimmen, als wenn gesetzliche Ehehindernisse im Wege stehen. (§. 1071.)

§ 1080. Mit einer geringern Ausstattung muß die Geschwächte sich begnügen, wenn aus dem Beischlafe zwar eine Schwangerschaft erfolgt, aber kein lebendiges Kind zur Welt gekommen ist. (§. 1076.)

§ 1081. Auch die höchste Ausstattung darf den höchsten Satz der Ehescheidungsstrafe nicht übersteigen.

§ 1082. Ob die erkannte Ausstattung der Geschwächten sogleich zu verabfolgen oder nur gerichtlich sicherzustellen und bis zu ihrer wirklichen Verheiratung zu verzinsen sei, bleibt richterlichem Ermessen, nach Bewandtnis der Umstände, vorbehalten.

§ 1083. Kann die Geschwächte von dem Schwängerer aus Mangel an Kapitals-Vermögen nicht nach §. 1078. hinreichend ausgestattet werden: so ist er schuldig, ihr aus seinen Einkünften oder Erwerbe einen jährlichen damit in Verhältnis stehenden Beitrag zu ihrem standesmäßigen Unterhalt zu entrichten.

§ 1084. Diesen Beitrag muß er in bestimmten Anteilen, und zwar zu Anfange eines jeden Termins, voraus bezahlen.

§ 1085. Auch muß selbiger der Geschwächten aus den sichersten und bereitesten Einkünften oder Erwerbnissen des Schwängerers angewiesen werden.

§ 1086. Die Geschwächte verliert diesen Beitrag nicht, wenn sie sich gleich wirklich verheiratet.

§ 1087. Gelangt der Verführer zu bessern Vermögensumständen: so kann die Geschwächte Erhöhung des Beitrages oder an dessen Stelle Bezahlung eines Kapitals zu ihrer vollständigen Ausstattung fordern.

§ 1088. Die Eltern des Verführers sind nur alsdann schuldig, zur Ausstattung beizutragen, wenn die Geschwächte seinen Namen zu führen berechtigt ist, und sie sich dieses nicht gefallen lassen wollen.

§ 1089. Alle vorstehend bestimmten gesetzlichen Entschädigungen kann die Geschwächte nur alsdann fordern, wenn die Niederkunft innerhalb des zweihundertundzehnten und zweihundertfünfundachtzigsten Tages nach dem Beischlafe erfolgt ist.

§ 1090. Doch verliert sie durch eine frühere Niederkunft das Recht zu der im §. 1028. 1029. bestimmten Entschädigung, ingleichen zur Ausstattung noch nicht, wenn das Alter der Frucht, nach dem Urteile der Sachverständigen, mit der Zeit des Beischlafes übereinstimmt.

§ 1091. Hat die Geschwächte sich nach dem Beischlafe solcher Handlungen schuldig gemacht, die nach den Gesetzen die Trennung selbst einer gültigen Ehe begründen können: so verliert sie dadurch ihr Recht, auf Ehelichung oder Ausstattung zu klagen.

§ 1092. Ein Gleiches findet statt, wenn sie sich, vor angestellter Klage gegen den Schwängerer, mit einem andern wirklich verheiratet.

§ 1093. Ist der Schwängerer erbötig, die Ehe mit der Geschwächten zu vollziehen, und diese weigert sich dessen: so kann sie auch keine Ausstattung verlangen.

§ 1094. Doch ist sie zu einer Ausstattung alsdann berechtigt, wenn ihr der Schwängerer, durch sein Betragen nach der Schwängerung, solchen Anlaß zur Abneigung gegeben hat, welcher den Rücktritt von einem gültigen Ehegelöbnisse rechtfertigen würde. (§. 120.)

§ 1095. Die ganze Klage aus der Schwängerung erlöscht, wenn sie nicht binnen zwei Jahren nach erfolgter Niederkunft angemeldet worden.

§ 1096. Hat der Schwängerer während dieser zwei Jahre für den Unterhalt der Geschwächten gesorgt: so kann letztere, nach Ablauf derselben, zwar nicht mehr auf Vollziehung der Ehe, wohl aber auf Ausstattung klagen.

§ 1097. Hat der Schwängerer innerhalb dieser zwei Jahre seinen bisherigen Aufenthalt verlassen: so wird die Zeit, während welcher sein neuer Aufenthalt der Geschwächten unbekannt gewesen, von der Verjährungsfrist abgerechnet.

§ 1098. Den Tag, wo die Geschwächte den nachherigen Aufenthalt des abwesenden Schwängerers erfahren hat, muß dieselbe allenfalls eidlich angeben.

§ 1099. Auch wenn der Schwängerer seinen Wohnsitz verändert hat, ist die Geschwächte ihre Klage in dessen vorigen Gerichtsstande anzustellen wohl befugt.

§ 1100. Die Erben der Geschwächten können von dem Schwängerer eine Ausstattung nur insofern fordern, als dieselbe der Erblasserin in einer Kapitalsumme bereits rechtskräftig zuerkannt war.

§ 1101. Dagegen ist die Geschwächte gegen die Erben des Schwängerers in allen Fällen, auch wenn sie von ihm selbst Vollziehung der Ehe fordern könnte, auf Ausstattung zu klagen berechtigt.

§ 1102. Wenn mehrere Geschwächte gegen eben denselben Schwängerer auf Vollziehung der Ehe klagen: so kann darauf nur zum Besten derjenigen, deren Recht durch den frühern dergleichen Klage begründeten Beischlaf zuerst entstanden ist, erkannt werden.

§ 1103. Die übrigen müssen, wegen des ihnen solchergestalt entgegenstehenden Ehehindernisses, mit einer Ausstattung sich begnügen.

§ 1104. Wird bei einer angestellten Schwängerungsklage der Beischlaf geleugnet, so muß der Richter im Mangel eines vollständigen Beweises allemal eher auf einen notwendigen als auf einen zugeschobenen Eid erkennen.

§ 1105. Ein zugeschobener Eid findet also nur in solchen Fällen statt, wo auch keine Vermutungen, welche den Richter zu einem notwendigen Eide bestimmen könnten, vorhanden sind.

§ 1106. Ob die Klägerin zum Erfüllungs- oder der Beklagte zum Reinigungseide zu lassen sei, bleibt hauptsächlich richterlichem Ermessen, nach den wegen der notwendigen Eide überhaupt gegebenen Anweisungen, vorbehalten.

§ 1107. Doch soll der Richter dabei, in Fällen dieser Art, auf nachstehende gesetzliche Vermutungen, insofern dieselben nicht durch andere besondere Umstände entkräftet werden, vorzügliche Rücksicht nehmen.

§ 1108. Wenn ein vorhergegangener vertrauter Umgang zwischen beiden Teilen nachgewiesen, die Klägerin sonst von unbescholtener Aufführung, der Lebenswandel des Beklagten aber so beschaffen gewesen ist, daß man sich der Tat zu ihm wohl versehen kann: so ist eher auf den Erfüllungs- als auf den Reinigungseid zu erkennen.

§ 1109. Ein Gleiches findet statt, wenn der Beklagte den Beischlaf außergerichtlich zugestanden hat, obwohl die Zeit desselben nicht genau angegeben worden.

§ 1110. Privatunterhandlungen, welche mit der Beklagten wegen ihrer Abfindung gepflogen worden, werden einem solchen außergerichtlichen Geständnisse nur alsdann gleichgeachtet, wenn der bisherige Lebenswandel beider Teile diese Vermutung unterstützt.

§ 1111. Hat der Beklagte sich unzüchtiger Vertraulichkeiten mit der Klägerin berühmt, so kann dieses die Zulassung der letztern zum Erfüllungseide begründen.

§ 1112. Der Einwand, daß dergleichen Äußerungen (§. 1109.–1111.) nur Scherz gewesen, soll diese gesetzliche Vermutung nicht entkräften.

§ 1113. Zum Reinigungseide muß der Beklagte vornehmlich alsdann gelassen werden, wenn er bis dahin einen unbescholtnen Wandel geführt, die Klägerin aber sich einer schlechten Aufführung verdächtig gemacht hat.

§ 1114. Der Verdacht einer schlechten Aufführung

(§.1108.–1113.) trifft diejenigen, die eines vorhin mit andern gepflogenen unehelichen Beischlafes überführt sind.

§ 1115. Ferner diejenigen, welche unzüchtige oder der Hurerei wegen verdächtige Häuser besuchen, ohne daß ihr Beruf sie dazu veranlaßt.

§ 1116. Desgleichen diejenigen, welche mehrmalig an einsamen Orten mit verdächtigen Personen betroffen worden.

§ 1117. Endlich diejenigen, welche sich unanständige und freche Reden, Gebärden oder Handlungen zur Gewohnheit werden lassen.

§ 1118. Ist wegen der gegen beide Teile vorhandenen gesetzlichen Vermutungen, daß Erkenntnis zwischen dem Erfüllungs- und Reinigungseide zweifelhaft, so ist allemal eher auf ersteren als auf letzteren zu erkennen.

§ 1119. Doch kann in einem solchen sehr zweifelhaften Falle der Beklagte niemals zu etwas anderm als zu der im §.1028. bestimmten Entschädigung und zu einer minder beträchtlichen Ausstattung verurteilt werden.

§ 1120. Ist der Beischlaf selbst ausgemittelt, die Angabe der Klägerin aber von der Zeit desselben widersprochen: so finden die aus dem Charakter und bisherigen Lebenswandel der Parteien hergenommenen gesetzlichen Vermutungen hier ebenfalls Anwendung.

§ 1121. Besonders aber muß die Klägerin zum Erfüllungseide gelassen werden, wenn der Beklagte den Beischlaf oder verdächtigen Umgang anfänglich geleugnet, nachher aber eingestanden hat oder dessen überführt worden ist.

§ 1122. Wenn die Schwängerung zwar eingestanden oder bewiesen, das Eheversprechen aber geleugnet worden: so ist die Klägerin, in Ermangelung anderer Beweismittel, vornehmlich alsdann zum Erfüllungseide zu lassen, wenn der Beklagte sie für seine Braut ausgegeben oder gegen andre, sie heiraten zu wollen, sich hat verlauten lassen.

§ 1123. Wenn der Beklagte behauptet, daß er von der Klägerin zum Beischlafe verleitet oder das Eheversprechen ihm abgelockt worden sei: so finden bei der Bestimmung zwischen dem Erfüllungs- und Reinigungseide eben die aus dem persönlichen Charakter und bisherigen Lebenswandel beider Teile hergenommenen Vermutungen gleichfalls Anwendung.

§ 1124. Besonders aber wird eine gesetzliche Vermutung gegen die Klägerin dadurch begründet, wenn sie bereits die Volljährigkeit, der Beklagte aber dieselbe noch nicht erreicht hat.

§ 1125. Sind beide Teile noch minderjährig, oder beide bereits volljährig: so streitet die Vermutung für die Mannsperson, wenn dieselbe ein, zwei oder mehrere Jahre jünger ist als die Geschwängerte.

§ 1126. Gleiche Vermutung für den Beklagten findet statt, wenn der Beischlaf in seinem Wohngelasse vollzogen worden und die Klägerin keine erhebliche Veranlassung, warum sie sich damals daselbst eingefunden habe, nachweisen kann.

§ 1127. Ist ein Beischlaf durch Notzucht im gesetzlichen Verstande bewerkstelligt worden: so muß der Verführer der Geschwächten alles das leisten, wozu er in dem Falle einer unter dem Versprechen der Ehe erfolgten Schwängerung verpflichtet sein würde.

§ 1128. Kann oder will die Geschwächte die Ehe mit ihm nicht vollziehen und fortsetzen: so ist sie die Ehescheidungsstrafe, nach dem höchsten Maße, zu fordern berechtigt.

§ 1129. Wenn eine Mannsperson, welche wegen unehelicher Schwängerung belangt worden, nach angemeldeter Klage heimlich entweicht: so wird dieselbe so lange für den wirklichen Vater angesehen, bis das Gegenteil klargemacht worden.

§ 1130. Es wird daher sein zurückgelassenes Vermögen so lange in Beschlag genommen, bis entweder das Gegenteil der Vermutung ausgemittelt oder der Geschwängerten gesetzmäßige Genugtuung geleistet worden.

Anh. §. 85. Die Alimente, wozu ein Deserteur seinem zurückgelassenen unehelichen Kinde rechtlich verpflichtet ist, müssen ebenso wie bei ehelichen von dem der Invalidenkasse anheimfallenden Vermögen gleich andern rechtmäßigen Schulden abgezogen oder darin sichergestellt werden.

§ 1131. Stirbt der angegebene Vater, ohne die wider ihn streitende Vermutung abgelehnt zu haben: so müssen Mutter und Kind aus seinem Nachlasse befriedigt werden.

aus: Code Napoléon

Sechstes Kapitel
Von den wechselseitigen Rechten und Pflichten der Ehegatten

212. Die Ehegatten sind einander Treue, Hilfe und Beistand schuldig.

213. Der Mann ist seiner Frau Schutz und die Frau ihrem Mann Gehorsam schuldig.

214. Die Frau ist verbunden, bei dem Mann zu wohnen und ihm allenthalben hin zu folgen, wo er sich aufzuhalten für gut findet; der Mann ist schuldig, sie aufzunehmen und ihr alles, was zum Lebensunterhalte erforderlich ist, nach seinem Vermögen und Stand zu entrichten.

215. Die Frau kann ohne Genehmigung ihres Mannes nicht vor Gericht auftreten, selbst alsdann nicht, wenn sie eine öffentliche Handelsfrau ist, wie auch wenn sie mit ihrem Mann in keiner Gütergemeinschaft lebt oder wenn eine Vermögensabsonderung zwischen beiden stattfindet.

216. Die Genehmigung des Mannes ist nicht erforderlich, wenn gegen die Frau in peinlichen oder Polizeisachen verfahren wird.

217. Die Ehefrau kann, wenn sie gleich mit ihrem Mann in keiner Gütergemeinschaft oder in einer Vermögensabsonderung lebt, weder schenken, veräußern, ihr Vermögen mit Hypotheken beschweren, noch erwerben, es sei unentgeltlich oder gegen Vergütung, sofern nicht ihr Ehemann bei der Handlung selbst dazu mitgewirkt oder schriftlich eingewilligt hat.

218. Verweigert der Mann seiner Frau die Genehmigung, vor Gericht aufzutreten, so kann der Richter sie dazu berechtigen.

219. Versagt der Mann seiner Frau die Genehmigung zur Eingehung eines Rechtsgeschäftes, so kann ihn die Frau unmittelbar vor das Gericht der ersten Instanz in dem Bezirk ihres gemeinschaftlichen Wohnsitzes vorladen lassen, welches alsdann, nachdem der Mann

in dem Beratschlagungszimmer vernommen oder doch gehörig vorgefordert worden ist, seine Genehmigung erteilen oder versagen kann.

220. Ist sie eine öffentliche Handelsfrau, so kann sie in ihren Handelsangelegenheiten sich ohne Genehmigung ihres Mannes verbindlich machen; sie verbindet in diesem Falle auch ihren Mann, wenn sie mit ihm in Gütergemeinschaft lebt. Als öffentliche Handelsfrau wird sie jedoch nicht angesehen, wenn sie nur im einzelnen die zur Handlung ihres Mannes gehörigen Waren verkauft, sondern allein in dem Falle, wenn sie einen abgesonderten Handel treibt.

221. Ist der Mann zu einer entehrenden oder Leibesstrafe verurteilt, wäre sie auch nur wegen ungehorsamen Nichterscheinens erkannt: so kann die selbst volljährige Ehegattin, so lange die Strafe dauert, nur alsdann vor Gericht stehen oder Verträge schließen, wenn sie zuvor die Genehmigung des Richters ausgewirkt haben wird, der solche in diesem Fall erteilen kann, ohne den Mann vernommen oder vorgeladen zu haben.

222. Ist dem Manne die freie Verwaltung seines Vermögens untersagt oder ist er abwesend, so kann der Richter nach vorhergegangener Untersuchung der Sache die Frau berechtigen, sowohl vor Gericht aufzutreten, als auch Verträge zu schließen.

223. Jede im allgemeinen erteilte Genehmigung, wäre sie auch in der Ehestiftung (Heiratskontrakt) ausbedungen worden, gilt nur in Beziehung auf die Verwaltung des der Frau zugehörigen Vermögens.

224. Ist der Mann noch minderjährig, so bedarf die Frau der Genehmigung des Richters, sowohl um vor Gericht aufzutreten, als um Verträge zu schließen.

225. Auf die durch den Mangel der Genehmigung begründete Ungültigkeit können nur die Frau, der Mann und beider Erben sich berufen.

226. Die Frau kann ohne die Genehmigung ihres Mannes ein Testament machen.

227. Die Ehe wird aufgelöst:
    1) Durch den Tod eines der beiden Ehegatten;
    2) Durch eine gesetzlich ausgesprochene Ehescheidung;
    3) Durch die entscheidend gewordene Verurteilung
       eines der Ehegatten zu einer den bürgerlichen Tod
       nach sich ziehenden Strafe.

Achtes Kapitel

Von der zweiten Heirat

228. Die Frau kann erst nach zehn Monaten seit der Auflösung einer vorherigen Ehe sich von neuem verheiraten.

Von der Ehescheidung

Erstes Kapitel
Von den Ursachen der Ehescheidung

229. Der Mann kann die Ehescheidung wegen eines von
    seiner Frau begangenen Ehebruches verlangen.
230. Die Frau kann wegen eines von dem Manne begangenen Ehebruches die Ehescheidung verlangen, wenn
    derselbe seine Beischläferin in dem gemeinschaftlichen Haus gehalten hat.
231. Wechselseitig können die Ehegatten um die Ehescheidung wegen harter und grausamer Mißhandlungen
    oder grober Beleidigungen des einen von ihnen gegen
    den andern nachsuchen.
232. Die Verurteilung eines der Ehegatten zu einer entehrenden Strafe soll für den andern einen Grund zur
    Ehescheidung abgeben.
233. Die beiderseitige und beharrliche, auf die Weise, unter den Bedingungen und nach den Versuchen, welche

das Gesetz vorschreibt und bestimmt, ausgedrückte Einwilligung der Ehegatten soll als ein hinlänglicher Beweis angenommen werden, daß das Zusammenleben ihnen unerträglich und in Ansehung ihrer eine vollgültige Ursache zur Trennung der Ehe vorhanden sei.

Zweites Kapitel
Von der Ehescheidung wegen einer bestimmten Ursache

Erster Abschnitt
Von der Form der Ehescheidung wegen einer bestimmten Ursache

234. Von welcher Art auch die Tatsachen und Verbrechen sein mögen, welche die Klage auf Ehescheidung aus einer bestimmten Ursache veranlassen, so soll dieselbe dennoch nur bei dem Gericht desjenigen Bezirkes, in welchem die Ehegatten ihren Wohnsitz haben, angebracht werden können.

235. Veranlassen einige von den klagenden Ehegatten angeführten Tatsachen ein peinliches Verfahren von seiten der königlichen Prokuratoren, so soll die Ehescheidungsklage bis nach erfolgter Entscheidung des peinlichen Gerichts ausgesetzt bleiben; alsdann aber kann sie wieder vorgenommen werden, ohne daß es jedoch erlaubt wäre, aus dem peinlichen Urteile wider den Kläger irgendeinen gegen die Zulässigkeit der Klage gerichteten Einwand oder eine ihm nachteilige Einrede zu folgern.

236. Jede Klage auf Ehescheidung soll die Tatsachen umständlich entwickeln; sie muß mit den etwa vorhandenen Beweisstücken dem Präsidenten des Gerichtes oder dem ihn vertretenden Richter von dem klagenden Ehegatten in Person überreicht werden, sofern dieser nicht durch Krankheit daran verhindert wird; in welchem Fall die Gerichtsperson auf sein Ersuchen und auf das Zeugnis zweier Doktoren der Arznei- oder Wundarzneikunde oder zweier sonstigen Ärzte sich nach der Wohnung des Klägers ver-

fügt, um daselbst dessen Klage in Empfang zu nehmen.

237. Nachdem der Richter hierauf den Kläger vernommen und ihm die Bemerkungen, welche er der Sache angemessen glaubt, mitgeteilt hat, versieht er die Klage und die Beweisstücke mit seinem Handzuge und nimmt über die ihm geschehene Einhändigung des Ganzen ein Protokoll auf. Dieses Protokoll soll von dem Richter und dem Kläger unterschrieben werden; sollte aber letzterer zu unterschreiben nicht verstehen oder dazu außer Stande sein, so muß hiervon Erwähnung geschehen.

238. Der Richter verfügt am Schluß seines Protokolls, daß die Parteien an dem Tage und zu der Stunde, die er bestimmen wird, vor ihm in Person erscheinen sollen, und daß zu dem Ende eine Abschrift seiner Verfügung derjenigen Partei, wider welche die Ehescheidung nachgesucht wird, zugefertigt werden soll.

239. An dem bestimmten Tag macht der Richter den beiden Ehegatten, wenn sie sich einfinden, oder dem Kläger, wenn dieser allein erscheint, die Vorstellungen, die ihm geeignet erscheinen, eine Wiederannäherung zu bewirken. Bleibt dieser Versuch fruchtlos, so nimmt er hierüber ein Protokoll auf und verfügt, daß die Klage mit den Beweisstücken dem königlichen Prokurator mitgeteilt und dem Gericht über die ganze Sache Bericht erstattet werde.

240. In den nachfolgenden drei Tagen wird von dem Gerichte auf den Vortrag des Präsidenten oder des ihn vertretenden Richters und auf den Antrag des königlichen Prokurators die Erlaubnis, den Beklagten vorzuladen, entweder erteilt oder noch ausgesetzt. Dieser Aufschub darf nicht über zwanzig Tage dauern.

241. Wird von dem Gerichte jene Erlaubnis erteilt, so läßt der Kläger den Beklagten auf die gewöhnliche Weise vorladen, um binnen der gesetzlichen Frist persönlich in der bei verschlossenen Türen zu haltenden Gerichtssitzung zu erscheinen; auch muß er eine Abschrift der Ehescheidungsklage und der beigebrachten Beweisstücke der Vorladung voransetzen lassen.

242. Beim Ablauf der Frist soll der Kläger, auch wenn der Beklagte nicht erscheint, in eigener Person, und wenn er es für gut findet, von einem Ratgeber begleitet, die Gründe seiner Klage vortragen oder vortragen lassen, hierauf die Beweisstücke wieder vorlegen und die Zeugen benennen, welche er abhören lassen will.

243. Erscheint der Beklagte in Person oder durch einen Bevollmächtigten, so kann er seine Bemerkungen sowohl über die Gründe der Klage, als über die vom Kläger vorgelegten Beweisstücke und die von demselben vorgeschlagenen Zeugen selbst vortragen oder vortragen lassen. Auch der Beklagte benennt sodann von seiner Seite die Zeugen, die er abhören lassen will und über welche der Kläger gegenseitig seine Bemerkungen macht.

244. Über das Erscheinen, die Äußerungen und Bemerkungen der Parteien sowie über die von dem einen oder dem anderen Teil erfolgenden Eingeständnisse wird ein Protokoll aufgenommen. Dieses Protokoll soll den Parteien vorgelesen und es müssen diese aufgefordert werden, dasselbe zu unterschreiben; auch muß ihrer Unterschrift oder ihrer Erklärung, nicht unterschreiben zu können oder zu wollen, ausdrückliche Erwähnung geschehen.

245. Das Gericht verweist hierauf die Parteien zur öffentlichen Gerichtssitzung, wozu es Tag und Stunde bestimmt; verfügt sodann die Mitteilung der Verhandlungen an den königlichen Prokurator und bestellt einen Referenten. Sollte der Beklagte nicht erschienen sein, so ist der Kläger verbunden, ihm die Verfügung des Gerichtes, binnen der darin angesetzten Frist, zustellen zu lassen.

246. An dem bestimmten Tage und zur festgesetzten Stunde wird auf den Vortrag des dazu bestellten Richters und nach vorgängiger Anhörung des königlichen Prokurators zuerst über die gegen die Zulässigkeit der Klage etwa vorgebrachten Einreden entschieden. Werden diese gegründet gefunden, so wird die Klage auf Ehescheidung verworfen; im entgegengesetzten Falle oder wenn keine solche Einreden vor-

gebracht wurden, wird die Ehescheidungsklage zugelassen.

247. Sofort nach Annahme der Ehescheidungsklage erkennt das Gericht auf den Vortrag des dazu bestellten Richters und nach vorgängiger Anhörung des
königlichen Prokurators in der Hauptsache. Hält es
dieselbe zum endlichen Spruche reif, so entscheidet
es über die Klage; im entgegengesetzten Falle läßt es
den Kläger zum Beweis der von ihm angeführten er-
heblichen Tatsachen und den Beklagten zum Gegen-
beweise zu.

248. Bei jedem Auftritte im Prozesse können die Parteien,
nachdem der Richter seinen Vortrag erstattet und ehe
der königliche Prokurator seine Meinung geäußert
hat, ihre gegenseitigen Gründe selbst vortragen oder
vortragen lassen, zuerst über die der Zulässigkeit der
Klage entgegengesetzten Einreden und alsdann über
die Hauptsache; aber in keinem Falle soll der rechtliche Beistand des Klägers zugelassen werden, wenn
nicht der Kläger selbst in Person erscheint.

249. Gleich nach ausgesprochenem Urteile, welches die
Zeugenabhörung verfügt, liest der Sekretär des Tribu-
nals den Teil des Protokolls vor, der die schon geschehene Benennung der Zeugen, welche die Parteien abhören lassen wollen, enthält. Der Präsident macht
ihnen bekannt, daß es ihnen noch freistehe, andere
Zeugen zu benennen, daß sie aber von diesem Augenblick an damit nicht weiter gehört werden.

250. Die Parteien bringen gleich nachher ihre gegenseitigen Einwendungen wider die Zeugen, die sie etwa
verwerfen wollen, vor. Das Gericht erkennt über
diese Einwendungen, nachdem es den königlichen
Prokurator darüber gehört hat.

251. Die Verwandten der Parteien, ihre Kinder und Abkömmlinge ausgenommen, können nicht wegen ihrer
Verwandtschaft als Zeugen verworfen werden und
ebensowenig das Hausgesinde der Ehegatten wegen
dieser Eigenschaft; doch soll das Gericht auf die Aussage der Verwandten und des Hausgesindes nur so viel
Rücksicht nehmen, als ihm billig scheint.

252. Jedes Urteil, welches einen Zeugenbeweis zuläßt, muß die Zeugen benennen, welche vernommen werden sollen, und den Tag und die Stunde bestimmen, wo die Parteien sie vorzuführen haben.

253. Die Ausagen der Zeugen werden in der Sitzung bei verschlossenen Türen, in Gegenwart des königlichen Prokurators, der Parteien und ihrer Beistände oder Freunde bis zur Zahl von dreien auf jeder Seite von dem Gericht aufgenommen.

254. Die Parteien dürfen sowohl selbst, als durch ihre Beistände, den Zeugen solche Bemerkungen und Anfragen um Erläuterung vorlegen, die sie für dienlich halten, ohne jedoch dieselben in dem Lauf ihrer Aussagen zu unterbrechen.

255. Jede Aussage wird schriftlich aufgezeichnet; dasselbe gilt von den dadurch etwa veranlaßten Äußerungen und Bemerkungen. Das Protokoll über die Zeugenabhörung wird sowohl den Zeugen, als den Parteien, vorgelesen; beide werden aufgefordert, dasselbe zu unterschreiben, und es geschieht hierauf dieser Unterschrift oder ihrer Erklärung, nicht unterschreiben zu können oder zu wollen, Erwähnung.

256. Nachdem die beiderseitige Zeugenabhörung oder die von seiten des Klägers, wenn der Beklagte keine Zeugen in Vorschlag gebracht hat, geschlossen ist, verweist das Gericht die Parteien zur öffentlichen Gerichtssitzung, wozu es den Tag und die Stunde bestimmt. Es verfügt die Mitteilung der Verhandlungen an den königlichen Prokurator und bestellt einen Referenten. Diese Verfügung wird dem Beklagten auf Ansuchen des Klägers binnen der darin bestimmten Frist mitgeteilt.

257. An dem zur Erteilung des Endurteils festgesetzten Tage hält der dazu bestellte Richter seinen Vortrag. Die Parteien können hierauf entweder selbst oder durch ihre rechtlichen Beistände alle ihnen zweckdienlich scheinenden Bemerkungen vorbringen; worauf sodann der königliche Prokurator seinen Antrag tut.

258. Das Endurteil wird öffentlich erteilt. Läßt es die Ehe-

scheidung zu, so erhält der Kläger die Befugnis, sich zu dem Beamten des Personenstandes zu verfügen, um dieselbe von diesem aussprechen zu lassen.

259. Ward wegen harter und grausamer Mißhandlungen oder grober Beleidigungen die Ehescheidung nachgesucht: so bleibt es den Richtern, wenngleich die Klage gehörig begründet ist, unbenommen, die Ehescheidung noch nicht sogleich zuzulassen. Sie berechtigen in diesem Falle ehe sie entscheiden, die Frau, sich der Gesellschaft ihres Mannes zu entziehen, ohne ihn, wenn sie es nicht für gut findet, bei sich aufnehmen zu müssen, und verurteilen den Mann, wenn sie selbst keine zur Bestreitung ihrer Bedürfnisse hinreichenden Einkünfte hat, ihr eine jährliche, seinem Vermögen angemessene Unterhaltungssumme zu bezahlen.

260. Nach dem Ablaufe eines Probejahres kann, wenn die Parteien sich inzwischen nicht wieder vereinigt haben, der klagende Ehegatte den andern vorladen lassen, um in den gesetzlichen Fristen vor Gericht zu erscheinen und das daselbst auszusprechende Endurteil, welches alsdann die Ehescheidung zuläßt, anzuhören.

261. Wird die Ehescheidung aus dem Grunde nachgesucht, weil einer der Ehegatten zu einer entehrenden Strafe verurteilt ist: so bestehen die zu beobachtenden Förmlichkeiten einzig darin, daß man bei dem Gerichte erster Instanz eine in gehöriger Form geschehene Ausfertigung des Verdammungsurteils nebst einem Zeugnis des peinlichen Gerichtes, woraus hervorgeht, daß dieses Urteil auf keine gesetzliche Weise wieder abgeändert werden könne, übergibt.

262. Wird von einem bei dem Gerichte der ersten Instanz in einer Ehescheidungssache ergangenen Urteile, welches die Klage zuließ oder endlich entschied, appelliert: so hat das Appellationsgericht den Rechtsstreit als eilige Sache zu behandeln und zu entscheiden.

263. Die Appellation kann nicht angenommen werden, insofern sie nicht binnen drei Monaten, von dem Tag der Insinuation des Urteils an zu rechnen, welches nach Anhörung der beiden Parteien oder wegen ungehorsamen Nichterscheinens des einen Teils erfolgt ist,

eingelegt wurde. Die Frist, binnen welcher man sich wider ein in letzter Instanz ergangenes Urteil an das Kassationsgericht zu wenden hat, soll ebenfalls drei Monate, von dem Tage der Insinuation an zu rechnen, dauern. Dieses Rechtsmittel hat aufschiebende Wirkung.

264. Vermöge eines jeden, in letzter Instanz ergangenen oder rechtskräftig gewordenen Urteils, welches die Ehescheidung gestattet, soll der Ehegatte, der es ausgewirkt hat, verbunden sein, sich binnen zwei Monaten zu dem Beamten des Personenstandes, nachdem auch der andre Teil gehörig vorgeladen wurde, zu verfügen, um die Ehescheidung aussprechen zu lassen.

265. Diese zwei Monate nehmen ihren Anfang bei Urteilen der ersten Instanz nach dem Ablaufe der Appellationsfrist; bei Urteilen, die in der Appellationsinstanz wegen ungehorsamen Nichterscheinens erfolgt sind, nach dem Ablaufe der Oppositionsfrist; bei solchen hingegen, die auf vorgängige Vernehmung der Parteien in letzter Instanz erteilt wurden, erst nach dem Ablaufe der Frist, binnen welcher um Kassation nachgesucht werden kann.

266. Der als Kläger aufgetretene Ehegatte soll, wenn er die oben bestimmte Frist von zwei Monaten ablaufen ließ, ohne den andern Ehegatten vor den Beamten des Personenstandes vorzufordern, der Vorteile des von ihm ausgewirkten Urteils verlustig sein und seine Klage auf Ehescheidung nicht wieder aufnehmen können, es sei dann aus einem neuen Grunde, in welchem Fall er jedoch die vorigen Ursachen wieder geltend machen kann.

Zweiter Abschnitt
Von den vorläufigen Maßregeln, welche die auf eine bestimmte Ursache gegründete Ehescheidung veranlassen kann

267. Die einstweilige Sorge für das Wohl der Kinder verbleibt dem Manne, er mag Kläger oder Beklagter in der Ehescheidungssache sein, wenn nicht von dem

Gerichte auf das Ansuchen der Mutter, der Familie oder des königlichen Prokurators zum vorzüglichen Besten der Kinder eine andere Verfügung getroffen wird.

268. Die Frau, als Klägerin oder Beklagte, kann während des Rechtsstreites die Wohnung ihres Mannes verlassen und eine dem Vermögen desselben angemessene jährliche Unterhaltssumme fordern. Das Gericht bestimmt das Haus, worin sie sich aufhalten soll, und setzt erforderlichenfalls die Unterhaltssumme fest, welche der Mann ihr zu zahlen verbunden ist.

269. Die Frau ist, sooft sie hierzu aufgefordert wird, schuldig, darzutun, daß sie in dem ihr angewiesenen Hause wirklich wohne; vermag sie dieses nicht, so kann der Mann ihr die jährliche Unterhaltssumme versagen und, wenn die Frau es ist, die auf Ehescheidung klagte, sie zur Fortsetzung des Prozesses für nicht befugt erklären lassen.

270. Wenn Gütergemeinschaft unter den Ehegatten besteht, so kann die Frau, als Klägerin oder Beklagte, von dem Tage der im 238sten Artikel erwähnten Verfügung an, in jeder Lage des Prozesses zur Erhaltung ihrer Rechte darauf antragen, daß das bewegliche Vermögen der Gütergemeinschaft unter Siegel gelegt werde. Nur wenn ein Inventar errichtet und demselben eine Schätzung beigefügt wird, der Mann aber die Verpflichtung übernimmt, die aufgezeichneten Gegenstände dereinst wieder herauszugeben oder als gerichtlicher Verwahrer für deren Wert zu haften, sollen die Siegel wieder abgenommen werden.

271. Jede nach dem Tage der im 238sten Artikel erwähnten Verfügung von dem Manne zur Belästigung der Gütergemeinschaft übernommene Verbindlichkeit, jede nach dieser Zeit von ihm geschehene Veräußerung dazu gehöriger Grundstücke, soll für ungültig erklärt werden, sobald nur erwiesen wird, daß sie zur Beeinträchtigung der Gerechtsame der Frau übernommen oder geschehen sei.

Dritter Abschnitt

Von den Einreden gegen die Zulässigkeit einer Ehescheidungsklage aus bestimmter Ursache

272. Die Klage auf Ehescheidung soll durch die Wiederaussöhnung der Ehegatten erloschen sein, mag diese nun seit den Tatsachen, welche zu jener Klage hätten berechtigen können, oder nach bereits angestellter Klage erfolgt sein.

273. In beiden Fällen soll der Kläger mit seiner Klage nicht weiter gehört werden. Er kann gleichwohl wegen einer seit der Wiederaussöhnung eingetretenen Ursache eine neue Klage anstellen und alsdann zu deren Unterstützung auch von den vorigen Ursachen Gebrauch machen.

274. Leugnet der Kläger, daß eine Aussöhnung erfolgt sei, so hat der Beklagte durch Urkunden oder durch Zeugen, in der im ersten Abschnitte des gegenwärtigen Kapitels bestimmten Form, Beweis zu führen.

Drittes Kapitel

Von der Ehescheidung wegen wechselseitiger Einwilligung

275. Auf die wechselseitige Einwilligung der Ehegatten wird keine Rücksicht genommen, wenn der Mann noch nicht fünfundzwanzig oder die Frau noch nicht einundzwanzig Jahre alt ist.

276. Die wechselseitige Einwilligung wird nur alsdann zugelassen, wenn die Ehe zwei Jahre bestanden hat.

277. Sie wird nicht mehr zugelassen, wenn die Ehe schon zwanzig Jahre bestanden hat, und ebensowenig, wenn die Frau fünfundvierzig Jahre alt ist.

278. In keinem Falle soll die wechselseitige Einwilligung der Ehegatten hinreichen, wenn sie nicht von ihren Eltern oder übrigen noch lebenden Aszendenten, nach den im 150sten Artikel unter dem Titel: **von der Ehe,** vorgeschriebenen Regeln genehmigt worden ist.

279. Die Ehegatten, welche entschlossen sind, die Ehescheidung durch wechselseitige Einwilligung auszu-

wirken, müssen zuvor ihr ganzes bewegliches und unbewegliches Vermögen aufzeichnen und schätzen lassen, auch wegen ihrer wechselseitigen Gerechtsame eine Bestimmung machen, wobei es ihnen jedoch unbenommen bleibt, sich darüber zu vergleichen.

280. Gleichergestalt sind sie verbunden, über folgende drei Punkte eine schriftliche Übereinkunft zu treffen:

1) Wenn die aus ihrer Ehe erzeugten Kinder, sowohl während der Probezeit, als nach ausgesprochener Ehescheidung, anvertraut werden sollen;

2) In welches Haus sich die Ehefrau begeben soll, um während der Probezeit sich darin aufzuhalten;

3) Welche Summe der Mann während dieser Zeit seiner Frau bezahlen soll, wenn ihre Einkünfte zur Bestreitung ihrer Bedürfnisse nicht hinreichen.

281. Die Ehegatten sollen zusammen vor dem Präsidenten des Zivilgerichtes ihres Bezirkes oder dem seine Stelle versehenden Richter persönlich erscheinen und ihm in Gegenwart zweier Notarien, die sie mit sich bringen, ihren Willen erklären.

282. Der Richter soll in Gegenwart der zwei Notarien beiden Ehegatten zusammen und jedem insbesondere die ihm passend scheinenden Vorstellungen machen und Ermahnungen geben; er soll ihnen das vierte Kapitel des gegenwärtigen Titels, welches die Wirkungen der Ehescheidung bestimmt, vorlesen und ihnen alle Folgen ihres Vorhabens entwickeln.

283. Bestehen die Ehegatten auf ihrer Entschließung, so soll ihnen von dem Richter ein Zeugnis darüber erteilt werden, daß sie die Ehescheidung nachsuchen und darin wechselseitig einwilligen; sie selbst aber sind verbunden, außer den im 279sten und 280sten Artikel erwähnten Aufsätzen noch folgende beizubringen und sogleich den Notarien auszuhändigen:

1) Ihre Geburtsurkunden und ihre Heiratsurkunde;

2) Die Geburts- und Sterbeurkunden aller aus ihrer Ehe erzeugten Kinder;

3) Die in glaubhafter Form abgefaßte Erklärung ihrer Eltern oder anderer noch lebenden Aszendenten, daß sie aus ihnen bekannten Ursachen ihren Sohn

oder Enkel, ihre Tochter oder Enkelin (deren Namen und die Person, mit welcher sie verheiratet sind, genau angegeben sein muß) ermächtigen, um die Ehescheidung nachzusuchen und in selbige einzuwilligen. Daß die Eltern und Großeltern der Ehegatten noch leben, wird aber so lange vermutet, bis die Urkunden vorgelegt werden, welche deren Absterben erweisen.

284. Die Notarien nehmen über alles, was in Gemäßheit der vorhergehenden Artikel gesagt oder getan worden, ein genaues Protokoll auf; das Originalkonzept desselben, nebst den vorgelegten, dem Protokoll beizufügenden Beweisstücken, behält der älteste der beiden Notarien. In dem Protokoll ist besonders zu erwähnen, daß der Frau die Weisung erteilt sei, sich binnen vierundzwanzig Stunden in das mit ihrem Mann gerabredete Haus zu begeben und bis nach ausgesprochener Ehescheidung sich daselbst aufzuhalten.

285. Die auf solche Art geschehene Erklärung soll in den ersten vierzehn Tagen des darauffolgenden vierten, siebenten und zehnten Monats, unter Beobachtung der vorigen Förmlichkeiten, erneuert werden. Jedesmal sollen die Parteien durch öffentliche Urkunden den Beweis beibringen, daß ihre Eltern oder andere noch lebende Aszendenten auf ihrem ersten Entschluß beharren; doch brauchen sie die Vorlegung irgendeines anderen schriftlichen Aufsatzes nicht zu wiederholen.

286. Nach dem Ablaufe eines Jahres, von dem Tage der ersten Erklärung an zu rechnen, sollen die Ehegatten in den nächsten vierzehn Tagen, jeder in Begleitung zweier Freunde, welche angesehene Einwohner des Bezirkes und wenigstens fünfzig Jahre alt sein müssen, zusammen und in Person vor dem Präsidenten des Gerichtes oder dem ihn vertretenden Richter erscheinen und ihm die Ausfertigungen der vier Protokolle, welche ihre wechselseitige Einwilligung enthalten sowie aller diesen Protokollen beigefügten Belege in beglaubter Form überreichen, auch endlich, und zwar ein jeder für sich besondes, aber doch in

Gegenwart des andern und der vier Freunde, das Gericht ersuchen, die Ehescheidung zuzulassen.

287. Nachdem der Richter und die Beistände den Ehegatten ihre Bemerkungen mitgeteilt haben, wird ihnen, wenn sie auf ihrem Vorhaben beharren, über ihr Gesuch und die von ihnen geschehene Überlieferung der dazu gehörigen Beweisstücke eine Bescheinigung zugestellt. Der Gerichtssekretär nimmt hierüber ein Protokoll auf, welches sowohl die Parteien, als die vier Beistände, der Richter und der Sekretär unterzeichnen; sollten aber die Parteien erklären, daß sie zu unterschreiben nicht verstehen oder dazu außerstande seien, so muß dies erwähnt werden.

288. Unter das Protokoll setzt der Richter sogleich seine Verfügung des Inhalts, daß er binnen drei Tagen auf den schriftlichen Antrag des königlichen Prokurators, welchem zu diesem Zwecke die Beweisstücke durch den Sekretär mitgeteilt werden sollen, dem Gerichte in dem Beratschlagungszimmer die ganze Sache vortragen werde.

289. Findet der königliche Prokurator in den ihm mitgeteilten Urkunden den Beweis, daß, als beide Ehegatten ihre erste Erklärung abgaben, der Mann fünfundzwanzig und die Frau einundzwanzig Jahre alt war; daß sie damals schon seit zwei Jahren verheiratet gewesen; daß ihre Ehe nicht über zwanzig Jahre bestanden hat; daß die Frau noch nicht fünfundvierzig Jahre alt war; daß, nach vorgängiger Erfüllung der obigen Vorschriften und mit allen in dem gegenwärtigen Kapitel erforderten Förmlichkeiten, insbesondere mit der Genehmigung der Eltern oder wenn diese schon früher gestorben sind, der übrigen noch lebenden Aszendenten der Ehegatten, die wechselseitige Einwilligung viermal im Laufe des Jahres erklärt worden ist: so macht er seinen Antrag mit den Worten: das Gesetz erlaubt; in dem entgegengesetzten Falle soll sein Antrag dahin lauten: das Gesetz steht entgegen.

290. Das Gericht kann auf den erstatteten Vortrag keine andere Untersuchung vornehmen, als welche der vor-

hergehende Artikel angibt. Erhellt hieraus, daß die Parteien nach der Meinung des Gerichts den Bedingungen Genüge geleistet und die Förmlichkeiten beobachtet haben, die das Gesetz bestimmt: so läßt es die Ehescheidung zu und verweist die Parteien an den Beamten des Personenstandes, um dieselbe aussprechen zu lassen. Im entgegengesetzten Falle erklärt das Gericht, daß die Ehescheidung nicht statthabe, und führt die Gründe seiner Entscheidung aus.

291. Die Appellation von dem Urteile, welches die Ehescheidung für unstatthaft erklärt, soll nur alsdann angenommen werden, wenn sie von beiden Teilen, jedoch von jedem in einer besondern Schrift, frühestens in zehn und spätestens in zwanzig Tagen, von dem Tage des Urteils an, eingelegt worden ist.

292. Die Schriften, welche die Appellationseinwendung enthalten, sollen wechselseitig dem andern Ehegatten sowohl als dem königlichen Prokurator bei dem Gericht der ersten Instanz mitgeteilt werden.

293. Der königliche Prokurator bei dem Gerichte der ersten Instanz soll binnen zehn Tagen, von der an ihn geschehenen Insinuation der zweiten Einwendungsschrift an zu rechnen, dem königlichen Generalprokurator bei dem Appellationshof eine Ausfertigung des Urteils und die Beweisstücke, worauf es erfolgt ist, zuschicken. Dieser letztere gibt hierauf seinen Antrag in den nächsten zehn Tagen nach dem Empfange der Beweisstücke schriftlich ab. Der Präsident oder der ihn vertretende Richter soll alsdann seinen Vortrag in dem Beratschlagungszimmer des Appellationshofes erstatten; worauf binnen zehn Tagen seit dem von dem königlichen Generalprokurator überreichten Antrag das Endurteil erlassen wird.

294. Läßt das Urteil die Ehescheidung zu, so haben vermöge desselben die Parteien sich in den nächsten zwanzig Tagen, von dem Tage des Urteils an zu rechnen, zusammen und in Person zu dem Beamten des Personenstandes zu verfügen, um die Ehescheidung aussprechen zu lassen. Ist diese Frist einmal verstrichen, so wird das Urteil als nicht ergangen betrachtet.

295. Geschiedene Ehegatten können, aus welcher Ursache auch die Ehescheidung erfolgt ist, einander nicht wieder heiraten.

296. Im Falle der wegen einer bestimmten Ursache ausgesprochenen Ehescheidung kann die geschiedene Frau sich erst nach zehn Monaten, seitdem die Ehescheidung erfolgt ist, wieder verheiraten.

297. Ist die Ehescheidung wegen gegenseitiger Einwilligung erkannt, so darf keiner der beiden Ehegatten früher als nach drei Jahren der ausgesprochenen Ehescheidung zu einer neuen Ehe schreiten.

298. Ist die Ehescheidung wegen begangenen Ehebruches vom Gerichte zugelassen worden, so kann der schuldige Ehegatte sich nie mit seinem Mitschuldigen verheiraten. Die ehebrecherische Frau soll in demselben Urteile und auf den Antrag des königlichen Prokurators auf eine bestimmte Zeit, die jedoch nicht kürzer als drei Monate und nicht länger als zwei Jahre sein darf, zur Einsperrung in ein Arbeitshaus verurteilt werden.

299. In einem jeden Falle der erfolgten Ehescheidung, den der wechselseitigen Einwilligung allein ausgenommen, verliert der Ehegatte, wider welchen die Ehescheidung zugelassen wurde, alle Vorteile, die ihm von dem andern Ehegatten, entweder durch die Ehestiftung oder nach Eingehung der Ehe, zugewendet waren.

300. Der Ehegatte, welcher die Ehescheidung ausgewirkt hat, behält die von dem anderen Ehegatten ihm zugewandten Vorteile, selbst wenn sie gegenseitig ausbedungen waren, diese Gegenseitigkeit aber nicht mehr stattfindet.

301. Sollten die Ehegatten keine Vorteile einander zugewendet haben oder die wirklich ausbedungenen nicht hinreichend scheinen, um dem Ehegatten, welcher die Ehescheidung auswirkte, seinen Unterhalt zu versichern: so kann ihm das Gericht aus dem Vermögen

des andern Ehegatten eine jährliche Unterhaltssumme zuerkennen, die jedoch das Drittel der Einkünfte dieses letztern nicht überschreiten darf. Diese Unterhaltssumme kann gleichwohl, wenn sie nicht mehr notwendig ist, wieder aufgehoben werden.

302. Die Kinder sollen dem Ehegatten, welcher die Ehescheidung ausgewirkt hat, überlassen werden, wenn nicht zu deren vorzüglichem Besten das Gericht auf Ansuchen der Familie oder des königlichen Prokurators verfügt, daß alle oder einige von ihnen der Fürsorge des andern Ehegatten oder einer dritten Person anvertrauet werden sollen.

303. Doch behalten die Eltern, ohne darauf Rücksicht zu nehmen, wem die Kinder anvertraut werden, gegenseitig das Recht, über den Unterhalt und die Erziehung derselben die Aufsicht zu führen und müssen, nach Verhältnis ihres Vermögens, hierzu beitragen.

304. Die Auflösung der Ehe durch eine gerichtlich zugelassene Scheidung soll den aus dieser Ehe erzeugten Kindern keinen der Vorteile entziehen, die ihnen durch die Gesetze oder die Ehestiftung ihrer Eltern zugesichert waren. Der wirkliche Anfall dieser Rechte soll jedoch für die Kinder nur auf eben die Weise und unter eben den Umständen eintreten, wie sie ihnen zugefallen sein würden, wenn die Ehescheidung nicht stattgefunden hätte.

305. Im Falle einer wegen gegenseitiger Einwilligung erfolgten Ehescheidung soll das Eigentum der Hälfte des Vermögens eines jeden Ehegatten an dem Tage ihrer ersten Erklärung den aus dieser Ehe erzeugten Kindern kraft des Gesetzes zufallen. Die Eltern behalten gleichwohl die Benutzung dieser Hälfte bis zur Volljährigkeit ihrer Kinder unter der Verbindlichkeit, für deren Nahrung, Unterhalt und Erziehung nach ihrem Stande und Vermögen zu sorgen; dies alles jedoch den übrigen Vorteilen, welche den erwähnten Kindern durch die Ehestiftung ihrer Eltern etwa zugesichert sind, unbeschadet.

306. In den Fällen, wo die Klage auf Ehescheidung wegen einer bestimmten Ursache stattfindet, können die Ehegatten auch um persönliche Trennung nachsuchen.

307. Dieses Gesuch wird ebenso wie jede andere Zivilklage angebracht, verhandelt und entschieden; auf wechselseitige Einwilligung der Ehegatten soll dasselbe gleichwohl nicht gegründet werden können.

308. Die Frau, wider welche auf persönliche Trennung wegen eines begangenen Ehebruches erkannt wird, soll in demselben Urteile, auf den Antrag der königlichen Prokuratoren, zur Einsperrung in ein Arbeitshaus auf bestimmte Zeit, die nicht kürzer als drei Monate und nicht länger als zwei Jahre sein darf, verurteilt werden.

309. Doch hängt es von dem Mann ab, diese Verurteilung dadurch unwirksam zu machen, daß er sich entschließt, seine Frau wieder zu sich zu nehmen.

310. Hat die persönliche Trennung, welche aus einer andern Ursache als wegen eines von der Frau begangenen Ehebruchs erkannt wurde, drei Jahre gedauert: so kann der Ehegatte, welcher anfänglich der Beklagte war, um die Ehescheidung vor Gericht nachsuchen, und dieses soll dieselbe gestatten, wenn der anfängliche Kläger, der entweder gegenwärtig oder doch gehörig vorgeladen ist, nicht unverzüglich bewilligt, daß die persönliche Trennung aufhöre.

311. Die persönliche Trennung zieht allemal eine Absonderung des Vermögens nach sich.

Von der Vaterschaft und der Kindschaft

Erstes Kapitel
Von der Kindschaft ehelicher oder in der Ehe
geborener Kinder

312. Ein während der Ehe empfangenes Kind hat den Ehemann zum Vater. Dieser ist gleichwohl berechtigt, das Kind nicht anzuerkennen, wenn er beweist, daß er in der ganzen Zwischenzeit, von dem dreihundertsten bis zum hundertachtzigsten Tage vor der Geburt des Kindes, wegen Abwesenheit oder eines sonstigen Zufalls sich in dem Zustande einer physischen Unmöglichkeit, seiner Gattin ehelich beizuwohnen, befunden habe.

313. Der Ehemann ist nicht berechtigt, unter Anführung seines natürlichen Unvermögens, das Kind zu verleugnen; er kann es auch nicht verleugnen wegen eines von seiner Ehegattin begangenen Ehebruches, wenn ihm nicht etwa die Geburt verheimlicht wurde, in welchem Falle es ihm gestattet ist, alle zu dem Beweise, daß er der Vater des Kindes nicht sei, geeigneten Tatsachen für sich anzuführen.

314. Ein Kind, das vor dem hundertachtzigsten Tag der bestehenden Ehe geboren ist, soll in folgenden Fällen von dem Manne nicht verleugnet werden dürfen:
1) Wenn ihm die Schwangerschaft vor der Ehe bekannt war;
2) Wenn er beim Aufnehmen der Geburtsurkunde gegenwärtig war und dieselbe entweder von ihm unterzeichnet wurde oder seine Erklärung enthält, daß er im Schreiben unerfahren sei;
3) Wenn das Kind für nicht lebensfähig erklärt worden ist.

315. Die eheliche Geburt eines Kindes, welches dreihundert Tage nach Auflösung einer Ehe geboren wurde, kann angefochten werden.

316. In den verschiedenen Fällen, worin der Mann das Kind zu verleugnen berechtigt ist, muß dies binnen einem Monat geschehen, wenn er sich an dem Ort be-

findet, wo das Kind geboren wurde; binnen zwei Monaten nach seiner Zurückkunft, wenn er zur Zeit der Geburt abwesend war;

binnen dieser nämlichen Frist nach entdecktem Betrug, wenn man ihm die Geburt des Kindes verheimlicht hatte.

317. Ist der Mann, bevor er seinen Widerspruch einlegte, jedoch während der hierzu verstatteten Frist gestorben, so können seine Erben binnen zwei Monaten von dem Zeitpunkte, wo das Kind das Vermögen des Mannes in Besitz genommen oder die Erben in diesem Besitz gestört hat, an zu rechnen, die eheliche Geburt dieses Kindes bestreiten.

318. Jede außergerichtliche Handlung, die eine Ableugnung des Kindes von seiten des Mannes oder seiner Erben enthält, wird als nicht geschehen betrachtet, wenn nicht darauf binnen einem Monat eine Klage erfolgt ist, die wider einen dem Kinde hierzu besonders beigeordneten Vormund und in Gegenwart der Mutter vor Gericht eingeführt wurde.

Zweites Kapitel
Von dem Beweise der Kindschaft ehelicher Kinder

319. Die Kindschaft ehelicher Kinder wird durch die dem Register des Personenstandes eingetragenen Geburtsurkunden erwiesen.

320. In Ermangelung dieses Beweismittels ist der beständige Besitz des Zustandes eines ehelichen Kindes hinreichend.

321. Ein solcher Besitz wird durch eine hinreichende Vereinigung von Tatsachen begründet, welche das Verhältnis der Kindschaft und der Verwandtschaft zwischen einer Person und der Familie, welcher sie anzugehören behauptet, anzeigen.

Die vorzüglichsten dieser Tatsachen sind:

daß die Person immer den Namen des Vaters geführt hat, dem sie anzugehören behauptet;

daß der Vater sie als sein Kind behandelt und in dieser

Eigenschaft für ihre Erziehung, ihren Unterhalt und ihre häusliche Einrichtung (Etablissement) gesorgt hat;

daß sie beständig im Publikum dafür anerkannt ist;

daß die Familie sie dafür anerkannt hat.

322. Niemand kann einen Zustand in Anspruch nehmen, welcher demjenigen zuwider ist, den seine Geburtsurkunde und ein hiermit übereinstimmender Besitz ihm beilegen;

und, umgekehrt, kann niemand den Zustand desjenigen bestreiten, der einen mit seiner Geburtsurkunde übereinstimmenden Besitz für sich hat.

323. Fehlt es an der Geburtsurkunde und einem beständigen Besitz oder ist das Kind entweder unter einem falschen Namen oder als von unbekannten Eltern geboren in dem Register aufgezeichnet worden, so kann der Beweis der Kindschaft durch Zeugen geführt werden.

Dieser Beweis ist gleichwohl nur alsdann zulässig, wenn der Anfang eines schriftlichen Beweises vorhanden ist oder wenn die Vermutungen oder Anzeigen, die sich aus sofort erweislichen Tatsachen ergeben, stark genug sind, um die Zulässigkeit des Zeugenbeweises zu begründen.

324. Der Anfang eines schriftlichen Beweises ergibt sich aus Familienurkunden, aus Hausregistern und Papieren der Eltern, aus öffentlichen und selbst aus Privaturkunden, welche entweder von einer an dem Streite teilnehmenden Partei oder von jemand herrühren, der, wenn er noch lebte, dabei interessiert sein würde.

325. Der Gegenbeweis kann durch jedes Mittel geführt werden, welches dazu geeignet ist, um darzutun, daß der Kläger kein Kind der angeblichen Mutter oder, wenn auch dies erwiesen wäre, kein Kind des Mannes dieser Mutter sei.

326. Nur die Zivilgerichte sind befugt, über die Ansprüche auf einen gewissen Stand zu erkennen.

327. Die peinliche Klage über das Verbrechen des verheimlichten Standes kann erst nach der endlichen Entscheidung des Streites über den Stand der Person ihren Anfang nehmen.

328. Die Klage, wodurch ein Zustand in Anspruch genommen wird, ist in Hinsicht auf das Kind unverjährbar.

329. Von den Erben eines Kindes, welches seine Ansprüche nicht geltend gemacht hat, kann die Klage nur alsdann angestellt werden, wenn dasselbe noch in der Minderjährigkeit oder binnen fünf Jahren nach erreichter Volljährigkeit gestorben ist.

330. War die Klage von dem Kinde angestellt worden, so können die Erben sie fortsetzen, insofern nicht das Kind sich derselben förmlich begeben oder sie während dreier Jahre, von der letzten Prozeßhandlung an zu rechnen, hat liegen lassen.

Drittes Kapitel
Von den natürlichen Kindern

Erster Abschnitt
Von der Legitimation (Ehelichmachung)
natürlicher Kinder

331. Uneheliche Kinder, mit Ausnahme der aus einer Blutschande oder einem Ehebruch erzeugten, können durch die nachfolgende Ehe ihrer Eltern legitimiert werden, wenn diese sie entweder vor ihrer Heirat gesetzlich anerkannt haben oder bei Abschließung der Ehe selbst anerkennen.

332. Sogar zum Vorteile schon verstorbener Kinder, welche Abkömmlinge zurückgelassen haben, kann die Legitimation eintreten und nützt alsdann diesen Abkömmlingen.

333. Durch eine nachfolgende Ehe legitimierte Kinder sollen eben die Rechte haben, als wenn sie aus dieser Ehe geboren wären.

Zweiter Abschnitt
Von der Anerkennung der natürlichen Kinder

334. Die Anerkennung eines natürlichen Kindes, wenn sie nicht in dessen Geburtsurkunde enthalten ist, soll durch eine öffentliche Urkunde geschehen.

335. Diese Anerkennung kann zum Vorteil des aus einer

Blutschande oder aus einem Ehebruch erzeugten Kindes nicht stattfinden.

336. Die Anerkennung des Vaters, ohne die Anzeige und das Geständnis der Mutter, hat nur in Rücksicht des Vaters ihre Wirkung.

337. Die Anerkennung, welche während der Ehe von einem der Ehegatten zum Vorteile eines natürlichen Kindes geschieht, das er vor der Ehe mit einem andern als seinem Ehegatten erzeugt haben möchte, kann weder diesem letztern, noch den aus jener Ehe gezeugten Kindern zum Nachteile gereichen. Sie soll gleichwohl nach aufgelöster Ehe, wenn aus derselben keine Kinder mehr am Leben sind, ihre Wirkung hervorbringen.

338. Ein natürliches, wenngleich anerkanntes Kind, kann auf die Rechte eines ehelich gebornen keinen Anspruch machen. Die Rechte der natürlichen Kinder werden in dem Titel: **von der Erbfolge** bestimmt.

339. Jede Anerkennung von seiten des Vaters oder der Mutter sowie jeder Anspruch von seiten des Kindes kann von allen denjenigen, die ein Interesse dabei haben, bestritten werden.

340. Die Nachforschung, wer Vater eines Kindes sei, ist verboten. Nur in dem Fall einer Entführung kann der Entführer, auf Ansuchen der Interessenten, für den Vater des Kindes erklärt werden, wenn der Zeitpunkt der Entführung mit dem der Empfängnis übereinstimmt.

341. Die Nachforschung, wer die Mutter eines Kindes sei, ist gestattet.

Das Kind, welches jemanden als seine Mutter in Anspruch nimmt, muß den Beweis führen, daß es eben dasjenige sei, womit diese niedergekommen ist.

Zur Führung dieses Beweises durch Zeugen soll es jedoch nur alsdann zugelassen werden, wenn schon der Anfang eines schriftlichen Beweises vorhanden ist.

342. In den Fällen, wo zufolge des 335sten Artikels die Anerkennung nicht gestattet ist, soll das Kind zu der Ausforschung der Mutter so wenig, als des Vaters, zugelassen werden.

CHARLES FOURIER

aus: Theorie der vier Bewegungen und der allgemeinen Bestimmungen

I. Über die Leiden der Männer in dem isolierten Haushalt

Wenn man die zahllosen Unbequemlichkeiten bedenkt, die mit dem Ehestand und der unauflöslichen Ehe verbunden sind, so wird man über die Torheit des männlichen Geschlechts staunen, das nie auf Mittel gesonnen hat, sich von einer solchen Lebensweise frei zu machen. Mich dünkt unser häusliches Leben nichts weniger als erfreulich für die Ehegatten – es sei denn, sie sind reich –, von den verschiedenen Unannehmlichkeiten zähle ich acht auf, die mehr oder weniger alle Ehemänner bedrücken und die in dem progressiven Haushalt verschwinden würden.

1. *Das Glück aufs Spiel setzen.* Gibt es ein schrecklicheres Glücksspiel als das, in dem man riskiert, zu lebenslänglichem Glück oder Unglück mit einem Partner vereint zu werden, zu dem man nicht paßt?

2. *Die Ausgaben.* In unserer heutigen Ordnung sind sie ungeheuer, wovon man sich überzeugen kann, wenn man sie mit den Einsparungen vergleicht, die in dem progressiven Haushalt möglich sind.

3. *Die Wachsamkeit.* Die Notwendigkeit, über alle Einzelheiten des Haushalts zu wachen, dessen Führung blindlings der Hausfrau zu überlassen nicht ratsam wäre.

4. *Die Eintönigkeit.* In unseren isolierten Haushalten muß sie groß sein, da die Ehegatten, trotz der Ablenkung durch ihre Arbeit, sich in Scharen an die öffentlichen Versammlungsorte, in Cafés, Cercles, Schauspiele etc. begeben, um sich von der Übersättigung zu erholen, die sich, wie der Volksmund sagt, dort einstellt, «wo man täglich die gleiche Suppe löffeln muß». Diese Einförmigkeit ist für die Frauen noch schlimmer.

5. *Die Unfruchtbarkeit.* Sie droht, alle Glückspläne zunichte zu machen, sie verstimmt Eltern und Voreltern, wendet deren Gut einer Seitenlinie zu, deren Habgier und Undankbarkeit die Erblasser zur Verzweiflung treibt; sie

erfüllt mit Abscheu vor einer unfruchtbaren Gefährtin und vor einem Eheband, das alle Hoffnungen zunichte gemacht hat.

6. *Das Witwertum.* Es läßt den Ehemann eine Sträflingsrolle spielen, viel drückender als die leichten Verdrießlichkeiten des Junggesellenlebens; wenn er aber seiner Frau ins Grab vorausgeht, dann werden die Sorgen um seine Kinder käuflichen Personen übertragen, und der Ausblick auf das Unglück, das auf die junge Familie eindringt, wird ihm die letzten Augenblicke mit Bitternis tränken.

7. *Die Angeheirateten.* Die Unannehmlichkeit, sich mit Familien zu verschwägern, die in ihrem späteren Verhalten nur selten die Hoffnungen auf Vorteile oder Annehmlichkeiten wahrmachen, die man sich von dieser Verwandtschaft versprach.

8. Schließlich das *Hahnreitum*, das sicherlich ein Ärgernis ist, da man sich in Vorkehrungen verzehrt, ihm zu entgehen, obwohl jeder Ehemann vor der Heirat weiß, daß er das allgemeine Los teilen wird, das er selbst so vielen anderen bereitet hat.[1]

Wenn man die vielen Nachteile des Ehestandes und des isolierten Haushaltes bedenkt, so fragt man sich, warum die Männer nicht einen Ausweg aus dieser Knechtschaft gesucht und keine häusliche Änderung eingeführt haben, die nichts Schlimmeres erzeugen könnten als das Leben im gegenwärtigen Haushalt.

Man sagt, in der Politik mache der Stärkere die Gesetze; in den häuslichen Angelegenheiten ist dem nicht so; das männliche Geschlecht, wenngleich das stärkere, hat die Gesetze nicht zu seinem Vorteil gemacht, als es die isolierten Haushalte und die unauflösliche Ehe schuf, die aus jenen folgt. Man ist versucht zu glauben, diese Ordnung sei das Werk eines dritten Geschlechts, das die beiden anderen zu diesen Unannehmlichkeiten verurteilen wollte. Konnte es etwas Tauglicheres ersinnen als den isolierten Haushalt und die unauflösliche Ehe, um Liebesbeziehungen und Genuß mit Langeweile, Käuflichkeit und Treulosigkeit zu belasten?

[1] Siehe die Nota, die auf Nota A am Ende des Bandes folgt.

Die Ehe scheint erfunden, um die Lasterhaften zu belohnen; je hinterlistiger ein Mann ist, je mehr er zu verführen weiß, desto leichter fällt es ihm, durch Heirat zu Reichtum und öffentlichem Ansehen zu gelangen. Mit den Frauen verhält es sich ebenso. Läßt die verwerflichsten Künste spielen, um eine reiche Partie zu machen – sobald ihr verheiratet seid, wird der Mann zu einer Art von Heiligem, zum zärtlichen Gatten, zum Ausbund der Tugend. Mit einem Schlag ein großes Vermögen zu gewinnen, indem man ein junges Mädchen ausnützt, ist ein so erfreuliches Resultat, daß die öffentliche Meinung einem Draufgänger, dem so ein Coup gelingt, alles verzeiht. Man erklärt einmütig, er sei ein guter Gatte, guter Sohn, guter Vater, guter Bruder, guter Schwager, guter Verwandter, guter Freund, guter Nachbar, guter Bürger und guter Republikaner. So verfahren die Lobredner heute; sie vermögen nicht, irgend jemanden zu loben, ohne zu erklären, er sei gut von Kopf bis Fuß, im ganzen und im einzelnen. Die öffentliche Meinung verfährt desgleichen, wenn ein Industrieritter es fertigbringt, ein Vermögen zu erheiraten. Eine reiche Heirat ist der Taufe vergleichbar in der Geschwindigkeit, mit der sie alle früheren Makel löscht. Väter und Mütter haben deshalb in der Zivilisation nichts Besseres zu tun, als ihre Kinder anzuhalten, jedes Mittel, ob gut, ob schlecht, zu versuchen, um eine gute Partie zu machen, da die Heirat, diese bürgerliche Taufe, in den Augen der Öffentlichkeit alle Sünden tilgt. Für die anderen Parvenus hat sie nicht die gleiche Nachsicht und wirft ihnen die Schandtaten noch lange vor, durch die sie zu Reichtum gekommen sind.

Aber wie viele gibt es nicht neben dem einen, der durch eine reiche Heirat sein Glück macht, die in dieser Bindung nur die Folterqualen eines ganzen Lebens finden! Sie müssen erkennen, daß die Unterdrückung der Frau dem Mann keineswegs zum Vorteil gereicht. Wie betrogen sind doch die Männer, die ihre Ketten mit Entsetzen tragen müssen, und wie ist der Mann durch die Widerwärtigkeiten dieser Bindung dafür bestraft, daß er die Frau zur Sklavin gemacht hat!

Wenn der Haushalt auch vor einigen Unannehmlichkeiten schützt, denen der Junggeselle ausgesetzt ist, so gewährt er doch *niemals irgendein positives Glück*,[1] selbst dann nicht, wenn zwischen den Ehegatten vollständiges Einvernehmen herrscht; denn sind es Charaktere, die sich glücklich ergänzen, so würde sie nichts daran hindern, in jener Ordnung zusammenzuleben, in der die Liebe frei und die häusliche Gemeinschaft anders organisiert ist. Das Bild einer neuen häuslichen Ordnung wird darüber aufklären, daß die Ehe nicht eine einzige Glücksmöglichkeit bietet, die die Gatten nicht auch in vollständiger Freiheit finden könnten.

Um uns von der offenkundigen Unvereinbarkeit der Ehe mit den Leidenschaften abzulenken, predigt die Philosophie Fatalismus; sie verbreitet sich darüber, wir seien für dieses Leben der Drangsal bestimmt und müßten uns bescheiden etc. Keineswegs! Man muß nur eine neue Form häuslicher Gemeinschaft finden, dem Verlangen der Leidenschaften angepaßt, und das hat man nie versucht oder vorgeschlagen. Im folgenden werde ich meinen Lesern den Weg weisen und sie ein Bild von diesem neuen privaten Leben schauen lassen, das so einfach zu finden war.

Fahren wir mit den Nachteilen des isolierten Haushalts und der unauflöslichen Ehe fort. Diese Ordnung hat die Eigenschaft, uns in jeder Hinsicht vom *positiven Glück* und den wahren Freuden fernzuhalten, als da sind: Freiheit in der Liebe, gute Küche, Unbekümmertheit und andere Genüsse, nach denen es die Zivilisierten nicht einmal gelüstet, weil die Philosophen sie daran gewöhnt haben, den Wunsch nach diesen wahren Gütern als Laster anzusehen.

Trotz der Mühe, die sie sich geben, uns für die Ehe vorzubereiten und kirre zu machen, wie man ein Kind hät-

[1] Ich nehme den Fall aus, da man durch die Heirat ein großes Vermögen erwirbt; aber in dem Zustand der Freiheit des progressiven Haushalts ist es auch möglich, durch Liebesbeziehungen zu Vermögen zu gelangen. Was die anderen Genüsse angeht, so vermag die Ehe keine zu geben, die man nicht leichter in der sozietären Ordnung erlangt, wo Menschen in vorgerücktem Alter Gelegenheit finden, ihrer Zuneigung nachzugeben und zu lieben, ohne sich Treulosigkeit und Lächerlichkeit auszusetzen, die die Zivilisierten in vorgerücktem Alter verfolgen und die Greise schließlich zu vollständiger Teilnahmslosigkeit führt.

schelt, bevor man ihm eine Arznei eingibt, trotz dieser freundlichen, honigsüßen Schmeicheleien über das Glück der Ehe sieht man die Männer bei dem Gedanken an eine Heirat zurückschrecken, vor allem, wenn sie alt genug sind, sich eine eigene Meinung zu bilden. Diese Bindung muß fürchterlich sein, daß die Männer, einige Jahre, bevor sie sie eingehen, davor schaudern; ich spreche nicht von der Verbindung reicher Leute; alles ist rosig in einem Haushalt, der mit einem guten Einkommen beginnt; aber selbst hier zeigt der Gatte wenig Neigung, sich mit der Auflösung seines Harems[1] zu beeilen, um der Sklave seiner Frau zu werden, bei der er seine ehelichen Pflichten eifrig erfüllen muß, wenn anders er Stellvertretern nicht den Zugang erleichtern und mit zweifelhaften Kindern beschenkt werden will, die er dem Gesetze nach anerkennen muß, den: *Is pater est quem justae nuptiae demonstrant*, das heißt: *Der wirkliche Vater ist derjenige, der durch die Ehe als solcher bezeichnet ist.* Dieses Gesetz, das Schreckgespenst aller Männer, erlaubt es einer weißen Frau, ein Mulattenkind zur Welt zu bringen, obwohl ihr Gatte ein Weißer ist. Und das ist nur eine der Gefahren, denen der Mann in der Ehe ausgesetzt ist, daher er sie als eine Falle betrachtet, die ihm gestellt wurde, und als einen Sprung ins Ungewisse. Bevor die Männer ihn wagen, erschöpfen sie sich in Listen und Berechnungen. Es gibt nichts Amüsanteres als die Instruktionen, die sie sich gegenseitig geben, wie man die Frau dem Joch der Ehe gefügig macht und sie durch Moral in Bann schlägt, nichts so Merkwürdiges wie die geheimen Zusammenkünfte der Junggesellen, bei denen sie die heiratsfähigen Mädchen und die Fallen kritisch analysieren, die ihnen Väter – erpicht, ihre Töchter loszuwerden – stellen.[2]

[1] Den Harem gibt es nur in den großen Städten, in denen jeder junge Mann von Lebensart und einigem Vermögen sich einen Harem einzurichten versteht, der besser ausgestattet ist als der des Großtürken. Es gibt drei Klassen von Odalisken, die ehrbaren Frauen, die Kleinbürgerinnen und die Kurtisanen. Darum scheuen die jungen Männer aus den Städten den Ehebund so sehr, vor dem sie in den moralischen und langweiligen Städten, wie denen der Schweiz, nicht zurückschrecken.

[2] Um es offen zu sagen, Väter, die Töchter zu verheiraten haben,

Nach langen Debatten kommen sie zu dem Schluß, man müsse sich an das Geld halten, und werde man schon betrogen, dann dürfe es wenigstens nicht bei der Mitgift geschehen, und man müsse sich, wenn man eine Frau nimmt, einer Entschädigung versichern, die die Unannehmlichkeiten der Ehe aufwiegt. Solche Betrachtungen stellen die Heiratskandidaten untereinander an, das ist die Einstellung, die sie für das *heilige Band* und die philosophischen Freuden der Ehe mitbringen.

Gewiß, diese Berechnungen sind von der Liebe ebenso weit entfernt wie das Leben im Haushalt von guter Küche. Ohne Zweifel lebt man in den reichen Haushalten gut, doch gibt es sie nur in geringer Zahl – kaum einen auf acht, und die anderen sieben vegetieren dahin und sind auf das Wohlleben der anderen neidisch. Sie alle aber, ob reich, ob arm, sind ihrer gleichförmigen Lebensführung so überdrüssig, daß sie sich mit großem Aufwand in *Anti-Haushalt*-Vergnügungen stürzen, wie den Besuch öffentlicher Versammlungsorte, Schauspiele, Bälle, Cafés etc. Wenn sie reich sind, so halten sie offene Tafel, oder, wenn sie nicht allein die Kosten der Zerstreuungen tragen können, die ihnen notwendig sind, so geben sie sich gegenseitig Feste.

Diese Entspannung, die man in der heutigen Ordnung so teuer erkauft, würde in der siebenten Periode, über die ich einiges berichten werde, jedermann kostenlos zuteil. Diese Ordnung würde jedem ein Wechsel von Festen und Geselligkeiten bieten, zugleich aber auch eine Freiheit, von der man bei den heutigen Mahlzeiten nicht einmal eine Ahnung hat; bei ihnen herrscht ein gekünstelter Ton und die Tyrannei der Vorurteile, so verschieden von der Unge-

spielen in der Zivilisation eine häßliche Rolle. Ich kann mir vorstellen, daß die Vaterliebe sie für die Abscheulichkeit ihrer Schritte und ihrer Schmeicheleien blind macht, mit denen sie die Freier zu ködern trachten, aber über die Sorgen und Unannehmlichkeiten dieser Rolle werden sie sich nicht täuschen. Wie sehr müssen diejenigen, die mit Töchtern überlastet sind, die Erfindung einer neuen häuslichen Ordnung herbeiwünschen, in der es keine Ehe mehr gibt und in der man der Sorge enthoben ist, den Töchtern Gatten zu beschaffen, und wieviel Dank schulden sie nicht dem, der ihnen diese Erfindung bringt!

zwungenheit, wie man sie schon heute bei *Picknicks* und *Landpartien* antreffen kann.

Aber selbst die Mahlzeiten im heutigen Haushalt, so unerfreulich sie wegen der Zusammensetzung der Gäste und Altersstufen und der Mühen der Zubereitung auch sein mögen – selbst diese kümmerliche Erholung ist nur dem Reichen möglich; wie aber steht es um die zahlreichen Ehemänner, die aus Mangel an Geld um das gebracht werden, was man Vergnügen nennt, und die sich auf den häuslichen Krieg beschränken müssen, den das Sprichwort so treffend kennzeichnet, wonach die Esel miteinander raufen, sobald kein Futter in der Krippe ist. Ja, wie viele Ehen leben, trotz ihres Reichtums, in diesem Unfrieden, der bei der großen, durch Armut verbitterten Menge die Regel ist!

Es gilt Ausnahmen zu machen; es gibt nicht nur einzelne sondern ganze Nationen, die sich willig dem Ehejoch beugen, so die Deutschen, deren geduldiger und phlegmatischer Charakter sie für die Sklaverei der Ehe tauglicher macht als die Franzosen mit ihrem unruhigen und unbeständigen Temperament. Wer das Loblied der Ehe singt, stützt sich auf diese Ausnahmen, er erwähnt nur die Fälle, die für sie sprechen. Gewiß, eine solche Verbindung mag einem Mann in vorgerückten Jahren gelegen kommen, wenn er sich von der allgemeinen Verderbtheit absondern will. Auch gebe ich zu, daß eine Frau an der Gesellschaft eines solchen Mannes Gefallen finden und ihm zuliebe auf den Trubel der großen Welt verzichten kann; aber warum faßt das männliche Geschlecht diesen weisen Entschluß erst, nachdem es fünfzehn oder zwanzig Jahre in Zerstreuungen vertan hat? Warum nehmen die Männer, wenn sie sich von der Welt zurückziehen, nicht Frauen, die wie sie durch Erfahrung gereift sind, und wollen statt dessen in einem Jungfräulein Tugenden finden, die früher herangereift sind als ihre eigenen? Wie lächerlich, daß die Zivilisierten, die sich rühmen, ihre Frauen an Verstand zu übertreffen, eben diesen Verstand von ihnen mit sechzehn Jahren verlangen, der ihnen selbst erst mit dreißig oder vierzig gekommen ist, nachdem sie sich während ihrer besten Jahre allen Ausschweifungen hingegeben haben. Wenn sie nur auf dem Weg des Genusses zu Verstand gekommen sind, ist

es da nicht begreiflich, daß eine Frau die gleiche Bahn einschlägt, um dorthin zu gelangen?

Die häusliche Politik, die sie auf die Treue eines jungen
Mädchens gründen, stimmt mit Gottes Plänen nicht überein; wenn er den Frauen Geschmack an Verschwendung
und Vergnügen eingepflanzt hat, so beweist dies, daß er sie
nicht für den Ehestand und den Haushalt bestimmt hat, die
Gefallen an Zurückgezogenheit voraussetzen. So müssen
die Männer in der Ehe unglücklich sein, weil sie junge
Frauen heiraten, denen die Natur nicht die Neigung eingepflanzt hat, die dieser Lebensweise angemessen ist.

Hier greifen die Philosophen ein und versprechen, die
Leidenschaften der Frau zu wandeln und der *Natur Zügel anzulegen*. Welch lächerliche Anmaßung! Man kennt ihre Erfolge. In der Ehe, wie bei jedem Vertrag, fällt das Mißgeschick demjenigen zu, der eines glücklichen Loses am würdigsten wäre; wer es verdiente, eine Frau an sich zu fesseln,
gerät an die leichtfertigste und treuloseste. Die Rechtschaffenheit eines solchen Gatten wird ausgenützt, um ihn zu
hintergehen; er fällt leichter als ein anderer auf die gespielte
Schamhaftigkeit, auf diese Unschuldsmienen herein, wie
sie die philosophische Erziehung allen jungen Mädchen
verleiht, um die Natur zu verbergen. [...]

IV. Erniedrigung der Frauen in der Zivilisation

Kann man in dem Los, das ihnen zugefallen ist, auch nur
den Schimmer von Gerechtigkeit erblicken? Ist das junge
Mädchen nicht eine Ware, jedem feilgeboten, der ihren Erwerb und Alleinbesitz erhandeln will? Ist ihre Zustimmung zu dem ehelichen Band nicht ein Hohn: da sie doch
durch die Tyrannei der Vorurteile, der sie seit ihrer Kindheit ausgesetzt ist, dazu gezwungen wird. Man will ihr einreden, die Fesseln, die sie trägt, seien aus Blumen gewun-
den. Aber kann sie sich über ihre Erniedrigung selbst in jenen, von Philosophie aufgeblasenen Ländern wie England
täuschen, wo die Männer das Recht haben, ihre Frauen am
Strick zu Markte zu führen und sie wie Vieh dem Meistbie-

tenden zu verkaufen? Ist unsere öffentliche Meinung etwa fortgeschrittener als in den dunklen Jahrhunderten, in denen auf einem Konzil von Burgund, einem wahren Konzil von Vandalen, darüber gestritten wurde, ob die Frau eine Seele habe? Die Frage wurde nur mit einer Mehrheit von drei Stimmen bejaht. Die englischen Gesetze, welche die Moralisten preisen, gestehen den Männern verschiedene Rechte zu, die für ihr Geschlecht nicht weniger entehrend sind, zum Beispiel das Recht des Mannes, sich von dem anerkannten Liebhaber seiner Frau eine finanzielle Entschädigung zahlen zu lassen. In Frankreich sind die äußeren Formen weniger roh, aber die Sklaverei bleibt die gleiche. Hier sieht man, wie überall junge Mädchen dahinwelken, erkranken und sterben, weil sie die Vereinigung nicht eingehen dürfen, nach der die Natur unerbittlich verlangt, eine Vereinigung, die ihnen das Vorurteil unter Drohung der Entehrung so lange verweigert, bis sie rechtmäßig verkauft sind. Diese Fälle kommen, wenn auch nicht häufig, so doch oft genug vor, um die Sklaverei des schwachen Geschlechts, die Mißachtung der Natur und das Fehlen jeder Gerechtigkeit den Frauen gegenüber zu bezeugen.

Die Erfahrung in allen Ländern liefert Beispiele dafür, daß die Erweiterung der weiblichen Rechte glückliche Resultate verspricht. Man hat immer beobachten können, daß gerade die vortrefflichsten Nationen den Frauen die meisten Freiheiten einräumten; das trifft für Wilde und Barbaren ebenso wie für Zivilisierte zu. Die Japaner, die fleißigsten, tapfersten und ehrenhaftesten unter den Barbaren, sind auch am wenigsten eifersüchtig und am nachsichtigsten gegen ihre Frauen, so sehr, daß die chinesischen Affenhorden nach Japan reisen, um dort die Liebe zu genießen, die ihre scheinheiligen Sitten verbieten.

Die Bewohner von Tahiti waren aus demselben Grund die besten unter den Wilden; bei geringem Reichtum des Landes hatte noch kein Stamm die menschliche Arbeit so weit entwickelt. Die Franzosen, die die Frauen weniger drangsalieren als die anderen, sind auch die besten Zivilisierten; da sie in jeder Hinsicht die wandlungsfähigste Nation sind, könnte ein geschickter Herrscher in kürzester Zeit den höchsten Nutzen aus ihnen ziehen. Trotz gewisser

Fehler wie Leichtfertigkeit, individuellen[1] Dünkels und Unreinlichkeit sind sie dennoch die ersten unter den zivilisierten Nationen, allein durch ihre Wandlungsfähigkeit, eine Wesensart, die der der Barbaren am fernsten steht.

Ebenso kann man beobachten, daß es die lasterhaftesten Nationen sind, die ihre Frauen am tiefsten erniedrigen, was das Beispiel der Chinesen belegt, diese Hefe der Welt, das schurkischeste, feigste und gierigste unter allen arbeitsamen Völkern, die denn auch in der Liebe am eifersüchtigsten und intolerantesten sind. Unter den modernen Zivilisierten sind die Spanier am wenigsten nachsichtig mit dem anderen Geschlecht; so sind sie denn auch hinter allen europäischen Nationen zurückgeblieben und haben sich weder in den Wissenschaften noch in den Künsten ausgezeichnet. Was die wilden Stämme anlangt, so würde die Nachforschung erweisen, daß die lasterhaftesten wieder diejenigen sind, die die geringste Rücksicht auf das schwache Geschlecht nehmen und bei denen die Lebensbedingungen der Frauen die unglücklichsten sind.

Allgemein läßt sich die These aufstellen: *Der soziale Fort-*

---

[1] Den Vorwurf des Dünkels kann man nicht gegen die französische Nation erheben, sondern nur gegen die einzelnen. Die Nation als ganze neigt eher zu dem entgegengesetzten Laster, zu einem Mangel an Selbstvertrauen, sie hält jede Unternehmung, die sie allein bewältigen soll, für unmöglich; das Wort: *das ist unmöglich*, tönt in Frankreich aus aller Munde, und man könnte die Franzosen die «Nation der Unmöglichkeiten» nennen. Sie bewundern und schätzen nur die Ausländer. Jeder Gelehrte oder Künstler verdoppelt seinen Wert in Frankreich, wenn er ein Fremder ist. Keine andere Nation gefällt sich so sehr darin, ihren großen Männern bei Lebzeiten so viel Ungemach zu bereiten. Frankreich ist für Gelehrte die Hölle. Andere Länder dagegen vergöttern alles, was sie hervorbringen. In Deutschland gilt jeder Schriftsteller schon bei Lebzeiten als großer Mann, und bei dem geringsten Erfolg nennt man ihn *berühmt*. Die französische Nation dagegen, frei von Dünkel, ist bereit, selbst die Laster der Fremden zu beklatschen und nachzuahmen; so erlebte man, daß 1787 der alte Hof die edle Sitte der Stockprügel in die militärische Disziplin einführen wollte, um die Preußen nachzuäffen, an denen man einen Narren gefressen hatte. Ach, was für lächerliche Moden hat

schritt und der Übergang von einer Periode zur anderen erfolgt auf Grund der Fortschritte in der Befreiung der Frau, und der Niedergang der Gesellschaftsordnung wird durch die Abnahme der Freiheit für die Frau bewirkt.

Andere Einflüsse wirken auf die politischen Wechselfälle, aber es gibt keine Ursache, die so rasch zu sozialem Fortschritt oder Niedergang führt, wie der Wechsel im Los der Frauen. Ich habe schon gesagt, daß, sollten wir die Institution des Harems übernehmen, wir bald Barbaren wären, und daß die Abschaffung des Harems die Barbaren zu Zivilisierten machen würde. Zusammenfassung: *die Erweiterung der Privilegien der Frauen ist die allgemeine Grundlage allen sozialen Fortschritts.*

V. Die Großjährigkeit in der Liebe

Ein großes Unglück für unseren Planeten ist es, daß unter den zivilisierten Souveränen sich nicht ein einziger Freund der Frauen befunden hat, das heißt kein Fürst, der gegen die Frauen gerecht gewesen wäre. Einige von ihnen waren

man nicht aus England eingeführt, dessen Hof ebenso aufgeblasen ist. Ja, die Franzosen sind selbst im Krieg bescheiden, wo ihre vielen Erfolge sie hätten dünkelhaft machen können. Das konnte man während des letzten Feldzugs beobachten, als sich die Preußen der lächerlichsten Bramarbasiererei ergaben. Den in Berlin gedruckten Schmähschriften zufolge schien es, als ob das Erscheinen der preußischen Legionen, oder deren bloßer Hauch, die französische Armee vernichten würde, die vorging, ohne sich dessen lauthals zu rühmen und ohne daß die französischen Blätter große Töne angeschlagen hätten. Diese Einzelheiten beweisen, daß die französische Nation nicht dünkelhaft, sondern im Gegenteil ohne rechtes Selbstvertrauen und von Bewunderung für die Ausländer erfüllt ist. Auch gibt es kein Volk, das mit seinen besiegten Feinden ehrenhafter und gastfreundlicher verführe. Nur der einzelne ist dünkelhaft und stellt seine Fehler zur Schau, gefällt sich in affektierten Manieren, in Selbstgefälligkeit, Spott und Wortspielen. Woher stammt dieser Gegensatz zwischen dem Dünkel des einzelnen und der Gefügigkeit und Bescheidenheit der Nation? Ich könnte sowohl Ursache als Abhilfe angeben, doch ist es besser, gewisse Wahrheiten zu verschweigen.

galant, aber es ist ein weiter Weg von der Galanterie zur Billigkeit. Diese verlangt zwei Einrichtungen, die ich anführen werde. Man kann sie nur so lange für die Wurzel der Unordnung halten, wie man ihren Einfluß nicht kennt.

Die erste Maßnahme, welche die Billigkeit den Frauen gegenüber fordert, wäre, ihnen die *Großjährigkeit in der Liebe* zuzugestehen, sie in einem gewissen Alter von der Schmach, zum Kaufe angeboten zu werden, zu befreien, wie von dem Zwang, so lange auf Männer zu verzichten, bis ein Unbekannter auftaucht, um sie zu erhandeln und zu heiraten. Meiner Meinung nach hätte man die Frauen, sobald sie achtzehn Jahre sind, für emanzipiert und frei erklären sollen, vorbehaltlich einer schicklichen Regelung ihrer Liebschaften.

Im Alter von achtzehn Jahren hat eine Frau vier Jahre körperlicher Reife durchlebt; das ist, meiner Meinung nach, eine hinreichende Zeitspanne, in der die Männer der Stadt oder des Kantons sich überlegen oder dafür entscheiden können, ob sie sie haben wollen oder nicht.

Nach dem Gesetz des Stärkeren wollen die Männer, man solle den jungen Mädchen jeden Genuß untersagen, um ihr Kränzlein jenem Tölpel vorzubehalten, der des Wegs kommt, um sie zu erstehen; wäre es nicht richtiger, denen einen Anteil am Leben zuzugestehen, die keinen Käufer finden? Müßte man sie nicht, nach einigen Versuchsjahren, unter die Leute bringen und sie ermächtigen zu handeln, wie es ihnen beliebt, das heißt, sich rechtens Liebhaber zu nehmen, *was sie doch unerlaubt tun?* Das junge Mädchen, das vier Jahre lang auf Bällen und Promenaden, bei Hochamt und Predigt keinen Gatten gefunden hat, läuft Gefahr, niemals einen zu finden; die Gründe, die die Männer ferngehalten haben, sind nach vier Versuchsjahren die gleichen geblieben. Da im übrigen die Ehe in der Zivilisation nützlich ist, so ist es ratsam, die Männer durch die Furcht anzureizen, die Frauen, die sie über das achtzehnte Jahr hinaus brach liegengelassen haben, könnten ihre Jungfernschaft verlieren.

Es wäre darum besonders tunlich, etwas für die sitzengebliebenen Mädchen zu unternehmen, da es meist die schönsten und diejenigen sind, die die schönsten Kinder gebären würden. Man sieht zahlreiche schöne Frauen ledig bleiben, weil ihre Schönheit für die Männer ein Schreckgespenst ist, denn sie fürchten das Hahnreitum und machen aus der Ehe eine Angelegenheit der Vernunft, der Eifersucht und der Habgier. Dieser häusliche Macciavellismus führt dazu, daß die würdigsten Fräulein ungenutzt bleiben, diejenigen, die am geeignetsten wären, einen Hausstand zu führen. Es gibt nichts Empörenderes, als diese unglücklichen Mädchen nur deshalb verschmäht zu sehen, weil das Gewicht des Goldes nicht in ihrer Waagschale liegt. Wie kommt es, daß die Eltern, *die sie auf dem Halse haben,* nicht für eine Neuerung in den Sitten eintreten, die für die unbegüterten Familien so drückend sind, da sie doch oft die vielköpfigsten und der Unterstützung würdigsten sind?

Diesem Gedanken folgend, müßte man in der Zivilisation die Frauen in zwei Klassen einteilen, die *Jungfern* unter achtzehn Jahren, und die *Emanzipierten* über achtzehn. Von diesem Alter an hätten sie das Recht, einen Liebhaber zu nehmen, wobei die Gesetze noch zu erlassen wären, die das Schicksal der Kinder regeln, welche aus diesen Vereinigungen hervorgingen. (Ich gebe diese Gesetze in einer Denkschrift über die sechste Periode an, denn sie sind eine Maßnahme der sechsten Periode.)

Öffentliche Meinung und Gerechtigkeit würden sich vereinen, diese Maßnahme zu fordern, Man weiß, daß sich die Männer über jene jungen Mädchen lustig machen, die ihr zwanzigstes Jahr erreichen, ohne verheiratet zu sein. Die Männer verhöhnen die Verschmähten, man überschüttet sie mit Spott und Anzüglichkeiten, und sie werden von der öffentlichen Meinung gezwungen, die Sitte zu verletzen und sich im geheimen einen Liebhaber zu nehmen. Die Männer sind den Frauen gegenüber aber so giftzüngig, so ungerecht, daß sie sie verspotten, sei es, daß sie ihre Jungfernschaft bewahrt oder in einem Alter verloren haben, in dem es beschwerlich ist, diese Bürde weiter zu tragen.

Was riskiert man, wenn man den Frauen über achtzehn Jahren die Freiheit in der Liebe zugesteht, und welche Vorteile ergaben sich bisher aus dem bedrückenden System der Philosophen? Durch ihre scheinheilige Erziehungsmethode, nach der die jungen Mädchen so tun, als interessierten sie sich nicht für die Liebe, haben sie es nur zum organisierten, *allgemeinen Hahnreitum* gebracht, weshalb jedes andere System, das den Wünschen der Natur besser entspräche, kaum mehr Hahnreie hervorbringen würde, als heute schon herumlaufen. Wie — wäre es nicht besser, statt zu betrügen, es mit einer anderen Ordnung zu versuchen, weniger bedrückend und erniedrigend für die Frauen? Ohne Zweifel, denn die Freiheit in der Liebe entwickelt wertvolle Eigenschaften in jenen Klassen, die diese Freiheit am vollsten genießen, nämlich bei den *edlen Damen*, den *Kurtisanen mit Lebensart* und den *unverheirateten Kleinbürgerinnen.*

Die Frauen dieser drei Klassen entwickeln sich am glücklichsten. Könnte man ihre Eigenschaften zusammenlegen, sie ergäben Vollendung.

Die edlen Damen, jene nämlich, die galant, ungekünstelt und ungezwungen sind und deren freier Ton zur Freundschaft einlädt. Sie verführen den mit einem Schlag, der sie zum ersten Male sieht. Er glaubt, ein überirdisches Wesen zu sehen, so sehr stechen sie von den Bürgerinnen ab, diesen Lügenmaschinen, diesen engen Seelen, in deren Herzen das Verlangen allein herrscht und alle anderen Leidenschaften ausschließt; sie sind keiner Freundschaft, keiner Begeisterung für die Kunst oder anderer edler Gefühle fähig. Ohne Zweifel haben auch die edlen Damen ihre schwachen Seiten, aber sie verleihen ihren Intrigen Buntheit, Natürlichkeit und Großzügigkeit. Kann man sie dafür tadeln, daß sie das Laster verschönen, da es allein in der Zivilisation herrscht?

Die Kurtisanen mit Lebensart sind, von gewissen Schlichen abgesehen, die bei ihrer Lebensweise nötig sind, durch edle Eigenschaften ausgezeichnet; sie sind verbindlich, hilfsbereit und herzlich; ihr Charakter wäre erhaben, hätten sie nur ein gutes Einkommen; Ninon ist dafür ein Beispiel. Da sie an den Genuß gewöhnt sind, verlieren sie das verschlagene Wesen, die fleischlichen Hintergedanken, wie man sie bei den von Moral triefenden Bürgerinnen findet, bei diesen Hausfrauen, die hinter zur Schau gestellten Gefühlen in jedem Augenblick eine Sinnlichkeit erraten lassen, die sie hartnäckig leugnen, eine Sinnlichkeit, die eine

Frau nicht erniedrigt, wenn sie im Einklang mit den Regungen der Seele steht, wie es bei den Frauen der Fall ist, die offen ein galantes Leben führen.

Die Kleinbürgerinnen, Ladenbesitzerinnen, Arbeiterinnen etc. sind vor ihrer Verheiratung vollständig frei, vor allem in den großen Städten. Vor den Augen ihrer Väter und Mütter haben sie ihren Liebhaber, wechseln ihn nach Belieben, kurz, sie genießen in vollen Zügen, was den jungen Damen höherer Stände verboten ist.[1] Sie verbringen ihre Jugend damit, von Mann zu Mann zu flattern, wodurch sie immer gewitzter werden und geschickter, ein Unschuldslamm zu finden, das sie heiratet, wenn sie schon zu altern beginnen. Ohne Zweifel ist ihre Sucht, sich ständig zu verstellen, tadelnswert, aber diese Sucht rührt von dem schlechten Benehmen der Männer aus den mittleren Ständen her, mit denen sie umgehen. Im übrigen sind sie glücklich veranlagt; sind vor allem ausgezeichnete Hausfrauen und den höheren Töchtern aus dem ersten Stock bei weitem vorzuziehen.

Ich fasse zusammen: man würde den weiblichen Charakter bis zur Vollendung bringen, könnte man die Eigenschaften der drei genannten Klassen vereinen, und dieses würde eine Gesellschaftsordnung leisten, die der Frau den vollen Genuß der Liebesfreiheit einräumt. Indem ihr nur ein Ziel zu erreichen trachtet, nämlich das der *Hausfrau*, mißrät alles, weil ihr zu wenig angestrebt habt. Eure jungen Mädchen, von Philosophie und Vorurteilen aufgeblasen, sind unnatürliche Geschöpfe, an denen Begierden nagen. Ihr Geist wird ständig abgelenkt, sie arbeiten mit Widerwillen, behandeln die schönen Künste, die man sie gelehrt, nur oberflächlich, vergessen nach der Heirat alles,

[1] Die sogenannten jungen Damen comme il faut sind einer beklagenswerten und absurden Verfolgung ausgesetzt; sie sehen in ihrer Stadt, in ihrem Haus, vor ihren Fenstern die Kleinbürgerinnen, die sich verlustieren, sich in der Liebe wiegen, die man ihnen versagt. Woher kommt diese Buntscheckigkeit der Sitten in der Zivilisation, und welche Gründe werden die Philosophen anführen, um zu beweisen, man tue nicht gut daran, die Freiheit in der Liebe zu verallgemeinern, die doch in der Klasse der Frauen, die sie genießen, nur gute Wirkungen zeitigt?

was man ihnen beigebracht hat, und werden bald zu schlechten Hausfrauen, es sei denn, der Mann führe sie an der Kandare. Die Welt verblendet sie um so mehr, als sie keine Erfahrungen haben, während eine Frau, die sie schon vor der Ehe gesammelt hat, ins Vergnügen weniger vernarrt ist, die Arglist der Galane besser kennt und sich um so mehr an einen Haushalt und einen Gatten bindet, als sie ihn als Schutz gegen die männlichen Nachstellungen betrachtet. Nimmt sie einen Stellvertreter, so ist es mehr der Abwechslung wegen als aus Leidenschaft; über ihren Liebschaften wird sie die Interessen des Haushalts nicht aus dem Auge verlieren und die unvermeidliche Schmach des Hahnreitums nach Kräften versüßen. Solche Frauen passen vortrefflich zu sorglosen Männern, zu dem gutmütigen Ehemann, der eine herrschsüchtige Frau braucht, ein *Mannweib*, das das Steuer des Haushalts zu führen weiß und *die Hosen anhat*. So eine Hausfrau macht einen schwachen Mann glücklich. Sie schenkt ihm die wahre eheliche Liebe, die nichts anderes ist als eine Interessengemeinschaft zwischen den Gatten, ein Bündnis gegen die Schändlichkeit der Gesellschaft.

Aber es gibt viele andere Typen von Männern, die sich mit einer in Vorurteilen befangenen Frau nicht abfinden können, mit diesen philosophischen Automaten, deren Charakter ein unlösbares Rätsel ist, und die mit ihrer gespielten Naivität sogar das Mißtrauen der Philosophen erregen. Sie wissen besser als irgend jemand, was dieser Hauch von Unschuld wert ist, den die Erziehung den jungen Mädchen gibt. Jede Frau von fragwürdigem Lebenswandel schien vor ihrer Heirat so unschuldig wie die anderen; dieser Firnis aus Züchtigkeit ist eine Maske, die keinen Mann täuscht, sie beschleunigt die Heirat nicht und führt nur dazu, daß die Frauen sich verstellen. Man weiß, daß ein Liebeshauch ihre Leidenschaften entflammen und in ihnen einen unbekannten Charakter entwickeln kann, dessen Güte oder Bosheit selbst für erfahrene Männer ein unlösbares Rätsel ist. Kurz, dieses Geschwätz über moralische Erziehung ist nur ein circulus vitiosus, wie alle zivilisierten Sitten, und bringt allen Ehemännern nur die Schande ein, die sie zu vermeiden suchen. Es verwirrt die Philosophen zu sehen, daß man schließlich doch nur zu dem Hahnreitum gelangt, das sie verabscheuen; daher ändern sie auch täglich ihr Erziehungssystem, mit dem einzigen Erfolg, die Neigungen der jungen Mädchen zwar zu verschleiern, aber nicht zu ändern.

«Naturam expellas furca, tamen usque recurret.»[1]

Sie regen sich auf, wenn man die Frauen die Wissenschaften und Künste lehrt; sie möchten in dem jungen Mädchen nur ein Interesse wecken, das für den *Kochtopf*. Das sind ihre eigenen Worte, die sie sogar von der Bühne verkünden. Es liegt ihnen nur daran, die Freude am Genuß zu vergällen; sie sehen für die Zukunft nur Hörner voraus; sie sind zänkisch und schelten den Geschmack der Frauen und sind argwöhnisch wie die Eunuchen im Harem.

Selbst wenn es gelänge, ihre Erziehungssysteme zu entwirren, die sie jeden Tag verändern (denn jeden Tag erscheinen neue Abhandlungen über die Moral, die niemals mit den vorhergehenden übereinstimmen), was ließe sich aus ihnen zum Vorteil der jungen Mädchen gewinnen? Sieht man denn diejenigen unter ihnen heiraten, die von weisen Lehren (und nicht von Geld) triefen? Nein, diese bleiben mitsamt ihren Tugenden sitzen. Es gibt in der Zivilisation nur zwei Kräfte, die über die Heirat entscheiden: das Geld und die Intrige. Das wissen die Väter recht wohl, darum liegt es ihnen auch mehr am Herzen, ihren Töchtern eine gute Mitgift als eine gute Erziehung zu geben. Was die Intrige anlangt, so sind die Väter darin keine Meister; obwohl sie den Heiratskandidaten schmeicheln, übertrifft sie jedes einigermaßen gewandte junge Mädchen, das selbst die Fäden zu ziehen versteht und das Feuer aus ganz anderen Batterien als denen der Tugend zu eröffnen weiß. Diese erfahrenen Mädchen verstehen es, den Sittsamen die besten Partien wegzuschnappen, und ohne fremde Hilfe eine gute Partie zu machen, während die Heirat der höheren Tochter die anstößige Vermittlung von Gevatterinnen, Eltern, Notaren und Philosophen braucht, die sich dem jungen Mann an die Fersen heften, um auf ihn einzu-

[1] (lat.) Das Joch hat die Natur verdrängt, gleichwohl wird sie zurückkehren. (Anm. d. Hrsg.)

reden, ihn in die Falle treiben, wie der Metzger und seine Hunde den Ochsen umzingeln und ins Schlachthaus drängen, in das er nicht hinein will.

So werden Heiraten gemacht. Die Männer lassen sich nur fangen, wenn sie, von Fürbittern und Philosophen bedrängt, dem Hinterhalt nicht mehr entrinnen können. Man wäre nicht so widerspenstig, wäre die Ehe wirklich ein Pfand des Glücks, wie sie es für jene ist, die reich heiraten.

Wie konnte ein Jahrhundert, das auf neue Experimente so erpicht ist und vermessen genug, Thron und Altar zu stürzen, wie konnte es sich sklavisch vor den Vorurteilen in der Liebe beugen, die anzugreifen von Vorteil gewesen wäre, und warum hat man nicht daran gedacht, das System der Freiheit, das man so sehr mißbraucht hat, auf diesem Gebiet zu erproben? Alles lud dazu ein, seine Auswirkung auf die Liebe zu prüfen, da das Glück der Männer der Freiheit entspricht, die die Frauen genießen. Nehmen wir an, man könnte ein Mittel ersinnen, alle Frauen, ohne Ausnahme, auf die Keuschheit zu beschränken, die man von ihnen verlangt, so daß keine Frau sich vor der Heirat der Liebe hingäbe und auch nach der Eheschließung keinem Mann außer ihrem eigenen angehörte; daraus folgte, daß jeder Mann sein Leben lang nur die Hausfrau besitzen würde, die er geheiratet hätte. Nun, was halten die Männer von der Aussicht, sich ihr ganzes Leben nur ihrer Gattin zu erfreuen, die ihnen vielleicht schon am Tag nach der Hochzeit mißfällt? Gewiß, jeder einzelne Mann würde dafür stimmen, den Autor einer solchen Erfindung umzubringen, die jede Galanterie zu vernichten drohte. Die erbittertsten Feinde dieser Ordnung wären die Philosophen selbst, die der Verführung und dem Ehebruch sehr gewogen sind, woraus hervorgeht, daß alle Männer persönliche Gegner ihrer eigenen Maximen über die Keuschheit sind, und daß das Glück des männlichen Geschlechts dem Widerstand entspricht, den die Frauen gegen die Vorschriften über die eheliche Treue leisten. Hielten sie sich an diese Vorschriften, dann würde *jeder einzelne* Mann verzweifeln, die Philosophen nicht ausgenommen, die, da sie sich auf Verführung besser verstehen als die anderen, durch den Triumph ihrer Grundsätze über die Liebe am meisten betroffen wären, wie sie es 1789 waren, als ihr System auf die Probe gestellt wurde.

Eine andere Schlußfolgerung, die sich aus unseren Erörterungen ziehen ließe, ist, daß die Zivilisierten über die Rolle der Leidenschaften in einem Moralsystem gar nichts wissen. Denn wenn man die in bezug auf die Frauen vorgeschlagene Änderung annähme – nämlich die Unterscheidung zwischen *Minderjährigen* und *Großjährigen* in der Liebe –, dann würde man zu verschiedenen Resultaten gelangen, die für die guten Sitten der Zivilisierten sehr förderlich wären. Von den Mißständen, die man ausrotten würde, nenne ich die *Konfusion in den Liebesangelegenheiten,* die einer der sechzehn Charakterzüge der Zivilisation ist. Ich werde sie mit den *Liebesbünden* vergleichen; diese sind ein Merkmal der sechsten Periode, und ihre Schilderung wird jeder genießen, weil sie der unseren am nächsten steht und für die Zivilisierten am verständlichsten ist, denn sie behält noch einige ihrer häuslichen Bräuche, wie den unverbundenen Haushalt, bei.

VI. Die Bünde der Liebenden

Unter der Bezeichnung: *Konfusion in Liebesangelegenheiten* verstehe ich unsere Gewohnheit, die Laster oder Tugenden in der Liebe nicht verschieden zu bewerten; beim Ehebruch zum Beispiel ist in den Augen der Philosophen jede eheliche Untreue gleich sündhaft, und sie flehen, selbst bei den leichtesten Vergehen, den Fluch des Himmels auf das Haupt einer Frau herab; doch gibt es im Ehebruch, wie überall sonst, Abstufungen in der Verfehlung. Ist jeder vertrauliche Umgang mit einer sterilen Frau oder einer, die schon in der Hoffnung ist, kurz, jede Kopulation, die nicht zu einer Schwangerschaft führen kann, nicht eine läßliche Sünde, vor allem, wenn der Ehebruch nur bedingt, das heißt von dem Gatten stillschweigend geduldet ist? Man sollte die verschieden nuancierten Vergehen von dem wirklich schuldhaften Ehebruch unterscheiden, der eine Ehe zerstört oder einen fremden Sprößling in eine Familie einpflanzt. Indem man sich weigert, diese Unterschiede zu machen und jeden Ehebruch gleichermaßen verdammt, werden alle entschuldbar. Man gewährt allen die Nachsicht, die nur einigen zusteht. Die öffentliche Meinung hat sich dagegen empört, sie verspottet die Sittenrichter, und so ist man dazu gelangt, unter dem Namen Hahnreitum die abscheulichsten Treulosigkeiten zu entschuldigen und zu begünstigen, die von der Gesetzgebung zusammen mit kleinen Vergehen in einen Topf geworfen werden.

Man hat also durch ein Übermaß an Ungerechtigkeit und Unterdrückung sein Ziel verfehlt. Man hat es nur zum Sieg der Falschheit und Verderbtheit in der Liebe gebracht. Wenn jeder Genuß außerhalb der Ehe ein Verbrechen ist, wie die Philosophen behaupten, wird es nötig, alles zu leugnen und ohne Unterlaß zu täuschen. Daher geben sich alle Frauen und Mädchen als Muster an Tugend und Keuschheit. Ließe man dagegen in der Liebe abgestufte Tugenden und Laster zu, so gäbe es ehrenhaftere Sitten, die der Wahrheit und dem Genuß zustatten kämen.

Nimmt man die Unterscheidung in Minderjährige und Volljährige in der Liebe an, so sind die Emanzipierten von ihrem achtzehnten Lebensjahr an in drei Bünde zu teilen, nämlich in:

1. *Die Gattinnen,* die, wie in der Zivilisation, nur einen Gatten fürs Leben haben.

2. *Die Damoiselles* oder *demi-Dames,* die ihren Besitzer wechseln können, vorausgesetzt, sie nehmen einen nach dem anderen in regelmäßigen Abständen.

3. *Die Galanten,* deren Statut noch weniger streng ist.

Jede dieser Kategorien ist in drei Gruppen oder Abstufungen unterteilt, über die in jeder Stadt und jedem Kanton Listen geführt werden. Jede Frau kann nach Belieben von einem Bund zum anderen übertreten.

Diese Ordnung der Dinge (die Einzelheiten zu berichten, würde zu weit führen) ließe die meisten Reformen verwirklichen, die man heute vergeblich im System der Liebe anstrebt; zum Beispiel würden sie verhindern, daß die jungen Mädchen verführt und dann sitzengelassen werden. Wenn man sie heute in so großer Zahl in der Erwartung eines Mannes dahinvegetieren oder sich Ausschweifungen hingeben sieht, so deshalb, weil die Männer diejenige, der sie den

Hof machen, hinhalten können, so daß sie das Ende ihrer unseligen Ehelosigkeit nicht voraussehen können. Wäre aber der Augenblick, bis zu dem er sich entscheiden muß, auf ihr achtzehntes Jahr festgesetzt, so hätte ein Verführer keine Aussichten, ein Mädchen hinzuhalten; gibt sie sich ihm vorher hin, so wird sie aus dem Bund der Jungfräulein ausgestoßen, oder sie gerät in Verruf; sie würde jedoch tugendhaft bleiben, weil sie ja nur bis zu ihrem achtzehnten Jahr zu warten braucht. Zu diesem Zeitpunkt müßte der Bewerber Farbe bekennen; tut er es nicht, so kann sich das Jungfräulein dem Bund der Damoiselles anschließen, um ihre schönen Jugendjahre nicht zu vergeuden und um das Recht zu erwerben, sich den wählen zu dürfen, der sie besitzen darf. Sie würde gewiß nicht den nehmen, der sie mit Heiratsversprechen geködert hat; das ist ein Betrug, den kein junges Mädchen verzeiht.

Ehebruch und Hahnreitum würden dadurch selten werden. Ein Verführer hätte bei verheirateten Frauen wenig Aussichten, denn sie liefen Gefahr, selbst ohne stichhaltige Beweise verdächtigt und in die Kategorien der Leichtfertigen, ja in die der Ungetreuen verwiesen zu werden, wenn das Vergehen bewiesen ist. Die Gattinnen würden von den Damoiselles und Galanten überwacht, und unter diesen Umständen würden sich nur Frauen mit einer ausgesprochenen Neigung zur Treue für den Ehebund entscheiden. Man würde also erst spät heiraten, wenn sich die Leidenschaften gelegt haben, und die Ehe würde wieder ihren Zweck erfüllen, nämlich eine Stütze im Alter zu sein; sie ist ein Zufluchtsort vor der Welt, ein Bund der Vernunft, für alte Leute und nicht für die Jungen geschaffen.

Damit würde das Vorurteil wegfallen, es sei lächerlich, ein Mädchen zu heiraten, das schon anderen gehört hat. Das Ansehen der Damoiselles wäre nicht etwa deshalb geschmälert, weil sie schon vorher Liebhaber gehabt haben, da sie ja damit bis zu ihrem achtzehnten Lebensjahr gewartet haben, wie es das Gesetz vorschreibt. Man hätte ebensowenig Bedenken, sie zu heiraten wie eine Witwe, die schon Kinder gehabt hat. Wenn es ein solcher Schimpf ist, bei einer Frau nicht der erste zu sein, wenn man sie heiratet, warum gelüstet es die Männer dann so sehr, reiche Witwen zu heiraten und die Erziehung ihrer Kinder zu übernehmen, die, war die Dame früher galant, von verschiedenen Vätern stammen können? Alle diese Überlegungen stellt man nicht an und hält sich für kompromittiert, heiratet man ein Mädchen, das vorher nur galant war, ohne Kinder gehabt zu haben. Kurz, unsere Vorstellungen von Ehre und Tugend der Frauen sind nichts als Vorurteile, die sich mit der Gesetzgebung wandeln. Ein Gesetz würde genügen, um die öffentliche Meinung und die Natur in Einklang zu bringen und die Galanterie zum Rang eines sittsamen Vergnügens zu erheben, ist es doch lächerlich, sie bei den Frauen ein Laster und bei den Männern ihre Liebenswürdigkeit zu nennen. Daher können die Männer nur in dem Maße liebenswürdig werden, wie die Frauen lasterhaft sind: ein lächerlicher Widerspruch, der im übrigen nicht lächerlicher ist als unsere Sitten und Meinungen in der Zivilisation überhaupt.[1]

[1] Der Ehebruch wird zum Laster erklärt, und doch entspricht das Ansehen eines Mannes in der guten Gesellschaft der Zahl der Ehebrüche, die man von ihm kennt und die er ausposaunt. Man bewundert und rühmt einen Richelieu, einen Alkibiades, die unzählige verheiratete Frauen verführt haben, was aber hält man von einem Mann, der dem Gesetz und der Religion gehorcht und seine Unberührtheit als Hochzeitsgeschenk in die Ehe mitbringt? Dieser Mann wird von aller Welt verhöhnt. Was den Ehebruch und das Duell anlangt, so wird bei beiden das Gesetz durch die öffentliche Meinung neutralisiert, die dem Betrug in der Liebe, ja der Sittenlosigkeit günstig ist. Ein armes Mädchen, das sich ohne die Erlaubnis des Magistrats ein Kind hat machen lassen, wird für ehrlos erklärt, selbst wenn es seinem Geliebten treu war. Man vergleiche aber das Verhalten dieses Mädchens mit dem der ehrbaren Frauen! Was nennt man eigentlich in Frankreich eine ehrbare Frau? Eine Dame, die im allgemeinen drei Männer hat, nämlich: den Gatten, den Geliebten und irgendeinen Freund von früher, der von Zeit zu Zeit auftaucht und unter dem Titel eines Freundes des Hauses seine alten Rechte geltend macht – das alles, ohne die Seitensprünge zu zählen. Bei diesem Lebenswandel wird ihr mit vollem Recht das Zeugnis einer ehrbaren Frau ausgestellt. Ohne die Damen, die sich amüsieren, tadeln zu wollen, muß ich sagen, daß sie nie so viele Liebhaber haben werden wie ihre Gatten Mätressen vor und nach der Hochzeit.

Egoismus und knechtische Gesinnung, wie sie die Ehe erzeugt, würden dadurch abgeschwächt. Diese verdirbt vor allem den Charakter der Frauen. Die Folge der Gefügigkeit, die man ihnen anerzogen hat, ist, daß sie alle Laster, aber nicht die guten Eigenschaften ihrer Gatten annehmen. Man verheirate ein junges Mädchen mit Robespierre[1], so wird sie nach einem Monat so grausam sein wie er und ihn in allen seinen Verbrechen bestärken. Diese sklavische Neigung der Frauen würde durch die Rivalität mit den Damoiselles korrigiert. Sie haben keine Neigung, sich dem Mann anzugleichen, da sie ihn ja wechseln können, sondern zeigen einen edlen, unabhängigen Charakter und halten sich in allen Punkten von den Lastern frei, die dem Stand der

So lächerlich in ihrer Ungerechtigkeit die öffentliche Meinung auch ist, so ist sie es noch weit mehr in ihren Widersprüchen; ein Beispiel liefern die schwangeren Mädchen. Man rechnet ihnen die Schwangerschaft und deren freiwillige Unterbrechung als Verbrechen an; wenn sie ehrbar erscheinen wollen, müssen sie aber trachten, die Spuren ihrer Schwäche zu verwischen. Nicht die Mädchen sollte man tadeln, die die Schwangerschaft frühzeitig, wenn der Fötus noch nicht lebt, unterbrechen lassen, sondern die öffentliche Meinung verspotten, die den unschuldigen Akt, ein Kind zu bekommen, unehrenhaft nennt. In Schweden sind die Sitten in diesem Punkt viel vernünftiger als im übrigen Europa. Dort ist ein schwangeres Mädchen nicht entehrt, und es wird der Herrschaft verboten, ein Mädchen, dem man nichts anderes vorwerfen kann, nur einer Schwangerschaft wegen aus dem Dienst zu entlassen. Welche weise Maßnahme in einem Land, das auf Bevölkerungszuwachs angewiesen ist.

Aber was nützt es, sich über die Lächerlichkeit unserer Ansichten zu verbreiten? Niemand hat sie richtiger eingeschätzt als ihre Lobhudler, die keine Möglichkeit sehen, die Zivilisation mit der Natur in Einklang zu bringen, und daher den Taschenspielertrick anwenden, ihr Allheilmittel, die Zivilisation, über alle Maßen zu loben. Wie niedrig man diese Droge auch einschätzt, man setzt ihren Wert immer noch zu hoch an, denn sie hat gar keinen. Das waren die Überlegungen der Philosophen, als sie beschlossen, uns einzureden, die zivilisierte Gesellschaft sei die Perfektion der Perfektionierung der Perfektibilität.

[1] Eines der annotierten Exemplare trägt die Randbemerkung (einfache Treue). (Anm. d. Herausg. von 1846.)

Ehe eigen sind, so von dem Egoismus, den die Ehe aufs höchste steigert. Daher kommt es auch, daß die Verheirateten von größtem Mißtrauen gegen ihresgleichen erfüllt sind. Nichts ist schwieriger, als zwei Ehepaare in einem Haushalt zu vereinen. Die Unverträglichkeit greift von dem Herrn auf die Diener über, und in allen Haushalten lehnt man es entschieden ab, ein Dienerehepaar anzustellen, denn man weiß, daß die Ehe zwischen dem Paar und der Umwelt eine Grenzscheide zieht und alle edlen Gefühle und freiheitlichen Ideen erstickt. Daher kommt es, daß die Verheirateten arglistiger sind, auch gleichgültiger als alle anderen gegen ein allgemeines oder besonderes Unglück. Ihre antisoziale Gesinnung ist so bekannt, daß man einem Mann ein Lob zu spenden glaubt, wenn man sagt: die Ehe hat ihn nicht verändert, er hat den liebenswerten Charakter eines Junggesellen bewahrt.

Dann erst würde man Tugenden und Laster richtig einschätzen. Ich habe festgestellt, daß unsere Zivilisation keine Abstufungen in den Lastern anerkennt. Jede Frau ist gezwungen, Tugend zu heucheln; bei dieser Verwirrung sind die leichtfertigen Frauen im Vorteil, denn sie geben die Zahl ihrer Liebhaber zu niedrig an. Wie oft kann man ehrbare Frauen sehen, die von zwanzig Liebhabern beglückt wurden, in ihren Geständnissen aber nur ein halbes Dutzend zugeben, während die Unglückliche, die deren nur zwei oder drei gehabt hatte, für ehrloser gilt als die Frauen, die mutig der Kritik standgehalten haben. Diese Verwirrung ließe sich schlichten, wenn man die Frauen nach verschiedenen, den Charakteren angepaßten Bünden unterschiede. Ich möchte nochmals betonen, daß diese drei Brüderschaften in der Liebe in neun Untergruppen einzuteilen wären, um soweit wie möglich jede Verwirrung zu vermeiden. So wie es drei Gruppen von *Gattinnen*, die *beständigen, leichtfertigen* und *ungetreuen* gäbe, so würde es auch Untergruppen der *Damoiselles* und *Galanten* geben. Diese Einteilung würde derjenigen in den Serien der Leidenschaften entsprechen, die ich in der Anmerkung A definiert habe. Da man an die beiden Flügel jeder Serie zwei Übergangsgruppen stellen müßte, so wären dies die Gruppen der *Jouvencelles* und der *Unabhängigen*, von denen die erstere die sinnliche Liebe nicht ausüben dürfte, während sich die letztere an keine Regeln zu halten hätte.

Diese Ordnung ist die Organisation, die man den Liebesbeziehungen mindestens geben müßte; jedes System, das die Leidenschaften stärker zügelt, führt notwendigerweise zum Laster der Gleichheit und zu philosophischer Verwirrung, deren abstoßende Ergebnisse wir heute sehen.

VII. Die Fehler des Systems, das die Liebe unterdrückt

Man kann feststellen, daß bei der heutigen Unordnung in den Liebessitten die Frauen das einzige Privileg errungen haben, das ihnen hätte verweigert werden müssen: das, einen Gatten zur Anerkennung eines Kindes zu nötigen, das nicht von ihm stammt, und auf dessen Stirn die Natur den Namen des wirklichen Vaters geschrieben hat, so daß in dem einzigen Fall, da die Frau wirklich schuldig ist, sie den Schutz des Gesetzes genießt, während die öffentliche Meinung und das Gesetz die Beleidigung, die dem Mann widerfahren ist, noch verschlimmern. Wie kommt es, daß die Zivilisierten, die zu wahren Verfolgern werden, wenn es um das Vergnügen ihrer Frauen geht, ihren Nacken so willig dem Joch beugen, die Frucht eines offensichtlichen Ehebruchs anerkennen, ihm Anteil am Namen und am Vermögen zugestehen, statt es ins Findelhaus zu schicken? Hier erfüllen sich die Wünsche der Philosophen! In der Ehe bilden die Männer eine Familie von Brüdern, in der der Besitz den eigenen Kindern so gut wie denen des Nachbarn zusteht. Die Großmut dieser ehrbaren, zivilisierten Männer wird in der Zukunft einen unerschöpflichen Stoff für Gelächter abgeben, und es bedarf in der Tat einiger komischer Seiten in unseren so oft mit Blut geschriebenen Annalen, um sie lesen zu können.

Diese Toleranz der Gatten der schwerwiegendsten Beleidigung gegenüber verträgt sich gut mit der Inkonsequenz in allen Liebesangelegenheiten. Sie geht so weit, daß Kirchen und Theater öffentlich Sitten predigen, die einander ausschließen. Neben einem Gotteshaus, in dem man Abscheu vor Intrigen und Wollust predigt, steht ein Etablissement, in dem das Publikum sich nur zu galanten Abenteuern und auf der Suche nach erotischen Genüssen zusammenfindet. Die junge Frau, die eben eine Predigt über den Respekt gehört hat, den man dem Gatten und den Vorgesetzten schuldet, besucht kurze Zeit darauf ein Theater, in dem sie erfährt, wie man den Gatten, den Vormund oder einen anderen Aufpasser betrügt: und Gott mag wissen, welcher Unterricht besser anschlägt. Diese skandalösen Widersprüche findet man in dem ganzen Mechanismus der Zivilisation. Wenn man kalten Blutes so viel Widersinniges beobachtet, muß man da nicht meinen, die ganze Zivilisation sei eine Gesellschaft von Narren, die desto verrückter scheinen, je mehr sie die Prinzipien kennen, durch die man die Gesellschaft verbessern könnte, und die sie sich dennoch anzuwenden weigern? Sie wissen, daß die Entwicklung von der Barbarei zur Zivilisation nur dank der Milderung sich vollzogen hat, die in der Sklaverei der Frauen erfolgte. Diese Erfahrungstatsache bewegt sie, den Frauen mehr Freiheiten zu gewähren, was einen Übergang in die sechste Periode und, durch volle Befreiung der Frauen, in die siebente Periode hätte bewerkstelligen können. Man sieht, daß der Weg zum Fortschritt der Gesellschaft leicht gangbar und bekannt ist und daß man ihn jederzeit hätte betreten können, wenn man von dem System der Philosophen, die die Frauen unterdrücken, abgewichen wäre. Wissen die Philosophen doch selbst, daß die unwandelbare Treue in der Liebe der menschlichen Natur zuwiderläuft, daß vielleicht einige Tröpfe beiderlei Geschlechts, aber niemals alle Männer und Frauen zu dieser Sitte zu bekehren sind; daß jede Gesetzgebung, welche Eigenschaften verlangt, die mit der Natur unvereinbar sind, nur den Aberwitz der Spekulation beweisen und Unordnung stiften kann. Die Gesamtheit schließt sich dann nämlich stillschweigend zusammen, um die Übertretung der Gesetze zu sanktionieren. Ist dies nicht das Ergebnis des Liebessystems, das seit 2500 Jahren herrscht? Es läßt nur die Unterdrückung fortdauern, die während der finsteren Jahrhunderte herrschte. Es ist lächerlich, in einem Jahrhundert, das sich seiner Vernunft und seines Respekts für die Natur rühmt, auf den Sitten dieser Zeit zu bestehen.

Es nimmt nicht wunder, daß die Philosophen im antiken Griechenland und in Rom die Interessen der Frauen mißachtet haben, waren doch die Rhetoren durchweg Anhänger der Päderastie, der sie in dem schönen Altertum zu Ruhm und hoher Ehre verholfen haben. Sie machten den Umgang mit Frauen lächerlich; Frauen zu lieben galt als unehrenhaft. Lykurg forderte die jungen Männer zur Sodomie auf, die man in Sparta den *Pfad der Tugend* nannte. Auch in den weniger sittenstrengen Republiken unterstützte man diese Art der Liebe; die Thebaner bildeten ein Bataillon aus jungen Päderasten, und die Philosophen stimmten einhellig für diese Sitten, sie, die vom tugendhaften Sokrates an bis zum zarten Anakreon sich mit der Sodomie und der Verachtung der Frauen brüsteten. Diese verwies man in den zweiten Rang, in den Harem, sie waren aus der Gesellschaft der Männer ausgeschlossen.

Da dieser merkwürdige Geschmack bei den Modernen keinen Anklang gefunden hat, ist es um so erstaunlicher, daß die Philosophen den Haß der antiken Gelehrten gegen die Frauen geerbt haben und daß sie fortfahren, das schwache Geschlecht herabzusetzen, einiger Schliche wegen, zu denen die Frauen durch den Druck gezwungen werden, der auf ihnen lastet. Denn man macht ihnen aus jedem Wort, jedem Gedanken, die den Wünschen der Natur entsprechen, ein Verbrechen.

Die Philosophen, von diesem tyrannischen Geist durchdrungen, preisen uns einige Megären der Antike, die auf verbindliche Worte grob geantwortet haben. Sie loben die Sitten der Germanen, die ihre Frauen wegen einer Untreue mit dem Tode bestraften, ja sie erniedrigten das schwache Geschlecht durch die Lobsprüche selbst, die sie ihm zollen. So ist es der Höhepunkt der Inkonsequenz, wenn Diderot behauptet, um einer Frau zu schreiben: müsse man *seine Feder in den Regenbogen tauchen und die Schrift mit dem Staub von Schmetterlingsflügeln bestreuen*. Die Frauen könnten den Philosophen antworten: eure Zivilisation verfolgt uns, sobald wir der Natur gehorchen, man zwingt uns einen künstlichen Charakter auf, und wir sollen Antrieben folgen, die unseren Wünschen widersprechen. Damit wir diesen Doktrinen glauben, bleibt euch nichts anderes übrig, als Illusionen und eine verlogene Sprache auszuspielen. Genauso treibt ihr es mit dem Soldaten, dem ihr Lorbeeren und Unsterblichkeit vorspiegelt, um ihn über sein elendes Los hinwegzutäuschen. Wäre er wirklich glücklich, so würde er es begrüßen, wenn man einfach und aufrichtig mit ihm spräche, aber man hütet sich wohl davor. Ebenso verhält es sich mit den Frauen: wären sie frei und glücklich, so würde es sie ebensowenig nach Illusionen und Schmeichelei gelüsten. Wenn man ihnen schreibt, wäre es nicht mehr nötig, *Regenbogen und Schmetterling* zu bemühen. Ist es aber nötig, die Soldaten und das schwache Geschlecht, ja das ganze Volk zu täuschen, so ist das eine Anklage gegen die Philosophie, die auf dieser Welt nichts zu organisieren verstanden hat als Unglück und Knechtschaft. Wenn die Philosophie über die Fehler der Frauen spottet, so kritisiert sie sich nur selbst. Sie ist es, die diese Fehler durch ein gesellschaftliches System erzeugt, das die Frauen zur Verstellung zwingt, damit sie ihrer Natur, die seit ihrer Kindheit und während ihres ganzen Lebens unterdrückt wird, gehorchen kann.

Beurteilt man die Frauen nach dem bösen Charakter, den sie in der Zivilisation entfalten, so ist das, wie wenn man aus dem Charakter des russischen Bauern, der weder Ehre noch Freiheit kennt, auf den Charakter der Menschheit schlösse, oder wie wenn man den Biber nach dem Stumpfsinn beurteilen wollte, den er als Haustier zeigt, während er doch bei geselliger Arbeit und in Freiheit der intelligenteste Vierfüßler ist. Der gleiche Unterschied wird zwischen den Sklavinnen der Zivilisation und den freien Frauen der neuen Gesellschaftsordnung bestehen. Sie werden die Männer an Arbeitseifer, an Ehrenhaftigkeit und Edelmut übertreffen. Außer in der freien und neuen Ordnung ist die Frau, wie der domestizierte Biber oder der russische Bauer, so wenig auf der Höhe ihrer Bestimmung und ihrer Fähigkeiten, daß man geneigt ist, sie zu verachten, wenn man sie nur flüchtig und oberflächlich beobachtet. Darum braucht man sich nicht zu wundern, wenn Mohammed, das Konzil von Burgund und die Philosophen darüber stritten, ob sie eine Seele habe, und nur daran dachten, ihre Fesseln härter zu schmieden, statt sie zu brechen.

Die Frauen scheinen eines Herrn und Meisters mehr zu bedürfen als der Freiheit, darum pflegen sie unter ihren Liebhabern auch den vorzuziehen, dessen Betragen es am wenigsten verdient. Aber wie sollen die Frauen diese gemeinen sklavischen Neigungen loswerden, wenn ihre Erziehung seit ihrer Kindheit darauf abzielt, ihren Charakter zu unterdrücken, sie dem Willen des ersten besten gefügig zu machen, den Zufall, Intrige oder Habgier ihnen zum Mann geben?

Es ist erstaunlich, daß sich die Frauen den Männern immer überlegen gezeigt haben, wenn sie auf dem Thron ihre natürlichen Fähigkeiten entwickeln konnten, deren Entfaltung die Krone ihnen erlaubt. Ist es nicht allgemein bekannt, daß unter acht Frauen, die frei, ohne Gatten, regiert haben, sieben ruhmvoll geherrscht haben, während man unter acht Königen meist sieben schwache Herrscher findet? Und wenn einige Frauen auf dem Thron nicht geglänzt haben, wie Maria Stuart, so deswegen, weil sie vor den Vorurteilen in der Liebe geschwankt und gezögert haben, statt sich entschlossen über sie hinwegzusetzen. Wenn sie sich aber dazu entschlossen – welcher Mann wußte dann besser als sie das Zepter zu führen? Elisabeth und Katharina sind nicht selbst zu Felde gezogen, aber sie haben ihre Generäle selbst gewählt, und sie haben gut gewählt. Haben die Frauen nicht auf allen anderen Gebieten der Staatsführung den Männern Lektionen erteilt? Welcher Fürst hat Maria Theresia an Standhaftigkeit übertroffen? Als das Unglück über sie hereinbrach, die Treue ihrer Untertanen wankte, ihre Minister vor Schreck erstarrten, unternahm sie es, alle mit neuem Mut zu erfüllen. Durch ihr Auftreten verstand sie es, den ungarischen Reichstag einzuschüchtern, der ihr nicht wohlgesonnen war; sie hielt vor den Magnaten eine lateinische Ansprache und brachte selbst ihre Feinde dazu, sich ihr bis in den Tod zu weihen. Das ist gleichsam ein Vorzeichen der Wunderdinge, die der Wetteifer unter den Frauen in einer gesellschaftlichen Ordnung bewirken würde, die den weiblichen Kräften einen freien Spielraum gewährt.

Und ihr, Vertreter des tyrannischen Geschlechts, würdet ihr die Frauen nicht in den Fehlern übertreffen, die man ihnen vorwirft, wenn eine knechtische Erziehung euch dazu herangebildet hätte, euch für Automaten zu halten, die den Vorteilen zu gehorchen und vor einem Herrn und Meister, den der Zufall bestimmt, zu kriechen haben? Hat man nicht erlebt, wie euer Anspruch auf Überlegenheit durch Katharina vernichtet wurde, die das männliche Geschlecht mit Füßen trat? Indem sie adlige Favoriten einführte, hat sie den Mann durch den Schmutz gezogen und bewiesen, daß er sich in voller Freiheit noch tiefer erniedrigen kann als die Frau, deren Erniedrigung erzwungen und damit entschuldbar ist. Um die Tyrannei der Männer zu brechen, bedürfte es ein Jahrhundert lang eines dritten Geschlechts, männlich und weiblich und stärker als der Mann. Dieses Geschlecht hätte mit Peitschenhieben zu beweisen, daß die Männer wie die Frauen zu seinem Vergnügen geschaffen sind; dann würden sich die Männer über die Tyrannei des hermaphroditischen Geschlechts beklagen und zugeben, daß Macht nicht gleich Recht ist. Und warum verweigern sie den Frauen die Privilegien und die Unabhängigkeit, die sie selbst von dem dritten Geschlecht fordern würden?

Ich will die Erziehung in der Zivilisation hier nicht kritisieren, noch vorschlagen, man solle die Frauen in einem freiheitlichen Sinn heranbilden. Gewiß muß jede gesellschaftliche Periode die Jugend so formen, daß sie die vorherrschenden Mängel verehrt. Wenn es unter der barbarischen Ordnung nötig ist, die Frauen abzustumpfen und ihnen einzureden, sie hätten keine Seele, damit sie sich auf dem Markt verkaufen und in einen Harem einschließen lassen, so ist es in der zivilisierten Ordnung nötig, die Frauen von Kind auf zu verdummen, um sie dem philosophischen Dogma der Knechtschaft in der Ehe anzupassen, und um sie der Herrschaft eines Gatten gefügig zu machen, dessen Charakter dem ihren vielleicht entgegengesetzt ist. Nun, so wie ich einen Barbaren rügen würde, der seine Tochter für die Sitten der Zivilisation erzieht, in der sie ja doch nicht leben wird, so würde ich einen Zivilisierten tadeln, der seine Tochter im Geist der Freiheit und der Vernunft erzöge, der in die sechste und siebente Periode gehört – zu der wir noch gar nicht gelangt sind.

Wenn ich die heutige Erziehung anklage und den knechtischen Geist, mit dem sie die Frauen erfüllt, so tue ich es im Vergleich mit anderen Gesellschaftsordnungen, in denen es unnötig wäre, ihren Charakter durch Vorurteile zu verfälschen. Ich führe den Frauen die bedeutende Rolle vor Augen, die sie werden spielen können, wenn sie dem Beispiel derjenigen folgen, die den Einfluß der Erziehung, wie ihn das eheliche Band nötig macht, überwunden haben. Indem ich auf jene Frauen hinweise, die einen freien Flug gewagt haben, auf die Emanzipierten, sei es Maria Theresia, oder deren sanftere Abschattungen, eine Ninon und die Sévigné, habe ich das Recht zu behaupten, daß die Frauen im Stand der Freiheit in allen geistigen und körperlichen Funktionen, die nicht nur von der physischen Kraft abhängen, die Männer übertreffen würden.

Die Männer scheinen das vorauszufühlen; sie empören und beunruhigen sich, wenn die Frauen das Vorurteil ihrer Minderwertigkeit Lügen strafen. Die männliche Eifersucht richtet sich vor allem gegen die Schriftstellerinnen. Die Philosophie gönnt ihnen keine akademischen Ehren und verweist sie schmählich in den Haushalt zurück.

Haben die gelehrten Frauen diese Schmach nicht verdient? Der Sklave, der seinem Herren nachäfft, verdient nur einen verächtlichen Blick. Was trieb die Frauen zu dem alltäglichen Ruhm, ein Buch zu verfassen und einige Bände den Millionen unnötiger Bände hinzuzufügen? Die Frauen sollten keine Autoren hervorbringen sondern Befreier, einen politischen Spartakus, Genies, die Mittel ersinnen sollten, die Frauen aus ihrer Erniedrigung zu befreien.

Auf den Frauen lastet die Zivilisation; Sache der Frauen wäre es, sie anzugreifen. Was für ein Leben führen sie heute? Sie leben nur von Entbehrungen, selbst in der Industrie, wo der Mann alle Stellungen, ja sogar die feinsten Beschäftigungen mit Nadel und Feder, mit Beschlag belegt hat, während man die Frauen mit schwerer landwirtschaftlicher Arbeit sich herumschlagen sieht. Ist es nicht skandalös, Athleten von dreißig Jahren hinter dem Schreibtisch hocken oder mit behaarten Armen eine Tasse Kaffee reichen zu sehen, als ob es nicht genug Frauen und Kinder gäbe, um diesen Kleinkram in Haus und Büro zu besorgen?

Wie verdienen sich die Frauen ohne Vermögen ihren Lebensunterhalt? Am Spinnrad oder durch ihre Reize – wenn sie welche haben. Ja, die mehr oder weniger verhüllte Prostitution ist ihre einzige Hoffnung, und selbst diese bestreiten ihnen die Philosophen. Das ist das gemeine Los, das ihnen diese Zivilisation noch übrig läßt, diese eheliche Sklaverei, die anzugreifen ihnen nicht einmal einfällt. Dieses Versäumnis ist unverzeihlich, seit man Tahiti entdeckt hat, denn die dort herrschenden Sitten sind ein Wink der Natur, der den Gedanken an eine gesellschaftliche Ordnung hätte nahelegen müssen, in der die organisierte Arbeit mit der Freiheit in der Liebe vereint ist. Das ist der einzige Gegenstand, der der Schriftstellerinnen würdig wäre; ihre Gleichgültigkeit in diesem Punkt hat die Mißachtung der Männer nur gesteigert. Ein Sklave erscheint nie so verächtlich, wie wenn er durch blinde Ergebenheit den Unterdrücker davon überzeugt, daß sein Opfer für die Sklaverei geboren ist.

Weit davon entfernt, auf Mittel zur Befreiung ihres Geschlechts zu sinnen, haben die gelehrten Frauen den philosophischen Egoismus übernommen. Sie haben die Augen vor der Erniedrigung ihrer Genossinnen geschlossen, deren traurigem Los sie zu entgehen verstanden haben. Sie suchen kein Mittel, sie zu befreien. Darum haben Herrscherinnen, die ihrem Geschlecht hätten dienen können, wie Katharina, die den rechten Verstand hatte, Vorurteile zu verachten, nichts für die Befreiung der Frauen getan. Niemand hat derlei Ideen entworfen, niemand hat eine Methode der Freiheit in der Liebe angegeben. Hätte man jedoch einige Pläne über diesen Gegenstand publiziert, sie wären dankbar aufgenommen und ausprobiert worden, sobald nur ein rechtlich denkender Fürst oder eine Fürstin den Thron bestiegen hätten.

Es wäre Sache der gelehrten Frauen gewesen zu erforschen, wie die Frauen zu befreien seien. Das haben sie vernachlässigt, wodurch ihr literarischer Ruhm litt und verdunkelt wurde. Die Zukunft wird nur ihren Egoismus und ihre Erniedrigung sehen, denn wenn die Schriftstellerinnen sich auch im allgemeinen von Vorurteilen frei zu machen und zu genießen verstehen, so sind sie deswegen nicht weniger verschrien.

Mich deucht, die Tyrannei der öffentlichen Meinung sollte genügen, um einige ehrenhafte Frauen zum Angriff auf die Vorurteile anzuregen, nicht durch unnötige Reden, sondern durch das Suchen nach Neuerungen, die beide Geschlechter dem schrecklichen und erniedrigenden Zustand der Ehe entreißen könnten.

Weit davon entfernt, die Ketten der Frauen zu lockern, verschärft man die Vorkehrungen gegen ihre Befreiung. Drei Ursachen haben zusammengewirkt, um die Unterdrückung des schwachen Geschlechts bei den Modernen noch zu festigen.

1. Die Einschleppung der venerischen Erkrankungen, deren Gefahren die Wollust in Ausschweifung verwandelt und dazu beiträgt, die Freiheit in den Liebesbeziehungen der Geschlechter stark zu vermindern. (Diese Krankheit wird durch den progressiven Haushalt ausgerottet.)

2. Der Einfluß des Katholizismus, dessen Dogmen der Wollust feindlich sind und diese jedes Einflusses auf das gesellschaftliche System beraubt. Die religiösen Vorurteile haben die althergebrachte Tyrannei der ehelichen Verbindung noch verstärkt.

3. Die Geburt des Mohammedanismus, der das Unglück und die Erniedrigung der barbarischen Frauen noch steigert und dadurch einen trügerischen Schein von Glück auf die weniger beklagenswerten Lebensbedingungen der zivilisierten Frauen wirft.

Diese drei Einflüsse verwoben sich zu einem Unglücksgespinst, das mehr denn je den Weg abdichtete, der zu einer Verbesserung der Lage der Frauen hätte führen können; es sei denn, die Zukunft bringe einen Fürsten hervor, der sich gegen das Vorurteil erklärt und einsichtsvoll genug ist, in irgendeiner Provinz die Ordnung in der Liebe auszuprobieren, die ich angegeben habe. Dieser Akt der Gerechtigkeit wäre der einzige, den die Natur unserer Vernunft abverlangt, und zur Strafe dafür, daß wir ihren Wünschen nicht gefolgt sind, haben wir den Übergang in die sechste und siebente Periode verabsäumt und sind *dreiundzwanzig Jahrhunderte* in philosophischer Finsternis und in den Schrecken der Zivilisation verblieben.

4. Geschlechterphilosophie in pragmatischer Absicht

WILHELM VON HUMBOLDT

Über den Geschlechtsunterschied und dessen Einfluß auf die organische Natur

Von der Wichtigkeit des Endzwecks erfüllt, welchem der Unterschied der Geschlechter zunächst gewidmet ist, pflegt man die Bestimmung derselben auf ihn allein zu beschränken. Man nimmt ihn unmittelbar mit in den Begriff derselben auf, denkt sich unter dieser Anstalt der Natur weiter nichts als ein zur Erzeugung notwendiges Mittel, und würde, wenn diese auf einem andern Wege zu erhalten wäre, einen Unterschied leicht entbehren zu können glauben, der die Entwicklung der Gattung in den Individuen nicht selten zu hindern scheint. Nur allenfalls im Menschen wird auch die gemeinste Beobachtung mehr auf die heilsame Einwirkung des einen Geschlechts auf das andere aufmerksam gemacht. Allein auch in der übrigen Natur ist diese Erscheinung nicht weniger sichtbar, und es bedarf nur einer mäßigen Anstrengung des Nachdenkens, um den Begriff des Geschlechts weit über die beschränkte Sphäre hinaus, in die man ihn einschließt, in ein unermeßliches Feld zu versetzen. Die Natur wäre ohne ihn nicht Natur, ihr Räderwerk stände still, und sowohl der Zug, welcher alle Wesen verbindet, als der Kampf, welcher jedes einzelne nötigt, sich mit seiner, ihm eigentümlichen Energie zu waffnen, hörte auf, wenn an die Stelle dieses Unterschiedes eine langweilige und erschlaffende Gleichheit träte.

Das Streben der Natur ist auf etwas Unbeschränktes gerichtet. Alles Große und Treffliche, was in endlichen Kräften wohnt, will sie, ohne Ausnahme, und zwar in ein Ganzes vereint, besitzen. Aber da diese Kräfte immer endlich und an die Gesetze der Zeit gebunden sind, so hebt die eine, sofern sie tätig ist, die andre auf, und es ist nicht möglich, daß sie alle *zugleich* wirken. Dies gilt aber nicht bloß von ihren einzelnen Kräften, sondern überhaupt von ihren beiden hauptsächlichen Wirkungsarten, der Ausbildung des Einzelnen und der Verbindung des Ganzen. Denn indes die Kraftübung *Einseitigkeit* hervorbringt, auf die auch die Beschaffenheit des Stoffs führt; so verlangt die verbindene Form *Vielseitigkeit*, und die eine Forderung vernichtet in dem Augenblick, da sie geschieht, notwendig die andre. Wenn also, bei allen Schranken der Endlichkeit, ein unendliches Wirken zustand kommen sollte, so blieb nichts anders übrig, als die zugleich unverträglichen Eigenschaften in verschiedene Kräfte, oder wenigstens in verschiedene Zustände derselben Kraft zu verteilen, und sie nun durch den Drang eines Bedürfnisses zu gegenseitiger Einwirkung zu nötigen. Diese beiden Merkmale sind aber gerade auch die einzigen, welche der Geschlechtsbegriff in sich faßt. Denn, geht man auch, um denselben so aufzufinden, wie er sich wirklich in der Natur zeigt, am besten von dem Begriff der Zeugung aus, so kann man ihn doch auch, ohne alle Rücksicht auf diese, in seiner völligen Allgemeinheit fassen: und alsdann bezeichnet er nichts anders, als eine so eigentümliche Ungleichartigkeit verschiedener Kräfte, daß sie nur verbunden ein Ganzes ausmachen, und ein gegenseitiges Bedürfnis, dies Ganze durch Wechselwirkung in der Tat herzustellen.

Denn auf der Wechselwirkung allein beruht das Geheimnis der Natur. Ungleichartiger Stoff verknüpft sich, das Verknüpfte wird wiederum Teil eines größeren Ganzen, und bis ins Unendliche hin umfaßt immer jede neue Einheit eine reichere Fülle, dient jede neue Mannigfaltigkeit einer schöneren Einheit. Stoff und Form, so vielfach ineinander verschränkt, vertauschen ihr Wesen, und nirgends ist etwas bloß bildend oder gebildet. So erhält die Natur zugleich Einheit und Fülle, zwei scheinbar entgegengesetzte, aber nah verwandte Eigenschaften, deren eine dem Geist wohltätige Ruhe gewährt, wenn ihn die andre zu tätigem Nachdenken angespannt hat.

Von dem zauberähnlichen Wirken dieser zahllosen Kräfte erstaunt, verzweifelt der menschliche Geist, je in dies heilige Dunkel zu dringen. Dennoch fühlt er sich durch seine Natur aufgefordert, es zu versuchen. Soll nun der Versuch nicht gänzlich mißlingen, so wende er seinen Blick von dem Zusammenschluß der Wirkungen ab auf die vereinzelten wirkenden Kräfte. Was dort durch vielfaches Eingreifen in fremder und mannigfaltig verschiedener Gestalt erscheint, sieht er hier, vereinzelt, in seiner eigentümlichen wieder. Denn jede Verbindung in der Natur geht aus der innren Beschaffenheit der Wesen hervor, und ihr stilles Wirken unterbricht keine eigenmächtige Willkür. Was sich miteinander vereinigt, trägt in seinem Wesen selbst das Bedürfnis dieser Vereinigung; und alle Erscheinungen der Natur bestimmt der Charakter der wirkenden Kräfte. Ist indes der Weg auf diese Weise vereinfacht, so darf man ihn nicht zugleich auch erleichtert nennen. Sehr schwierig ist es, diesen verborgenen Charakter zu erspähen, der nicht in dem Inbegriff der, oft nur zufälligen Äußerungen eines Dinges besteht, sondern ihr innerstes Wesen selbst ausmacht, nicht durch rhapsodistische Aufzählung der einzelnen Merkmale erschöpft wird, sondern in seiner ganzen Einheit aufgefaßt werden muß. Gerade weil er die letzte Verbindung von jenen ist, darf er keine Trennung verstatten, ist er für die innere Anschauung, was die äußere Gestalt dem Auge, und enthüllt sich fast nur einem gewissen ahnenden Gefühle, da er doch auf Begriffe zurückgeführt und durch Beweise bestätigt werden soll.

Was, so wie dieser Charakter, das letzte Resultat aller vereinigten Kräfte ist, kann wieder nur mit vereinigten Kräften verstanden werden. In harmonischem Bunde muß das Gefühl mit dem Gedanken gemeinschaftlich tätig sein. Hat der Verstand die Natur und die Wirkungsart des Wesens nach Begriffen untersucht, so muß die Phantasie das äußere Bild seines Erscheinens, die Form jenes Inhalts, auffassen, und nur die Einheit, zu welcher der Geist dies doppelte Resultat zu verknüpfen strebt, kann dem Gesuchten einigermaßen entsprechen. Keine Erscheinung einer Kraft darf daher der Forscher zurückweisen, und durch das ganze Gebiet ihrer Wirksamkeit muß er sie verfolgen. Bei Untersuchung der Körperwelt muß er mit der moralischen ebensowohl, als bei dieser mit jener vertraut sein, und sein Bemühen gehe auf die größere Naturökonomie oder den kleineren Kreis des Menschen, so darf er nie das Ganze aus dem Gesichte verlieren. Denn die äußere sinnliche Gestalt der Gegenstände gibt ihm einen Spiegel in die Hand, in welchem sein Auge ihre innere Beschaffenheit erblickt.

Vorzüglich aber bedarf der Mensch zur Ergründung und Veredlung auch seiner moralischen Natur einer anhaltenden und ernsten Betrachtung der physischen um ihn her, und ihre Vorsorge hat ihm sogar dies Studium erleichtert. Schon in dem bloß körperlichen Teil seines Wesens findet er mit unverkennbarer Schrift dasjenige ausgedrückt, was er in seinem moralischen zum Dasein zu bringen streben soll. Freilich verweilt das Auge des Betrachters nur selten hinlänglich auf den Zügen dieser Schrift. Vorsichtige Besorgnis durch leere Bilder der Phantasie getäuscht zu werden, zieht oft die Aufmerksamkeit davon ab, und noch weit öfterer hindert sie Mangel an Freiheit des Sinns, überhaupt nur rege zu werden. Dennoch ist es unleugbar, daß die physische Natur nur ein großes Ganze mit der moralischen ausmacht, und die Erscheinungen in beiden nur einerlei Gesetzen gehorchen. Nach der Erforschung der Körperwelt und dem Studium des innern Lebens der Geister bleibt daher noch endlich ein Blick auf das gegenseitige Verhältnis dieser beiden völlig ungleichartigen Reiche übrig, um diejenigen Gesetze aufzufinden, welche, in beiden herrschend, die höchste Verknüpfung des Naturganzen vollenden. Dieser Gesetze werden freilich immer nur sehr wenige und äußerst einfache sein können, da sie die reiche Mannigfaltigkeit aller besondren unter sich befassen müssen. Allein eben dadurch wird es dem Menschen leichter werden, ihnen auch an seinem Teil zu gehorchen, und gerade die verborgensten Geheimnisse seines Wesens in ihnen besser enthüllt zu sehn. Denn vorzüglich in dem Felde der menschlichen Empfindung und Begierde gibt es Tiefen, welche der Forscher nie zu ergründen vermag, wenn er den Blick unmittelbar und allein auf sie heftet. Wo die Verwandtschaft mit der schlechterdings physischen Natur des Menschen zu nah ist, hört die Möglichkeit auf, alles durch seine bloß moralische zu erklären. Er muß daher zugleich auf jene zurückgehn, und dasjenige, was in einer feinen und verwickelten Organisation undeutlich erscheint, muß er da aufsuchen, wo es in großen und einfachen Zügen ausgedrückt ist. Wohin aber wendet er sich da besser, als an dieselbe Natur in ihrer weniger verwickelten, aber größern Ökonomie? Aus ihr muß der Mensch sich besser verstehn lernen, und bei ihr den Stamm aufsuchen, von dem nur die feinste Blüte in ihm sproßt. Hat er diesen entdeckt, so ist es nun weniger schwer, den wunderbaren Bau bis in seine äußersten Zweige zu verfolgen. Hier ist der Standpunkt, auf welchem der Kenner der physischen und der Erforscher der moralischen Natur einander gegenseitig die Hand bieten, um die steile Höhe zu ersteigen, von welcher jedes sein eignes Gebiet in einer neuen und nun erst in der wahren Gestalt erblickt. Den äußersten Gipfel dieser Höhe zu erreichen, dürfte allerdings wohl menschlichen Kräften verwehrt sein. Aber die Kenntnis der Natur wird sich immer ganz und gar von der Wahrheit entfernen, wenn man demselben nicht wenigstens entgegenstrebt, und er nicht der Gesichtspunkt ist, den man, auch bei der Beschäftigung in jedem einzelnen der beiden Reiche, unverrückt im Auge behält.

Aus endlichen Kräften bestehend, weiß die Natur sich durch ihre Form Unendlichkeit zu verschaffen. Dem Gesetze derselben gehorsam, hinterläßt das hinschwindende Wesen, ehe es von dem Schauplatz seiner Tätigkeit scheidet, ein neues an seiner Stelle, und indem so das einzelne wechselt, bleibt das Ganze in ununterbrochener Fortdauer der Gattungen, bei der Vergänglichkeit der Individuen, ist die erste Erscheinung, welche sich dem allgemeinsten Blick auf das gesamte Gebiet der Natur darstellt. Aber nicht auf bloße Fortdauer allein beschränkt, ist ihre Absicht hierbei auf etwas Höheres gerichtet. Weil bei endlichen Wesen das Vortreffliche nicht auf einmal entsteht, so erhebt sie sie von Stufe zu Stufe des Bessren. Dadurch hat sie es möglich gemacht, nach dem ersten Wurf der Keime, ihre Hand von ihrem Werk abziehen zu können, und nun mit ruhigem Blick auf den Reihen der Wesen zu verweilen, die sich jetzt, unendlichen Ketten gleich, von selbst, und doch immer einem Ziele zueilend entwickeln. Unter allen Verbindungen, die wir in ihr gewahr werden, sind gerade die höchsten, mannigfaltigsten und innigsten diesem doppelten Endzweck gewidmet; und gelänge es dem menschlichen Geist, diese durch Erforschung des Charakters der dabei wirksamen Kräfte genauer zu durchspähen, so wäre es ihm dann möglich, dies tiefste Geheimnis mit größerem Recht zu bewundern.

Bei allem Erzeugen entsteht etwas vorher nicht Vorhandenes. Gleich der Schöpfung, ruft die Zeugung neues Dasein hervor, und unterscheidet sich nur dadurch von derselben, daß dem neu Entstehenden ein schon vorhandener Stoff vorhergehen muß. Dieser Notwendigkeit ungeachtet, hat indes das Erzeugte dennoch eine von dem Erzeugenden unabhängige Kraft des Lebens, und weit entfernt, daß diese aus demselben erklärbar wäre, bleibt es vielmehr ein unergründliches Geheimnis, wie nur sein Dasein daraus hervorgeht. Was durch Entwicklung oder Wachstum entsteht, ist ein Teil desjenigen, zu dem es gehört, und empfängt aus fremder Hand seine belebende Kraft. Was aber durch Zeugung ans Licht tritt, ist ein Wesen für sich, besitzt selbst Leben und Organisation, und kann, wie es selbst hervorgebracht wurde, ebenso wieder hervorbringen. Obleich die Fähigkeit zu zeugen durch die ganze Natur verbreitet ist, so vermag doch keine Kraft Leben und Organisation mechanisch zu bilden; keine Weisheit den Weg dazu vorzuschreiben. Daher ist Zeugung von Bildung verschieden, und darf nur Erweckung genannt werden; die nachfolgende Bildung des Erzeugten gehört ihm selbst, nicht dem Erzeugenden an. Man kennt, was der Zeugung vorhergeht, und sieht das Dasein, das darauf erfolgt; wie beides verknüpft ist? umhüllt ein undurchdringlicher Schleier. Denn wie die Zeugung von seiten des Erzeugten Erweckung ist, so ist sie von seiten des erzeugenden Wesens nur eine augenblickliche Stimmung, die nicht bloß durch die höchste Anstrengung der Kräfte, sondern besonders durch die Vereinigung aller bezeichnet wird. Die Kraft, welche das Lebendige und Organische beseelt, kann, wie sie selbst in sich Eins ist, nur aus dem ihr Gleichen hervorgehen, und nicht bloß daß jedes zeugende Wesen seine eignen gleichartigen Kräfte zur höchsten Harmonie gestimmt fühlt, so ist auch jede Zeugung eine Verbindung zweier verschiedener ungleichartiger Prinzipien, die man, da die einen mehr tätig, die andern mehr leidend sind, die zeugenden (im engern Verstande des Worts) und die empfangenden nennt. So hat die Natur ihre Kinder, welchen, als endlichen Wesen, nicht alles zugleich zu besitzen vergönnt war, wenigstens an die Einheit erinnert, die allein jedem höheren Streben genügt, und ihrer Sehnsucht Momente geschenkt, die sie vergessen lassen, daß sie zu getrenntem Dasein verurteilt sind.

Diesem gegenseitigen Zeugen und Empfangen ist nicht bloß die Fortdauer der Gattungen in der Körperwelt anvertraut. Auch die reinste und geistige Empfindung geht auf demselben Wege hervor, und selbst der Gedanke, dieser feinste und letzte Sprößling der Sinnlichkeit, verleugnet diesen Ursprung nicht. Die geistige Zeugungskraft ist das Genie. Wo es sich zeigt, sei es in der Phantasie des Künstlers, oder in der Entdeckung des Forschers, oder in der Energie des handlenden Menschen, erweist es sich schöpferisch. Was seiner Zeugung das Dasein dankt, war vorher nicht vorhanden, und ist ebensowenig aus schon Vorhandenem oder schon Bekanntem bloß abgeleitet. Zwar wird sich im Gebiete des Denkens, in welchem durchgängig logischer Zusammenhang herrschen muß, immer die Verbindung desselben mit dem schon Gegebenen zeigen lassen, aber dieser Weg ist darum nicht auch ebenderselbe, auf welchem es gefunden werden konnte. Denn das wahrhaft Genialische ist keine Folgerung aus bloß schnell übersehenen, mittelbar zusammenhängenden Sätzen, es ist wirkliche Erfindung, wenngleich das, was nicht dieser Art ist, ebenfalls auf genieähnliche Weise hervorgebracht sein kann. Was hingegen das echte Gepräge des Genies an der Stirn trägt, gleicht einem eigenen Wesen für sich mit eignem organischen Leben. Durch seine Natur schreibt es Gesetze vor. Nicht wie die Theorie, welche der Verstand langsam auf Begriffe gründet, gibt es die Regel in toten Buchstaben, sondern unmittelbar durch sich selbst, und mit ihr zugleich den Sporn, sie zu üben. Denn jedes Werk des Genies ist wiederum begeisternd für das Genie, und pflanzt so sein eignes Geschlecht fort.

Durch Begeisterung gewirkt, ist dem Genie seine eigene Wirksamkeit unbegreiflich. Es geht nicht auf gebrochenen Bahnen fort, hier erscheint es und dort, aber vergebens suchten wir die Spuren seines wandlenden Fußtritts. Daher ist es nie zu berechnen, und vermag selbst nicht zu verbürgen, ob sein Produkt gesetzlos oder regelmäßig sein werde? Es kann dies letztere nur mittelbar befördern, *indem es sich selbst gesetzmäßig macht,* und es ist ihm kein andrer Einfluß auf das Erzeugte, in dem Augenblicke der Zeugung, erlaubt, als durch die allgemeine Stimmung seiner selbst, als des Erzeugenden. Da alle seine Kräfte in diesem Momente vereinigt sind, bleibt keine zu müßigem Zuschauen, oder kalter Leitung übrig. Selbsttätigkeit und Empfänglichkeit sind beide gleich geschäftig in ihm, und dasjenige, dessen es sich einzig bewußt ist, ist gerade die Vermählung dieser ungleichartigen Naturen. Nur durch diese Wechselwirkung der Selbsttätigkeit und Empfänglichkeit wird es ihm möglich, sich aus sich selbst herauszustellen, und sich selbst, abgesondert von allem Zufälligen, zum Objekt seiner Reflexion zu machen. Diese Trennung aber ist zu jeder genialischen Hervorbringung unentbehrlich, da das Genie das Notwendige nur aus der Tiefe seiner Vernunft hervorziehn, und es nicht anders, als durch gänzliche Entfernung aus dem Kreise seines empirischen Daseins, rein absondern kann. Daher erfordert dasselbe, wofern es schöpferisch werden soll, die höchste Objektivität, d. h. ein, in Bedürfnis übergehendes Vermögen, das Notwendige zu ergreifen. Dieses aber kann es nur aus seinem Innren schöpfen, oder es muß vielmehr sein eignes subjektives und zufälliges Dasein in ein notwendiges verwandeln. Nie wird der Hand des Künstlers ein Meisterwerk gelingen, wenn er nicht die idealische Schönheit, zu der doch seine Phantasie die Züge selbst bildend entwarf, als eine wirkliche Gestalt zu umfassen vermag; nie wird der Philosoph einen Fortschritt gewinnen, der die Masse der Ideen wesentlich bereichert, wenn nicht die Wahrheit, die er aus der Tiefe seines Geistes hervorzog, seinen innren Sinn, gleich einem äußren Objekte bewegt; und nie wird in schwierigen Fällen des Lebens der handelnde Mensch alle verwickelte Knoten gegeneinander wirkender Triebfedern genialisch lösen, wenn er nicht über der Welt sein eignes Ich vergißt, oder vielmehr sein Ich zu dem Umfang einer Welt erweitert.

Leichter als der Augenblick, in welchem das neue Dasein erweckt wird, ist der Zustand zu beobachten, welcher demselben vorhergeht. In dieser Stimmung der schöpferischen Weihe ist, von welcher Art auch die Zeugung sein möge, das Gefühl einer überfließenden Fülle mit dem eines bedürftigen Mangels verbunden. Die Kraft sammelt sich in sich selbst, nie fühlt sie sich reicher und größer, nie lebhafter bewegt, nie rüstiger zur herrlichsten Tätigkeit. Selbst die Erinnerung an diese Stärke vermag noch, sie in der Folge begeisternd zu erwecken. Aber in dieser Bewegung liegt der Keim einer unruhvollen Sehnsucht, die zur Hervorbringung reizt. Sich, ihres Reichtums ungeachtet, so wie sie ist, nicht genügend, ahnet sie etwas andres, mit dem vereint sie erst ein vollendetes Ganze bildet. Wird ihr Suchen hier mit glücklichem Finden gekrönt, so strebt sie nach einer Vereinigung, welche jedes einzelne Dasein vertilgt. Es entsteht ein Wogen, ein Hin- und Herwanken, und jene Sehnsucht erreicht eine schmerzliche Höhe. Die ganze Erwartung ist nun auf die Hervorbringung gespannt, und das eigne Ich entäußert sich bis zu dem Grade, daß es sich selbst gern für die neue Schöpfung hingeben möchte. Aus diesem höchsten Dasein springt das Dasein hervor. Auf diesem einzigen Moment beruht die Erzeugung auch des geistigsten Produkts. Hat die Phantasie des Künstlers einmal das Bild lebendig geboren, so ist das Meisterwerk vollendet, wenn auch seine Hand in demselben Augenblick erstarrte. Die wirkliche Darstellung gehört nur noch dem Nachhall jenes entscheidenden Moments an.

Eine befremdende Erscheinung ist es, daß Kräfte, die sich so notwendig sind, und so heftig suchen, getrennt existieren sollen, und daß das zur Verbindung Bestimmte nicht Eins sein kann. Denn überall sehen wir zur Zeugung zwei ungleichartige Kräfte erforderlich, dieselben mögen nun, wie in einem Teil der Natur, in einem Wesen verknüpft, oder in zwei verschiedne verteilt sein. Da das Erzeugte mit dem Erzeugenden immer gleichartig und ihm ähnlich ist, so scheint es wunderbar, warum nicht unmittelbar aus dem Leben das Leben, aus einer Kraft die andere hervorgehen könne? Und da der Begriff der reinen Kraft hier nichts Widersprechendes enthält, so müssen wir dies in den Schranken derselben aufsuchen.

Die lebendige Kraft, welche jedes organische Wesen beseelt, fordert einen Körper. Dieser Körper und jene Kraft stehen in unaufhörlicher Gemeinschaft, indem sie gegenseitig aufeinander ein- und zurückwirken. So ist in jedem organischen Wesen Wirkung und Rückwirkung verbunden. Wie unbegreiflich nun auch das Geschäft der Zeugung ist, so wird doch soviel wenigstens klar, daß das Erzeugte aus einer Stimmung des Erzeugenden hervorgeht, und, wie vorzüglich die Produkte des Genies auffallend zeigen, derselben ähnlich ist. Die Erzeugung organischer Wesen erfordert daher eine doppelte, eine auf Wirkung und eine andre auf Rückwirkung gerichtete Stimmung, und diese ist in derselben Kraft und zu gleicher Zeit unmöglich.

Hier nun beginnt der Unterschied der Geschlechter. Die zeugende Kraft ist mehr zur Einwirkung, die empfangende mehr zur Rückwirkung bestimmt. Was von der ersten belebt wird, nennen wir *männlich,* was die letztere beseelt, *weiblich.* Alles Männliche zeigt mehr Selbsttätigkeit, alles Weibliche mehr leidende Empfänglichkeit. Indes besteht dieser Unterschied nur in der Richtung, nicht in dem Vermögen. Denn wie die tätige Kraft eines Wesens, so auch die leidende, und wiederum umgekehrt. Etwas bloß Leidendes ist nicht denkbar. Zu allem Leiden (Empfinden einer fremden Einwirkung) gehört doch aufs mindeste Berührung. Was aber gar kein Vermögen der Tätigkeit besitzt, ist gar nichts, wird durchdrungen, aber nicht berührt. Daher überall gleichviel Entgegenwirken, als Leiden. Die tätige Kraft hingegen ist (wenn wir uns erinnern, daß hier nur von einer endlichen geredet wird) den Bedingungen der Zeit unterworfen, und an einen Stoff, mithin an etwas Leidendes gebunden. Ohne auch in tiefere Beweise einzugehen, sehen wir im Menschen immer Selbsttätigkeit und Empfänglichkeit einander gegenseitig entsprechen. Der selbsttätigste Geist ist auch der reizbarste; und das Herz, das für jeden Eindruck am meisten empfänglich ist, gibt auch jeden mit der lebhaftesten Energie zurück. Nur also die verschiedene Richtung unterscheidet hier die männliche Kraft von der weiblichen. Die erstere beginnt, vermöge ihrer Selbsttätigkeit, mit der Einwirkung; nimmt aber, vermöge ihrer Empfänglichkeit, die Rückwirkung gegenseitig auf. Die letztere geht gerade den entgegengesetzten Weg. Mit ihrer Empfänglichkeit nimmt sie die Einwirkung auf, und erwidert sie mit Selbsttätigkeit.

Diesen zwiefachen Charakter drückt auch der verschiedene Zustand aus, welcher in beiden der Hervorbringung unmittelbar vorhergeht. In beiden ist das Gefühl eines überströmenden Vermögens mit dem eines schmerzlichen

Entbehrens gepaart. Aber wo die Männlichkeit herrscht, ist das Vermögen: Kraft des Lebens, bis zur Dürftigkeit von Stoff entblößt; und die entbehrende Sehnsucht auf ein Wesen gerichtet, das der Energie zugleich Stoff zur Tätigkeit gebe, und, indem es durch Rückwirkung ihrer Empfänglichkeit beschäftigt, ihre glühende Heftigkeit lindre. In dem Kreise der Weiblichkeit hingegen ist das Vermögen: eine üppig überströmende Fülle, zu reich, als daß die eigne Kraft allein ihrer Belebung genügte; indes die entbehrende Sehnsucht ein Wesen sucht, das zugleich den innern Stoff erwecke, und der eignen Kraft, indem es sie durch Einwirkung zu selbsttätiger Rückwirkung nötigt, eine größere Stärke erteile. In dem ersteren Fall ist daher eine Stärke, die, auf einen Punkt versammelt, von diesem nach *außenhin* strebt. Außer sich sucht dasjenige einen Stoff, was in sich nicht genug Beschäftigung seiner Tätigkeit findet. In dem letzteren ist eine Fülle des Stoffs, die sich einen fremden Gegenstand in einem Punkt *innerhalb* ihres Wesens aufzunehmen, und von ihm Einheit zu empfangen sehnt. So befriedigt die eine Kraft die Sehnsucht der andren, und beide umschlingen einander zu einem harmonischen Ganzen.

Auch in der geistigen Zeugung nehmen wir nicht bloß dieselbe Wechselwirkung, sondern auch denselben Unterschied zwei verschiedner Geschlechter wahr. Ganz anders ist es in Gemütern beschaffen, die zeugen; anders in solchen, die zu empfangen bestimmt sind. Es ist schon schwer, so feine Verschiedenheiten im intellektuellen und moralischen Leben nur zu bemerken, und bei weitem schwerer noch, sie darzustellen. Wo indes das Genie männliche Kraft besitzt, da wird es, zeugend, mit selbsttätiger Vernunft auf das idealische Objekt einwirken. Wo demselben hingegen weibliche Fülle eigen ist, wird es, empfangend, die Einwirkung dieses Objektes durch das Übergewicht der Phantasie erfahren und erwidern. Vorzüglich offenbart sich dieser Unterschied in der innren Stimmung bei der Hervorbringung selbst; dem geübten Blick aber wird er ebensowenig in den Produkten entgehn. Denn ist gleich jedes echte Werk des Genies die Frucht einer freien, in sich selbst begründeten, und in ihrer Art unbegreiflichen

Übereinstimmung der Phantasie mit der Vernunft; so kann ihm dennoch bald die männlichere Vernunft mehr Tiefe, bald die weiblichere Phantasie mehr üppige Fülle und reizende Anmut gewähren. Da aber der Geschlechtsunterschied überhaupt, als ein Unterschied der Natur, durch den formenden Willen, soviel als möglich zur Einheit erhoben werden muß, so wird freilich dasjenige Genie, das sich auf seiner Bildung versteht, jene beiden Kräfte, bis zur gänzlichen Verkennung desselben, in ein reines Gleichgewicht zu stimmen bemüht sein. Deutlicher, als hier, erscheint daher dieser Unterschied im praktischen Leben. Wo dort der Tugendhafte, von dem erhabenen Gefühl der Achtung des Gesetzes durchdrungen, der Ausübung seiner Pflicht sein Glück und sein Leben opfert, da ist eine große und heroische Handlung mit männlicher Kraft erzeugt. Der moralische Sinn fühlt sich in rüstiger Stärke, die Stimme der Pflicht ruft ihn zur Tat, und er empfindet sich gedrungen, dem Rufe zu folgen. Wo hingegen die Tugend, im Bündnis mit der Phantasie, durch ihre Anmut reizt, da ist jenes moralische Gefühl mehr empfangend, als zeugend. Es erhält aus der Hand der Einbildungskraft die wohltätige Gestalt, schließt sich mit Innigkeit an sie an, und strebt, sie mit seinem Wesen zu vereinigen; und so ist die tugendhafte Handlung, welche hervorgeht, nicht sowohl das Werk einer völlig frei und selbsttätig wirkenden Kraft.

Dieselbe Eigentümlichkeit der zeugenden und empfangenden Kräfte, welche wir in den Momenten ihrer höchsten Tätigkeit wahrnehmen, offenbart sich auch durch ihr ganzes Dasein hindurch. Überall spricht aus den ersteren hervorbringende Kraft durch freies Geben aus eigener Fülle; überall ist in den letzteren Stärke des Auffassens durch festes Umschließen des Aufgenommenen sichtbar. Aber über das stille Dasein der Wesen unaufmerksam hinwegrollend, eilt unser Blick immer nur ihren Wirkungen zu, und doch ist es eben dies unbemerkte Leben, dem die Kräfte der Natur ihre Fortdauer danken. Denn was ist jenes Dasein andres, als eine ununterbrochene Wirksamkeit, welche unaufhörlich die Tätigkeit vorbereitet, die wir nur in dem letzten Teil ihrer Laufbahn erblicken, wenn das fortgesetzte Streben die Kraft endlich bis zum Überströmen anschwellt? Nur die körperliche Wirkung rührt unsren gröberen Sinn, indes der feine, aber mächtige Einfluß, den alles, was lebt, unmittelbar dadurch verbreitet, daß es ist, uns gleich einem unsichtbaren Hauch entschlüpft. Ebenso ist nun auch den zeugenden und empfangenden Kräften nicht die Sorge der Fortpflanzung allein anvertraut, nicht bloß die Erzeugung, die vor unsren Augen geschieht. Auch die Erhaltung, und da die Erhaltung des Endlichen nur unaufhörlicher Tod ist, an den immer wiederkehrendes Leben sich anknüpft, auch die uns verborgene Wiedererzeugung ist ihr Werk. Vermöchte daher auch die Natur jenen Zweck der Fortpflanzung auf einem andren Wege zu erreichen, so könnte sie doch nie die Wechselwirkung entbehren, in der die Kräfte der Geschlechter einander gegenseitig ergänzen.

Die Natur, welche mit endlichen Mitteln unendliche Zwecke verfolgt, gründet ihr Gebäude auf den Widerstreit der Kräfte. Alles Beschränkte zielt auf Zerstörung, und der himmlische Friede wohnt allein in dem Wirkungskreis dessen, was sich selbst genügt. Der zerstörenden Tätigkeit des einen muß daher das andre entgegenstreben, und indem beide gegenseitig einander ihren Endzweck vereiteln, erfüllen sie den schrankenlosen Plan der Natur. Allein auch sie gewinnt diesen Sieg nur, wenn man sie in ihrem ganzen Umfang und durch die Dauer aller ihrer Epochen betrachtet; oder vielmehr derselbe liegt allein in dem Inhalte ihrer Gesetze. In jeder einzelnen Periode dauert der Kampf noch fort, und das Vollendete entbehrend, muß sie sich das Höchstmögliche zu besitzen begnügen. Da sie die Schranken nicht entfernen kann, muß eine Kraft die Lücken der andren ausfüllen; und da jede Tätigkeit sich endlich selbst aufreibt, Untätigkeit aber verbannt ist, so muß die Ruhe in dem Wechsel der Wirksamkeit bestehen. Denn die höchste Kraft erfordert die Vereinigung widersprechender Bedingungen. Mit rastloser Anstrengung soll beharrliches Ausdauern verbunden sein. Aber die Anstrengung ist ein Feuer, das sich selbst verzehrt; um nicht an Intension zu verlieren, muß sie sich aller hindernden Masse entledigen, und den Stoff, den sie besitzt, energisch zusammendrängen. Denn gibt es gleich auch Kräfte, welche gerade durch Masse mächtig sind, wovon vorzüglich die unbelebte Natur auffallende Beispiele zeigt, so wirkt doch da eigentlich nur die vereinte Stärke vieler einzelnen, zufällig in Gemeinschaft stehenden Teile. Indem nun die Anstrengung die Empfänglichkeit ausschließt, nimmt sie selbst den Genuß erquickender Ruhe. Dagegen erfordert die Stärke des Widerstandes, welche zur ausdauernden Beharrlichkeit notwendig ist, mehr Fähigkeit, die fremde Einwirkung aufzunehmen, als sie zurückzuweisen, mehr Stimmung zu leiden, und daher einen reicheren Stoff. Ist aber dieser, in sich zurückgezogen, so sehr zur Beschäftigung mit fremder Energie aufgelegt, so verbietet er sich dadurch selbst die Möglichkeit eigner selbsttätiger Anstrengung. So verschließt die Dichtungskraft, wenn sie in glühendem Feuer Bilder auf Bilder schafft, die Sinne den äußeren Eindrücken; und so verwehren diese, wenn sie mit lebendiger Wärme die Wirklichkeit umfassen, jener den kühnen Aufflug ins Land der Erfindung.

Die männliche Kraft, zu beleben bestimmt, sammelt sich von selbst, und durch eigne Bewegung. Allen Stoff, den sie besitzen, drängt sie zu ungeteilter Einheit zusammen. Je reicher und mannigfaltiger derselbige ist, desto ermattender ist die Anstrengung, aber auch desto größer die Wirkung. Der Stoff darf nicht schon durch seine eigne Natur zur Verbindung gestimmt sein. Von ihr, als einem herrschenden Prinzip, muß er die Leitung erhalten. So in sich versammelt, wirkt sie aus sich heraus. Von heftigem Drange tätig zu sein beseelt, wünscht sie einen Gegenstand zu finden, den sie durchdringe; aber ganz nur Selbsttätigkeit, ist sie in diesem Augenblick aller Empfänglichkeit verschlossen. Einer solchen Anstrengung folgt jedoch bald Ermattung nach, und sie gleicht einem Hauche, der mächtig belebt, aber bald verschwindet. Mit dem Gefühl der sinkenden Stärke erwacht in ihr die Sehnsucht der Empfänglichkeit, und gern ruht sie da aus, wo sie vorher bloß schöpferisch war. So ist sie, was sie ist, durch sich selbst und ihre eigentümliche Form. Der Mann, dessen Brust ein tatenkühner Mut begeistert, fühlt sich in sich verengt. Viel Erfahrungen hat er mit beobachtendem Geiste auf der Bahn des Lebens gesammelt; hohe Ideale aus seinem Innren hervorzuschaffen; mannigfaltige Gefühle bewegen ihn, bald die Würde der neuen Schöpfung, nach der er sich sehnt, bald teilnehmendes Mitgefühl mit den Wesen, die er zu veredlen strebt. Für alle diese erhabenen Bilder hat sein Busen nicht Raum genug, und heißer Durst nach Tätigkeit treibt ihn. Er sucht eine Welt, die seiner Sehnsucht entspreche. Uneigennützig und fern von jedem Gedanken an eignen Genuß, befruchtet er sie mit der Fülle seiner Kraft. Die neue Schöpfung steht da, und freudig ruht er aus im Anblicke seiner Kinder.

Die weibliche Kraft, zur Rückwirkung bestimmt, sammelt sich auf einen fremden Gegenstand und durch fremden Reiz. Da der Stoff, den sie in reicher Fülle besitzt, sich durch seine eigentümliche Natur vereint, so wirkt er mehr durch ein leidendes, als ein selbsttätiges Vermögen. Mit dem Grade seiner Mannigfaltigkeit wächst gleichfalls die Schönheit der Wirkung, nicht aber zugleich auch die Anstrengung. Vielmehr wird diese durch vielfachere Berührungspunkte erleichtert, und ihr Grad nur durch die Innigkeit des Umschließens bestimmt, die von der gegenseitigen Harmonie abhängt. Der Stoff der weiblichen Kraft bedarf weniger der Herrschaft eines vereinenden Prinzips, sondern verbindet sich mehr durch seine eigene Gleichartigkeit. In dieser Einheit erwidert sie die Einwirkung mit immer steigendem Feuer, bis endlich ihre ganze Tätigkeit angespannt ist. Aber da ihre eigentümliche Natur sie fähiger macht, Widerstand zu leiden, und sie von der glühenden Heftigkeit frei ist, welche die männliche verzehrt, so vergütet sie die Langsamkeit ihrer Wirkung durch längeres Ausdauern. So dankt sie der Beschaffenheit ihres Stoffs selbst einen Teil ihrer Wirksamkeit, die durch ihn vorbereitet und unterstützt wird. Ein Herz, das sich, von mannigfaltigen Empfindungen bewegt und von einer edeln Strebsamkeit beseelt, reich in sich selbst fühlt, aber den kühnen Mut vermißt, sich eine eigne Richtung zu geben, wird von unruhiger Sehnsucht gefoltert. Sich selbst unverständlich und arm im Schoße des Überflusses, wünscht es ein Wesen zu finden, das die verschlungenen Knoten seiner Gefühle freundlich löse. Je tiefer die Quelle dieser verworrenen Stimmung verborgen liegt, desto schwerer begegnet es der Gewährung seines Wunsches, aber desto inniger schließt es sich an die gefundene Erscheinung an. Je länger es an ihr verweilt, desto mehr Berührungspunkte entdeckt es, und verläßt sie nicht eher, bis der Keim zur vollendeten Frucht gereift ist.

Nicht also ihrem Grade, sondern allein ihrer Gattung nach sind die zeugenden und empfangenden Kräfte voneinander verschieden. Bloßes Aufnehmen ist kein Empfangen, sondern steht ebenso unter diesem, als das Geben unter dem Zeugen. Beide, Zeugen und Empfangen, sind höhere und kraftvollere Energien, beide ein Hervorbringen durch Geben und Aufnehmen. Eigne fruchtbare Fülle muß bei jenem das Entäußerte begleiten, bei diesem das Aufgenommene umfassen. Der wahre Charakterunterschied beider Kräfte besteht darin, daß den Empfangenden mehr Stoff, mehr Körper, den Zeugenden mehr Seele eigen ist, wenn nämlich Seele jedes selbsttätige Prinzip bezeichnet. Gerade aber durch diese Verschiedenheit tut sie der Forderung der Natur ein Genüge. Sollte der Zerstörung drohenden Heftigkeit der männlichen Kraft eine andre entgegengestellt werden, so durfte es keine gleichartige sein.

Gegenseitige Ermattung hätte dann den Kampf beschlossen, in dem, wie überall in der Natur, der Unterliegende selbst neues Leben aus den Händen des Überwinders erhalten sollte. Der überströmenden Fülle mußte daher ein Bedürfnis gegenüberstehn; aber da die Natur in ihrem Gebiet ebensowenig Armut als Selbstgenügsamkeit verstattet, so ist das Bedürfnis wieder mit Reichtum verknüpft. Indem nun alles Männliche *angestrengte Energie,* alles Weibliche *beharrliches Ausdauern* besitzt, bildet die unaufhörliche Wechselwirkung von beiden die *unbeschränkte Kraft* der Natur, deren Anstrengung nie ermattet, und deren Ruhe nie in Untätigkeit ausartet.

Zu jeder Zeugung wird also zweierlei erfordert, lebendige Energie der Kraft, die auf einen Punkt sich zusammenzieht, und lebendige Fülle des Stoffs, der ihre Einströmung in allen seinen Punkten empfängt. Jene wird daher ihrer Natur nach auf Trennung gerichtet sein, weil alles, was nicht sie selbst ist, sie in ihrer reinen Wirksamkeit hindert: Diese wird auf Einheit gerichtet sein, um von allen Seiten aus die einwirkende Kraft zu umschließen. Wenn das Genie (da diese Erscheinungen durch die ganze Kette der hervorbringenden Wesen dieselben sind), vermöge der reinen Selbsttätigkeit der Vernunft, die belebende Flamme ausströmt, der, gleich einem Funken, das göttliche Werk entsprüht, so muß die Phantasie sie in ihren Schoß aufnehmen und wohltätig umschließen. Die zeugende Kraft vermöchte sich nicht energisch zu sammeln, wenn sie nicht alles zurückwiese, was diese Anstrengung stören könnte; und der empfangenden wäre es unmöglich, sich von allen Seiten her nach einem Punkt hin zu neigen, wenn sie nicht die höchste Übereinstimmung in sich bewahrte. Die Heftigkeit, mit der die erstere fortstrebt, richtet sie auf einzelne Gesichtspunkte, und ihre unaufgehaltene Wirkung müßte überall Trennung und Zerstörung sein. Dagegen macht der letzteren die harmonische Sanftmut, mit der sie entgegenkommt, eine mehr umfassende Einheit zum Gesetz, und ihre Frucht ist Erhaltung. Was zu beleben bestimmt ist, muß reizend erwecken. Aller Reiz aber richtet die Aufmerksamkeit auf einen einzelnen Zustand, und das Gefühl durchgängiger Gleichgültigkeit würde Schlummer oder Tod sein. Das Belebende darf daher nicht, mit allzu großer Schonung, jede Erschütterung vermeiden. Dagegen muß der Stoff, welcher der Belebung entgegengeführt wird, gleichmäßig und ganz von ihr durchdrungen werden. Was endlich mehr Form besitzt, zielt zwar auf Verbindung, aber, wie die Form überhaupt, nur durch Trennung; so wie, was dem Stoffe näher liegt, wie dieser selbst, zwar in sich ein Mannigfaltiges, aber noch wenig geschieden ist.

Überall, wo der männliche und weibliche Charakter sichtbar ist, wird man in ihm diese Seiten gewahr; in dem ersteren ein Streben, mit trennender Heftigkeit erzeugend, in dem letzteren ein Bemühen, durch Verbindung erhaltend zu sein. Alle Eigenschaften, in welche gekleidet beide Geschlechter durch die ganze Natur, aber vorzüglich im Menschen, erscheinen, bringen denselben verschiedenen Eindruck hervor. Die reizende Anmut und die liebliche Fülle der Weiblichkeit bewegt die Sinne; die nicht sowohl anschauliche als bildliche Vorstellungsart und der sinnliche Zusammenhang aller Begriffe geben der Phantasie ein reiches und lebendiges Bild; und die Einheit des Charakters, der, jedem Eindruck offen, jeden mit entsprechender Innigkeit erwidert, rührt die Empfindung. So wirkt alles Weibliche vorzüglich auf diejenigen Kräfte, welche den ganzen Menschen in seiner ursprünglichen Einfachheit zeigen. Was dem Mann und seinem Geschlechte angehört, läßt dagegen diese minder befriedigt, beschäftigt aber mehr das Vermögen der Begriffe. Die Gestalt hat mehr Bestimmtheit als anmutige Schönheit; die Begriffe sind deutlicher und sorgfältiger geschieden, stehn aber auch in weniger leichter Verbindung; der Charakter ist stark und hat feste Richtungen, erscheint aber nicht selten auch einseitig und hart. Alles Männliche, kann man daher sagen, ist mehr aufklärend, alles Weibliche mehr rührend. Das eine gewährt mehr Licht, das andere mehr Wärme. Da in der endlichen Natur das Leben immer dem Tode zur Seite steht und das Beßre nur an die Stelle des minder Guten tritt, so muß dem neuen Dasein das schon vorhandene weichen. Die Kraft nun, die, von eignem Entschluß getrieben, außer sich tätig ist, muß mit einer Willkür handeln, die, wenn sie Hindernisse zerstörend hinwegräumt, nicht anders als gewalttätig erscheinen kann. Daher ist kein Mut zu größeren Unternehmungen ohne eine gewisse Härte denkbar. Da aber die neue Schöpfung nicht gedeiht, wenn sie nicht mit weiblicher Schonung gepflegt wird, so wandelt in einem wahrhaft zum handlenden Leben gebornen Genie sanfte Milde die Härte in ernste Festigkeit um.

Denn nur die Verbindung der Eigentümlichkeiten beider Geschlechter bringt das Vollendete hervor, und wenn das Studium des männlichen den Verstand anhaltender beschäftigt, und die Betrachtung des weiblichen die Empfindung lebhafter bewegt, so befriedigt nur die Verknüpfung beider, oder vielmehr das reine Wesen, abgesondert von allem Geschlechtsunterschied, die Vernunft, als das Vermögen der Ideen. Die höchste Einheit erfordert allemal zwei entgegengesetzte Richtungen. Da die Einheit überhaupt nur dann Wert hat, wenn sie aus der Fülle, nie aber, wenn sie aus der Armut entspringt, so darf die Stärke und Ausbildung der einzelnen Teile nicht minder groß sein als die Innigkeit des Zusammenhangs aller. Allein um das einzelne zu üben, wird *Trennung* erfordert, und eben diese Trennung schränkt die Möglichkeit der *Verbindung* ein. Da nun das eine Geschlecht jene, das andre diese mehr begünstigt, so befördern beide, indem sie einander entgegenwirken, gemeinschaftlich die wunderbare *Einheit* der Natur, welche zugleich das Ganze aufs innigste verknüpft, und das einzelne aufs vollkommenste ausgebildet zeigt.

Denn die ursprünglich anfangende Tätigkeit ist den zeugenden Kräften, so wie die erwidernde den empfangenden eigen, und die Zeugung, als das gemeinschaftliche Werk beider, ist auf diese Weise zwischen ihnen verteilt. Alle Hervorbringung setzt einen Stoff voraus, denn nur an das schon Vorhandene knüpft die Natur das Neue an. Dieser Stoff bildet sich aus, und zwar durch einen Trieb, welcher mit eigentümlicher Kraft und nach einer Regel (die, wie vorhin bemerkt worden ist, die Erzeugung des Gleichartigen scheint) tätig ist. Zu diesem Triebe aber, als zu einer ihm vorher fremden Energie, muß er erweckt werden, und diese Erweckung ist der Anfang des Lebens, als der Verbindung des Bildungstriebes (im allgemeinsten Verstande) mit der rohen Materie. Das erste Geschäft dieses Bildungstriebes ist die Ausbildung selbst, und, ist diese vollendet, die Ersetzung dessen, was der organische Körper zufällig verliert. Allein auch außerdem ist er ununterbrochen fort tätig, um die einmal vollendete Bildung zu erhalten. Denn da die Gesetze der Materie hier vorzüglich die chemischen Verwandtschaften den Gesetzen des Lebens, d. h. der Organisation, immerfort entgegenarbeiten, und das Leben wie die Resultate neuerer Untersuchungen zeigen, nichts andres ist, als der Sieg der letzteren über die ersteren, so ist ein unaufhörlicher Kampf nötig, diese Oberherrschaft zu behaupten. Das Prinzip, das hier tätig ist, pflegt man die Lebenskraft zu nennen, und von ihr macht der Bildungstrieb (im engern Verstande) nur eine besondre Modifikation aus. Die Hervorbringung erfordert daher zwei unentbehrliche Elemente, rohen Stoff und Belebung desselben zur Ausbildung.

Sollen diese beide unter die zeugenden und empfangenden Kräfte verteilt werden, so scheint es natürlich den Stoff den letzteren, die Belebung den ersteren zuzuschreiben.

Wenigstens zeigte sich, nach dem bisherigen Raisonnement, bei den zeugenden Kräften die Energie, bei den empfangenden das ursprünglich Vorhandne, worauf die Energie wirkt, in höherem Grade. So schien in Absicht der hervorbringenden Kraft den erstern mehr selbsttätiges Feuer, den letztern mehr entgegenwirkende Stärke; in Absicht der Einheit der Wirkung den erstern ein stärkeres vereinendes Prinzip, den letzteren mehr freiwillige Übereinstimmung des einzelnen eigen zu sein. Auch in der Betrachtung der Natur entdeckt schon ein flüchtiger Blick überall in dem männlichen Geschlecht mehr Ausdruck von Kraft, in dem weiblichen, zwar nicht an sich, aber in Vergleichung mit der, aus demselben hervorleuchtenden Kraft, mehr Ausdruck von Fülle.

Jeder reinen Teilung widerspricht indes schon die Analogie der Naturgesetze. Denn soweit unsre Beobachtung reicht, sehen wir, daß die Natur, immer bemüht, den höchsten Reichtum durch die einfachsten Mittel hervorzuschaffen, Wesen von ungleichartiger Wirksamkeit nicht sowohl durch den Grad, als die Richtung ihrer Kräfte voneinander unterscheidet. Ebenso ist nun auch in den empfangenden nicht weniger Kraft, als in den zeugenden Stoff in dem Augenblick der Hervorbringung wirksam; und die Verschiedenheit liegt allein in der Art, wie beide gegenseitig gestimmt sind. In dem männlichen Geschlechte ist alles allein auf die Einwirkung gerichtet. Da der Stoff bloß bestimmt ist, sie dadurch zu verstärken, daß er ihr gleichsam einen Körper leiht, so sucht sie ihn sich, fast bis zur Vertilgung seiner eigentümlichen Natur, zu assimilieren. In dem weiblichen geht dagegen die ganze Stimmung auf die Rückwirkung. Indem die Kraft diese in dem Stoff zu erhöhen strebt, behandelt sie ihn mit größerer Schonung. Eigentlich geschieht daher die Belebung durch beide Geschlechter zugleich, nur daß die männliche Kraft doch allein die Erweckung bewirkt, indes die weibliche nur ihre Möglichkeit vorbereitet und ihre Fortdauer sichert. Nie vermöchte auch die belebende Kraft auf den Stoff zu wirken, wenn nicht zugleich eigne Tätigkeit desjenigen Wesens hinzukäme, welchem derselbe angehört. Selbst die stärkste Einwirkung kann nur durch Rückwirkung in das eigne Wesen aufgenommen werden, und aus dem ganzen Umfange ihres Gebietes hat die organische Natur bloß untätiges Leiden verbannt. Dadurch, daß sie jedem Geschlecht beide zur Erzeugung notwendigen Kräfte verliehen, hat sie es möglich gemacht, daß Mangel der Kraft auf der einen Seite durch ein Übergewicht auf der andern gleichsam übertragen werden kann. Wo es der männlichen Kraft an Stärke gebricht, da kann die Lebendigkeit der weiblichen noch die Möglichkeit der Fruchtbarkeit retten, wie dies die Erfahrung in der Tat nicht selten beweist, und umgekehrt kann, wo die weibliche einen zur Empfänglichkeit wenig vorbereiteten Stoff darbietet, die männliche diesen Fehler wiederum gutmachen. Mag man sich dies nun durch einen wirklichen Austausch der Funktionen oder, was wahrscheinlicher ist, durch eine Erweckung und Unterstützung der Schwäche des einen Teils vermöge einer außerordentlichen Stärke des andern erklären, die, indem sie ihrer Verrichtung in einem eminenten Grade genügt, die gegenseitige erleichtert; so bestätigen Fälle dieser Art, ebenso wie die, wo augenblickliche Stimmungen der Mutter auf die Beschaffenheit der Frucht wirksam schienen, das hier Gesagte auch auf dem Wege der Erfahrung. Wenn indes Zeugung und Empfängnis beide einen Stoff und eine Kraft erfordern, so ist bei der ersteren der Stoff nur notwendig, weil die Kraft nicht ohne Stoff zu wirken vermöchte, und bei der letzteren die Kraft nur erforderlich, weil ohne sie die Einwirkung auf den Stoff nicht geschehen kann. Redet man daher bloß von der Hauptrichtung beider Geschlechter, so gehört dennoch die Kraft bei der Hervorbringung bloß dem zeugenden, der Stoff bloß dem empfangenden an.

Den geweihten Schleier zu durchdringen, in den die Natur gerade ihr heiligstes Bilden verhüllt, ist von einer Schwierigkeit begleitet, welche sich schon durch die mannigfaltigen und gänzlich verschiedenen Theorien über diesen Gegenstand verrät. Die wahrscheinlichste unter denselben stimmt jedoch genau mit dem eben Gesagten überein. Überall, wo die Natur Zeugung und Empfängnis zwei verschiedenen Wesen anvertraut hat, ist der Stoff in dem empfangenden, das belebende Prinzip in dem zeugenden. Damit aber beide miteinander in Verbindung gesetzt werden können, muß noch eine Tätigkeit auch des ersteren hinzukommen, durch welche ein Teil des Stoffs sich losreißt und Keim zur ferneren Ausbildung wird. Gerade in ihrer geheimsten Werkstätte wirkt daher die Natur am meisten schöpferisch und am wenigsten mechanisch. Gerade hier läßt sich am wenigsten die Wirkung aus den Ursachen berechnen, vielmehr zündet nur ein Funke den andern an. Dies haben am meisten diejenigen gefühlt, welche dies Phänomen durch jene Wirkungsart zu erklären unternahmen, da doch dem menschlichen Verstand hier nichts übrigblieb, als die hervorbringenden Ursachen aufzusuchen, den Erfolg zu beobachten und nicht zu erklären, sondern schweigend zu bewundern, ein Gipfel der bescheidenen Achtung gegen die große Werkmeisterin, zu welchem nur die neuere philosophische Naturkunde führen konnte. Wunderbar ist es zu sehen, wie die Natur, indem sie sich jener körperlichen Kräfte nur insoweit bedient, als es ihr gleichsam unentbehrlich schien, die Freiheit, dies große Vorrecht der Geisterwelt, auch in das andre Gebiet ihres Reichs hinüberzuführen strebt. Nur eine Partikel des Stoffs nimmt sie auf, nur zur ersten Belebung entlehnt sie eine fremde Kraft. Wie der erste Funke glimmt, lodert er durch sich selbst auf, empfängt Nahrung, aber die er nach eignen Gesetzen gebraucht.

Achtung für alles wirkliche Dasein und Streben, demselben eine bestimmte Gestalt nach eigner Willkür zu geben, bezeichnen überall den weiblichen und männlichen Charakter, und so erfüllen sie beide dadurch gemeinschaftlich den großen Endzweck der Natur, die unaufhörliche *Wechselwirkung* der Form und des Stoffes. Unmittelbar gegenübergestellt, müßten Form und Stoff einander feindlich begegnen. Da aber, bei der, den beiden Geschlechtern eigentümlichen Wirkungsart, die Strenge der Form durch den Stoff, den dieselbe annehmen muß, gemildert, und der Stoff durch eine formende Kraft zur Empfänglichkeit vorbereitet wird, so ist nun die innige Vereinigung möglich, auf welcher allein das Geheimnis der Organisation beruht. Die Notwendigkeit, mit welcher alle wechselseitig aufeinander wirkende Kräfte eine oder andern bedürfen, macht auch die zeugenden und empfangenden abhängig voneinander.

Indes ist den ersteren doch nicht alle Beschäftigung ihrer Wirksamkeit für sich allein, so wie den letzteren, verwehrt, und dies begründet eine größere Unabhängigkeit von ihrer Seite. Eben darum aber sind die entgegengesetzten das höchste Beförderungsmittel aller Verbindung, und da nun gerade die Kunst der Verbindung das höchste Dasein in der Natur bewahrt, so sind dieselbe durch ihre innre Beschaffenheit mehr und dringender, dies zu befördern, veranlaßt. Sie sind es, die man als das eigentlich verknüpfende Band in dem Ganzen der Natur ansehen kann; die am emsigsten Gegenstände aufsuchen, welche ihre Energie zu beleben vermögen, und bei den gefundenen am längsten verweilen.

Durch dies Verweilen führt die Fähigkeit zu empfangen zu dauernder Beharrlichkeit. Mehr in sich zurückzukehren, als in weite Fernen zu schweifen durch ihre Natur selbst veranlaßt, sind alle empfangenden Wesen an einen steteren, minder wechselnden Gang gefesselt. Um der Kraft, die ihnen entgegenkommt, ausdauernde Stärke entgegenzusetzen, das Getrennte zu verbinden und die Einwirkung zu erwidern, bedürfen sie eines harmonischen und gleichgestimmten Strebens. Da mit dem Empfangen auch zugleich die Ausbildung des Keims verbunden ist, so erfordert diese häufig eine verwickeltere Organisation; und wenigstens muß die Natur, um diesen Zweck nicht zu verfehlen, Wesen, die hiezu bestimmt sind, mit doppelter Wachsamkeit an ihre Gesetze binden. Beharrlichkeit aber ist die Unveränderlichkeit des Endlichen, und so scheint die Natur auch diesen letzten Vorzug, welcher erst allen übrigen, die ohne ihn nur ein erbetenes und vergängliches Dasein besitzen würden, den wahren innren Wert und den schönsten äußern Glanz gibt, den empfangenden Kräften vorzugsweise von selbst und aus freier Gunst zu erteilen.

Aber die Beharrlichkeit hat nur dann einen Wert, wenn sie das Gesetz der Tätigkeit ist, nicht wenn sie zur Untätigkeit herabsinkt. Besitzt nun das weibliche Geschlecht ein Prinzip der Beharrlichkeit, so ist ihm nicht auch zugleich ein andres der Tätigkeit eigen, sondern es muß dies von der wechselseitigen Einwirkung des männlichen erwarten. Die Kraft, die mit so großer Heftigkeit wirkt, daß sie selbst die Zerstörung nicht scheut und fremden Stoff nach eigner

Willkür zu formen unternimmt, ist unermüdet, aber auch leicht dem Wechsel unterworfen. Da sie nicht Raum genug in sich fühlt, das schwellende Streben zu fassen, so ist ihr Ruhe unerträglich; und da sie nicht sowohl der Beschaffenheit des Stoffs nachgibt, als von eignem Feuer beseelt wird, so läßt sich die Stetigkeit ihrer Wirksamkeit nicht verbürgen. In demjenigen Teil der Natur, in welchem überhaupt wenig oder gar keine Willkür herrscht, wird dies wenig sichtbar sein, vielleicht aber ist es auch nur, wie so vieles in diesem Gebiet, wenig beobachtet, und wenigstens bestätigt in dem übrigen die Erfahrung diese, hier bloß aus Begriffen gefolgerte Behauptung. Soll der Mensch zu dem Ideale gelangen, das die Vernunft ihm vorschreibt, so muß der Mann seine natürliche Tätigkeit an ein festes Gesetz binden, das Weib die Gesetzmäßigkeit, welche es seinem Wesen eingeprägt fühlt, durch innre Antriebe mit Tätigkeit beleben. Unterliegt aber das Bemühen der Vernunft hier dem Hang der Natur, so hebt der doppelte Fehler beider Geschlechter sich selbst wieder auf. Mit verschiedenen Eigenschaften versehen und doch unzertrennlich voneinander, beschränken sie sich selbst bis auf die Grenze, welche dem Endzweck des Ganzen entspricht.

Die Natur, in ihrem ganzen Umfang betrachtet, ist unveränderlich. Die Tätigkeit ihrer Kräfte rostet nie, und ihre Gesetze verschaffen sich immer gleichen Gehorsam. So unterbricht nichts je weder den Grad, noch die Form ihrer Wirksamkeit. Diese Tätigkeit aber *unveränderlich* zu erhalten, findet sie in der gegenseitigen Eigentümlichkeit beider Geschlechter eine mächtige Stütze. Indes sie aus dem einen *Ratlosigkeit* schöpft, verbürgt ihr das andre die *Stetigkeit.*

So sind nun zwischen beiden Geschlechtern die Anlagen verteilt, welche es ihnen möglich machen, dies unermeßliche Ganze zu bilden. Nur dadurch gelang es der Natur, widersprechende Eigenschaften zu verbinden und das Endliche dem Unendlichen zu nähern. Denn überall droht angestrengte Tätigkeit dem ruhigen Dasein, so wie erhaltende Ruhe der regen Energie den Untergang. Darum beseelte die Natur ihre Söhne mit Kraft, Feuer und Lebhaftigkeit und hauchte ihren Töchtern Haltung, Wärme und Innigkeit ein. Indes nun die einen ihr Gebiet zu erweitern streben, bereichern es die andern mit sorgsamer Hand innerhalb seiner Grenzen. Denn der ganze Charakter des männlichen Geschlechts ist auf *Energie* gerichtet; dahin zielt seine Kraft, seine zerstörende Heftigkeit, sein Streben nach Außenwirkung, seine Rastlosigkeit. Dagegen geht die Stimmung des weiblichen, seine ausdauernde Stärke, seine Neigung zur Verbindung, sein Hang, die Einwirkung zu erwidern, und seine holde Stetigkeit, allein auf Erhaltung und *Dasein*. Mit gemeinschaftlicher Sorgfalt verrichten sie daher die beiden großen Operationen der Natur, die, ewig wiederkehrend, doch so oft in veränderter Gestalt erscheinen, Erzeugung und Ausbildung des Erzeugten. Vergleicht man indes ihre eigentümliche Beschaffenheit noch näher miteinander, so hat die Natur die empfangenden Kräfte noch unter genauern Obhut genommen. Sie teilen mit ihr ihre entschiedensten Vorzüge, und, gleich den Töchtern im Hause, schließen sie sich näher an die sorgsame Mutter an.

Dasein, von Energie beseelt, ist *Leben,* und das höchste Leben das letzte Ziel, in dem sich das Streben aller verschiedenen Kräfte der Natur vereint. Die Verschiedenheit beider Geschlechter befördert die Erreichung dieses Ziels, oder vielmehr ihre eigentümliche Beschaffenheit führt sie zu demselben hin, ohne daß sie selbst sich dessen bewußt sind. Denn keine Kraft der Natur dient als Mittel einem Zweck oder strebt einer fremden Absicht entgegen. Indem alle harmonisch wirksam sind, folgt jede nur ihrem eignen Triebe, und das letzte Resultat der Tätigkeit aller geht mit einer Notwendigkeit hervor, die, da sie alle Absicht ausschließt, auf den ersten Anblick zufällig scheinen kann. In gleicher Freiheit wirken nun auch die Kräfte beider Geschlechter, und so kann man dieselben als zwei wohltätige Gestalten ansehen, aus deren Händen die Natur ihre letzte Vollendung empfängt. Dieser erhabenen Bestimmung genügen sie aber nur dann, wenn sich ihre Wirksamkeit gegenseitig umschlingt, und die Neigung, welche das eine dem andern sehnsuchtsvoll nähert, ist die *Liebe.* So gehorcht daher die Natur derselben Gottheit, deren Sorgfalt schon der ahnende Weisheitssinn der Griechen die Anordnung des Chaos übertrug.

GEORG WILHELM FRIEDRICH HEGEL

Der wahre Geist, die Sittlichkeit

Der Geist ist in seiner einfachen Wahrheit Bewußtsein, und schlägt seine Momente auseinander. Die *Handlung* trennt ihn in die Substanz und das Bewußtsein derselben; und trennt eben so wohl die Substanz als das Bewußtsein. Die Substanz tritt als allgemeines *Wesen* und *Zweck,* sich als der *vereinzelten* Wirklichkeit gegenüber; die unendliche Mitte ist das Selbstbewußtsein, welches *an sich* Einheit seiner und der Substanz, es nun *für sich* wird, das allgemeine Wesen und seine vereinzelte Wirklichkeit vereint, diese zu jenem erhebt, und sittlich handelt, – und jenes zu dieser herunterbringt, und den Zweck, die nur gedachte Substanz ausführt; es bringt die Einheit seines Selbsts und der Substanz als *sein* Werk und damit als *Wirklichkeit* hervor.

In dem Auseinandertreten des Bewußtseins hat die einfache Substanz den Gegensatz Teils gegen das Selbstbewußtsein erhalten, Teils stellt sie damit eben so sehr an ihr selbst die Natur des Bewußtseins, sich in sich selbst zu unterscheiden, als eine in ihre Massen gegliederte Welt dar. Sie spaltet sich also in ein unterschiedenes sittliches Wesen, in ein menschliches und göttliches Gesetz. Eben so das ihr gegenübertretende Selbstbewußtsein teilt sich nach seinem Wesen der einen dieser Mächte zu, und als Wissen in die Unwissenheit dessen, was es tut, und in das Wissen desselben, das deswegen ein betrogenes Wissen ist. Es erfährt also in seiner Tat sowohl den Widerspruch jener *Mächte,* worin die Substanz sich entzweite, und ihre gegenseitige Zerstörung, wie den Widerspruch seines Wissens von der Sittlichkeit seines Handelns – mit dem, was an und für sich sittlich ist, und findet *seinen eignen* Untergang. In der Tat aber ist die sittliche Substanz durch diese Bewegung zum *wirklichen Selbstbewußtsein* geworden, oder *dieses* Selbst zum *An-* und *Fürsich*seienden, aber darin ist eben die Sittlichkeit zu Grunde gegangen.

*a. Die sittliche Welt, das menschliche und göttliche Gesetz,
der Mann und das Weib*

Die einfache Substanz des Geistes teilt sich als Bewußtsein.
Oder wie das Bewußtsein des abstrakten, des sinnlichen
Seins in die Wahrnehmung übergeht, so auch die unmittelbare Gewißheit des realen sittlichen Seins; und wie für die
sinnliche Wahrnehmung das einfache Sein ein Ding von
vielen Eigenschaften wird, so ist für die sittliche der Fall des
Handelns eine Wirklichkeit von vielen sittlichen Beziehungen. Jener zieht sich aber die unnütze Vielheit der Eigenschaften in den wesentlichen Gegensatz der Einzelnheit
und Allgemeinheit zusammen, und noch mehr dieser, die
das gereinigte, substantielle Bewußtsein ist, wird die Vielheit der sittlichen Momente das Zwiefache eines Gesetzes
der Einzelnheit und eines der Allgemeinheit. Jede dieser
Massen der Substanz bleibt aber der ganze Geist; wenn in
der sinnlichen Wahrnehmung die Dinge keine andere Substanz als die beiden Bestimmungen der Einzelnheit und der
Allgemeinheit haben, so drücken sie hier nur den ober-
flächlichen Gegensatz der beiden Seiten gegeneinander aus.
   Die Einzelnheit hat an dem Wesen, das wir hier betrachten, die Bedeutung des *Selbstbewußtseins* überhaupt, nicht
eines einzelnen zufälligen Bewußtseins. Die sittliche Substanz ist also in dieser Bestimmung die *wirkliche* Substanz,
der absolute Geist in der Vielheit des daseienden *Bewußtseins realisiert;* er ist das *Gemeinwesen,* welches *für uns* bei
dem Eintritt in die praktische Gestaltung der Vernunft
überhaupt das absolute Wesen war, und hier in seiner
Wahrheit *für sich* selbst als bewußtes sittliches Wesen, und
als *Wesen für das* Bewußtsein, das wir zum Gegenstande haben, hervorgetreten ist. Es ist Geist, welcher *für sich,* indem
er im *Gegenschein der Individuen* sich, – und *an sich* oder
Substanz ist, indem er sie in sich erhält. Als die *wirkliche
Substanz* ist er *ein Volk,* als *wirkliches Bewußtsein Bürger* des
Volkes. Dies Bewußtsein hat an dem einfachen Geiste sein
Wesen, und die Gewißheit seiner selbst in der *Wirklichkeit*
dieses Geistes, dem ganzen Volke, und unmittelbar darin
seine *Wahrheit,* also nicht in Etwas, das nicht wirklich ist,
sondern in einem Geiste, der *existiert* und *gilt.*

Dieser Geist kann das menschliche Gesetz genannt werden, weil er wesentlich in der Form der *ihrer selbstbewußten Wirklichkeit* ist. Er ist in der Form der Allgemeinheit das *bekannte* Gesetz und die *vorhandene* Sitte; in der Form der Einzelnheit ist er die wirkliche Gewißheit seiner selbst in dem *Individuum* überhaupt, und die Gewißheit seiner als *einfacher Individualität* ist er als Regierung; seine Wahrheit ist die offene an dem Tage liegende *Gültigkeit; eine Existenz,* welche für die unmittelbare Gewißheit in die Form des freientlassenen Daseins tritt.

Dieser sittlichen Macht und Offenbarkeit tritt aber eine andere Macht, das *göttliche Gesetz,* gegenüber. Denn die sittliche *Staatsmacht* hat als die *Bewegung* des sich *bewußten Tuns* an dem *einfachen* und *unmittelbaren Wesen* der Sittlichkeit ihren Gegensatz; als *wirkliche Allgemeinheit* ist sie eine Gewalt gegen das individuelle Fürsichsein; und als Wirklichkeit überhaupt hat sie an dem *innern* Wesen noch ein Anderes, als sie ist.

Es ist schon erinnert worden, daß jede der entgegengesetzten Weisen der sittlichen Substanz zu existieren sie ganz und alle Momente ihres Inhalts enthält. Wenn also das Gemeinwesen sie als das seiner bewußte wirkliche Tun ist, so hat die andere Seite die Form der unmittelbaren oder seienden Substanz. Diese ist so einer Seits der innere Begriff oder die allgemeine Möglichkeit der Sittlichkeit überhaupt, hat aber anderer Seits das Moment des Selbstbewußtseins eben so an ihr. Dieses in diesem Elemente der *Unmittelbarkeit* oder des *Seins* die Sittlichkeit ausdrückend, oder ein *unmittelbares* Bewußtsein seiner wie als Wesen so als dieses Selbst in einem Andern, d. h. ein *natürliches sittliches* Gemeinwesen, – ist die *Familie.* Sie steht als der *bewußtlose* noch innere Begriff seiner sich bewußten Wirklichkeit, als das *Element* der Wirklichkeit des Volks dem Volke selbst, als *unmittelbares* sittliches *Sein* – der durch die *Arbeit* für das Allgmeine sich bildenden und erhaltenden Sittlichkeit, die Penaten dem allgemeinen Geiste gegenüber.

Obwohl sich aber das *sittliche Sein* der Familie als das *unmittelbare* bestimmt, so ist sie innerhalb ihrer *sittliches* Wesen, nicht *insofern* sie das Verhältnis *der Natur* ihrer Glieder, oder deren Beziehung die *unmittelbare einzelner wirklicher* ist; denn das Sittliche ist an sich *allgemein,* und dies Verhältnis der Natur ist wesentlich eben so sehr ein Geist, und nur als geistiges Wesen sittlich. Es ist zu sehen, worin seine eigentümliche Sittlichkeit besteht. – Zunächst, weil das Sittliche das an sich Allgemeine ist, ist die sittliche Beziehung der Familienmitglieder nicht die Beziehung der Empfindung oder das Verhältnis der Liebe. Das Sittliche scheint nun in das Verhältnis des *einzelnen* Familiengliedes zur *ganzen* Familie als der Substanz gelegt werden zu müssen, so daß sein Tun und Wirklichkeit nur sie zum Zweck und Inhalt hat. Aber der bewußte Zweck, den das *Tun* dieses Ganzen, insofern er auf es selbst geht, hat, ist selbst das Einzelne. Die Erwerbung und Erhaltung von Macht und Reichtum geht Teils nur auf das Bedürfnis und gehört der Begierde an; Teils wird sie in ihrer höheren Bestimmung etwas nur mittelbares. Diese Bestimmung fällt nicht in die Familie selbst, sondern geht auf das wahrhaft Allgemeine, das Gemeinwesen; sie ist vielmehr negativ gegen die Familie, und besteht darin, den Einzelnen aus ihr herauszusetzen, seine Natürlichkeit und Einzelnheit zu unterjochen, und ihn zur *Tugend,* zum Leben in und für's Allgemeine zu ziehen. Der der Familie eigentümliche *positive* Zweck ist der Einzelne als solcher. Daß nun diese Beziehung sittlich sei, kann er nicht, weder der, welcher handelt, noch der, auf welchen sich die Handlung bezieht, nach einer *Zufälligkeit* auftreten, wie etwa in irgend einer Hülfe oder Dienstleistung geschieht. Der Inhalt der sittlichen Handlung muß substantiell oder ganz und allgemein sein; sie kann sich daher nur auf den *ganzen* Einzelnen, oder auf ihn als Allgemeinen beziehen. Auch dies wieder nicht etwa so, daß sich nur *vorgestellt* wäre, eine *Dienstleistung* fordere sein ganzes Glück, während sie so, wie sie unmittelbare und wirkliche Handlung ist, nur etwas Einzelnes an ihm tut; – noch daß sie auch wirklich als Erziehung in einer *Reihe* von Bemühungen ihn als Ganzes zum Gegenstand hat und als Werk hervorbringt; wo außer dem gegen die Familie negativen Zwecke die *wirkliche Handlung* nur einen beschränkten Inhalt hat; – eben so wenig endlich, daß sie eine Nothülfe ist, wodurch in Wahrheit der ganze Einzelne errettet wird; denn sie ist selbst eine völlig zufällige Tat, deren Gelegenheit eine gemeine Wirklichkeit ist, welche sein und auch nicht sein kann. Die Handlung also, welche die ganze Existenz des Blutsverwandten umfaßt, und ihn, – nicht den Bürger, denn dieser gehört nicht der Familie an, noch den, der Bürger werden und *aufhören* soll, als *dieser Einzelne* zu gelten, – sondern ihn, *diesen* der Familie angehörigen Einzelnen, als ein *allgemeines,* der sinnlichen, d. i. einzelnen Wirklichkeit enthobenes Wesen zu ihrem Gegenstande und Inhalt hat, betrifft nicht mehr den *Lebenden,* sondern den *Toten,* der aus der langen Reihe seines zerstreuten Daseins sich in die vollendete Eine Gestaltung zusammengefaßt, und aus der Unruhe des zufälligen Lebens sich in die Ruhe der einfachen Allgemeinheit erhoben hat. – Weil er nur als Bürger *wirklich* und *substantiell* ist, so ist der Einzelne, wie er nicht Bürger ist, und der Familie angehört, nur der *unwirkliche* marklose Schatten.

Diese Allgemeinheit, zu der der Einzelne als *solcher* gelangt, ist das *reine Sein, der Tod;* es ist das *unmittelbare natürliche Gewordensein,* nicht das *Tun* eines *Bewußtseins.* Die Pflicht des Familiengliedes ist deswegen, diese Seite hinzuzufügen, damit auch sein letztes *Sein,* dies *allgemeine* Sein, nicht allein der Natur angehöre und etwas Unvernünftiges bleibe, sondern daß es ein *Getanes,* und das Recht des Bewußtseins in ihm behauptet sei. Oder der Sinn der Handlung ist vielmehr, daß, weil in Wahrheit die Ruhe und Allgemeinheit des seiner selbstbewußten Wesens nicht der Natur angehört, der Schein eines solchen Tuns hinwegfalle, den sich die Natur angemaßt, und die Wahrheit hergestellt werde. – Was die Natur an ihm tat, ist die Seite, von welcher sein Werden zum Allgemeinen sich als die Bewegung eines *Seienden* darstellt. Sie fällt zwar selbst innerhalb des sittlichen Gemeinwesens und hat dieses zum Zwecke; der Tod ist die Vollendung und höchste Arbeit, welche das Individuum als solches für es übernimmt. Aber insofern es wesentlich *Einzelnes* ist, ist es zufällig, daß sein Tod unmittelbar mit seiner Arbeit für's Allgemeine zusammenhing, und Resultat derselben war; Teils wenn er's war, ist er die *natürliche* Negativität und die Bewegung des Einzelnen als *Seienden,* worin das Bewußtsein nicht in sich zurückkehrt, und Selbstbewußtsein wird; oder indem die Bewegung des

Seienden diese ist, daß es aufgehoben wird und zum *Fürsich-sein* gelangt, ist der Tod die Seite der Entzweiung, worin das Fürsichsein, das erlangt wird, ein Anderes ist, als das Seiende, welches in die Bewegung eintrat. – Weil die Sittlichkeit der Geist in seiner *unmittelbaren* Wahrheit ist, so fallen die Seiten, in die sein Bewußtsein aus einander tritt, auch in diese Form der *Unmittelbarkeit,* und die Einzelnheit tritt in diese *abstrakte* Negativität herüber, welche ohne Trost und Versöhnung *an sich selbst,* sie *wesentlich* durch eine *wirkliche* und *äußerliche Handlung* empfangen muß. – Die Blutsverwandtschaft ergänzt also die abstrakte natürliche Bewegung dadurch, daß sie die Bewegung des Bewußtseins hinzufügt, das Werk der Natur unterbricht, und den Blutsverwandten der Zerstörung entreißt, oder besser, weil die Zerstörung, sein Werden zum reinen Sein, notwendig ist, selbst die Tat der Zerstörung über sich nimmt. – Es kömmt hierdurch zu Stande, daß auch das *tote,* das allgemeine *Sein* ein Insichzurückgekehrtes, ein *Fürsichsein,* oder die kraftlose reine *einzelne* Einzelnheit zur *allgemeinen Individualität* erhoben wird. Der Tote, da er sein *Sein* von seinem *Tun* oder negativen Eins frei gelassen, ist die leere Einzelnheit, nur ein passives *Sein für Anderes,* aller niedrigen vernunftlosen Individualität und den Kräften abstrakter Stoffe preisgegeben, wovon jene um des Lebens willen, das sie hat, diese um ihrer negativen Natur willen jetzt mächtiger sind als er. Dies ihn entehrende Tun bewußtloser Begierde und abstrakter Wesen hält die Familie von ihm ab, setzt das ihrige an die Stelle, und vermählt den Verwandten dem Schoße der Erde, der elementarischen unvergänglichen Individualität; sie macht ihn hierdurch zum Genossen eines Gemeinwesens, welches vielmehr die Kräfte der einzelnen Stoffe und die niedrigen Lebendigkeiten, die gegen ihn frei werden und ihn zerstören wollten, überwältigt und gebunden hält.

Diese letzte Pflicht macht also das vollkommene *göttliche* Gesetz, oder die positive *sittliche* Handlung gegen den Einzelnen aus. Alles andre Verhältnis gegen ihn, das nicht in der Liebe stehen bleibt, sondern sittlich ist, gehört dem menschlichen Gesetze an, und hat die negative Bedeutung, den Einzelnen über die Einschließung in das natürliche

Gemeinwesen zu erheben, dem er als *wirklicher* angehört. Wenn nun aber schon das menschliche Recht zu seinem Inhalte und Macht die wirkliche ihrer bewußte sittliche Substanz, das ganze Volk, hat; das göttliche Recht und Gesetz aber den Einzelnen, der jenseits der Wirklichkeit ist, so ist er nicht ohne Macht; seine Macht ist das *abstrakte* rein *Allgemeine; das elementarische* Individuum, welches die Individualität, die sich von dem Elemente losreißt und die ihrer bewußte Wirklichkeit des Volks ausmacht, in die reine Abstraktion als in sein Wesen eben so zurückreißt, als es ihr Grund ist. – Wie diese Macht am Volke selbst sich darstellt, wird sich noch weiter entwickeln.

Es gibt nun in dem einen Gesetze, wie in dem andern, auch *Unterschiede* und *Stufen.* Denn indem beide Wesen das Moment des Bewußtseins an ihnen haben, entfaltet sich innerhalb ihrer selbst der Unterschied; was ihre Bewegung und eigentümliches Leben ausmacht. Die Betrachtung dieser Unterschiede zeigt die Weise der *Betätigung* und des *Selbstbewußtseins* der beiden *allgemeinen Wesen* der sittlichen Welt, so wie ihren *Zusammenhang* und *Übergang* in einander.

Das *Gemeinwesen,* das obere und offenbar an der Sonne geltende Gesetz, hat seine wirkliche Lebendigkeit in der *Regierung,* als worin es Individuum ist. Sie ist der *in sich reflektierte wirkliche* Geist, das einfache *Selbst* der ganzen sittlichen Substanz. Diese einfache Kraft erlaubt dem Wesen zwar in seine Gliederung sich auszubreiten, und jedem Teile Bestehen und eigenes Fürsichsein zu geben. Der Geist hat hieran seine *Realität* oder sein *Dasein,* und die Familie ist das *Element* dieser Realität. Aber er ist zugleich die Kraft des Ganzen, welche diese Teile wieder in das negative Eins zusammenfaßt, ihnen das Gefühl ihrer Unselbständigkeit gibt, und sie in dem Bewußtsein erhält, ihr Leben nur im Ganzen zu haben. Das Gemeinwesen mag sich also einer Seits in die Systeme der persönlichen Selbständigkeit und des Eigentums, des persönlichen und dinglichen Rechts, organisieren; eben so die Weise des Arbeitens für die zunächst einzelnen Zwecke, – des Erwerbs und Genusses, – zu eigenen Zusammenkünften gliedern und verselbständigen. Der Geist der allgemeinen Zusammenkunft ist die *Ein-*

fachheit und das *negative* Wesen dieser sich isolierenden Systeme. Um sie nicht in dieses Isolieren einwurzeln und festwerden, hierdurch das Ganze aus einander fallen und den Geist verfliegen zu lassen, hat die Regierung sie in ihrem Innern von Zeit zu Zeit durch die Kriege zu erschüttern, ihre sich zurechtgemachte Ordnung und Recht der Selbstständigkeit dadurch zu verletzen und zu verwirren, den Individuen aber, die sich darin vertiefend vom Ganzen losreißen und dem unverletzbaren *Fürsichsein* und der Sicherheit der Person zustreben, in jener auferlegten Arbeit ihren Herrn, den Tod, zu fühlen zu geben. Der Geist wehrt durch diese Auflösung der Form des Bestehens das Versinken in das natürliche Dasein aus dem sittlichen ab, und erhält und erhebt das Selbst seines Bewußtseins in die *Freiheit* und in seine *Kraft*. – Das negative Wesen zeigt sich als die eigentliche *Macht* des Gemeinwesens und die *Kraft* seiner Selbsterhaltung; dieses hat also die Wahrheit und Bekräftigung seiner Macht an dem Wesen des *göttlichen Gesetzes* und dem *unterirdischen Reiche*.

Das göttliche Gesetz, das in der Familie waltet, hat seiner Seits gleichfalls Unterschiede in sich, deren Beziehung die lebendige Bewegung seiner Wirklichkeit ausmacht. Unter den drei Verhältnissen aber, des Mannes und der Frau, der Eltern und der Kinder, der Geschwister als Bruder und Schwester, ist zuerst das *Verhältnis* des *Mannes* und der *Frau* das *unmittelbare* sich Erkennen des einen Bewußtseins im andern und das Erkennen des gegenseitigen Anerkanntseins. Weil es das *natürliche* sich Erkennen, nicht das sittliche ist, ist es nur die *Vorstellung* und das *Bild* des Geistes, nicht der wirkliche Geist selbst. – Die Vorstellung oder das Bild hat aber seine Wirklichkeit an einem Andern, als es ist; dies Verhältnis hat daher seine Wirklichkeit nicht an ihm selbst, sondern an dem Kinde, – einem Andern, dessen Werden es ist, und worin es selbst verschwindet; und dieser Wechsel der sich fortwälzenden Geschlechter hat seinen Bestand in dem Volke. – Die Pietät des Mannes und der Frau gegen einander ist also mit natürlicher Beziehung und mit Empfindung vermischt, und ihr Verhältnis hat seine Rückkehr in sich nicht an ihm selbst; eben so das zweite, die *Pietät* der *Eltern* und *Kinder* gegen einander. Die der Eltern gegen ihre Kinder ist eben von dieser Rührung affiziert, das Bewußtsein seiner Wirklichkeit in dem Andern zu haben, und das Fürsichsein in ihm werden zu sehen, ohne es zurück zu erhalten; sondern es bleibt eine fremde, eigne Wirklichkeit; – die der Kinder aber gegen die Eltern umgekehrt mit der Rührung, das Werden seiner selbst oder das Ansich an einem andern Verschwindenden zu haben, und das Fürsichsein und eigene Selbstbewußtsein zu erlangen, nur durch die Trennung von dem Ursprung, – eine Trennung, worin dieser versiegt.

Diese beiden Verhältnisse bleiben innerhalb des Übergehens und der Ungleichheit der Seiten stehen, die an sie verteilt sind. – Das vermischte Verhältnis aber findet zwischen *Bruder* und *Schwester* statt. Sie sind dasselbe Blut, das aber in ihnen in seine *Ruhe* und *Gleichgewicht* gekommen ist. Sie begehren daher einander nicht, noch haben sie dies Fürsichsein eines dem andern gegeben, noch empfangen, sondern sie sind freie Individualität gegen einander. Das Weibliche hat daher als Schwester die höchste *Ahnung* des sittlichen Wesens; zum *Bewußtsein* und der Wirklichkeit desselben kommt es nicht, weil das Gesetz der Familie das *ansich*seiende *innerliche* Wesen ist, das nicht am Tage des Bewußtseins liegt sondern innerliches Gefühl und das der Wirklichkeit enthobene Göttliche bleibt. An diese Penaten ist das Weibliche geknüpft, welches in ihnen Teils seine allgemeine Substanz, Teils aber seine Einzelnheit anschaut, so jedoch, daß diese Beziehung der Einzelnheit zugleich nicht die natürliche der Lust sei. – Als *Tochter* muß nun das Weib die Eltern mit natürlicher Bewegung und mit sittlicher Ruhe verschwinden sehen, denn nur auf Unkosten dieses Verhältnisses kommt sie zu dem *Fürsichsein,* dessen sie fähig ist; sie schaut in den Eltern also ihr Fürsichsein nicht auf positive Weise an. – Die Verhältnisse der *Mutter* und der *Frau* aber haben die Einzelnheit Teils als etwas Natürliches, das der Lust angehört, Teils als etwas Negatives, das nur sein Verschwinden darin erblickt, Teils ist sie eben darum etwas Zufälliges, das durch eine andere ersetzt werden kann. Im Hause der Sittlichkeit ist es nicht *dieser* Mann, nicht *dieses* Kind, sondern *ein Mann, Kinder überhaupt,* – nicht die Empfindung, sondern das Allgemeine, worauf sich diese Verhältnisse des Weibes gründen. Der Unterschied seiner Sittlichkeit von der des Mannes besteht eben darin, daß es in seiner Bestimmung für die Einzelnheit und in seiner Lust unmittelbar allgemein und der Einzelnheit der Begierde fremd bleibt; dahingegen in dem Manne diese beiden Seiten aus einander treten, und indem er als Bürger die *selbstbewußte* Kraft der *Allgemeinheit* besitzt, erkauft er sich dadurch das Recht der *Begierde,* und erhält sich zugleich die Freiheit von derselben. Indem also in dies Verhältnis der Frau die Einzelnheit eingemischt ist, ist seine Sittlichkeit nicht rein; insofern sie aber dies ist, ist die Einzelnheit *gleichgültig,* und die Frau entbehrt das Moment, sich als *dieses* Selbst im Andern zu erkennen. − Der Bruder aber ist der Schwester das ruhige gleiche Wesen überhaupt, ihre Anerkennung in ihm rein und unvermischt mit natürlicher Beziehung; die Gleichgültigkeit der Einzelnheit und die sittliche Zufälligkeit derselben ist daher in diesem Verhältnisse nicht vorhanden; sondern das Moment des anerkennenden und anerkannten *einzelnen Selbsts* darf hier sein Recht behaupten, weil es mit dem Gleichgewichte des Blutes und begierdeloser Beziehung verknüpft ist. Der Verlust des Bruders ist daher der Schwester unersetzlich, und ihre Pflicht gegen ihn die höchste.

Dies Verhältnis ist zugleich die Grenze, an der sich die in sich beschlossene Familie auflöst, und außer sich geht. Der Bruder ist die Seite, nach welcher ihr Geist zur Individualität wird, die gegen Anderes sich kehrt, und in das Bewußtsein der Allgemeinheit übergeht. Der Bruder verläßt diese *unmittelbare elementarische* und darum eigentlich *negative* Sittlichkeit der Familie, um die ihrer selbstbewußte wirkliche Sittlichkeit zu erwerben und hervorzubringen.

Er geht aus dem göttlichen Gesetz, in dessen Sphäre er lebte, zu dem menschlichen über. Die Schwester aber wird, oder die Frau bleibt der Vorstand des Hauses und die Bewahrerin des göttlichen Gesetzes. Auf diese Weise überwinden die beiden Geschlechter ihr natürliches Wesen, und treten in ihrer sittlichen Bedeutung auf, als Verschiedenheiten, welche die beiden Unterschiede, die die sittliche Substanz sich gibt, unter sich teilen. Diese beiden *allgemeinen* Wesen der sittlichen Welt haben ihre bestimmte *Individua-*

lität darum an *natürlich* unterschiedenen Selbstbewußtsein, weil der sittliche Geist die *unmittelbare* Einheit der Substanz mit dem Selbstbewußtsein ist; – eine *Unmittelbarkeit*, welche also nach der Seite der Realität und des Unterschieds zugleich als das Dasein eines natürlichen Unterschieds erscheint. – Es ist diejenige Seite, welche sich an der Gestalt der sich selbst realen Individualität, in dem Begriffe des geistigen Wesens, als *ursprünglich bestimmte Natur* zeigte. Dies Moment verliert die Unbestimmtheit, die es dort noch hat, und die zufällige Verschiedenheit von Anlagen und Fähigkeiten. Es ist jetzt der bestimmte Gegensatz der zwei Geschlechter, deren Natürlichkeit zugleich die Bedeutung ihrer sittlichen Bestimmung erhält.

Der Unterschied der Geschlechter und ihres sittlichen Inhalts bleibt jedoch in der Einheit der Substanz, und seine Bewegung ist eben das bleibende Werden derselben. Der Mann wird vom Familiengeiste in das Gemeinwesen hinausgeschickt, und findet in diesem sein selbstbewußtes Wesen; wie die Familie hierdurch in ihm ihre allgemeine Substanz und Bestehen hat, so umgekehrt das Gemeinwesen an der Familie das formale Element seiner Wirklichkeit und an dem göttlichen Gesetze seine Kraft und Bewährung. Keins von Beiden ist allein an und für sich; das menschliche Gesetz geht in seiner lebendigen Bewegung von dem göttlichen, das auf Erden geltende von dem unterirdischen, das bewußte vom bewußtlosen, die Vermittelung von der Unmittelbarkeit aus, und geht eben so dahin zurück, wovon es ausging. Die unterirdische Macht dagegen hat auf der Erde ihre *Wirklichkeit;* sie wird durch das Bewußtsein Dasein und Tätigkeit.

Die allgemeinen sittlichen Wesen sind also die Substanz als Allgemeines, und sie als einzelnes Bewußtsein; sie haben das Volk und die Familie zu ihrer allgemeinen Wirklichkeit, der Mann aber und das Weib zu ihrem natürlichen Selbst und der betätigenden Individualität. In diesem Inhalt der sittlichen Welt sehen wir die Zwecke erreicht, welche die vorhergehenden substanzlosen Gestalten des Bewußtseins sich machten; was die Vernunft nur als Gegenstand auffaßte, ist Selbstbewußtsein geworden, und was dieses nur in ihm selbst hatte, als wahre Wirklichkeit vorhanden.

– Was die Beobachtung als ein *Vorgefundenes* wußte, an dem das Selbst keinen Teil hätte, ist hier vorgefundene Sitte, aber eine Wirklichkeit, die zugleich Tat und Werk des Findenden ist. – Der Einzelne, die Lust *des Genusses seiner Einzelnheit* suchend, findet sie in der Familie, und die Notwendigkeit, worin die Lust vorgeht, ist sein eignes Selbstbewußtsein als Bürger seines Volkes; – oder es ist dieses, das *Gesetz des Herzens* als das Gesetz aller Herzen, das Bewußtsein des *Selbsts* als die anerkannte allgemeine Ordnung zu wissen; – es ist die *Tugend*, welche der Früchte ihrer Aufopferung genießt; sie bringt zu Stande, worauf sie geht, nämlich das Wesen zur wirklichen Gegenwart herauszuheben, und ihr Genuß ist dies allgemeine Leben. – Endlich das Bewußtsein *der Sache selbst* wird in der realen Substanz befriedigt, die auf eine positive Weise die abstrakten Momente jener leeren Kategorie enthält und erhält. Sie hat an den sittlichen Mächten einen wahrhaften Inhalt, der an die Stelle der substanzlosen Gebote getreten, die die gesunde Vernunft geben und wissen wollte; – so wie hierdurch einen inhaltsvollen an ihm selbstbestimmten Maßstab der Prüfung nicht der Gesetze, sondern dessen, was getan wird.

Das Ganze ist ein ruhiges Gleichgewicht aller Teile, und jeder Teil ein einheimischer Geist, der seine Befriedigung nicht jenseits seiner sucht, sondern sie in sich darum hat, weil er selbst in diesem Gleichgewichte mit dem Ganzen ist. – Dies Gleichgewicht kann zwar nur dadurch lebendig sein, daß Ungleichheit in ihm entsteht, und von der *Gerechtigkeit* zur Gleichheit zurückgebracht wird. Die Gerechtigkeit ist aber weder ein fremdes jenseits sich befindendes Wesen, noch die seiner unwürdige Wirklichkeit einer gegenseitigen Tücke, Verrats, Undanks u. s. f., die in der Weise des gedankenlosen Zufalls als ein unbegriffner Zusammenhang und ein bewußtloses Tun und Unterlassen das Gericht vollbrächte, sondern als Gerechtigkeit des *menschlichen* Rechts, welche das aus dem Gleichgewichte tretende Fürsichsein, die Selbstständigkeit der Stände und Individuen in das Allgemeine zurückbringt, ist sie die Regierung des Volks, welche die sich gegenwärtige Individualität des allgemeinen Wesens und der eigne selbstbewußte Willen Aller ist. – Die Gerechtigkeit aber, welche das über den Einzelnen übermächtig werdende Allgemeine zum Gleichgewichte zurückbringt, ist eben so der einfache Geist desjenigen, der Unrecht erlitten; – nicht zersetzt in ihn, der es erlitten, und ein jenseitiges Wesen; er selbst ist die unterirdische Macht, und es ist *seine* Erinnye, welche die Rache betreibt; denn seine Individualität, sein Blut, lebt im Hause fort; seine Substanz hat eine dauernde Wirklichkeit. Das Unrecht, welches im Reiche der Sittlichkeit dem Einzelnen zugefügt werden kann, ist nur dieses, daß ihm rein etwas *geschieht.* Die Macht, welche dies Unrecht an dem Bewußtsein verübt, es zu einem reinen Dinge zu machen, ist die Natur, es ist die Allgemeinheit nicht des *Gemeinwesens,* sondern die *abstrakte* des *Seins;* und die Einzelheit wendet sich in der Auflösung des erlittenen Unrechts nicht gegen jenes, denn von ihm hat es nicht gelitten, sondern gegen dieses. Das Bewußtsein des Blutes des Individuums löst dies Unrecht, wie wir gesehen, so auf, daß, was *geschehen* ist, vielmehr ein *Werk* wird, damit das *Sein,* das *Letzte,* auch ein *gewolltes* und hiermit erfreulich sei.

Das sittliche Reich ist auf diese Weise in seinem *Bestehen* eine unbefleckte durch keinen Zwiespalt verunreinigte Welt. Eben so ist seine Bewegung ein ruhiges Werden der einen Macht desselben zur andern, so daß jede die andere selbst erhält und hervorbringt. Wir sehen sie zwar in zwei Wesen und deren Wirklichkeit sich teilen; aber ihr Gegensatz ist vielmehr die Bewährung des Einen durch das Andere, und, worin sie sich unmittelbar als wirkliche berühren, ihre Mitte und Element ist die unmittelbare Durchdringung derselben. Das eine Extrem, der allgemeine sich bewußte Geist, wird mit seinem andern Extrem, seiner Kraft und seinem Element, mit dem *bewußtlosen* Geiste, durch die *Individualität* des *Mannes* zusammen geschlossen. Dagegen hat das *göttliche* Gesetz seine Individualisierung, oder der *bewußtlose* Geist des Einzelnen sein Dasein an dem Weibe, durch welches als die *Mitte* er aus seiner Unwirklichkeit in die Wirklichkeit, aus dem Unwissenden und Ungewußten in das bewußte Reich herauf tritt. Die Vereinigung des Mannes und des Weibes macht die tätige Mitte des Ganzen und das Element aus, das, in diese Extreme des göttlichen und menschlichen Gesetzes entzweit, eben so ihre unmittelbare Vereinigung ist, welche jene beiden ersten Schlüsse zu demselben Schlusse macht, und die entgegengesetzte Bewegung der Wirklichkeit hinab zur Unwirklichkeit, – des menschlichen Gesetzes, das sich in selbständige Glieder organisiert, herunter zur Gefahr und Bewährung des Todes; – und des unterirdischen Gesetzes herauf zur Wirklichkeit des Tages und zum bewußten Dasein, – deren jene dem Manne, diese dem Weibe zukommt, – in Eine vereinigt.

FRIEDRICH SCHLEGEL
Über die Diotima

In dem Platonischen Gespräche, DAS GASTMAHL, unterredet sich Sokrates mit seinen Freunden über die Liebe;
und als ihn die Reihe trifft, seine Meinung zu sagen, so erzählt er statt dessen ein Gespräch zwischen sich und «Diotima einer Seherin. Sie besaß in der Seherkunst und in vielen andern Dingen hohe Weisheit, verschaffte einst den
Athenern, als sie zehn Jahre vor der Pest[1] opferten, Aufschub der Seuche, und lehrte mich die Kunst zu lieben[2].»
Im Gespräch selbst nennt sich Sokrates ihren Bewunderer,
ihren Schüler[3]. Ihre reichhaltigen Gedanken über das Verlangen und das Schöne sind ebenso umfassend als scharf-
sinnig, ebenso bestimmt als zart. Die sanfte Größe, mit der
sie redet, verrät ein Herz, welches ihrem hohen Verstande
entsprach, und stellt uns ein Bild nicht nur schöner Weiblichkeit, sondern vielmehr vollendeter Menschheit dar. Ihr
Gespräch mit dem Weisen ist eins der trefflichsten Überbleibsel des Altertums; und es ist wahrscheinlich genug,
daß der Platonische Sokrates – wie in einigen andern Gesprächen, so auch hier – unter der *Liebe*, welche er von ihr
gelernt zu haben bekennt, nicht vergängliche Freuden versteht, sondern nichts anders als die reine Güte eines vollendeten Gemüts.

Wer jenes Gespräch kennt und liebt[4], dem wird die vielleicht an sich geringfügige Frage nicht ganz gleichgültig
sein: *wer diese Diotima war*, welche Plato so hohe Dinge
sagen läßt? Wie gelangte diese Griechin zu einer Bildung, zu
einem Geiste, welche unsrer gewöhnlichen Meinung von
Griechischen Frauen so sehr widersprechen? – Vielleicht
erinnert sich auch Einer oder der Andre, daß der seelenvolle

---

[1] Olymp. 85, I.
[2] Sympos. Plat. vol. 10, edit. Bip. p. 227.
[3] P. 237, 239.
[4] Eine vortreffliche Übersetzung davon steht in Schiller's Thalia
(NEUE THALIA, Bd. 2, St. 5, II, Leipzig 1793, unter dem Titel «Das
Gastmahl von Plato oder Gespräch über die Liebe»).

Hemsterhuys in dem vollkommensten seiner Gespräche, dem SIMON, diesen Namen aufs schönste erneuert hat.

Diese antiquarische Kleinigkeit erregt zuerst dadurch Aufmerksamkeit, daß sie als ein Rätsel erscheint, welches dem Scharfsinn des Altertumsforschers zu schaffen macht. Dann wird sie Veranlassung, die gewöhnlichen Meinungen und Vorurteile über die Griechischen Frauen zu berichtigen, und dadurch über das öffentliche und häusliche Leben der Griechen ein neues Licht zu verbreiten. Was die Untersuchung auf diesem Wege sammelt, wird sich von selbst zu einem *Bilde griechischer Weiblichkeit* ordnen, in welchem zwar noch Lücken bleiben, dessen fester Zusammenhang jedoch den Freund der Griechen aufs angenehmste überrascht. So wie es oft nicht unmöglich gewesen ist, aus den kleinsten Bruchstücken einer zerstückelten Statue, und bei beträchtlichen Lücken, das Ganze des Bildes wiederherzustellen; so zeigt sich auch hier ein Leitfaden, das Verlorne zu ergänzen, das Zerstückte wieder zusammenzusetzen, und die Hoffnung zu einer nicht ganz unvollständigen Geschichte der Griechischen Weiblichkeit. Wenn wir die vorläufigen Umrisse derselben mit unsern Sitten und Meinungen, mit der Geschichte andrer Völker, mit den Grundsätzen der reinen Seelenlehre und Sittenlehre vergleichen, so eröffnen sich Aussichten, die so weitumfassend und reichhaltig sind, daß sie jeden Freund der Wissenschaft, der Geschichte, ja der Menschenkenntnis überhaupt, anziehen müssen.

Plato sagt uns von der äußern Lage Diotimens nichts weiter, als daß sie aus *Mantinea* war[1]; er erwähnt ihrer in keinem seiner noch vorhandenen Gespräche außer dem genannten. Bei ältern Schriftstellern finde ich keine Spur, und die spätern begnügen sich meistens sie zu nennen. Wir müssen also zu *Vermutungen* unsre Zuflucht nehmen. Eine schlüpfrige Bahn, auf der die sorgfältigste Prüfung uns leiten soll! – Die gewöhnliche Meinung ist: daß gesittete Frauen bei den Griechen ohne Bildung, vom Umgange mit Männern ausgeschlossen, ja unterdrückt und verachtet waren, daß nur Buhlerinnen höhere Bildung hatten und

[1] Sympos. p. 248.

Umgang mit Männern genossen. Wer von dieser Meinung voll ist, und Platos Gespräch nur flüchtig liest, der wird unsre Frage sehr rasch entscheiden, und Diotima ohne Zweifel für eine *Hetäre* erklären[1], weil sie ja doch Bildung zu haben scheint, und mit einem Manne Gespräche wechselt. Eine Erklärung, welcher sich so wichtige Einwürfe entgegenstellen, daß wir sie durchaus verwerfen müssen.

Das Griechische Kleinasien war das Vaterland der *Hetären*, das üppige Korinth ihr reichstes Nest, und Athen die hohe Schule, wo sie ihre höchste Bildung erreichten. In *Jonien* nämlich schien die Natur, der Himmel selbst, zum Genuß einzuladen, zur Weichlichkeit zu verführen; und das Beispiel benachbarter üppiger Völker, der Lydier u. s. w., war überflüssig. Die Jonische Bildung ging mehr auf Einbildungskraft und Verstand, vernächlässigte dagegen die Sitten, welche daher schnell entarteten. Die älteste städtische Verfassung der Jonier war frei, aber die Freiheit des Einzelnen war durch keine weise Gesetzgebung gemäßigt und zur Einheit geordnet. Diese Verfassung war frühe, ja eigentlich ursprünglich, oligarchisch; und schon Aristoteles hat bemerkt, daß die Weiber in Oligarchien sittenlos sind[2]. Sie artete bald in Tyrannei aus, und endigte schnell in Sklaverei unter fremden üppigen Völkern; wo aber fände ausschweifende Wollust wärmere Pflege als unter dem breiten Flügel der Tyrannei, wo mehr Diener als unter Sklaven? Selbst *Bürgerinnen* lebten im Griechischen Kleinasien sittenlos, wie das übereinstimmende Urteil die *Lesbierinnen* beschuldigt. Natürlich fand sich dann keine größere Strenge bei *denjenigen*, in denen der Verlust der bürgerlichen Freiheit vielleicht das Gefühl der sittlichen Freiheit und der sittlichen Würde schwächte, welche durch Abhängigkeit der Verführung preisgegeben waren, oder denen schändlicher Eigennutz die Unschuld noch unmündig raubte. Es darf uns daher nicht befremden, in den reichsten Städten Joniens, und überhaupt in bevölkerten See- und Handelsstädten des festen Griechischen Landes, eine zahlreiche

---

[1] Dies scheint in der Schrift: Über die Weiber, S. 27 zu geschehen.
[2] Polit. IV, 15.

Zunft von Weibern zu finden, die von ihren Reizen und ihrer Gefälligkeit lebten.

Die Griechische Bildung aber, welche das Eigentümliche hat, daß sie die ganze Masse durchdringt, sich über jede Tätigkeit jedes Einzelnen erstreckt, deren Umfang dem Umfange der menschlichen Natur in ihrer Größe und Schwäche selbst gleich ist, die das Edle höher erhebt und selbst das Niedrige verschönert: diese verbreitete einen milden Schimmer auch über die armselige Niedrigkeit der schimpflichsten Lebensart. Die Griechischen Hetären genossen, indem sie gewährten; bildeten, indem sie vergnügten: gleich tief unter dem freien Erguß eines begeisterten Herzens, und gleich weit über gefühllose Nichtswürdigkeit, war ihr Leben einer schönen sinnlichen Kunst zu vergleichen. Diese Kunst empfing ihre erste Bildung vielleicht in dem üppigen weichlichen *Milet*, ihre letzte Vollendung zu *Athen*. Schon *Solon*, der gerechteste, weiseste, menschlichste aller Griechischen, ja vielleicht aller menschlichen, Gesetzgeber, – der, was er nicht zu ändern vermochte, statt kraftloser oder verderblicher Verbote, gesetzmäßig zu *ordnen* versuchte – sicherte zwar die Sitten der Bürgerinnen durch strenge Strafgesetze gegen Ehebruch, Verführung und Verkupplung der Freien; gewährte aber den Hetären Duldung und Schutz; ja er kaufte zuerst Mädchen für öffentliche Häuser, stiftete der Venus Pandemos den ersten Tempel in Attika. «Eine herrliche, eine patriotische Erfindung!» sagt der Komiker Philemon[1]. Andre Gesetzgebungen rauben dem Bürger seine Rechte, verführen ihn zum Laster, und strafen dann tölpisch hinterdrein. Der menschenfreundliche Solon gewährte den Unglücklichen, welchen die Geburt die Rechte der Bürgerinnen versagte, oder ein Zufall sie entriß, das einzige was in seiner Macht stand: wenigstens öffentliche Duldung. Der menschliche Geist des Attischen Volks bestätigte das Gesetz Solons, und gewährte ihnen öffentliche Schonung: es fiel wenigstens ein Grund der Nichtswürdigkeit weg, indem gränzenlose und rettungslose Verachtung nicht zur Verzweiflung zwang. Das öffentliche Urteil zu Athen erkannte das Gute

[1] Athen. Deipnos. ed. Casaub. lib. XIII, p. 569, fin.

und Schöne unter jeder Gestalt, und ließ dem Gefallnen die Rückkehr frei. Wie oft und wie leicht konnte, bei der Art der alten Kriege, ein grausamer Zufall Mädchen, die im Bewußtsein der bürgerlichen Freiheit und in edeln Sitten erzogen waren, in das Schicksal und die Lebensart der *Sklavinnen* stürzen! Ja selbst bei diesen war die erste Veranlassung ihrer Lebensart nicht sowohl eigne Schuld, Sinnlichkeit, oder Eigennutz, als das Unglück der Geburt.

So wird es begreiflich, wie es eine Eigentümlichkeit des feinen *Menander*, des Philosophen der neuen Komödie, sein konnte, die Hetären fast immer gut und edel darzustellen; so wird es begreiflich, daß wir sie oft in einer Verbindung mit Männern antreffen, in welcher sich, mit der Anmut der Geliebten, die ernste Tätigkeit der Frau, die Würde der Mutter vereinigt, welcher zur Ehe nur die bürgerliche oder priesterliche Weihung – ein Vorrecht der Freien – fehlt. So lebten fast die meisten spätern Attischen *Philosophen* mit Hetären. Wenngleich nicht alles wahr ist, was nachlässige, stumpfsinnige oder lügenhafte Sammler nach unbestimmten Geschichten des Tages erzählen, oder Komödiendichtern, welche sagten, was das Volk, das den Philosophen sehr abgeneigt war, gern hörte, nachgeschrieben haben; wenngleich die Sitten nicht aller Philosophen gleich streng waren: so bleibt es doch immer befremdend. Der Grund dieser Sonderbarkeit aber ist dieser: die Philosophen hatten die größte und gerechteste Abneigung gegen bürgerliche Heiraten. Eine Familienverbindung war von einer politischen unzertrennlich; wer häusliche Geschäfte führte, konnte den öffentlichen nicht entsagen. Und so wurden sie denn durch eine Heirat in den trüben Strudel des öffentlichen geschäftigen Lebens fortgerissen, wo (damals wenigstens) Eigennutz und Sinnlichkeit, Betrügerei und Zwietracht, sich in ewigem kleinlichem Kreise drehten. Um ungestört zu denken, und nach ihren Grundsätzen zu leben, mußten sie sich dem vergifteten Strome der politischen Tätigkeit entreißen; und dies konnte nur auf solche Weise ganz geschehen.

Im allgemeinen waren zwar die, welche der Rechte der Bürgerinnen entbehrten, auch frei von ihren Pflichten:

aber Gesetzlosigkeit war zu Athen nicht auch Sittenlosigkeit; und selbst Sittenlosigkeit kann bei jedem gebildeten Volke noch so viele Bruchstücke des Guten und Schönen retten, daß sie ein der Achtung nicht ganz unähnliches Gefühl einflößt. Römische Laster sind nicht selten mit einer Kraft, einer Selbständigkeit gepaart, gegen welche die besten Tugenden der Barbaren kindisch und schwächlich erscheinen. Aber die Griechische Bildung zeigt auch in ihrer Verderbtheit eine Regsamkeit jeder einzelnen, eine Vollständigkeit aller Kräfte des Gemüts, eine Fülle in freier Einheit, gegen welche die Römische Größe nur plump und dürftig erscheint. – Die *Milesische Aspasia* war es vorzüglich, welche die Attischen Hetären lehrte, sich durch Geist und Schönheit Unabhängigkeit, durch die feinste Kultur aber öffentliche Achtung zu erwerben; sie, deren Umgange die größten Männer ihres Zeitalters ihre schönste Bildung verdankten. In dem MENEXENUS des Plato, nennt Sokrates diese Freundin des Perikles: «seine Lehrerin in der Beredsamkeit; sie habe viele andre große Redner gebildet, und auch den vollkommensten: Perikles[1].» Durch Aspasia ward die Hetärenkunst so sehr zur *schönen Kunst*, daß sie, wie etwa ein Meister der Malerei seinen Geist nicht nur in eigenen Werken ausdrückt, sondern auch in seinen Schülern fortpflanzt, eine *Hetären-Schule* stiftete. Ja wir nehmen in dem Geiste der Hetären, wie in Werken der Poesie oder der Beredsamkeit, die Stufen des öffentlichen Geschmacks ganz deutlich wahr; und so sonderbar es klingt, kann man doch mit Grunde sagen: Aspasia war eine Hetäre im schönen, Lais im schwelgerischen, Thais im feinen *Stil*. Von den Hetären aus diesem letzten Stil haben wir die vollständigste Darstellung im Terenz und Plautus; und die Hetärengespräche Luzians stimmen mit ihnen so sehr überein, daß ich vermuten möchte, Luzian, oder der Vorgänger, welchem er folgte, hatten Schriftsteller der neuen Komödie vor Augen. Die neue Attische Komödie fiel nämlich in das Zeitalter des feinen Stils; und nachdem der komischen Dichtkunst die Darstellung des öffentlichen Lebens entrissen war, blieb ihr nur die Darstellung des einzelnen Lebens

[1] Vol. 5, p. 277.

übrig[1], an dessen Leidenschaften und Freuden die Hetären mehr Ansprüche hatten, als die Matronen.

Plato und Xenophon bezeugen es, daß Sokrates mit Aspasia umgegangen ist; auch wird ihr ein Gedicht an Sokrates, über seine Neigung zum Alcibiades, zugeschrieben[2]. Aber, könnte man denken, dies war wohl nur eine Ausnahme; Aspasia erhielt durch ihre Freundschaft mit dem mächtigen Perikles ein öffentliches Ansehn, ja sogar einen Einfluß in die Staatsgeschäfte, welcher dem der Mätressen in neuern Monarchien nicht ganz unähnlich ist. – Es findet sich aber noch ein andres Beispiel, welches diese Auslegung nicht zuläßt. Als man mit Sokrates einmal von «der *Theodote*» sprach, «einer schönen Frau, die mit ihrer Gunst freigebig, und deren Schönheit unbeschreiblich sei; die Maler drängten sich herbei, um sie zu zeichnen, deren Augen sie ihre Reize vergönne»; so besuchte er sie mit seinen jungen Freunden, indem er sagte: «das Unbeschreibliche könne man ja aus Beschreibungen nicht kennenlernen[3].» – Und überhaupt zu Athen, wo das öffentliche Urteil gleich weit von geistloser Steifheit, und von gesetzloser Gleichgültigkeit entfernt, wo nur das Schlechte unanständig war, wo es keine eigentlichen *Vorurteile*, welche bei Barbaren die Stelle des sittlichen Gefühls vertreten, gab; da durfte der Weiseste seines Zeitalters wohl mit einer leichtsinnigen Priesterin der Freude Gespräche wechseln.

Wäre aber *Diotima* eine Hetäre, so wäre es schon sonderbar, daß ihr Namen in keinem von den ziemlich weitläuffigen Hetärenverzeichnissen zu finden ist, daß Plato von einer Buhlerin, die so unbedeutend war, daß kein Anekdotensammler, kein Litterator von ihr wußte, so viel Wesens macht. Vollends unmöglich konnte sie aber von der Liebe dann *so* reden, Plato sie so reden lassen. Lais zum Beispiel, welcher Diogenes «den Preis der Griechischen Unzucht» zuerkannte[1], – und das Urteil «des weisen Hundes, der mit männlichem Sinn sein nacktes Leben ausarbeitete», gilt

---

[1] Man s. des Verf. Aufsatz Vom ästhetischen Werte der Griechischen Komödie: 1794 Dezemb. Nr. 3, vorzüglich S. 503, f. 12.

[2] Athen. V, p. 219.

[3] Xenoph. Memor. III, p. 618 Leuncl.

[4] Schol. ad Aristoph. Plut. v. 179.

hier nicht wenig – Lais, «die ihre allerverbreitete Gunst nach dem Gewinn ordnete[1],» konnte vielleicht alle Einzelnen lieben, aber vermutlich nicht bloß um der Gattung willen: wahrscheinlich blieb die unterste Stufe Diotimens *ihr* höchstes Ziel. Die Schönheit der einzelnen Gestalten nämlich ist, nach der Lehre der Seherin, die unterste Stufe auf der Leiter zum Ziele der Liebeskunst, dem unvergänglichen und allgemeingültigen Schönen, in dessen Genuß das Leben erst Leben genannt zu werden verdient. Der Strom ihrer Rede ergießt sich mit der heiligen Wut, die keine Venus Hetäre gewähren kann, mit welcher der Gott der Seher und Künstler allein seine liebsten Günstlinge erfüllt. – Auch war ihr Leben, nach dem Zeugnis des Platonischen Sokrates, dem Gotte der Harmonie geweiht: sie war die Priesterin des unsterblichen Sehers, und verkündigte huldreich den Sterblichen, was der göttliche Jüngling ihrer reinen Seele vertraute. Mit diesem heiligen Amt war keine Hetäre bekleidet, diese heilige Kunst Apollos übte keine Sklavin! Man wird Beispiele finden, daß Seher herumreisende Fremde waren, aber keines, daß sie Sklaven waren. Nichts widerspricht den Griechischen Sitten so sehr. Die kleinste heilige Handlung war bei den Griechen öffentlich und bürgerlich, schon ein gottesdienstliches Fest war ein bürgerliches Vorrecht. Die Hetären waren von den eignen Festen der Bürgerinnen ausdrücklich ausgeschlossen. Es wird als eine Sonderbarkeit bemerkt, daß zu Korinth, wo tausend der reizendsten dieser Mädchen den Tempel der Venus schmückten[2], nach einer alten Sitte, wenn der Venus ein großes Fest gefeiert ward, die Hetären Teil an demselben nahmen[3]; die aber dennoch von den Bürgerinnen abgesondert gewesen zu sein scheinen, und außerdem ihre eignen Aphrodisia hatten[4]. – Überhaupt vergißt man es oft, oder bezweifelt es wohl gar, daß die Hetären fast nie Freie waren. Die Mädchen wenigstens, welche Solon *kaufte*, oder deren eine bestimmte Anzahl der Göttin zu *weihen* Korinthische

---

[1] Anthol. Graec. cur. Jacobs, II, p. 29.
[2] Strab. libr. VIII, p. 580, seqq. ed. Casaub. Amst. 1707 fol.
[3] Athen. libr. XIII, p. 573, fin.
[4] Athen. ibid. p. 574.

Bürger nicht selten das Gelübde taten[1], waren doch nicht frei? Zu Athen verlor jede freie Person, welche ihre Reize verkaufte, die Bürgerrechte, und der Kuppler ward am Leben gestraft; ja durch den Ehebruch verloren die Frauen das Recht, an den Festen der Bürgerinnen Teil zu nehmen.

Diotima ist also keine Hetäre. Entweder steht sie unerklärlich und einzeln in der Griechischen Geschichte; oder es gab, wider die gewöhnliche Meinung, noch außer den Hetären, eine andre Klasse von Griechischen Frauen, in welcher die Bildung möglich war, welche ihr Gespräch voraussetzt.

Da *Proklus*, ein später aber nicht unbelesener Schriftsteller, in seinem Kommentare zu der REPUBLIK des Plato, über dessen Lehre von der weiblichen Erziehung redet, sagt er: der Satz, daß die Vollkommenheit (Bestimmung) beider Geschlechter nur eine sei, habe den Platonischen Sokrates bewogen, für beide Geschlechter gleiche Erziehung zu bestimmen; die Veranlassung dazu habe ihm aber die Erfahrung gegeben. Hier beruft er sich auf das Leben der *Pythagoreischen Frauen*, und nennt unter denselben, neben der Theano und Mycha, auch die *Diotima*[2]. – Aber durch diese Erklärung ist unsre Frage, scheint es, nur allgemeiner und verwickelter geworden: denn die Nachrichten von Pythagoras und seinen Orgien sind zwar zahlreich, aber ebenso unsicher als unbestimmt. So sind auch die Nachrichten von diesen Pythagorischen Frauen, über welche der Attische Philochorus geschrieben hatte, teils sehr unbestimmt, teils haben sie sehr späte Gewährsmänner. Notorisch ist es, daß unter den Freunden und Nachfolgern Pythagoras' nicht nur Männer, sondern auch Frauen sehr berühmt wurden, deren Jamblichus siebzehn nennt[3]. Seiner Tochter Damo soll er seine Schriften hinterlassen haben. «Der Raserei, die ihn an die Theano» – eine Philosophin, welcher man Gedichte zuschrieb[4] – «fesselte», erwähnt der

---

[1] Wie der Xenophon, an dessen der Göttin gelobte und geweihte Hetären Pindar einen Gesang dichtete, von dem noch ein Bruchstück vorhanden ist. Athen., p. 574.

[2] Proclus in Polit. Platonis, p. 420, lin. 9, seqq. ed. Basil. 1534 fol.

[3] Cap. ult.

[4] Clem. Alex. Strom. I, p. 133.

Dichter Hermesianax in der merkwürdigen Elegie[1], deren historischer Teil jedoch nicht ohne dichterische Freiheit oder Nachlässigkeit ist. Einigen dieser Frauen wurden in sehr späten Zeiten wissenschaftliche Werke untergeschoben, aus denen sich Bruchstücke beim Stobäus finden. Von andern erzählt man oft bis zum Abenteuerlichen wunderbare Heldentaten, treffende Antworten, oder philosophische Sentenzen. – Die Prüfung des Einzelnen geht uns hier nichts an. Das Allgemeine aber, was alle jene Nachrichten übereinstimmend entweder ausdrücklich bestätigen oder stillschweigend voraussetzen, hat einen sehr glaubwürdigen und einsichtsvollen Zeugen für sich – den Dikäarchus[2]: daß nämlich Pythagoras auch eine Gesellschaft Frauen vereinigte, und daß nicht Männer allein, sondern auch Frauen seine Schüler waren. Er unterrichtete bei seiner Ankunft zu Kroton auch die Weiber[3]. Sie genossen also eine höhere Bildung, als sonst Griechische Frauen, ja sogar eine wissenschaftliche. Daraus scheint notwendig zu folgen, was andre Nachrichten stillschweigend voraussetzen: daß sie vom Umgange mit Männern nicht ausgeschlossen waren. Also schon ein Beispiel gegen die gewöhnliche Meinung! – Über ihre öffentlichen Verhältnisse, und ihre häusliche Lebensart, haben wir so wenig wie über die Gesetzgebung des Pythagoras überhaupt, bestimmte Nachrichten. Waren sie etwa nicht bloß in ihrer Erziehung, sondern auch in ihren Rechten und Pflichten, von den andern Griechischen Frauen verschieden?

Es springt in die Augen, daß dieser, wenngleich unbestimmte, Begriff mit unsrer Diotima sehr gut übereinstimmt. Er erklärt ihre wissenschaftliche Bildung, ihren philosophischen Geist. Das Amt der Seherin, ihre Sprache, die sich zwar ganz in reine Vernunft auflösen läßt, aber doch nicht ohne einige Ähnlichkeit mit der Sprache der Schwärmer ist, verträgt sich recht wohl mit der Eigentümlichkeit des Pythagorismus, wie er kurz vor oder zur Zeit Platos sein mochte. Auch davon, daß es um die Zeit des

[1] Athen. XIII, p. 599, A.
[2] Vit. Pythag. Porphyr. ed. Küst. p. 21, ex Dicaearcho.
[3] Jambl. cap. XI.

Sokrates und Plato noch Pythagoreische *Frauen* selbst in Griechenland geben mochte, findet sich eine Spur. Unter den vielen Komödien über die Pythagoreer, die auf der Attischen Bühne gegeben wurden, führt Athenäus ein Stück: PYTHAGORIZUSE von Kratinus an (ohne jedoch zu bemerken ob es der ältere, der Äschylus der alten Komödie, oder der jüngere Dichter gleiches Namens geschrieben habe); und eine Komödie mit derselben Benennung vom Alexis zitiert Diogenes.

Aber selbst Dikäarch ist ein später Zeuge; und da die Resultate der Untersuchung so unbestimmt sind, so kann es nicht überflüssig scheinen, ihnen durch Analogie eine doppelte sehr starke Bestätigung zu geben. Diese finden wir: 1) in den Meinungen der Philosophen, vorzüglich des Plato, über Weiblichkeit und weibliche Erziehung; 2) in den Lakonischen Sitten, dem *zweiten* Beispiele gegen die herrschende Vorstellung. – Man denke sich den Pythagorismus etwa als einen frühen noch rohen Versuch, die Sitten und den Staat den Ideen der reinen Vernunft gemäß einzurichten, Philosophie mit Dorischer Politik und Musik zu vereinigen, und dem überwiegenden Demokratismus zu widerstehn[1], nicht ohne Vorliebe für Ägyptische Kasten-Absonderung. Ein Versuch, welcher aus der dreifachen Ursache mißlang, weil erstlich der Hellenismus mit Ägyptischer Kasteneinrichtung, sodann der Dorismus mit Philosophie unvereinbar waren, und weil endlich der Strom des Demokratismus unaufhaltbar fortriß. Was ist demnach die politische Philosophie Platos, in welcher wir alle diese Züge wiederfinden, anders als die reife vollständige Ausbildung des Pythagorischen Keimes? In der Platonischen Politik werden wir also vielleict Erläuterungen und Bestätigungen der Pythagorischen finden.

Wenn sich irgend etwas aus der Geschichte des Pythagoras und seines Bundes als gewiß oder wahrscheinlich anneh-

[1] Nur Gesetzgebung und öffentliche Erziehung sichern gegen Oligarchie, und öffentliche Tugend ist die einzige Ägide der Demokratie gegen Ochlokratie und Tyrannei: drei Ungeheuer, welche damals Griechenland verheerten. Hätte doch Pythagoras den Demokratismus zu reinigen gesucht, statt sich umsonst zu bemühen, ihn zu vernichten!

men läßt; wenn es einen Leitfaden gibt, den Weg aus diesem Labyrinthe zu finden; so ist es dies: der Pythagorismus war ganz im *Dorischen Stil*, für Dorische Sitten, und für Dorische Staaten entworfen. Die wahrscheinlichsten Züge von den Sitten und dem Leben des Pythagoras und seiner Nachfolger verraten *milde Großheit*, dieses unverkennbare Merkmal des Dorischen Stils. Zu *Kroton* hatte er selbst seinen Sitz, hier stiftete er seinen Bund, hier war der Mittelpunkt der Gesellschaft. Die höchste Blüte der Gymnastik aber zu Kroton scheint auf Dorische Sitten, und die nach dem Zeugnis des Dikäarch aristokratische Verfassung der tausend Geronten[1] auf Dorischen Ursprung zu deuten. Dürfte man annehmen, daß diese, nach den Berichten Herodots und Strabos, Achäische Kolonie vielleicht durch eine spätere dorisiert worden sei, so würde sich auch der heftige Nationalhaß gegen Sybaris besser begreifen lassen. Sybaris war rein-Achäisch und demokratisch, wie die Verjagung der Reichen zur Zeit des Pythagoras bestätigt; und der König Telys bei Herodot[2] war (nach einem öfter von ihm gebrauchten Ausdruck) ein demagogischer Tyrann, dessen Herrschaft gestürzt und dessen Anhänger ermordet wurden[3]. Sybaris scheint der Gesellschaft des Pythagoras abgeneigt gewesen zu sein, wie der Krieg mit Kroton, während der Weltweise daselbst herrschte, und die Sage zu beweisen scheint, er sei zuerst bei Sybaris ans Land gestiegen, habe aber seinen Entschluß bald geändert[4]. Der andre Staat, wo der Pythagoreische Bund hauptsächlich blühte, *Tarent*, war eine Lakonische Kolonie; und ward erst spät, kurz nach dem Persischen Kriege, demokratisch[5]. – Da nun Dorische Sitten zu Sparta sich am reinsten erhielten, und die höchste Bildung und Blüte erreichten, da auch die Nachrichten hier wenigstens zahlreicher sind, so dürfen wir hoffen, auch in den Lakonischen Sitten Erläuterung für die Geschichte der Pythagoreischen Frauen zu finden.

Die verschiednen Systeme der Griechischen Philosophie,

[1] Ap. Jamblich. 15. Porphyr. 18.
[2] Terpsich. 44.
[3] Athen. XII, p. 521, fin. ex Heracl. Pont.
[4] Jamblich. 36.
[5] Aristot. Polit. libr. 5, cap. 3.

334

das rationale, das empirische, das skeptische, u. s. w. entstanden nicht auf einmal, sondern bildeten sich allmählich und zusammenhängend, indem der Philosoph, wie der Dichter oder der Bildner seinem Meister folgte, so das angefangne Werk seines Vorgängers vervollkommnete. Daher sind in der Lehre von der *weiblichen Bestimmung* und der *weiblichen Erziehung* die größten rationalen Moralisten und Politiker der Griechen so übereinstimmend. Daher hat vielleicht schon Pythagoras, der Vater der rationalen Moral und Politik unter den Griechen, den ersten Keim dazu erfunden, die ersten Umrisse entworfen, aus denen nachher die *Meinungen des Plato und der Stoiker* wurden. Nicht nur Plato verwarf in seinem Entwurfe eines vollkommenen Staates die Ehe, und forderte Gemeinschaft der Weiber wie der Güter; sondern auch Diogenes der Zyniker, Zeno und Chrysippus, die Fürsten der Stoa, waren dieser Meinung[1]: die, weil sie unsre Eigentümlichkeit beleidigt, uns vernunftwidrig zu sein scheint. Es ist aber leichter, sie zu verspotten oder geringzuschätzen, als ihren großen Sinn zu verstehen: die Forderung nämlich, daß die Weiblichkeit wie die Männlichkeit der höhern Menschlichkeit untergeordnet sein soll; die erhabne Lehre, daß vollständige Gemeinschaft das Wesen des Staats ist, deren erste Bedingungen nur Gesetzmäßigkeit und Freiheit sind. Was aber widerspricht ihr so schneidend, als die Absonderung der Ehe und des Eigentums? Doch dies gehört für die Zeit, «wo die Weisen herrschen, oder die Herrscher Weise sein werden»; ich erwähne es nur, weil es nicht ohne Verbindung mit den Meinungen Platos und der Stoiker über weibliche Bestimmung und weibliche Erziehung ist, welche die Nachrichten von den Pythagoreischen Frauen erläutern und bestätigen können. Zwar war noch eine Verschiedenheit zwischen der Lehre des Plato und der Stoiker[2], die aber für unsern Zweck gleichgültig ist. Genug, beide behaupteten, die Bestimmung des männlichen und weiblichen Geschlechtes sei nur eine; der Stoiker Kleanthes schrieb ein eignes Werk darüber, daß männliche und weibliche Vollkommenheit nur eine und

---

[1] Diog. Laert. libr. 7, cap. 7, § 65.
[2] Proclus in Polit. Plat. p. 416.

dieselbe seien[1]. Plato fordert in seinem Entwurfe eines Griechischen Freistaates, daß die öffentliche Erziehung sich auf die Frauen erstrecke; sie sollen an Gymnastik und Musik, an den öffentlichen Gesellschaften, kurz an der Bildung, an den Pflichten, aber auch an den Rechten der Männer Teil nehmen. Die Griechische Geschichte hat die Rechtmäßigkeit dieser Forderung vollkommen bestätigt, und die gesetzgebende Weisheit Platos gerechtfertigt. Die Vernunft sagt uns, daß ein Staat, in welchem die Gesetzmäßigkeit nur auf Kosten der Freiheit erreicht wird, sehr unvollkommen sei; und die Erfahrung lehrt uns, daß ein Staat, wo die öffentliche Erziehung sich nicht so weit verbreitet als die Freiheit, entarten muß. – Die Peripatetiker waren der entgegengesetzten Meinung[2]. Aristoteles tadelt nicht nur die Platonischen Grundsätze und die Lakonischen Sitten in dieser Rücksicht, sondern er kann sich auch über den geringern Wert und die geringere Fähigkeit der Weiber nicht hart genug ausdrücken[3]. Eine ähnliche Stelle beim Lukrez[4] ist doch vielleicht nicht hinreichend, um vermuten zu dürfen, daß Epikur in diesem Stücke wie Aristoteles dachte, welches sonst nicht unwahrscheinlich ist.

Mit den Meinungen Platos, der die Spartanischen Sitten in diesem Stücke nur insofern tadelte, weil sie auf halbem Wege stehen blieben, und mit dem Versuche des Pythagoras stimmen die Sitten der *Lakonischen Frauen* sehr gut überein. Die Mädchen hatten Teil an der öffentlichen Erziehung[5], an der Gymnastik und Musik, welche den Umfang auch der männlichen Bildung in Sparta erschöpften. Die Frauen entsagten zwar den gymnastischen Übungen, führten die Aufsicht über die häuslichen Geschäfte (ohne jedoch mit weiblichen Arbeiten sich so sehr zu beschäftigen, wie etwa die Attischen Frauen), nahmen keinen Anteil an den bürgerlichen Gastmahlen, aber doch an der Gesellschaft der Männer, und genossen auch die öffentliche Achtung in sehr hohem Grade. – Die Spartanische Sitten-

---

[1] Diog. Laert. libr. 7, cap. 7, § 6.
[2] Procl. ibid.
[3] Arist. Poët. cap. 15; hist. animal. libr. 9, cap. I.
[4] Lucret. V, 1354, s.
[5] Plat. de leg. VII, p. 357.

geschichte konnte aus bekannten Ursachen sehr leicht verfälscht werden, welches frühe geschah, indem schon ältere
Philosophen durch ihre Vorliebe für Dorische Gesetzmäßigkeit und Dorische Kraft den spätern Deklamatoren
Anlaß dazu gaben. Wer also alle Geschichten Plutarchs
vom Heldenmute der Spartanerinnen unbedingt annehmen
wollte, der würde nur beweisen, daß er besser glauben als
prüfen könne; wer alle unbedingt verwerfen wollte, daß er
nicht zu unterscheiden wisse. Auch lassen sich nicht selten
ohne Sehergabe, die alten ächten Erzählungen von den spätern Schulübungen, bei diesem Schriftsteller unterscheiden,
welche letztern nach Art der ältern erfunden wurden: wie
z. B. die älteste einfache Sinnschrift auf eine Lakonische
Mutter, die ihren flüchtigen Sohn umbrachte, von den beiden spätern[1]. Worin alle Nachrichten mit den ältesten und
besten übereinstimmen, das läßt sich vielleicht als wahrscheinlich voraussetzen: daß die Lakonischen Frauen zu
der Zeit, da die Sitten noch nicht entartet waren, von hoher
Vaterlandsliebe beseelt, und sogar fähig waren, derselben
die Muttergefühle aufzuopfern. So einzig dies in der Geschichte bleibt, so ist es dennoch nicht unwahrscheinlich.
Denn zu Sparta ward überhaupt die Natur dem Gesetz und
der Liebe aufgeopfert. Kein Trieb ist so mächtig als falsche
Scham; daher kann man als die höchste Blüte der Dorischen Tugend den Augenblick ansehen, wo die Spartaner
in reiner heiliger Begeisterung die Kleidung und niedrige
Scham von sich warfen und nackend ihre Kampfspiele feierten[2]. In diesem großen Augenblick, wo sie auf dem Altar
der Liebe dem Gesetz die letzte Schwäche der Natur zum
Opfer brachten, entfaltete sich die Knospe ihres Staates zur
vollen Blume: es war ihre Schlacht bei Salamis. Anfänglich
schien diese öffentliche Nacktheit der Männer selbst den
Griechen, wie den Barbaren jederzeit, unanständig und lächerlich, bis die Vernunft siegte[3]. Barbaren und Jonier hielten die Männerliebe für schändlich, die sie nur als Laster
kannten[4]; andre Dorier verwechselten das Schöne mit dem

[1] Plutarch. Apophth. Lacon. init. et Brunkii Analecta, II, p. 115.
[2] Thucyd. I, 6. edit. Bip. vol. I, p. II.
[3] Plat. Rep. V, vol. VII, p. 9.
[4] Sympos. Plat. p. 186.

Reizenden, und es schien schlechthin erlaubt, den Lieben-
den Gunst zu gewähren. So strebte man zu Elis nur nach
Vereinigung, und die Böozier genossen bloß die Blüte der
Jugend[1]; die Lazedämonier aber unterschieden den himmli-
chen Amor von dem irdischen, die Seele ihrer Liebe war
Tugend und Bildung.

Die gymnastischen Übungen der Mädchen, mit leichter
oder ohne alle Bekleidung, widersprachen zwar den Jonischen und Barbarischen Sitten; aber der Gesundheit und
Gestalt waren sie wohl nicht nachteilig: denn die Schönheit, Gesundheit und große Bildung der Lakonischen Frau-
en ist bekannt. In spätern Zeiten hingegen konnten sie die
ohnehin eingerißne Sittenlosigkeit vielleicht verdoppeln.
Der Römische Kallimachus[2] beneidet Sparta um die günstige Gelegenheit, die zwanglose Freiheit, welche die gymnischen Spiele der Mädchen den Liebenden gewährten, und
wünscht Rom ähnliche Sitten. Es ist nämlich bekannt, daß
die Lakonischen Frauen, nachdem ihre Sitten entartet waren, an Ausschweifungen, Herrschsucht und Habsucht alle
andre Griechinnen übertrafen, und die größere Kraft ihrer
Laster erinnert an die Hoheit ihrer Tugend. Aristoteles hat
ein kräftiges Gemälde davon entworfen[3], welches in seinem
Zeitalter vermutlich sehr treu war. Hatte er aber die Absicht unbedingt zu tadeln, und vermischte er die Zeiten, so
läßt er sich eher entschuldigen als rechtfertigen. – Nachdem die Eigenheiten der Griechischen Stämme sich ver-
wischten, nachdem die Blüte Dorischer Tugend verwelkte
(welches schon im Peloponnesischen Kriege geschah), ging
auch bald die bestimmte Kenntnis davon verloren. Da
konnte man von der Dorischen Tugend überhaupt sagen,
was schon Eupolis von den Dorischen Gesängen des The-
banischen Adlers sagte: «Sie sind *verstummt*, durch die Ge-
fühllosigkeit des Haufens[4].» War sie auch kurz, so gab es
doch eine Zeit, wo man behaupten konnte, daß Lakonische
Frauen männliche Kraft und Selbständigkeit, Lakonische

---

[1] Sympos. Plat. p. 185. Xenoph. rep. Lac. p. 536. Leunclav.
[2] Propert. Eleg. III, 12.
[3] Arist. Polit. libr. II, cap. 9.
[4] Athen. libr. I, p. 3.

Jünglinge aber weibliche Bescheidenheit, Schamhaftigkeit und Sanftmut besaßen[1].

Aber mußten nicht diese männlichen Übungen der Spartanischen Mädchen, wie die wissenschaftliche Bildung der Pythagoreischen Frauen, die Weiblichkeit vertilgen? Sie scheinen uns so vernunftwidrig, wie die Behauptungen Platos, und beleidigen unsre ganze Eigentümlichkeit. Ihre *Rechtfertigung* ist diese. Manche Eigenheit jener Sitten und Meinungen findet ihre Entschuldigung in der frühern Stufe der Wissenschaft; manche andre, ihre völlige Rechtfertigung in der Natur der Griechischen Freistaaten. Trennen wir aber das Wesentliche vom Zufälligen, so ist der Grundsatz unwiderleglich: die Weiblichkeit soll wie die Männlichkeit zur höhern Menschlichkeit gereinigt werden; und der Versuch, wenn er gleich mißlang, bleibt immer ruhmwürdig, in den Sitten und im Staate das zu erreichen, was die Idealkunst der Attischen Tragödie wirklich erreicht hat: das Geschlecht, ohne es zu vertilgen, dennoch der Gattung unterzuordnen. Die Richtung der Griechischen Sitten ging auf das Notwendige; der unsrigen, auf das Zufällige und Einzelne. Was ist häßlicher als die überladne Weiblichkeit, was ist ekelhafter als die übertriebne Männlichkeit, die in unsern Sitten, in unsern Meinungen, ja auch in unsrer bessern Kunst, herrscht? – Ja sogar auf künstlerische Darstellungen, welche *idealisch* sein sollen, auf Versuche, den Begriff der Weiblichkeit rein zu entwickeln, äußert diese verderbliche Denkart ihren Einfluß. Man betrachtet die Bestandteile der reinen Weiblichkeit oder Männlichkeit als notwendige Eigenschaften, die die Freiheit des Gemüts vernichten würden. Sie sind aber nur Lockungen oder Erleichterungen der Natur; und sie zu lenken, ohne sie zu zerstören, mit Schonung der Natur der Notwendigkeit gehorchen, ist das höchste Kunstwerk der Freiheit. Man nimmt zweitens in den Begriff der reinen Weiblichkeit – der vielleicht nur zwei Bestandteile: Innigkeit und Zartheit, wie der Begriff der Männlichkeit: Umfang und Bestimmtheit, hat – zu viel Merkmale auf, Merkmale die aus der Erfahrung geschöpft sind, und nur einer übertriebenen Weib-

[1] Xenoph. rep. Lac. p. 537.

lichkeit zukommen: *Beharrlichkeit* und *Einfachheit*, als einen Vorzug des Geschlechts. Man versteht darunter nichts anders als die absolute Charakterlosigkeit, die das Gesetz ihrer Sitten von einem fremden Wesen empfängt; und die von außen gegebne Einheit ist hier freilich vollendeter als die selbsttätige von innen mühsam erkämpfte Beharrlichkeit des Mannes. Aber eben der herrschsüchtige Ungestüm des Mannes, und die selbstlose Hingegebenheit des Weibes, ist schon übertrieben und häßlich. Nur selbständige Weiblichkeit, nur sanfte Männlichkeit, ist gut und schön.

Wider die gewöhnliche Meinung haben wir schon zwei Beispiele von Griechischen Frauen kennen lernen, welche von der Gesellschaft und der Bildung der Männer nicht ausgeschlossen waren. Es gibt deren noch zwei; noch zwei Klassen von mehr als andre gebildeten Griechischen Frauen. Die erste ist so bekannt, daß ich nur an sie zu erinnern brauche: die *Mazedonischen Fürstinnen*, vom Anbeginn des Griechischen Despotismus bis zur Zerstörung aller Griechisch-Asiatischen Reiche durch die Römer. Sehr häufig zwang diese Fürstinnen die Not, oder verführte sie die Herrschsucht, an den Streitigkeiten, den Verbrechen, den Geschäften, und also auch an der Bildung ihrer Männer, Brüder und Söhne, Teil zu nehmen, oder wohl gar über große Völker selbst zu herrschen. Nach dem Tode Alexanders des Großen, wurden Sieg und Macht ein Preis des Tapfersten, des Kühnsten, des Verschlagensten. Im steten Kampf der heftigsten Triebe, im Überfluß aller Mittel, konnte sich alles Große entwickeln, was mit Verbrechen bestehen kann. Denn oft war ungerechte Herrschaft auch der Preis des Schlechtesten. «Wer seine Eltern oder Kinder nicht ermordete,» sagt Plutarch, «dessen Pietät bewunderte man; der Brudermord war gleichsam als ein *königliches Postulat*, wie die Postulate des Geometers, als allgemeingültig und zur Sicherheit notwendig, von jedermann zugestanden[1].» Die glänzenden Verbrechen, die Seelengröße der *Olympias*, die hohe Bildung und der Geist der *Kleopatra*, sind allgemein bekannt. Andre Fürstinnen, die selbst im Mittel-

---

[1] Plutarch. Vit. Demetr. vol. V, p. 7. edit. Reisk.

punkt der Verderbtheit gut und einfach blieben, verdienten bekannter zu sein.

Die zweite Klasse begreift die *lyrischen Dichterinnen*, deren Griechenland nicht wenige und nicht unberühmte hatte. War es nicht ebensowohl Sappho und Erinna, wie Alcäus, die, in der Blütezeit der lyrischen Kunst, *Lesbos* zum schönsten Garten der Musik machten? Aber auch außer Lesbos, konnte *Korinna* Nebenbuhlerin, Freundin, Meisterin Pindars sein. Die schöne[1] Lesbische *Sappho* nennt Strabo ein Wunder, in der Poesie nähere sich ihr keine andre Frau auch nur von ferne. Von ihren Bruchstücken kann man sagen, wie Meleager von den lyrischen Blumen derselben, die er in seinen dichterischen Kranz flocht: «von der Sappho wenige nur, aber Rosen». Die dichterischen Beinamen eines «weiblichen Homerus», einer «sterblichen Muse», sind historische Wahrheit[2]. Sie liebte zärtliche Lust[3], und ward die Stifterin einer Schule des Schönen und der Kunst unter Lesbischen Mädchen; – die Verläumdung sagt, eine Schule der Sittenlosigkeit[4].

Was versteht man nicht alles unter *Bildung*? und Poesie allein scheint vielleicht manchem kein gültiger Anspruch dazu. Das macht, die Griechische Poesie und die Griechische Bildung sind ganz verschieden von der unsrigen. Ich erinnere hier nur, daß man von Griechischen Frauen keine andre als Griechische Bildung erwarten darf. Und was kann eher so heißen als Poesie der Griechen, die Schranken und das Ziel ihrer Laufbahn, der Keim aus dem der Baum ihrer ganzen Bildung entsprang, und die schönste Frucht mit der er sein Wachstum vollendete? Auch scheint es, die Dichterinnen gingen freier mit Männern um, als andre Griechische Frauen. Von der Sappho ist es unstreitig: außer der Liebeserklärung des Alcäus und ihrer Antwort[5], setzen es manche andre Bruchstücke und Nachrichten ausdrücklich oder stillschweigend voraus; der Geist ihres Lebens und ihrer Gesänge verrät es. Auf ihre Liebe

---

[1] Plat. Phaedr. tom. 10, p. 296.
[2] Anthol. Gr. ed. Jacobs, II, 25, 101.
[3] Athen. XV. p. 687, init.
[4] Suid. in Σαπφ. Ovid. Heroid. XV.
[5] Aristot. Rhetor. libr. I, cap. 9.

zum Phaon möchte ich nicht gewiß rechnen, weil ein alter Schriftsteller der Meinung war, es sei eine andre Sappho gewesen, die den Phaon liebte[1]. Obgleich ihre Gedichte sich in aller Hände befanden, und die Vorliebe für sie sehr groß war, so läßt es sich doch begreifen, wie solche Verwechslungen veranlaßt werden, und überhaupt die größten Unrichtigkeiten in ihre Geschichte sich einschleichen konnten. Die Komiker brachten sie nämlich nicht selten aufs Theater, und bedienten sich ihrer dichterischen Freiheit so sehr, daß Diphilus sogar[2] den kecken Archilochus und Hipponax, die Fürsten der Jambischen Poesie, zu ihren Liebhabern machte; und mit entgegengesetztem Anachronismus dichtet Hermesianax von ihrer Liebe zum Anakreon[3]. Auch von der Korinna ist Veranlassung da, vorauszusetzen daß sie mit Männern freier umging; und wahrscheinlich war es mit den übrigen Dichterinnen ebenso. Entweder verließen sie mit einer männlichen Kunst auch die Sitte und Lebensweise gemeiner Griechischen Frauen; oder es ist überhaupt nicht unwahrscheinlich, daß zu Lesbos, und vielleicht in einigen andern kleinen Äolischen oder Jonischen Freistaaten, die Frauen zwar nicht an der öffentlichen Erziehung Teil nahmen, wie zu Sparta, aber doch auch nicht durch Gesetzgebung vom öffentlichen Leben und vom männlichen Umgange ausgeschlossen waren[4], wie zu Athen: daher es mehr von der Willkür und Lage der Einzelnen abhing.

Die Lebensart der Künstlerinnen hat Mißverständnisse veranlaßt; und ich habe, ich weiß nicht mehr wo, sogar die

[1] Athen. libr. XIII, p. 596, D.
[2] Id. ibid. p. 599, A.
[3] Außer dem Antiphanes und Diphilus, schrieben auch Ephippus und Timokles eine Komödie: SAPPHO (höchstwahrscheinlich die Dichterin, wie auch in dem Lustspiele gleichen Namens der beiden erstern), und Plato einen PHAON.
[4] Ein neuerer Französischer Reisender fand auf Lesbos die Frauen fast im ausschließenden Besitz des Geschäftslebens, und die allgemeine Sage, daß dies seit undenklichen Zeiten Sitte gewesen sei. Die Göttingischen Gelehrten Anzeigen gaben ungefähr vor einem Jahre von dieser Reisebeschreibung Nachricht; ich bin aber itzt nicht im Stande genauer die Stelle nachzuweisen.

Sappho als *Hetäre* angeführt gefunden. Allein die Griechischen Dichter waren ehrwürdige Lehrer eines freien Volkes, und nach dessen Glauben geweihte Lieblinge der Götter; die heilige Musik war ein Vorrecht der Freien. Selten werden die Fälle sein, daß Sklaven oder Hetären die Kunst übten; wenigstens läßt sich als ausgemacht festsetzen, daß diejenigen, welche an öffentlichen Musenspielen Teil nahmen, beides nicht sein konnten. Sappho war aus einer (wie es scheint, wohlhabenden) Kaufmannsfamilie: ihr Bruder Charaxus handelte zu Naukratis mit Wein; und darüber, daß er eine sehr schöne Hetäre, welche er liebte, frei kaufte, scherzte und spottete vielmehr die Schwester in manchem Gedicht[1], als daß sie selbst eine Hetäre gewesen wäre und auf einen Befreier gehofft hätte.

Das Beispiel der Sappho und der Griechischen Dichterinnen widerspricht der Meinung, die *Rousseau* mit so mächtiger Beredsamkeit vorgetragen hat, daß die Weiber der ächten *Begeistrung* und hoher Kunst ganz unfähig seien. Eine Meinung, die aus Vernunftgründen nicht bewiesen werden kann, und welche die Erfahrung nicht begünstigt; zu geschweigen, daß eine unvollständige Erfahrung keinen vollständigen Beweis geben kann. – Auffallend ist, daß bei so vielen, so berühmten Künstlerinnen in Musik und Lyrik, keine Griechische Frau in der dramatischen oder der bildenden Kunst bekannt geworden ist. Man hat es vielleicht übersehen, daß es, wie zwei Arten der Kunst, so auch zwei spezifisch verschiedene Arten der Begeisterung gibt: die *dramatische* und die *lyrische*. Man hat den Wink Platos nicht beachtet, der im JON die Eigentümlichkeiten der *plastischen* und der *musikalischen* Begeisterung scharf und zart bestimmt. Die musikalische ist mit der lyrischen eins; und wenn man von der vollständigen dramatischen, welche freilich auch die lyrische umfaßt, diese letztere trennt, so bleibt die plastische übrig. Vielleicht hat die Natur den Weibern den Umfang und die Bestimmtheit, welche die dramatische erfordert, zwar nicht versagt – eine Macht, welche ihr über das freie Gemüt nicht zusteht, – aber doch

[1] Herodot. Euterp. cap. 134, 135. Strab. XVII, p. 1161, fin. Anthol. Gr. II, 52.

unendlich erschwert. Dagegen stimmt die Natur der lyrischen Begeistrung mit dem Begriff der reinen Weiblichkeit so ganz überein, daß man sie auch die *weibliche* Begeisterung, wie die dramatische die *männliche*, nennen könnte. – Vielleicht hat man aus einer ähnlichen Verwechslung den Weibern allen philosophischen Geist abgesprochen, weil ihnen der systematische Geist fehlt, der doch nur ein Teil von jenem ist. Aber die Gabe, die zartesten Laute der Natur innig vernehmen und rein mitteilen zu können, ist doch, wo es auf Kenntnis des Gemüts und der Sitten ankommt, von unschätzbarem Wert; und wer mag sie den Weibern absprechen? – Solange das einzig-wahre System nicht entdeckt war, oder solange es nur noch unvollkommen dargestellt ist, bleibt das systematische Verfahren mehr oder weniger trennend und isolierend; das systemlose lyrische Philosophieren zerstört wenigstens das Ganze der Wahrheit nicht so sehr. Im dunklen Gefühl des Richtigen übertreffen vielleicht Frauen, die unverdorben und zum Guten und Schönen gebildet sind, viele Männer. Und vielleicht wird ein Mann, je vollendeter sein System ist, um desto weniger den Wert der *lyrischen Philosopheme der Diotima* verkennen.

So viele Ausnahmen leidet also die gewöhnliche Meinung, daß nur sittenlose Frauen bei den Griechen an höherer Bildung und an männlichem Umgange Teil gehabt hätten. – Aber war nicht dennoch in einigen oder wohl gar in den meisten Griechischen Freistaaten, wenngleich nicht in allen, schlechte Erziehung, ungerechte Unterdrückung, rohe Verachtung, das Los der Bürgerinnen? Und wenn die einmütigsten Zeugnisse, wenn Beweise aller Art, keinen Zweifel übrig zu lassen scheinen, daß dies zu *Athen* der Fall war, Athen aber der Gipfel der Griechischen Bildung und Geselligkeit war, was soll man von der Geselligkeit, dem Geschmack, der Liebe der Griechen überhaupt denken?

Einige, die von der Lage der *Attischen Frauen* ganz übertriebne und unbestimmte Begriffe hatten, und diese auf die Griechen überhaupt ausdehnten, haben es unternommen, die Griechen wider eine falsche Anklage aus falschen Gründen zu verteidigen; weil sie nämlich die Rechtfertigung der Attischen Sitten als Folie für ihre Satire auf die Sitten des

Jahrhunderts brauchen konnten. Es scheint ihnen ein Vorzug der Alten: daß die verführerische Anmut der Buhlerin, und die ernste Tätigkeit der Frau, die Würde der Mutter, bei denselben ganz getrennt war, daß die zwiefache Anlage, welche die Natur in das Herz des Weibes pflanzte, sich auch in zwei verschiedne Stände und Lebensarten schied. Auch ist es wahr, daß dadurch die seltsamen, bald empörenden bald lächerlichen, Mischungen unsrer Sitten vermieden wurden, wo sich oft die Neigungen einer Buhlerin und der Anstand einer Matrone, die Ansprüche der letztern und der Leichtsinn der erstern, beisammen finden. Allein, wie eine höhere Kunst bei uns das Ideal der Venus, der Juno und der Ceres verbinden, und *vollständige* Weiblichkeit in sich vereinigen kann, so konnte eine höhere Natur bei den Griechen dasselbe Ziel erreichen. – So wäre die Griechische Eigentümlichkeit vielleicht gegen die unsrige, aber nicht gegen die höhern Forderungen der Vernunft, gerechtfertigt. Und bei uns ist es jener höhern Kunst doch unbenommen und frei, nach vollständiger Weiblichkeit zu streben; wie läßt es sich aber rechtfertigen, daß die Bildung der höhern weiblichen Natur in dem *freien* Athen durch die *Gesetze* selbst gehemmt, und die trennende Bestimmtheit der Natur zur Zerstörung der Vollständigkeit gemißbraucht ward? ... Die eigentliche Meinung jener Schriftsteller scheint diese zu sein: Weiber können und sollen *nur nützlich* sein; macht die beklagenswerte Üppigkeit eines Volkes nun einmal *angenehme* Weiber unentbehrlich, so ists am besten, sie sind eines von beiden, jedes aber ganz. Das heißt mit andern Worten behaupten: die Weiber seien um der Männer willen da; das heißt, das Gute und Schöne von der weiblichen Bestimmung ausschließen, – worüber die Griechen ganz andrer Meinung waren.

Andre hingegen, und bei weitem die meisten, bleiben, bei ebenso unbestimmten und übertriebenen Begriffen von Attischen oder überhaupt von Griechischen Frauen, der Denkart des Jahrhunderts treu, und tadeln die Sitten der Griechen und diese selbst aufs heftigste. Es fehlte den Griechen, nach ihrer Meinung, wohl an Sinn für *weibliche* Anmut und Schönheit in Gestalt und Sitten, ihre gesellige Bildung war gegen die unsrige nur sehr roh, das Schöne vermochte ihr stumpfes Gemüt nicht zur Liebe zu reizen, oder sittenlose Üppigkeit, ungerechter Eigennutz, erstickten frühzeitig den zarten Keim. Viele welche dies nicht sagen, denken es doch. – Zum Beweise, daß die Griechen für weibliche Anmut und Schönheit nicht weniger empfänglich, zur Liebe nicht weniger reizbar waren als die Goten, berufe ich mich erstlich: auf die *Überbleibsel der bildenden Kunst,* weil doch hier der untrügliche Augenschein das Vorurteil vor gesunden Sinnen am leichtesten und schnellsten entwaffnet. Ist nicht der Kreis der idealischen Gestalten der weiblichen Göttinnen, wie ein voller Kranz, aus den schönsten Blüten der Weiblichkeit geflochten[1]? Auch die wenigen Überbleibsel der Griechischen bildenden Kunst beweisen nicht nur, daß, wie überhaupt, so auch in der Darstellung der weiblichen Gestalt, während der guten Zeit, das Reizende dem Schönen untergeordnet, und auch nach dem Verfall des Geschmacks, selbst in Werken mittelmäßiger Künstler nicht das Einzelne, sondern das Allgemeine dargestellt ward (mehr, als man oft von den besten neuern Künstlern aller Art, aus Zeitaltern, die man *goldene* nennt, sagen kann); sondern sie beweisen auch die feinste Gabe, die zartesten Eigentümlichkeiten der weiblichen Natur aufzufassen und mitzuteilen. Und bezeichnet die Griechische Sage, Dichtung, und Sprache, nicht das Wesen der Weiblichkeit und der Liebe, die Offenbarungen der Begeistrung und die Geschichte des Herzens so bestimmt und so zart, daß Griechische Eigentümlichkeit auch hier allgemeingültig ist? So daß auch in diesem Sinne *Grieche* immer noch, wie bei Isokrates[2], *Mensch im höhern Sinne* heißen kann[3].

---

[1] Ich beziehe mich auf die meisterhafte Charakteristik derselben, in der Abhandlung über männliche und weibliche Form, im 3ten Stück der Horen. (DIE HOREN, Bd. 1, St. 3, IV; Bd. 2, St. 4, II, Tübingen 1795. Der Verfasser ist Wilhelm von Humboldt.)

[2] Isocr. cur. Battie. Panegyr. p. 144, tom. I.

[3] Barbaren sind, nach dem Sinne des Strabo, Völker, in deren Masse die Natur über die Freiheit das Übergewicht hat (βια λογου κρειττων εστι). Griechen wären also Völker, in deren Masse die Freiheit über die Natur das Übergewicht hat. – Strab. lib. I, fin.; lib. IX, p. 615, B.

Ich berufe mich ferner auf die *dichterischen Kunstwerke*, auf die schöne Natur in Homers Darstellung weiblicher Sitten und Leidenschaften. Zwar ist die Seele seiner Darstellung, Natur und nicht Freiheit (Ideal), er stellt nicht das Allgemeine im Einzelnen dar, sondern erhebt das Einzelne zum Allgemeinen. Die Darstellungen der Weiblichkeit in Shakespeare und Goethe (bis jetzt den größten Meistern darin unter den Neuern), in deren Kunst bei aller Verschiedenheit dasselbe Prinzip herrscht wie in den Werken des Homerus, sind zwar unstreitig reichhaltiger für den Verstand, aber gewiß nicht schöner und zarter als einige des Jonischen Barden. – Die *Schönheit* der weiblichen Sitten und Leidenschaften in den Darstellungen des Sophokles aber, ist vollkommnes *Ideal,* dem sich bis jetzt kein neuerer Dichter auch nur von fern nähert. Denn was haben wir vom poetischen Ideal, wie überhaupt, so auch in Darstellung der Weiblichkeit, aufzuweisen, als Theorien die nicht fertig, und Versuche die mißglückt sind? Ich berufe mich auf die verführerischen Reize, auf die edle Anmut mancher weiblichen Charaktere im Terenz und im Plautus, auf den Xenophon, auf die Darstellung der Liebe in der bessern lyrischen Kunst, u. s. w. – Wer überdem den Griechen *hier* Reizbarkeit absprechen wollte, müßte sie ihnen durchgängig absprechen. In dem Charakter neuerer Völker findet sich wohl hier Bildung und Reizbarkeit, und dicht daneben eine sonderbare Stumpfheit und Unbildung oder Mißbildung; aber nur eine gänzliche Unkenntnis kann dies auf die Griechen übertragen. Ihre Bildung und ihr Geist war in durchgängiger Berührung, und ununterbrochnem Zusammenhang; ihre Geschichte ist ein lebendiger Stoff durch Eine Seele zu Einem Ganzen vereinigt. Ein *Maximum von Reizbarkeit* ist das Prinzip ihrer Bildung, der Geist ihrer Geschichte; nicht nur ihre Tugend und Größe, sondern auch ihre Schwächen und Laster entspringen aus einer äußersten Elastizität und Zartheit des Gemüts, die nicht nur unsern Glauben, sondern auch die Gränzen unsrer Einbildungskraft übersteigt, und doch der festeste Leitfaden des Griechischen Altertumsforschers ist, der sich ohne eine jener Griechischen ähnliche Reizbarkeit nie über das Gemeine erheben wird. – Könnte man nicht den Beweis gegen die Neuern umkehren? Wer für schöne Männlichkeit in Gestalt und Sitten kein Gefühl hat, dessen erheuchelte Huldigung für schöne Weiblichkeit ist verdächtig, und vielleicht nichts anders, als durch Kunst und Verfeinerung übertünchte Sinnlichkeit. Wer aber schöne Männlichkeit lebhaft und richtig fühlt, der hat überhaupt Geschmack und Reizbarkeit: denn das Schöne und Gute in beiden Geschlechtern ist nur ein und dasselbe.

Mehrere Ursachen äußern einen sehr nachteiligen Einfluß auf unsre Urteile über die Weiblichkeit, die Liebe, und die gesellige Bildung der Alten überhaupt. Erstlich vermischt man die rohe Einfalt der ältesten, die Sittenlosigkeit der spätern Zeit, die Verderbtheit der schlechtesten Menschen, mit der schönen Bildung der bessern Menschen in der guten Zeit. Dann wirft man Griechen und Römer untereinander. Auf die Römische Urbanität kann man anwenden, was Horaz von der Römischen Poesie sagt: «Es sind noch Spuren der ursprünglichen Rohigkeit übrig[1].» Dagegen ist die Attische Geselligkeit gegen die kräftige und erhabene Art der Römer beinahe *kleinstädtisch*. Wenn man die Freiheit von allen beschränkten Ansichten und kleinlichen Sitten im Umgange und in der Lebensart, *große Welt* nennen will, so haben die Römer eine Höhe derselben erreicht, der sich kein altes und kein neues Volk auch nur von fern genähert hat. Drittens vergißt man das Wesentliche, und hält sich an das Willkürliche und Unbedeutende, indem Jedem seine kleine Eigentümlichkeit unbedingtes Gesetz der menschlichen Natur zu sein scheint. Die größere Keckheit der Leidenschaften und ihrer Äußerungen in wärmern Ländern bei einem kräftigen Volk, ist zwar ebensowenig allgemeingültig wie Nordischer Seelenfrost, hat doch aber wenigstens gleiche Rechte. Die republikanische Offenheit und Entschiedenheit in den Sitten und im Umgange der Griechen und Römer hingegen ist ein offenbarer Vorzug. Vor allen Dingen muß aber, wer die alte Geschichte richtig fassen, ja wer den Menschen und das menschliche Leben überhaupt bestimmt und klar erkennen will, sein Gemüt von *falscher Scham* reinigen, die das Tier

[1] Manent vestigia ruris.

verzärtelt, um den Menschen zu ersticken. Sie ist der eigentliche Prüfstein, um Bildung und Mißbildung zu unterscheiden, ein untrüglicher Adelsbrief der Barbarei, das Kind heuchelnder Furcht, die Gesellin eines verkehrten Verstandes und verworfner Sitten. Ich bin zwar weit entfernt, die Grundsätze der Zyniker rechtfertigen zu wollen, oder die Höhe der Vorurteilslosigkeit eines *Krates* zu bewundern. Dieser Virtuose in der Schamlosigkeit kehrte durch Überkunst zur äußersten Natur zurück, indem er sich, wie zu Otaheiti die Unschuld, aus Grundsatz, öffentlich vermählte[1]. Das Gesetz soll die Natur im Menschen nicht zerstören, aber ordnen; und so soll auch die Scham nicht vertilgt werden, aber den Gesetzen des Verstandes und der Sitten gehorchen, etwa nach der Meinung des Plato, oder nach dem Beispiel der Dorier. Man darf sich wohl daran erinnern, weil der tierische Trieb von dieser Seite vorzüglich schwer zu bändigen ist, und weil viele zufällige Umstände die falsche Scham gegen die Höhe der Europäischen Bildung in Schutz nehmen. Daher mißkennt man die Griechen so oft; daher sind vielleicht manche Neuere ganz unfähig zu begreifen, daß es eine große, ja heilige, Handlung der Spartaner war, als sie die Kleidung und niedrige Scham von sich warfen, ihre gymnischen Spiele in nackter Schönheit und reiner Begeistrung feierten, und in stiller Besonnenheit am Ziele der Bürgerliebe ihre Tugend genossen.

Oder hatte die Unterdrückung der Griechischen Frauen etwa ihren Grund in alten Stammesgebräuchen, wie bei einigen nicht unedeln Völkern des Orients? Es ist wahr, daß solche Urgebräuche oft zur andern Natur werden, daß sie auch gegen die höchste Bildung der edelsten Völker Unsinn und Unrecht schützen, und die schönsten Blüten der Menschheit zerknicken können. Wer aber mit der ältesten Geschichte der Griechen bekannt ist, weiß wie begünstigt sie überhaupt in diesem Stücke von der Natur und dem Schicksal waren; denn ihr geringer Ursprung, der sich vom Gewöhnlichen nur durch wenige zarte, groben Augen ganz unsichtbare, Merkmale unterscheidet, enthält den vollständigen Keim ihrer allbewunderten höchsten Blüte: und in

[1] Diog. Laërt. lib. VI, cap. 7. Κυνογαμια (Hundehochzeit).

den Gedichten Homers findet sich noch keine Spur von dieser Unterdrückung, die also sehr neu sein mußte. Die Frauen nehmen Teil an den Gesellschaften der Männer, und werden mit Achtung behandelt; ganz das Gegenteil von Morgenländischer Einsperrung und deren Folgen. Ja sie nehmen Teil an der heroischen Bildung dieses Zeitalters der Ritter und Barden, wenngleich die Bildung der Männer vom Zeitalter mehr begünstigt wird als die der Frauen[1].

Die scheinbarste Erklärung wäre es, den Mangel von dem Überflusse, den Fehler von der Tugend der Griechen selbst herzuleiten, etwas auf ihren *Republikanismus,* das meiste aber auf ihre *Gymnastik* und *Musik* zu schieben; denn diese drei waren gleichsam die Blätter, die sich aus der zarten Knospe der Griechischen Bildung im Homer entwickelten, als diese sich zur vollendeten Blume der Freiheit entfaltete. Was der höchste Ruhm und der höchste Genuß der Griechischen Männer war, daran hatten die Frauen keinen Teil. – Sie enthält sehr viel Wahres, diese Erklärung, befriedigt indes nicht über alles, da sogar viele Griechische Frauen an der Gymnastik und Musik Teil nahmen; am wenigsten über die Abweichungen der *Attischen* Sitten. Ohne Zweifel war in allen alten Republiken der gesellige Umgang mit Weibern sehr verschieden von dem in alten und neuen Monarchien, und dadurch auch wenigstens die Außenseite, gleichsam die Zutaten, der Liebe. Allerdings würde es einer Frau, gewohnt an die Huldigungen der Sklaven oder Despoten, und nun plötzlich unter alte Republikaner versetzt, anfangs etwas herbe dünken; wäre sie aber edler Natur, so würde sie bald einsehen, daß sie eigentlich dort entweiht und verachtet ward, wo man sie zwar vergötterte, aber ohne sie um ihrer selbst willen zu achten – als Werkzeug

[1] Man s. «Lenz Geschichte der Weiber im heroischen Zeitalter» (Hannover 1790) eine kritische unter manchen unkritischen Arbeiten über die Geschichte des weiblichen Geschlechts bei den Alten. Barthélemy (Jean-Jacques Barthélemy: VOYAGE DU JEUNE ANARCHARSIS EN GRÈCE, 4 Bde., Paris 1788) ist darüber etwas kürzer als man wünschen möchte; und Pauw (Cornelius de Pauw: RECHERCHES PHILOSOPHIQUES SUR LES GRECS, 2 Bde., Berlin 1787; dt. Berlin 1789) ist fast in keinem Abschnitte seines übereilten Werkes so unendlich reich an Fehlern als in diesem.

schlaffer Wollust. Die Gymnastik vollends, die Frauen mochten nun Teil daran nehmen wie zu Sparta, oder nicht, mußte eine Revolution in der Lage und in den Sitten des weiblichen Geschlechts verursachen. Im letztern Falle, dem der meisten Griechischen Staaten, wo nicht aller außer Sparta, gewiß aber aller Jonischen, entfernte sie die Frauen von der Gesellschaft der Männer, welche nun ihren eigentlichen Sitz in den Gymnasien nahm; sie schwächte auch allmählich die Achtung derselben, und dadurch selbst ihren Wert, indem sie das weibliche Geschlecht von demjenigen ausschloß, was die höchste Blüte des männlichen Lebens und die erste Liebe des Jünglings war: schöne Spiele und freie Taten in männlicher Freundschaft.

Die Rechtfertigungen oder Erklärungen der Griechischen Sitten, welche ich bis jetzt anführte, setzen unbestimmte oder unrichtige Begriffe von dem voraus, was erklärt werden soll. Ich werde mich jetzt nur auf *Athen* einschränken, einen ganz allgemeinen aber doch bestimmteren Umriß der Tatsache entwerfen, und die Gründe derselben entwickeln. Haben wir nur erst hier, wo die Nachrichten doch am vollständigsten sind, Grund und Boden gewonnen; so kann bei der Untersuchung: inwiefern die Lage und die Sitten des weiblichen Geschlechts in andern Griechischen Staaten denen zu Athen und Sparta ähnlich waren? die Voraussetzung: daß die Jonischen sich dem ersten, die Dorischen dem letzten näherten, vielleicht zum Leitfaden dienen, die kleinen noch vorhandnen Bruchstücke zu einem Gemälde zu ordnen, dem es an einer schönen Einheit nicht fehlen würde. – Die abweichendsten Eigentümlichkeiten in der Lage und den Sitten der Attischen Frauen, sind diese: 1) Ihre Erziehung wurde, außer so viel Orchestik und Musik als etwa zu öffentlichen Festen unentbehrlich war, auf weibliche Handarbeiten eingeschränkt, worin ihr Fleiß und ihre Kunst gleich sehr bekannt sind. Jedoch waren sie auch Zuschauerinnen im Theater, dieser erhabenen Schule Attischer Bürger. 2) Sie wurden von dem öffentlichen Leben, von den Gesellschaften, ja vom Umgange der Männer, bis auf wenige Ausnahmen, ausgeschlossen. 3) die Urteile der Attischen Schriftsteller über das andre Geschlecht sind ungewöhnlich hart, und die Übereinstimmung ihrer Äußerungen verrät, daß diese öffentliches Urteil und Stimme des Volks waren.

Die *Gesetze* selbst, die Gesetze des freien Athen, des *gerechten* Solon, beförderten die Einschränkung der Frauen. Schon *Solon* beschränkte die öffentliche Erscheinung derselben durch ein Gesetz, dessen Buchstab seltsam klingt, aber das ächte Gepräge des Altertums hat. Es bestimmt die Zahl der Kleidungsstücke, das Maß der Gerätschaften, und den Wert der Eß- und Trinkwaren, welche eine Frau, wenn sie bei Tage ausging, mit sich führen und an sich tragen konnte; bei Nacht durfte sie nur zu Wagen und mit einer Fackel öffentlich erscheinen[1]. Ein Gesetz des Philippides belegte Weiber, welche auf den Straßen Unordnung erregten, mit einer Geldbuße von tausend Drachmen. Es gab eigne Obrigkeiten, die darüber und über andre Gegenstände der weiblichen Sitten die Aufsicht führten (Γυναικοκοσμος und Γυναικονομος). – Die Attischen Gesetze sind nicht willkürliche Einfälle, welche einem Volke wider sein Bedürfnis aufgezwungen werden; sie sind, besonders die Gesetze Solons, aus der innersten Natur der Sitten und der Lage geschöpft, und es ist daher eine Lust, ihren oft versteckten Sinn zu erforschen. Die Erklärung dieser Gesetze über die Weiber haben wir daher auch in der Geschichte aufzusuchen.

Beim ersten Blick scheint der einzige Zweck des Solonischen Gesetzes, gute Sitten zu befördern und unnützen Aufwand zu beschränken. Zwei Tatsachen beim Herodo-

---

[1] Plut. in Solon. p. 359, edit. Reisk. – Plutarch ist selten zuverlässig, oft nachlässig, und erinnert uns zuweilen an die etwas unhöflichen Bemerkungen der Alten über den Einfluß der Böotischen Luft auf das menschliche Gemüt. Aber die Quellen, aus denen er die Gesetze des Solon schöpfen konnte, waren die besten, und haben außerdem das höchste Gepräge der Ächtheit. Solons Gesetze wurden gleich geschrieben; die Attischen Redner führten sie häufig ganz an, und diese letztern waren damals noch in aller Händen; gründliche und genaue Schriftsteller, wie Aristoteles, kommentierten sie frühzeitig. Es fiel also beinahe die Möglichkeit einer Verfälschung weg, zu welcher es auch keine eigentliche Veranlassung, wie etwa bei Lykurgus, gab.

tus aber haben mich auf die Vermutung gebracht, daß sein Nebenzweck, und der Hauptzweck des spätern Gesetzes, die Erhaltung der öffentlichen Ruhe war; denn dieser konnte der ungestüme Freiheitssinn, welcher auch die Attischen Weiber beseelte, bei ihrer Leidenschaftlichkeit leicht gefährlich werden. – Schon in sehr alten Zeiten rotteten sich die Attischen Frauen zusammen, und brachten einen Unglücklichen um, der schuldig schien, weil er der einzige von einer fehlgeschlagenen Unternehmung gegen Ägina zurückkehrte, indem jede ihn fragte wo ihr Mann sei[1]. Als Lycidas im Persischen Kriege die Athener verführen wollte, Vorschlägen Gehör zu geben, welche auf den Verlust ihrer Freiheit abzweckten, so töteten sie den Verräter; als die Attischen Frauen zu Salamis Nachricht davon erhielten, brachen sie in sein Haus, und brachten sein Weib und seine Kinder um[2]. – Da die öffentliche Meinung ohne öffentliche Erziehung, Fakzion ist, und da die Frauen an dieser Erziehung, außer dem Drama, keinen Anteil hatten; so darf uns diese ochlokratische Weiberjustiz nicht befremden. Schon die Gewohnheit zahlreicher und unruhiger Versammlungen bei öffentlichen Frauenfesten konnte so leicht weiter um sich greifen und gefährlich werden. Man denke nur an Bakchantinnen, an die geheiligten Ausschweifungen bei Ceresfesten, am Adonisfeste, u. s. w. Dazu die *Attische Heftigkeit*! Man kann sich den Ungestüm der ältern Athener nicht brennend und hart genug vorstellen. Der erhabne Äschylus gibt davon ein treues Bild, welches durch einzelne Züge im Herodotus und Thucydides noch vollständiger wird. Man erinnre sich doch an die weibliche Heftigkeit in den DANAIDEN, den CHOEPHOREN, den SIEBEN HELDEN des Tragikers. Schon Solon mußte ein Gesetz geben, daß der Schmerz der Frauen bei dem Leichenzuge geliebter Toten nicht in selbstzerfleischende Wut ausarten möchte[3].

Eine neue Bestätigung meiner Meinung gibt *Aristophanes*. Der Inhalt zwei noch vorhandener Komödien ist ein Wei-

[1] Herodot. Terpsich. cap. 87.
[2] Herodot. Calliop. cap. 4, 5.
[3] Das Gesetz der zwölf Tafeln: Mulieres genas ne radunto, neve lessum funeris ergo habento; ist nach dem Zeugnisse des Cicero, Solonisch.

berauflauf, der so toll als lächerlich ist; der Inhalt einer dritten, ein öffentliches Weiberfest, wo es auch ziemlich lebendig zugeht. Die Namen einiger verlornen Komödien dieses und andrer Dichter lassen ähnlichen Inhalt vermuten. Wer glauben wollte, Weibernegotiationen, wie in der LYSISTRATA, oder ein Weiberstaat wie in den EKKLESIAZUSEN; sei ein buchstäblich treues Gemälde wirklicher Begebenheiten, dessen Urteilskraft stände zu bezweifeln; aber ohne alle Veranlassung in der Wirklichkeit waren gewiß diese Darstellungen der Komödie nicht, welche ihren Stoff vom öffentlichen Leben entlehnte, und nur nach den Bedürfnissen des komischen Ideals weiter ausbildete. Es ist nicht leicht, die reichhaltigste Quelle der Attischen Sittengeschichte zu gebrauchen, und die zarte Gränze des Wirklichen und Idealischen im Aristophanes mit Bestimmtheit und Sicherheit unterscheiden zu können: eine *Gränze,* um die man in allerlei neuen Schriften ganz unbekümmert ist, wo man mit beiden Händen ergreift, was zu der frechen Absicht, das heilige Athen zu lästern, nicht ganz untauglich scheint.

Jene Gesetze waren freilich nichts anders als Palliative, wie schon ihre Wiederholung beweist, konnten nichts anders sein; indes finden wir doch in spätern Zeiten keine Tatsache, wie die beim Herodotus. Die erwähnte Obrigkeit nämlich, «die weibliche Zensur ist,» wie Aristoteles sagt, «nur in Aristokratien; in Demokratien aber so wenig wie in Oligarchien anwendbar. Denn wie wollte in Demokratien der Zensor die Weiber zwingen, nicht öffentlich zu erscheinen[1]?» Ich verstehe dies nicht vom Ausgehen einzelner Weiber zu häuslichen Geschäften (es wäre ungereimt, dies zu verbieten, und ohnehin verrichteten es meistenteils männliche Sklaven), sondern von einem öffentlichen Erscheinen, welches entweder den guten Sitten oder der öffentlichen Ruhe gefährlich war[2]. Wie konnte der Zensor die arme Menge mit Geld strafen? (Daher das Gesetz des Philippides in vielen Fällen unanwendbar sein mochte.) Mit Leibesstrafe konnte er Freie nur wegen Verbrechen be-

---

[1] Aristot. Polit. lib. IV, cap. 15.
[2] Barthélemy tom. II, p. 99, hat also die Stelle des Aristoteles, wie das Gesetz des Solon, ein wenig mißverstanden (s. S. 106[1]).

legen, und Schande hatte er nicht zu verteilen; denn in einer Demokratie bestimmt die öffentliche Meinung, und nicht der Gesetzgeber, was Ehre und Schande bringen soll.

Durch die Entfernung der Frauen vom öffentlichen Leben, womit die Entfernung von der Gesellschaft der Männer unvermeidlich verknüpft war, wurde zwar die Ruhe des Ganzen gesichert, aber die Trennung in der Erziehung und in den Sitten der beiden Geschlechter noch mehr bestimmt und bestätigt. Das einzige Mittel, das Übel von Grund aus zu heben, wäre gewesen, die Frauen, wie zu Sparta, an der öffentlichen Erziehung Teil nehmen zu lassen, und dennoch die entgegengesetzten Fehler zu vermeiden. Dieses Mittel zu gebrauchen stand nicht in der Macht des Solon, weil es dem Geiste der Jonier widersprach. Er verzweifelte schon so gänzlich an den Sitten der Bürgerinnen, daß er es für notwendig hielt, die strengen Gesetze des Drako wider Ehebruch, Verführung und Verkupplung zu bestätigen. Man darf überhaupt nicht vergessen, daß es nicht die Aufgabe Solons war, willkürlich Gesetze zu erdenken, sondern nur die öffentliche Meinung zu ordnen und ihren besten Ausdruck zu finden, wenn man die *Solonische Gesetzgebung,* das höchste Kunstwerk der Gerechtigkeit, Weisheit und Schonung, worauf das ganze menschliche Geschlecht stolz sein darf, nicht verkennen will; und wenn sich finden sollte, daß seine Gesetze, wo es nur möglich war, der strengen Gerechtigkeit gemäß waren, daß er, wo dies nicht in seiner Macht stand, durch recht genialische Züge der schlausten Benutzung und der feinsten Schonung wenigstens das letzte Gleichgewicht zwischen den Gesetzen der Notdurft und der Vernunft zu erreichen wußte: so scheint dies vielleicht Einigen wenig gesagt, es dürfte aber mehr sein, als sich von den andern Gesetzgebungen rühmen läßt. – Scheinen jene Einrichtungen hart, so sorgte hingegen der Attische Staat dafür, daß die jungen Bürgerinnen in weiblichen Arbeiten unterrichtet würden, er beförderte die Ehen; die Töchter derer, welche sich ums Vaterland verdient gemacht hatten, wurden auf öffentliche Kosten erzogen oder ausgestattet; wer eine Frau beleidigte, den durfte jedermann verklagen; selbst die Unglücklichen, denen die Rechte der Bürgerinnen versagt waren, fanden wenigstens Duldung, u. s. w. Alles ganz im Geiste des gerechten und guten Athen, wo die *Gesetzesgleichheit* einheimisch war, wo auch der Sklave Rechte hatte, wo er, wie Demosthenes sagt, freier reden durfte als in andern Staaten der Bürger, wo auch *er* sich freuen durfte[1].

Welches die gesetzlichen Ursachen der Ehescheidung zu Athen waren, oder ob beiderseitiger und gar einseitiger Wille hinreichte, darüber wage ich nicht zu entscheiden; höchst wahrscheinlich ist es aber, daß die Attischen Gesetze auch in diesem Stücke ihrem eignen Geiste treu und gerechter als andre, und daß die Rechte des Mannes und der Frau gleich waren. Der Umstand, daß die Obrigkeit, durch die Vermittlung eines Vergleichs in Güte, und die persönliche Erscheinung der Frau vor Gericht, den Leichtsinn zu hemmen suchte; die Namen der Scheidung selbst[2], lassen etwas sehr Willkürliches vermuten. – Die sonderbaren Vorrechte jeder *Epikleros* (επικληρος) hatten einen politischen Grund, und können zum Beispiel dienen, wie viel tiefer Sinn auch in seltsamen Solonischen Gesetzen liegt. So hieß nämlich diejenige Bürgerin welche, in Ermangelung von Söhnen, das Vermögen ihres Vaters erbte. Die Obrigkeit verfügte über ihre Verheiratung, und sprach sie dem nächsten Verwandten zu, der jedoch in jeder Rücksicht zur Ehe fähig sein mußte, sonst dem nächsten nach diesem[3], ja, war sie zu der Zeit da sie erbte, schon verheiratet, so wurde die erste Ehe wieder getrennt. Eine solche Erbin genoß nun eine Menge Vorrechte, von denen die meisten die Absicht hatten, ihr ja Nachkommenschaft zu verschaffen; einige derselben waren aber von der Art, daß sie bald veralteten, und lächerlich wurden. Solon suchte nicht nur überhaupt die äußerst wichtige Einheit der kleinern Teile, aus welchen das Ganze des Staats zusammengesetzt war, durch Ehen in sich zu befestigen, welche sonst leicht der Kitt der

---

[1] Atque id ne vos miremini, homines servulos Potare, amare, atque ad coenam codicere. Licet hoc Athenis. – Plautus in Stich. act. III, scen. I.

[2] Αποπομπη, von seiten des Mannes; απολειψις, von seiten der Frau.

[3] Der, welchem sie zugesprochen ward, hieß επιδικαξομενος. (Etwas ähnliches fand sich in der Mosaischen Gesetzgebung.)

Faktionen werden konnten; sondern er hatte auch bei jenen sonderbaren Verfügungen einen Zweck, der mit dem großen Ziel seiner ganzen Gesetzgebung in der genausten Beziehung stand. Dieses Ziel war, die – wenn sie einmal eingerissen ist, überhaupt, besonders aber in Griechenland, schnell wachsende – Ungleichheit des Vermögens wenigstens so weit zu hemmen, daß die Erschütterungen, welche sie in Freistaaten nach sich ziehen muß, vermieden würden. Er suchte durch jene Gesetze die Vereinigung zweier Erbteile zu hindern, und wie Einzelne so auch Familien an Vermögen gleich zu erhalten. Die Verteilung der Abgaben zu Athen war ein solches Meisterstück der Gerechtigkeit und der Weisheit; die Sorge des Staats für diejenigen, welche sich um das Vaterland verdient gemacht hatten, oder doch ohne ihre Schuld seiner Hülfe bedurften, war so großmütig; die Gesetze waren so vortrefflich, daß es zu Athen keinen Bettler gab[1], unmäßiger Reichtum aber nur selten sein, und schwerlich lange dauern konnte. Die Ungleichheit des Vermögens war, wie überhaupt die Veranlassung des Griechischen ächten Demokratismus, so auch der Solonischen Gesetzgebung, durch welche die höchste Aufgabe jedes Griechischen Freistaates so glücklich, und, wenn man sich erinnert, daß Athen eine demokratische Handelsstadt war, kann man sagen, so bewunderungswürdig aufgelöset ist.

Bei der bisher entwickelten Sittengeschichte und Verfassung Athens, darf es uns also nicht befremden, in Attischen Schriftstellern Äußerungen über das weibliche Geschlecht zu finden, welche sie zwar mit Unrecht zu allgemein ausdehnen, die aber in dieser Stadt nicht ganz ohne Grund waren. Und doch redet nicht so wohl Geringschätzung als Mißtrauen, nicht Leidenschaft, sondern Vernunft aus ihnen; selbst der alberne, lächerliche Weiberhaß des Euripides verrät mehr die Erbitterung des beleidigten Teils, als den Übermut eines ungerechten Unterdrückers. – Erklärbar ist also auch in dieser Hinsicht der Vorzug, welchen die Griechen der Männerliebe gaben, und die Meinung, daß edlere oder himmlische Liebe nur zwischen Männern stattfindet[2].

---

[1] Isocr. Areopag. p. 263.
[2] Plat. Sympos. p. 184.

Solon selbst hatte den Lauf der Begebenheiten genutzt, und den ruhmwürdigen Versuch gewagt, Jonische Ausschweifung, die er nicht mehr ganz vertilgen konnte, zu Dorischer Liebe zu adeln. Er untersagte die Männerliebe, als ein Vorrecht der Freien, den Sklaven, suchte aber dagegen durch strenge Strafgesetze unnatürliche Ausschweifung zu hemmen. Wenigstens erreichte er so viel, daß man noch zu Platos Zeit sagen konnte: nur zu Athen und Sparta wisse man den himmlischen Amor von dem gemeinen zu unterscheiden[1].

Plato lebte in dem Zeitalter, wo Attische Sittenlosigkeit und Gesetzlosigkeit, in noch ungeschwächter Kraft, in noch ungehemmter Freiheit, nur desto üppiger ausschweifte; und er war noch nahe genug an der Zeit, wo die Dorische Tugend ihre höchste Blüte erreichte. Daher seine Vorliebe für Dorische Sitten, auch in Rücksicht der Frauen. Er hat mit wenigen Meisterzügen eine Frau verewigt, welche dieser Vorliebe entsprach, die sein zartes Gefühl und die hohen Ideen seiner Vernunft gleich sehr befriedigte: – *Diotima,* in welcher sich die Anmut einer Aspasia, die Seele einer Sappho, mit hoher Selbständigkeit vermählt, deren heiliges Gemüt ein Bild vollendeter Menschheit darstellt.

Pillnitz   *Friedrich Schlegel.*

[1] Plat. sympos. p. 186.

FRIEDRICH DANIEL SCHLEIERMACHER

Idee zu einem Katechismus der Vernunft für edle Frauen

Die zehn Gebote

1.

Du sollst keinen Geliebten haben neben ihm: aber du sollst Freundin sein können, ohne in das Kolorit der Liebe zu spielen und zu kokettieren oder anzubeten.

2.

Du sollst dir kein Ideal machen, weder eines Engels im Himmel, noch eines Helden aus einem Gedicht oder Roman, noch eines selbstgeträumten oder fantasierten; sondern du sollst einen Mann lieben, wie er ist. Denn sie, die Natur, deine Herrin, ist eine strenge Gottheit, welche die Schwärmerei der Mädchen heimsucht an den Frauen bis ins dritte und vierte Zeitalter ihrer Gefühle.

3.

Du sollst von den Heiligtümern der Liebe auch nicht das kleinste mißbrauchen: denn die wird ihr zartes Gefühl verlieren, die ihre Gunst entweiht und sich hingibt für Geschenke und Gaben oder um nur in Ruhe und Frieden Mutter zu werden.

4.

Merke auf den Sabbat deines Herzens, du du ihn feierst, und wenn sie dich halten, so mache dich frei oder gehe zugrunde.

5.

Ehre die Eigentümlichkeit und die Willkür deiner Kinder, auf daß es ihnen wohlgehe und sie kräftig leben auf Erden.

6.

Du sollst nicht absichtlich lebendig machen.

7.

Du sollst keine Ehe schließen, die gebrochen werden müßte.

8.

Du sollst nicht geliebt sein wollen, so du nicht liebst.

9.

Du sollst nicht falsch Zeugnis ablegen für die Männer. Du sollst ihre Barbarei nicht beschönigen mit Worten und Werken.

10.

Laß dich gelüsten nach der Männer Bildung, Kunst, Weisheit, und Ehre.

Der Glaube

1.

Ich glaube an die unendliche Menschheit, die da war, ehe sie die Hülle der Männlichkeit und der Weiblichkeit annahm.

2.

Ich glaube, daß ich nicht lebe, um zu gehorchen oder um mich zu zerstreuen, sondern um zu sein und zu werden; und ich glaube an die Macht des Willens und der Bildung, mich dem Unendlichen wieder zu nähern, mich aus den Fesseln der Mißbildung zu erlösen und mich von den Schranken des Geschlechts unabhängig zu machen.

3.

Ich glaube an Begeisterung und Tugend, an die Würde der Kunst und den Reiz der Wissenschaft, an Freundschaft der Männer und Liebe zum Vaterlande, an vergangene Größe und künftige Veredelung.

JOHANN GOTTLIEB FICHTE
aus: Grundriß des Familienrechts

Erster Abschnitt
Deduktion der Ehe

Anmerkung

Gerade so wie oben die Notwendigkeit der Existenz mehrerer vernünftiger Wesen neben einander, und die Beziehung derselben auf eine Sinnenwelt erst abgeleitet werden mußte, um für die Anwendung des Rechtsbegriffs einen Gegenstand zu haben; eben so müssen wir hier mit der Natur der Ehe uns erst bekannt machen, und das zwar durch eine Deduktion; um den Rechtsbegriff darauf mit Verstand anwenden zu können. Eben so wenig, als vernünftige sinnliche Wesen, und eine Sinnenwelt für sie, erst durch den Rechtsbegriff zu Stande kommen, eben so wenig kommt die Ehe erst durch ihn zu Stande. Die Ehe ist gar nicht bloß eine juridische Gesellschaft, wie etwa der Staat; sie ist eine natürliche und moralische Gesellschaft.

Die folgende Deduktion ist sonach nicht juridisch; aber sie ist in einer Rechtslehre notwendig, um eine Einsicht in die hinterher aufzustellenden juridischen Sätze zu erhalten.

§. 1.

Die Natur hat ihren Zweck der Fortpflanzung des Menschengeschlechts auf einen Naturtrieb in zwei besondern Geschlechtern gegründet, der nur um sein selbst willen da zu sein, und auf nichts auszugehen scheint, als auf seine eigene Befriedigung. Er ist selbst Zweck unserer Natur, ohnerachtet er nur Mittel ist für die Natur überhaupt. Indes die Menschen auf nichts ausgehen, als diesen Trieb zu befriedigen, wird durch die natürlichen Folgen dieser Befriedigung ohne weiteres Zutun des Menschen der Naturzweck erreicht.

Hinterher freilich kann der Mensch durch Erfahrung und Abstraktion lernen, daß dieses der Naturzweck sei, und durch sittliche Veredlung bei der Befriedigung des

Triebes sich diesen Zweck vorsetzen. Aber vor der Erfahrung vorher, und in seinem natürlichen Zustande, hat er diesen Zweck nicht, sondern die bloße Befriedigung des Triebes ist lezter Zweck; und so mußte es sein, wenn der Naturzweck sicher erreicht werden sollte. –

(Den Grund, warum die Natur zwei verschiedene Geschlechter absondern mußte, durch deren Vereinigung allein die Fortpflanzung der Gattung möglich sei, will ich hier nur kurz angeben; da diese Untersuchung nicht eigentlich hierher gehört. Die Bildung eines Wesens seiner Art ist die lezte Stufe der bildenden Kraft in der organischen Natur, und diese Kraft wirkt notwendig stets, wenn die Bedingungen ihrer Wirksamkeit gegeben sind. Wären sie nun immer gegeben, so würde in der Natur ein beständiges Übergehen in andere Gestalten, nie aber ein Bestehen derselben Gestalt, ein ewiges Werden, und niemals ein Sein Statt finden; und da nichts da wäre, das übergehen könnte, auch nicht einmal ein Übergehen möglich sein; ein undenkbarer, und in sich selbst widersprechender Gedanke. (Es ist derselbe Zustand, den ich oben [S. 24][1] den Streit des Seins und Nichtseins nannte.) So ist keine Natur möglich.

Sollte sie möglich sein, so mußte die Gattung noch eine andere organische Existenz haben, außer der als Gattung; doch aber auch als Gattung da sein, um sich fortpflanzen zu können. Dies war nur dadurch möglich, daß die die Gattung bildende Kraft verteilt, gleichsam in zwei absolut zusammen gehörende, und nur in ihrer Vereinigung ein sich fortpflanzendes Ganzes ausmachende Hälften zerrissen würde. In dieser Teilung bildet jene Kraft nur das Individuum. Die Individuen, vereinigt, und inwiefern sie vereinigt werden können, sind erst, und bilden erst die Gattung; denn *sein*, und *bilden* ist in der organischen Natur Eins. Das Individuum *besteht* lediglich als Tendenz, die Gattung zu bilden. So allein kam Ruhe und Stillstand der Kraft, und mit der Ruhe Gestalt in die organische Natur; und sie ward so erst Natur; darum geht dieses Gesez der Absonderung der zwei bildenden Geschlechter notwendig durch die ganze organische Natur.)

[1] Vgl. Akad. – Ausgabe I, 3, S. 343.

§. 2.

Die besondere Bestimmung dieser Natureinrichtung ist die, daß bei der Befriedigung des Triebes, oder Beförderung des Naturzwecks, was den eigentlichen Akt der Zeugung anbelangt, das eine Geschlecht sich nur tätig, das andere sich nur leidend verhalte.

(Auch von dieser nähern Bestimmung läßt sich der Grund angeben. Das System der gesamten Bedingungen zur Erzeugung eines Körpers der gleichen Art mußte irgend wo vollständig vereinigt sein, und einmal in Bewegung gesezt, seinen eigenen Gesetzen nach sich entwickeln. Das Geschlecht, in welchem es liegt, heißt durch die ganze Natur hindurch das *weibliche*. Nur das erste bewegende Princip konnte abgesondert werden; und mußte abgesondert werden, wenn bestehende Gestalt sein sollte. Das Geschlecht, in welchem es, von dem zu bildenden Stoffe abgesondert, sich erzeugt, heißt durch die ganze Natur hindurch das *männliche*.)

§. 3.

Der Charakter der Vernunft ist absolute Selbsttätigkeit: bloßes Leiden um des Leidens willen widerspricht der Vernunft und hebt sie gänzlich auf. Es ist sonach gar nicht gegen die Vernunft, daß das erste Geschlecht die Befriedigung seines Geschlechtstriebes als Zweck sich vorsetze, da er durch Tätigkeit befriedigt werden kann: aber es ist schlechthin gegen die Vernunft, daß das zweite die Befriedigung des seinigen sich als Zweck vorsetze, weil es sich dann ein bloßes Leiden zum Zwecke machen würde. Sonach ist das zweite Geschlecht entweder selbst der Anlage nach nicht vernünftig, welches der Voraussetzung widerspricht, daß sie Menschen sein sollen; oder diese Anlage kann zufolge seiner besondern Natur nicht entwickelt werden, welches sich selbst widerspricht, indem dann in der Natur eine Anlage angenommen wird, die in der Natur nicht angenommen wird; oder endlich es kann die Befriedigung seines Geschlechtstriebes sich nie zum Zwecke machen. Ein solcher Zweck und Vernünftigkeit heben sich gänzlich auf.

Nun aber gehört doch der Geschlechtstrieb dieses zweiten Geschlechts, und seine Äußerung und Befriedigung in den Plan der Natur. Es ist daher notwendig, daß dieser Trieb beim Weibe unter einer andern Gestalt, und, um neben der Vernünftigkeit bestehen zu können, selbst als Trieb zur Tätigkeit erscheine; und zwar, als charakteristischer Naturtrieb zu einer nur diesem Geschlechte zukommenden Tätigkeit.

Da auf diesem Satze die ganze folgende Theorie beruht, so will ich suchen, ihn in das gehörige Licht zu stellen, und möglichen Mißverständnissen desselben vorzubeugen.

1.) Es ist hier von *Natur*, und einem *Naturtriebe* die Rede, d. i. von etwas, welches das Weib, wenn nur die beiden Bedingungen desselben, Vernunft und Treiben des Geschlechts da sind, ohne alle *Anwendung ihrer Freiheit* und ganz sich selbst überlassen, in sich finden wird, als etwas gegebenes, ursprüngliches, und aus keiner ihrer vorhergehenden, freien Handlungen zu erklärendes. Es wird dadurch aber gar nicht die Möglichkeit geläugnet, daß nicht das Weib entweder unter ihre Natur herabsinken, oder durch Freiheit sich über sie erheben könne; welche Erhebung aber selbst nicht viel besser ist, als ein Herabsinken. *Unter* ihre Natur sinkt das Weib herab, wenn sie sich zur Vernunftlosigkeit erniedrigt. Dann kann der Geschlechtstrieb in seiner wahren Gestalt zum Bewußtsein kommen, und bedachter Zweck des Handelns werden. *Über* ihre Natur würden sich die Weiber erheben, wenn die Befriedigung des Geschlechtstriebes weder in seiner Roheit, noch in der Gestalt, die er in einer wohleingerichteten, weiblichen Seele annimmt, Zweck wäre; sondern als bloßes Mittel gedacht würde für einen andern durch Freiheit sich vorgesezten Zweck. Wenn dieser Zweck nicht ein ganz verwerflicher sein soll, (etwa der den Titel Frau, und die Aussicht auf ein sicheres Brod zu haben, in welchem Falle die Persönlichkeit zum Mittel eines Genusses gemacht wird) so könnte er kein anderer sein, als der Naturzweck selbst: Kinder zu haben; den auch einige vorwenden. Aber da sie diesen Zweck mit jedem möglichen Manne hätten erreichen können, mithin in ihrem Princip gar kein Grund liegt, daß sie *gerade diesen* wählten, so müssen sie, als das erträglichste, was man noch annehmen kann, gestehen, daß sie diesen nur darum genommen, weil er der erste war, den sie eben haben konnten; welches denn doch keine große Achtung derselben für ihre Person anzeigt. Aber, selbst diesen bedenklichen Umstand abgerechnet, möchte vielleicht zugegeben werden können, daß jener Zweck überhaupt den Entschluß mit einem Manne zu leben, begründen könne; ob er aber als klar gedachter Zweck zum Ziele führe, und die Kinder wirklich nach Begriffen empfangen werden, daran dürfte der Menschenkenner wohl zweifeln. – Man verzeihe diese Deutlichkeit dem Bestreben, gefährliche Sophistereien, durch welche man die Verleugnung seiner wahren Bestimmung zu beschönigen und in der Welt zu verewigen sucht, in ihrer Blöße zu zeigen.

Daß ich das ganze Verhältnis bildlich bezeichne: das zweite Geschlecht steht der Natureinrichtung nach um eine Stufe tiefer, als das erste; es ist Objekt einer Kraft des erstern, und so mußte es sein, wenn beide verbunden sein sollten. Nun aber sollen beide, als moralische Wesen gleich sein. Dies war nur dadurch möglich, daß im zweiten Geschlechte eine ganz neue, dem ersten völlig ermangelnde Stufe eingeschoben würde. Diese Stufe ist die Gestalt, unter welcher ihm der Geschlechtstrieb erscheint; der dem Manne in seiner wahren Gestalt erscheint.

2.) Der Mann kann, ohne seine Würde aufzugeben, sich den Geschlechtstrieb gestehen, und die Befriedigung desselben suchen; ich meine ursprünglich. Wer in der Verbindung mit einem liebenden Weibe diese Befriedigung allein sich noch zum Zwecke machen könnte, wäre ein roher Mensch: wovon die Gründe sich tiefer unten zeigen werden. Das Weib kann sich diesen Trieb nicht gestehen. Der Mann kann freien; das Weib nicht. Es wäre die höchste Geringschätzung ihrer selbst, wenn sie es täte. Eine abschlägige Antwort, die der Mann erhielte, sagt nichts weiter, als: ich will mich dir nicht unterwerfen; und dies läßt sich ertragen. Eine abschlägige Antwort, die das Weib erhielte, würde heißen: ich will die durch dich schon geschehene Unterwerfung nicht annehmen; welches ohne Zweifel unerträglich ist. – Raisonnement aus dem Rechtsbegriffe tut es hier nicht; und wenn einige Weiber meinen, sie müßten eben sowohl das Recht haben, auf die Heirat zu gehen, als die Männer; so kann man sie fragen: wer ihnen denn dieses Recht streitig mache, und warum sie denn sonach desselben sich nicht bedienen. Es ist dies gerade so, als ob untersucht würde, ob der Mensch nicht eben sowohl das Recht habe, zu fliegen, wie der Vogel. Lassen wir lieber die Frage vom Rechte so lange ruhen, bis einer wirklich fliegt.

Auf diese einzige Verschiedenheit gründet sich der ganze übrige Unterschied der beiden Geschlechter. Aus diesem Naturgesetze des Weibes entsteht die weibliche Schamhaftigkeit, die in dieser Art dem männlichen Geschlechte nicht zukommt. Rohe Männer prahlen sogar mit Ausübung der Wollust; aber bei der schrecklichsten Sittenlosigkeit, in welche das zweite Geschlecht mehrmals versunken, und dadurch das Verderben der Männer bei weitem übertroffen hat, hat man nie gehört, daß die Weiber dies getan hätten; selbst die Prostituierte gesteht lieber, daß sie ihr schändliches Gewerbe aus Gewinnsucht, als daß sie es aus Wollust treibe.

§. 4.

Das Weib kann sich nicht gestehen, daß sie sich hingebe – und da in dem vernünftigen Wesen etwas nur insofern ist, inwiefern es sich desselben bewußt wird – das Weib kann überhaupt sich nicht hingeben der Geschlechtslust, um ihren eigenen Trieb zu befriedigen; und da sie sich denn doch zufolge eines Triebes hingeben muß, kann dieser Trieb kein anderer sein, als der, den Mann zu befriedigen. Sie wird in dieser Handlung Mittel für den Zweck eines andern; weil sie ihr eigener Zweck nicht sein konnte, ohne ihren Endzweck, die Würde der Vernunft, aufzugeben. Sie behauptet ihre Würde, ohnerachtet sie Mittel wird, dadurch, daß sie sich freiwillig, zufolge eines edlen Naturtriebes, des der *Liebe*, zum Mittel macht.

Liebe also ist die Gestalt, unter welcher der Geschlechtstrieb im Weibe sich zeigt. Liebe aber ist es, wenn man um des andern willen, nicht zufolge eines Begriffs, sondern zufolge eines Naturtriebes, sich aufopfert. Bloßer Geschlechtstrieb sollte nie Liebe genannt werden; dies ist ein grober Mißbrauch, der darauf auszugehen scheint, alles edle in der menschlichen Natur in Vergessenheit zu bringen. Überhaupt sollte, meiner Meinung nach, nichts Liebe genannt werden, als das so eben beschriebene. Im Manne ist *ursprünglich* nicht Liebe, sondern Geschlechtstrieb; sie ist überhaupt in ihm kein ursprünglicher, sondern nur ein *mitgeteilter, abgeleiteter*, erst durch Verbindung mit einem liebenden Weibe *entwickelter* Trieb, und hat bei ihm eine ganz andere Gestalt; wie wir dies tiefer unten sehen werden. Nur dem Weibe ist die Liebe, der edelste aller Naturtriebe, angeboren; nur durch dieses kommt er unter die Menschen; so wie andere gesellige Triebe mehr, von welchen tiefer unten. Im Weibe erhielt der Geschlechtstrieb eine moralische Gestalt, weil er in seiner natürlichen die Moralität derselben ganz aufgehoben hätte. Liebe ist der innigste Vereinigungspunkt der Natur, und der Vernunft; sie ist das einzige Glied, wo die Natur in die Vernunft eingreift; sie ist sonach das vortrefflichste unter allem natürlichen. Das Sittengesez fodert, daß man sich in andern vergesse; die Liebe gibt sich selbst hin für den andern.

Daß ich alles kurz zusammenfasse: Im unverdorbenen Weibe äußert sich kein Geschlechtstrieb, und wohnt kein Geschlechtstrieb, sondern nur Liebe; und diese Liebe ist der Naturtrieb des Weibes, einen Mann zu befriedigen. Es ist allerdings ein Trieb, der dringend seine Befriedigung heischt: aber diese seine Befriedigung ist nicht die sinnliche Befriedigung des Weibes, sondern die des Mannes; für das Weib ist es nur Befriedigung des Herzens. Ihr Bedürfnis ist nur das, zu lieben und geliebt zu sein. So nur erhält der Trieb, sich hinzugeben, den Charakter der Freiheit und Tätigkeit, den er haben mußte, um neben der Vernunft bestehen zu können. – Es ist wohl kein Mann, der nicht die Absurdität fühle, es umzukehren, und dem Manne einen ähnlichen Trieb zuzuschreiben, ein Bedürfnis des Weibes zu befriedigen, welches er weder bei ihr voraussetzen, noch sich als das Werkzeug desselben denken kann, ohne bis in das innerste seiner Seele sich zu schämen.

Darum ist auch das Weib in der Geschlechtsvereinigung nicht in jedem Sinne Mittel für den Zweck des Mannes; sie ist Mittel für ihren eigenen Zweck, ihr Herz zu befriedigen; und nur, inwiefern von sinnlicher Befriedigung die Rede ist, ist sie es für den Zweck des Mannes.

In dieser Denkart des Weibes eine Täuschung erkünsteln, und etwa sagen: so ist es denn doch am Ende der Geschlechtstrieb, der nur versteckter Weise sie treibt, wäre eine dogmatische Verirrung. Das Weib sieht nicht weiter, und ihre Natur geht nicht weiter, als bis zur Liebe: sonach *ist* sie nur so weit. Daß ein Mann, der die weibliche Unschuld nicht hat, noch haben soll, und der sich alles gestehen kann, diesen Trieb zergliedere, geht dem Weibe nichts an; *für sie* ist er einfach, denn das Weib ist kein Mann. Wenn sie Mann wäre, würde man Recht haben; aber dann wäre sie auch nicht *sie*; und alles wäre anders. – Oder will man uns etwa den Grundtrieb der weiblichen Natur als *Ding an sich* zu Tage fördern?

§. 5.

Das Weib gibt, indem sie sich zum Mittel der Befriedigung des Mannes macht, ihre Persönlichkeit; sie erhält dieselbe, und ihre ganze Würde nur dadurch wieder, daß sie es aus Liebe für diesen Einen getan habe.

Aber, wenn diese Stimmung je ein Ende nehmen sollte, und das Weib einst aufhören müßte, in dem befriedigten Manne den über alle seines Geschlechts liebenswürdigen zu erblicken; ja, wenn sie nur die Möglichkeit davon denken könnte, so würde sie durch diesen Gedanken in ihren eigenen Augen verächtlich werden. Wenn es möglich ist, daß er für sie nicht der liebenswürdigste seines Geschlechts sei, so wäre, da sie doch ihm allein unter dem ganzen Geschlechte sich hingibt, kein anderer Grund anzunehmen, als daß versteckter Weise die Natur sie getrieben habe, sich nur bald, und mit dem ersten, dem besten zu befriedigen; welches ohne Zweifel ein entehrender Gedanke wäre. Es ist also, so gewiß sie mit Erhaltung ihrer Würde sich hingibt, notwendig ihre Voraussetzung, daß ihre gegenwärtige Stimmung nie endigen könne, sondern ewig sei, so wie sie selbst ewig ist. Die sich einmal gibt, gibt sich auf immer.

§. 6.

Diejenige, welche ihre Persönlichkeit mit Behauptung ihrer Menschenwürde hingibt, gibt notwendig dem Geliebten alles hin, was sie hat. Wäre die Ergebung nicht unumschränkt, und behielte sie in derselben sich das geringste vor, so legte sie dadurch an den Tag, daß das vorbehaltne einen höhern Wert für sie hätte, als ihre eigene Person; welches ohne Zweifel eine tiefe Herabwürdigung ihrer Person wäre. Ihre eigene Würde beruht darauf, daß sie ganz, so wie sie lebt, und ist, ihres Mannes sei, und sich ohne Vorbehalt an ihn und in ihm verloren habe. Das geringste, was daraus folgt, ist, daß sie ihm ihr Vermögen und alle ihre Rechte abtrete, und mit ihm ziehe. Nur mit ihm vereinigt, nur unter seinen Augen, und in seinen Geschäften hat sie noch Leben, und Tätigkeit. Sie hat aufgehört, das Leben eines Individuum zu führen; ihr Leben ist ein Teil seines Lebens geworden, (dies wird trefflich dadurch bezeichnet, daß sie den Namen des Mannes annimmt.)

§. 7.

Die Lage des Mannes dabei ist diese. Er, der alles, was im Menschen ist, sich selbst gestehen kann, sonach die ganze Fülle der Menschheit in sich selbst findet, überschaut das ganze Verhältnis, wie das Weib selbst es nie überschauen kann. Er sieht ein ursprünglich freies Wesen mit Freiheit, und unbegrenztem Zutrauen sich ihm unbedingt unterwerfen; sieht, daß sie nicht nur ihr ganzes äußeres Schicksal, sondern auch ihre innere Seelenruhe, und ihren sittlichen Charakter, wenn auch nicht das Wesen desselben, doch ihren eigenen Glauben daran, von ihm gänzlich abhängig mache: da ja der Glaube des Weibes an sich selbst, und an ihre Unschuld und Tugend davon abhängt, daß sie nie aufhören müsse, ihren Mann über alle seines Geschlechts zu achten und zu lieben.

Wie die sittliche Anlage in der Natur des Weibes sich durch Liebe, so äußert die sittliche Anlage in der Natur des Mannes sich durch *Großmut*. Er will zuerst Herr sein; wer aber mit Zutrauen ihm sich hingibt, gegen den entkleidet er sich aller seiner Gewalt. Gegen den Unterworfenen stark zu sein, ist nur die Sache des Entmannten, der gegen den Widerstand keine Kraft hat.

Zufolge dieser natürlichen Großmut ist der Mann durch das Verhältnis mit seiner Gattin zuförderst genötigt, achtungswürdig zu sein, da ihre ganze Ruhe davon abhängt, daß sie ihn über alles achten könne. Nichts tötet unwiederbringlicher die Liebe des Weibes, als die Niederträchtigkeit und Ehrlosigkeit des Mannes. – So verzeiht überhaupt das andre Geschlecht dem unsrigen alles andre; nur nicht Feigheit, und Schwäche des Charakters. Der Grund davon ist keinesweges ihr eigennütziger Anschlag auf unsern Schuz; es ist lediglich das Gefühl der Unmöglichkeit, einem solchen Geschlechte sich zu unterwerfen, wie es ihre Bestimmung erfodert.

Die Ruhe des Weibes hängt davon ab, daß sie ihrem Gatten ganz unterworfen sei, und keinen andern Willen habe, als den seinigen. Es folgt, daß, da er dies weiß, er ohne seine eigne Natur, und Würde, die männliche Großmut, zu verläugnen, nichts unterlassen kann, um ihr dies so viel als möglich zu erleichtern. Dies kann nun nicht dadurch geschehen, daß er sich von seiner Gattin beherrschen lasse, denn der Stolz ihrer Liebe besteht darin, daß sie unterworfen sei, und es scheine, und selbst es nicht anders wisse, als daß sie es ist. Männer, die sich der Herrschaft ihrer Weiber unterwerfen, machen sich ihnen dadurch selbst verächtlich, und rauben ihnen alle eheliche Glückseligkeit. Es kann nur dadurch geschehen, daß er ihre Wünsche ausspäht, um als seinen eigenen Willen sie vollbringen zu lassen, was sie, sich selbst überlassen, am liebsten tun würde. – Es ist ja hier nicht etwa um bloße Befriedigung ihrer Launen, und Einfälle zu tun, damit sie nur befriedigt seien; es ist um einen weit höhern Zweck, um die Erleichterung, ihren Gatten immerfort über Alles zu lieben, und in ihren eigenen Augen ihre Unschuld zu behalten, zu tun. – Es kann nicht fehlen, daß die Gattin, deren Herz durch einen Gehorsam, der ihr keine Aufopferung kostet, nicht befriedigt wird, wieder von ihrer Seite, die verborgenen höhern Wünsche des Mannes auszuspähen, und mit Aufopferungen sie zu vollbringen suche. Je größer das Opfer, desto vollkommener ist die Befriedigung ihres Herzens. Daher entsteht die eheliche *Zärtlichkeit* (Zartheit der Empfindungen und des Verhältnisses). Jeder Teil will seine Persönlichkeit aufgeben, damit die des andern Teils allein herrsche; nur in der Zufriedenheit des andern findet jeder die seinige; die Umtauschung der Herzen und der Willen wird vollkommen. Nur in der Verbindung mit einem liebenden Weibe öffnet das männliche Herz sich der Liebe, der sich unbefangen hingebenden, und im Gegenstande verlornen Liebe; nur in der ehelichen Verbindung lernt das Weib Großmut, Aufopferung mit Bewußtsein und nach Begriffen: und so wird die Verbindung mit jedem Tage ihrer Ehe inniger.

Corollaria

1.) In der Verbindung beider Geschlechter, also in der Realisation des *ganzen* Menschen, als eines vollendeten Naturprodukts, aber auch nur in dieser Verbindung, findet sich ein äußerer Antrieb zur Tugend. Der Mann ist durch den natürlichen Trieb der Großmut genötigt, edel und ehrwürdig zu sein, weil das Schicksal eines freien Wesens die in vollem Zutrauen sich ihm hingab, davon abhängt. Das Weib ist zur Beobachtung aller ihrer Pflichten genötigt durch die ihr angeborne Schamhaftigkeit. Sie kann in keinem Stücke der Vernunft etwas vergeben, ohne bei sich selbst in den sehr wahrscheinlichen Verdacht zu kommen, daß sie auch in der Hauptsache vergeben habe, und daß sie – der unerträglichste Gedanke für sie – ihren Mann nicht liebe, sondern ihn nur als Mittel zur Befriedigung ihres Geschlechtstriebes brauche. – Der Mann, in welchem noch Großmut, das Weib, in welcher noch Schamhaftigkeit wohnt, sind jeder Veredlung fähig: aber sie sind auf dem geraden Wege zu allen Lastern, wenn der erste niederträchtig, die andere schamlos wird; wie dies auch die Erfahrung ohne Ausnahme bestätigt.

2.) Auch ist hier die Aufgabe gelöset: wie kann man das Menschengeschlecht von Natur aus zur Tugend führen? Ich antworte: lediglich dadurch, daß das natürliche Verhältnis zwischen beiden Geschlechtern wieder hergestellt werde. Es gibt keine sittliche Erziehung der Menschheit, außer von diesem Punkte aus.

§. 8.

Eine Verbindung, wie die beschriebene, heißt *eine Ehe*. Die Ehe ist eine durch den Geschlechtstrieb begründete *vollkommene Vereinigung* zweier Personen beiderlei Geschlechts, die ihr eigner Zweck ist.

Sie ist durch den Geschlechtstrieb in beiden Geschlechtern *begründet*, für den forschenden Philosophen; aber es ist nicht notwendig, daß irgend eine unter den beiden Personen, die eine Ehe schließen wollen, dieses sich gestehe. Das Weib kann es sich nie, es kann sich nur Liebe gestehen. Auch ist die Fortdauer der Ehe keinesweges durch die Befriedigung dieses Triebes bedingt; dieser Zweck kann ganz wegfallen, und dennoch die eheliche Vebindung in ihrer ganzen Innigkeit fortdauern.

Die Philosophen haben sich für verbunden erachtet, einen Zweck der Ehe anzugeben, und die Frage auf sehr verschiedene Weise beantwortet. Aber die Ehe hat keinen Zweck außer ihr selbst; sie ist ihr eigner Zweck. Das eheliche Verhältnis ist die eigentlichste, von der Natur gefoderte Weise des erwachsenen Menschen von beiden Geschlechtern, zu existieren. In diesem Verhältnisse erst entwickeln sich alle seine Anlagen; außer demselben bleiben sehr viele, und gerade die merkwürdigsten Seiten der Menschheit unangebaut. So wenig die Existenz des Menschen überhaupt auf irgend einen sinnlichen Zweck zu beziehen ist, so wenig ist es die notwendige Weise derselben, die Ehe.

Die Ehe ist eine Verbindung zwischen *zwei* Personen; *einem* Manne, und *einem* Weibe. Das Weib, die sich Einem ganz gegeben hat, kann sich nicht einem zweiten geben, denn ihre eigne Würde hängt ja davon ab, daß sie diesem Einen ganz angehöre. Der Mann, der sich nach dem Willen, und den leisesten Wünschen Einer zu richten hat, um sie zu beglücken, kann sich nicht nach den Wünschen mehrerer richten, die selbst unter einander nicht vereinigt sind. Die Polygynie sezt bei den Männern die Meinung voraus, daß die Weiber nicht vernünftige Wesen sind, wie die Männer, sondern bloße willenlose, und rechtlose Werkzeuge für den Mann. Dies ist denn auch wirklich die Lehre der religiösen Gesezgebung, die die Vielweiberei verstattet, der muhamedanischen. Diese Religion hat, freilich wohl ohne sich der Gründe deutlich bewußt zu sein, aus der Bestimmung der weiblichen Natur, sich leidend zu verhalten, einseitig gefolgert. Die Polyandrie ist ganz gegen die Natur, und darum äußerst selten. Wenn sie nicht rohe Viehheit wäre, und irgend etwas voraussetzen könnte, so müßte sie voraussetzen, daß es gar keine Vernunft und gar keine Würde derselben gäbe.

Die eheliche Verbindung ist ihrer Natur nach unzertrennlich und ewig, und wird notwendig als ewig geschlossen. Das Weib kann nicht voraussetzen, daß sie je aufhören werde, ihren Mann über alle seines Geschlechts zu lieben, ohne ihre weibliche Würde; der Mann nicht, daß er aufhören werde seine Frau über alle ihres Geschlechts zu lieben, ohne seine männliche Großmut aufzugeben. Sie geben sich einander auf immer, weil sie sich einander ganz geben.

§. 9.

Die Ehe ist sonach kein erfundener Gebrauch, und keine willkürliche Einrichtung, sondern sie ist ein durch Natur, und Vernunft in ihrer Vereinigung notwendig, und vollkommen bestimmtes Verhältnis. Sie ist vollkommen bestimmt, sage ich, d. h. nur eine solche Ehe, wie die beschriebene, und schlechthin keine andere Verbindung beider Geschlechter zur Befriedigung des Geschlechtstriebes, verstatten Natur, und Vernunft.

Um die Ehe zu errichten, oder zu bestimmen, damit hat das Rechtsgesez nichts zu tun, sondern die weit höhere Gesezgebung der Natur und Vernunft, welche durch ihre Produkte dem Rechtsgesetze erst ein Gebiet verschafft. Die Ehe bloß als eine juridische Gesellschaft ansehen, führt auf unschickliche und unsittliche Vorstellungen. Man wurde vielleicht dadurch zum Irrtume verleitet, daß die Ehe allerdings ein Beisammenleben freier Wesen ist, wie alles, das durch den Rechtsbegriff bestimmt wird. Aber es wäre schlimm, wenn dieses Zusammenleben durch nichts höheres begründet und geordnet werden könnte, als durch Zwangsgesetze. Erst muß eine Ehe da sein, ehe von einem

Eherechte, so wie erst Menschen da sein müssen, ehe vom Rechte überhaupt die Rede sein kann. Woher die erstere komme, darnach fragt der Rechtsbegriff eben so wenig, als er fragt, woher die leztern kommen. Ist die Ehe erst deduciert, wie es so eben geschehen ist, dann erst ist es Zeit zu fragen, inwiefern der Rechtsbegriff auf diese Verbindung anwendbar sei, welche Rechtsstreitigkeiten über sie entstehen könnten, und wie sie zu entscheiden sein würden; oder, da wir ein reelles Naturrecht lehren, welche Rechte und Pflichten der sichtbare Verwalter des Rechts, *der Staat*, in Ehesachen insbesondere, und über das gegenseitige Verhältnis beider Geschlechter überhaupt habe. Wir gehen jezt an diese Untersuchung.

Zweiter Abschnitt
Das Eherecht

§. 10.

Der Inbegriff aller Rechte ist die Persönlichkeit, und es ist die erste und höchste Pflicht des Staats, diese an seinen Bürgern zu schützen. Nun aber verliert das Weib seine Persönlichkeit und seine ganze Würde, wenn sie, ohne Liebe, der Geschlechtslust eines Mannes sich zu unterwerfen genötigt wird. Sonach ist es absolute Pflicht des Staats, seine Bürgerinnen gegen diesen Zwang zu schützen; eine Pflicht, die sich gar nicht auf einen besondern willkürlichen Vertrag, sondern die sich auf die Natur der Sache gründet, und unmittelbar im Bürgervertrage enthalten ist; eine Pflicht, die so heilig und unverlezlich ist, als die, das Leben der Bürger zu schützen. (Es ist hier um das innere moralische Leben der Bürgerinnen zu tun.)

§. 11.

Dieser Zwang konnte der Bürgerin zugefügt werden unmittelbar durch physische Gewalt, und dann heißt er *Notzucht*. — Es kann gar keine Frage darüber sein, ob Notzucht ein Verbrechen sei. Man greift dadurch das Weib an an ihrer Persönlichkeit, sonach an dem Inbegriff aller ihrer Rechte, auf die brutalste Weise.

Der Staat hat Recht und Pflicht seine Bürgerin gegen diese Gewalt zu schützen: teils durch Policeiaufsicht, teils durch Androhung der Strafe für dieses Verbrechen. – Es bezeichnet dasselbe zuförderst Brutalität, die zum Leben in der Gesellschaft überhaupt untüchtig macht. Stärke der Leidenschaft entschuldigt nicht, sondern erschwert vielmehr das Verbrechen. Wer seiner selbst nicht mächtig ist, ist ein wütendes Tier; die Gesellschaft kann durch kein Mittel ihn zähmen, sonach ihn nicht in ihrer Mitte dulden. Es bezeichnet ferner eine unbegrenzte Geringachtung und Vergessenheit alles Menschenrechts. In einigen Gesezgebungen wird Notzucht mit dem Tode bestraft, und wenn eine Gesezgebung einmal sich für berechtigt hält, den Tod als Strafe einzuführen, so verfährt dieselbe ganz consequent, wenn sie ihn auch auf dieses Verbrechen sezt. Nach meinem Systeme würde ich für das Verbesserungshaus stimmen: weil, obgleich das Vergehen in Absicht der Verachtung der Menschenrechte dem Morde gleich kommt, dennoch es Männern nicht unmöglich wird, mit solchen Verbrechern beisammen zu leben.

Was den Ersaz anbelangt, so sieht jeder, daß keiner möglich ist.Wie könnte dem unglücklichen Weibe das Bewußtsein ersezt werden, dem Manne, den sie einst lieben wird, sich unberührt zu geben. Aber es muß ersezt werden, so weit ein Ersaz möglich ist, und da der Verbrecher der Beleidigten nichts geben, und sie nichts von ihm annehmen könnte, als Vermögen; so würde ich für die Auslieferung seines ganzen Vermögens an die geschwächte, stimmen.

Das unverheiratete Weib steht, wie wir tiefer unten sehen werden, unter der Gewalt der Eltern, das verheiratete unter der des Mannes. Die erstern , oder der leztere würden Kläger sein. Im ersten Falle könnte sie, wenn die Eltern etwa nicht klagen wollten, selbst die Klage anbringen, im leztern nicht, weil sie den Eltern nur bedingt, dem Manne aber ganz unbedingt unterworfen ist.

§. 12.

Dieser Zwang könnte der Bürgerin zugefügt werden *mittelbar* durch moralische Gewalt von ihren Eltern und Verwandten, indem dieselben sie durch gewaltsame Behandlung, oder Überredung zu einer Ehe, ohne eigene Neigung, vermögen. Ob gewaltsame Behandlung für diesen Zweck nicht zu verbieten und zu bestrafen sei, darüber kann kein Zweifel Statt finden; was die Überredung anbelangt, so ist diese in keinem möglichen andern Falle, ein Vergehen; hier ist sie es aber offenbar. Anderwärts sagt man, warum hast du dich überreden lassen? hier findet diese Frage nicht Statt. Die unwissende und unschuldige Tochter kennt die Liebe nicht, kennt die ganze Verbindung nicht, die ihr angetragen wird, mithin wird sie eigentlich betrogen, und als Mittel für den Zweck ihrer Eltern oder Verwandten gebraucht.

Diese Art des Zwangs ist die schädlichste, und weit beleidigender, als die erstangezeigte physische Gewalt, wenn auch nicht der Form, doch dem Erfolge nach. Bei dem erstern wird das Weib doch hinterher wieder frei; bei diesem Zwange wird sie gemeiniglich auf ihr ganzes Leben um die edelste und süßeste Empfindung, die der Liebe, und um ihre wahre weibliche Würde, um ihren ganzen Charakter betrogen; völlig und auf immer zum Werkzeuge heraberniedrigt.

Es kann sonach keine Frage sein, ob der Staat nicht das Recht und die Pflicht habe, seine jungen Bürgerinnen gegen diesen Zwang durch strenge Gesetze und genaue Aufsicht zu schützen. Nur darüber entsteht eine Frage: die unverehlichte Tochter steht, wie wir unten weiter ersehen werden, unter der Gewalt ihrer Eltern; diese sind ihre erste Instanz, und ihre Vormünder vor den Gerichten. Diese müßten über den ihr zugefügten Zwang klagen. Nun ist es widersinnig, daß dieselben sich selbst anklagen sollten; denn hätten sie den Willen, daß ihr Zwang durch die Gewalt des Staats verhindert werde, so würden sie ja von selbst sich desselben enthalten.

Wir werden aber gleichfalls sehen, daß die Tochter aus der Gewalt der Eltern kommt, wenn sie heiratet. Hier ist wenigstens von Heirat die Rede; die Tochter wird von den Eltern selbst, die sie zur Heirat zwingen wollen, als mannbar betrachtet; das Gesez könnte sonach der gesunden Vernunft völlig gemäß verordnen, daß dieser Vorschlag die rechtlichen Folgen der Freilassung von der Eltern Seite haben solle, und daß die Tochter auf diesen Fall hin über ihre Rechte selbst wachen müßte. – Das Endurteil des Staats in dieser Sache, sonach die Verordnung des Gesetzes könnte keine andere sein, als diese, daß Eltern, die sich ihrer Gewalt so ganz zur lebenslänglichen Unterdrückung der Menschenrechte ihres Kindes bedient, derselben beraubt, die Tochter nebst dem ihr zukommenden Vermögen, ihnen genommen, und unter die unmittelbare Obhut des Staats gesezt würde, bis sie sich verheiratete. – Da, ohnerachtet dieser Verordnung noch immer zu befürchten sein möchte, daß eine junge, unerfahrne, des blinden Gehorsams gegen die Eltern gewohnte Tochter nicht leicht klagen würde, dennoch aber alles darauf beruht, daß dieser Zwang zur Ehe nicht Statt habe, so könnte der Obrigkeit aufgelegt werden, in dergleichen Sachen ohne alle vorhergehende Klage, vom Amtswegen zu verfahren.

§. 13.

Mit dem männlichen Geschlechte verhält es sich ganz anders. Zuförderst kann der Mann im eigentlichen Sinne des Worts nicht gezwungen werden zur Vollziehung der Ehe, weil dies gegen die Natur der Sache läuft. Wird er überredet, so hat dies sehr wenig zu bedeuten, denn bei ihm geht die eigentliche Liebe ohnedies der Ehe nicht vorher, sondern wird erst durch sie erzeugt. Aber daß die Frau gezwungen werde, ihn zu heiraten, kann er nicht dulden, wenn er seinen wahren Vorteil versteht. Dies läuft gegen seine Menschenrechte, denn es beraubt ihn der Aussicht auf eine glückliche Ehe, welche zu verlangen er ein Recht hat. – Die Liebe wird hintennach schon kommen, sagen manche Eltern. Bei dem Manne ist dies wohl zu erwarten, wenn er eine würdige Gattin erhält, bei der Frau aber ist es sehr unsicher, und es ist schrecklich, auf diese bloße Möglichkeit hin ein ganzes Menschenleben aufzuopfern und herabzuwürdigen.

Das Resultat des gesagten: die Ehe muß mit absoluter Freiheit geschlossen werden und der Staat hat zufolge seiner Schuzpflicht gegen die einzelnen Personen, und besonders das weibliche Geschlecht, die Pflicht und das Recht über diese Freiheit der ehelichen Verbindungen zu wachen.

§. 14.

Aus dieser Oberaufsicht des Staats über die Freiheit der Ehen folgt, daß der Staat alle Ehen, die unter seinen Bürgern und Bürgerinnen geschlossen werden, anzuerkennen und zu bestätigen habe.

Jede Ehe muß juridische Gültigkeit haben, d. i. das Menschenrecht des Weibes muß nicht verletzt sein; sie muß sich mit freiem Willen, aus Liebe, und nicht gezwungen gegeben haben. Jeder Bürger muß gehalten sein, dies vor dem Staate zu erweisen; widrigenfalls der Staat das Recht haben würde den Verdacht der Gewalttätigkeit auf ihn zu werfen, und gegen ihn zu untersuchen. Aber er kann diesen Beweis nicht füglich anders führen, als dadurch, daß er die Frau ihre freie Einwilligung gerichtlich erklären läßt, bei der *Trauung.* Das Ja der Braut sagt eigentlich weiter nichts, als daß sie nicht gezwungen sei. Alles übrige, wozu die Ehe verbindet, versteht sich daraus von selbst, daß sie *eine Ehe* schließen. Was das Ja des Mannes bedeuten könne, wird sich tiefer unten zeigen. Daß er nicht gezwungen sei, geht daraus hervor, daß er ja die Frau zur Trauung führt. – Daß die Ehe, da sie etwas auf Moralität gegründetes, und schlechthin nur durch sie bestehendes ist, unter den Augen derer, die die Erzieher des Volks zur Moralität sein sollen, d. i. der Geistlichen, geschlossen wird, ist sehr vernünftig; aber inwiefern die Trauung juridische Gültigkeit hat, ist der Geistliche ein Beamter des Staats. So betrachten sich denn auch wirklich die Consistorien in diesen Dingen, als *geistliche Gerichte,* und haben daran ganz Recht.

Es läßt sich nicht begreifen, woher der Staat, und hier insbesondere die Geistlichkeit, die in diesem Stücke sich selbst als Gesezgeber beträgt, das Recht haben solle; die

Ehe für gewisse Grade der Verwandtschaft zu verbieten. Liegt ein Abscheu gegen dergleichen Vermischung in der Natur, so bedarf es ihres Gesetzes nicht; gibt es aber keinen solchen natürlichen Abscheu, so können sie auf ihn ihr Gesez nicht bauen. Es läßt sich einsehen, wie eine Nation glauben könne, ihre Gottheit werde unter andern auch durch dergleichen Ehen entrüstet; und wenn dies ist, so hat der Staat das Recht nicht, solche Ehen zu *gebieten*, (wie er ja überhaupt das Recht nicht hat, eine Ehe zwischen zwei bestimmten Personen zu befehlen) indem er die Bürger nicht gegen ihr, obwohl irrendes Gewissen verbinden darf. Aber er hat eben so wenig das Recht, sie zu *verbieten*; wer an jene Entrüstung der Gottheit glaubt, der wird sie ohnedies unterlassen; wer nicht daran glaubt, oder es auf die Gefahr hin wagen will, der wird, wenn der Glaube der Nation wahr ist, schon von der Gottheit bestraft werden. Überlasse man es doch den Göttern, die ihnen selbst zugefügten Beleidigungen auch selbst zu rächen. Es bleibt den Priestern nichts übrig, als die Nation treulich zu warnen, und zu vermahnen, und als bloße *Gesezerklärer*, denen, die ihnen glauben wollen, die verbotenen Grade, und die göttlichen Strafen, die darauf stehen, *anzuzeigen*.

Es läßt sich kein Grund denken, diejenigen, die es entweder nicht glauben, oder die sich auf ihre eigene Gefahr wagen wollen, durch den Glauben anderer zu verbinden, als der: daß die Strafe ihrer Versündigung zugleich die übrigen unschuldigen mit treffen werde. Dies ist aber eine böse und verderbliche Superstition, von welcher der Staat in seiner Gesezgebung nicht Notiz nehmen, noch dadurch die natürlichen Rechte anderer einschränken kann.

Aber unabhängig von allen religiösen Gründen, könnte es ja politische geben, gewisse Ehen für unerlaubt zu halten? Das beste darüber sagt, wie mir es scheint, Montesquieu (de l'esprit des loix, liv. 26 chap. 14).[1] Es ist immer die

---

[1] «De l'esprit des loix, ou du rapport que les loix doivent avoir avec la Constitution de chaque Gouvernement, les Mœurs, le Climat, la Religion, le Commerce, & c.» Nouvelle édition. A Geneve 1749, Seconde partie, S. 155/56: «Il a toûjours été naturel aux peres de veiller sur la pudeur de leurs enfans. Chargés du soin de les établir, ils ont dû leur conserver, & le corps le plus parfait, &

natürliche Bestimmung der Väter gewesen, über die Unschuld ihrer Kinder zu wachen, um dieselben, so unverlezt als möglich, an Leibe, so unverdorben als möglich an der Seele, auszustatten. Unaufhörlich mit dieser Sorge beschäftigt, mußten sie selbst für ihre Person weit davon entfernt sein, etwas zu tun, das dieselben verführen könnte. Aus demselben Grunde mußten sie auch dem Sohne und der Tochter einen Abscheu gegen eine Verbindung untereinander einzupflanzen suchen. Aus dieser Quelle fließt auch das Heiratsverbot für Geschwisterkinder. In den ersten Zeiten der Welt nemlich blieben alle Kinder im väterlichen Hause, und die Kinder zweier Brüder betrachteten sich untereinander selbst als Geschwister.

Hierbei zwei Anmerkungen. Zuförderst war diese Erhaltung der Keuschheit innerhalb der Familien die eigene Sorge der Familienväter; keineswegs aber die Angelegenheit der Civilgesezgebung, als ob dadurch die Rechte einer andern Familie wirklich verlezt; oder der Policeigesezgebung, als ob dadurch diese Verletzung nur erleichtert würde; und die gebildetern in der Nation konnten die andern, welche etwa nicht von selbst auf diese Vorsicht gefallen wären, an sie *erinnern*, sie hierüber *belehren*; keineswegs aber, als Staat, ein *Gesez* darüber geben. Dann, wo der Grund wegfällt,

l'ame la moins corrompue, tout ce qui peut mieux inspirer des desirs, & tout ce qui est le plus propre à donner de la tendresse. Des peres, toûjours occupés à conserver les mœurs de leurs enfans, ont dû avoir un éloignement naturel pour tout ce qui pourroit les corrompre. Le mariage n'est point une corruption, dira-t'on: mais, avant le mariage, il faut parler, il faut se faire aimer, il faut séduire; c'est cette séduction qui a dû faire horreur. [...] L'horreur pour l'inceste du frere avec la sœur a dû partir de la même source. Il suffit que les peres & les meres aient voulu conserver les mœurs de leurs enfans & leurs maisons pures, pour avoir inspiré à leurs enfans de phorreur pour tout ce qui pouvoit les porter à punion des deux sexes. La prohibition du mariage entre cousins germains a la même origine. Dans les premiers tems, c'est-à-dire, dans les tems saints, dans les âges où le luxe n'étoit point connu, tous les enfans restoient dans la maison, & s'y établissoient: c'est qu'il ne falloit qu'une maison très-petite pour une grande famille. Les enfans des deux freres, ou les cousins germains, étoient regardés & se regardoient entr'eux comme freres.»

fällt das begründete weg. Dieser Grund ist hier das Beisammenleben gewisser Anverwandten. Was die Verehlichung zwischen Eltern und Kindern, und zwischen Geschwistern anbelangt, kann dieser Grund im allgemeinen nie wegfallen. Was die Verheiratung der Geschwisterkinder, oder des Oheims mit seiner Nièce, des Schwagers und der Schwägerin, u. d. gl. anbelangt, so findet dieser Grund in der gegenwärtigen Lage der Menschen selten Statt.

Der Beischlaf ist die eigentliche Vollziehung der Ehe; durch ihn unterwirft das Weib erst ihre ganze Persönlichkeit dem Manne; und zeigt ihm ihre Liebe, von welcher ja das ganze beschriebene Verhältnis zwischen Eheleuten ausgeht. Wo dieser geschehen ist, da ist die Ehe vorauszusetzen; ein Satz, den wir erst tiefer unten schärfer bestimmen, und aus ihm folgern werden: wo er nicht geschehen ist, da kann jede andere Verbindung, nur nicht eine wahre Ehe Statt finden. – Ein *Eheverlöbnis* sonach, sei es öffentlich oder geheim, macht keine Ehe; und die Aufhebung desselben ist keineswegs als eine Scheidung zu betrachten. Das Recht, Entschädigung zu fodern, kann dadurch wohl begründet werden. Der unschuldige Teil muß, so weit es irgend möglich ist, in seinen vorigen Stand wieder eingesezt werden. Selbst die *Trauung*, wenn sie, wie der Sittsamkeit gemäß ist, der Vollziehung der Ehe vorhergeht, macht nicht die Ehe, sondern sie anerkennt nur die später zu schließende Ehe im Voraus juridisch.

§. 15.

Der Mann und die Frau sind innigst vereinigt. Ihre Verbindung ist eine Verbindung der Herzen und der Willen. Es ist sonach gar nicht vorauszusetzen, daß zwischen ihnen ein Rechtsstreit entstehen könnte. Sonach hat der Staat über das Verhältnis beider Ehegatten gegen einander gar keine Gesetze zu geben, weil ihr ganzes Verhältnis gar kein juridisches, sondern ein natürliches und moralisches Verhältnis des Herzens ist. Beide sind Eine Seele, und entzweien, der Voraussetzung nach, eben so wenig sich mit einander, und gehen eben so wenig mit einander vor Gericht, als dasselbe Individuum mit sich selbst vor Gerichte processieren wird.

Sobald Streit entsteht, ist die Trennung schon geschehen, und die juridische Scheidung, von welcher tiefer unten, kann erfolgen.

§. 16.

In dem Begriffe der Ehe liegt die unbegrenzteste Unterwerfung der Frau unter den Willen des Mannes; nicht aus einem juridischen sondern aus einem moralischen Grunde. Sie muß sich unterwerfen um ihrer eignen Ehre willen. – Die Frau gehört nicht sich selbst an, sondern dem Manne. Indem der Staat die Ehe, d. i. gerade dieses ihm wohlbekannte, nicht durch ihn sondern durch etwas höheres als er, begründete Verhältnis anerkennt, tut er Verzicht darauf, das Weib von nun an als eine juridische Person zu betrachten. Der Mann tritt ganz an ihre Stelle; sie ist durch ihre Verheiratung für den Staat ganz vernichtet, zufolge ihres eigenen notwendigen Willens, den der Staat garantiert hat. Der Mann wird ihre Garantie bei dem Staate; er wird ihr rechtlicher Vormund; er lebt in allem ihr öffentliches Leben; und sie behält lediglich ein häusliches Leben übrig. –

Die Garantie des Mannes für die Frau versteht sich von selbst; denn sie folgt aus der Natur ihrer Verbindung, ihre Grenzen werden wir tiefer unten sehen. – Jedoch kann es nicht undienlich sein, daß er sie noch besonders erkläre, ausdrücklich sich zum Bürgen für dieses Weib einsetze. Man kann das Ja des Mannes bei der Trauung als die Zusicherung dieser Garantie ansehen, und nur unter dieser Bedingung erhält es einen Sinn.

§. 17.

Im Begriffe der Ehe liegt, daß die Frau, die ihre Persönlichkeit hingibt, dem Manne zugleich das Eigentum aller ihrer Güter, und ihrer ihr im Staate ausschließend zukommenden Rechte übergebe. Indem der Staat eine Ehe anerkennt, anerkennt und garantiert er zugleich dem Manne das Eigentum der Güter seiner Frau – *nicht gegen die Frau*, denn mit dieser ist der Voraussetzung nach kein Rechtsstreit möglich, sondern *gegen alle übrigen Bürger*. Der Mann wird in Beziehung auf den Staat, der einige Eigentümer seiner vorherigen Güter, und derer, die ihm die Frau zubringt. Die Acquisition ist unbeschränkt; da er ja als die einige juridische Person übrig bleibt.

Entweder das Eigentum der Frau ist schon vorher deklariert, dem Staate bekannt, und durch ihn anerkannt gewesen; so wird es nur auf den Mann übertragen: oder es geht erst jezt aus dem Vermögen ihrer Eltern hervor, so geschieht erst jezt die Deklaration, durch die Ehegenossen, und die Garantie der Eigentümlichkeit dieser Gegenstände überhaupt durch den Staat. Von dem absoluten Eigentume, Geld und Geldeswert, hat nach den obigen Erweisen der Staat keine Notiz zu nehmen: doch ist es wegen einer doch möglichen künftigen Scheidung, um der Repartition, die dann entstehen muß, (wovon tiefer unten,) nötig, daß der Staat den Wert des Eingebrachten wisse, oder daß wenigstens solche Veranstaltungen getroffen werden, daß er ihn zu seiner Zeit im Falle der Not, wissen könne. – Es kann ja nur ein Dokument darüber in der Familie der Frau, oder ein versiegeltes Dokument in den Gerichten, niedergelegt werden.

Eben so liegt im Begriffe der Ehe die gemeinschaftliche Wohnung, gemeinschaftliche Arbeit, kurz das Zusammenleben. Dem Staate scheinen beide nur Eine Person; was Eins tut, im gemeinschaftlichen Eigentume, ist stets so gut, als ob das andere es zugleich mit täte. Alle öffentliche juridische Handlungen aber besorgt allein der Mann.

§. 18.

Es bedarf keiner Gesetze des Staats, um das Verhältnis der Eheleute unter einander zu ordnen: es bedarf eben so wenig der Gesetze, um das Verhältnis beider gegen andere Bürger zu ordnen. Was ich von den Gesetzen gegen den Ehebruch halte, inwiefern sie aussehen, und sich ausdrükken, als Gesetze über ein Eigentum, und etwa den Besiz der Frau dem Manne und den des Mannes der Frau vor Verletzung sichern sollen, werde ich tiefer unten erklären. Wie der Staat die Eheleute ansieht, als eine juridische Person, deren äußerlicher Repräsentant der Mann ist, und ihr Vermögen als Ein Vermögen, so ist jeder einzelne Bürger verbunden, sie gleichfalls anzusehen. Bei Rechtsstreitigkeiten hat jeder sich an den Mann zu halten; unmittelbar mit der Frau kann keiner etwas abzumachen haben. Alles was daraus folgt ist die Schuldigkeit der Eheleute, ihre Ehe unter denen, mit welchen sie zunächst zu tun haben, bekannt zu machen; welches auch in moralischer Rücksicht, zur Verhütung des Ärgernisses, das aus einer illegalen, oder für illegal gehaltenen Verbindung erfolgen würde, notwendig ist, und daher am schicklichsten vermittelst der Geistlichkeit geschieht.

§. 19.

Ursprünglich, d. i. der bloßen Naturanlage nach, geht der Mann allerdings auf Befriedigung des Geschlechtstriebes aus. Wenn er aber entweder vor der Ehe durch Nachdenken und Belehrung, und in dem wirklichen Umgange mit ehrwürdigen Personen des weiblichen Geschlechts, (besonders an seiner Mutter,) lernt, daß im Weibe Liebe wohne, und sie nur aus Liebe sich ergeben solle, so veredelt sich auch bei ihm der bloße Naturtrieb. Auch er will nicht mehr bloß genießen, sondern er will geliebt sein. Nachdem er weiß, daß das Weib sich verächtlich macht, wenn es sich ohne Liebe gibt, und daß ihre Lust eine herabwürdigende Lust sei, so will er sich nicht als Mittel dieser niedern Sinnlichkeit brauchen lassen. Er muß sich notwendig selbst verachten, wenn er genötigt wäre, sich als das bloße Werkzeug der Befriedigung eines unedlen Triebes anzusehen. Aus diesen Principien ist die Wirkung des Ehebruchs der Frau auf den Mann zu beurteilen.

Die Ehefrau, die sich einem andern Manne ergibt, ergibt sich ihm *entweder* aus ganzer wahrer Liebe. Dann aber hat sie, da die Natur ihrer Liebe die Teilung schlechthin nicht verträgt, aufgehört ihren Ehemann zu lieben, und das ganze Verhältnis mit demselben ist sonach vernichtet. Überdies hat sie, ohnerachtet sie Liebe zur Entschuldigung anführt, sich herabgewürdigt, denn ihre erste Verbindung mit ihrem Ehemanne muß ihr jezt, wenn sie noch der Moralität fähig ist, als unedel und tierisch vorkommen, aus den oben angezeigten Gründen. Läßt sie noch den Schein des bisherigen Verhältnisses mit ihrem Ehemanne fortdauern, so entehrt sie sich dadurch abermals aufs äußerste. Entweder sie läßt es fortdauern, aus sinnlicher Lust, oder um eines äußern Zweckes Willen. In jedem Falle braucht sie ihre Persönlichkeit als Mittel für einen niedern Zweck: und macht dadurch den Ehemann selbst zum Mittel. – *Oder*, der zweite Fall, sie übergab sich dem fremden Manne aus sinnlicher Lust: so ist anzunehmen, daß sie auch ihren Ehemann nicht liebe, sondern ihn lediglich zur Befriedigung ihres Triebes gebrauche: und dies ist schlechthin unter seiner Würde.

Der Ehebruch des Weibes vernichtet sonach in jedem Falle das ganze eheliche Verhältnis; und der Mann kann die Ehebrecherin nicht behalten, ohne sich selbst herabzuwürdigen. (Dies hat sich in der allgemeinen Empfindung aller nur ein wenig gebildeten Nationen gezeigt. Allenthalben wurde der Mann, der die Ausschweifungen seiner Frau duldete, verachtet, und man hat ihn mit einem besondern Spottnamen belegt. Dies kommt daher, daß ein solcher Mann gegen die Ehre sündigt, sich unedel und niederträchtig zeigt.)

Die Eifersucht des Mannes hat den Charakter der Verachtung gegen das untreue Weib. Hat sie einen andern, etwa den des Neides und der Mißgunst, so macht sich der Mann selbst verächtlich.

§. 20.

Der Ehebruch eines Mannes zeigt entweder eine unedle Denkart, wenn das Weib, mit welcher er sich vergeht, sich ihm nicht aus Liebe ergibt, sondern um eines andern Zwecks willen: er will dann bloß genießen. Oder er ist die größte Ungerechtigkeit gegen dieses Weib, wenn sie aus Liebe sich ihm gibt. Er macht dadurch zu allen Pflichten der Ehe, zu unbegrenzter Großmut, zu unbegrenzter Sorgfalt für ihre Zufriedenheit sich anheischig, welche er doch nicht erfüllen kann.

Nun ist es zwar an sich unedel, aber nicht gerade zu

den Charakter tötend, wie beim Weibe, daß der Mann nur auf Befriedigung seines Triebes ausgehe: aber sein Eheweib kann dadurch, teils gar leicht auf die Gedanken kommen, daß er auch sie selbst nicht anders behandle, und daß alles das, was sie für großmütige Zärtlichkeit hielt, nichts sei als bloßer Geschlechtstrieb, wodurch sie sich sehr herabgewürdigt fühlen müßte. – Teils wird einer liebenden Frau es sehr schmerzlich fallen, daß dieselbe Aufopferung, die sie selbst für ihren Mann hat, einer andere Frau außer ihr haben solle. (Daher kommt es, daß die Eifersucht der Frau etwas von Neid, und von Haß gegen die Nebenbuhlerin hat.) – Es ist also sehr leicht möglich, daß dadurch das Herz der Frau vom Mann abgewendet, ganz sicher aber, daß ihr ihr Verhältnis dadurch verbittert werde; und dies ist gegen die schuldige Großmut des Mannes.

Also – der Ehebruch des Mannes vernichtet nicht notwendig das eheliche Verhältnis, so wie der des Weibes es notwendig vernichtet – aber es ist doch möglich, daß er es vernichte, und dann ist die Frau herabgewürdigt vor sich selbst. An Schuld gibt er dem des Weibes nichts nach; man könnte sagen, sie ist größer, weil die Großmut dadurch verletzt wird, wodurch sich eine niedrig gesinnte Seele verrät. Die Frau kann verzeihen: und die würdige edle Frau wird es sicher. Aber es ist drückend für den Mann, und noch drückender für die Frau, wenn sie etwas zu verzeihen hat. Der erstere verliert den Mut und die Kraft das Haupt der Ehe zu sein: und die leztere fühlt sich gedrückt, den, dem sie sich ergeben hat, nicht achten zu können. Das Verhältnis zwischen beiden wird so ziemlich umgekehrt. Die Frau wird die großmütige, und der Mann kann nicht füglich etwas anders sein, als der unterwürfige.

Dies zeigt sich auch im gemeinen Urteile. Eine Frau, die die Unordnung ihres Mannes weiß, und erträgt, wird nicht verachtet; im Gegenteil, je sanfter und weiser sie sich dabei beträgt, desto mehr wird sie geachtet. Man sezt sonach voraus, daß sie nicht rechtliche Hülfe suchen solle. Woher diese tief in der menschlichen Seele liegende Meinung? Etwa bloß aus unserer Gesezgebung und bloß bei uns Männern? Sie ist ja bei den Weibern, die über diese Gesezgebung klagen, gleichfalls. Sie gründet sich auch auf die angezeigten Grundverschiedenheiten der beiden Geschlechter.

§. 21.

Um die bürgerlichen Folgen des Ehebruchs, und der daraus etwa erfolgenden Scheidung gründlich beurteilen zu können, müssen wir vor allen Dingen das Verhältnis des Staates, und der Gesezgebung zu der Befriedigung des Geschlechtstriebes außer der Ehe untersuchen.

Es ist die Pflicht des Staats, die *Ehre* des weiblichen Geschlechts, d. h. nach obigem, daß sie nicht gezwungen werden, sich einem Manne zu ergeben, außer aus Liebe, zu beschützen; denn diese ihre Ehre ist ein Teil, ja der edelste Teil ihrer Persönlichkeit. Jeder hat aber auch das Recht, – nemlich es ist kein *äußerer* Rechtsgrund dagegen – seine Persönlichkeit aufzuopfern. So wie jeder das unbegrenzte äußere – nicht innere moralische – Recht auf sein eigenes Leben hat, und der Staat kein Gesez gegen den Selbstmord machen kann: eben so hat auch insbesondere das Weib das unbegrenzte äußere Recht auf ihre Ehre. Es steht ihr äußerlich frei, sich zum Tiere herabzuwürdigen, so wie es auch dem Manne äußerlich frei stehen muß, unedel und gemein zu denken.

Will das Weib sich aus bloßer Wollust, oder für andere Zwecke hingeben, und findet sich ein Mann, der auf Liebe Verzicht tut, so hat der Staat kein Recht, es zu verhindern.

Der Staat kann sonach der Strenge nach – was er dabei denn doch zu bedenken habe, wird sich tiefer unten ergeben – gegen Hurerei und Ehebruch keine Gesetze machen, und keine Strafen darauf setzen. (Dies ist auch wirklich die ursprüngliche Einrichtung in christlichen Staaten. Die Vergehungen dieser Art werden nicht sowohl als Übertretungen eines Civilgesetzes, sondern vielmehr als Übertretungen eines moralischen Gesetzes, und von der moralischen Zwangsgesellschaft, der Kirche bestraft. Die Hauptstrafe für sie war immer eine Kirchenbuße. Das rechtmäßige dieses Verfahrens haben wir hier nicht zu untersuchen, denn wir reden vom Staate, und nicht von der Kirche. – Z. B. die Einkünfte der Päpstlichen Kammer von liederlichen Weibspersonen sind eine große Consequenz in der Inconsequenz. Die Kirche ist es eigentlich, die ihre Einwilligung zu dieser Lebensart geben muß, außerdem dürfte sie nicht getrieben werden; und das Geld welches erlegt wird, ist die Buße, die vorausbezahlt wird, für die Sünden, die sie noch erst begehen wollen.)

§ 22.

Entweder in einem Verhältnisse, dessen lezter Zweck die Befriedigung des Geschlechtstriebes ist, und das sich auf Eigennuz gründet, ist Beständigkeit und Publicität. Dann heißt es das *Concubinat*; welches eben durch das Beisammenwohnen Publicität, wenigstens für eine aufmerksame Policei, erhält.

Der Staat kann, aus dem eben angegebenen Grunde, das Concubinat nicht verbieten. Nur muß er zuförderst sich überzeugen, daß dem Weibe keine Gewalt zugefügt werde, sondern daß sie den zwar schändlichen Contrakt freiwillig geschlossen. Das Weib muß dies deklarieren; nur, da die Sache unwürdig ist, nicht mit Feierlichkeit und Gepränge, und ja nicht vor den moralischen Lehrern, sondern etwa vor gewissen Policeidienern, die ohnedies verpflichtet sind, sich mit unehrlichen Sachen zu beschäftigen.

Der Staat muß ferner wissen, daß diese Verbindung, ob sie gleich den äußern Anschein einer Ehe hat, keine sei. Sie hat die juridischen Folgen der Ehe nicht; der Mann wird nicht Garant, und rechtlicher Vormund des Weibes. Das Band kann wieder gelöset werden, sobald es einem von beiden einfällt, ohne alle Formalität. Der Staat hat es nicht garantiert. Eben so wenig garantiert er die Bedingungen des Vertrags; und die Weibsperson erhält keine zu Recht beständige Anfoderung auf den Mann, aus folgendem Grunde. Nur mit einem Gewerbe, das der Staat bestätigt, und anerkennt, erhält man eine zu Recht beständige Anfoderung. Nun kann zwar der Staat dasjenige Gewerbe, welches hier getrieben wird, nicht verhindern, weil das außer seinen Rechten liegt; aber er kann es auch nicht bestätigen, weil es unmoralisch ist. Wenn also der Mann sein Wort nicht halten will, so sezt er dadurch zwar allerdings seiner Niederträchtigkeit, und, wie zu hoffen ist, der allgemeinen Verachtung gegen ihn, die Krone auf: aber die Weibsperson kann ihn nicht verklagen, und wird von den Gerichten abgewiesen.

§. 23.

Oder – der zweite Fall – mit der Befriedigung des Geschlechtstriebes außer der Ehe ist das Zusammenleben nicht verknüpft.

Zuförderst kann der Fall der sein, daß das Weib sich dem Willen des Mannes unterwerfe, ohne daß er ihr etwas bezahle, oder ihr Bezahlung – sie bestehe in was sie wolle, im Gelde, Geldeswert oder auch in einer Gefälligkeit – verspreche; oder, ohne daß auf irgend eine Weise ausdrücklich erklärt werde, ihre Unterwerfung geschehe nicht aus Liebe: so ist anzunehmen, sie sei aus Liebe geschehen. Daß sie nicht aus Gewinnsucht geschehen ist, liegt klar am Tage, daß sie aus Wollust geschehen sei, ist ohne Beweis nie vorauszusetzen, weil es gegen die Natur des Weibes ist. Es müßte ausdrücklich nachgewiesen werden, daß sie dafür bekannt sei, sich jedem hinzugeben. – Aber Unterwerfung aus Liebe begründet die Ehe. Es ist sonach zwischen diesen beiden Personen, die wir annehmen, eine Ehe wirklich vollzogen; auch ohne ausdrückliches Eheversprechen. Wenn dies dabei vorgekommen ist, so versteht es sich ohnedies von selbst.

Es fehlt nur noch an der öffentlichen Anerkennung dieser Ehe; an der Trauung. Diese ist der Staat dem Weibe schlechthin schuldig; denn er ist schuldig ihre Ehre, als das Recht ihrer Persönlichkeit zu schützen. Sie selbst hat, der Voraussetzung nach, ihrer Ehre nichts vergeben; also darf auch der Staat derselben nichts vergeben. Der Mann kann mit Zwang zur Trauung angehalten werden. Er wird nicht etwa zur Ehe gezwungen, denn diese hat er schon wirklich geschlossen, sondern nur zur öffentlichen Erklärung seiner Ehe. Ist eine unüberwindliche Abneigung bei ihm, oder gibt es andere Gründe, die die Fortdauer der Ehe erschweren, z. B. völlige Ungleichheit des Standes, so kann er nach der Trauung wieder geschieden werden; und diese Scheidung wird behandelt nach den Gesetzen der Ehescheidung überhaupt, wovon wir eben reden wollen. Die Frau und das Kind trägt seinen Namen, und die Frau ist völlig anzusehen, wie eine abgeschiedene.

(Aus der wahren Ungleichheit des Standes, folgt Ungleichheit der Erziehung, völlige Verschiedenheit des ganzen Ideenkreises, Nichtpassen in die Gesellschaften, in welchen der andere Teil allein leben kann; und dadurch wird eine Ehe, eine völlige Vereinigung der Herzen und Seelen in Eins, eine wahre Gleichheit beider, schlechterdings unmöglich gemacht; das Verhältnis wird notwendig ein Concubinat, das von der einen Seite nur die Befriedigung des Eigennutzes, von der andern nur die des Geschlechtstriebes zum Zwecke hat. So etwas kann der Staat sich nie für eine dauernde Ehe ausgeben lassen, noch es, als eine solche, anerkennen. Es gibt aber von Natur nur zwei verschiedene Stände: einen solchen, der nur seinen Körper für mechanische Arbeit, und einen solchen, der seinen Geist vorzüglich ausbildet. Zwischen diesen beiden Ständen gibt es eine wahre Messaliance; und außer dieser gibt es keine.)

Oder der Fall ist der; es kann der geschwächten nachgewiesen werden, daß sie vorher oder hinterher es mit andern gehalten, oder daß sie sich um einen Preis gegeben habe. Im leztern Falle muß klar sein, daß sie ausdrücklich auf ihre Persönlichkeit diesen Preis gesezt, und nur in der Erwartung desselben, oder nachdem sie ihn schon hatte, sich hingegeben. Hat sie bloß bei andern Gelegenheiten Geschenke von dem Geliebten angenommen: so beweist dies nichts gegen ihre Tugend. – Kann der Weibsperson dieser Beweis geführt werden, so ist sie eine entehrte, und hat keinen Schuz bei der Obrigkeit: denn diese kann nicht eine Ehre schützen, welche gar nicht vorhanden, sondern von ihrer Besitzerin selbst aufgegeben ist.

Prostituierte Weibspersonen, (quae quaestum corpore exercent,)[1] die dies zu ihrem einzigen Gewerbe machen, kann der Staat innerhalb seiner Grenzen nicht dulden; er muß

---

[1] (lat.) die des Gewinns wegen den Körper bewegen (Anm. d. Hrsg.).

sie des Landes verweisen: und dies ohne Abbruch ihrer eben abgeleiteten Freiheit, mit ihrem Leibe vorzunehmen, was sie wollen, aus folgendem sehr einfachen Grunde. – Der Staat muß wissen, wovon jede Person lebt, und muß ihr das Recht geben ihr Gewerbe zu treiben. Welche dies nicht angeben kann, hat das Bürgerrecht nicht. Wenn nun eine Weibsperson dem Staate jenen Nahrungszweig angäbe, so hätte er das Recht sie für wahnsinnig zu halten. Propriam turpitudinem confitenti non creditur[1], ist eine richtige Rechtsregel. Es ist sonach so gut, als ob sie kein Gewerbe angegeben hätte, und in *dieser Rücksicht* ist sie, wenn sie sich nicht eines andern bedenkt, über die Grenze zu bringen. – In einem gehörig konstituierten Staate kann dieser Fall nicht füglich eintreten. Da ist jeder auf eine vernünftige Art versorgt. Haben sie noch ein anderes Gewerbe daneben, und ist jenes nicht ihr fixierter Stand, so ignoriert der Staat ihren Lebenswandel. Die Frage über Gewalt kann hier nicht Statt finden, da dieser Lebenswandel ja keine Publicität erhält, so wie das Concubinat durch das regelmäßige Zusammenwohnen. – Der Staat weiß von diesen Unregelmäßigkeiten nichts, und hat nicht etwa den Männern den Genuß dieser entehrenden Lüste garantiert, wie er z. B. seinen Bürgern garantiert hat, ruhig, und bequem auf der Straße reisen zu können. Die Aufsicht über die Gesundheit jener Prostituierten ist sonach gar kein Zweig der Policei; und ich gestehe, daß ich sie eines rechtlichen Staates für unwürdig halte. Wer liederlich sein will, der mag denn doch auch die natürlichen Folgen seiner Liederlichkeit tragen. Eben so wenig garantiert, wie sich von selbst versteht, der Staat die Contrakte, die über dergleichen Dinge geschlossen werden. Eine Prostituierte kann in dergleichen Angelegenheiten nicht klagen.

§. 24.

Diese Grundsätze auf den Ehebruch angewendet. – Der Staat kann eben so wenig Gesetze gegen ihn geben, noch

---

[1] Einem, der seine eigene Schändlichkeit eingesteht, wird nicht geglaubt. (Anm. d. Hrsg.)

Strafen festsetzen, als gegen irgend eine außereheliche Befriedigung des Geschlechtstriebes. Wessen Rechte sollten denn durch dieses Vergehen verletzt werden? Etwa die des Mannes, mit dessen Weibe, oder die des Weibes, mit dessen Manne die Ehe gebrochen wird. Ist denn die eheliche Treue Objekt eines Zwangsrechts? So wird sie in diesen Gesetzen allerdings angesehen. Aber sie gründet sich ja in der Tat auf die Verbindung der Herzen. Diese ist eine freie Verbindung, die sich nicht erzwingen läßt; und wenn *sie* aufhört, so ist das Erzwingen *der äußern Treue*, deren Erzwingung allein physisch möglich wäre, rechtlich unmöglich, und widerrechtlich.

§. 25.

Ist das Verhältnis, das zwischen Eheleuten sein sollte, und welches das Wesen der Ehe ausmacht, unbegrenzte Liebe von des Weibes, unbegrenzte Großmut von des Mannes Seite, vernichtet, so ist dadurch die Ehe zwischen ihnen aufgehoben. Also – *Eheleute scheiden sich selbst mit freiem Willen, so wie sie sich mit freiem Willen verbunden haben.* – Ist der Grund ihres Verhältnisses aufgehoben, so dauert, wenn sie doch beisammen bleiben, ohnedies die Ehe nicht fort, sondern ihr Beisammenleben läßt sich nur für Concubinat halten: ihre Verbindung ist nicht mehr selbst Zweck, sondern es gibt einen Zweck außer ihr, meistens den des zeitlichen Vorteils. Nun kann keinem Menschen zugemutet werden, etwas unedles, dergleichen das Concubinat ist, zu begehen: also kann auch der Staat solchen, deren Herzen geschieden sind, nicht zumuten, länger beisammen zu leben.

Hieraus würde hervorgehen, daß der Staat bei Trennungen der Ehen gar nichts zu tun hätte; außer dies, daß er verordne, auch die geschehene Trennung ihm, der die Verbindung anerkannt hat, zu deklarieren. Die juridischen Folgen, welche die Ehe hatte, fallen nach der Trennung derselben notwendig weg, und deswegen muß der Staat davon benachrichtiget werden, um seine Maßregeln darnach zu nehmen.

26

Nun aber maßen unsere meisten Staaten sich allerdings ein Rechtserkenntnis in Ehescheidungssachen an. Haben sie daran völlig Unrecht; oder wenn sie nicht völlig Unrecht haben, worauf gründet sich ihr Recht?

Darauf; es kann der Fall sein, daß die zu trennenden Eheleute den Staat zur Hülfe bei ihrer Trennung auffodern, und dann muß der Staat urteilen, ob er ihnen die Hülfe zu leisten habe, oder nicht. Das Resultat davon wäre dieses: *alles Rechtsurteil des Staats in Ehescheidungssachen ist nichts anders, als ein Rechtsurteil über die Hülfe, die er selbst dabei zu leisten habe.* Wir wollen dies einzeln durchgehen.

§. 27.

Entweder beide Teile sind einig sich von einander zu trennen, und auch über die Teilung des Vermögens sind sie einig, so daß kein Rechtsstreit Statt finde; so haben sie schlechthin nichts weiter zu tun, als nur dem Staate ihre Trennung zu erklären. Die Sache ist unter ihnen schon abgetan, das Objekt ihrer Übereinstimmung, ist ein Objekt ihrer natürlichen Freiheit: und der Staat hat der Strenge nach nicht einmal nach den Gründen ihrer Trennung zu fragen.

Wenn er bei uns darnach fragt, so tut es nicht eigentlich der Staat, sondern die Kirche tut es, als moralische Gesellschaft. Daran hat sie nun ganz Recht; denn die Ehe ist eine moralische Verbindung, und es kann daher den sich trennenden Ehegatten allerdings daran liegen, vor dem Repräsentanten der moralischen Gesellschaft, der Kirche, in der sie doch hoffentlich bleiben wollen, sich zu rechtfertigen; auch etwa den Rat ihrer Lehrer und Gewissensräte darüber zu vernehmen. Auch wird es ganz schicklich sein, daß die leztern Vorstellungen versuchen. Nur ist dabei folgendes wohl zu merken: die Geistlichen haben kein Zwangsrecht, weder auf das Geständnis der Bewegungsgründe zur Trennung, noch auf die Befolgung ihres Rats. Wenn beide Eheleute sagen: Wir wollen es auf unser Gewissen nehmen, oder: eure Gründe bewegen uns nicht, so muß es dabei bleiben.

Resultat: die Einwilligung beider Teile trennt die Ehe juridisch, ohne weitere Untersuchung.

§. 28.

Wenn ein Teil von beiden in die Trennung nicht willigt, dann ist die Anzeige bei dem Staate, nicht eine bloße Deklaration, sondern zugleich eine Auffoderung seines Schutzes, und jezt tritt ein Rechtserkenntnis des Staats ein.

Was könnte der Teil, der die Trennung verlangt vom Staate fodern? Klagt der Mann auf die Scheidung wider Willen der Frau, so ist der Sinn seiner Foderung der: der Staat solle die Frau aus seinem Hause vertreiben. Klagt die Frau gegen den Willen des Mannes, so ist, da der Mann nicht vertrieben werden kann, indem ihm als Repräsentanten der Familie das Haus gehört, die Frau aber, da sie gehen will, wohl selbst gehen könnte – es ist, sage ich, der Sinn ihrer Foderung der: daß der Staat den Mann nötige, ihr ein anderes Unterkommen zu verschaffen.

Nach welchen Gesetzen hat nun hierbei der Staat sich zu bestimmen?

§. 29.

Der Fall sei der, daß der Mann auf die bürgerliche Scheidung klage, um Ehebruchs der Frau willen. Es ist nach dem obigen gegen die Ehre des Mannes, mit einer solchen Frau länger zu leben, und ihr Verhältnis kann fernerhin gar nicht mehr Ehe genannt werden, sondern es wird Concubinat. Aber der Staat kann keinen Menschen nötigen etwas gegen seine Ehre, und sein sittliches Gefühl zu tun. Es ist sonach in diesem Falle die Schuzpflicht des Staates, den Mann seiner Frau zu entledigen. Aus welchen Gründen könnte denn die Frau begehren, länger bei dem Manne zu leben? Liebe ist bei ihr nicht zu präsumieren, also um anderer Zwecke willen. Aber der Mann kann sich nicht zum Werkzeuge ihrer Zwecke machen lassen. Daß ohne Klage des Mannes der Staat kein Recht habe, auf Ehebruch zu inquirieren, und etwa den Mann gegen seinen Willen zu scheiden, geht schon aus dem obigen hervor, da der Ehebruch gar nicht ein Gegenstand der bürgerlichen Gesezgebung ist.

Selbst die Kirche hat keine Ehre davon, dem Manne der Ehebrecherin zuzureden, und ihn zur Verzeihung zu ermahnen. Denn dieselbe kann nichts unehrbares und unmoralisches, wie die Fortsetzung des Beisammenlebens in diesem Falle offenbar sein würde, anraten.

Der Fall sei der, daß der Mann auf die Trennung klage wegen Mangel an Liebe der Frau überhaupt. Entweder gesteht diese den Mangel an Liebe zu. – Dann hat der Staat den Mann der Frau zu entledigen; denn nur Liebe ist der Grund einer rechtmäßigen Ehe, und wo diese nicht ist, ist die Verbindung bloßes Concubinat. Aus welchem Grunde könnte doch die Frau verlangen, länger mit einem Manne zu leben, den sie ihrem eigenen Geständnisse nach, nicht liebt. Es könnten keine andere als äußere Zwecke sein, zu deren Werkzeuge der Mann sich nicht kann machen lassen. – Oder die Frau gesteht ihren Mangel an Liebe nicht zu. – Dann kann der Staat nicht unmittelbar verfahren, sondern hat diese Ehe unter strenge Aufsicht zu nehmen; bis entweder die Eheleute sich vertragen, oder bis ein triftiger Grund der Trennung klar und erweislich wird. – Das Recht der Aufsicht, welches er außerdem auf keine Ehe hat, erhält er dadurch, daß er zum Richter gemacht worden ist, über einen Umstand, der nicht klar ist, noch ihm klar werden kann, ohne diese Aufsicht. (Etwas vorher nur seinem mittelbaren Schutze unterworfenes, ist ihm durch die Klage unmittelbar unterworfen worden.)

Die Versagung dessen, was man auf eine sehr unedle Weise eheliche Pflicht genannt hat, von Seiten der Frau, beweist den Mangel der Liebe, und ist insofern ein Rechtsgrund der Trennung. Die Liebe geht aus von dieser Unterwerfung der Frau, und diese Unterwerfung bleibt die fortdauernde Äußerung der Liebe. *Inwiefern* sie, habe ich gesagt, diesen Mangel der Liebe beweist: denn wenn Krankheit, oder ein anderer physischer Verhinderungsgrund nachgewiesen werden kann, dann beweist sie den Mangel der Liebe nicht. In diesem Falle wäre die Klage des Mannes über alle Begriffe unedel. – Wenn er aber doch so unedel dächte? So kann der Staat zwar zum Diener seiner gemeinen Denkart sich nicht machen; aber ein solcher Mann ist einer braven Frau unwürdig, und es ist zu hoffen, daß dieselbe, besonders durch Vorstellungen der Geistlichen, zu vermögen sein wird, gegen einen Ersaz, in die Trennung zu willigen, wodurch dann die Einwilligung beider Teile erhalten, und beim Staate lediglich eine Deklaration nötig sein würde; so daß, was er dabei zu tun hätte, weiter nicht in Frage käme.

Wenn die Frau in eine Criminaluntersuchung verfällt, wo der Staat sich an ihren Leib und Leben hält, ist sie durch die Sache selbst vom Manne geschieden: der Staat selbst nimmt sie ihm weg. Der Mann ist sonst ihr gerichtlicher Vormund. In einer Criminal- also ausschließend persönlichen Sache, kann er das nicht sein. Sie erhält ihre Selbständigkeit, und ist dadurch geschieden. Wird sie unschuldig befunden, so tritt sie wieder zurück unter die Botmäßigkeit des Mannes. – Will nach ausgestandener Strafe der Mann sie wieder nehmen, so darf er das tun; aber nötigen kann ihn dazu niemand, denn er ist durch sie entehrt worden.

§. 30.

Der Fall sei der, daß die Frau auf die juridische Trennung klage, um Ehebruchs des Mannes willen. – Es ist nach obigem allerdings möglich, und bringt der Frau keine Unehre, sondern vielmehr Ehre, dem Manne zu verzeihen. Es ist sonach ratsam, ihr Vorstellungen zu tun: auch wohl auf einige Zeit sie zur Geduld zu verweisen. – (Die Scheidung von Tisch und Bette.) Besteht sie aber auf ihrem Begehren, so muß sie geschieden werden; denn nur sie selbst kennt ihr Herz, und kann darüber entscheiden, ob durch die Untreue ihres Mannes, die Liebe zu ihm ganz ausgetilgt sei. Nachdem aber die Liebe ausgetilgt ist, die Frau doch zu nötigen, ihrem Manne sich zu unterwerfen, wäre wider die erste Pflicht des Staats gegen das weibliche Geschlecht.

Überhaupt ist der Staat stets verbunden, auf Anhalten der Frau, ihre Klage sei, welche sie wolle, nach vorläufigen

Vorstellungen, wenn sie dennoch auf ihrer Foderung besteht, sie zu scheiden. Das andere Geschlecht muß hierüber begünstigt werden. Der Grund davon ist dieser; durch die Klage auf die Scheidung mag sie vielleicht nichts gegen ihren Mann beweisen; was sie selbst aber betrifft, beweist sie den Mangel ihrer Liebe: und ohne Liebe soll sie nicht genötigt werden, sich zu unterwerfen. – Eben darum aber, weil sie ihr eignes Herz zuweilen nicht recht kennt, und wohl mehr liebt, als sie glaubt, sind hier die Vorstellungen und der Verzug der Scheidung für eine gewisse Zeit anzuwenden.

Die Klage über versagte eheliche Pflicht von Seiten des Weibes ist eine ihr Geschlecht entehrende Klage, eine Sünde gegen die Natur: und man kann es nicht wohl anders, als Barbarei nennen, daß der Staat – sogar die Kirche im Namen desselben – eine solche Klage annimmt. Auch bestätigt es die Erfahrung, daß die Weiber sich ihrer selbst schämen, und sie meist nur als Vorwand gebrauchen. Erlaube ihnen doch der Staat geradezu ihre Abneigung zu gestehen.

Eine Criminaluntersuchung, in die der Mann verfällt, scheidet nicht notwendig. Das Verhältnis ist hier ein ganz anderes. Der Mann muß ja immer in seinem und der Frau Namen vor Gerichte stehen. – Doch ist eine solche Untersuchung ein sehr gültiger Grund für die Frau, auf Scheidung zu klagen, denn sie kann einen Verbrecher nicht achten. Will sie aber bei ihm bleiben, selbst sein Schicksal mit tragen, und es erleichtern, so viel es ihr die Gesetze zulassen, so steht ihr das ganz frei.

Bösliche Verlassung – d. i. Verlassung ohne daß der Ehegatte von derselben und ihren Gründen weiß, als Grund der Klage auf die Scheidung, scheidet ohne weiteres, denn der Teil, der den andern verlassen hat, ist anzusehen, als habe er sich selbst geschieden: der verlassene aber klagt auf die Scheidung. Sonach ist hier die Einwilligung beider Teile.

§. 31.

Wie ist es bei der Scheidung in Absicht des Vermögens zu halten?

Da meine Grundsätze darüber von den gewöhnlichen abgehen, so bitte ich, die Gründe der Entscheidung wohl zu überlegen.

Die Frau unterwürft mit ihrer Persönlichkeit zugleich ihr ganzes Vermögen dem Manne; und er kann ihre Liebe mit nichts anderm vergelten, als daß er, so wie seine Person und Freiheit, also auch sein ganzes Vermögen, ihr gleichfalls unterwerfe; doch mit dem Unterschiede, daß er die äußere Herrschaft über das Ganze behalte. – Aus der Vereinigung der Herzen erfolgt notwendig Vereinigung der Güter, unter der Oberherrschaft des Mannes. Aus zwei Vermögen wird nur Ein Vermögen.

Jetzt wird diese Verbindung getrennt; aber wenn der Grund wegfällt, fällt das Begründete weg. Jeder Teil müßte der ersten Ansicht nach in den vorigen Zustand wieder eingesezt werden; zurückbekommen, was er zur gemeinschaftlichen Masse gab.

Aber, – eine Betrachtung, die dieses Resultat sehr ändert, – beide haben eine Zeitlang dieses Vermögen, – der Präsumtion nach durch Einen Willen, und überhaupt, als Ein Subjekt, verwaltet, genossen, vermehrt, vermindert. Der Effekt dieser gemeinschaftlichen Verwaltung, läßt sich nicht aufheben, er ist notwendig beiden gemein, und bleibt beiden gemein. Nachgerechnet kann nicht werden, so daß der eine Teil zum andern sage: du hast diese oder jene Pflege bedurft, die ich nicht bedurfte; ich habe dieses oder jenes erworben, das du nicht erworben hast; denn wenn beide nur in einer wahren Ehe lebten, so war das Bedürfnis jedes Teils zugleich Bedürfnis des andern, und der Gewinn des einen Teils zugleich Gewinn des andern; beide waren der rechtlichen Präsumtion nach nur Eine Person. So wenig jemand mit sich selbst Abrechnung hält, und handelt, und processiert, so wenig können es Ehegatten. Jetzt freilich wird dieses Verhältnis aufgehoben, und es ist von diesem Augenblicke an anders; bis dahin aber war es so, und der Effekt dieses Verhältnisses läßt sich nicht vernichten.

Nun aber ist die äußere Bedingung dieses Effekts das zugebrachte Vermögen; nicht etwa bloß an barem Gelde, sondern auch an Rechten und Privilegien. (Über die innern Bedingungen, den Fleiß, die Sorgfalt eines jeden Teils soll eben nicht nachgerechnet werden.) Nach diesem Verhältnisse des zugebrachten müßte das zur Zeit der Scheidung vorhandene ganze Vermögen, als Effekt, geteilt werden. Was jeder Teil zugebracht hat, muß gerichtlich nachgewiesen werden können, zufolge einer oben beigebrachten Bemerkung. Habe z. B. die Frau Ein Drittel, der Mann zwei Drittel, des ganzen Vermögens, womit der Ehestand angefangen wurde, eingebracht. Der Bestand des ganzen Vermögens bei der Scheidung wird untersucht, und nach demselben Verhältnisse geteilt, so, daß die abgeschiedene Frau ein Drittel herausbekomme, der Mann zwei Drittel behalte. Die Frau bekommt nicht etwa ihr eingebrachtes zurück; sie überträgt von demselben ihren Teil des Verlustes, wenn sich das Ganze verringert, sie erhält ihren Teil des Gewinns, wenn sich das ganze vermehrt hat. Es ist ganz so, wie bei einer Mascopei[1]. – Andere Dispositionen der Gesezgebung hierüber mögen wohl ihre politischen Gründe haben, aber sie sind nicht gerecht.

Wie es bei einer Scheidung in Absicht der Teilung der Kinder unter die geschiedenen Ehegatten zu halten sei, dies wird sich erst tiefer unten bei Untersuchung des Verhältnisses zwischen Eltern und Kindern einsehen lassen.

Dritter Abschnitt

Folgerungen auf das gegenseitige Rechtsverhältnis beider Geschlechter überhaupt im Staate

§. 32.

Hat das Weib die gleichen Rechte im Staate, welche der Mann hat? Diese Frage könnte schon als Frage lächerlich scheinen. Ist der einzige Grund aller Rechtsfähigkeit, Vernunft und Freiheit, wie könnte zwischen zwei Geschlechtern, die beide dieselbe Vernunft und dieselbe Freiheit besitzen ein Unterschied der Rechte Statt finden?

Nun aber scheint es doch allgemein, seitdem Menschen gewesen sind, anders gehalten, und das weibliche Ge-

---

[1] Handelsgesellschaft.

schlecht in der Ausübung seiner Rechte dem männlichen nachgesezt worden zu sein. Eine solche allgemeine Übereinstimmung muß einen tiefliegenden Grund haben, und ist die Aufsuchung desselben je ein dringendes Bedürfnis gewesen, so ist sie es in unsern Tagen.

Vorausgesezt, daß das andere Geschlecht in Absicht seiner Rechte, wirklich gegen das erste zurückgesezt sei, so würde es keinesweges hinreichen, als den Grund dieser Zurücksetzung die geringern Geistes- und körperlichen Kräfte des Weibes anzuführen. Besonders auf das erstere würden die Weiber, und ihre Schuzredner antworten: zuförderst bildet man uns nicht gehörig aus, und das männliche Geschlecht entfernt uns geflissentlich von den Quellen der Bildung: dann ist euer Vorgeben nicht einmal streng richtig, denn gegen die meisten Männer, die der Ruhm ihres Geschlechts sind, wollten wir euch gar wohl Weiber gegenüber stellen, die nach einer gerechten Schätzung ihnen nichts nachgeben würden; endlich könnte aus dieser Ungleichheit, wenn sie auch gegründet wäre, nimmermehr eine so entschiedene Ungleichheit der Rechte folgen, da man ja wohl auch unter den Männern eine sehr große Verschiedenheit der geistigen und körperlichen Kräfte wahrnimmt, ohne daß man daraus eine so drückende Folgerung auf das gegenseitige Rechtsverhältnis derselben gestatten will.

Es wäre demnach vor allen Dingen nur das zu untersuchen, ob denn auch wirklich die Weiber so zurückgesezt sind, als es einige unter ihnen, und noch mehr, einige unberufene Schuzredner derselben vorgeben. Es wird in unserer Darstellung ein Punkt nach dem andern sich ergeben.

§. 33.

Ob an sich dem weiblichen Geschlechte nicht alle Menschen- und Bürgerrechte so gut zukommen, als dem männlichen; darüber könnte nur der die Frage erheben, welcher zweifelte, ob die Weiber auch völlige Menschen seien. Wir sind darüber nicht im Zweifel, wie aus den oben aufgestellten Sätzen hervorgeht. Aber darüber, ob und inwiefern das weibliche Geschlecht alle seine Rechte ausüben auch *nur wollen könne*, könnte allerdings die Frage entstehen. Wir gehen, um diese Frage zu beantworten, die möglichen Zustände des Weibes einzeln durch.

§. 34.

Der *Regel* nach, – von den Ausnahmen tiefer unten – ist das Weib entweder noch *Jungfrau*, und dann steht sie unter der väterlichen Gewalt, wie der unverheiratete Jüngling ebenfalls. Hierin sind beide Geschlechter ganz gleich. Beide befreiet ihre Verheiratung, in Absicht welcher beide gleich frei sind: oder, wenn Eins den Vorzug hat, so sollte die Tochter ihn haben. – Sie darf schlechthin auch nicht einmal durch Vorstellung und Zureden zur Heirat genötigt werden: welches bei dem Sohne noch eher tunlich ist, aus den oben angezeigten Gründen. –

Oder das Weib ist *verheiratet*, und dann hängt ihre eigene Würde daran, daß sie ihrem Manne ganz unterworfen sei und scheine. – Man bemerke wohl – es geht zwar dies aus meiner ganzen Theorie hervor, und ist mehrmals ausdrücklich angemerkt, aber es ist vielleicht nicht überflüssig, es wiederholt einzuschärfen, – das Weib ist nicht unterworfen, so daß der Mann ein *Zwangsrecht* auf sie hätte: sie ist unterworfen durch ihren eigenen fortdauernden notwendigen und ihre Moralität bedingenden Wunsch, unterworfen zu sein. Sie dürfte wohl ihre Freiheit zurücknehmen, wenn sie *wollte*; aber gerade hier liegt es; sie kann es vernünftiger Weise nicht *wollen*. Sie muß, da ihre Verbindung nun einmal allgemein bekannt ist, allen, denen sie bekannt ist, erscheinen wollen, als gänzlich unterworfen dem Manne, als in ihm gänzlich verloren.

Also, zufolge ihres eigenen notwendigen Willens ist der Mann der Verwalter aller ihrer Rechte; sie will, daß dieselben behauptet, und ausgeübt werden, nur inwiefern *er* es will. Er ist ihr natürlicher Repräsentant im Staate, und in der ganzen Gesellschaft. Dies ist ihr Verhältnis zur Gesellschaft, ihr *öffentliches* Verhältnis. Ihre Rechte unmittelbar durch sich selbst auszuüben, kann ihr gar nicht einfallen.

Was das *häusliche* und *innere* Verhältnis anbelangt, *gibt notwendig die Zärtlichkeit des Mannes ihr alles und mehr zu-*

rück, als sie verloren hat. Der Mann wird ihre Rechte nicht aufgeben, denn sie sind seine eigenen Rechte, er würde dadurch sich selbst schaden, und sich und sein Weib vor der Gesellschaft entehren. – Das Weib hat auch Rechte über öffentliche Angelegenheiten, denn sie ist Bürgerin. Ich halte es für die Schuldigkeit des Mannes, daß er in Staaten, wo der Bürger eine Stimme über öffentliche Angelegenheiten hat, diese Stimme nicht gebe, ohne mit seiner Gattin sich darüber unterredet, und durch das Gespräch mit ihr seine Meinung modificiert zu haben. Er wird sonach nur das Resultat ihres gemeinsamen Willens vor das Volk bringen. Überhaupt muß ein Familienvater, der zugleich die Rechte seiner Gattin und seiner Kinder besorgt, größern Einfluß, und eine entscheidendere Stimme im gemeinen Wesen haben, als derjenige, der bloß die Rechte seines Individuum vertritt. Wie dies einzurichten sei, ist eine Untersuchung für die Politik.

Die Weiber üben sonach ihr Stimmrecht über öffentliche Angelegenheiten wirklich aus; nur nicht unmittelbar durch sich selbst, weil sie dies nicht wollen können, ohne ihrer weiblichen Würde zu vergeben; sondern durch den billigen, und in der Natur der ehelichen Verbindung gegründeten Einfluß, den sie auf ihre Männer haben.

(Dies beweist auch die Geschichte aller großen Staatsveränderungen. Entweder gingen sie von Weibern aus, oder sie wurden durch dieselben gelenkt, und beträchtlich modificiert.)

Anmerkung. Wenn denn nun dies ohne Einwendung zugestanden werden muß, was verlangen denn eigentlich die Weiber und ihre Schuzredner? Was ist es doch, das ihnen entrissen sein soll, und das sie jezt zurückfodern? Die Sache selbst? Sie sind in dem vollkommensten Besiz derselben. Nur der äußere Schein kann es sein, nach welchem sie lüstern sind. Sie wollen nicht nur wirken, sondern man soll es auch wissen, daß sie gewirkt haben. Sie wollen nicht bloß, daß geschehe, was sie wünschen; sondern es soll auch bekannt sein, daß *sie, gerade sie,* es ausgeführt haben. Sie suchen Celebrität bei ihrem Leben, und nach ihrem Tode in der Geschichte.

Ist nur dies ihr Zweck; kann nur dies ihr Zweck sein, so

sind sie mit ihrer Klage ohne Bedenken abzuweisen; denn sie können dieselbe gar nicht erheben, ohne auf ihren ganzen weiblichen Wert Verzicht getan zu haben. Die wenigsten unter denen, die sie erheben, erheben sie auch im Ernste. Nur einige verirrte Köpfe unter den Männern, welche größtenteils selbst kein einzelnes Weib gewürdigt haben, es zur Gefährtin ihres Lebens zu machen, und zum Ersaz dafür das ganze Geschlecht in Bausch und Bogen in der Geschichte verewigt sehen möchten, haben sie beredet, dergleichen wunderbare Worte vorzubringen, bei denen sie nichts denken können, ohne sich zu verunehren. Selbst der Mann, der den Ruhm zum Haupt- oder auch nur zum Nebenzwecke seines Handelns macht, verliert das Verdienst seiner Handlung, und, über kurz oder lang, aber unausbleiblich, auch den Ruhm derselben. Die Weiber sollten es ihrer Lage danken, daß ein solcher Verdacht gegen sie gar nicht entstehen kann. – Aber, was mehr bedeutet, sie opfern dadurch die liebenswürdige Schamhaftigkeit ihres Geschlechts auf, welcher nichts widerlicher sein kann, als zur Schau ausgestellt zu werden. Ruhmsucht und Eitelkeit ist für den Mann verächtlich, aber dem Weibe ist sie verderblich, sie rottet jene Schamhaftigkeit und jene hingebende Liebe für ihren Gatten aus, auf denen ihre ganze Würde beruht. Nur auf ihren Mann, und ihre Kinder, kann eine vernünftige und tugendhafte Frau stolz sein; nicht auf sich selbst, denn sie vergißt sich in jenen. – Dazu kommt, daß diejenigen Weiber, welche den Männern im Ernste ihre Celebrität beneiden, über das wahre Objekt ihres Wunsches sich in einer sehr leicht aufzudeckenden Täuschung befinden. Das Weib will notwendig die Liebe irgend eines Mannes, und um diese zu erregen, will sie die Aufmerksamkeit des männlichen Geschlechts auf sich ziehen. Dies ist Natureinrichtung; und bei dem unverheirateten Weibe ganz untadelhaft. Nun rechnen jene Weiber die Reize ihres eigenen Geschlechts, denen sie etwa nicht genug trauen, noch durch dasjenige, welches Männer auf Männer aufmerksam macht, zu bewaffnen, und suchen im Ruhme bloß ein neues Mittel, Männerherzen zu bestricken. Sind es verheiratete Frauen, so ist der Zweck eben so verächtlich, als das Mittel verkehrt ist.

§. 35.

Könnte oder wollte der Mann nicht in der Volksversammlung erscheinen, so verhindert nichts, daß seine Gattin an seiner Stelle erscheine, und die gemeinschaftliche Stimme, doch immer als *Stimme ihres Mannes* vortrage. – (Als ihre eigene könnte sie dieselbe nicht vortragen, ohne sich dadurch von ihrem Manne abzutrennen.) Denn wenn der Grund wegfällt, fällt das Begründete weg. Nun konnte die Frau darum nicht stimmen, weil der Mann die gemeinschaftliche Stimme gab. Gibt er sie nicht, so kann sie dieselbe in eigner Person geben.

Dies gibt uns zugleich die Principien der Beurteilung für die Witwe, die Abgeschiedene und die, welche sich überhaupt nicht verheiratet hat, ohne doch unter der väterlichen Gewalt zu sein.

Diese alle sind keinem Manne unterworfen: es ist sonach gar kein Grund, warum sie nicht alle bürgerlichen Rechte, gerade wie die Männer, durch sich selbst ausüben sollten. – Sie haben das Recht, ihre Stimmen zu geben, in der Republik; das Recht, selbst vor Gericht zu treten, und ihre Sache zu führen. Wollen sie sich aus natürlicher Schamhaftigkeit und Schüchternheit einen Vormund wählen, so muß ihnen das erlaubt sein, und wie sie mit diesem sich verabreden, steht bei ihnen. Wollen sie sich keinen Vormund wählen, so ist gar kein Rechtsgrund vorhanden, sie dazu zu zwingen.

§. 36.

Jedermann im Staate soll ein Eigentum besitzen, und es selbst nach seinem Willen verwalten, also auch das ledige Weib. – Dieses Eigentum braucht nicht gerade in absolutem Eigentume, in Geld oder Geldeswert zu bestehen; es kann auch in bürgerlichen Rechten und Privilegien bestehen. Es ist kein Grund, warum das Weib dieselben nicht haben sollte. – Das Weib kann Äcker besitzen, und den Ackerbau treiben. (Der Mangel an körperlichen Kräften ist kein Einwurf dagegen. Die Erfahrung bestätigt, daß Weiber allerdings auch pflügen können, und säen u. dergl.

Bei den alten Germaniern trieben sie den Ackerbau ganz allein. Und was das Weib nicht selbst tun kann, kann sie ja tun lassen, durch ihre Dienstboten, wie es denn auch wirklich geschieht.) Sie kann andere Produkte sammeln. Sie könnte auch eine Kunst oder ein Handwerk treiben; wenn dasselbe nur ihren Kräften angemessen ist. Sie kann Kaufmannschaft treiben, wenn sie es versteht. – (Alles dies geschieht nun in unsern Staaten wirklich; besonders durch die Witwen, die die Hantierung ihrer verstorbenen Männer fortsetzen. Es ist kein Grund, warum es nicht auch durch unverheiratet gebliebene Frauenspersonen geschehen könnte.)

§. 37.

Öffentliche Staatsämter allein können die Weiber nicht verwalten, aus folgenden einfachen Gründen: – Der öffentliche Beamte ist dem Staate ganz und durchgängig verantwortlich, nach dem oben geführten Beweise; entweder, wenn er selbst die höchste Obrigkeit ist, dem Volke; oder wenn er durch die leztere ernannt, und ein Teil ihrer Gewalt ihm übertragen ist, der Obrigkeit. Er muß sonach ganz frei sein, und immer von seinem eignen Entschlusse abhängen; außerdem wäre eine solche Verantwortlichkeit widersprechend und ungerecht. – Nun aber ist das Weib frei und von sich selbst abhängig, nur so lange sie unverheiratet ist. Das Versprechen, sich nie zu verheiraten, wäre sonach die ausschließende Bedingung, unter welcher der Staat einem Weibe ein Amt übertragen könnte. Ein solches Versprechen aber kann keine Frau vernünftiger Weise geben, noch kann der Staat vernünftiger Weise es von ihr annehmen. Denn sie ist bestimmt zu lieben, und die Liebe kommt ihr von selbst, und hängt nicht von ihrem freien Willen ab. Liebt sie aber, so wird es ihre Pflicht zu heiraten; und der Staat darf ihr an der Ausübung derselben nicht hinderlich sein. Heiratet aber eine Staatsbeamtin, so wären nur zwei Fälle möglich. Entweder sie unterwürfe sich ihrem Manne in Absicht ihrer Amtsgeschäfte nicht, sondern bliebe darüber gänzlich frei, so wäre dies gegen ihre weibliche Würde. Sie könnte dann nicht sagen, daß sie sich dem Manne gänzlich hingegeben habe. Überdies, wo gehen denn die bestimmten Grenzen zwischen dem, was zum Amte gehört, und dem, was nicht darzu gehört an? Was könnte es denn doch geben, das nicht gewissermaßen darauf Einfluß hätte? – Oder sie unterwürfe sich, wie Natur, und Moralität es von ihr fodert, dem Manne auch in Absicht ihrer Amtsgeschäfte. Dann würde Er der Beamte, und Er allein verantwortlich. Das Amt würde an ihn verheiratet, so wie das übrige Vermögen der Frau, und ihre Rechte an ihn verheiratet werden. Dies aber kann der Staat – wenn seine Ämter nur wirkliche Ämter, Geschäfte, und nicht bloß Pfründen zum Genusse sind – sich nicht gefallen lassen. Er muß die Geschicklichkeit und den Charakter der Person kennen und prüfen, der er ein Amt überträgt, und kann sich nicht einen, nur durch die Liebe gewählten, aufdringen lassen.

§. 38.

Dies, daß die Weiber nicht für öffentliche Ämter bestimmt sind, hat eine andere Folge, welche die Schuzredner der Weiber als eine neue Beschwerde gegen unsere politische Einrichtungen anführen. Sie werden nemlich sehr natürlich nicht zur Verwaltung dessen erzogen, was sie nie verwalten sollen, sie werden nicht auf Schulen und Universitäten geschickt; und da behaupten sie denn, daß man ihren Geist vernachlässige, sie hinterlistiger und neidischer Weise in der Unwissenheit erhalte, und von den Quellen der Aufklärung entferne. – Wir wollen diesen Vorwurf von Grund aus beleuchten.

Der Gelehrte von Profession studiert nicht lediglich für sich; *als* Gelehrter, der Form nach, studiert er gar nicht für sich, sondern für andere. Entweder er wird ein Kirchendiener, oder Staatsbeamter, oder Arzt; so ist es ihm darum zu tun, das erlernte unmittelbar auszuüben; deswegen lernt er die Form, wie es auszuüben ist, mit hinzu, und lernt es gleich auf die Weise, daß dieselbe dabei sei. Oder er wird ein Lehrer künftiger Gelehrten auf Schulen oder Universitäten; so ist sein Zweck das erlernte einst wieder mitzuteilen, und durch eigene Erfindungen zu vermehren, damit die Kultur nicht stille stehe. Er muß sonach wissen, *wie* sie es gefunden, wie es aus der menschlichen Seele entwickelt wird. Dieses gerade ist es, was die Weiber nicht brauchen können, denn sie sollen weder das erstere noch das leztere werden. – Zum eigenen Gebrauch für den Menschen gehören von der Geisteskultur nur die Resultate, und diese erhalten die Weiber in der Gesellschaft: in jedem Stande das Resultat der ganzen Kultur dieses Standes. Das sonach, warum sie uns beneiden, ist das äußere unwesentliche, das Formelle, die Schale: ihre Lage und unser Umgang erspart ihnen die Mühe, sich erst durch jene durchzuarbeiten, und gibt ihnen unmittelbar das Wesen. Mit der Form könnten sie ohnedies nichts machen: als *Mittel* sie anzusehen, sind sie nicht gewöhnt, und können sie sich nicht gewöhnen, weil man das nur durch den Gebrauch lernt: sie betrachten sie sonach als *Zweck* an sich, als etwas an sich herrliches und vortreffliches; woher es denn auch kommt, daß eigentlich gelehrte Weiber – ich rede nicht von denen, die bloß nach dem gesunden Menschenverstande raisonnieren, denn diese sind höchst achtungswürdig – meistens Pedantinnen werden.

Um auf keine Art mißverstanden zu werden, will ich dies weiter aus einander setzen. – Es läßt sich nicht behaupten, daß das Weib an Geistestalenten *unter* dem Manne stehe; aber das läßt sich behaupten, daß der Geist beider von Natur einen ganz verschiedenen Charakter habe. Der Mann bringt alles, was in ihm und für ihn ist, auf deutliche Begriffe, und findet es nur durch Raisonnement; wenn er nemlich wirklich überzeugt sein soll, und sein Wissen nicht lediglich ein historisches Wissen ist. Das Weib hat ein natürliches Unterscheidungsgefühl für das wahre, schickliche, gute; nicht etwa daß ihr dasselbe durch das bloße Gefühl gegeben werde, welches unmöglich ist; sondern daß, wenn sie es von außen bekommt, sie durch das bloße Gefühl, ohne deutliche Einsicht in die Gründe ihres Urteils, leicht beurteilen könne, ob es wahr und gut sei, oder nicht. Man kann sagen, der Mann muß sich erst vernünftig machen: aber das Weib ist schon von Natur vernünftig. Aus dem oben angegebnen Grundzuge, der das Weib vom Manne unterscheidet, läßt sich dieses leicht ableiten. Ihr

Grundtrieb verschmilzt gleich ursprünglich mit der Vernunft, weil er ohne diese Verbindung die Vernunft aufhübe; er wird ein vernünftiger Trieb; darum ist ihr ganzes Gefühlsystem vernünftig, und gleichsam auf die Vernunft berechnet. Da hingegen muß der Mann alle seine Triebe erst durch Mühe und Tätigkeit der Vernunft unterordnen.

Das Weib ist sonach schon durch ihre Weiblichkeit vorzüglich praktisch; keinesweges aber speculativ. In das Innere über die Grenze ihres Gefühls hinaus eindringen kann sie nicht, und soll sie nicht. (Dadurch wird ein sehr bekanntes Phänomen erklärt. Wir haben nemlich Weiber gehabt, die in Sachen des Gedächtnisses, z. B. in Sprachen, selbst in der Mathematik, inwiefern sie erlernt werden kann, als Vielwisserinnen sich auszeichneten, solche, die in Sachen der Erfindung, in der sanftern Dichtkunst, im Romane, selbst in der Geschichtschreibung berühmt wurden. Aber Philosophinnen oder Erfinderinnen neuer Theorien in der Mathematik haben wir nicht gehabt.)

Noch ein paar Worte über die Begierde der Weiber, Schriftstellerei zu treiben, die sich unter ihnen immer weiter verbreitet.

Es lassen sich nur zwei Zwecke der Schriftstellerei denken; entweder der, neue Entdeckungen in den Wissenschaften der Prüfung der Gelehrten vorzulegen; oder der, das schon bekannte, und ausgemachte durch populäre Darstellung weiter zu verbreiten. – Entdeckungen können die Weiber nicht machen, aus den oben angeführten Gründen. Populäre Schriften für Weiber, Schriften über die weibliche Erziehung, Sittenlehren für das weibliche Geschlecht, als solches, können die Weiber am zweckmäßigsten schreiben; teils, weil sie ihr Geschlecht besser kennen, als es je ein Mann kennen wird, indem sie selbst zu diesem Geschlechte gehören; es versteht sich, wenn sie zugleich Kraft genug haben, sich zum Teil über dasselbe zu erheben; teils, weil sie bei demselben, der *Regel* nach, am leichtesten Eingang finden. Selbst der gebildete Mann kann aus dergleichen Schriften seine Kenntnis des weiblichen Charakters gar sehr vermehren. Es versteht sich, daß die Verfasserin dann auch als Weib schreiben, und in ihrer Schrift, als Weib, nicht als ein übel verkleideter Mann erscheinen wollen mußte. – Ich habe, wie man sieht, vorausgesezt, daß das Weib lediglich um zu nützen, und einem entdeckten Bedürfnisse ihres Geschlechts abzuhelfen, für ihr Geschlecht, keinesweges aber aus Ruhmsucht, und Eitelkeit für das unsere schreibe. Außer, daß in dem leztern Falle ihre Produkte wenig literarischen Wert haben werden, würde auch dem moralischen Werte der Verfasserin dadurch großer Abbruch geschehen. Ihre Schriftstellerei wird dann weiter nichts für sie sein, als ein Werkzeug der Koketterie mehr. Ist sie verehelicht, so erhält sie durch ihren schriftstellerischen Ruhm eine von ihrem Gatten unabhängige Selbstständigkeit, die das eheliche Verhältnis notwendig entkräftet, und zu lösen droht. Oder wird sie getadelt, so empfindet sie den Tadel, als eine ihrem Geschlechte zugefügte Beleidigung, und ihre, und ihres unschuldigen Gatten Tage werden verbittert.

Nachwort

Für den «aus der Schrift und der gesunden Vernunft» dargelegten «Beweis, daß die Weibsbilder keine Menschen sind», fand ein gewisser Johann Michael Ambros 1782 einen Wiener Verleger. Eine anonyme Gegenstimme dementierte das 1791 mit der «Apologie des schönen Geschlechts oder Beweis, daß die Frauenzimmer Menschen sind» in recht oberflächlich pikantem, journalistischem Duktus. Dies sind zwei Beispiele aus einer Debatte; sie belegen, daß für das Menschsein der Frau seinerzeit tatsächlich Argumente zu sammeln waren. Dichter und Gelehrte beschäftigten sich durchaus ernsthaft mit diesem Problem. Die Debatte berührte Grundfragen aufklärerischen Denkens von sozialem, politischem, kulturellem und juristischem Zuschnitt. Es ging um die bürgerliche Gesellschaft, die mit der Französischen Revolution unumkehrbar in West- und Mitteleuropa Einzug hielt. Die feudale Ständeordnung zerfiel, und allmählich konstituierte sich auch in Deutschland ein bürgerlicher Rechtsstaat. Ökonomische, militärische, soziale Reformprojekte versuchten in den deutschen Ländern dem Geist und vor allem der Realität des neuen Zeitalters Rechnung zu tragen. Die Lebensverhältnisse veränderten sich grundlegend, doch einen Ruhepol von scheinbar felsenfester Ewigkeit brachte dieses Zeitalter mit sich: die bürgerliche Familie.

«Der Mann muß hinaus / Ins feindliche Leben, / Muß wirken und streben / Und pflanzen und schaffen, / Erlisten, erraffen, / Muß wetten und wagen, / Das Glück zu erjagen ... Und drinnen waltet die züchtige Hausfrau / Die Mutter der Kinder, / Und herrschet weise / Im häuslichen Kreise, / Und lehret die Mädchen, / Und wehret den Knaben, / Und reget ohn Ende / Die fleißigen Hände ...» – für Generationen hat Schiller das Modell der bürgerlichen Familie in eingängige Verse mit einprägsamer Didaktik gefaßt. Was, mit geringen Variationen, bis heute manchem als die «Natur» der sozialen Geschlechterrollen erscheint, wurde damals, an der Schwelle zum 19. Jahrhundert, als ein neues Leitbild propagiert. Die naturgegebene Differenz der Geschlechter und die Polarisierung in der Arbeitsteilung von häuslichem und öffentlich-beruflichem Aufgabenfeld war in dieser Sozialanthropologie ausdrücklich inbegriffen. In literarischer Verpackung, in Ratgebern für das tägliche Leben, in Bildungsprogrammen, in juristischer Kodifikation, gar in tiefsinnigen metaphysischen Abhandlungen und natürlich mit der gehörigen religiösen Fundierung wurden der männliche und der weibliche Mensch mit der jeweiligen «Bestimmung» konfrontiert. Wozu der propagandistische Aufwand für eine so einleuchtende, eben «natürliche» Sache? Die «Natur» galt es für die bürgerlichen Schichten zurückzuerobern und den Leitbildern höfischen Lebens entgegenzusetzen. Es war ein kritischer Ansatz, der kaum hundert Jahre später – im Begriff ‹dekadent› – das Bürgertum selbst betreffen wird. Die «Unnatur» der höfischen Konvention war ein Synonym für ‹Unmoral› und brachte die protestantische Ethik des bürgerlichen Erwerbsfleißes mit der sittlichen Tugend in den gehörigen Zusammenhang. Denn wie das Laster mit dem Müßiggang, so ist die rigide Leibesmoral der Mäßigkeit mit dem Arbeitsfleiß im Bunde.

Allein das ethische Ideal des bürgerlichen Lebens begründet noch nicht die schier unerschöpflichen Debatten, die im ausgehenden 18. Jahrhundert über die Geschlechterrollen geführt wurden. Nicht nur das Modell der Kleinfamilie war seinerzeit etwas Neues, sowohl im Vergleich zu der von der höfischen Ökonomie geprägten Adelsfamilie als auch zur bäuerlichen und kleinbürgerlichen Produktionsfamilie. In der Großfamilie hatten die Mitglieder mehrerer Generationen wie auch das Gesinde einen festen Platz bei der Arbeit für das tägliche Brot, während die auf zwei Generationen beschränkte Kleinfamilie eine Intimität des Zusammenlebens kultivierte, die vornehmlich von der Frau in der dreifaltigen Funktionszuweisung von Ehefrau, Mutter und Vorsteherin des Haushalts zu pflegen war. Die – noch immer prinzipiell im Schillerschen Sinne – Arbeitsteilung der Geschlechter, die der Frau die Bürde der Kindererziehung und die mühsame Reproduktion des täglichen Lebens auferlegt, hat sich als das erwiesen, was man heute schlicht ökonomisch effizient nennt.

Ob die Weiber Menschen seien – die Frage erscheint aus

gegenwärtiger Perspektive als frauenrechtliches Problem, dessen Lösung heute weitgehend fortgeschritten sein mag. Die Radikalität der Problematik in bezug auf die bürgerliche Gesellschaft erfaßte hingegen, inmitten der revolutionären Bewegung, die am Ende des 18. Jahrhunderts gewaltsam und mit großem Pathos der europäischen Moderne ins Leben half, eine Frau: Olympe de Gouges, mit bürgerlichem Namen Marie Aubry. Ihr Geburtsdatum ist nicht genau zu ermitteln, einprägsam hingegen ist ihr Todestag: Am 3. November 1793 wurde sie in Paris guillotiniert. Die Geschichtsschreiber haben ihr Andenken verharmlost und verdrängt, erst die neuere feministische Forschung hat Olympe de Gouges mit Nachdruck ins öffentliche Bewußtsein zurückgeholt. Warum wurde dieser Frau der brutale Tod durch die jakobinische Terrorjustiz und dann noch einmal das leise Sterben durch das Vergessen zuteil? Sie war mit Theaterstücken und Romanen nur einem kleinen Publikum bekannt geworden. In den ersten Jahren der Revolution schrieb sie eine Reihe politischer Pamphlete und schließlich die eigene Version der verfassunggebenden «Erklärung der Rechte des Menschen und Bürgers». In der Präambel und in sämtlichen 17 Artikeln dieses Dokuments ersetzte sie den Begriff Mensch durch die einfache Differenzierung «Mann und Frau». Dem Philologen mag diese Neuerung geringfügig vorkommen; der semantische Unterschied allerdings war es, der der Vervollkommnung der Geburtsurkunde des modernen bürgerlichen Staats die Grundlage entzog.

Die Hauptkategorien der Menschenrechtserklärung heißen Freiheit, Sicherheit, Recht auf Eigentum und Recht auf Widerstand gegen Unterdrückung. Das bürgerliche Gesetz entfaltet sie im Hinblick auf die umfassende Absicherung des rechtschaffenen Kapitaleigentümers und -vermehrers, zum Wohle des Ganzen, versteht sich, und zur Nutznießung für jedermann. Im Gegensatz nämlich zur «allgemeinmenschlichen» Begrifflichkeit des Grundsatzdokuments differenziert die Praxis der bürgerlichen Gesellschaft sowohl de facto als auch de jure zwischen Besitzenden und Besitzlosen – was auch Olympe de Gouges anmerkt – *und* zwischen Männern und Frauen. Vom bürgerlichen Recht auf Eigentum ist die Frau ausgeschlossen, sofern sie über kein unabhängiges Vermögen verfügt. Mithin entspricht (oder: kontrastiert mit) der Freiheit des Mannes die völlige wirtschaftliche und rechtliche Abhängigkeit der Frau. Sie gilt nicht als eigenständige Rechtsperson, solange ein Ehemann, Vater oder Vormund sie vertreten können. Die Sicherheit des Eigentümers und Produzenten erweist sich für seine Ehefrau als die Sicherheit der hausabhängigen Sklavin. Das Recht auf Widerstand gegen Unterdrückung verkehrt sich für sie in die totale Leibeigenschaft. Es betrifft die sogenannten ehelichen Pflichten einschließlich des – wegen des Niveaus der medizinischen Wissenschaft seinerzeit lebensgefährlichen – Gebärzwangs der Ehefrau, ihre sexuelle Treueverpflichtung und das Keuschheitsgebot für Unverheiratete und Witwen. Gute zehn Jahre nach dem Sieg der Männer in der Großen Revolution ist auch die totale Niederlage ihrer Frauen verbrieft im «Code Napoléon». Olympe de Gouges mag die Wendung der Dinge ahnungsvoll vorausgesehen haben, als sie ihrer allgemeinen Frauenrechtserklärung von 1791 sogleich Positionen für die privatrechtliche Gleichstellung der Frau anfügte. Mindestens ebenso vorausschauend jedoch war der männliche Protagonist der Revolution, Robespierre, als er noch kurz vor dem eigenen Ende mit dem Verbot der Frauenklubs die rechtliche Unmündigkeit der Frauen, ihre politische Ausgrenzung und mit dem Todesurteil für die Avantgardistinnen deren physische Vernichtung festschrieb. Paradigmatisch erhellt die Biographie Olympe de Gouges' das patriarchalische Grundgesetz der bürgerlichen Gesellschaft.

Ein Zufall war das Schicksal dieser Frau ebensowenig wie die männliche Option für die Gesetzeswerke ein vermeidbarer Lapsus. Die Identität von radikalem philosophisch-politischem Vordenker der Revolution und absolutem Frauenverächter hat auch bei Jean-Jacques Rousseau zwingende Logik. Im selben Jahr, 1762, erschienen sein philosophisches Hauptwerk «Der Gesellschaftsvertrag» und das literarisch-pädagogische Kompendium «Emile oder Über die Erziehung». Im Namen derselben kulturkritischen Naturrechtsphilosophie begründet das eine die Theorie der Volkssouveränität im modernen, auf dem Schutz des privaten Eigentums beruhenden Staatswesens und das andere die geschlechtertypische Sozialisation seines Bürgers und der Ehefrau des Bürgers, wohlgemerkt nicht seiner Bürgerin. Im fünften und abschließenden Kapitel der Musterbiographie erreicht der junge Held Emile den Gipfel und den Lohn seiner Bildungsgeschichte: «Sophie oder Das Weib». In den individuell nicht festgelegten Idealtypus der bürgerlichen Frau projiziert Rousseau all seine Wünsche des «Zurück zur Natur». Die vom paradiesischen Urzustand entfernte menschheitliche Entwicklung erkannte er als irreversibel. Daß eine Ahnung von der ursprünglichen naturhaften Glückseligkeit, wenn nicht für die Gesellschaft im ganzen, so doch für ihre einzelnen Mitglieder verbürgt bleibe, dafür sorge «das Weib». Rousseau initiierte einen für Deutschland folgenreichen Kult der natürlichen Frau, der das Rollenbild vom «unverdorbenen Weibe» verhängnisvoll prägte. Zur Naturbestimmung der Frau gehört zweifellos die Mutterschaft – wie die Vaterschaft zum Mann, darüber hinaus, nach Rousseau – nichts. Aber selbst das Nichts will erworben sein, und zwar durch die Fernhaltung des Mädchens von jeglicher Bildung zum um so gedeihlicheren Wildwuchs des «gesunden Menschenverstands», und durch die Einübung von Demut, Gehorsam, individueller Bedürfnislosigkeit und Opferfreude für Mann und Kinder. Der Apostel der Freiheit und der Tugend geniert sich nicht, doppelte Moral mit dem heiligsten aller bürgerlichen Werte, dem Eigentum, zu begründen: Zweifellos sei die monogame Ehe moralische Verpflichtung beider Gatten. Während aber die – eventuelle – Untreue des Mannes entschuldbar sei, ist die der Frau ein Kapitalverbrechen. Die «zarten Bande der Natur» würden verletzt, wenn der Mann sich in Ungewißheit darüber verzehrt, wem die Kinder in seinem Hause ihr leibliches Dasein verdanken.

Die unfreiwillige Komik des Rousseauschen Männerstolzes beschert dem/r heutigen Leser/in eine Art grimmiges Vergnügen bei der Lektüre. Ernster zu nehmen ist das Rollenklischee der unverbildeten, sprich: ungebildeten Frau, ihrer in Entsagung ausgelöschten Individualität sowie ihres einzigen natürlichen Berufes, der Mutterschaft in der patriarchalischen Kleinfamilie. Neben der erwähnten wirtschaftlichen Effizienz veranschlagt heutige Politikwissenschaft eine unschätzbare politisch-psychologische Funktion dieser Familie für nichts Geringeres als die Stabilität des Staates. Der gesetzlich und administrativ verankerte «herrschende Allgemeinwille» des bürgerlichen Staates etablierte ein Normativ staatsbürgerlichen Wohlverhaltens. Es vertauschte die Stelle des personal fixierten feudalen Despoten mit einem kategorischen Imperativ in den Köpfen der Individuen. Die Maxime jeglichen Handelns, so Immanuel Kant, sei nach ihrer Allgemeingültigkeit auszurichten. Damit wird im Wechselspiel von beanspruchter individueller Freiheit und seiner notwendigen gesellschaftlichen Eingliederung ein Herrschafts- und Untertanenverhältnis in der Psyche des einzelnen verankert und in der Weise privatisiert, daß jedermann gleichsam sein eigener Herr und Untertan ist. Letzteres im Verhältnis zum Staat, ersteres als Herr im Hause. Die Fortschreibung des eigentlich feudalgesellschaftlichen Gesamtsystems, das sich nun aus Patriarchat, Paternität und personaler Abhängigkeit in der bürgerlichen Familie konstituiert, erweist sich als verborgener Kern bürgerlicher Demokratisierung von Herrschaft.

Es gehört zu den Paradoxa der Geschichte, daß genau zehn Jahre vor dem französischen Zivilgesetz, das die rechtliche Unmündigkeit der Frauen in allen wesentlichen Punkten festschrieb, ein deutsches Gesetzeswerk in erstaunlicher Progressivität die rechtliche Gleichheit der Geschlechter fixierte. Daß die Detailbestimmungen des Allgemeinen Landrechts für die Preußischen Staaten und natürlich die Praxis diese Gleichheit wieder unterliefen, steht auf einem anderen Blatt.

Die Reformprojekte jener Zeit waren aus dem Schrecken vor der Revolution geboren und argumentierten, ob taktisch oder nicht, mit Präventivabsichten. Natürlich, wo kaum die Bürgerrechte des Mannes ernsthaft verhandelt wurden, konnte von einer Frauenrechtsbewegung am Ende des 18. Jahrhunderts keine Rede sein. Wohl aber gab es einen theoretischen Feminismus, der mit dem Namen des Reformpädagogen Christian Gotthilf Salzmann und dem des preußischen Staatsbeamten Theodor Gottlieb von Hippel verbunden ist. Salzmann übersetzte bereits ein Jahr nach der Publikation des Londoner Originals das Buch der englischen Frauenrechtlerin Mary Wollstonecraft – die übrigens durch die Pariser Schule der Revolutionsjahre gegangen war – «A Vindication of Rights of Women» ins Deutsche und gab es mit einem Vorwort unter dem Titel «Rettung der Rechte des Weibes» 1793 heraus. Doch schwächt die Übersetzung tunlichst die Schärfe des ursprünglichen Textes ab und widerspricht der Verfasserin im Kommentar in deren konsequentesten Positionen. So favorisiert Salzmann die konstitutionelle Monarchie und verteidigt die Erbfolge auf dem Thron. Gleichzeitig will er die Frauen aus dem Parlament ausgeschlossen wissen. Seine Begründung: andernfalls vernachlässigten sie die Familie. Und die männlichen Parlamentarier?, müßte man fragen. Hippel, der bereits mit zwei Versionen eines Buches «Über die Ehe» an die Öffentlichkeit getreten war, korrigierte sichtlich unter dem Eindruck der Französischen Revolution und ihrer Frauenrechtlerinnen seine vormaligen konservativen Auffassungen in der 1792 anonym herausgegebenen Schrift «Über die bürgerliche Verbesserung der Weiber». Unumwunden klagt er deren Bürgerrechte ein und lastet den gängigen Vorwurf der Unbildung und der mangelnden schöpferischen Leistungen der Frauen den Versäumnissen der Männer selbst an. Beide Autoren verfechten ein Modell des reformierten Staates, der zu seiner Vervollkommnung gebildeter Frauen unabdingbar bedarf, deren Rechte festgeschrieben sein müssen – im Geiste des aufgeklärten Absolutismus selbstverständlich. Hippel in der östlichsten preußischen Provinz, in Königsberg, und Salzmann im tiefsten Thüringer Wald, in Schnepfenthal, sollen deshalb nicht geschmäht werden. Im Gegenteil. Für sich haben sie den Mut zum Denken und Sprechen gegen die heilige Kuh mit den Namen «allgemeine Volksmeinung», der in demselben «Lied von der Glocke», das mit der inbrünstigen Überzeugung des Biedermanns die Männer in die Welt und die Frauen ins Haus schickt, kein Geringerer als Friedrich Schiller seine Stimme verlieh: «Freiheit und Gleichheit! hört man schallen, / Der ruh'ge Bürger greift zur Wehr, / Die Straßen füllen sich, die Hallen, / Und Würgerbanden ziehn umher, / Da werden Weiber zu Hyänen /

Und treiben mit Entsetzen Scherz, / Noch zuckend, mit des Panthers Zähnen, / Zerreißen sie des Feindes Herz. / Nichts Heiliges ist mehr, es lösen / Sich alle Bande frommer Scheu, / Das Gute räumt den Platz dem Bösen / Und alle Laster walten frei.» Der Schauer des rechtschaffenen frommen Mannes vor den Schrecken der Revolution wird so recht faßlich, wenn gar die Frauen es wagen, auf der Gasse die Freiheitsglocken zu läuten. Es versteht sich, daß dies nur ein Verstoß wider ihre Natur sein kann, dem man(n) zu ihrem Besten vorbeugen muß. Und zwar gründlich.

«Natur» im Sinne der philosophisch-naturrechtlichen Grundlegung des Rousseauschen Systems ist auch für Olympe de Gouges und Mary Wollstonecraft ein Stichwort, an das sie anknüpfen, in der irrigen Annahme, einem Denkfehler auf der Spur zu sein, der für die Entfernung der Revolution von ihrem idealen Entwurf verantwortlich sei. In Wahrheit sind sie mit ihren frauenrechtlichen «Ergänzungen» des Freiheits- und Gleichheitskonzepts neben den Frühsozialisten die ersten, die aufklärerisches Denken im Ansatz kritisieren: «Die Menschenrechte wurden von Adam ab für die männliche Linie bewahrt. Rousseau wollte seine männliche Herrschaft noch weiter ausdehnen, wenn er sagt, daß er diejenigen nicht tadle, die die Frauen in tiefster Unwissenheit lassen.»

In bemerkenswerter Nähe zum modernen sexismuskritischen Feminismus schreibt Mary Wollstonecraft die misogyne Komponente der Rousseauschen Philosophie der männlichen Sinnlichkeit des Verfassers zu und akzeptiert dabei gleichzeitig sein Grundkonzept der Dichtomie von Sinnlichkeit und Vernunft. Der puritanische Zug früher bürgerlicher Emanzipationskonzepte ist auch Mary Wollstonecraft eigen. Gerade das macht sie jedoch für die deutschen Reformdenker akzeptabel. Denn wo die «öffentliche», die politisch auftretende Frau mit der Hure in eins gesetzt wird, da steht die Tugend als profeministisches Argument hoch im Kurs. Es für die bürgerliche Ordnung in des Wortes tiefster Bedeutung zu retten, verlangt genau die Grenze zu ziehen, jenseits derer das Chaos der Revolution und das Laster der Weiber ein wahrlich furchterregendes Bündnis eingehen.

«Was trägt das weibliche Geschlecht zum Wohle des männlichen bei?» Die Frage der «Compendiösen Bibliothek alles Wissenswürdigen über weibliche Bestimmung und Aufklärung» zeigt die fließenden Übergänge zwischen profeministisch orientierten Gesellschaftsprogrammen und ihrer Realisierung in der Banalität des aufgeklärten Alltags. «Es vermehrt durch Liebe die Freuden unseres Lebens unendlich; bringt durch sanftere Empfindungen und Neigungen mehr Harmonie in das gesellschaftliche Leben», hebt der Verfasser seine Antwort an und verdeckt unter dem Schutz der Liebesreligion, der seinerzeit blühenden Empfindsamkeitsideologie den ausbeuterischen Charakter seiner Forderung. Die Selbstverständlichkeit des emotionalen Anspruchs verquickt sich unauflösbar mit der Forderung nach aufopferungsvoller Hausarbeit als Liebesdienst. Auch das will gelernt sein, und so bilden die praktische und die musische Erziehung die beiden Säulen der bürgerlichen Mädchenbildung, die gründlich «auf das Leben» vorbereiten will. Das angefügte Programm der Gothaischen Mädchenschule darf sich durchaus der Fortschrittlichkeit rühmen.

Seit Beginn des 18. Jahrhunderts wuchs die Zahl der journalistischen Beiträge und Sachbücher speziell für Frauen beträchtlich und erfreute sich gerade wegen der Praktikabilität in Sachen rationeller Wirtschaftsführung, Säuglingspflege und Kindererziehung, des verträglichen Umgangs der Ehegatten miteinander, der Heilkunde, der Körperhygiene bis hin zu den Beckerschen Ratschlägen für die gesunde Ausübung des Beischlafs – letzteres mit der Einschränkung zu bewerten, die der damalige Stand der Medizin setzte – großer Beliebtheit. Ihr Nutzen sei unbestritten. Verdacht erweckt hingegen die Moral, in die die Anweisungen zum richtigen Leben für Mädchen und Frauen verpackt sind. Moral muß immer dann auf den Plan, wenn eine widerborstige «Natur» in die Schranken zu weisen ist. Doch sollte nicht gerade der «Natur» der Frau zur bestmöglichen Entfaltung verholfen werden?

1789, in sicher zufälliger, aber sinnfälliger zeitlicher Parallelität zum ersten Jahr der Französischen Revolution veröffentlichte der in einschlägigen Geschichtswerken als aufklärerischer Demokrat eingestufte Pädagoge Joachim Heinrich Campe einen von ihm später zum Buch erweiterten Traktat «Väterlicher Rat für meine Tochter». Die Quintessenz seiner Ausführungen heißt: «... das Mädchen, welches heute ihre Hand einem geliebten und liebevollen Manne gibt, kann nur erst nach Verlauf einer gewissen Zeit mit einiger Zuverlässigkeit erfahren, ob es einen Freund oder einen Gebieter oder gar einen Tyrannen in ihm haben werde. Du, mein Kind, befolge hier, wie in ähnlichen Fällen, die Klugheitsregel: eher das Schlimmere als das Bessere zu erwarten und dich auf jenes vorzubereiten. Halte es also immer, wo nicht für die natürliche Bestimmung, doch wenigstens für ein schwerlich ganz zu vermeidendes Los deines Geschlechts in einer, zwar durch äußerliche Zeichen der Hochachtung maskierten, aber nichtsdestoweniger sehr reellen, oft sehr drückenden Abhängigkeit zu leben. Siehe es immer, wo nicht für ausgemacht und unvermeidlich, doch für höchst wahrscheinlich an, daß die Art deiner künftigen weiblichen Existenz, je älter du werden wirst, immer mehr und mehr darauf abzwecken werde, nicht bloß deine körperlichen, sondern auch manche deiner geistigen Kräfte unbarmherzig zu lähmen, dir eine kleingeistige Denkungsart durch unaufhörliche Beschäftigungen mit Kleinigkeiten einzuflößen, dich zu entnerven, dich schwach, furchtsam, ängstlich und weiblich zu machen.» Die Abhandlung lohnt die Lektüre im ganzen. In bemerkenswerter Einfühlsamkeit unterstellt Campe seiner Tochter eine «Stimme des Selbstgefühls», die für sich nach den gleichen Menschenrechten wie für den Mann verlangt, um ihr sogleich zu versichern, daß die Hausfrauen- und Mutterschaft in der geschilderten Realität ihr einziges Glück auf Erden sei. Dies zu begreifen, brauche sie nur Pflichtgefühl und Gottvertrauen.

Die Tochter wie die ungezählten Leserinnen des Traktats werden dem väterlichen Freund seine Offenheit zu danken gewußt haben. Ob sie wenigstens bei der Lektüre über die beiläufige Bemerkung von der «zwar durch äußerliche Zeichen der Hochachtung maskierten, aber nichtsdestoweniger sehr ... drückenden Abhängigkeit» gestolpert sind? Selten findet man die Dialektik vom Lob der Frauen zum Zwecke ihrer faktischen Erniedrigung so deutlich ausgesprochen wie hier. In der erwähnten Liebesreligion gehen Moralisieren und Ästhetisieren eine vertrackte Synthese ein, die selbst die Philosophen zu beweisen nicht müde werden. Das heißt: offensichtlich bedarf der eklatante Widerspruch von der als allgemeingültig deklarierten Freiheit und Würde des Menschen und ihrer gleichzeitigen Ungültigkeit für die Frau der ideologischen Rechtfertigung. Mit deutscher Gründlichkeit gehen sie vor, die Philosophen. Im auffälligen Kontrast zu Hippels historischer Argumentation über die Ungleichheit der Geschlechter ist Wilhelm von Humboldt einer der ersten, der die Frage ganz «wissenschaftlich», nämlich von der Natur her anpackt. Seinen Aufsatz «Über den Geschlechtsunterschied in der organischen Natur» beginnt er mit der für den Zweck der Arterhaltung gleichberechtigten, weil gleich wichtigen Polarität von Männlichem und Weiblichem. Beide haben festgelegte Charakteristika. Danach ist das männliche Geschlecht aktiv (zielstrebig), wirkend und stark, das weibliche passiv (empfangend), hingebend und schwach. Während er in diesem Aufsatz auch bei seinen anthropologischen Beispielen noch weitgehend von Prinzipien spricht, die jeweils bei Menschen beiderlei Geschlechts auftreten können, verschiebt sich gegen Ende der Abhandlung die Tendenz auf die Identifikation der Prinzipien mit den menschlichen Geschlechtern. In der folgenden Abhandlung «Über männliche und weibliche Form» ist diese Transformation dann unterderhand gültig geworden. Damit befindet sich Humboldt nicht nur in der ästhetischen Theorie, auf die diese zweite Abhandlung hinauswill, im Einklang mit Schillerschen Theoremen etwa von männlicher Würde und weiblicher Anmut, männlichem Geist und weiblicher Naivität, sondern vor allem auch mit dem unermüdlichen Vordenker dieses Geschlechterdualismus, Rousseau. Andere, wie Hegel und Fichte, folgen getreulich. Aus dieser naturwissenschaftlich «abgesicherten» Grundlegung folgt das einmütige Denkschema: erstens, die Geschlechter sind von Natur aus gleichberechtigt; zweitens, da das männliche stark und das weibliche schwach ist, bedarf drittens das weibliche der Führung und Dominanz durch das männliche. Aus einer Physik der natürlichen Gleichheit wird in einem sophistischen Salto mortale eine Metaphysik der sozialen Ungleichheit, deren politische und rechtliche Konsequenzen auf der Hand liegen.

Auf die Klarstellung der Realität folgt der Trost der Apotheose. Hier vollführt namentlich Fichte meisterliche Gedankensprünge in seiner «Deduktion der Ehe» aus den «Grundlagen des Naturrechts». Die Frau, kann man da lesen, sei im Vergleich zum Mann das höhere sittliche Wesen, im «unverdorbenen Weibe» habe der Geschlechtstrieb sich zur Liebe veredelt, während der Mann nach wie vor ganz auf die Triebhaftigkeit seiner sexuellen Natur angewiesen ist. Folglich hat *sie* den moralischen Trieb, aus Liebe *seinen* natürlichen zu befriedigen, während es umgekehrt wohl keinen Mann gäbe, der «nicht die Absurdität fühle, ... ein Bedürfnis des Weibes zu befriedigen, welches er weder bei ihr voraussetzen, noch sich als ein Werkzeug desselben denken kann, ohne sich bis ins Innerste seiner Seele zu schämen». Man könnte Fichtes hohe Meinung von der edlen Natur der Frau auf sich beruhen lassen, hätte sie nicht sehr unedle Konsequenzen. So muß die Frau ihrer höheren Sittlichkeit wegen in der Ehe ganz ihre Individualität aufgeben – «sie hat aufgehört, das Leben eines Individuums zu führen ... dies wird trefflich dadurch bezeichnet, daß sie den Namen des Mannes annimmt». Ferner bestünde der erste Liebesbeweis in der Ehe, ohne den sie, s. o., ihre Würde aufgäbe, darin, daß sie ihr gesamtes Vermögen dem Mann überschreibt. Nur aus Liebe und ohne Zwang geschlossene Ehen seien moralisch und folglich rechtlich, während der Ehebruch zwar von beiden Seiten verwerflich ist, aber nicht gleichermaßen zu bewerten. Denn: aus dem angeführten unterschiedlichen sittlichen Niveau von Mann und Frau ergibt sich umgekehrt die reziproke Wertigkeit ihres Verhaltens: «Der Ehebruch des Mannes vernichtet nicht notwendig das eheliche Verhältnis, so wie der des Weibes es notwendig vernichtet ...» Jedoch kann die Frau ihre höhere Sittlichkeit beweisen, wenn sie die Seitensprünge ihres Gatten nicht verbittern, sondern ihr eine willkommene Gelegenheit zur großmütigen Verzeihung verschaffen. Auch zu den Bürgerrechten der Frau hat Fichte eine so progressive Meinung, daß sie sich schon wieder erübrigt.

Selbstverständlich habe die Frau das Recht zur öffentlichen Äußerung, aber ob die gebotene Schamhaftigkeit ihr erlaubt, das Recht in Anspruch zu nehmen? – Schließlich ist der Mann da, die gemeinsam im trauten Heim erarbeitete Meinung für beide nach außen zu vertreten.

Es mag der Zitate genug sein; in ausführlicher Fassung können sie nachgelesen werden. Fichtes abstruse sittliche Erhöhung der Frau maskiert einerseits sehr unvollkommen den männlichen Chauvinismus, andererseits befinden sich seine Idealvorstellungen in wohltuender Entfernung von der Wirklichkeit, die etwa der Gesetzgeber seines Landes genau zur Kenntnis nahm. Wenn Fichte die Prostitution auf die sittliche Verderbnis der ausübenden Frauen schiebt, da ja in seinem vorbildlichen preußischen Land ökonomische Gründe für die Unzucht wahrlich nicht gegeben seien, so regelt das Allgemeine Landrecht ungerührt von der Moral die Modalitäten der offiziellen Prostitution. Desgleichen verfährt es mit detaillierten Regelungen für Ehescheidungen und uneheliche Kinder, für Ehen zur linken Hand – nur für Herren von Adel! –, Ehebetrug und Ehebruch. Die behauptete profeministische Tendenz des Allgemeinen Landrechts relativierend, muß allerdings festgehalten werden, daß die hochgestochene Philosophie und die pragmatische Gesetzgebung das gleiche ungetrübte patriarchalische Selbstbewußtsein verbindet: § 67 des Abschnitts «Von den wechselseitigen Pflichten der Eltern und Kinder»: «Eine gesunde Mutter ist ihr Kind selbst zu säugen verpflichtet.» Diese hier zum preußischen Gesetz erhobene Forderung stellte schon Rousseau auf und erntete viel Beifall und Befolgung dafür. § 68: «Wie lange sie aber dem Kinde die Brust reichen soll, hängt von der Bestimmung des Vaters ab.»

Angesichts der fast kabarettistischen Männerphantasien über Frauenwirklichkeit könnte der Eindruck der Harmlosigkeit entstehen. Wie schon Campes durchaus realistisches Pamphlet zeigte, ginge man damit jedoch am traurigen Kern der Sache vorbei. Zu ihm gehört zuallererst, daß die Kontroverse über die Bestimmung des Weibes ein Männerdiskurs ist, in dem Frauen nur höchst selten und zaghaft ihre Stimme erheben. Insofern sind die Proportionen dieser Textauswahl bewußt verschoben – auch nur ein Drittel weiblicher Verfasser repräsentiert nicht das allgemeine Bild. Männer reden also über Frauen. Das Pro und Kontra begleitet das gesamte 18. Jahrhundert und geht darüber hinaus, wobei sich Phasen mit verschiedenen Akzenten unterscheiden lassen: die vom Bildungsenthusiasmus der ersten Jahrhunderthälfte, der die «Frauenzimmergelehrsamkeit» im allgemeinen als vorübergehende Idee mit erfaßte, über die in den sechziger Jahren einsetzende Empfindsamkeit, die das weibliche Naturideal favorisierte, bis hin zu den differenzierten Rollenbeschreibungen zum Ausgang des Jahrhunderts. Da verdichten sich die Diskussionen, obwohl die Schlacht im Grunde geschlagen und weibliche Selbstbestimmung, Bürgerrecht und Chancengleichheit mit dem Mann fürs erste verloren waren.

So ging es auch um ganz andere, alltagsbezogene Themen. Selbst unter dem gebildeten Lesepublikum gaben nicht die Philosophen den Ton an, sondern die populären Aufklärer, die Publizisten und natürlich die Literaten. Das erste Massenmedium war die Zeitschrift. Gegen Ende des Jahrhunderts stieg die Zahl der im Umlauf befindlichen Journale in die Tausende, und wenn auch manches dieser Produkte kaum ein Jahr überlebte, so verweist schon der Gründungseifer auf die wirtschaftliche wie geistige Konjunktur solcher Unternehmungen. Hier fand, immer die prozentual geringe Schicht der Gebildeten eingerechnet, Öffentlichkeit statt, und die Kontroversen folgten Schlag auf Schlag. Auch Frauenzeitschriften belebten den Markt, nur einzelne wurden allerdings von Frauen herausgegeben. Schon eher kamen sie als Beiträgerinnen zu Wort. Vor allem aber ist bei dem Thema Frau die schöne Literatur nicht zu vergessen, die mit Leitbildern experimentierte und sie diskutierte. Da rangierte an erster Stelle der Romanliteratur das Ideal der bewährten und entweder belohnten oder entsagenden Tugend. Der Konflikt, der die Bewährung jedoch erst heraufbeschwört, verweist auf eben die Anfechtungen, die die Sittenlehrer und Moralphilosophen im Auge haben, wenn sie die Einmaligkeit der Liebe und die Pflicht zur Treue propagieren. Das Laster der Sinnlichkeit, das zumeist in der Gestalt eines männlichen Verführers einherkommt, wäre ja so schrecklich nicht, wenn es bei Frauen nicht auf die Voraussetzungen zum Erfolg rechnen könnte!

Ambivalent war dieser Diskurs seit jeher. Immer hatte die wort- und bildreiche Warnung vor der Ausschweifung einen genießerischen Zug an sich, und natürlich wurden die insbesondere aus Frankreich herüberkommenden galanten Romane bereitwilligst übersetzt und gelesen. Um so mehr verdienen die wenigen Stimmen in Deutschland selbst Beachtung, die die Sinnlichkeit weder abfällig in die «tierische Ökonomie» des Menschen verweisen noch sie durch Ehe- und Fortpflanzungszwecke veredeln wollen, sondern sie schlicht zu den Freuden des Lebens zählen, und zwar auch für Frauen. Solche Stimmen kamen aus dem Kreis der frühen Romantiker.

Friedrich Schlegel hatte 1799 in dem erotischen Roman «Lucinde» seine Liaison mit Dorothea Veit ohne Umschweife der Öffentlichkeit zum besten gegeben und fand hierfür in seinem Freund Friedrich Daniel Schleiermacher einen der wenigen öffentlichen Verteidiger. Bereits einige Jahre zuvor hatte Schlegel in dem Aufsatz «Über die Diotima» Sokrates' Priesterin der Liebe gefeiert und zugleich über die berühmten Hetären der Antike nachgesonnen. Wissenschaftliche Bildung, philosophischen Geist und künstlerisches Vermögen rühmt er an ihnen und stellt wie nur wenige zu jener Zeit die wechselseitige Bedingtheit von der Freiheit des Staates und der Freiheit der Frau heraus. Freilich huldigt auch er einer Liebesreligion, in der ganz selbstverständlich die vollendete Weiblichkeit der Priesterinnen Lucinde und Diotima vornehmlich der vollkommenen Glückseligkeit des Mannes zugedacht wird. Doch sollte man den Unterschied zwischen der Muse der Hausfrau und der Muse der Hetäre nicht verkennen. Schlegels früher Aufsatz fordert am antiken Beispiel ausdrücklich nicht nur Bildung und das Recht auf freie Entscheidung der Frau, sondern auch ihre Einbeziehung in das öffentliche Leben. Die Summe einer solchen Partnerschaft von Mann und Frau formuliert der Theologe und Pfarrer Schleiermacher in seinem «Katechismus der Vernunft für edle Frauen», der getreulich die zehn Gebote und drei Glaubenssätze der lutherischen Kirche adaptiert und in dem Credo gipfelt: «Ich glaube an die unendliche Menschheit, die da war, ehe sie die Hülle der Männlichkeit und der Weiblichkeit annahm.»

Nicht wenige Frauen der gebildeten adligen und bürgerlichen Kreise haben damals das Recht auf Selbstbestimmung für sich in Anspruch genommen, Partnerschaft mit Männern gesucht und ihrer Liebe gelebt. Die Barrieren für solche häufig von Verwandten und Bekannten heftig getadelten Entscheidungen lagen nicht allein in der Konvention, sondern verlangten zuallererst die finanzielle Möglichkeit, auf eigenen Füßen zu stehen. Auf ein Familienvermögen konnten die wenigsten zurückgreifen, einen Arbeitsmarkt für Frauen gab es so gut wie nicht, und wo, da lagen die Hürden des Erfolgs sehr hoch. «Weibliche Arbeiten», damit sind vornehmlich Handarbeiten gemeint, boten einen kümmerlichen Verdienst, daneben war die Beschäftigung als Erzieherin, Lehrerin, Gesellschafterin in besseren Kreisen möglich. Karrieren boten einzig die Kunst und die Schriftstellerei, doch in so geringem Maße, daß die vorzeigbaren Beispiele als Ausnahme gelten müssen. Zu ihnen zählt die gewiß nicht zufällig dem Kreis der Romantiker nahestehende Sophie Mereau, nach Sophie La Roche die zweite deutsche Berufsschriftstellerin, der der Ruhm auch den Lebensunterhalt einbrachte. Hervorzuheben ist sie aber noch aus einem anderen Grund: sie schrieb, was sie lebte. Für eine Autorin hatte das eine andere Bedeutung als für einen Mann wie Friedrich Schlegel. Man wird ihre Romane und Erzählungen, die eher dem empfindsamen Geschmack verpflichtet sind, nicht zu den innovatorischen ästhetischen Leistungen der Epoche rechnen können. Darüber ist hier nicht zu handeln. Doch wer wollte damals in einer Anthologie mit dem braven Namen «Kalathiskos», das heißt Nähkörbchen, ohne allen moralisierenden Kommentar die freimütige Lebensbeschreibung einer französischen Kurtisane vermuten? Sophie Mereau schrieb über Ninon de Lenclos, die im Paris des 17. Jahrhunderts einen berühmten Salon unterhielt, durch Geist und Witz stets eine Vielzahl von Verehrern an sich zu fesseln wußte und weder in der Wahl ihrer Liebhaber noch in ihren Handlungen irgendwelche fremden Rücksichten gelten ließ.

Zur Nachahmung empfohlen? Das Problem bestand nicht zuallererst im Mut zu freiem Handeln. Sophie Mereau wußte um den Preis, den eine Frau für die Freuden der Liebe zu zahlen hatte. Sechsunddreißigjährig starb sie bei der Geburt ihres fünften Kindes, nur eines ihrer Kinder überlebte die Mutter. Die Ärzte jener Zeit – Ärztinnen gab es ohnehin nicht – konnten bei Geburten wenig hilfreichen Beistand leisten, wirksame Empfängnisverhütung war so gut wie unbekannt, die Müttersterblichkeit im Kindbett und die Säuglingssterblichkeit lagen außerordentlich hoch. Bei der geringsten Erkrankung mußte man mit dem Tod des Kindes rechnen. Von religiösen, moralischen, rechtlichen Prämissen einmal abgesehen, scheint es von daher überhaupt fraglich, ob die Emanzipation der Sinne für Frauen damals eine glaubhafte Glücksverheißung vorstellen konnte. Diese Einschränkung meint kein nachträgliches Plädoyer für die Verteidiger oder gar Verklärer der Misere. Sie bezeichnet nur einmal mehr die Diskrepanz nicht allein zwischen dem Wünschenswerten und dem Möglichen schlechthin, sondern zugleich die historische «Ungerechtigkeit», mit der das neue Zeitalter Männer einerseits und Frauen andererseits behandelte. Die biologisch bedingte Mühsal des Gebärens und die soziale Verantwortung für die Pflege und Erziehung der Kinder, die die Frauen weit stärker als heute in einem Naturkreislauf von Leben und Tod gefangenhielten, verdeutlichen nur am krassesten die unterschiedlichen Entwicklungschancen, die die bürgerliche Gesellschaft in ihren Anfängen für Männer und Frauen eröffnete. Der Freiheit der Persönlichkeit, der Ausbildung der menschlichen Fähigkeiten, der Selbsterfahrung waren objektive Grenzen gesetzt, zu denen die subjektiven der auf Arbeitsteilung beruhenden und über die Ausgrenzung von Außenseitergruppen funktionierenden Gesellschaft hinzukamen. Das letztere schließt die Ausgrenzung der Frauen von Bildung, Beruf und Öffentlichkeit durch das Patriarchat ein, und es hat, wie man weiß, bis heute keines seiner angemaßten Privilegien freiwillig preisgegeben.

Sympathischer als die Apologeten des Status quo in Sachen sozialer Geschlechterrollen erscheinen dann doch diejenigen, die mißlichen Verhältnissen das scheinbar Unmögliche abtrotzen und gerade da nicht Ruhe geben wollen, wo Einsicht in die Notwendigkeit «Sachzwänge» erst hervorbringt und zementiert. Abfällig werden sie Utopisten geheißen und ihre Hellsicht mitsamt ihren schnurrigen Ideen des ernsthaften Diskurses der Gelehrten und Politiker verwiesen. Ich spreche von Charles Fourier, dessen absonderlicher Zukunftsentwurf, erwachsen aus der Reflexion der sehr widersprüchlichen und unvollkommenen, eben erst geborenen französischen *Moderne*, menschliches Zusammenleben nach unwiderruflichen Gesetzen der Natur neu regeln möchte. 1808 schrieb er in seiner «Theorie der vier Bewegungen und der allgemeinen Bestimmungen» eine großartige Kritik der Geschlechterverhältnisse in seinem angeblich so galanten Vaterland. Sie enthält die berühmte, aber selten in ihrer Autorschaft bekannte Wahrheit: «Der soziale Fortschritt und der Übergang von einer Periode zur anderen erfolgt auf Grund der Fortschritte in der Befreiung der Frau, und der Niedergang der Gesellschaftsordnung wird durch die Abnahme der Freiheit für die Frau bewirkt ... die Erweiterung der Privilegien der Frauen ist die allgemeine Grundlage allen sozialen Fortschritts.» – Zur Rettung der Ehre der Männer sei Fourier zitiert.

Und die Frauen? Nicht zu Unrecht sagt man ihnen praktischen Sinn nach, die Fähigkeit, das Nächstliegende zu tun. Sie hatten es in Deutschland schwer, sich Gehör zu verschaffen, noch schwerer, wenn sie dabei gegen die herrschenden Vorurteile ankämpfen wollten. So muß man sich zunächst nicht wundern über Stimmen wie die Susanne von Bandemers, die Anerkennung durch Anpassung an das männliche Frauenbild erheischt. Sie möchte beides – das Ideal der zärtlichen Mutter erfüllen und es wiederum verleugnen, wenn sie den Sohn freudig und unter Tränen in den Heldentod fürs Vaterland schicken soll. Das Fatale liegt in der Selbstverleugnung, die dem Heldentod an Größe gleichkommen möchte. Zumeist aber bezieht sich das Bestreben, «wie ein Mann» geachtet zu werden, auf die unheroischen Tugenden, die der Beruf der ehrbaren Frau ihnen abverlangt. Groß im Dulden, stark im Leiden, standhaft in der Entsagung zu sein, dies stilisieren nicht wenige

Frauen in literarischen Selbstentwürfen, während das praktische Leben ihnen zudem oft harte Arbeit abverlangt. Dabei eine mustergültige Gattin, Hausfrau und Mutter zu sein gilt fast unangefochten als Ideal, auch wenn sich sichtbar immer weniger Frauen der gebildeten Schichten damit bescheiden. Liebeserfüllung bleibt keine Sehnsucht, die man einfach durch romanhafte Tagträume zu kompensieren bereit ist. Erst wenn die Anpassung an die vorgeschriebene Rolle nicht gelingt, wenn auch das Bestreben, zumindest in den Lebensmöglichkeiten «dem Manne gleich» zu sein, auf Widerstände stößt, beginnt die Suche nach dem eigenen Weg, verbunden mit einer ausgesprochenen oder impliziten Kritik der Männergesellschaft.

Die Selbstbefreiung der Frauen fängt in Deutschland nicht spektakulär an. Allemal hat das Spektakuläre die Aura des Exotischen, der wundersamen Ausnahme, die also die Regel des anderen bestätigt. Daß eine Frau auch dichten könne, – man hatte es am höchsten gelobt und zugleich diskreditiert an dem «Naturtalent» Anna Louisa Karsch, als man sie ihrer Unbildung und Unbeholfenheit wegen zum Narren hielt. Der Unterschied zwischen der königlichen Herablassung dieser Frau aus dem Volke gegenüber und der der Weimarer Dichterfürsten, die den «Dilletantism der Weiber» huldvoll förderten, ist nur ein gradueller. Daß eine Frau auch zur Gelehrsamkeit fähig sei – man hatte es an der Tochter Dorothea des Professors Schlözer in Göttingen bewundert, der die Siebzehnjährige im Privatunterricht bis zum Doktorexamen trimmte. Sie setzte dann ihre Karriere als Ehefrau eines Kaufmanns fort; die Universitäten blieben ihr wie allen Frauen verschlossen. Dorothea Leporin, die als verehelichte Erxleben 1754 das einmalige königliche Privileg erhielt, in Halle ordentlich zum Doktor der Medizin zu promovieren und damit zur praktischen Ausübung des Berufs legitimiert war, den der Vater ihr beigebracht hatte, blieb die einzige Ärztin in Deutschland in diesem und dem folgenden Jahrhundert. Gerade sie hatte, mit einem Vorwort des Vaters versehen, 1742 eine «Gründliche Untersuchung der Ursachen, die das weibliche Geschlecht vom Studieren abhalten» veröffentlicht. Die Schrift enthält eine im zeitgenössisch üblichen umständlichen Stil der gelehrten Disputation verfaßte Auseinandersetzung mit den Vorurteilen gegenüber weiblicher Bildung. Auf die Bibel beruft sie sich natürlich, mit der Auslegung, die Mann *und* Frau zum menschlichen Ebenbild Gottes bestimmt, und erklärt dann die individuelle Befähigung der Frauen zum Studieren und den gesellschaftlichen Vorteil solcher weiblichen Bemühungen. Vor allem aber versäumt sie nicht zu versichern, daß die Pflichten der Hausfrau und Mutter davon unberührt selbstverständlich erledigt werden.

Dieses Argument bemühen sie alle. Keine der im 18. Jahrhundert schreibenden Frauen will sich nachsagen lassen, die häuslichen Aufgaben der Frau in Frage zu stellen oder darin gar ein ketzerisches Beispiel zu geben. Es hätte ihnen einen üblen Leumund eingebracht.

Das Nächstliegende zu tun heißt also, die Politik der kleinen Schritte zu wählen. Schreiben, Dichten, Veröffentlichen waren individuelle Emanzipationsleistungen. Die gesellschaftlichen sind vor allem in den pädagogischen Reformprojekten zu suchen. Hier engagierten sich zuerst Frauen für Frauen. Um 1800 konnte Deutschland noch auf nur wenige Mädchenschulen für bürgerliche bzw. adlige Töchter verweisen. Einige davon wurden von Frauen geleitet – Betty Gleim wirkte in Bremen und legte Erziehungsziele und -prinzipien ähnlich wie Amalia Holst in Kiel schriftlich nieder. Beide gehen selbstverständlich von der allgemein anerkannten Bestimmung des Weibes aus. Namentlich Amalia Holst bringt den wichtigen Aspekt zur Geltung, daß auch unverheirateten oder verwitweten Frauen ein nützliches Dasein gewährt werden müsse, und klagt von daher die «höhere Geistesbildung» für Frauen ein, die sie zur Berufstätigkeit befähigen soll. In diesen Vorstellungen sind zunächst die typischen Hausfrauentätigkeiten von Erziehung, Bildung, sozialer Zuwendung, Pflegeleistungen in die Berufstätigkeit verlängert. Das bis heute dominante Spektrum der ausgesprochenen Frauenberufe hat hier seine Wurzeln.

Bildungsmöglichkeiten, Bürgerrechte und das Recht zur Berufsausübung gehörten so auch zu den Hauptforderungen des politischen Feminismus, der sich Mitte des 19. Jahrhunderts in Deutschland formierte. In mehreren Wellen hat sich die Frauenbewegung, räumlich und sozial differenziert, bis heute entwickelt und dazu beigetragen, daß das Bewußtsein, noch immer in einer patriarchalisch dominierten Gesellschaft zu leben, eine breite und wirksame Öffentlichkeit erlangt hat. Zu den Leistungen der feministischen Wissenschaften gehört vor allem, das Verständnis für die Geschichte der Frauenunterdrückung und Frauenemanzipation geweckt zu haben. Es galt und gilt, Quellen zutage zu fördern, die darüber Auskunft geben. Der vorliegende Band baut auf solchen Arbeiten auf. So soll mit einer thematisch breiten Auswahl die Komplexität des Problems verdeutlicht und nicht nur in profeministische, sondern auch in konträre Positionen Einblick gewährt werden, ausgehend vom historischen Ort der Anfänge bis hin zu gegenwärtigen Diskussionsgegenständen.

Jena, im Dezember 1990   *Sigrid Lange*

Biobibliographische Anmerkungen

Allgemeines Landrecht für die preußischen Staaten (1794). Für das sich wirtschaftlich, politisch, geistig und kulturell dem neuen Zeitalter öffnende Preußen muß dieses Gesetzbuch im Rahmen der vom Feudalabsolutismus gesetzten Grenzen als fortschrittlich gelten.

Die Rechtsstellung der Frauen ist in diesem Gesetzbuch auf den «Normalfall» der Ehefrau – und seine «Abweichungen» – bezogen und wird daher in der vermögensrechtlichen Beziehung der Ehegatten, dem Güterrecht, der Position der Frau als Mutter und als Witwe sowie im Scheidungsrecht behandelt. Der unter I. 1 formulierte Paragraph 24 «Die Rechte beider Geschlechter sind einander gleich, soweit nicht durch besondere Gesetze oder rechtsgültige Willenserklärungen Ausnahmen bestimmt sind» sollte zumindest als ein in den anderen Gesetzbüchern nicht postuliertes Programm verstanden werden, das in der Kodifikation nicht nur Rechte, sondern auch gegenseitige Pflichten der Eheleute fixiert. Dazu gehören die beiderseitige Freiwilligkeit der Eheschließung, die relativ progressive Möglichkeit der Ehescheidung, die Schutzpflicht des Mannes gegenüber seiner Frau sowie die Verpflichtung zum Unterhalt für sie sowie eheliche und uneheliche Kinder.

BANDEMER, SUSANNE VON (1751 Berlin – 1828 Koblenz). Sie entstammte dem preußischen Adel, erregte als wahrscheinliche Nichte Benjamin Franklins die Aufmerksamkeit der Historiographen. Die spärlichen biographischen Daten, die gesichert sind, geben eine erste Eheschließung mit dem preußischen Major von Bandemer und eine zweite mit dem Grafen von Bohlen an. Sie veröffentlichte einen Roman *Klara von Bourg*, 1. Teil 1798, 2. Teil 1821, sowie Gedichte, Erzählungen und Aufsätze.

BECKER, GOTTFRIED WILHELM (1778 Leipzig – etwa 1827 Leipzig [Jahreszahl seiner letzten Veröffentlichung]). Becker promovierte 1801 in Leipzig zum Doktor der Medizin. Er publizierte allein etwa zwanzig medizinische «Ratgeber» über Krankheiten und körperliche Leiden verschiedenster Art. Besonders machte er sich mit populären gynäkologischen Schriften verdient, ohne seine männliche Perspektive bei den Hinweisen über die «Erhaltung eines schönen und gesunden Busens» oder über die Ausübung des Beischlafs zu verleugnen. Bemerkenswert sind seine Ratschläge insbesondere in der angestrengten Verquickung von Lust und – ehelicher – Moral, wobei «natürlich» den Frauen auch darin ein wesentlich engeres Moralkorsett als Männern angelegt wird, da sie für die eheliche Befriedigung und Treue der Männer verantwortlich gemacht werden. Beckers Adressaten sind Mädchen und Frauen, seine Legitimation für das delikate Thema bezieht er, ganz Aufklärer, aus dem Fortpflanzungszweck der Gattung und der dafür notwendigen körperlichen und geistigen Gesundheit. Der vollständige Titel seines 1804 in Naumburg erstmals erschienenen Buches enthält das ganze Programm: *Der Rathgeber vor, bey und nach dem Beischlafe oder fassliche Anweisung, daß der Gesundheit dabei kein Nachtheil zugefügt und die Vermehrung des Geschlechts durch schöne, gesunde und starke Kinder gefördert wird. Nebst einem Anhange, worin die Geheimnisse des Geschlechts und die Zeugung des Menschen erklärt sind, auch eine Nachricht, die Erfindung eines Schaamgürtels zur Heilung des männlichen Unvermögens betreffend.* 1816 veröffentlichte er in Leipzig die 6., «einzig rechtmäßige und wohlfeilere Ausgabe» – ein Hinweis auf die nichtautorisierten Raubdrucke, die den Erfolg der Erstauflage bestätigen.

CAMPE, JOACHIM HEINRICH (1746 Deensen – 1818 Braunschweig). Campe studierte Theologie, wurde zunächst Feldprediger, dann Erzieher, Lehrer, Schuldirektor. Er trat als Popularschriftsteller und Jugendbuchautor hervor. Ein Jahr lang stand er dem von Basedow gegründeten Philanthropinum in Dessau vor. Als radikaler Aufklärer wurde er 1792 zum Ehrenbürger der Französischen Republik ernannt. Er bereiste Paris und publizierte seine authentischen Eindrücke aus der Revolutionszeit. Sein Hauptwerk betrifft pädagogische Schriften – 1807 bis 1814 erschienen allein 37 Bände *Sämtliche Kinder- und Jugendschriften.*

Väterlicher Rat für meine Tochter wurde zuerst in dem von Campe herausgegebenen «Braunschweigischen Journal» publiziert. 1791 erweitert und als Buch gedruckt, deklarierte er die Schrift als «Gegenstück» zu seinem *Theophron oder Der Ratgeber für die unerfahrene Jugend* (1783). Dem Philanthropismus und der Erziehungstheorie Rousseaus verpflichtet, offenbart die aufklärerische Progressivität, die im Ratgeber für die männliche Jugend durchaus zum Ausdruck kommt, in den Lebensregeln für Mädchen ihre fatale misogyne Kehrseite.

Code Napoléon (1807). Seit 1807 als Bezeichnung für den Code civil des Français gebräuchlich. Der Code civil wurde 1804 verabschiedet; die Entstehungsgeschichte des Gesetzeswerkes reicht allerdings bis in die Revolutionsjahre zurück und gibt, gerade im Ehe- und Familienrecht, die regressive Tendenz der allgemeinen

Entwicklung gegenüber den ersten umwälzenden Neuerungen der Rechtsauffassung deutlich wieder. Noch die ersten drei Entwürfe legten die rechtliche Gleichheit der Ehegatten fest, während der 4. Entwurf von 1799, dem Jahr des 18. Brumaire, gravierende patriarchalische Verschiebungen vornahm. Er stellt die Frau faktisch wieder unter die rechtliche Vormundschaft des Mannes. Ergänzt durch das Prinzip der väterlichen Vormundschaft, finden sich damit die naturrechtlich begründeten misogynen Theoreme von der starken «Natur» des Mannes und der schwachen der Frau wieder, die der geistige Vater der Revolution, Rousseau, pseudowissenschaftlich fundiert hatte.

FICHTE, JOHANN GOTTLIEB (1762 Rammenau – 1814 Berlin). Fichte entstammte als Sohn eines Bandwebers plebejischen Verhältnissen und konnte seine Ausbildung nur mit Unterstützung durch den Gutsbesitzer seines Heimatortes unter äußerst schwierigen Bedingungen absolvieren. Er besuchte die Fürstenschule in Schulpforta und studierte in Jena und Leipzig Theologie. Länger als ein Jahrzehnt ernährte er sich als Hauslehrer in verschiedenen Anstellungen. Mit seiner Erstschrift *Versuch einer Kritik aller Offenbarung* (1792) – von Kant gefördert –, wurde er als Philosoph bekannt und erhielt 1794 einen Ruf an die Universität Jena. Anfang der neunziger Jahre publizierte Fichte anonym zwei programmatische Schriften: *Zurückforderung der Denkfreiheit von den Fürsten Europens, die sie bisher unterdrückten* (1793) und *Berichtigung der Urteile des Publikums über die Französische Revolution* (1792). Die Universität Jena entließ Fichte 1799 auf Grund der Bezichtigung des Atheismus – der Vorfall ist als sogenannter «Atheismusstreit» in die Geschichte eingegangen. Fichte lehrte in Berlin und Erlangen, 1810 wurde er zum Rektor der Berliner Universität berufen. Herausgefordert durch die napoleonische Besetzung Deutschlands, arbeitete er 1806 bis 1808 an den patriotischen *Reden an die deutsche Nation*.

Sein philosophisches Hauptwerk ist *Grundlagen der Wissenschaftslehre* (1794), eine Systematik von Theorie und Praxis des menschlichen Wissens. Die 1796 veröffentlichten *Grundlagen des Naturrechts nach Prinzipien der Wissenschaftslehre* knüpfen namentlich in den Passagen über das Eherecht an Fichtes Bekenntnis zum tätigen Subjekt an. Auf die Anthropologie der Geschlechter angewendet, ergibt sich «logisch» die Dichotomisierung von «männlich» = aktiv und «weiblich» = passiv, die rechtlich und sozial die völlige Unterordnung der Frau unter den Mann «notwendig» zur Folge hat.

FOURIER, CHARLES (1772 Besançon – 1837 Paris). Der Sohn eines wohlhabenden Tuchhändlers führte zuerst den Beruf des Vaters fort, verlor aber dann in Lyon sein Vermögen infolge des Aufstands der Royalisten und Girondisten und geriet in Gefangenschaft. 1796 konnte er seine Geschäfte wiederaufnehmen. Fourier war ein Utopist, der die gesamte bisherige Gesellschaft einer radikalen, mit der Souveränität der Satire geführten Kritik unterwarf. Seine phantastischen Ideen nicht nur von der besseren Gesellschaft, sondern von einer harmonischen irdischen und kosmischen Natur abgeleitet, legte er mit wissenschaftlicher Akribie und Beweisführung vor – zum Zwecke sofortiger praktischer Umsetzung. Diese gründet sich auf die Vorstellung von Kommunen, die er Phalanstéres nennt, die auf gemeinschaftlicher, vor allem land- und hauswirtschaftlicher Arbeit beruhen. Fourier versprach sich davon ein friedliches Zusammenleben der unterschiedlichsten Charaktere, weil in seinem System für jede individuelle Neigung ein Verwendungszweck gegeben sei. Scharfsinnige Analyse der bestehenden Gesellschaft verbindet sich bei Fourier mit weitgehender Kenntnis von Geschichte, Wirtschaft und Philosophie und führt dann zu originellen, sowohl hellsichtigen wie auch im Wortsinne phantastischen Konstruktionen menschlicher Sozietät. Fourier gehört zu den utopischen Sozialisten, ohne Moralist zu sein. Er gründet eine Lehre nicht auf die Vernunft, sondern auf die Leidenschaften, zu denen er die fünf Sinne und die Gruppenleidenschaften Freundschaft, Ehrgeiz, Liebe und Familientrieb zählt. Er erstrebt nicht die Beherrschung, sondern die Entfaltung der Leidenschaften. Daraus erklärt sich wohl seine Ablehnung der üblichen Ehepraxis und ihrer diversen Moralpostulate für Mädchen und Frauen. Zu seinen meisterlichen dialektischen Denkbewegungen gehört dabei die Verknüpfung der Sittenkritik bezüglich der Geschlechterbeziehungen mit der Einsicht, daß das Maß an Freiheit für die Frau Gradmesser für den allgemeinen Zustand einer Gesellschaft ist. Das bedeutet für Fourier auch, den Grad zu erfassen, in dem die menschliche Sozietät sich natürlich, d. h. der menschlichen und außermenschlichen Natur gemäß, zu gestalten vermag.

Die Grundzüge seiner Lehre publizierte Fourier bereits 1808 im Selbstverlag in der *Theorie der vier Bewegungen und der allgemeinen Bestimmungen*. Unter den vier Bewegungen verstand er die soziale, animalische, organische und materielle, die im Zusammenwirken eine universale Bewegung von Gesellschaft und Kosmos bilden. Er war überzeugt, daß sich sein Projekt einer harmonischen Sozietät stufenweise, quasi in einer dialektischen Selbstbewegung, verwirklichen ließ. Zeitlebens suchte er vergeblich Sponsoren zur Finanzierung einer Musterkolonie, die sich dann in aufeinanderfolgenden Perioden aus innerer Entwicklungsnotwendigkeit qualitativ verändern sollte. Fourier setzte seine Überlegungen 1822 in der *Abhandlung über die häusliche und ländliche Assoziation* und 1829 in dem Werk *Die neue industrielle und sozietäre Welt* fort.

GLEIM, BETTY (1781 Bremen – 1827 Bremen). Als Tochter des Kaufmanns J. Ch. G. Gleim – eines Neffen des damals bekannten Dichters J. W. L. Gleim – erhielt sie eine sorgfältige Erziehung, die an Pestalozzis Reformpädagogik anknüpfte und die ihre Pläne zur Gründung einer eigenen Erziehungsanstalt für Mädchen beeinflußte. Die erste derartige Schule eröffnete Betty Gleim 1806 in Bremen. In deren Blütezeit, 1812, wurden dort achtzig «höhere Töchter» ausgebildet. 1815 unternahm Betty Gleim Reisen nach England und Holland, 1816 gründete sie eine weitere Mädchenerziehungsanstalt. Nach einem Aufenthalt in Frankfurt am Main, wo sie die damals neue Kunst der Lithographie erlernt hatte, versuchte sie 1819 ein lithographisches Institut zu gründen, was aber unter Mädchen und Frauen zuwenig Zuspruch fand. So kehrte sie noch im selben Jahr an ihre frühere Schule in Bremen zurück. Aus der Schulerfahrung heraus entstanden eine Vielzahl pädagogischer und didaktischer Schriften, letztere insbesondere über deutsche Grammatik und Literatur, aber auch ein Lehrbuch der Geographie. Während der antinapoleonischen Befreiungskriege erfaßte Betty Gleim patriotische Begeisterung, öffentlich niedergelegt in dem politischen Traktat *Was hat das wiedergeborene Deutschland von seinen Frauen zu fordern? (beantwortet durch eine Deutsche. Zum Besten der aus ihrer Vaterstadt vertriebenen Hamburger)*, Bremen 1814.

Ihre beiden weitreichendsten Schriften widmen sich jedoch der Aufklärung und Bildung von Mädchen und Frauen. Sie verbinden, ähnlich wie bei Amalia Holst, den Anspruch auf weibliche Selbstbehauptung mit der Kritik am gängigen Frauenbild und an praktischen pädagogischen Programmen: *Erziehung und Unterricht des weiblichen Geschlechts. Ein Buch für Lehrer und Erzieher*, Leipzig 1810, und *Über die Bildung der Frauen und die Behauptung ihrer Würde in den wichtigsten Verhältnissen ihres Lebens*, Bremen und Leipzig 1814.

GOUGES, OLYMPE DE (wahrscheinlich 1740 Montauban – 1793 Paris; mit bürgerlichem Namen Marie Aubry). Sie ging nach dem Tod ihres sehr viel älteren Mannes schon in jungen Jahren mit dem Sohn nach Paris und nahm dort rege am kulturellen und gesellschaftlichen Leben teil. Sie schrieb, mit wenig Erfolg, Theaterstücke und Romane, bevor sie sich Ende der achtziger Jahre der revolutionären politischen Bewegung zuwandte und engagiert in sie eingriff. Ihre Motivation war zunächst die Parteinahme für alle Unterdrückten, schließlich die Befreiung der Frauen aus ihrer sozialen und politischen Rechtlosigkeit – im Interesse des Vaterlandes. Völlig konform mit der Revolution, begriff sie sich als französische Patriotin. Sie wurde 1793 hingerichtet.

Die 1791 an die Öffentlichkeit gebrachte *Erklärung der Rechte der Frau und Bürgerin* gibt einen Einblick in die unbestechliche Schärfe der Rhetorik de Gouges', der ihre couragierte Konsequenz in der Politik entspricht. Entgegen allen Verleumdungen, denen sie sich schon zu Lebzeiten ausgesetzt sah, zeugt ihre politische Publizistik von außerordentlicher Hellsichtigkeit und von weitem geistigen Horizont.

HEGEL, GEORG WILHELM FRIEDRICH (1770 Stuttgart – 1831 Berlin). Hegel trat 1787 in das Tübinger Stift ein und studierte an der Tübinger Universität Philosophie und Theologie. Auf die Zeit im Stift geht die Freundschaft mit Schelling und Hölderlin zurück, als deren wichtigstes Dokument das gemeinschaftliche *Systemfragment* (1800) gilt. Von 1793 bis 1799 arbeitete Hegel als Hauslehrer, 1801 kam er nach Jena, wo er sich habilitierte und bis 1806 philosophische Vorlesungen hielt. In dieser Zeit erschien seine erste philosophische Schrift, die *Differenz des Fichteschen und Schellingschen Systems* (1801); es entstand das Manuskript der 1806 gedruckten *Phänomenologie des Geistes*, 1807 wurde Hegel Redakteur der «Bamberger Zeitung», 1808 Gymnasialprofessor in Nürnberg, 1816 Universitätsprofessor in Heidelberg und 1818 schließlich in Berlin. Zu seinen Hauptwerken gehören die *Wissenschaft der Logik* (1810), die *Enzyklopädie der Philosophischen Wissenschaften* (1817), die *Grundlinien der Philosophie des Rechts oder Naturrecht und Staatswissenschaft* (1821), die erste Bearbeitung seiner Berliner Vorlesungen zur Ästhetik erschien postum ab 1832.

Hegels Geschlechterphilosophie in der *Phänomenologie des Geistes* steht unter der programmatischen Überschrift «Die sittliche Welt. Das menschliche und göttliche Gesetz, der Mann und das Weib». Sittlichkeit bedeutet in seiner Theorie der Freiheit die individuelle Aneignung des äußeren als des gesellschaftlichen Gesetzes. Es hat zwei Komponenten, die menschliche, auf einer jeweiligen Konvention beruhende Ordnung des Gemeinwesens, und die göttliche, vom Menschen unabhängige. Den Komponenten entsprechen zwei soziale Bereiche, der Staat und die Familie. In die Denkkonstruktion gliedert Hegel nun die sozialen Geschlechterfunktionen ein, wobei die Frau als «Bewahrerin» des göttlichen Gesetzes an die Familie gebunden bleibt, mithin zugleich nicht zum Bewußtsein der Freiheit und Sittlichkeit gelangt, das den Eintritt in die Sphäre des öffentlichen Gemeinwesens voraussetzt.

HIPPEL, THEODOR GOTTLIEB VON (1741 Gerdauen – 1796 Königsberg). Der Sohn eines ostpreußischen Schuldirektors studierte in Königsberg Theologie, später Jura. Er war Hofmeister und Theaterkritiker, bevor er als Advokat beim Königsberger Stadtgericht angestellt wurde. 1780 avancierte er zum Bürgermeister, 1786 zum Stadtpräsidenten. Im Verlauf seiner beruflichen Karriere sah er sich vor die Aufgabe gestellt, die durch die zweite polnische Teilung an Preußen gefallene Stadt Danzig der preußischen Administration anzupassen. Hippel war auch an der Ausarbeitung des Allgemeinen Landrechts beteiligt. Für seinen konsequenten Reformgeist spricht schließlich sein Freimaurertum. Dennoch galt er zumindest postum seinen Zeitgenossen als widersprüchliche Persönlichkeit, als nämlich seine Autorschaft an der anonym erschienenen Schrift *Über die bürgerliche Verbesserung der Weiber* (Berlin 1792) bekannt wurde. Bereits 1774 und 1776 waren zwei Auflagen seines Buches *Über die Ehe* erschienen, danach zwei weitere mit «Verbesserungen» derart, daß die «Allgemeine deutsche Bibliothek» späterhin feststellte, die letzte Ausgabe behaupte fast vollständig das Gegenteil der ersten. Offensichtlich hatte die Französische Revolution bei Hippel nicht nur einen Denkprozeß hinsichtlich allgemeiner gesellschaftlicher Reformen ausgelöst, die bei ihm auf einen weitgehend modernisierten aufgeklärten Absolutismus hinausliefen, sondern auch seine ursprünglich brav patriarchalische Einstellung zur Frau verändert. Mit dem Buch *Über die bürgerliche Verbesserung der Weiber* (1792) geht Hippel u. a. indirekt und zustimmend auf Olympe de Gouges' Forderung nach den vollständigen Bürgerrechten auch für Frauen ein und wird darin, im Kontext seiner sonstigen Ideen erstaunlicherweise, zum Kritiker der Französischen Revolution. Hippel tritt für die völlige bürgerliche Gleichstellung der Frauen ein und verlangt zu diesem Zweck, und natürlich zum Gemeinnutzen der Gesellschaft, Bildung sowie bürgerliche und politische Rechte für Frauen.

Zum widersprüchlichen Bild der Persönlichkeit Hippels gehören zwei neben seiner publizistischen, politischen und administrativen Tätigkeit entstandene humoristische Romane, *Die Lebensläufe nach aufsteigender Linie*, Berlin 1778/81, und *Kreuz- und Querzüge des Ritters A – Z*, Berlin 1793.

HOLST, AMALIA (1758 Altona – 1829 Groß-Timkenberg). Als Tochter des Berghauptmanns und Oberaufsehers J. H. G. von Justi, erhielt sie eine gründliche Bildung und soll, was nicht nachweisbar ist, in Kiel den philosophischen Doktorgrad erworben haben. In Hamburg heiratete sie den Juristen Johann Ludolf Holst. Sie zog drei Kinder auf. Ihren Ruf als gebildete Frau begründete die 1791 erschienene Schrift *Bemerkungen über die Fehler unserer modernen Erziehung*; 1802 folgte *Über die Bestimmung des Weibes zur höhern Geistesbildung*. Ähnlich Mary Wollstonecraft in England, wenn auch weniger radikal, rechnete sie darin mit jenem verbreiteten Frauenideal ab, das Weiblichkeit mit Unmündigkeit übersetzte. Dahinter deckte sie kurzsichtige männlich-egoistische Interessen auf und stellte das aufklärerische Bild der gebildeten, tätigen und selbstbewußten Frau entgegen. Amalia Holst unterhielt Mädchenerziehungsanstalten in Boizenburg, Hamburg und Parchim.

HUMBOLDT, WILHELM VON (1767 Potsdam – 1835 Tegel). Er entstammte dem preußischen Beamtenadel. Zu seinen Hauslehrern gehörte J. H. Campe, mit dem er 1789 Frankreich bereiste. Humboldt studierte in Frankfurt/O. und Göttingen Jura und wurde 1790 für ein Jahr Referendar am Berliner Kammergericht, danach wandte er sich ausschließlich wissenschaftlichen Studien in den Disziplinen Philosophie, Geschichtstheorie, Ästhetik und Sprachtheorie zu. Der 1795 in Schillers «Horen» abgedruckte Aufsatz *Über den Geschlechtsunterschied und dessen Einfluß auf die organische Natur* und der weiterführende Essay *Über männliche und weibliche Form* (1795) geht mit Schillers Anthropologie und Ästhetik konform. Die Grundidee besteht in der Annahme dialektisch gegensätzlicher Prinzipien in der Natur, die er auf die Anthropologie von Mann und Frau überträgt und schließlich auch auf Form- und Gestaltungsprinzipien anwendet. Humboldts Aufsätze belegen, wie die philosophisch und politisch progressive Auffassung von der natürlichen Gleichheit der Menschen, auf eine naturphilosophisch und nicht kultur- und sozialgeschichtlich begründete Geschlechter-Antropologie projiziert, die konservative Idee vom «Naturcharakter» der Frau stützt. In dieser Hinsicht begibt er sich in Widerspruch zu seinen progressiven politischen Auffassungen, die er bereits 1792 in einer damals in Auszügen veröffentlichten Arbeit *Ideen zu einem Versuch, die Grenzen der Wirksamkeit des Staates zu bestimmen* niederlegte.

Humboldt wurde 1802 preußischer Staatsbeamter, war u. a. Gesandter am römischen Vatikan und in Wien. 1809 übernahm er das Amt des Direktors im preußischen Ministerium des Innern,

Sektion für Kultus und Unterricht, und bereitete so maßgeblich die Gründung der Berliner Universität mit vor. Seine wichtigsten Arbeiten verfaßte er auf dem Gebiet der Sprachtheorie und -geschichte.

LA ROCHE, SOPHIE VON (1730 Kaufbeuren – 1807 Offenbach). Geboren als Tochter des Arztes G. F. Gutermann, erhielt sie eine für Mädchen damals außergewöhnliche Bildung, heiratete nach zwei vom Vater zum Scheitern gebrachten Verlöbnissen – eines davon mit Christoph Martin Wieland – 1753 Georg Michael Frank, genannt La Roche, und gebar in dieser Ehe acht Kinder. 1771 veröffentlichte sie unter Wielands Herausgeberschaft als erste deutsche Autorin einen Frauenroman, der ein Erfolg wurde: *Geschichte des Fräuleins von Sternheim*. Nach der Demission des Gatten aus einer höheren diplomatischen Position und erst recht nach seinem Tod trugen ihre Publikationen wesentlich zum Lebensunterhalt der Familie bei. Mit «Pomona» begründete sie 1783 die erste von einer Frau herausgegebene deutsche Frauenzeitschrift. Reisen innerhalb Deutschlands sowie in die Schweiz und England vertieften ihre Bildung. Mit weiteren Romanen, Erzählungen und Reisebeschreibungen avancierte sie zur ersten Berufsschriftstellerin Deutschlands.

Über meine Bücher kann als Programmtext der gesamten Zeitschrift gelesen werden – eine geschickte Gratwanderung, den Anschein «anstößiger» Frauengelehrsamkeit zu vermeiden und sich dennoch keine Bildung zu versagen. Das Zauberwort ist die «Nützlichkeit» des Schönen, mit der die Autorin sowohl ihre schöngeistige Bibliothek, ihre Bildung in Kunst und Sprachen und ihre lebenspraktischen Kenntnisse legitimiert. Glaubwürdigkeit und Publikumserfolg ihres Konzepts weiblicher Bildung zum Leben beruhen dabei auf ihrer Überzeugung, Mädchen und Frauen zu tätigen Mitgliedern einer aufgeklärten Gesellschaft erziehen zu können – und zu sollen. Glück liege in der Erfüllung dieser Bestimmung. Sophie von La Roche empfiehlt ihre eigene Biographie als Muster.

Nachricht über einige Punkte der Andreischen Erziehungsanstalt. Der Text entstammt der Ausgabe *Das Weib oder Compendiöse Bibliothek alles Wissenswürdigen über weibliche Bestimmung und Aufklärung* (1794). Der Band ist die 11. Abteilung: *Das Weib* der insgesamt auf 27 Bände bemessenen *Compendiösen Bibliothek der gemeinnützigen Kenntnisse für alle Stände*, eine populärwissenschaftliche Anthologie über und für «alle Stände», das meint im allgemeinen Berufsgruppen. Zum Beispiel gibt es die Bände *Der Land-*

mann, Der Kaufmann, Der Künstler, Der Geistliche, Der Philosoph usw. Aus diesen berufsstandsbezogenen Differenzierungen fallen zwei Kategorien deutlich heraus: *Der Mensch (Körper und Seele)* und *Das Weib*. Lapidarer konnte der Hinweis nicht ausfallen, daß die Gattungsbestimmung – im Sinne des Zeitalters: Ehefrau, Vorsteherin des Hauses, Mutter – einziger und eigentlicher Beruf der Frau zu sein habe.

ANDRÉ, CHRISTIAN KARL (1763 Hildburghausen – 1821 Stuttgart). André war Volksaufklärer im umfassenden Sinn des Wortes. Er studierte Rechtswissenschaft, Pädagogik und Musik und widmete sich nach einer kurzfristigen Beamtentätigkeit praktischen Fragen der Bildung des Volkes. 1782 gründete er seine erste Erziehungsanstalt in Alrosen, trat 1785 in Salzmanns Erziehungsanstalt in Schnepfenthal ein, eröffnete 1790 erst in Gotha, dann in Eisenach eine Mädchenschule, wurde 1798 Direktor der protestantischen Schule in Brünn und beendete seine Laufbahn als fürstlicher Wirtschaftsrat bzw. Hofrat in württembergischen Diensten. André verfaßte 40 Werke über pädagogische und gemeinnützige Themen. Seine in der *Compendiösen Bibliothek* vorgestellte Mädchenschule in Gotha beherbergte Mädchen aus Kreisen des höheren Bürgertums und des Adels, denen er eine für damalige Verhältnisse umfassende, lebenspraktisch orientierte Ausbildung gewährte.

SALZMANN, CHRISTIAN GOTTHILF (1744 Sömmerda – 1811 Schnepfenthal). Er studierte in Jena Theologie und war von 1768 bis 1781 als Pfarrer bzw. Diakon in Rohrborn und Erfurt tätig, bevor er als Lehrer an Basedows Philanthropinum nach Dessau berufen wurde. Vorausgegangen waren einige von Rousseau und Basedow beeinflußte pädagogische Schriften Salzmanns. 1784 gründete er in Schnepfenthal bei Gotha eine eigene, vom Herzog von Gotha finanziell unterstützte Erziehungsanstalt für Knaben. Der ländliche Standort gehörte zu Salzmanns Erziehungsprogramm, das Kenntnis der Natur und viel Bewegung an frischer Luft implizierte. Er vervollkommnete die philanthropische Lehre nach eigenen Vorstellungen und baute eine Art musterhafter Großfamilie auf, zu der seine eigene Familie, die Zöglinge der Anstalt und die Lehrer gehörten. Der Bildungs- und Erziehungsplan umfaßte alte und neue Sprachen und Literatur, Zeichnen, Musik, Reiten, Tanzen, handwerkliche und Gartenarbeiten sowie «Leibesübungen» unter der Leitung von GuthsMuts. Salzmann verfaßte eine beträchtliche Anzahl pädagogischer Schriften publizistischer und belletristischer Art, darunter das satirische *Krebsbüchlein oder Anweisung zu einer unvernünftigen Erziehung der*

Kinder (1780), das *Ameisenbüchlein oder Anweisung zu einer vernünftigen Erziehung der Erzieher* (1806), seinen Erziehungsplan in
der Schrift *Noch etwas über die Erziehung nebst Ankündigung einer
Erziehungsanstalt* (1784), einen sechsbändigen Roman *Carl von
Carlsberg oder Über das menschliche Elend* (1784/88) und ein *Moralisches Elementarbuch* (1795). Salzmanns Schriften wirkten weit in
das 19. Jahrhundert hinein, davon zeugt auch eine Werkausgabe
in zwölf Bänden, 1845/46. Als Aufklärer ging Salzmann mit seinen Intentionen über das streng Pädagogische hinaus. Soweit es
ihm in seinem eingeschränkten Wirkungskreis möglich war, äußerte er sich auch reformerisch zum absolutistischen Staat. In dieses gesamtgesellschaftliche Denken gehört seine Übersetzung von
Mary Wollstonecrafts *Verteidigung der Rechte der Frau*, bei Salzmann unter dem Titel *Rettung der Rechte des Weibes* (1793) erschienen. Die biedere, in mancher Argumentation unfreiwillig
komische Einleitung bleibt gewiß hinter der Radikalität der Ori-
ginalschrift zurück, um so höher ist zu bewerten, daß Salzmann,
auch wenn es sein eigenes Maß überschritt, dieses avantgardisti-
sche Buch überhaupt den deutschen Lesern zugänglich machte.

SCHLEGEL, FRIEDRICH (1772 Hannover – 1829 Dresden). Aufgewachsen als Sohn des protestantischen Geistlichen J. A. Schlegel,
studierte er in Göttingen Jura und in Leipzig klassische Philologie
und Philosophie. Bis 1802 lebte er in Leipzig, Dresden, Berlin und
Jena als freischaffender Schriftsteller. Seine frühen Schriften sind
vom Gegenstand und vom Geist seiner Antike-Studien bestimmt:
Nach einer Abhandlung *Über das Studium der griechischen Poesie*
(1797) publizierte er zu einer Zeit, als mit der Wendung der Französischen Revolution in die jakobinische Phase und schließlich
ihrer restaurativen und nach außen expansiven Entwicklung in
Deutschland nur noch wenige öffentliche Verteidiger der politischen Demokratie auftraten, den *Versuch über den Begriff des Republikanismus* (1796) und eine Studie über den deutschen Jakobi-
ner Georg Forster.
  Der romantische Kreis in Jena, den Friedrich Schlegels Bruder
August Wilhelm und dessen damalige Ehefrau Caroline begründeten, orientierte seine Lebenstheorie und -praxis am demokrati-
schen Geist der Französischen Revolution wie auch an der antiken Polisdemokratie. Die Programmzeitschrift der Romantiker
weist mit ihrem Titel «Athenäum» darauf hin.
  In diesen geistigen Kontext gehört auch der 1795 in der «Berlini-
schen Monatsschrift» veröffentlichte Aufsatz *Über die Diotima*.
Die Abhandlung würdigt u. a. den Anteil der Frauen an der antiken Kultur und beseitigt gängige, auf Unkenntnis beruhende Vor-

urteile namentlich über die Hetären. Schlegels hohe Meinung von weiblicher Bildung, weiblichem Kunstsinn und vor allem weiblicher Emanzipation geht auf den Einfluß Carolines, damals Böhmer zurück. Die Verehrung der Frau, bis zur problematischen Verklärung getrieben, setzt sich in dem 1799 im «Athenäum» publizierten Aufsatz *Über die Philosophie. An Dorothea* (1799) fort. Der Text ist seiner Lebensgefährtin und späteren Ehefrau Dorothea Veit gewidmet. In Schlegels Verteidigung der Frau ist die Verteidigung der Sinnlichkeit inbegriffen, nachzulesen in seinem Roman *Lucinde* (1799), der aus diesem Grunde zum Skandalon wurde. Schlegel machte sich auch als Literaturkritiker und Ästhetiker einen Namen. Mit seiner politischen Wendung zum Konservatismus und Katholizismus lebte Schlegel geradezu paradigmatisch das Schicksal der frühen deutschen Romantikergeneration vor. Er ging 1802 als Privatdozent nach Paris, wurde in der Metternich-Ära Staatsbeamter in Wien und in Frankfurt am Main, lehrte außerdem in Wien Philosophie und Literaturgeschichte. Zu Themen beider Gebiete entstanden seine umfangreichen Spätschriften. Wissenschaftliche Bedeutung erlangte er in dieser Zeit mit seiner sprachgeschichtlichen Studie *Von der Sprache und Weisheit der Indier* (1808).

SCHLEIERMACHER, FRIEDRICH DANIEL (1768 Breslau – 1834 Berlin). Er war Sohn eines preußischen Feldpredigers, seine Erziehung wurde wesentlich von der Herrnhuter Brüdergemeinde geprägt. Er studierte Theologie in Halle, wurde Hofmeister, Hilfsprediger und Lehrer und fand dann als Prediger an der Berliner Charité eine kümmerlich besoldete feste Anstellung. Eng befreundet mit Friedrich Schlegel beteiligte sich Schleiermacher an der in Jena aus der Taufe gehobenen frühromantischen Programmzeitschrift «Athenäum» (1798/1800). Hier findet sich unter anderen Fragmenten Schleiermachers auch die *Idee zu einem Katechismus der Vernunft für edle Frauen* (1798). Dieses Fragment gehört in den Kontext der freiheitlichen Liebes- und Eheauffassung der Romantiker.

Schleiermachers wesentliche Intentionen als Theologe richteten sich auf eine Kirchenreform, die Trennung von Staat und Kirche und darüber hinaus auf Reformen im Unterrichts- und Universitätswesen. Von 1804 bis 1807 lehrte Schleiermacher als Theologe in Halle, 1810 war er der erste Dekan der Theologischen Fakultät der eben gegründeten Berliner Universität. 1808 waren seine *Gelegentlichen Gedanken über Universitäten in deutschem Sinne* erschienen. Der Titel verweist auf das reformerische Engagement Schleiermachers im Widerstand gegen die napoleonische Besetzung

Deutschlands. Seine philosophisch-psychologischen Theorien beeinflußten bedeutende Denker des 19. Jahrhunderts. Zu seinen Schülern gehörte u. a. Wilhelm Dilthey.

WOLLSTONECRAFT, MARY (1759 London/Eppingforest – 1797 London). Mary Wollstonecraft mußte sich schon als junges Mädchen, nach einer freudlosen Kindheit im Hause eines despotischen Vaters, selbst ihren Lebensunterhalt verdienen. Sie arbeitete als Gesellschafterin, Erzieherin, Lehrerin und schließlich bei einem Verleger in London, wo sie ihre ersten literarischen Versuche unternahm. Als politische Schriftstellerin trat sie 1791 mit einer Erwiderung auf Edmund Burkes «Reflections on the Revolution in France» (Reflexionen über die Revolution in Frankreich) in Erscheinung: *A Vindication of Rights of Men, in a Letter to the Right Hounorable Edmund Burke; occasioned by his Reflections on the Revolution in France* (Eine Rechtfertigung der Menschenrechte in einem Brief an den Ehrenwerten Edmund Burke, veranlaßt durch seine Betrachtungen über die Revolution in Frankreich). Damit waren die Grundzüge ihrer ein Jahr später veröffentlichten Schrift *A Vindication of Rights of Woman* (Eine Verteidigung der Rechte der Frau 1792; dt. 1793 von C. G. Salzmann unter dem Titel «Rettung der Rechte des Weibes») vorgegeben. Mary Wollstonecraft verteidigte die Ideale der Französischen Revolution und beschäftigte sich kritisch mit einer eben von C. M. Talleyrand publizierten Schrift über öffentliche Erziehung, die hauptsächlich im Übergehen der Mädchenerziehung einen ausgesprochen misogynen Zug aufwies, und zum anderen mit J. J. Rousseau, der sein Naturideal in frauenverachtender Weise auf die Sozialisation der Geschlechter anwandte. *Die Verteidigung der Rechte der Frau* wurde zu einem Standardwerk des frühen Feminismus. Es wurde rasch in mehrere Sprachen übersetzt und erlebte bereits im 19. Jahrhundert mehrere Auflagen.

1792 ging Mary Wollstonecraft nach Paris, schloß dort, hauptsächlich zu ihrem persönlichen Schutz, mit dem amerikanischen Schriftsteller Gilbert Imlay eine Scheinehe. Er verließ sie noch vor der Geburt ihrer ersten Tochter. Mary Wollstonecraft kehrte nach England zurück, wo sie Jahre später eine zweite Ehe mit William Godwin schloß. Sie starb bei der Geburt ihrer Tochter Mary, die später als Mary Shelley einen Platz in der Literaturgeschichte fand.

Sachworterklärung

Affizieren: (lat.) «etwas antun»; reizen, beeindrucken, einen Zustand auslösen.

Aktivvotantin: Stimmberechtigte.

Appellation: (lat.) «Anrede»; jur.: Berufung.

Aszendent: Verwandter in aufsteigender Linie, d. h. der rückwärtigen Ahnenfolge.

Commis: (lat./frz.) Handlungsgehilfe.

Comptoir: (frz.) Kontor.

Corrolaria: (lat.) Kränzchen als Geschenk, Geschenk allgemein.

Defraudation: (lat.) Betrug, Unterschlagung.

Deliberieren: (lat.) reiflich überlegen, beratschlagen.

Diätetik: (griech.) Lehre von der Ernährung, allgemein der zweckmäßigen Lebensweise.

Dikasterien: (griech.) altgriechische Volksgerichte.

Edukation: (lat.) Erziehung.

Furier: (frz.) Unteroffizier, für die Unterkunft und Verpflegung verantwortlich.

Generalstände: im vorrevolutionären Frankreich die Versammlung der Vertreter aller Provinzen und aller Stände, d. h. des Adels, der Geistlichen und des Städtebürgertums.

Gynäologie: hier für Gynäkologie – Frauenheilkunde.

Gynezäum: (griech./lat.) Schule für Mädchen aus dem Bürgertum.

Hypothek: (griech.) «Unterpfand»; jur. Grundpfandrecht zur Sicherung einer Geldforderung.

Injurienklage: (lat.) Klage wegen Beleidigung.

Insinuation: (lat.) Einschmeichelei, Einflüsterung, Unterstellung.

Jouvenelles: (frz.) junge Mädchen.

Juridisch: (lat.) synonym für juristisch, d. h. gemäß der Rechtswissenschaft.

Kassation: (lat.) «Ungültigmachung»; jur. Aufhebung eines fehlerhaften Urteils.

Konstitution: (lat.) jur. Rechtsbestimmung, Verfassung.

Kuratel: (lat.) Vormundschaft, Pflegschaft.

Mäkler: alt für Makler – Vermittler von Verträgen in Handel und Gewerbe.

Nießbrauch: das Nutzungsrecht fremden Eigentums.

Obligation: (lat.) jur. Schuldverhältnis, bei dem eine Person für eine andere eine Schuldenverpflichtung übernimmt.

Ochlokratie: (griech.) Massen- oder Pöbelherrschaft als entartete Form der Demokratie.

Offiziant: (lat.) Kirchendiener, unterer Beamter.

Orbis Pictus: (lat.) bebildertes Sprach-, Realien- und Lesebuch.

Palliative: (lat.) med. Krankheitserscheinungen mildernde Mittel, die jedoch die Ursachen nicht beheben.

Parforce-Jagd: (frz.) Hetzjagd mit Pferden und Hunden auf Wild.

Pharos: (griech.) Obergewand von Fürstinnen, Göttinnen und Nymphen.

Physiokratie: (lat.) in der zweiten Hälfte des 18. Jahrhunderts in Frankreich entstandene Wirtschaftslehre, die das Modell eines «Naturkreislaufs» der Ökonomie aufstellte und, in Verbindung mit einem politisch aufgeklärten Absolutismus, die Landwirtschaft als Grundlage der Nationalökonomie ansah.

Quellennachweis

Die sehr differierende Orthographie der Texte wurde geltenden Regeln behutsam angeglichen; die Interpunktion blieb weitgehend unverändert, wurde lediglich an einigen wenigen Stellen ergänzt.

Allgemeines Landrecht für die Preußischen Staaten (1794). Neue Ausgabe, Berlin 1804.

Bandemer, Susanne von, Zufällige Gedanken über die Bestimmung des Weibes und einige Vorschläge, dieselbe zu befördern. In: S. v. B., Poetische und prosaische Versuche. Zweite und sehr vermehrte Auflage, Berlin 1802.

Becker, Gottfried Wilhelm, Der Ratgeber vor, bei und nach dem Beischlafe. 6., einzig rechtmäßige und wohlfeile Ausgabe, Leipzig 1816.

Campe, Joachim Heinrich, Väterlicher Rat für meine Tochter. Ein Gegenstück zum Theophron; der erwachsneren weiblichen Jugend gewidmet. In: Braunschweigisches Journal. 6. Stück, 1789.

Code Napoléon. Napoleons Gesetzbuch. Einzig officielle Ausgabe für das Königreich Westphalen. (Französisch und deutsch.) Straßburg. Gedruckt bey F. G. Levrault, 1808.

Johann Gottlieb Fichte, Grundriß des Familienrechts. (Als erster Anhang des Naturrechts.) Erster bis Dritter Abschnitt. In: Johann Gottlieb Fichte, Gesamtausgabe der Bayrischen Akademie der Wissenschaften. Hrsg. von Reinhard Lauth und Hans Gliwitzky. Werke, Bd. 4, 1797–1798. Stuttgart-Bad Cannstatt: Frommann-Holzboog 1970

Fourier, Charles, Theorie der vier Bewegungen und der allgemeinen Bestimmungen. Hrsg. von Theodor W. Adorno. Eingeleitet von Elisabeth Lenk, Europäische Verlagsanstalt, Frankfurt am Main 1966.

Gleim, Betty, Über die Bildung der Frauen und die Behauptung ihrer Würde in den wichtigsten Verhältnissen ihres Lebens. Ein Buch für Jungfrauen, Gattinnen und Mütter. Bremen und Leipzig 1814.

Gouges, Olympe de, Erklärung der Rechte der Frau und Bürgerin. Von der Nationalversammlung am Ende dieser oder bei der nächsten Legislaturperiode zu verabschieden. In: Hannelore Schröder (Hrsg.), Die Frau ist frei geboren. Texte zur Frauenemanzipation. Bd. 1: 1789–1870. C. H. Beck, München 1979. Übersetzt von Theresia Sauter und (teilweise) Gerda Guttenberg nach dem Erstdruck. Paris 1791.

Hegel, Georg Wilhelm Friedrich, Der wahre Geist, die Sittlichkeit. In: Sämtliche Werke. Jubiläumsausgabe in 20 Bänden. Auf Grund des von Ludwig Boumann u. a. besorgten Originaldruckes im Faksimileverfahren neu herausgegeben von Hermann Glockner. 2. Bd.: Phänomenologie des Geistes. Stuttgart: Fr. Frommanns Verlag (H. Kurtz) 1927.

Hippel, Theodor Gottlieb von, Über die bürgerliche Verbesserung der Weiber. Berlin 1792.

Holst, Amalia, Über die Bestimmung des Weibes zur höhern Geistesbildung. Berlin 1802.

Humboldt, Wilhelm von, Über den Geschlechtsunterschied und dessen Einfluß auf die organische Natur. In: Die Horen. Eine Monatsschrift. Hrsg. von Friedrich Schiller. Bd. 1 (1795), 3. Stück.

La Roche, Sophie von, Über meine Bücher. In Pomona. Jg. 1783, H. 2.

Nachricht über einige Punkte der Andreischen Erziehungsanstalt. In: Das Weib oder Compendiöse Bibliothek alles Wissenswürdigen über weibliche Bestimmung und Aufklärung. Heft 1. Gotha und Halle 1794.

Salzmann, Christian Gotthilf, Vorrede zu: Mary Wollstonecraft. Rettung der Rechte des Weibes. Schnepfenthal 1793.

Schlegel, Friedrich, Über die Diotima. In: Kritische Friedrich-Schlegel-Ausgabe. Hrsg. von Ernst Behler unter Mitwirkung von Jean-Jacques Anstett und Hans Eichner. Bd. 1, Abt. 1, Kritische Ausgabe, Studien des klassischen Altertums. Eingeleitet und hrsg. von Ernst Behler. München, Paderborn, Wien: Ferdinand Schöningh; Zürich: Thomas-Verlag 1979.

Schleiermacher, Friedrich Daniel, Idee zu einem Katechismus der Vernunft für edle Frauen. In: Athenaeum. Eine Zeitschrift von August Wilhelm Schlegel und Friedrich Schlegel, 1. Bd., 2. Stück, 1798, 364. Fragment. Nach dem Original (Berlin: Friedrich Vierweg d. Ä., 1798).

Wollstonecraft, Mary, Rettung der Rechte des Weibes. Übersetzt von Christian Gotthilf Salzmann. Schnepfenthal 1793.

Inhalt

WIS UND RAMIN

Roman einer verbotenen Liebe im alten Persien

Herausgegeben und mit einem Nachwort von Elke Erb.
Mit 7 Abbildungen
400 Seiten. RBL. 1386. 9, – DM

Dieser altpersische Roman, eine «wirklich schöne Geschichte», die «genau so wie ein Garten voll Blumen» ist,
hat in der Fabel Ähnlichkeit mit «Tristan und Isolde».
Unsterblich ist die Leidenschaft, die Wis und Ramin verbindet, eine Leidenschaft, die Eifersucht, Haß und Rache
überwindet. Nach Treuebruch und selbstverschuldeter
Trennung finden die Liebenden schließlich doch zueinan-
der, aber: «die vergängliche Welt ist ein Schlaf, und wir
darin sind Träumen gleich …»

RECLAM
Bibliothek BELLETRISTIK

Die wundersame Geschichte von der Donnergipfelpagode

Aus dem Chinesischen übertragen, herausgegeben und mit einem Nachwort von Rainer Schwarz.
Mit 10 Pinselzeichnungen von Yan Meihua und Yan Zhiqiang und 1 Holzschnitt von Wang Hongshi.
163 Seiten. RBL 1390. 6,50 DM
ISBN 3-379-00678-5

Eine weiße Schlange, die sich jahrhundertelang in tiefster Einsamkeit und Abgeschiedenheit der Selbstvervollkommnung gewidmet hat, beschließt eines Tages, sich in die Menschenwelt zu begeben und herauszufinden, was sich dort noch lernen ließe. Sie schlüpft in den Körper einer schönen jungen Frau und begegnet in dieser Gestalt einem Sterblichen, in den sie sich augenblicklich verliebt. Er ist ebenso getroffen von seinem Gefühl, die beiden heiraten, und so nimmt das Schicksal seinen Lauf. Ungewollt stürzt die Dämonin den Armen periodisch in Katastrophen, denen er nur mit Mühe zu entrinnen vermag. –
Voller Phantasie und Fabulierkunst steckt diese Geschichte, die von einem anonymen chinesischen Autor am Anfang des 19. Jh. aufgeschrieben wurde. Sie variiert einen tausend Jahre alten Stoff, dessen Phantastik den Leser noch heute fesselt.

O Lust, allen alles zu sein

Deutsche Modelektüre um 1800

Herausgegeben von Olaf Reincke.
421 Seiten. RBL 756. 12, – DM
ISBN 3-379-00396-4

Um 1800 war Deutschland unstreitig die erste unter den
«schreibenden Mächten Europas». Die steigende Nachfrage
nach unterhaltender Lektüre zwingt Autoren, sich dem
Leser beständig neu zu präsentieren. «Nur einen Roman
geschrieben zu haben, wird für gar nichts gerechnet, man
muß beinah mit jeder Messe wieder erscheinen, um nicht
von der Liste der Beliebten ausgestrichen zu werden», stellte
A.W. Schlegel mit kritischem Blick auf die Produktion der
Modeschriftsteller fest. «Rücksicht auf das Herz des Lesers
nehmen», heißt die Maxime von Autoren wie Johann Gottlieb Schummel, August Lafontaine, Christian Gotthilf
Salzmann. Die Anthologie präsentiert Auszüge aus Romanen, die um 1800 viele Leser zu Zeugen unerhört gefühlvol-
ler, trauriger und heiterer Ereignisse machten.

MARY WOLLSTONECRAFT

Reisebriefe aus Südskandinavien

Aus dem Englischen übertragen von Susanne Thurm.
Herausgegeben und mit einem Nachwort von Ingrid
Kuczynski.
Mit einem Anhang: Liebesbriefe von Mary Wollstonecraft
an Gilbert Imlay.
Mit 9 Abbildungen und einer Karte als Frontispiz.
259 Seiten. RBL 1387. 8,– DM
ISBN 3-379-00663-7

Land und Leute, Natur und Zivilisation in Dänemark,
Schweden und Norwegen offenbaren sich in diesen Reise-
briefen (1796) der englischen Publizistin Mary Wollstonecraft (1759–1797). Ihr Zeitgenosse W. Godwin urteilte:
«Vielleicht fand niemals ein Reisebuch, das so unwidersteh-
lich das Herz ergreift, den Weg in die Öffentlichkeit. Von
der gelegentlichen Strenge und Schroffheit, die sich in ihrer
‹Verteidigung der Rechte der Frau› geltend macht, ist hier
nichts zu finden. Wenn je ein Buch geeignet war, einen
Mann in die Autorin verliebt zu machen, dann scheint es
mir dieses Buch zu sein.»

EDITH SÖDERGRAN
Klauenspur

Gedichte und Briefe

Aus dem Schwedischen. Herausgegeben und mit einem Nachwort von Richard Pietraß.
Einleitender Essay «Eine Wallfahrt – 1938» von Gunnar Ekelöf.
156 Seiten. 23 Abbildungen. RBL 1336. 4,– DM
ISBN 3-379-00582-7

«... ich bin ein Schwert. Ich bin nichts als ein Schwert. Das wird sich einmal mit der Mystik verbinden.»
Zwischen Alltagskram, Gefühlsausbrüchen, leicht ironischen Schilderungen eines erbitterten Kampfes mit Armut, Krankheit und Ignoranz finden sich solche Sätze in den Briefen von Edith Södergran. Mitten in spontanen, nachlässig hingeworfenen Brieftexten, denen nicht einmal logische Gedankenführung nachzusagen ist, erkennt man durch den Schliff, die imaginative Kraft, die Lyrikerin, aber auch den philosophischen Kopf. Edith Södergran gilt – wie auch Elmer Diktonius – als Bahnbrecherin der modernen expressionistischen Lyrik in Schweden, in dessen Sprache sie dichtete, und in Finnland, wo sie lebte. Man versteht den Schock ihrer Zeitgenossen, ein ähnlicher Schock, wie ihn Edvard Munch auslöste ...

Christiane Gerber in: Das Goetheanum

RECLAM
Bibliothek   BELLETRISTIK

VIRGINIA WOOLF

Ein eigenes Zimmer. Drei Guineen

Essays

Aus dem Englischen übersetzt von Susanne Thurm.
Mit einem Essay «Die Ermordung des Hausengelchens»
von Wolfgang Wicht.
349 Seiten. 6 Abbildungen. RBL 1287. 12,– DM
ISBN 3-379-00424-3

Virginia Woolf sieht die Frau gestellt in die Wahl zwischen dem
«Privathaus mit seinen Nichtigkeiten» und die Berufswelt, eine
Wahl zwischen zwei Übeln. Die Bedeutung der Texte hob schon
vor Jahren Christa Wolf hervor: Diese Essays sind «noch heute,
bei allen umwälzenden Veränderungen in den Lebensbedingungen
der Frauen, wegen der Radikalität ihrer Fragestellung eine auf-
regende Lektüre».

Maria Hütten in: Sächsische Zeitung, Dresden

Erinnerungen deutsch-jüdischer Frauen
1900–1990

Herausgegeben von Andreas Lixl-Purcell.
459 Seiten. 22 Fotodokumente. RBL 1423. 16,– DM
ISBN 3-379-01423-0

Andreas Lixl-Purcell hat die Erinnerungen von über dreißig deutsch-jüdischen Frauen vom Beginn des 20. Jahrhunderts bis heute zusammengestellt. Nur wenige davon wurden bislang veröffentlicht. Die Beiträge stammen aus Nach-
lässen oder Archiven in Deutschland, Österreich, der
Schweiz, Israel, Ekuador, Frankreich, Großbritannien, den
Niederlanden, Schweden, Australien und den Vereinigten
Staaten – und sie bieten einen faszinierenden Einblick in
die Erfahrungswelt deutsch-jüdischer Frauen. Es ist vor
allem der Ton der Autorinnen, der die Leserin von heute in
den Bann zieht. Keine beschreibt ihr Leben mit Bitterkeit,
obwohl viele unsagbar gelitten haben...

Christine Dankbar in: Der Tagesspiegel

RECLAM
Bibliothek   BELLETRISTIK

ELKE ERB

Nachts, halb zwei, zu Hause

Texte aus drei Jahrzehnten

Herausgegeben von Brigitte Struzyk
212 Seiten. RBL 1401. 10,– DM
ISBN 3-379-00696-3

Die Sammlung von Kurzprosa und Gedichten setzt mit
unspektakulären, naturnahen Kindheitserinnerungen aus
der Eifel ein. Mit zahlreichen Widmungstexten, Porträt-
und Antwortgedichten zollt sie Schutzgeistern wie Erich
Arendt und Franz Fühmann Sympathie und Achtung.
In Poemen wie „Naturbühne", „Schlaraffenland" und
„Schlechte Beleuchtung" aus den Jahren 1966 bis 1970 setzt
sie einer versehrten Industrielandschaft die Vergewisserung
durch die „kleinen Dinge" entgegen, private Fluchtpunkte
wie Wohnen, Essen und Trinken. Elke Erb beansprucht
für sich Individualität, Vorläufigkeit und das „Recht des
unabgesicherten Redens". Durch ihre offene Anlage drängen sich diese Texte der Diskussion über ost- und westdeut-
sche Literaturtraditionen geradezu auf. In einer Zeit des allgemeinen Bilanzierens wird man am Werk von Elke Erb
nicht vorbeigehen können.

Katrin Hillgruber in: Frankfurter Allgemeine Zeitung

Elisabeth Gössmann (Hrsg.)

ARCHIV FÜR PHILOSOPHIE- UND THEOLOGIEGESCHICHTLICHE FRAUENFORSCHUNG

Das »Archiv« präsentiert bislang verschollene oder aber schwer zugängliche Abhandlungen zu Frauenthemen. Die meist neu edierten und stets gründlich kommentierten Schriften dokumentieren den seit Jahrhunderten intensiv geführten abendländischen Diskurs über die Rolle des Weiblichen in der Geschichte. Aktuelle Diskussionen über die gesellschaftliche Rolle der Frau erhalten somit ihre notwendige historische Fundierung und gewinnen im Zuge der behutsamen Erschließung ihrer geistesgeschichtlichen Dimensionen neue und oft überraschende Brisanz.

Band 1: **Das Wohlgelahrte Frauenzimmer**
ISBN 3-89129-000-4 · 213 S., 4 Abb., kt. · DM 20,–

Band 2: **Eva – Gottes Meisterwerk**
ISBN 3-89129-002-0 · 290 S., kt., 3 Abb. · DM 28,50

Band 3: **Johann Caspar Eberti:
Eröffnetes Cabinet Deß Gelehrten Frauen=Zimmers
Schlesiens Hoch= und Wohlgelehrtes Frauenzimmer**
ISBN 3-89129-003-9 · 537 S., davon 500 S. Faksimile, kt. · DM 68,–

Band 4: **Ob die Weiber Menschen seyn, oder nicht?**
ISBN 3-89129-004-7 · 373 S., davon 97 S. Faksimile, 4 Abb., kt. · DM 39,80

Demnächst erscheint:
Band 5: **Mulier Papa – Der Skandal eines weiblichen Papstes**
Zur interkonfessionellen Rezeptionsgeschichte der Gestalt der
Päpstin Johanna

iudicium

Postfach 701067 · D-8000 München 70 · Telefon 089/718747 · Fax 089/7142039